Besuchen Sie uns im Internet:

www.wittig-verlag.de

Wolfgang Seehaber

LAURAS VERMÄCHTNIS

Der Kiel-Krimi

Friedrich Wittig Verlag

Die komplette Handlung dieses Romans und sämtliche darin vorkommenden Akteure sind frei erfunden. Jegliche Ähnlichkeit mit tatsächlichen Namen und Personen sowie Ereignissen wäre rein zufällig.

Auch alles, was über die Kieler Heiligengeist-Gemeinde und ihre Mitarbeiter geschrieben worden ist, entstammt allein meiner Phantasie und hat keinerlei realen Ursprung. Mir ist diese Gemeinde gut bekannt, ich bin eines ihrer Mitglieder. Darum vor allem habe ich sie als Ort der dramatischen Geschehnisse gewählt. Ich kenne viele der Menschen, die dort arbeiten. Sie tun es mit Überzeugung und großem Engagement.

Alle Freiheiten, die ich mir bei der Darstellung erlaubt habe, bitte ich, mir nachzusehen. Sollte ich jemanden in seinen Glaubensvorstellungen verletzt haben, war dies nicht beabsichtigt.

In der Nachzeichnung polizeilicher Arbeit habe ich mich ebenfalls zu gewissen Freiheiten hinreißen lassen. Man möge das einem Geschichtenerzähler zugute halten, der gerne Effekte vor Tatsachen stellt. Aber ich denke, die Polizei ist mittlerweile an solche Klitterungen gewöhnt und besitzt die Größe, damit gelassen umzugehen.

Wolfgang Seehaber

Wolfgang Seehaber, Jg. 1944, lebt mit seiner Frau und den zwei Töchtern in Kiel. Er war erst Journalist, u.a. beim »SPIEGEL«, dann evangelischer Pastor. Infolge schwerer Depressionen wurde er mit 50 Jahren vorzeitig pensioniert. Heute ist er geheilt. Von der Überwindung dieser Krankheit handelt sein Roman »Ein lebender Hund ist besser als ein toter Löwe« (2001, ISBN 3-7984-0757-6).

ISBN 3-8048-4473-1

Umschlaggestaltung: Ralf Bassen, Kiel
Printed in Germany

PROLOG

„O Gott, nein!" Der 20-jährige Mann kreischt die drei Worte in den herabfallenden Sommertag. Die Schlangenlederjacke, die sich um seinen mageren, verkrümmten Körper drängt, lässt ihn wie ein sterbendes Reptil aussehen, dessen Dahinscheiden schon lange überfällig ist, weil es nicht mehr in diese Zeit gehört. Der Zwanzigjährige blickt auf das Bündel Mensch unter sich mit dem nahezu unversehrten Mädchengesicht. Der Tod hat die Schönheit dieses Gesichtes noch vertieft und sie mit einer letzten Wahrhaftigkeit versehen. Alkoholnebel verhängen oft den Blick des Zwanzigjährigen und verleihen ihm die Gnade oder den Fluch von Unwirklichkeit. Der junge Mann fleht ständig um Gnade.

„Vielleicht atmet sie ja noch", stammelt ein anderer, ebenso jung wie der Erste. Er torkelt um das kleine Häuflein Fleisch, Knochen, das so seltsam aus der Welt ausgerenkt wirkt, um noch menschlich und lebendig sein zu können. „Da muss doch einer nachgucken!" Er beugt sich über den Leichnam. Die Trunkenheit bringt ihn um das Gleichgewicht. Er stolpert. Er stürzt. Er kommt ganz in die Nähe des Todes. Er rollt sich hastig fort, hin zum Straßenrand der Koesterallee, an der der Kieler Ortsteil Düsternbrook beginnt, wo man sich gemeinhin nicht im Liegen übergibt. Ein solches Verhalten geschieht gewöhnlich nicht in jenem honorigen Stadtviertel. Ein grünlich-brauner Schwall von im Magen mit Säure versetztem Bier und Schnaps ergießt sich über seine Kleidung. Der junge Mann hangelt sich in den immer dunkler werdenden Abendhimmel empor. Seine Füße finden keinen Stand. Sie tanzen einen unbeholfenen Kriegstanz vor einem zur Niederlage verurteilten Kampf.

„Es ist Laura", weint eine Stimme von weiter hinten. Das Weinen quillt aus dem Mund eines ebenfalls Zwanzigjährigen mit goldblondem Haar, das sich straff zum Hinterkopf hin zieht und dessen Gold von den letzten roten Sonnenstrahlen zum Rosten gebracht zu werden scheint. „Es ist Laura". Nur noch ein Wimmern wie von einem Kind, dem die Eltern, Großeltern und alle besten Freunde zur gleichen Zeit und von einem Augenblick auf den anderen abhanden gekommen sind. Von nun an gibt es nur noch Heimatlosigkeit. Er will unbedingt in die Betäubung des Vollrausches zurück, in die er sich mit seinen Freunden zusammen vor nur wenigen Stunden in Hamburg versetzt hat. „Wir haben Laura getötet. Du hast Laura getötet!“ brüllt er plötzlich den in der Schlangenlederjacke an und geht mit erhobenen Fäusten auf ihn los. Der Vollrausch raubt seinem Angriff alle Durchschlagskraft. Die Arme rudern hilflos in der Luft. Sein Oberkörper kippt nach vorne, als handele es sich bei dem ausgewachsenen Mann um ein Bäumchen, das mit einem beiläufig geführten Schlag von einem kindischen Waldfrevler gefällt worden ist.

Der Vierte jener Gruppe, die beim Leichnam des Mädchens namens Laura in die schreckliche Einsamkeit der Töter ausgesetzt worden ist, hängt über dem Kühler eines mächtigen, dunkelgrünen Volvos, der quer auf der Koesterallee steht, die nahezu völlig von Wald gesäumt ist. Der Wagen ist scharf abgebremst worden – man sieht noch die schwarzen Spuren, die das Reifengummi in die Pflastersteine radiert hat. Die Türen sind weit aufgeschlagen, weil sich die Männer nach dem Zusammenprall einfach in wilder Flucht haben hinausfallen lassen. Im Autoradio berichtet ein Nachrichtensprecher davon, dass der 17-jährige Boris Becker aus Leimen das Tennisendspiel der Herren in Wimbledon gewonnen habe – und er erlaubt, dass sich in die Sachlichkeit seines Vortrages Stolz einschleicht. Dann grölt eine Musikformation namens Opus den Sommerhit dieses Jahres: „Life Is Live“. Frei übersetzt: Das Leben ist eine tolle Sache. Der Vierte löst sich vom Kühler des Kraftwagens, kracht in das Innere des Wagens, trommelt mit beiden Fäusten auf das Radio und bringt es zum Verstummen. Nun hört man nur noch das entsetzte Schweigen eines Abends, der einen plötzlichen Tod zu verkraften hat und es nicht kann. Nicht ein Vogel singt ein Schlaflied.

Jäh schreit der Vierte auf. Er tritt dabei mit beiden Füßen gegen das Blech des Autos. Er nimmt immer wieder neuen Anlauf und schlägt seine Wut, seinen Hass in das Kraftfahrzeug. Er brüllt:

„Nein! Verdammt noch mal, nein!“ Seine Anläufe werden immer länger. Er setzt seine Schritte gegeneinander, tritt sich selbst auf die Füße, torkelt, tritt, tobt, lässt seine Stimme im höchsten Falsett brechen: „Nein! Nein! Das kann sie mit uns nicht machen! Das kann Laura uns nicht antun! Was hat sie mit uns denn noch vor?!“ Die Trunkenheit paart sich in einer wilden Kopulation mit der Hilflosigkeit und gebiert nach einer Schwangerschaft von wenigen Sekunden den Ausbruch eines Krieges gegen das tote Mädchen. „Sie muss weg!“, wütet der Vierte, hasst er, sich, diesen Tag, den Suff, seine Freunde und zuerst und vor allem die 13-jährige Laura Simon, diese Sirene seiner schlagartig verlorenen Jugend, dieses Mädchen auf der Straße in seinem rosafarbenen Kleid mit den blauen, stilisierten Elefanten darauf, die jetzt, weil das Kleid verrutscht und verknüllt ist, allesamt verkrüppelt ausschauen, als hätten toll gewordene Wilddiebe sie niedergestreckt. „Sie muss weg! Wenn man uns mit ihr hier findet, dann sind wir alle im Arsch!“ Er zetert es mit unbändiger Verzweiflung und bebt dabei am ganzen Körper.

Die anderen drei Zwanzigjährigen schleppen sich und ihre Angst zu dem Vierten hin. Er soll sie führen. Sonst führt sie ja nichts und niemand mehr. Zuvor hat es der Alkohol getan, von einer Fata Morgana der Macht und Herrlichkeit zur anderen. Vor wenigen Minuten noch haben sie im Auto gesessen und zu dem zweiten Spitzenlied dieses Sommers gesungen und geschunkelt, „An der Nordseeküste“. Die Bier- und Schnapswellen hatten im Dreivierteltakt in ihren Körpern geschaukelt und ihnen Lebenslust vorgegaukelt. Plötzlich hatte es draußen am Fahrzeug einen Schlag getan, mitten in der Stadt und in der spätabendlichen Einsamkeit. Dann hatte der in der Schlangenlederjacke das Steuer herumgerissen und die Bremse durchgetreten. Sie alle waren nach vorne geschleudert worden, bis die Sicherheitsgurte in ihre Leiber schnitten. „Was war das?“, hatte der Fahrer gestammelt. „Ganz sicher ein Reh“, hatte er sich selbst geantwortet und es nicht geglaubt. Dann waren sie allesamt aus dem Fahrzeug geflohen, weil sie Schrecklicheres als ein totes Reh vermuteten.

Sie sahen den kleinen Hügel auf der Fahrbahn, das Rosa des Kleides, ganz wenig das Rot des Blutes, das entmenschlichte Mädchen, von der Gewalt des Autos entleibt, die einer von ihnen gelenkt hatte. Zuerst hatten sie es nicht wahrhaben wollen. Dann immer noch nicht. Dann hatten sie gesehen. Und als sie es begriffen, entleibte sich scheinbar auch ihrer aller Zukunft vor ihnen.

„Sie muss weg", sabbert nun auch der Dritte. „Jawohl", speichelt es der mit dem Blondhaar. „Weg, weg", spuckt es der mit der Schlangenlederjacke aus wie Korken aus einer Giftflasche.

„Keiner wird uns mit ihr in Verbindung bringen", würgt der Vierte Verachtung über den toten Leib. Sein Körper schwankt und will endlich fallen.

„Wir können doch nichts dafür!", gelobt der Blonde zitternd einen Meineid und hört keine Lüge.

„Sie hat selber Schuld", klagt der Dritte blubbernd an, um von der Anklagebank rutschen zu können. „Laura hat immer schon andere mit reingerissen. Das wisst ihr doch noch?" Er kratzt sich mit beiden Händen hektisch überall am Leib, als hätte ihn ein plötzlicher Aussatz befallen.

„Sie war eine Hexe!", verrennt sich der Blonde im finsteren Mittelalter. „Eine richtige Hexe!" Er will noch nach dem Tod den Scheiterhaufen. Er geifert. Er hebt den Fuß, als wollte er auf den Leichnam treten. Er gerät aus dem Tritt. Er dreht sich ein Stück um die eigene Achse. Sein Blick sieht Alleinsein. Die Koesterallee begeht man nur am Tage und befährt sie zumeist auch nur dann. Sie gehört eigentlich mehr in ein Dorf voller Geruhsamkeit. Und sie haben nun auf diesem dunklen Provinzweg rasend Lauras Leben ausgelöscht. Sie wohnte am Ende der Straße in einem großen Haus, von dem man auf das Wasser blicken kann. Sogar Salz und Öl vermochte man dort zu riechen. Die vier hatten sie manchmal besucht.

„Verdammtes Miststück!", schrillt es aus dem Mund des Blonden. Spucke und Erbrochenes folgen diesem Fluch und beflecken ihn. Am Himmel versammeln sich dunkle Wolken. Manche sind schon ganz schwarz und ähneln geballten Fäusten.

Der Alkohol wirkt als Brandbeschleuniger. Er zündelt an den letzten Resten der Vernunft. Die Explosion. Panik. Der in der Schlangenlederjacke schwankt nach vorne und greift nach einem Fuß des toten Mädchens. Er zerrt wild daran. Der kleine Leichnam rutscht ein Stück über die Straße. Der Kopf kippt zur Seite. Die Wange schrammt über die harten Pflastersteine. Der Blonde bückt sich, packt das Kind unter beiden Achseln, will es anheben, reißt dabei das Kleid ein Stück auf, sieht Blut auf dem bloßen Schlüsselbein, jault: „Scheiße, da, da ist ja wirklich Blut! Sie blutet!", macht einen Satz zur Seite, stürzt. Der Leichnam fällt mit Kopf und Brust auf ihn. „Nein!" gellt es. „Nein! Nein!" Er stößt die Tote mit beiden Händen von sich und wühlt sein Gesicht in das Gras des Straßenrandes. Brennnesseln beißen in seine Haut. Er merkt es nicht. Der Vierte rammt seinen Körper in die von der Schwüle dick gewordene Abendluft. Sein Gesicht wird von langen dunklen Haarschlangen verhängt. Er wirft den Kopf einmal, zweimal nach hinten, damit der Blick frei wird. Er schaut die Straße hinauf und hinab, blinzelt. Die Wimpern machen ganz kurze Schläge. Er schaut, dass sie immer noch allein in diesem Teil der Kieler Welt sind. Die dunklen Wolken hängen mittlerweile tief. Wind flüstert in den Blättern der vielen Laubbäume ringsherum. Es klingt unheimlich, als raune eine Stimme von irgendwo etwas über das Nirgendwo, in dem sich die Männer befinden.

Der Vierte bellt es nun als Wolf, den das Rudel in wilder Flucht zu verlassen droht: „Los, ihr Idioten, fasst mit an!" Er packt sich ein Bein des Mädchens. Die anderen greifen nach den übrigen Gliedmaßen. Der Blonde wickelt sich ein Taschentuch um die Hand, weil er mit dem Tod nicht direkt in Berührung kommen will. Die Männer schleppen schwerer an sich als an dem kleinen Leichnam. Sie torkeln, taumeln, machen verkehrte Schritte in entgegengesetzte Richtungen, beschleunigen, hampeln hastig nach vorne, fangen sich immer wieder mit der freien Hand ab, fluchen, klagen, klagen an, zerren ungestüm an dem Mädchen, als wollten sie dessen Körper zerreißen – und sie wollen es. Ihre Füße ziehen gekrümmte Linien durch das tiefe Gras einer kleinen Wiese inmitten des Waldes. Der durchgebogene Rücken des Mädchens streift über die Köpfe von blauen Wildblumen und pflückt sie ab. Der Atem der Männer pfeift, wenn sie keine Flüche herauspressen. Unter einer riesigen, uralten Eiche etwa 200 Meter von der Straße entfernt, hinter dichtem, niedrigem Gebüsch, lassen sie den Leichnam einfach fallen. Sie beugen dabei ihre Körper nicht.

„Es darf nicht wie ein Unfall aussehen! Auf keinen Fall darf es wie ein Unfall aussehen!", krächzt der Vierte. Er ist von den vielen ausgestoßenen Flüchen heiser geworden. Er zertritt eine Glockenblume. Er tritt auf den Oberkörper des Mädchens, wieder und wieder. Er sieht dabei nicht hin. Der mit der Schlangenlederjacke schlägt mit einem mitgebrachten Klappspaten auf die Hüften der Toten. Auch er hat den Blick abgewendet. Er gibt den Spaten weiter. Der Blonde krampft seine Hände um den Stiel. Die Fingerknöchel treten weiß hervor. Er schmettert die flache, leicht gebogene Stahlplatte mit ihrer Fläche auf die Beine des Leichnams. Dabei starrt er in den Himmel und erschrickt furchtbar vor dem Schrei einer Möwe. „Verflucht!", stöhnt er, „verflucht!". Und schlägt und schlägt. Nun sieht er hin und schlägt weiter, schlägt, schlägt, immer schneller, immer ungezielter. „Verflucht! Verflucht!" Ein anderer reißt ihm das Gerät aus den Händen, benutzt die scharfe Seite, sieht ein Beil, verlangt nach Vernichtung, nach Tilgung, drischt, drischt, während es aus seinem Mund zischt: „Nicht! Nein! Nicht! Nein! Nicht ich! Nein, nicht ich!" Es treibt ihn kein Alkoholrausch mehr. Es handelt sich um einen anderen Rausch. Er hat die Farbe Rot. Grellrot. Nur noch ungebändigter Hass. Schweiß verdickt Tränen. Der Spaten schnellt von Faust zu Faust, ruckt in den schwarzen Himmel, fällt herab, fällt, fällt. Nun blicken auch die anderen Männer hin, die Gesichter von den furchtbaren Gefühlen gealtert, niemals mehr jung, Augen, Mäuler aufgerissen. Sie trinken die schwüle Luft als den Wein, der Henkern zusteht.

Das Mädchen ist nicht länger ein Leichnam. Es ist eine blutige, fleischige, knochige Masse, unkenntlich gemacht, allenfalls vom

Himmelsherrn als das Kind auszumachen, das er gemeint hat. Doch der Himmelsherr verzagt an seinem Herrschertum. Die Eiche spreizt ihre Äste über das formlose Gemenge unter sich. Wenigstens sie will segnen. Die Männer tauchen Grasbüschel in eine Au, säubern ihre Schuhe, wischen das Blut von der Straße, von der Karosserie des Autos, vergraben die Grasbüschel, überprüfen sich gegenseitig nach verräterischen Spuren, entdecken eine Beule links vorne am Volvo, fahren Kilometer weiter, rammen das Tor zu einer Koppel, setzen zurück, begeben sich nach Hamburg, werfen den Klappspaten von einer Brücke in die Elbe, trinken mit denen weiter Alkohol, die sie vor etwa 180 Minuten volltrunken verlassen haben. Sie sind nicht vermisst worden. Sie reihen sich in die menschliche Runde wieder ein. Dennoch, sie fremdeln entsetzlich. Sie spüren Kälteschauer. Ihnen wird an diesem Abend nicht mehr warm. Auch später nicht.

In der Nacht gehen ein Gewitter und ein Wolkenbruch über Kiel nieder. Der Vater, die Polizei, Feuerwehrleute, einige Freiwillige suchen nach der vermissten 13-jährigen Laura Simon. Sie müssen es nur 32 Minuten lang tun. Um 1.47 Uhr finden sie die entsetzlich zugerichteten Überreste des Mädchens, etwa 180 Meter von der Villa entfernt, in der das Mädchen mit ihrem Vater gelebt und das Haus stets als viel zu groß empfunden hat. Man musste sich oft darin aufspüren.

Man kann Laura zunächst nur anhand des Halskettchens identifizieren, das sie seit ihrer Taufe trägt, mit einem kleinen goldenen Delfin als Anhänger. Der Vater wird auf den Weg in die Universitätsklinik gebracht. Als er festgeschnallt im Krankenwagen, von Entsetzen, Trauer und einem Sedativum narkotisiert, auf der Bahre liegt, halten sich der Notarzt und sein Assistent aneinander fest. Der Fahrer findet nicht die richtige Spur und streift einen geparkten Streifenwagen. Junge Feuerwehrleute weinen hemmungslos. Der Wehrführer umarmt die Eiche, als wäre sie das herausragende Ende der Achse seiner Erde, die er in diesem Moment als völlig verwahrlost und verloren empfindet. Ein Polizeibeamter schreit seinem Vorgesetzten Flüche in dessen kreidebleiches Gesicht und wird dafür nicht getadelt. Die Flüche werden als angemessene Reime auf das Geschehene verstanden. Ein anderer zittert über Stunden und kann sich selbst nicht länger an sich festhalten. Viele aus der Suchmannschaft fiebern am nächsten Tag. Kinder aus Düsternbrook werden von Krankheiten befallen, die kein Arzt richtig diagnostizieren kann. Psychologen versuchen sich in Gesprächen mit vielen Bürgern und treffen auf eine maßlose Sprachlosigkeit. Der evangelische Pastor in der Pauluskirche am Niemannsweg, der katholische Priester von St. Heinrich an der Feldstraße hinterfragen am Sonntag während der Predigt ihre eigenen Worte und misstrauen dem Trost. Sie stammeln Gott für ein verlassenes Kind an, während sie Gefahr laufen, in der eigenen Verlassenheit verloren zu gehen. Die beiden Kirchen sind voll wie seit Jahren nicht mehr. Menschen suchen nacheinander. Fast vergessene Freunde schreiben plötzlich Briefe an fast vergessene Freunde. Alte sprechen viel vom Krieg. Eltern begleiten ihre Kinder überall hin und holen sie wieder ab. Söhne und Töchter, die sich schon lange an ihre Macht missbrauchenden oder von ihrer Hilflosigkeit gebeutelten prügelnden Väter und Mütter gewöhnt haben, werden für Wochen von keinen Schlägen mehr betroffen und erfahren Sprache, die sie annimmt. Bürger des Stadtteiles Düsternbrook missachten vormals sehr geschätzte Zäune und Trennmauern, suchen sich auf und tauschen sich aus. Feste werden abgesagt, auch das sommerliche Grillen der Heiligengeist-Gemeinde. Auf die Stadt drückt ein Smog, der die sonst so lichte Jahreszeit dunkel macht, der tief eindringt und eine schmierige Schicht auf die Seelen legt. Wer lacht, entschuldigt sich. Die Kleinen spielen langsamer und wissen oft das nächste Spiel nicht.

Die Polizei beginnt eine groß angelegte Morduntersuchung. Tagelang durchkämmen Beamte der Spurensicherung, in dünne weiße Overalls gehüllt, den Ort um die Eiche herum. Die „Soko Laura“, bestehend aus 18 Ermittlern unter der Leitung des Ersten Hauptkommissars Ludwig Kaminski, hat ihr Hauptquartier während der Sommerferien in der Turnhalle der Hebbelschule an der Feldstraße aufgeschlagen. Der 54-jährige Chef der Sonderkommission, eine untersetzte Gestalt, den Kopf stets zwischen die Schultern gezogen, als müsste er ihn schützen, tiefe Falten im Gesicht, die an schlecht verheilte Schrammen erinnern, zugefügt bei der allernächsten Nähe zu vielen Morden – und aus dem Gesicht flackert meist eine ungezügelte Wut, die der Beamte nicht mehr zu kontrollieren vermag oder es nicht will –, er jagt seine Mannschaft bis zur Erschöpfung rund um alle furchtbaren Gegebenheiten dieser Gewalttat. Fragen gehen über den Stadtteil Düsternbrook nieder wie ein heftiges Hagelwetter, vor dem die Bürger sich hilflos und erschrocken zu ducken versuchen. Privatsphären werden nicht mehr respektiert. Jeder wird einvernommen, der auch nur einmal an das Leben Lauras hätte getupft haben können. Düsternbrook schüttelt sich tief getroffen, fühlt sich krank wie bei einer gemeinschaftlich zugezogenen asiatischen Grippe, fiebert, will die Angst nicht länger, auch nicht irgendeine Schuld, weist alles von sich, zeigt verzagt auf die anderen, die nicht zu ihnen gehören, auf die polnischen Erntehelfer weit weg, die in Baracken am Rande der weiten Felder etwa vier Kilometer vom Haus des toten Mädchens entfernt ihre Unterkunft haben, deutet auf die Libanesen, die Angolaner, die im Hafen Arbeit gefunden haben, weist auf die Türken in ihren Obstläden, auf die Vietnamesen, die doch viel zu große Autos fahren, und hofft verzweifelt, der Arm des Gesetzes werde sich um einen dieser Fremden legen. Als die Kaminski-Beamten sich intensiv um die kahlgeschorenen jugendlichen Neonazis zu kümmern beginnen, verleugnen Düsternbrook und die benachbarte Wik hurtig diese ihre eigenen Kinder, deren Verirrungen in eine mörderische Vergangenheit sie ohnehin nie verstanden haben und bei deren Anblick man gerne schnell die Straßenseite wechselt, weil die immer so gewalttätig die Bierdosen zusammenknüllen und Lieder grölen, die auf den heimischen Plattenspielern doch viel schöner klingen.

Als die elf Neonazis nach langen Verhören die Turnhalle wieder verlassen können und sich das klare Licht des norddeutschen Sommers in ihren blankgewichsten Springerstiefeln mit den weißen Schnürbändern spiegelt, hofft der derzeit von allen möglichen Gotteszweifeln geplagte 45-jährige Pastor Emmerich Baltz, dass das Licht sich deswegen schämen werde, fügt aber nach einem Moment eigener Beschämung flugs den biblischen Gedanken hinzu, dass ja Gott seine Sonne gleichermaßen hell über Gute wie Böse, Gerechte wie Ungerechte scheinen lasse, und seufzt schwer auf. Diesen Seufzer teilt er mit vielen anderen Bürgern, die Zeugen des freien Abzugs der Kahlgeschorenen sind, wird sich doch die polizeiliche Aufmerksamkeit nun wieder anderen, vielleicht auch erneut ihnen zuwenden. Zunächst jedoch werden die Obdachlosen der Stadt, die sich tagsüber in der Holstenstraße zu versammeln pflegen, unweit eines Supermarktes, von vier Beamten vernommen, die mit verzweifelt herbeizitierten Erinnerungen an einstmals erfolgreiche, sinnvolle Leben nahezu überschüttet werden. Man sei auch einmal so richtig dabei gewesen, jawohl, und wie!, nämlich bei dem, was gemeinhin ein anständiges Dasein genannt werde und das dann daneben gegangen sei, irgendwie. Das Elend kennt mehr Gründe als das Glück.

Nicht befragt werden kann jener Nichtsesshafte, den die Stadt „Franziskus" nennt und der sich schräg gegenüber dem Haus der Simons an der Koesterallee in einem verlassenen Bauwagen niedergelassen hat, stets mit einem langen, kuttenähnlichen Mantel bekleidet und oft in laute Selbstgespräche vertieft, die sich wie Predigten anhören, gerichtet gleichermaßen an Tier und Mensch. Laura hat ihn regelmäßig mit ihrem Schulbrot versorgt und sich mit ihm oft länger unterhalten. Franziskus kann so auf eine Taube einreden, dass sie still vor ihm sitzen bleibt. Das Mädchen hat den etwa 40-jährigen Mann dafür bewundert. Die Polizei hat ein großes Interesse an einer Einvernahme dieses seltsamen Heiligen, allein schon wegen der Lage seines Unterschlupfes. Doch Franziskus ist nicht aufzufinden. Hauptkommissar Kaminski tobt sich deswegen in einem unbändigen Zorn aus, der ihn selbst niederzustrecken droht. Einige aus der Stadt verdächtigen diesen Andersartigen mit seiner Macht über Tauben. An Stammtischen werden klammheimlich in klopfartigen Worten Galgen errichtet.

Eine Belohnung von 10 000 DM wird für sachdienliche Hinweise zur Ergreifung des oder der Täter ausgesetzt. Zwei Monate später wird die Summe verdoppelt. Kieler Bürger haben gespendet.

Die Zeit geht dahin und schleppt dabei gleichmütig Erinnerungen an das furchtbare Geschehen fort. Die Laura-Fotos verschwinden von den ersten Seiten der Zeitungen, dann auch aus dem hinteren Teil, ebenso aus den Schaufenstern einiger Geschäfte. Über das Bild in einem Schlachterladen inmitten der Fleischwaren haben sich viele mokiert, sogar entrüstet, aber das Geschäft, besonders wegen der delikaten Zungenwurst, nicht gemieden. Im Spätsommer veranstaltet der Brieftaubenverein aus einem Nachbarort einen Wettflug, bei dem der Siegesvogel auf den Namen „Laura" umgetauft wird. Einige Kieler nennen das eine Geschmacklosigkeit. 19 Tage später wird die Taube vergiftet aufgefunden.

Während der Erntedankfestpredigt sagt Pastor Baltz in der Pauluskirche: „Die Ernte von Lauras Leben war wahrlich noch nicht eingebracht. Doch die Blüte dieses Mädchens verhieß kostbare Früchte ..." Dann singt man den Choral: „In allen meinen Taten lass ich den Höchsten raten".

Lauras Vater, ein Journalist mit seinem Arbeitsplatz in Hamburg, verlässt im November die Stadt. Die Hebbelschule an der Feldstraße ist schon seit Wochen kein polizeiliches Hauptquartier mehr. Die Sonderkommission, inzwischen auf acht Beamte zusammengeschrumpft, ermittelt vom Hauptquartier an der Blumenstraße aus. Der Erste Hauptkommissar Ludwig Kaminski erleidet einen Magendurchbruch und stirbt. Er habe immer alles in sich hineingefressen und keinen emotionalen Abstand zu seinen Fällen eingehalten, sagen einige Kollegen.

Zu seinem Nachfolger wird der 41-jährige Hauptkommissar Carsten Harprecht berufen, ein wortkarger Mann, der seinen 1,88 Meter großen, schlanken Körper mit einer manchmal als zu übermäßig empfundenen Ruhe bemäntelt. Vor seinen grauen Augen scheint stets ein Schleier zu hängen, der den Einblick in sein Seelenleben verwehrt. Es handelt sich um ein nahezu aufrührerisches Leben, weiß als Einzige seine Frau, das sich auf schwindelerregende Höhen ebenso wagt, wie es die schwindelerregenden

Abgründe nicht scheut. Dieses Leben will sich in das Leben der Welt einbinden. Dass das dann und wann sehr schmerzhaft sein kann, ist dem kundigen Mordermittler hinlänglich bekannt. Doch es produziert keinen Überdruss in ihm. Er will Weltenbürger bleiben, mittendrin, sich nicht als Zyniker in bissigen Außenbetrachtungen ergehen. Oft hasst er seine Arbeit, weil er sie liebt. Sie hat einen Wert für ihn, denn sie ist dienstbar. Das Wort „Dienst" schätzt Harprecht.

Die Liedertafel „Concordia" veranstaltet zum ersten Advent im Legiensaal ein Wohltätigkeitskonzert zugunsten von Lauras Vater. In der Pause sagt die 14-jährige Sandra Kauffeld, in ein schwarzes Kleid gehüllt, die blonden Haare zu einem Zopf geflochten, ein kurzes Gedicht von Theodor Fontane auf: „Die Frage bleibt". Die letzten Zeilen reimen sich auf die Meinungen vieler: „Wie's dich auch aufzuhorchen treibt. / Das Dunkle, das Rätsel, die Frage bleibt." Sandra ist eine Klassenkameradin Lauras und weint nach ihrem Vortrag offen. Besonders in den Reihen derer aus dem Wohnstift nahe dem Exerzierplatz weinen viele mit ihr. Als man das eingenommene Geld überweisen will, findet man Georg Simons Anschrift nicht heraus. Er hat keine Nachsendeadresse hinterlassen. Man fühlt zu einer gründlichen Recherche auch nicht die rechte Lust, will man doch endlich eigentlich eine gewisse Ferne zu dem Vater schaffen. Düsternbrooks Steine, die von den Ermittlern monatelang umgewälzt worden waren, ruhen wieder in den angestammten Kuhlen mit den gewohnten, vertrauten Würmern darunter, die vordem, dem Licht ausgesetzt, so fremd sich gewunden hatten und Hässlichkeiten preisgaben. Man installiert von den Konzerteinnahmen ein von Gas gespeistes ewiges Licht am Grab des Kindes auf dem Nordfriedhof. Ein wenig wird von diesem Licht, das ein roter Schirm umgibt, auch der Stein daneben beleuchtet, auf dem der Name von Lauras Mutter steht. Sie ist zehn Monate vor ihrer Tochter an Bauchspeicheldrüsenkrebs gestorben.

Der Winter in diesem Jahr ist milde. Es wird im kommenden Jahr viele Schädlinge geben. Im Frühjahr fällt man die Eiche, unter der Lauras sterbliche Überreste gefunden worden waren. Die

Feuerwehr macht eine Übung daraus. Angeblich soll die Eiche morsch und eine Gefahr für alle gewesen sein. Der Baum werde geopfert, um ein Opfer besser vergessen zu können, äußert sich jemand aus der Achtundsechziger-Generation. Eine schüttelt in Kiel darüber besonders verständnislos den Kopf, die Studienrätin für Deutsch und Geschichte an der Hebbelschule, die 42-jährige Eleonore Harprecht, Ehefrau des Hauptkommissars Carsten Harprecht. Der gefällte Baum, meint sie, fälle ein Urteil über die Stadt. Sie spricht von „Verdrängungsrodung" und schreibt einen Leserbrief an die *Kieler Nachrichten,* die ihn abdrucken. Aber niemand regt sich sonderlich darüber auf. In wenigen Tagen wird die alljährliche „Kieler Woche" die Stadt erneut munter durchschütteln. Das Fest werde ein prachtvolles Event werden, klingt es von den Verantwortlichen beinahe trotzig, sogar hin und wieder beschwörend. Man erwartet gemeinhin, dass Franziskus, den viele als „Rattenfänger" oder Till Eulenspiegel Kiels begreifen, wieder an der Spiellinie nahe der Förde in Erscheinung treten wird. Er hat es bislang schon oft getan und seine Fäuste in den Himmel geschleudert, als wollte er sie endlich loswerden. Dann und wann war ihm dabei die Pappmachétaube von der Schulter gefallen, die einer vom Organisationskomitee auf ihr befestigt hatte. Doch niemand weiß, wo er sich aufhält.

Lauras Tod hat Franziskus vor Monaten schon aus der Stadt getrieben. Man hat es nur nicht gemerkt. In der Welt des Kindes hat er sich beheimatet gefühlt. Sie hat ihn mit vielen Worten beschenkt, die wirklich für ihn gedacht waren. Daraus setzt sich zuerst ein Zuhause zusammen. Er geht mittlerweile viele Wege, ziellos, jenseits von Kiel, dessen Paradiestor ein Tod für ihn unwiderruflich zugeschlagen hat. Oft sieht er blutroten Asphalt. Dann schreit er laut: „Jedermann!" Die Tauben bleiben immer noch still sitzen, wenn er mit ihnen spricht. Er trägt Lauras Geist mit sich. Der Geist treibt ihn. Sein Herz ist ein wildes Tier, das gezähmt und gestreichelt werden möchte. Die Augen spiegeln ein Land, das keine Gäste duldet.

KAPITEL 1

Nacht, eine schwarze Sommernacht ohne Schlupflöcher, Sterne und Mond von bunkerfarbenen Wolken verhängt. Die Hitze saß wie ein fetter Waffenmeister auf Kiel. Die roten Leuchtzahlen des Radioweckers zeigten 2.47 Uhr. Das Telefon klingelte. Sven Kolberg fasste sofort nach dem Apparat, verfehlte ihn um keinen Millimeter, obwohl seine schweißnassen Hände zitterten. Doch er hatte den Griff schon zu oft tun müssen, besonders in der Nacht, als dass ihm noch ein Fehlgriff zustoßen würde. Die Luft in dem Schlafzimmer roch nach dem Brodem, der von zu vielem furchtdurchsetzten Herumwälzen im Bett, vom dauernden Emporschrecken ausgeht. Kolberg hatte nicht geschlafen. Er wusste, was er aus dem Hörer vernehmen würde. Dennoch presste er ihn nahezu begierig an sein Ohr. Dann kratzte die scharfe, metallene Stimme über sein Trommelfell: „Ich erwische dich! Ich erwische dich! Ich erwische dich! Mörder!" Kolberg wartete alle Worte ab. Er legte nicht auf. Seit etwa drei Monaten kamen diese Anrufe. Immer dieselben Worte. Die ersten Male hatten sie wie Schläge auf Weichteile gewirkt und ihm alle Luft geraubt. Er hatte sich vor ihnen weggekrümmt. Doch jetzt nahm er sie hin wie einer, der müde geworden war, sterbensmüde, um noch länger auf den Vollzug der Todesstrafe zu warten. Sein Schlafzimmer, das aufgeräumte Schlafzimmer, in dem alles akkurat an seinem Platz stand, staubfrei, poliert, gescheuert, mutierte zu einem Verlies, in dem Kakerlaken und Ratten zu Freundschaftsschlüssen bereit sind. Kolberg sah nach jedem Telefonat mehr Dreck. Er reinigte dann als Kämpfer, dem zu viele Verluste in Kopf und Seele geschrieben worden waren. Er säuberte sich nahezu die Haut von den Handflächen. Er ordnete verzweifelt. Darum konnte die Ordnung nicht mehr beruhigend wirken.

Keiner der Anrufe hatte ihn aus einem gesunden Schlaf geweckt. Seit Jahren kränkelte sein Schlaf, war in kleine Fetzen zerrissen, die nichts bedecken konnten und nichts vergessen ließen. Träumte er, dann sah er Bilder von Kriegen, die er führen musste, er mit sich, blutig, von entsetzlicher Angst durchknotet, leergeeitert, voller diffus geformter Wunden, die mit Niederlage und Tod drohten. Er hätte sich eine Geheimnummer geben lassen können. Er tat es nicht. Mittlerweile wollte er diese Anrufe. Er verdiente sie. Die Schlange im geräumigen Terrarium rieb sich an den Glaswänden. Wenn er ihr Mäuse zum Fressen vorwarf, schaute er nicht mehr hin, schon lange nicht mehr. Früher hatte es ihm eine seltsame Freude bereitet, wenn so ein kleines Nagetier im Rachen der Boa verschwand. Manchmal hatte er bei dem Anblick eine Erektion bekommen. Mittlerweile war er, der 35-jährige, zu sexuellen Regungen kaum mehr fähig.

Der Chef der Immobilienfirma am Düvelsbeker Weg, in der er arbeitete, hatte anonyme Briefe erhalten, in denen Sven beschuldigt wurde, es mit minderjährigen Jungen zu treiben. Bei der Erinnerung daran lachte Kolberg hohl, so hohl, wie es sich inzwischen in seinem Innern anfühlte. Da lagert nichts mehr von Wert, dachte der Mann, mit dem ein Leben zu gestalten wäre. „Auf anonyme Schreiben gebe ich nichts", hatte der Chef gesagt. „Soll ich die Polizei einschalten?" Kolberg hatte den Kopf geschüttelt und sich zu den wenigen Aufgaben in der Firma begeben, die sein Vorgesetzter ihm seit den Briefen noch gelassen hatte. Und sie wurden von Woche zu Woche weniger.

Die Kollegen legten ihm Bilder mit Jungen in Unterwäsche auf den Schreibtisch, die sie aus Versandhauskatalogen ausgeschnitten hatten. Dann wurden es Fotos von nackten Knaben, wohl irgendwelchen Nudistenzeitschriften entnommen. Kolberg verbrannte sie heimlich auf der Toilette und erbrach sich über der Asche. Bei Betriebsfesten, zu denen die Familien eingeladen waren, hielt man betont die Kinder von ihm fern. Getuschel rauschte um ihn herum wie sterbendes Laub im Herbst, an dem bereits Winterstürme reißen. Näherte er sich einer Gruppe, geriet er in ein Schweigen als dem Auge eines Taifuns. Anrufzettel, die ihm die Sekretärinnen zuschoben, waren mit falschen Uhrzeiten beschrieben. Immer häufiger kam er zu Verabredungen mit Kunden zu spät. Dr. Heinemann, der Chef, ein distinguiert aussehender

Mann, stets mit einem dunklen Anzug samt dazu passender Weste bekleidet, die Seidenkrawatte akkurat geknotet, das silbergraue Haar so geschnitten, dass es wie eine kostbare Verlängerung seiner hohen Stirn wirkte, stellte ihn auf dem Flur zur Rede, erhob seine gewohnt leise Stimme nicht, sie drang dennoch zu allen durch, die zuhören wollten – und alle wollten es –, durchstach Kolberg wie ein fein gearbeitetes Stilett: „Ihr Privatleben, so anrüchig es möglicherweise sein mag, kann ich tolerieren, wenn es sich nicht in meinem Hause abspielt. Aber bei Schlampereien kommt meine Geduld an ein sehr schnelles Ende. Haben wir uns verstanden, Herr ...!" Er verschluckte den Namen mit einem gewissen Ekel wie einen Schleimpfropfen, wandte sich weg, winkte mit der rechten Hand verächtlich nach hinten.

Von nun an wichen die Kollegen ihm aus. Blicke ähnelten schmutzigen Steinen, aus Ruinen gerissen. Man nahm ihn lediglich als Belästigung zur Kenntnis. Alle Gespräche umgingen ihn weiträumig. Ihm wurde ein Schreibtisch in einem fensterlosen Raum zugewiesen. Seine einzige Aufgabe dort bestand darin, die Immobilienseiten verschiedener großer Tageszeitungen auszuwerten. Er wusste nicht, wozu er das tat. Er füllte Mappe um Mappe mit ausgeschnittenen Anzeigen, die tagelang auf seinem Tisch liegen blieben. Dann würden sie, fürchtete Kolberg, von den Reinmachefrauen entsorgt. In seinem Innern gellte nahezu im Minutenabstand die Frage: Warum? Er gab sich viele Antworten darauf, die alle in seiner absoluten Wertlosigkeit gipfelten. Er weinte sich durch die Fernsehprogramme am Abend, verließ die Wohnung kaum noch, schrubbte jeden Raum, bohnerte, wachste, sortierte, duschte sich mehrmals. Sein Magen, sein Herz schmerzten ständig.

Manchmal quälte er die Boa mit einer langen Ahle oder spritzte ihr Deodorantspray in den Rachen. Sein Pariadasein weitete sich zunächst auf seine Wohnungsnachbarn aus, dann auf die Straße, das Viertel, den Ort. Kiel grub in wenigen Wochen einen tiefen, breiten Graben um ihn und verbannte ihn auf die Insel, einen Robinson ohne jeden Freitag und ohne jegliche Möglichkeit, dem Insulanerdasein zu entkommen. Der Psychiater, den er schließlich aufsuchte, weil er eines Abends gellende Schreie gehört hatte, die er erst sehr spät und nachdem Nachbarn wütend an die Wände und die Tür gehämmert hatten als die seinen ausgemacht hatte, bescheinigte ihm eine Depression und schrieb ihn krank. Zu Hause folterte ihn vielerlei, die Einsamkeit, das Bewusstsein der eigenen Nichtigkeit, die Angst vor jedem einzelnen Menschen, die Scham wegen seiner für ihn amputiert wirkenden Sexualität, die einzig, wenn auch äußerst selten, eigenhändig betrieben wurde mit darauf folgenden und gegen sich wütenden Reinigungsschlachten, und er dachte dabei an Rohrstöcke, Peitschen und Schmerz, an Fesselungen, an Würgeringe um seinen Hals, die ihm die verdammte Luft abschnürten.

Doch die Meisterin aller seiner Folterungen war die Schuld, die Schuld. Voller Grauen stolperten seine Gedanken, humpelten, strauchelten, krochen auf den Knien 15 Jahre zurück an die Straße zum Wasser hin, die Eiche, das zermanschte Fleischbündel, vormals ein hübsches Mädchen, verpackt in einen zerfetzten Stoff mit Elefanten darauf. Er spürte den Spaten in der Hand, fühlte die Aufschläge, sah das Gesicht des Kindes, das kein Gesicht und kein Kind mehr war, nur eine einzige Verwüstung. Er brüllte in das nasse Kopfkissen. Das Zimmer war verstellt von Inquisitoren, die ihm einstimmig Glauben, Gott, Menschlichkeit, Leben absprachen, Inquisitoren, die ihren Geschäften bei ihm ausnehmend gern und gründlich nachgingen. Die Finsternis durchbrach die Schlafzimmerfensterscheiben, um sich ja nichts entgehen zu lassen. Sie hätte sich gern mit der Finsternis, die in jenem Mann dort drinnen als Schwarzpulver von Verwünschungen über Verwünschungen zusammengerührt wurde, in einem Akt explosiven Hasses gepaart. Die Telefonanrufe waren Antworten, die Kolberg mittlerweile wollte. Sie reflektierten, wenn auch unvollkommen, seine Schuld und versprachen Strafe. Die empfand er als Befreiung. Mörder! Seine Insel verkleinerte sich. Das Meer der Verachtung fraß das feste Land bis auf Fußbreite. Bald würde er nicht mehr stehen können. Er haspelte Selbstgespräche, die Seelenaas aus ihm kippten, bis das Telefon wieder schrillte: „Ich erwische dich!“

„Tu es!", schrie er zurück. „Nein!", kreischte er. „Ich mache es selber. Ich mache es selber". Das zweite flüsterte er nur noch, weil er den schrecklichen Gedanken eigentlich nicht hören wollte, der auf ihn einsprach. „Ich kann warten", dröhnte die Stimme aus dem Hörer. „Ich nicht", wisperte Kolberg endlich, dann auf ewig und schwamm der Ruhe nach, die ihn plötzlich erfasst hatte. Seine Gedanken zeigten ihm ein Grauen auf, das eigentlich viel größer als ein Mensch war. Doch für ihn hatte dieses Grauen nun genau seine Maße. Nahezu würdevollen Schrittes näherte er sich der Garderobe, nahm die Schlangenlederjacke vom Haken, zog sie sich sorgfältig an, so wie es Beerdigungsunternehmer bei der Einkleidung eines Toten tun, öffnete die Haustür, ließ sie offen stehen, trat in die Nacht, die ihn bereitwillig durchließ, um ihm dann als noch tiefer eingeschwärzte Dunkelheit zu folgen. Die Stille ringsherum schraubte sich in sein Denken und zerquetschte alle Entschuldigungen und Ausflüchte. Leere Straßen gaben sich als letzte Wege aus. Kiel ließ seine Autos nachts in den Garagen oder unter hellen Laternen stehen, die sie mit ihrem Licht beschirmten. Nur wenige Fenster gaben sich als helle Augen. Irgendein Nachttier huschte in sein Versteck. Erste Tauben gurrten müde auf den Dachsimsen der Pauluskirche.

Kolberg stieg die Stufen am Denkmal des Herzogs Friedrich Wilhelm vorbei zu der großen Holztür empor, als Delinquent die Sprossen zu einem Schafott. Seine Wachsoldaten trugen die Namen Scham und Schande, sein Henker den der Schuld.

Er holte mit tiefen Atemzügen die Nacht in sich hinein. Das Gebet seiner Kindheit fiel ihm ein: „Müde bin ich, geh zur Ruh, schließe beide Augen zu. Vater, lass die Augen dein über meinem Bette sein." Er sprach es nach innen in seine Hohlheit, um sie zu füllen. Es gelang nicht. Das Gebet hatte ja auch nur funktioniert, wenn seine Mutter ihm dabei die Hände hielt. Das würde sie wohl heute nicht mehr können, weil sie sich selbst nicht mehr kannte in jenem Pflegeheim drüben auf dem Ostufer, ihn darum erst recht nicht, die Alzheimer-Patientin. Mehr war sie nicht. Sie zog ihre letzte Bedeutung einzig aus dieser Krankheit. Der Vater war vor 16 Jahren von einem Kran gestürzt. Der war hoch genug für seinen sofortigen Tod gewesen. Er hatte nie die Hand des Sohnes bei einem Gebet gehalten, auch sonst nie, weil er ein Mannskerl wie ein Baum sein wollte, wortlos.

Kolberg, an der Kirchentür lehnend, die ihn weit überragte, die ihn mit ihrem Holz machtvoll stützte, spürte das leichte Zittern unter seinen Sohlen. Ein Grollen rollte durch die Nacht, vermischt mit einem Aufheulen dann und wann. Rasselgeräusche. Das Brummen verstärkte sich. Der Boden unter Kolberg schüttelte Sandkörner durcheinander. Allmählich erhob sich ein Donnern. Schmale Lichtstreifen durchschnitten das Gebüsch an der Kirche, verbreiterten sich, wurden heller und heller, verschluckten das Gesträuch, blendeten. Das Rasselgeräusch, das Grollen eskalierten zu einem Toben. Metallmasse stürmte heran, von der Düppelstraße her, ein mächtiger LKW, randvoll mit Schweinehälften, die in seinem riesigen Laderaum hin und her schwankten, aneinander stießen, gegen die Wände polterten. Der Motor jaulte auf zu einem Schrei, als der Gang gewechselt wurde.

Kolberg stieß sich von der Tür ab, machte zwei, drei, fünf, sechs Sätze die Treppen herunter, federte zweimal auf der Bordsteinkante, ließ sich vom Licht wie von Flammen einfangen, von den Geräuschen wie von Flüchen, sprang, sprang, flog, flog vor das Ungetüm. Die Bremsen kreischten vergeblich um Hilfe. Das Geräusch gellte durch die benachbarten Straßen Düsternbrooks als Alarmsignal. Der LKW schlingerte in Richtung Kirche, wandte sich dann tobend wieder von ihr ab, schleuderte. Die Schweinehälften in ihm raspelten voneinander Fleisch ab. Nichts war davon zu hören, wie der Leib Kolbergs vom Kühlergrill erfasst, hochgeschleudert, zurück auf die Straße geworfen, von einem dicken Reifen überrollt wurde. Nichts war von diesem Tod zu hören. Die Geräusche des mächtigen Fahrgerätes übertönten alles. Menschen hatten ihm diese Macht verliehen.

Der LKW stoppte. Der Fahrer, er hieß Hans, wie das Schild hinter der Windschutzscheibe verriet, ließ sich aus der Kabine fallen. Er taumelte nach vorne, sah das, was er nie zu sehen gehofft hatte, und erbrach den Kaffee und die zwei Schinkenbrötchen, die er vor einiger Zeit in der Autoraststätte Hammoor zu sich genommen hatte. Er lehnte sich an den Kühler seines Kolosses, den er so gerne beherrschte, und fühlte alle Machtlosigkeit der Welt, dazu Angst, Ekel. Schließlich fingerte er ein Mobiltelefon aus seiner Jeansjackentasche und krächzte die allernotwendigsten Worte in Richtung Polizei hinein. Dann würgte er erneut Schleim auf die Asphaltdecke der Straße, sah ihn sich an und erkannte seine derzeitige Verfassung wieder.

Die Nacht ließ ein erstes Grauen zu. Über dem Turm der Pauluskirche riss die Wolkendecke nahezu kreisrund auf, als schüfe der Himmel ein Guckloch. Wenige Menschen entquollen ihren Häusern und ruckten auf die Unfallstelle zu. Fast alle keuchten sie: „Mein Gott!" Die Minuten tapsten vorsichtig fort, weil die Zeit keine Schuld haben wollte. Niemand wollte sie haben, natürlich auch der Fahrer Hans nicht, der den Niemannsweg niemals hätte benutzen dürfen, aber doch abkürzen musste, denn die Zeit, die Zeit drängte einen wie eine ständig wütende Stechmücke.

Ein Krankenwagen, Streifenwagen trafen ein, mit Blaulicht, jedoch ohne Martinshorn. Die Bürger Kiels sollten in ihrer Nachtruhe so weit wie möglich nicht gestört werden. Zwei Polizeibeamte sicherten den Unfallort. Hauptkommissar Harprecht wurde von einem weiteren grünweißen Dienstfahrzeug aus Molfsee herbeigebracht. Der hochaufgeschossene Ermittler war trotz der frühen Morgenstunde frisch rasiert, trug einen leichten hellgrauen Anzug mit einer blassblauen Krawatte über einem weißen Hemd. Die von Graustreifen durchzogenen widerborstigen, vollen Haare waren mit Gel gebändigt worden, so weit sie es zuließen. Darunter meldeten helle Augen, tiefe Stirnfalten, ein zusammengekniffener Mund in einem schmalen Gesicht, sich bewegende Kinnmuskeln höchste Aufmerksamkeit. Die Daumen steckten in den Jacketttaschen, auf die schlanke, sehnige Finger klopften. Der Beamte schaute. Er sammelte alles mit seinen Augen auf und sortierte es in seinem Gehirn. Er blickte auf den Toten, die Stellung des Lastwagens, trat zu den Polizisten, die Bremsspuren vermaßen, eine Lageskizze anfertigten, Fotos mit einer Polaroidkamera produzierten, deren Blitze die wenigen Zuschauer immer wieder zusammenzucken ließen. Eine Taube landete auf dem Kühler des LKW. Erste Wärme durchsetzte den Morgen. Ein Sommertag wollte werden, trotz des Todes. Harprecht trat zu dem Fahrer Hans, der wie eine schlaffe Kasperlefigur, die ihren Spieler verloren hatte, seltsam verwinkelt am Kühler seines Riesengefährts lehnte. „Er kam einfach geflogen", stammelte der zur Puppe verkommene Mensch, „einfach so. Von da", speichelte er, wischte sich den Mund ab und wies zur Kirche, „als wäre er von da irgendwie abgeschossen worden oder getreten oder so."

„Sie meinen", legte Harprecht seine tiefe Stimme auf die Hilflosigkeit des Fahrers, „Sie meinen, einer hätte ihn gestoßen? Haben Sie noch eine weitere Person gesehen?"

„Ich glaube nicht", holte Hans seine Persönlichkeit ein wenig näher zu sich heran. „Nein, bestimmt nicht. Meine Scheinwerfer haben doch alles ausgeleuchtet. Ich hätte jemand anders gesehen. Ganz bestimmt." Die Puppe richtete sich wieder zum Menschen her. „Da war keiner. Nur dieser gottverfluchte Idiot." Hans schlug mit der Faust heftig auf die Kühlerhaube, dann noch einmal.

„Sind Sie in Ordnung?", untersuchte Harprechts sonorer Bariton. „Wollen Sie vielleicht einen Arzt?"

„Ich muss weiter", drängte der Fahrer plötzlich. Er war vom Tod zu seinem Beruf heimgekehrt. „Ich befördere verderbliche Ware. Ich habe Termine. Wird das hier noch lange dauern?"

„Ein halbe Stunde. Höchstens." Der Kommissar legte dem Fahrer den rechten Arm um die Schulter und führte ihn zu einem VW-Bus der Polizei, schob ihn in dessen Inneres. „Die Beamten hier werden alles aufschreiben. Und dann können Sie bald wieder los", versprach er und stellte seinen Körper zwischen Hans und die Leiche, die gerade in eine Metallwanne gehoben wurde.

„Wie heißt der, den ich gerade zu Tode gefahren habe?", weinte der Trucker plötzlich.

„Sie müssen ihn nicht kennen lernen", tröstete Harprecht. „Sie haben keine Schuld, bestimmt nicht. Er wollte sterben und hat Ihren Laster dazu benutzt. Es hätte auch jeder andere sein können."

„Wie heißt er? Es war mein Laster", beharrte Hans. Er fing die Tränen mit der Unterlippe auf.

„Nein", sagte Harprecht und schob die Tür des VW-Busses zu. Er ging zu dem Arzt, der gerade angewidert murmelte: „Was für eine Schweinerei aber auch!", und bat ihn, nach dem Fahrer zu sehen.

„Ist gut, Carsten", sagte der Mediziner. „Armer Kerl. Dass diese Selbstmörder auch noch andere mit hineinziehen, das finde ich irgendwie unfair von denen, als wollten die noch jemanden bestrafen."

„Vielleicht wollen sie das ja auch", erwiderte Harprecht. „Gibt es übrigens einen Abschiedsbrief?"

„Entgegen allgemeiner Meinung, wie du vermutlich wissen wirst, findet man so einen bei den meisten Selbstmördern nicht. Sie wollen wohl ein Rätsel hinterlassen. Noch eine Strafe mehr. Aber unserer hier hat uns so etwas Ähnliches beschert. Er hat sich vor seinem Sprung eine Pulsader vermittels eines Tapetenmessers aufgeschnitten und mit dem Blut etwas an die Kirchentür geschmiert, einen Namen möglicherweise, L,A,U,R und noch etwas. Frag deinen Hauptmeister Wolter. Der hat die Buchstaben entdeckt."

Harprecht prallte erschrocken in den frühen Morgen, die aufwallende Wärme, das herabschwebende Licht zurück. Er stieß den Atem in einem kompakten Schwall aus. „Laura", flüsterte er. Etwas gefror in ihm, machte seine Gedanken, Gelenke unbeweglich, betäubte alle Sachlichkeit, den Dienst, die Pflicht. „Laura." Seine Zunge versuchte die spröden Lippen geschmeidig zu machen. Es misslang. Er trug zu wenig Feuchtigkeit in seinem Mund. Sie war nach außen gedrungen und hatte sein Gesicht mit einem Schweißfilm überzogen.

„Laura. Könnte sein", sagte der Arzt gleichmütig und ließ seinen Koffer zuschnappen. „Aber wie gesagt, frag den Wolter!"

Der Kommissar versank in Sekundenschnelle bis zum obersten Halswirbel im dicken Schlamm der Vergangenheit und fühlte sich gelähmt. Er stand einfach da und starrte, ohne etwas zu sehen, was um ihn herum passierte. Es handelte sich um ein umtriebiges Geschehen.

Harprecht empfand sich schlagartig irgendwie außer Betrieb. 15 Jahre. Die Eiche. Die blutige Ansammlung von Lumpen, die, einst gut zusammengefügt, ein Mensch gewesen war und die ein Mensch oder mehrere so verächtlich gemacht hatten. War es das? War es wieder da? War sie wieder da? War er das gewesen, der da in der Blechwanne? Die Fragen schossen durch sein Gehirn, trafen einiges schmerzhaft, ohne dass sich etwas zu Dauerhaftigkeit verdichtete.

„Was?", schnellte seine Stimme aus dem äußersten Mundvordergrund. Mehr Raum fand seine Stimme nicht. „Was haben Sie gesagt?"

„Können wir den Toten wegbringen?", fragte Hauptmeister Wolter und wunderte sich über seinen statuenhaft wirkenden Vorgesetzten.

„Ja, machen Sie nur", zuckte Harprechts Mundspitzenstimme. „Wo ist der Name?"

„Na, an der Kirchentür. Der hätte es sich aber auch leichter machen können, unser Selbstmörder", ärgerte sich der Uniformierte, „und uns auch. Wir mussten den ganzen Verkehr umleiten. Viel ist es ja um diese Zeit nicht", gestand er ein wenig milder zu.

„Zeigen Sie es mir!", verlangte der Kommissar sehr, sehr zögerlich.

„Wir haben ein Bild davon. Sie müssen da nicht extra hin", gab Wolter sein momentanes Verständnis für den Chef zu.

„Zeigen Sie es mir bitte."

Der Hauptkommissar zog mit seinen Augen die Druckbuchstaben auf der dunklen Holztür nach. Sie waren nicht groß und verschmiert. Es hätte auch ein willkürliches Muster sein können. Doch es war wohl dieser Name. Laura. Das A kaum ausgeführt. Der verfluchte Hund hat nicht sterben können, ohne uns dieses Schreckliche um die Ohren zu schlagen, zürnte Harprecht gegen den Toten und gegen sich. Er sah im Geist – und es war sehr düster dabei, der Staub wirbelte wie Novembernebel – einen ganzen Aktenberg auf sich zustürzen. Er spürte nahezu, wie er schmerzhaft gegen seine Brust schlug. Vielleicht ist dieser Name auch nur ein Zufall, sagte das unmündige Kind in ihm. Doch der erfahrene Mordermittler samt all seinem Wissen, seinen Erfahrungen und Instinkten ließ ein „Nein“ kommandieren. Es riss seinen Kopf hoch. Er wandte sich an zwei Polizeibeamte, von denen er nur die Vornamen wusste. Egal. Sie würden sich geschmeichelt fühlen. „Thorsten, Michael“, sagte er, „fragt mal in den Häusern drüben nach, ob jemand etwas gesehen hat.“

„Wird gemacht, Chef!“, strammten die beiden sich groß.

Die Morgensonne wirkte wie eine riesige kostbare Dublone, viel zu teuer für Tod und Blutinschriften. Sie begann die Menschen zu blenden. Neugierige wandten sich ab und flohen heimwärts zu ihren jeweiligen Geschäftigkeiten. Der Platz vor der Kirche leerte sich. Beamte schrubbten die Straße. Der Lastwagen war für einen kurzen Zwischenaufenthalt zum Revier an der Düppelstraße gebracht worden.

Ein Mann, vielleicht um die 35, trat mit steifen Bewegungen an den Hauptkommissar heran. „Entschuldigung“, setzte er gemessen an, „ist es schon erlaubt, die Kirchentür zu reinigen? Ich bin hier der Küster. Kallweit ist mein Name.“

„Haben Sie ihn gekannt?“, fragte Harprecht und wies vage auf die Straße.

„Ist lange her“, flüsterte der Kirchenangestellte mit einer Stimme, die eine weite Vergangenheit durchwandert zu haben schien, so kraftlos klang sie plötzlich, auch ohne viel Atem darin.

„Und?“, verlangte der Kommissar.

„Schulfreunde damals in der Hebbelschule, nein, eher Bekannte, beiläufig. Der Herr Kolberg konnte wohl nicht so gut Freundschaft schließen. Er blieb lieber in so einer Art Versteck, wenn Sie verstehen, was ich meine.“

„Was meinen Sie genau?“ Harprecht sah mit den Gewichten seiner 56 Lebensjahre und seiner Autorität zu dem Küster hinunter und drückte auf ihn.

„Er war so schwer zu entdecken. Er war immer getarnt. Er gehörte nirgends richtig dazu. Irgendwie schien er stets von irgendwo her zu kommen, was wir anderen nicht kannten und wohl auch nicht kennen lernen wollten."

Kallweit tauchte einen Lappen in das Wasser seines Eimers und begann fast zärtlich an der Schrift zu reiben, als wollte er den Namen nicht wirklich entfernen. Dann spülte er den Lappen aus und musterte erschrocken das rötliche Wasser. „Er ist tatsächlich vor einen Lastwagen gesprungen?", ängstigte er sich, „und hat vorher das an die Gotteshaustür geschrieben."

„Ich denke, so wird es gewesen sein." Harprecht musterte den Küster wie einen, den er erst finden musste.

„Hat er diese komische Schlangenlederjacke getragen?" Kallweit wrang den Lappen fest aus. Wasser tropfte auf seine schwarzen, blankgewienerten Schuhe.

„Warum?"

„Er trug sie immer zu besonderen Anlässen." Der Küster schüttelte sich, als säße sehr Unliebsames auf seinen Schultern oder sonstwo, das dringend weg musste, wurde rot, fingerte ziellos am Ansatz seiner straff zurückgekämmten, weißblonden Haare und flüsterte: „Entschuldigung". Die Augenlieder flatterten aufgeregt.

„Was wissen Sie noch über Herrn Kolberg?" Der Kommissar schlug einen scharfen, amtlichen Ton an und kehrte seine Autorität als Macht heraus.

„Nichts. Nicht mehr. Sven war mir nie nahe. Man konnte ihn auch nicht fassen. Das Einzige, was ihn eigentlich zu erkennen gab, war eben diese blöde Jacke, sein Markenzeichen. Ohne sie war er irgendwie keine Marke."

„Sie können sich gut ausdrücken, Herr Kallweit." Harprecht jetzt jovial, nicht weiter interessiert.

„Finden Sie? Nun ja, ich habe einmal ein paar Semester studiert."

„Tatsächlich. Danke für Ihre Zeit. Man kann übrigens den Namen auf der Tür noch erkennen."

Der Küster wirbelte herum. Nun scheuerte er energisch. Man erahnte Wut, auch Angst, beide oft ein Paar. Dann schritt er davon, den Eimer mit dem Blutwasser in der Rechten, vorsichtig, behutsam, kleine Schritte setzend, damit kein Tropfen des Inhalts über den Rand schwappte. Reliquien mochte man auf diese Art tragen.

Harprecht hörte in den Morgen, ob so etwas wie ein gregorianischer Gesang zu ihm dringen würde. Er hätte ihn sich gewünscht. Jeder Tod verdiente Feierlichkeit. Zu viele Tode bekamen sie nicht. Er vernahm allein die banalen Aufwachgeräusche Kiels, Türenklappen, Automotoren, Stimmen, die nur etwas sagten, damit man die Existenz ihrer Besitzer registrierte, ja auch etwas Vogelgesang, dazu das Gurren der Tauben, das sich immer so anhörte, als würden die Tiere gerade neu aufgezogen. Er stieg in den Streifenwagen und ließ sich zur Dienststelle fahren. Draußen glitt die Stadt an ihm vorbei und gaukelte Beständigkeit vor. Als sie die Kirche passiert hatten, erblickte er drei Sonnenblumen. Sie sahen aus, als hätten sie sich auf Regen eingestellt, die Blütenköpfe gesenkt, die Blätter an die Stengel gelegt. Im Schaukasten der Heiligengeist-Gemeinde las er durch das Autofenster im Fortgleiten ein Bibelwort, kalligraphisch gestaltet: „Unser Gott kommt und schweiget nicht.“ Was sagt er zu Sven Kolberg?, dachte der Kommissar. Dann verlor er ganz langsam die Kirche aus seinem Gesichtsfeld.

Zwei Beamte durchsuchten die Wohnung des so lebensverachtend zu Tode Gekommenen an der Graf-Spee-Straße. Sie fanden Ordnung, Sauberkeit, Bücher von der Bestsellerliste, Bilder aus einer beliebigen Kaufhauskunstecke, keine Briefe, dafür Rechnungsbelege, den Mietvertrag, sorgfältig abgeheftet, CDs mit Volksmusik, als einzige Merkwürdigkeit die Boa in ihrem Terrarium. Sie wurde erst einmal an ihrem Ort belassen. Hauptmeister Wolter würde sie füttern, nachdem die Wohnungsvermieterin ein solches Anliegen empört von sich gewiesen hatte. Ansonsten gab sie mit der Rechtschaffenheit eines Wüstengeiers von sich, dass der Kolberg „nicht ganz richtig gestrickt“ gewesen sei. „Nie Damenbesuch. Das ist doch in einem solchen Alter nicht normal. Die Leute munkeln ja was von Kindern. Sie verstehen?“

„Es waren also öfter Kinder hier?“, wollte einer der Beamten wissen.

„Nicht dass ich wüsste.“

„Ah ja", sagte Wolter. „So viel zur Pädophilie."

„Zu was?", schnappte die Wirtin. Und als sie keine Antwort bekam, beschloss sie, über anderen Gefilden zu kreisen, in der Hoffnung, wenigstens dort einmal zu einem ordentlichen Fang herabstürzen zu können.

Die Polizisten verschlossen die Wohnung, ohne sie zu versiegeln. Es hatte in ihr viel mehr nach Reinigungsmitteln als nach einem Menschen gerochen. Und auf den Sonnenstrahlen hatte kaum Staub getanzt, was wenigstens ein bisschen an Leben erinnert hätte.

„Er hat sich noch nicht einmal selbst fotografieren lassen", wunderte sich Wolter.

„Vielleicht war zu wenig da, was man hätte ablichten können", gab sich der Kollege zynisch. Er tat es nur, weil er diesen Tod nicht mochte, diesen besonders nicht.

Harprecht schenkte auf der Dienststelle an der Düppelstraße den beiden Beamten Kaffee aus einer mitgebrachten Thermoskanne in die Pappbecher, zündete sich eine Pfeife an, gab den Kollegen Feuer für ihre Zigaretten und ließ sich berichten. Dann schwiegen sie alle, trauerten unbestimmt, weil man um Sven Kolberg nicht sonderlich bestimmt trauern konnte, und versuchten, den Sommertag in sich aufzunehmen. Wärme brauchten sie dringend. Es war zu empfehlen, sich einen Vorrat davon anzulegen.

Harprecht unterschrieb das Protokoll. Konnte man eine Mutter, die unter Alzheimer litt, vom Tod ihres Sohnes unterrichten.

Der Kommissar rief im Pflegeheim an. „Sie wird es nicht begreifen können", wurde ihm von der Leiterin beschieden. Dennoch war es wohl nicht gut, überlegte Harprecht, wenn man körperlich in dieser Welt war und ansonsten in irgendwelchen kurzlebigen Eigenschöpfungen, die vorbeihuschten wie die Schatten fliegender Schwalben, auch wenn es in diesen Eigenschöpfungen den Tod nicht gab.

Der Hauptkommissar seufzte und machte sich auf den Weg in das Polizeipräsidium an der Blumenstraße. Er hasste das Autofahren, weil er dabei nicht an Wesentliches denken konnte, nur an

Vorfahrten, Abfahrten, Richtungsänderungen, Umschalten. Er hasste es auch, weil er die Funktionsweise seines Audis kaum kannte und sich Schwachstellen ausmalte. Er sah nur die Straße, nicht die sich hochreckenden Häuser, die oftmals geschmackvollen Schmuck auf ihre Fassaden gelegt hatten, manchmal sogar dem Jugendstil entlehnt, unter einem Himmel, der ein lichtes Blau über die Bauten spannte. Immer wenn ihm Sven Kolberg einfiel, machte der Wagen einen Schlenker. Dann hupten andere Autofahrer. Harprecht knirschte nervös mit den Zähnen, vielleicht auch wütend. Man hatte gefälligst anders zu sterben als der 35-jährige aus der Graf-Spee-Straße. Für einen erfahrenen Mordermittler war das ein seltsamer Gedanke.

Drei Tage später fanden Spaziergänger die Boa vor dem verlassenen Haus, in dem einst Laura mit ihrem Vater gelebt hatte. Das Tier war sorgfältig in 12 Scheiben geschnitten, die kreuzförmig angeordnet etwa zwei Meter vor der Haustür lagen. Der Kopf bildete die Spitze des Kreuzes. Hauptkommissar Harprecht besah sich mit großem Ekel dieses Arrangement. Ein Bussard, der über ihm kreiste, dachte vermutlich ganz anders. Schmetterlinge tanzten. Blumen wiegten sich in einem sanften, warmen Wind rund um den so merkwürdig zerlegten Kadaver als Verkünder einer trotz allem doch heilen Welt. Aber der Mordermittler und die beiden Spurensicherer, auf die Harprecht bestanden hatte, konzentrierten sich ganz auf die Heillosigkeit. Der Hauptkommissar lud die gesamten 15 Jahre der Vergangenheit in seinen Geist und seine Seele, von dem Zeitpunkt an, als er zum ersten Mal von diesem Haus gehört hatte. Das Gewicht brachte ihn aus der Balance. Die Schlangenstücke wurden sorgfältig eingetütet und danach in die Gerichtsmedizin verbracht.

Eine Stunde später parkte Harprecht seinen Audi vorsichtig auf dem Parkplatz gegenüber dem Präsidium, betrat das wuchtige Backsteingebäude mit seinem Feldsteinunterbau, an dessen einer Ecke zur Wilhelminenstraße hin ein Relief des Roland samt Schwert und Schild angebracht war, jenes Helden der Karlssage,

Neffe des großen Kaisers, sein Paladin. Viel zuviel Macht und Heldentum, dachte der Ermittler jedes Mal, wenn er das graue Steingebilde sah, und freute sich über Bäume und Büsche, die das Monument allmählich beinahe bis zur Gänze versteckten. Er hätte sich vielleicht das Abbild des Don Quichote gewünscht.

Er stürmte die kurze Vortreppe hinauf. Der Pförtner drückte in seiner Loge auf einen Knopf, ließ es summen und die Verriegelung der graublauen hohen Türen mit den vielen Fenstern darin aufschnappen. Harprecht nickte dem Hüter des Hauses in seiner Loge links vom Eingang kurz zu, hastete über den schmutzigbraunen Boden in Richtung der Treppen und machte sich an den Aufstieg zum dritten Stock, wo sich die Räume der Mordkommission befanden.

Sein Büro war leer, der zweite Schreibtisch zur Zeit unbesetzt. Er ließ sich in den Sessel fallen und sah sich alles an, was er schon seit vielen Jahren kannte, die weißen Wände, eine davon schräg, kaum Bilder daran, ein Kalender, ein Poster mit einem Elefanten, der eine Polizeimütze trug, den Schrank aus hellem Holz, die überfüllten Aktenborde, den blauen Teppichboden, die Stromantha amabilis mit der Zebrastreifung auf ihren Blättern, die sein Kollege Matthiessen liebevoll pflegte und die es ihm dankte, indem sie tapfer dessen Zigarrenqualmumnebelungen und den Pfeifenrauchattacken Harprechts widerstand. Er sah sich alles an, um Vertrautheit wiederzufinden. Er wollte unbedingt wieder in sich und seiner Umgebung heimisch werden. Nur von einer sicheren Heimat aus konnte er sich all den Mordfällen entgegenstürzen und die jeweiligen Kämpfe aufnehmen. Nun war Laura wieder da, der Frust, die Enttäuschung, Trauer, Schmerz darum, dass sie dem Täter, den Tätern, den Tötern nicht hatten auf die Spur kommen können. Es war eine entsetzliche Niederlage gewesen. Harprecht hatte sich danach, obwohl er nicht von Anfang an dabei gewesen war, sehr wesentlich als verwundbar empfunden. Seine Hornhaut überall dort, wo sie benötigt wurde, war zerschlissen worden. Es war nun immens leicht, ihn zu verletzten, dachte er oft.

Er suchte sich eine Pfeife aus dem Lederetui, eine mattbraune, sandgestrahlte amerikanische „Heathtree Woodcrafts", leicht gebogen, füllte sie mit Tabak, entzündete das Gemisch und spielte mit der Zunge in dem würzigen Rauch herum, bevor er ihn durch Mund und Nase ausblies. Pfeifenrauchen war eines seiner Rituale, mit denen er der Hast, der Hetze, auch der Unkultiviertheit manchmal seiner Arbeit zu widerstehen gedachte. Er wünschte es sich als Balsam für viele seiner Sinne, das Anfühlen des Holzes, das Sehen auf das Kunstwerk einer Pfeife, das Riechen des Tabaks, das Schmecken des Rauches. Harprecht wusste nicht genau, ob ihn die Lektüre von Kommissar-Maigret-Romanen in seiner Jugend auf das Pfeiferauchen gebracht hatte oder das Vorbild seines Vaters, ebenfalls ein Polizist, jetzt schon seit rund 15 Jahren als Kriminalrat im Ruhestand. Er legte seine Füße auf eine Schreibtischschublade, die er herausgezogen hatte, blickte Rauchfäden nach und wartete auf die Stille in sich. Doch die trat nicht ein. Er hörte Rufe, Befehle, Kritiken, Ermahnungen, dazwischen immer wieder einen nur kurz ausgestoßenen Schrei der Angst.

Seufzend legte er die Pfeife in den Aschenbecher, hangelte sich in eine aufrechte Sitzhaltung und griff nach dem Telefon, wählte die Nummer des Oberrats, atmete tief ein und aus, blähte seinen Oberkörper zu ein wenig mehr Mächtigkeit, hoffte auf die nötige Gestrafftheit seiner Stimmbänder und verlangte von seinem Vorgesetzten die Bildung einer neuen Sonderkommission, die man vielleicht unter dem Namen „Soko Laura 2" laufen lassen könnte. Der Chef am anderen Ende der Leitung rekapitulierte noch einmal die ihm bereits bekannten Tatsachen, sprach von einem „Kirchentürmenetekel" und „Schlangengulasch", lachte kurz, nicht wirklich ein Lachen, eher eine Abstandsuche von dem Schrecken, der da an die Erdoberfläche gekommen war, fragte dann: „Und das genügt, meinen Sie, für eine Soko?"

„Ja", dröhnte Harprecht als Lautwerdung einer Erhabenheit über jeden Zweifel.

„Nun gut", murrte der Oberrat nach einer Bedenkzeit wie einer vorweggenommenen Rüge. „Möge das schreckliche Spiel diesmal zu einem Ende kommen. Acht Leute, nicht mehr." Es klang keineswegs überzeugt, eher nach Vorläufigkeit und Hinfälligkeit.

Harprecht schnaufte in die Sprechmuschel, weil er nicht „Danke" sagen wollte und das Wort „Spiel" ihm als grausamer Fehlgriff in der Wortwahl vorkam, auch wenn er selbst manchmal zu Verniedlichungen Zuflucht nahm, wenn eine besonders entsetzliche Brutalität, anders beschrieben, zu sehr geschmerzt und die Seele in einen Sprengsatz verwandelt hätte.

Abends besprach er mit seiner Frau Kolbergs Suizid und dessen Umstände, hielt sich hilflos beim Namen an der Kirchentür auf und bei den kreuzförmig ausgelegten Stücken der Schlange vor dem alten Simonschen Haus. Sie saßen dicht beieinander auf einem englischen Ledersofa im geräumigen Wohnraum ihres Acht-Zimmer-Hauses am Delfsweg im Süden Kiels. Ihre Nachbarn links, rechts und gegenüber waren gerne Nachbarn. Man hütete die Häuser der anderen und legte großen Wert auf ihre Unverletzlichkeit. Die Nähe drängte nicht, sondern ließ Raum. Den Harprechts erschien ihr Haus nie zu groß, weil sie sich jederzeit darin ohne großen Zeitaufwand fanden und ständig begegneten. Die leise auftauchende Sommernacht gab sich als gründliche Totenwäscherin.

Vor dem Ehemann stand ein handgeblasener Bierkrug aus dem vorigen Jahrhundert, aus dem er hin und wieder einen Schluck nahm, einfach um Pausen herauszuschinden. Eleonore nippte an einem kostbaren Kristallglas, venezianische Arbeit, gefüllt mit einem alten toskanischen Rotwein. Sie hörte zu wie bei einer Bußpredigt, die sie alle zur möglichst baldigen Umkehr ermahnen wollte. Die jüngsten Geschehnisse riefen wieder den Alarm in ihr aus, der so schon einmal vor 15 Jahren gegellt hatte. Ihre linke Hand trommelte auf die polierte Fläche des Delphintisches, der auf einem Kerschanteppich stand, in matten dunkelroten Farben gehalten. Sie besaßen allerhand wertvolle Einrichtungsstücke in ihrem Haus. Eleonores Vater hatte der Tochter seine drei Hamburger Antiquitätengeschäfte vermacht. Sie hatte die Läden verkauft, doch zuvor eine Reihe kostbarer Stücke in ihr Heim verbracht. Dort standen sie nun durchaus nicht museal herum, sondern dienten der Behaglichkeit, der Geborgenheit und machten sie schön. Eleonore verstand sehr viel von der Kultivierung der Gemütlichkeit und sortierte immer wieder Gegenstände, so wertvoll sie auch sein mochten, als Gebrauchsgegenstände, die gefälligst Wärme abzustrahlen hatten, gegebenenfalls eben auch mit Glanz und Gloria, wenn Gloria und Glanz dienten und keinesfalls herrschten.

„Es geht also wieder los mit unserer Laura", bangte sie.

„Ja", seufzte Harprecht. „Ich werde wohl morgen nach Hamburg fahren müssen, um mit ihrem Vater zu reden. Ich brauche alle aus der Vergangenheit noch einmal als unmittelbare Zeugen. Die Tote möchte ich sozusagen wieder auferwecken. Die aus ihrem engen und weiteren Umfeld werde ich dazu bringen, mir dabei zu helfen. Ich werde nicht vorwärts kommen, wenn ich mich zuerst an Aktenseiten hänge. Ich werde natürlich nachlesen. Aber vordringlich ist mir das neue Hören."

„Das arme, schöne Düsternbrook", flüsterte Eleonore. „Es hat in den letzten fünfzehn Jahren nie wieder so recht zur alten Aufrichtigkeit zurückfinden können. Es duckt sich immer noch ein wenig, denke ich. Eine quirlige Frohnatur war es ja nie. Aber es war doch immerhin einer Fröhlichkeit in den rechten Bahnen durchaus zugetan. Doch nach Lauras Tod hatte ich immer den Eindruck, als wollte dieser Stadtteil nie mehr so richtig laut und völlig ungehemmt lachen. Wir alle, auch hier in Molfsee, sind vorsichtig geworden. Leider auch ein wenig misstrauischer. Fast alle unsere Nachbarn haben mittlerweile eine Alarmanlage."

Harprecht dachte über die Worte seiner Frau nach. Der Ortsteil am Fördeufer war damals vor 15 Jahren von der Presse sehr heftig in das Licht der Öffentlichkeit gezerrt worden. Und das über mehrere Monate hinweg. Düsternbrook hatte sein Understatement niemals negativ bewertet. Im Gegenteil, in diesem Understatement sah der Stadtteil einen Schutz und eine Tugend. Seine noble Bescheidenheit begriff er als Freiheit. Man kämpfte nicht um die Mitte, weil es sich an den Rändern viel unbeobachteter und ungezwungener leben ließ.

Dann stand man plötzlich im Rampenlicht und dort zudem noch quasi vor einem großen Röntgengerät festgezurrt. Man beleuchtete und durchleuchtete das Viertel. Man wollte an seine Innereien und vermutete allerlei Krebszellen. Das Unbehagen war gewaltig gewesen. Die Menschen hatten sich auch geschämt. Sie fühlten sich vor aller Welt entblößt. Es kamen Dinge zutage, die besser unter Tage geblieben wären und nichts mit dem Tod des Mädchens zu tun hatten. Der Polizist Harprecht war urplötzlich zu einem Gegner, ja, einem Feind geworden. Er hatte lange Zeit das Gefühl gehabt, dass Worte zu ihm hin als Stachel fungieren sollten. Jede Kommunikation verkehrte sich zur Konfrontation.

Die Furcht umzingelte und schnürte ein. Und nun fühlte er sich erneut in diesem Käfig, in dem nach Lauras Mörder zu suchen war. Er kauerte sich zusammen. Es konnte einem auch in einem heißen Sommer recht kalt werden. Die Wärme, die ein Rudel zu geben vermochte, fand ein Polizist zumeist nur unter seinesgleichen oder in der Familie. Harprecht lehnte sich fest an seine Frau.

Die trank einen Schluck Wein und nahm dann seine Hand in die ihre: „Du bist doch vorsichtig? Du veräußerst dich doch nicht wieder so weit, dass ich Mühe haben werde, dich und dein Wesen zurückzuholen?“

Harprecht schwieg. Die Nacht, die Totenwäscherin, drückte sich an das große Panoramafenster und wollte in ihrer Tätigkeit ernst genommen werden.

Der Kommissar schaute, um ein wenig Ruhe zu finden, auf eine sehr gute Reproduktion von Turners „Bestattung auf See“ an der gegenüberliegenden moosgrünen Wand, in altes, rotbraunes Mahagoni gerahmt. Das Bild stellte sich ihm gekonnt im Spiel von Licht und Schatten vor, und der Schatten drängte mehr in den Raum als das Licht. Die Farben dienten als Trauernde in den verschiedenen Phasen des Schmerzes, meinte der Betrachter zu spüren. Er wollte es eigentlich so nicht fühlen.

Eleonore gab ihrem Mann einen Kuss, fest. Sie forderte ein

Bündnis. Er schmeckte die Sonne im Wein und sie, ihre Zärtlichkeit, das Vertrauen, eine Stärke, die sie ihm jederzeit leihen würde, ohne sie jemals zurückzufordern. Sie nahm seine Arme und legte sie sich um ihren Leib. Er hörte, wie sie eine Melodie summte. Er erkannte sie nicht gleich. Sie summte sie irgendwie in Moll. Dann verstand er sie. Es handelte sich um den „Dynamiden Walzer“ von Josef Strauss, um den ersten Tanz ihrer Hochzeit vor 28 Jahren. Sie war immer noch bei ihrer Hochzeit, wenn es auch zur Zeit in Moll war. Er fand es schön. Und es machte ihm Mut.

KAPITEL 2

Harprecht wachte gegen 5.30 Uhr am nächsten Morgen auf und nahm sogleich das Ziehen in seinem Magen zur Kenntnis, auch den ungesund erhöhten Pulsschlag. Er sah auf Eleonore neben sich, auf deren Gesicht er so etwas wie Kritik zu sehen glaubte. Hin und wieder rümpfte sie die Nase. Vielleicht korrigierte sie im Traum gerade Deutschaufsätze.

Er schwang sich, auf kaum etwas Gutes gefasst, aus dem Bett, vollzog seine Morgentoilette, ohne dass sein Bewusstsein daran teilnahm. Er musste sich, als er sich schon das dunkelblaue Oberhemd, den khakifarbenen, leichten Leinenanzug angezogen, die dezent gemusterte dunkelrote Krawatte gebunden hatte, mit dem Handrücken über die Wangen fahren, um zu prüfen, ob er sich rasiert hätte. Sein Verstand drängelte unwillig, verdrossen, ja verärgert vor der Kirchentür herum, am Leichnam Kolbergs, neben einer zerschnittenen Schlange und presste Schmerzen in seinen Kopf.

Er ließ Kaffee durch die Maschine laufen, beschmierte eine Toastscheibe mit Magerquark, schlang sie hinunter, nahm sich einen Topf Kaffee, eine Flasche Fachinger mit in sein Arbeitszimmer und ließ sich in den Schreibtischsessel fallen, der ihn empfing wie eine äußerst wohlwollende Amme. Eleonore hatte ihm diesen Stuhl geschenkt, nachdem er öfter über Rückenschmerzen geklagt hatte. Er besaß mehr Hebel, als man im Cockpit eines Formel 1-

Rennwagens fand, vermutete Harprecht und vermied es tunlichst, einen davon zu berühren.

Der Kommissar suchte sich, den Tag und die alte Meerschaumpfeife, die er jeden Morgen zu rauchen pflegte, auch ein Ritual gegen die jegliche Ordnung verachtenden Totmacher in seiner Welt. Von draußen winkten ihm aus dem Garten die Eberesche, der Weißdorn und die Mispel zu, allesamt in hoffnungsvollem Grün, die sich in einen weißblauen Himmel reckten, an dem die Sonne sich gerade frohgemut einrichtete. Harprecht sah dem zu und erlaubte es. Er bettete beide Füße auf den Schreibtisch, zog sich eine Akte auf den Schoß und begann zu blättern. Immer wenn er auf den Namen Laura stieß, las er genau. Auf den Kolbergs traf er nie. War er überhaupt jemals irgendwo in dem von 15 Jahren hochgestapelten Papierberg aufgetaucht? Er konnte sich nicht erinnern.

Eleonore huschte herein, roch nach verheißungsvollem Orient, da wo er noch Geheimnisse hatte, und drückte ihm einen Kuss auf das borstige Haar. Dann tippte sie ihm mit zwei Fingern auf die Lippen und verschwand wieder, hinterließ aber eine Menge guter Aura. Harprecht lächelte breit. Dabei fiel ihm beinahe die Meerschaumpfeife aus dem Mund. Asche staubte auf eines seiner Hosenbeine. Er sprang auf und schüttelte sie ab. Danach nahm ihn der Ammensessel wieder mit einem beruhigenden Knarren auf. Gegen 7.30 Uhr rief er den Freund und Kollegen Matthiessen bei sich zu Hause an und setzte ihn von der bevorstehenden Reise nach Hamburg und zu Lauras Vater in Kenntnis.

„Findest du das in Ordnung", brummte der Gesprächspartner am anderen Ende der Leitung, „wenn du, der Chef, bei der ersten Soko-Besprechung nicht dabei bist?"

„Mensch, Malte", beschwichtigte Harprecht mit der Hast dessen, der es durchaus nicht in Ordnung fand, „die Initiationsrituale beherrschst du doch mindestens genauso gut wie ich. Ich muss mich so schnell wie möglich in die Sache wieder hineinleben. Und das kann ich nur mit einem Lebenden, der nahe an Laura dran war. Ich habe mit dem Simon noch nie geredet. Das hat damals immer der Kaminski getan. In Ordnung?"

Matthiessen schickte ein Schnaufen, dann ein Knurren, dann ein: „Ist gut."

„Danke", atmete Harprecht sehr viel Luft aus. „Ich melde mich bei dir über Handy."

Eleonore fuhr ihn mit dem Audi zum Bahnhof, setzte ihn ab, kniff ihm einmal, als er ausstieg, in den Hintern und fuhr dann zur Hebbelschule weiter. Der Kommissar wollte unbedingt den Zug nehmen. Er benötigte Zeit und Ruhe. Davon würde es in nächster Zeit nicht sehr viel geben, fürchtete er. Das Material zum Überdenken häufte sich höher, vermutete der Ermittler, als jener Berg, an dem Sisyphos seinen schweren, mythologischen Stein hinaufgestemmt hatte.

Er faltete seinen langen Körper auf einen Sitz und ließ sich von dem Eisenbahngefährt an blassgelben Kornfeldern, an Knicks und Wiesen vorbeischaukeln, auf denen rotweiße Kühe grasten, wiederkäuten oder sich satt niederplumpsen ließen. Manchmal schaute ein Dorf durch hohe, dichte Buchenspaliere zu ihm hinüber. Auf den blankgescheuerten Fenstern der Höfe blitzte das Sommerlicht. Mist duftete fruchtbar. Alte hohe Eichen bewiesen die Majestät eines beharrlichen Daseins. Straßen breiteten sich unter manchmal ungepflegte, fleckige Autos und trugen sie desinteressiert. Der Himmel gab sich durchsichtig. Man entdeckte dennoch nicht seinen Grund.

Gedanken an Laura schwappten in Harprechts Kopf wie oft benutztes, schmutziges Waschwasser. Das lebende Mädchen hatte er nicht gekannt. Wenn er gegen 20.00 Uhr von seiner Dienststelle nach Molfsee zurückkehrte, befanden sich kaum mehr 13-jährige auf der Straße. Spaziergänge mit Eleonore mieden Spielplätze und die Treffpunkte der Jugendlichen neben der Bushaltestelle oder an der Kirche. Sie hätten so gerne selber Kinder gehabt. Er vermochte bei seiner gebärfähigen Frau keine zu zeugen. Als der Arzt ihm das nach hochpeinlichen Untersuchungen gesagt hatte, fühlte er sich eine lange Zeit als Behinderter und konnte mit seiner Frau nicht schlafen. Eleonores nimmermüde Geduld, ihr Verständnis, das sie mit ihrer Zärtlichkeit zu einem ihn endlich wieder betörenden Geschenk gemacht hatte, gab den Mann in ihn zurück. Er schämte sich noch heute, wenn er daran zurückdachte, wie er kurz nach der Eröffnung des Arztes bei der Verhaftung eines Kinderschänders den mit einer nahezu unbändigen Wut zusammengeschlagen hatte. Die Kollegen hatten ihn damals gedeckt, vor allem und zuerst der Hauptkommissar Malte Matthiessen. Danach hatten sie viel miteinander geredet. Harprecht hatte sich bekannt. Der andere auch. So waren sie Freunde geworden.

Hinter Neumünster versuchte er sich an sein Lieblingsgedicht von Oskar Loerke „An die Freunde" zu erinnern, um sich Laura zu widersetzen. Ihm fiel nur der eine Satz ein: „Dennoch wollen wir nicht zagen." Dann schrie Laura dazwischen. Und die Boa versuchte aus ihren 12 Stücken zur Einheit zurückzufinden. Der tote Blick ihrer Augen schaute auf das leere Haus. Das Haus blickte ebenso blind zurück. Nur war es noch nicht gestorben. Vor Wochen hatten Asylbewerber in ihm gewohnt. Der zuständige Beamte hatte eine Verlegung der Heimatsuchenden in die Blocks hinter einer stillgelegten Fabrik erreicht, wo man sie mehr unter Kontrolle hatte. Im Vorgarten der ehemaligen Simonschen Wohnstätte wucherten mittlerweile Brennnesseln und Disteln und übernahmen allmählich die Macht.

Am Hauptbahnhof endete die Fahrt des Zuges. Harprecht durchwühlte Menschentrauben auf der Spitalerstraße, der Mönckebergstraße, schenkte sich einen Abstecher auf den Gerhart-Hauptmann-Platz, lehnte sich an die warme Mauer des Thalia-Theaters und dachte an Ibsens „Nora" auf dessen Bühne, damals vor 29 Jahren. Hinterher hatte er Eleonore zum ersten Mal küssen dürfen. Und er, der junge Polizist, vermochte sich dabei und Stunden danach keine künftigen menschlichen Grausamkeiten vorzustellen. Er konnte es heute noch nicht, wenn er Eleonore küsste. Er durchwanderte das Zeitungsviertel, unterquerte in einem Fußgängertunnel die Ost-West-Straße und stand vor dem Glas-Beton-Palast des FORUM, der wohl bedeutendsten politischen Zeitschrift im Land. Das Hochhaus sah auf ihn herab und bildete sich vermutlich keine voreilige Meinung über ihn. Man recherchierte zuvor sorgfältig, ehe man etwas von sich gab. Die Sonne schlug heftiger von den vielen Fenstern zurück, als sie auf sie eingeschlagen hatte. Das FORUM kannte sich mit Licht aus, auch mit seiner Fokussierung.

Harprecht betrat durch die Drehtür die schwarze Marmorhalle, zwei Stockwerke hoch. Vier Fahrstuhltüren öffneten und schlossen sich an der gegenüberliegenden Wand. Es sah wie heftiges Atemholen aus. Zwei Pförtner in dunklen Anzügen thronten hinter einem breiten, ebenfalls aus schwarzem Marmor gefertigten Tresen. Beide lächelten sie Harprecht an. Das FORUM musste nicht am Lächeln sparen. Es konnte die Lächler sogar großzügig entlohnen, bei 1,6 Millionen Auflage. Der eine der Pförtner sprach ihn mit einer Stimme an, die auch den einstigen Intendanten des Thalia-Theaters, Jürgen Flimm, zufrieden gestellt hätte, sonor, artikuliert, jedes Komma in ein auf die Sekunde richtiges Schweigen gehüllt, die rechte Hand in Kinnhöhe gehoben, leicht geöffnet. Die vollständige Öffnung würde geschehen, wenn der da vor dem Tresen eine Einladung verdiente.

„Darf ich fragen, was Sie wünschen?"

Harprecht wollte nicht seinen Polizeiausweis zeigen. Er schämte sich seines Berufes nicht, nur manchmal der Macht, die mit ihm verbunden war.

„Ich würde gerne einen Ihrer Redakteure sprechen, Herrn Georg Simon."

Der Ermittler wusste plötzlich keine Fragen mehr, die er dem Journalisten stellen könnte. Jäher Überdruss, vielleicht auch Furcht, Müdigkeit ließen seine Gestalt verweichlichen. Der Kopf sank zwischen die Schultern. Die Schultern fielen in eine Tiefe ab, die er jetzt nicht gebrauchen konnte. Der Pförtner pflegte sein Lächeln. Es war ein teurer Besitz. „Würden Sie mir bitte die Angelegenheit mitteilen, die Sie zu Herrn Simon führt."

„Eine Geschichte, Informationen, Rückfragen, solche Sachen eben", wollte Harprecht sich geschlagen geben, um anschließend im „Balzac Coffee" an der Großen Theaterstraße im Stehen eine der vorzüglichen Kaffeespezialitäten zu genießen, während er dem

Leben zusah, das dort allenfalls etwas über Zeitungsmorde zu wissen pflegte, viel mehr noch über modische oder witzige Kleidung. Und der Klatsch dort würde durch die vielen Theater gleiten, oberflächlich, spitzzüngig, feuchtlippig, durch Kabaretts, Travestiebars, Jazzkeller, hin vielleicht zur Reeperbahn in Etablissements, wo nackte Sexualität vorgestellt wurde, Häute in Häuten – immerhin ehrlich, sah man vom Lustgestöhne einmal ab.

Doch die Grandseigneurstimme des FORUM-Wächters bat ihn, in einer der Sitzecken hinten an der Marmorwand Platz zu nehmen, flehte verhalten um ein wenig Geduld und machte sich an die Benutzung einer hochmodernen Telefonanlage, elfenbeinweiß.

Harprecht blätterte in der neuesten Ausgabe des FORUM mit dem typischen hellgrauen Rand um das Titelbild, darüber die massiv dunkelblauen Lettern des Zeitschriftennamens, als ein Mann aus der Richtung der hastig atmenden Fahrstuhltüren auf ihn zuschritt, gleichgültig, einmal seine Uhr unter dem aufgerollten beigefarbenen Hemdsärmel betrachtend, ein lindgrünes Jackett lässig über die Schultern geworfen, den rostbraunen Schlips am Hals gelockert. „Simon“, sagte er und ließ sich Harprecht gegenüber im zweiten Ledersessel nieder. Er schwieg, wartete ab, zeigte nicht die geringste Ungeduld. Journalisten und Polizisten waren sich in der Herausforderung von Gesprächen manchmal ähnlich.

Er muss heute 52 sein, rechnete der Ermittler nach. Die Augen hielt Lauras Vater halb geschlossen, als wollte er keinesfalls gründlich in sich hineinschauen lassen. Falten um den Mund, die Augen, das volle Haar grau, nicht in der edlen Silberart, sondern wie von Asche bestäubt, die Lippen schmal, zu oft zusammengepresst, Zeige- und Mittelfinger der rechten Hand nikotingelb. Er legte sich den linken Daumen unter das Kinn.

„Und?“, fragte er schließlich.

„Ich komme aus Kiel.“

„Ah ja“. Ein wenig Interesse zuckte kurz auf. Der linke Daumen rutschte über das Kinn zum Mund.

„Ich bin Kriminalbeamter.“

„Es gibt nichts mehr von meiner Seite zu sagen, denke ich. Es ist 15 Jahre her." Die Stimme leise, heiser, sich eventuelle erhöhte Lautstärke vorbehaltend.

Harprecht berichtete von der Selbsttötung Kolbergs, von den Umständen seines Todes. Er tat es mit Worten, die sich sorgfältig prüften, ehe er sie herausließ. Er sprach von der zerstückelten Boa vor dem ehemaligen Simonschen Haus, von der seltsamen Aufbahrungsart des Tieres.

Der Journalist sah den Hauptkommissar nun aufmerksam an. Die Augenlider hatten sich gehoben. Die Hände hatte er vor der Brust zusammengelegt und rieb sie leicht aneinander. Dann lächelte er ein Lächeln, das von keinem Humor wusste. Es wirkte von der 15-jährigen Trauer zerschnitten, zu einem Puzzle, das der Mann nie wieder würde zusammenfügen können. Er wusste es und rettete sich zu einem mokanten Gesichtsausdruck.

„Wollen Sie mir etwa sagen, dieser Kolberg – ich habe ihn damals eigentlich nur als Schatten, als Schemen wahrgenommen, nein, nicht wahrgenommen, ihn vorbeihuschen sehen –, wollen Sie mir allen Ernstes sagen, dieser von Nichtigkeit geprägte Mensch, zu farblos, um als Narr durchzugehen, wäre der Mörder meiner Tochter? Ich muss Sie doch sehr bitten, Herr Kommissar! Welches Motiv? Rache, Hass ...? Blödsinn! Meine Tochter war nur besonders für mich und meine Frau, vielleicht noch für die Lehrer. Sie hatte kaum Freundinnen, einen Freund, nichts übermäßig Enges jedenfalls, soweit ich weiß. Nun können Sie mir natürlich sagen, Eltern wüssten oft nur wenig über ihre Kinder. Aber Laura ähnelte in vielem einem aufgeschlagenen Buch, wenn Sie mir diesen viel verwendeten Vergleich verzeihen. Nun ja, natürlich hatte sie ihre Geheimnisse. Welches Kind, gerade in diesem Alter, hat die nicht? Sie besaß gewisse Gaben, die Musik zum Beispiel. Man hätte auch in anderer Hinsicht große Hoffnungen in sie setzen können. Und das haben wir auch getan. Aber zuerst und vor allem lebte sie zunächst für sich, in ihren Phantasien, in ihren Spielen, die keinesfalls in irgendeiner Weise herausfordernd waren."

Simon sprach zuletzt mit wenig Luft. Die Worte hasteten. Ein leichter Schweißfilm bildete sich auf seiner Stirn. „Müssen Sie eigentlich unbedingt Wunden wieder aufreißen, über denen bei mir bis heute keine besonders dicke Heilhaut liegt? Sie haben bei der Mördersuche versagt, 15 Jahre lang. Geben Sie es zu und lassen Sie es genug sein! Der Glaube an Gerechtigkeit ist mir schon lange abhanden gekommen. Gerechtigkeit würde für mich nur mit Laura existieren. Gönnen Sie mir doch einfach Ruhe, nur Ruhe. Das ist gewiss nach so vielen Jahren nicht zuviel verlangt."

Er lehnte sich zurück, faltete die Hände wie zu einem Gebet an den Menschen ihm gegenüber. Harprecht sah sich den Vater an und fühlte Schmerzen von ihm zu sich kommen. Er ließ die nächsten Worte einfach aus sich herausfallen: „Die zerstückelte Schlange vor Ihrem Haus, die Teile zu einem Kreuz ausgelegt. Das muss doch eine Bedeutung haben ..."

„Perverse", schoss es aus Simon, dessen Traurigkeit jäh von Zorn überholt wurde. „Das Vieh haben viele in der Spee-Straße, stelle ich mir vor, mit ihren krankhaften Gedanken befrachtet. Wer dort hat schon verstanden, dass sich so eine Nichtswürdigkeit wie der Kolberg eine Boa als eine Art Lebensgefährtin hält? Sonst hatte er ja wohl auch keine." Simons kaum versteckte Boshaftigkeit überraschte den Polizisten. „Unser Haus war zeitweise ein Asylantenheim", spitzte der Journalist seine Gedanken noch weiter an. „Vielleicht haben sich so eine Art Kieler Ku-Klux-Klaner zu einer bösartigen Aktion hinreißen lassen. Statt eines brennenden Kreuzes ein Schlangen-Kreuz, um Ausländer abzuschrecken. Sie kennen doch auch den Bodensatz unserer Mitbürger." Der Journalist hustete Häme über seine kaum bewachsene Verzweiflung.

„Glauben Sie das alles wirklich?" Harprecht wollte seine geballten Fäuste entkrampfen und konnte es nicht. Seine Worte versuchten festzunageln. Doch sie bohrten in eine Leere, die dunkel und kalt war, ein Vulkankrater, in dem alles erstorben war, auch der Ehrgeiz, vielleicht einmal einer Hölle zu ähneln.

Männer, vermutlich Kollegen von Simon, durchschritten zielgerichtet die Halle. Viele von ihnen hatten sich auch ihre Jacketts über die Schultern gehängt, die Schlipse gelockert, nicht einengende Eleganz, Offenheit, irgendwie programmatisch für die Zeitschrift, die sie vertraten. Über die Haut des Hauptkommissars lief das Kribbeln einer mächtigen Ungeduld. Er wollte mehr und fand die Worte so schwer, die ihm dieses Mehr verschaffen konnten.

„Vielleicht hat Laura etwas gesehen, was sie nicht sehen sollte." Der Kommissar hörte seiner Mutmaßung zu und verlor sehr schnell ihre Wahrheit.

Simon antwortete nicht.

„Hat Sie vielleicht Kolberg in letzter Zeit angerufen?"

„Warum?" Ein Achselzucken wie ein Wegschütteln.

„Ich weiß, Sie haben nach dem Tod Ihres Kindes in Kiel recherchiert."

„Natürlich. Es war auch Trauerarbeit."

„Und?"

„Nichts. Der Platzregen hatte den Tatort reingewaschen. Das wissen Sie. Dann hat die ganze Stadt mit Erfolg große Wäsche gemacht. Das wissen Sie sicherlich auch. Vergessenwollen, Verdrängung, Gleichgültigkeit, Gedankenlosigkeit, Angst putzen hervorragend Spuren weg. Das alles kam schon beinahe einem Exorzismus gleich. Kiel wollte um jeden Preis sein hafenstädtisches oder hauptstädtisches Leben weiter spielen. Kann man es dem Ort verdenken? Darf man es überhaupt jemandem verdenken? Kolbergs Tod ist nun als unangenehme Störung dabei aufgetreten. Aber den Bürgern wird ihr Spiel schon wieder gelingen. Dessen bin ich mir ganz sicher." Simon schnitt sich mit seinen Worten in seine alten Wunden. Er wollte sie blutend haben. Das war wohl ein wesentlicher Teil seines Lebens, bedauerte der Ermittler.

„Der Obdachlose namens Franziskus, nahezu ein Nachbar von Ihnen."

Simon lehnte den Kopf weit zurück, schaute in die Höhe über sich. Vielleicht wollte er ihr Halbdunkel. „Laura hat ihn öfter besucht. Sie spürte eine seltsame Affinität zu ihm. Worin die begründet lag, keine Ahnung. Ich habe den Mann lediglich ein-, zweimal gesehen und nur wenig mit ihm gesprochen. Er roch übrigens nicht wie diese Nichtsesshaften sonst. Er wirkte frisch gewaschen, auch die Kleidung, dieser kuttenartige Mantel, sauber. Und er sprach grammatikalisch völlig fehlerfrei. Nicht dumm, der Mann, wirklich nicht dumm. Laura hat mir einmal ein Bild gezeigt, das er von ihrem Gesicht angefertigt hatte. Er hatte es gut getroffen, das Wesentliche festgehalten. Es soll ja einige Begabte unter dieses Berbern, wie sie sich wohl selber nennen, geben. Warum Franziskus abgerutscht ist, mir unbekannt. Er hat sich Bücher von mir erbeten, die ich in einem Müllsack vor die Tür gestellt hatte. Kein dummer Mann, wirklich nicht, ich sagte es. Und völlig harmlos, irgendwie sanft. Darum wohl auch dieser Heiligenname, den die Leute ihm gegeben hatten. Meine Frau und ich machten uns jedenfalls nicht die geringsten Sorgen, wenn Laura bei ihm war."

Simon schickte die Worte in die Höhe oder Tiefe über sich. Sie kamen in einem Bogen bei dem Kommissar an, auf einem Umweg, den der Vater wohl wollte, weil ihm die Direktheit, wenn er über sein Kind sprach, zu viel Leid abverlangte.

Harprecht hätte sich nun am liebsten entschuldigt. Doch der Polizeibeamte in ihm drängte sich vor – er regierte schon arg lange inmitten seines Wesens und wollte das Pardon nicht. „In unseren Akten bin ich auf den Namen Guntram Kamen gestoßen ..."

„Ihre Akten, die Akten ..." Simon ruckte sein Gesicht dem Ermittler entgegen. „Darin lebt es sich bequem. Nicht wahr? Man schlägt einfach Existenzen um, Seite für Seite. Das lässt einen über sie erhaben scheinen. Über Kamen aber sollte man nicht erhaben sein. Er war freundlich. Er war auf Zuneigung aus, wie ich es selten erlebt habe, und an Laura interessiert, als könnte sie ihm sehr viel geben, mein kleines Mädchen." Die Stimme schwankte kurz. „Hellwach war er. Und er weckte meine Tochter aus ihrer manchmal zu großen Einsamkeit, denke ich mir. Ich habe den Jungen gemocht. Er war gut für mein Kind, auch für mich ...", verklang die Stimme Simons in einem tiefen Ausatmen. Er beugte sich vor, legte beide Hände flach auf den dunklen Marmortisch vor sich und seufzte: „Sie können ihn selber fragen. Er arbeitet hier. Ich habe ihm eine Stelle verschafft. Mich werden Sie jetzt entschuldigen. Ja?" Er wartete die Antwort nicht ab, hob sich als schwere Last aus dem Sessel, bürstete mit der rechten Hand über das Jackett, sehr automatisch, sehr pedantisch, beugte sich noch einmal zu dem Ermittler hinunter: „Sollte ich Ihnen für Ihre Untersuchungen viel Erfolg wünschen? Sollte ich? Ich tue es nicht. Meine Gerechtigkeit, erinnern Sie sich, können Sie mir nicht mehr verschaffen. Und Ihre interessiert mich kaum. Sie gehört subjektiv zu Ihnen. Gerechtigkeit ist es immer, subjektiv, denke ich."

Er drehte sich abrupt um. Harprecht nahm einen Lufthauch wahr, der durchsetzt war vom Duft eines teuren Rasierwassers, von keinem Geruch sonst, als wäre Simon nicht mehr dazu fähig, menschlichen Dunst abzusondern.

Der Redakteur entfernte sich durch die Marmorhalle. Sie wirkte trotz ihrer Größe und des edlen Gesteins überhaupt nicht protzig. Stilvolle Majestät, die nicht beherrschen wollte und eher auf den Eindruck von Ehrerbietung aus war, vielleicht den Menschen gegenüber – das glaubte Harprecht nicht –, mehr wohl Ehrerbietung dem Journalismus gegenüber, neuesten Nachrichten, der ultimativen Story, dem Glauben daran, auch der Macht dazu, etwas verändern zu können. Eleonore würde diese Halle gefallen, dachte er. Dann empfand er urplötzlich eine tiefe Besorgnis, um sich, auch um das Kieler Düsternbrook. Und es bekümmerte ihn die schmerzlich geschrumpfte Seele des Georg Simon. Die Stimme des Kriminalbeamten rief ihn zur Ordnung. Er gehorchte. Wie weit war er zu belügen, fragte er sich. Der Lügner müsste mindestens so gut sein wie die Hauptdarsteller in Ibsens „Nora" damals im Thalia-Theater. Was brachte der Journalist in dieser Hinsicht zustande? Der Puls des Kommissars schlug Trommelwirbel, wie sie beim Begräbnis eines Kameraden geschlagen werden, die verabschieden und das Leben unbedingt wieder herbeifordern wollen.

Er wandte sich an die Pförtner, setzte sich erneut ihrer erhabenen Freundlichkeit aus und fragte nach Guntram Kamen. Ein Telefonat. Dann ein bedauerndes Kopfschütteln, jedoch sehr gemessen vorgetragen: „Der Herr Kamen hält sich leider zur Zeit nicht im Haus auf." Die offenen Hände des Pförtners breiteten Bedauern vor ihm aus. Harprecht nahm es an.

Er trank seinen Kaffee im „Balzac Coffee" in ganz kleinen Schlucken, nahezu tröpfchenweise, weil er so köstlich war, würzig, bitter-süß, von der Sonne in Südamerika berichtend, von Samba und Bikini-Schönheiten. Harprecht grinste albern. Er schaute auf die Hintern und Brüste von Frauen unter dünnen Stoffen und verspürte Sehnsucht nach Eleonore, der 56-jährige, nicht zum Zyniker oder Stoiker geworden, immer noch ein aufgeregter Idealist, verliebt in seine Frau, die für ihn Heimat verkörperte nach stets unwirtlichen und feindseligen Tatorten, wenn er aus dem Land ausgegrenzt war, in dem er so gern wohnen wollte.

Vor dem Café zündete er sich eine schwarze Savinelli-Pfeife an, zog sich das Jackett aus, hängte es sich über die Schultern, lockerte die Krawatte und wäre gerne nach Harvestehude gefahren, wo Eleonore aufgewachsen war und viele Rendezvous mit ihr stattgefunden hatten. Die Bank im Innocentia-Park. Die Haut ihrer Innenschenkel war seidenweich gewesen. Sie war es immer noch.

Er spazierte die Dammtorstraße zum Jungerfernstieg hin und schob sich auf eine Bank an der Innenalster neben drei Japaner, die alle dunkle Anzüge trugen, darunter weiße T-Shirts mit den jeweils eigenen Gesichtern großformatig bedruckt, in irgendeinem der vielen Copy-Shops gefertigt. Der warme Wind vom Wasser her glitt über sein volles Haar und kämmte neue Scheitel.

Er schaute zu: weißen Ausflugsdampfern, flatternden Fahnen, sich mit Eis bekleckernden Kindern, den Flaneuren, der behäbigen Lombardsbrücke beim Tragen der vielen Gefährte, einem Pantomimen, das Gesicht geweißt, den biegsamen Körper in ein schwarzes Trikot gehüllt, der den Passanten folgte, ihre Bewegungen imitierte, sie auch parodierte, die Betroffenen manchmal irritierte, die Zuschauer amüsierte. Harprecht sah sich in seinen zuverlässigen inneren Spiegel lächeln. Bei Morduntersuchungen war dieser Spiegel konvex gewölbt und vergrößerte. Er entschuldigte sich bei den Japanern für den Pfeifenrauch, der in die Augen seiner Banknachbarn biss. Die entschuldigten sich bei ihm in Englisch mit leichten Verbeugungen ihrer Oberkörper, wohl weil sie seinem Rauch im Wege waren – er verstand sie nicht. Es waren jedenfalls schöne Minuten. Dann trat einer mit einem zusammengerollten FORUM-Heft in der rechten Hand an ihn heran, jung noch, das Gesicht wütend verzerrt, und schlug mit dem Heft auf ihn ein, auf die Haare, die Schultern, manchmal traf er sogar die Wangen. Es handelte sich um unkoordinierte Schläge wie bei einem Kind, das ein Zorn hilflos gemacht hat, vielleicht weil ihm etwas genommen worden ist, von dem es glaubte, dass es ihm unbedingt zustand. Die Japaner schrieen ihre Sprache. Harprechts Überraschung eskalierte jäh zu einer brandheißen Wut. Er hieb dem Schläger eine Faust gegen die Brust, dass der in einen Touristenpulk zurückprallte und Urlaubsfreude durcheinander brachte, dann auf den Gehsteig fiel, nicht heftig. Es handelte sich eher um eine Art überstürztes Hinsetzen. Der Kommissar sprang auf, beugte sich über den jungen Mann und brüllte ihn in willkürlich ausgestoßenen Worten an: „Sie! Verrückt, oder? Völlig durchgedreht? Wohl übergeschnappt? Mann!" Dann fand er heftig keuchend zu einem Satz: „Was soll das?" Der Sommer rundherum zündelte.

Von unten wurde ihm entgegengezischt: „Wenn ich mich vorstellen darf? Kamen ist mein Name." Und: „Ich hätte härter zuschlagen sollen, viel härter."

Harprecht riss den Mann an seinem Hemd zu sich in die Höhe. Gesetztes Hanseatentum um ihn herum gab sich indigniert. Die Japaner sahen mit Fotografenaugen erstaunt zu, erhoben sich dann diszipliniert wie ein Mann, vielleicht auf ein geheimes fernöstliches Signal hin, und schritten im Gänsemarsch von dannen.

„Mensch!", bellte Harprecht. „Was sind Sie mir denn für einer?" Er schüttelte den Mann, die rechte Hand immer noch in dessen Hemdbrust gekrallt. „Wissen Sie, dass Sie einen Polizeibeamten geschlagen haben?" Das Bellen war einem Knurren gewichen.

„Ja", sagte der Mann einfach. Sein Kopf pendelte durch das Geschüttel des Kommissars hin und her. Es handelte sich übrigens um einen ansehnlichen Kopf, wie Harprecht Sekunden später feststellte, oval geformt, die Gesichtszüge immer noch wütend verrutscht. In geordnetem Zustand würden sie durchaus adrett ausschauen, vermutete der Beamte, vielleicht sogar sympathisch, dunkle große Augen, in denen es flackerte wie bei einer 100-Watt-Glühbirne kurz vor dem Durchbrennen, ein breiter Mund, der Gurgellaute entließ, weil der Zorn keine Vernunft erlaubte, die Nase schlank, gerade. Über allem zerwühlte dunkelbraune Haare.

Harprecht ließ los. Der junge Mann fuhr sich fahrig mit der linken Hand über sein dunkelblaues Hemd, zupfte kurz am Knoten der mattgrauen Krawatte, die ein geordnetes geometrisches Muster zeigte. In der rechten hielt er immer noch das zusammengerollte FORUM-Heft.

„Was nun also?", schnaufte der Ermittler.

„Eine Bestrafung", haspelte Kamen. Seine Stimme klang unnatürlich hoch. „Ich wollte Sie mit meinen Schlägen bestrafen. Nein, nicht Sie eigentlich. Die Polizei im Allgemeinen in Ihrer Person. Verstehen Sie?"

„Nein", sagte Harprecht. „Kein Wort."

„Sie haben ihn nicht geschnappt."

„Wen?"

„Den Mörder von Laura, 15 Jahre lang nicht."

„Aha", Harprecht in seiner Ratlosigkeit stochernd. „Und dafür wollten Sie also die Polizei bestrafen, indem Sie mit einer Zeitung auf mich einschlagen, ohne mir sonderlich große Schmerzen zuzufügen. Finden Sie nicht selbst, dass das ziemlich idiotisch war?"

„Es war auch eher symbolisch gedacht", muckte Kamen auf. „Einer von euch lahmarschigen Bullen musste es doch einmal gezeigt bekommen, was ihr für Versager seid."

„Sie wollen wohl unbedingt gerne von der Polizei drangenommen werden", belferte Harprecht. „Angriff auf einen Beamten, Beamtenbeleidigung. Haben Sie noch etwas mit mir vor?"

„Reden", bat der junge Mann. Er ließ sich schlaff auf die Bank sinken. „Mit Ihnen reden. Aber ich werde mich nicht entschuldigen", raffte er sich noch einmal kurz auf. Dann wieder die Bitte: „Reden Sie mit mir! Hören Sie zu! Ich weiß alles über Laura. Nur das über ihren Tod nicht. Vielleicht kann ich Ihnen helfen." Er reckte seinen Arm hoch, als wollte er an Harprecht ziehen, ließ ihn aber dann in der Luft stehen. „Ich kenne ein Lokal in den Großen Bleichen. Da ist es um diese Zeit ruhig. Lassen Sie uns dort miteinander sprechen. Sie haben doch Zeit. Bitte!"

„Wie haben Sie mich eigentlich gefunden?", begann Harprecht den Rückzug von seinem Zorn.

„Ich bin Ihnen vom FORUM aus gefolgt. Herr Simon hat mich über sein Handy unterrichtet, dass Sie da waren. Ich habe mich in einem Raum weiter hinten im Flur aufgehalten, nur etwa 10 Meter von Ihnen und Georg entfernt."

„Ah so", sagte Harprecht und fand allmählich wieder einen Sommer vor, der nicht mehr zündelte und seine Hitze an gefährliche Lunten bringen wollte. „Und Sie haben Laura wirklich so gut gekannt?"

„Wir waren miteinander verheiratet", flüsterte Guntram Kamen und sah so jung aus, als könnte er immer nur Sohn sein, ein verlorener allerdings.

KAPITEL 3

Das Lokal gefiel Harprecht, viel dunkles Holz, Messing, Ledersofas in Sitznischen, ein satter, nahrhafter Geruch in der Luft, die Eichentische blank gescheuert, dass die Maserung gut sichtbar war, keine lärmenden Gäste, deren Stimmen den Raum besitzen wollten.

Kamen ihm gegenüber hatte sich in den letzten Minuten immer mehr zu einem Verwundeten gewandelt. Er schien eine Entzündung in sich zu tragen, so fiebrig rot wirkte seine Gesichtshaut. Die mittelgroße, schlanke Gestalt wand sich am Leder der Rückenlehne. Das Dunkel seiner Augen wirkte nun wie überhastet lackiert, irgendwie unfertig, der Glanz zerrissen.

„Und keinen Mumpitz mehr über Bestrafung und faule Bullen und so", drohte Harprecht. Er tat es ohne eine richtige Wut dahinter. „Eine Information noch, bevor Sie dran sind. Wir haben wieder eine Sonderkommission zur Aufklärung des Mordes gebildet. Da ist so einiges in Kiel passiert, was jetzt nichts zur Sache tut. 15 Jahre sind bei Mord keine Zeit. Da lassen wir nichts so einfach in den Akten vermodern. Wir sind immer dran gewesen. Und jetzt geht es wieder mit voller Kraft los, alles, die gesamte Palette, Klinkenputzen, Einvernahmen, Spurensicherungen, alles, als wäre Laura gestern erst zu Tode gekommen. Mann, haben Sie denn allen Ernstes gedacht, wir lassen uns so etwas gefallen wie das mit dem Mädchen? Das geht auch unter unsere Häute. Und wie! Kapiert, Herr Guntram Kamen?“ Nun war er doch wieder wütend geworden.

Der Kommissar nippte an dem großen Kaffeebecher, nahm danach sofort einen Schluck Fachinger. Sein Magen war übersäuert, sicherlich auch wegen des Wirrkopfes oder Kindskopfes oder sonst was da ihm gegenüber, diesem ewigen Sohn mit dem offenen, ungeschützten Gesicht, in das noch viel geschrieben werden konnte neben den Schmerz, der einen Teil, einen erheblichen Teil, gab der Kommissar zu, von ihm ausmachte. Und er wollte mit Laura verheiratet gewesen sein.

„Los, junger Mann!“, schickte er Ermunterung durch den Pfeifenrauch, auch Mut und Trost, weil ihm danach war, wenn er in diese unfertig lackierten Augen blickte. „Sie sind dran!“

Kamen stützte sich mit beiden Armen auf dem Tisch ab. Er dachte sich zum Anfang hin, damals vor 15 Jahren. Das Leben versprach das Blaue vom Himmel, das Grüne von der Erde und Laura. Liebe schloss die Welt wie ein Märchenschloss auf. Und er war eingeladen.

„Ich habe Laura in der Hardenberg-Grundschule kennen gelernt“, gingen die Worte unsicher über den Tisch zum Kommissar hin und rutschten manchmal auf der blanken Fläche aus. „Sie war zwei Klassen unter mir. Und sie war damals schon sehr schön. Lange schwarze Haare, große braune Augen, die alles zu sehen schienen, als wäre alles sehenswert. Sie sprach nicht viel, jedenfalls nicht mit ihrem Mund. Aber alle ihre Bewegungen erzählten Geschichten. So habe ich die Bewegungen jedenfalls verstanden, als die Weitergabe von Sagen oder Wundererzählungen an mich. Wir waren völlig verschieden. Ich kam aus einem der grauen Wohnblocks am Knooper Weg. Eine Zweieinhalbzimmer-Wohnung. Mein Vater soff. Meine Mutter tat es schließlich auch, um sein Saufen auszuhalten. Wir lebten von Sozialhilfe. Ich prügelte mich wegen allem, um alles. Schmerzen waren mir recht. Das Schmerzzufügen würde ich heute vielleicht als eine Art Masturbation bezeichnen. Laura kam aus der ganz anderen Welt, dem großen Haus am Wald nahe der See. Der Vater erfolgreicher Journalist in der Weltstadt Hamburg, die Mutter Konzertsängerin, mehrere Monate im Jahr auf Tournee. Eine Kinderfrau kümmerte sich um sie. Ordnung, Frieden, Kultur. Sie spielte Klavier, auch Querflöte, beides ziemlich gut. Und sie sang mit einer Stimme, die ihren zierlichen Körper auseinander zu reißen drohte. In dieser Stimme lagen Macht und Gewalt. Und Laura wusste das. Bei Schulaufführungen manipulierte sie Mitschüler, Lehrer, Eltern. Wir alle ergaben uns dieser Stimme. Ich verliebte mich in Laura, als ich neun war. Kinder können genauso lieben wie Erwachsene, auch mit der Sexualität. Nur wissen sie von dieser Sexualität zu wenig. Ja, und Laura verliebte sich in mich. Sie mochte wohl meine körperliche Kraft, meinen unbändigen Überlebenswillen, diese, ja, Raubtier-Intelligenz, die ich besaß und die sie kanalisierte. Sie gab mir Bücher, auch Erwachsenenbücher. Wir verstanden sie nicht. Aber sie besetzten uns und warteten auf uns.

In der Laube meines Großvaters zog sie sich das erste Mal vor mir aus, weil das zur Liebe gehörte, wie sie sagte. Ich durfte sie im Halbdunkel anschauen, nur wenige Minuten lang, wenn es überhaupt Minuten waren. Sie wollte, dass nichts von ihr versteckt blieb. So war sie. Damals war sie etwas über acht und ich das erste Jahr auf dem Gymnasium. Danach las sie mir selbst verfasste Gedichte vor, die alle eigentlich nur von Kummer und Schmerz erzählten, keine richtige Lyrik, eher sehr eng formulierte Kurzgeschichten, aber in Worte gefasst, die sie sonst kaum je gebrauchte. Und am Ende dieses erstaunlichen Frühsommerabends sang sie mir vor, fast eine Stunde lang. Von mir wollte sie nichts sehen und hören. Nur ihre Offenbarung war ihr wichtig als ihre Übergabe an mich, denke ich.

In einem Juli Jahre später stellte sie mich Franziskus vor. Wir besuchten ihn in diesem aufgegebenen Bauwagen. Laura versorgte ihn manchmal mit Essen und mit Malzeug, mit Tuschkästen, Papier, Bleistiften und all dem Zeug. Er zeichnete gut, vor allem Tiere, aber auch Laura und mich, einmal auch als Paar. Das Bild besitze ich heute noch. Franziskus wusste viel von anderen Städten. Und er kannte eine Menge Gedichte, von Rilke, Fontane, von irgendwelchen Franzosen, von Goethe, Hofmannsthal und so. Die sagte er auf. Seine Stimme war bei jedem Gedicht eine andere. Und die Worte betrafen uns, obwohl wir deren Sinn meistens nicht begriffen. Aber es war die Art, wie er die Verse rezitierte. Er war dann irgendwie ganz aus sich heraus in einer anderen Welt, nach der er sich zu sehnen schien, hatte ich damals den Eindruck.

Er behandelte Laura mit einer Zartheit, die mich manchmal fast weinen ließ. Natürlich tat ich es nicht. Ich wollte ja der starke Kerl bleiben. Als Laura auf das Gymnasium kam, rückte sie noch näher an mich heran, vor allem durch unser gemeinsames Nachdenken über alles, was die Welt um uns herum ausmachte. Wir überdachten es und schufen uns unsere eigene Welt. Und sie wollte sich immer wieder an mich lehnen. Da war bei ihr ein Hunger nach Nähe, der mir nahezu als erschreckend vorkam. Immer und immer wieder suchte sie den körperlichen Kontakt mit mir. Nein, nicht erotisch. Oder vielleicht doch. Ich weiß es nicht mehr. Aber ich glaube, das mit der Erotik kam etwas später. Mit elf spielte sie im Schulorchester Querflöte. Ein Jahr danach machte sie im Gospelchor mit, den ein Obersekundaner namens Gabriel Burgdorf gegründet hatte, ein Musikbesessener, der auch im Orchester mitwirkte. Und bei einem Konzert des Gospelchores sang sie ihre erstes Solostück. Es hieß `Amazing Grace´. Und es war nahezu unbeschreiblich. Ihr Gesang bannte uns. Burgdorf begleitete sie auf dem Klavier. Als Laura aufhörte zu singen, klatschte niemand Beifall. Die Zuhörer, wir alle glaubten uns in einem Gottesdienst. Anders kann ich es nicht erklären. Burgdorf nahm sie in die Arme und küsste sie auf beide Wangen. Und ich konnte nicht fassen, dass diese Laura mich liebte. Wenig später starb ihre Mutter.

Laura fesselte sich danach nahezu an mich. Und dann schlug sie die Heirat vor."

Kamen rieb sich mit den Knöcheln seiner Hände die Augen. Harprecht legte seine Pfeife in den Aschenbecher. Er glaubte, seine beiden Hände frei haben zu müssen. Vielleicht gab es für sie bald etwas aufzufangen, den Mann ihm gegenüber, sich selber oder ein Geheimnis, das er mitzunehmen hatte, um es später zu entschlüsseln.

Die beiden Jugendlichen stehen nebeneinander im weiten Schiff der Pauluskirche. Es ist Nacht. Sie tragen brennende Kerzen in ihren linken Händen. Sie sind durch die wohl versehentlich offengebliebene Tür in das Gotteshaus gelangt. Laura hält ein grünes Buch in ihrer Rechten. Es ist die Ordnung der kirchlichen Trauung, die sie aus der Sakristei geholt hat.. Das Mädchen singt „Amazing Grace". Ihre Töne werden von den hohen Wänden aufgenommen und sanft, beinahe zärtlich zurückgeworfen. Dann liest sie mit lauter, klarer Stimme vor, einer Stimme voller Wahrheit und Überzeugung, durchwebt von Vertrauen und Zuversicht: „Höret Gottes Wort von der Stiftung und Ordnung des Ehestands. Gott der Herr sprach: `Es ist nicht gut, dass der Mensch allein sei. Darum wird ein Mensch Vater und Mutter verlassen und an seinem Gefährten hangen, und werden die zwei ein Fleisch sein.´"

Sie senkt ihren Kopf, fordert Guntram durch eine Geste auf, das gleiche zu tun. Ihre Stimme taucht in geheimnisvolle Dunkelheit, die das Morgenrot sucht: „Herrgott, himmlischer Vater, der du gnädig bist allen, die dir mit aufrichtigem Herzen nahen: Wir bitten dich, dass dein Geist wirke in allem, was wir tun. Amen."

Sie wendet sich Guntram zu, das grüne Buch dem Licht entgegenhaltend: „Guntram Kamen, willst du diese, mich, Laura Simon als deine Ehefrau lieben und ehren, ihr beistehen in Gesundheit und Krankheit, in guten wie in bösen Tagen, bis der Tod euch, uns scheidet, so antworte: Ja, mit Gottes Hilfe."

Und Guntram flüstert: „Ja, mit Gottes Hilfe."

Sie legt ihm das Buch in die Hand. Er stellt die Traufrage. Und Laura jubelt es nahezu: „Ja, mit Gottes Hilfe."

Sie stecken sich gegenseitig schmale silberfarbene Ringe an. Laura küsst Guntram auf den Mund. Sie singt: „Nun danket alle Gott". Das Paar schreitet feierlich durch den Mittelgang aus der Kirche. Sie hasten durch die schlafende Stadt zur großväterlichen Laube. Schlafsäcke liegen auf einem schmalen Bett. Eine rote Kerze wird entzündet. Ihr Licht enthüllt einen bunten Feldblumenstrauß, der in einer mit blauem Krepppapier beklebten Blechdose steht. Sie essen von den Lippen des anderen einen Schokoladenriegel. Sie ziehen einander aus, ohne Hast. Eine Stille wird zum Frieden. Sie schauen sich an, schmiegen sich aneinander, schaudern, flüstern Worte, die nur den einen Sinn machen sollen, den anderen zu kosen. Sie streicheln sich. Seufzer taumeln in das warme Licht ...

„Und dann haben wir Liebe gemacht", sagte es Kamen betont, damit es ja nicht überhört würde. „Und es war schöner, als ich es mir jemals ausgemalt hatte." Sein Gesicht wurde zum Transparent, hinter dem ein Licht zu leuchten schien und das die meisten Träume der Welt zeigte. „Es ist so leicht, so leicht, so schön, so schön. Die Erwachsenen lügen, wenn sie von den Hindernissen, den Gefahren und den möglichen Leiden der ersten körperlichen Liebe reden."

Die beiden Menschen schlafen ein. Die Häute reiben sich aneinander, wenn sich einer bewegt, und erzeugen Wärme.

Niemand vermisst die Jugendlichen in dieser Nacht. Guntrams Eltern liegen auf einem zerschlissenen Sofa vor dem laufenden Fernseher, bis zur Besinnungslosigkeit betrunken. Lauras Vater schreibt in Hamburg an einer Titelstory für das FORUM. Der Kinderfrau ist von Laura mitgeteilt worden, sie übernachte bei einer Freundin.

Am Morgen gehen die beiden in die Schule, getrennt voneinander. Sie vermissen sich schrecklich. Beide bewegen sie beim Gehen ihre Körper anders als zuvor, sehr bewusst. Sie wissen von deren Gnade. In der Gospelchorprobe singt Laura mit einer Stimme, die sich nur noch das Loben geschworen hat. Der Obersekundaner und Chorleiter Gabriel Burgdorf sagt: „Du hast einfach göttlich geklungen, Laura." Er fährt ihr mit einer Hand über den Rücken.

„Und dann war sie tot, genau 29 Tage später." Kamen sagte das unbetont. Die Stimme verflachte, als weigerte sich sein Körper, weiterhin als Resonanzraum zu dienen. Die Sonne war hinter den Häusern gegenüber abgetaucht. Die Farben der bunten Fenster des Lokals lebten nicht mehr.

Harprecht kratzte den Pfeifenkopf aus, blies einmal durch das Mundstück, schob die Svendborg hinter die Laschen der ledernen Tasche, wählte umständlich eine dunkelbraune, sandgestrahlte Stanwell, stopfte sie mit langsamen, sehr langsamen Bewegungen, fingerte nach den Streichhölzern, setzte den Tabak in Brand, zweimal, dreimal, hängte mit dem Rauch vor sein Gegenüber für vielleicht zwei Minuten einen dichten Vorhang, schenkte ihm Zeit, winkte die Kellnerin herbei, die sagte: „Ihr Tabak riecht aber gut", bestellte sich noch eine Flasche Fachinger und tastete dann gedanklich die Geschichte ab, die ihm gerade erzählt worden war, fand sie anrührend, fremd, naiv, überwältigend, ehrlich, schaffte kein rechtes Sortieren und keine Ordnung, die ihm passte, fühlte sich alt, wollte aber um keinen Preis die Kindheit und Jugend des anderen haben. Und wahrlich nicht das von ihm berichtete Erlebnis. Es erschien ihm beinahe so weit weg angesiedelt zu sein, wie es für ihn etwa der Initiationsritus bei einem Indiostamm im Amazonasgebiet war. Er staunte.

Ein Gast weiter hinten im Raum, jung noch, rauchte eine schlanke Zigarre, die in eine lange, elfenbeinfarbene Spitze gesteckt worden war. Harprecht hatte noch nie eine Zigarrenspitze gesehen. Er musste unbedingt Matthiessen davon erzählen. Das holte ihn etwas in die Gegenwart zurück.

Er kehrte seinen Körper in ein Halbprofil zu dem auf der anderen Seite des Tisches. Frontal konnte jetzt nichts geschehen, vermutete er. Sein Stimme gab sich ein Raunen, beinahe so, als wollte sie in der Kirche dieser seltsamen Eheschließung sprechen. Er fand sein Raunen bedenklich. Er fragte: „Hat sich Laura irgendwie nach Ihrer, Ihrer, Anführungsstriche unten, Heirat, Anführungsstriche oben, auffällig verändert? War sie vielleicht ängstlich?"

„Ich mag die Art nicht, wie Sie fragen", sagte Kamen.

„Ich mag meine Art zu fragen oft auch nicht", erwiderte der Kommissar.

„Sie war einfach glücklich", trauerte der junge Mann.

„Wusste Simon von Ihrer engen Beziehung zu seiner Tochter?"

„Er fand sie niedlich oder unschuldig. In Laura hat er immer nur das kleine Mädchen gesehen und das begabte Töchterchen, mit dem es sich gut repräsentieren ließ. Er hat mich gemocht, glaube ich, mich hin und wieder mit Büchern versorgt, von denen er meinte, dass sich mich interessieren könnten, mir sogar manchmal Zeitschriftenartikel von sich vorgelesen und mich nach meiner Meinung über sie gefragt. Vielleicht sollte ich ihm auch nur als eine Art Spiegel dienen oder als das Projekt einer Entwicklungshilfe, das es ihm möglich machte, sich noch großartiger zu fühlen, als er es ohnehin schon war. Ich weiß es nicht. Jedenfalls war er sehr geduldig mit mir. Ich bin mir keineswegs sicher, ob er jemals mit Laura so viel Geduld gehabt hat."

„Hat jemand anderes von Ihrem besonderen Verhältnis zu dem Mädchen erfahren?"

„Zu der Frau, meinen Sie, zu meiner Frau ..."

„Sie Kind!", schnaubte Harprecht.

„Ich Kind", lächelte Kamen. „Doch, ich denke schon. Laura war der musikalische Star an der Schule. Sie wurde beobachtet. Burgdorf wird bestimmt etwas mitbekommen haben, andere Gospelchorsänger oder Schulorchestermitglieder vielleicht auch. Laura war keine sonderlich gute Schauspielerin. Sie bot sich viel zu oft auf beiden ausgestreckten Händen den anderen an, würde ich ihr Verhalten einmal beschreiben. Aber die haben vermutlich nur an eine besonders enge Freundschaft gedacht, nicht an das Große, das zwischen uns war."

„Was war mit Sven Kolberg?", verlangte der Ermittler zu wissen.

„Keine Ahnung. Kolberg war nicht zu berechnen. Ein Schleichertyp, wenn Sie verstehen, was ich meine. Überall dabei, aber doch wieder nicht dabei. Er war ein Außenseiter, der sich mit seiner blöden Schlangenlederjacke und seiner dämlichen Boa in die Mitte lavieren wollte. Doch niemand hat ihn richtig ernst genommen."

„Haben Sie in letzter Zeit mit ihm gesprochen?"

„Warum das denn? Definitiv nicht."

„Er könnte der Mörder Lauras sein", warf es der Kommissar hin, wie einen Hut in den Ring. „Der, der die tote Boa vor dem Simonschen Haus ausgelegt hat, übrigens auch. Sie ebenfalls. Enttäuschte Liebe. Laura wollte nicht so wie Sie. Sie mögen doch Gewalt. Masturbation, nicht wahr?" Der Ermittler konnte sich im unbestechlichen Spiegel in seinem Innern bei den letzten Worten kaum erkennen. Sein wahres Ich, hoffte er jedenfalls, schüttelte sich.

„Ich hätte bei Ihnen mit den Fäusten zuschlagen sollen", fuhr Kamen auf wie ein abrupt hochgestelltes Geschütz. „Sie verdienen mehr als Prügel, wenn Sie das wirklich glauben. Mensch, wissen Sie überhaupt, was Liebe ist?"

„Ich denke schon", stürzte sich der Kommissar in das Gefecht. „Ich weiß auch, wie viele Morde diese hochgepriesene Liebe zeitigt." In seine Magenhäute begannen winzige Feinde seines Körpers oder seiner Gedanken zu stechen. Aus dem Pfeifenkopf des Kriminalbeamten stoben Funken.

„Ich mache gerne manchmal einen Vulkan nach", sagte er, aber nicht als Scherz oder verkleidete Entschuldigung – er meinte das Feuer ernst. Er fügte hinzu: „Sie schreiben mir bitte Ihre Adresse auf. Benutzen Sie ruhig die Speisekarte dazu. Die nette Kellnerin leiht Ihnen bestimmt einen Stift. Sie hat übrigens ein Auge auf Sie geworfen. Glauben Sie einem erfahrenen Kriminalisten. Haben Sie zur Zeit eigentlich eine feste Freundin?"

„Nein", tobte Kamen. „Ich kriege nur bei Kindfrauen einen hoch. Und anschließend verprügele ich sie. Zufrieden?"

„Und wie!", lächelte der Kommissar. Das Lächeln tat in seinen Mundwinkeln weh. Ziemlich viel schmerzte ihn und nahm ihm Teile einer vernünftigen Zukunft weg, vor allem, dass die Regeln, die er wollte, seiner Meinung nach immer öfter gekippt wurden, einfach so, unbeachtet, beinahe nachlässig, wie man Spielsteine umschnippt, wenn man zu verlieren droht.

Tötungen hatte man wie selbstverständlich in das Alltagsgeschehen aufgenommen. Ja, sie würden vielen sogar fehlen, der Kitzel, der Thrill, die von ihnen ausgingen. Morde begriff man nicht selten klammheimlich als eine Art Reinigungsprozess. Da wurde etwas beseitigt, was ja vielleicht beseitigt gehörte. Wusste man es denn?

Harprecht glaubte zu spüren, wie seine Seele sich zusammenkauerte, um ein möglichst kleines Angriffsziel zu bieten. Moral, fürchtete er, kam immer öfter aus Kloaken und Kiosken, nicht mehr aus Kirchen. Man gönnte und goutierte allenthalben Gewalt, wie auch die vielen Alkoholschlucke über den Durst. Sein Heimatland fremdelte erheblich vor dem 5. Gebot: „Du sollst nicht töten!". Eine Spaßgesellschaft, die Kinderkiller mit einer gewissen Lust am Untergang zeugte. Es ist mein Land, notierte es Harprecht für sich mit Schriftzügen, die eine rheumaverkrümmte alte Hand in Sütterlinschrift hinkrakelte, mein Land, in dem eine Dreizehnjährige unbedingt eine Ehe wollte, weil sie möglicherweise viel zu selten mit Zärtlichkeit versehen worden war, bevor sie dann zu einem zusammengeknüppelten Bündel wurde, aus dem die Gerichtsmediziner kaum mehr etwas herauslesen konnten. Und ich muss herausfinden, warum.

Viel lieber, träumte er wenig später seine grobe Trauer zur Sanftheit hin, wäre er mit Eleonore auf irgendeinem Postdampfer zu den Aleuten oder sonst wohin gefahren, hätte sie und sich während der ganzen Reise nicht aus der Kabine gelassen, auch zum Essen nicht. Sie hätten an ihren Körpern liebevoll genagt und gesaugt und wären satt geworden. Bestimmt.

Er bezahlte.

Kamen warf eine Visitenkarte auf den Tisch. Dann stürmte er aus dem Lokal. Er hätte gerne die Tür hinter sich zugeknallt. Doch die stand wegen der Sommerwärme weit offen und war festgehakt.

Der Kommissar schloss die Augen und sah Katastrophen der verschiedensten Größenordnungen in der Dunkelheit auf sich zukommen. Darum machte er die Augen lieber wieder auf.

Vor dem Lokal telefonierte er von seinem Handy aus mit der Dienststelle in Kiel. Kommissarin Grünberg meldete sich am anderen Ende, eine kluge, findige, pfiffige Beamtin, dazu noch sehr ansehnlich, Mitte 30, die erst kürzlich von Hamburg aus, wo sie im Dezernat für Kinder- und Jugendkriminalität gearbeitet hatte, zu ihnen gestoßen war, nunmehr als Mordermittlerin.

Sie berichtete mit einer Stimme, in der Frische und Enthusiasmus lagen – brav, wirklich brav, dachte Harprecht ziemlich gönnerhaft –, dass es von dem, der die Boa zerstückelt und vor das Haus gelegt hatte, noch keine Spur gab. „Kolbergs Vermieterin hat zu Protokoll gegeben, sie habe einem Mann aufgemacht, der sich als Kriminalbeamter ausgegeben habe. Sie habe sich, weil sie gerade aus der Dusche gekommen sei, nur durch den Türspalt hindurch den Ausweis zeigen lassen. Den Mann habe sie gar nicht richtig gesehen, der ihr mitteilte, er sei beauftragt worden, die Schlange abzuholen. Keine verwertbare Beschreibung“, meldete Frau Grünberg und wirkte dennoch keineswegs entmutigt. Man habe im Umkreis von etwa einem Kilometer um das Simonsche Haus jeden befragt, Waldarbeiter, Spaziergänger. Selbst die Fahrer des Linienbusses habe man einvernommen, die ständig das Haus passierten, dazu die regelmäßigen Pendler, die mitfuhren. „Einfach nichts“, trotzte die Kommissarin gegen alle derzeitigen Misserfolge. „Das Haus steht halt ermittlungstechnisch sehr ungünstig da unten an der Koesteralle kurz vor dem Wasser.“

„Versetzen wir es einfach“, brummelte Harprecht, um gleich hastig hinzuzufügen: „Ich rede Unsinn, Frau Kollegin. Vergessen Sie es.“

Er schätzte die Beamtin. Die ganze Soko schien in Ordnung zu sein. Engagiert, mit dem richtigen Maß an Betroffenheit. Offen nach allen Seiten, neugierig, geduldig in allen Routineaufgaben, aus denen mehr als 90 Prozent der Ermittlungen bestanden. Er kannte die meisten Beamten und war zufrieden.

Er bat die Kommissarin, die Soko morgen früh um 9.00 Uhr, obwohl es sich um einen Samstag handelte, zu einer Besprechung zusammenzurufen. Die Kollegin sagte: „In Ordnung“, und meinte es so. Wir kriegen ihn, dachte der Chef diesen Gedanken als hochgereckte Faust.

Eleonore lag in der Badewanne, als er nach Hause kam. Die Essenzen, die sie dem Wasser beigemischt hatte, rochen nach den Gewürzen, für die wilde Freibeuter früher gerne gekämpft hatten, auch um den Preis ihres Lebens. Die altmodische, riesige Wanne wurde von Klauenfüßen getragen. Auf einem Bord gegenüber stand ein CD-Player samt Lautsprechern, aus denen Kaskaden Chopinscher Klaviermusik die goldgelben Kacheln herabperlten, sich in flauschigen, samtbraunen Teppichen fingen und die Badende und ihren Betrachter zu bestechen suchten, Lust und Lüste zu haben und zu leben.

Harprechts Augen genossen übermäßig den Anblick seiner schlanken Frau, seiner Hanseatin, der Studienrätin, der Alleinerbin väterlicher Antiquitätengeschäfte. Der Körper, den das Wasser umspielte, glich einer köstlich geformten und bewachsenen Insel in einem verheißungsvollen Urlaubsmeer, zu der sich der Mann auch als Nichtschwimmer jederzeit aufgemacht hätte. Dieser Leib befand sich stets in den besten Jahren, seitdem Harprecht dessen Inhaberin lieben durfte. Er gab ihr einen Kuss auf die dunklen, kurzgeschnittenen Haare, fuhr ihr mit einem Finger über die schmale, an ihrem Ende leicht hervorspringende Nase, umspielte die vollen Lippen des Mundes, glitt den Hals hinab. Zu dem einen Finger gesellte sich die ganze Hand und machte sich zu weitgehenden unsittlichen Berührungen auf. Eleonore befand bei sich, dass der Mann noch weitergehen könnte, und zog ihre Toleranzgrenze als eine großzügig ausschweifende Klatschmohnhecke um einen opulent wuchernden Lustgarten. Die Sitte schleppte den Anstand ergeben hinter sich her und verschwand im Schatten. Die schlanken Amoretten der Gattenfinger durchstreiften als völlig amoralische Strolche das Wunderland des Leibes und weckten eine Quelle. Die Frau summte, gurrte, wölbte sich entgegen und hieß willkommen.

Der Mann verließ sie, den eigenen Sehnsüchten widerstrebend, auch denen Eleonores, wollte es jedoch nur als Interim begreifen, zog sich im Schlafzimmer aus und kehrte nackt in das Bad zurück. Der Sommer stromerte fröhlich hinter ihm her, von draußen durch das Fenster geklettert als ein Satyr. Harprecht stellte sich in die Dusche, die von oben und drei Seiten Wasserstrahlen auf ihn abfeuerte, ließ sich von den heißen Fluten durchpeitschen, verließ nach Minuten die Kabine, wurde von Eleonore mit einem umfassenden Handtuch erwartet. Sie trocknete ihn ab, einige Körperstellen besonders intensiv. Chopins Klaviermusik scherzte. Der Satyr flüsterte Vorschläge. Eleonore lächelte, hockte sich graziös vor den Mann hin und stülpte ihr Lächeln über das, was sie gerne bei ihm den „Bonsai" nannte, wenn sie ihren Gesamtgatten in Baumkategorien zu erfassen suchte, ihn jedoch nie als eichenknorrig begriff, eher zedernartig, wie das, was auf den biblischen Höhen des Libanon wuchs. Chopins Walzer hörte sich an, als tanzten Fanny Hill und Josephine Mutzenbacher zusammen nach ihm, während Lady Chatterly sich von ihrem Wildhüter abwandte und aufmunternd den Rhythmus mitklatschte.

Eleonore entließ den kunstvoll geformten Zwergbaum für kurze Zeit aus einer überaus angenehmen Wachstumsphase, glitt anmutig noch tiefer und breitete sich möglichst unanständig auf dem weichen Teppich hin, um ihrem Mann anstandslos ein Schlupfloch aus seiner zur Zeit ziemlich sittenlosen Welt zu bieten. Der nutzte es vergnügt und hart neckend. „So ist es gut", sang es in ihrem Atem. Der Satyr nickte. Chopin schwieg und dachte sehnsüchtig an Mallorca und seine Geliebte George Sand. Irgendwo in der Ecke las der alte Ovid aus seiner „Liebeskunst" vor und gab reizende Ideen von sich. Harprecht bewegte sich, wie die höchste Klugheit der Natur es lehrte, wenn sie ihre Menschen wirklich einmal nur menschlich wollte und auf kein, aber auch gar kein Gegeneinander aus, nur auf das Miteinander und Ineinander. Die Unmoral wurde moralisch. Der Sommer schickte Wärme, die jene Körper dort auf dem Boden gar nicht brauchten, während sie Gipfel erstürmten, möglicherweise den des Nanga Parbat, dann eventuell den des K2, schließlich vielleicht sogar den des Mount Everest. Sie rieben sich eine eigene Sommerhitze, feucht, nass, doch niemals erstickend, nur befreiend. Der Satyr bedauerte, dass er zur Mythologie gehörte, also gar nicht wirklich war. Er hätte so gerne mitgemacht, irgendwie. Bei der Liebe ging doch alles.

Sie lagen nebeneinander. Für einen kurzen, einen ganz kurzen Moment dachte Harprecht an Laura und Guntram Kamen und wünschte, dass ihnen alles Glück damals in ihrer Laube zugestoßen war. Dann dachte er nur noch an Eleonore, an sich, an ihre Körper, streichelte Erinnerungen an eben. Und die 57-jährige flüsterte es dem 56-jährigen zu: „Es wird immer besser mit uns. Findest du nicht, mein Bulle? Irgendwie gründlicher." Harprecht blies ein Ja in ihren Bauchnabel, knabberte noch ein wenig hier und da, fühlte den Wehen der Lust nach, rutschte mit seinem Kopf über ihren, sah in die dunklen Augen, sah sein Spiegelbild und fühlte sich ewig. Eleonore nahm ihre Schönheit und umhüllte damit ihren Mann. Er brauchte sie für morgen und sonst wann.

Sie holten sich ihre Bademäntel als Kissen, lagerten sich wieder nackt auf die weichen Teppiche. Die Hüften stupsten spielerisch aneinander. Eleonore sah auf Harprechts Glied, das schlaff und zufrieden auf seinem linken Oberschenkel ruhte, feucht von ihren Scheidensekreten und seinem Ejakulat – der Mann hatte nach den ärztlichen Untersuchungen darauf bestanden, nur dieses Fremdwort bei der Beschreibung der Flüssigkeit zu benutzen, die er an seine Frau vermittels tätiger Liebe übergab, niemals mehr den Begriff „Samen". Eleonore schmerzte Harprechts Verwundung, die diese Wortwahl verriet. Die Haut des Penis hatte sich zu vielen Falten zusammengelegt. Sie wirkte, als würde sie schmunzeln. Das freute die Frau. So sollte es sein. Die Sommernacht schickte einen leisen, warmen Wind durch das geöffnete Fenster, der über ihre

Körper fuhr wie ein dahingehauchtes Märchen aus „Tausend und einer Nacht". Dann wandelte sich dieses Märchen allmählich. Der Zauber der Worte zerbrach. Sie wirkten nur noch so, als würden sie von Scheherazade immer gleichgültiger dahingeplappert. Das Märchen verlor gegen die Wirklichkeit. Harprecht richtete sich auf, stützte seinen Kopf in die rechte Hand, schaute auf seine Frau, aber nicht länger als Geliebte, sondern als auf eine, die er in den anstehenden Fall hineinzuziehen gedachte. Er fühlte sich zu allein dabei.

„Du hast doch Laura unterrichtet?", fragte er.

Eleonore ergab sich in den Wandel, den ihr Mann gerade vollzogen hatte, dachte nach, drehte ihren Kopf zu ihm, erblickte die steilen Furchen, tief eingegraben über seiner Nasenwurzel, erkannte überdeutlich den Polizisten, besann sich noch einmal und ließ dann ihre Sprache zaudern: „Sie war, fand ich, ein Mädchen, das zu viel besaß, zu viel Schönheit, zu viel Intelligenz." Sie stockte, um sich Worte auszudenken, die noch genauer trafen. „Ja, ihr war vielleicht einfach zu viel mitgegeben worden, und es wurde immens viel von ihr erwartet. Dem war sie wohl oft nicht gewachsen. Das hat sie hilflos gemacht. Sie hat sich manchmal gegen diese Hilflosigkeit mit einem merkwürdigen Zorn gewehrt, nicht wirklich wütend, eher, ja, trotzig. Und sie hat sich zu den Menschen nahezu hingeworfen. Sie gierte nach Nähe." Eleonore schluckte zweimal gegen ihre aufsteigende Traurigkeit an. „Und ihre ungeheure Musikalität hat sie vollends überwältigt. Viele lagen ihr deswegen beinahe zu Füßen. Und nach manchen, glaube ich, hat sie auch getreten. Aber das alles, Carsten, sind mehr so vage Erinnerungen von mir. Ich könnte deren Wahrheitsgehalt nicht beschwören. Es mag schlimm für dich klingen, aber ich kann mich einfach nur noch so entsetzlich schwer an Laura erinnern."

Sie bettete müde ihren Kopf auf seinen Bauch. Die Stimme klang dunkel. „Es haben sich zu viele andere Bilder später vor sie geschoben, das von diesem grausigen Volksfest ihrer Beerdigung auf dem Nordfriedhof etwa, dieses maßlose Entsetzen aller. Viele schienen nahezu traumatisiert zu sein. Und danach dann dieser komaartige Zustand bei den Menschen hier, weil man sich in ein Koma retten musste, um das alles auszuhalten. Darauf die Presse, auch ihr, die Polizei, die besonders Düsternbrook fast in ein Ghetto verwandelt haben. Und dich habe ich sehen müssen, als du nach Kaminskis Tod zur Soko kamst, wie du fast zum Fanatiker geworden bist – ja, so habe ich das empfunden, Carsten –, ein Fanatiker, auch darum vermutlich, weil es um ein Kind ging und wir keins bekommen können." Harprecht hob die rechte Hand wie ein Schüler. „Nein, lass mich bitte ausreden", beharrte Eleonore auf der Gültigkeit ihrer Sorge. „Die Erfolglosigkeit eurer Arbeit hast du einfach nicht anerkennen können. Du hast sie schlichtweg ignoriert und hast dich letztlich seelisch ganz schön blutig gestoßen. Das darf nicht noch einmal passieren. Bitte, achte auf dich." Die Stimme klang wie nach einem langen Weg und wie vor einem langen Weg. „Bitte!"

Harprecht nahm seine nackte Frau fest in den Arm, weil sie ihm in ihrer Angst noch entblößter als eben vorkam. Diese Nacktheit wollte er nicht. Er versuchte, Eleonore mit seiner ganzen Person zu bekleiden. Schließlich passte er ihr. Dafür hatte er lange, sanft und eindringlich mit ihr gesprochen, geflüstert, dann gemurmelt, dann geschwiegen und alles von ihr gehört.

Später saß er in seinem Arbeitszimmer und rauchte die weit geschwungene Kalabasch, wie meistens vor dem Schlafengehen. Seine Tage brauchten diese Gepflogenheiten als feste Grenzpfähle. Aus den Lautsprechern der CD-Anlage sang Memphis Slim mit seiner kehligen Stimme Blues: „Cold Blooded". Die Finger des Musikers ließen die Pianotöne um die Melodie herum rollen, trillern, schrillen. Es wurde geklagt. Der dumpfe Bass schien den Herzrhythmus eines Kranken zu schlagen.

Harprecht schrieb auf einen großen, leeren Zettel den Namen „Kolberg". Dann fiel ihm nichts mehr ein. Dieser Name war das einzig Neue, das er der umfangreichen Ermittlungsakte hinzufügen konnte. Die Existenz des späteren Selbstmörders ergab sich als alleinige frische Spur hin zum Mörder Lauras. Dann das Schlangenkreuz. Was sollte er der Soko morgen sagen? Wie motivieren? Aus den Lautsprechern tollte ein fröhlicher Boogie-Woogie. Harprecht stellte die Musik ab. Nur die Nacht sprach noch, ein Vogel, der nicht sonderlich wohltönend Einsamkeit sang. Vom Nachbarhaus her klappten Autotüren, Gelächter brodelte, Stimmen warfen sich Abschiede und Wünsche zu. Der Ermittler spürte seinen Magenschmerzen nach. Mit masochistisch gefärbtem Zorn holte er sich eine Flasche Bier aus dem Kühlschrank in der Küche und kippte deren Inhalt stehend und in wenigen Schlucken in sich hinein. Die Schmerzen schnappten begeistert nach der kalten Flüssigkeit. Er ging heim zu Eleonore ins Bett und gab ihr einen Gute-Nacht-Kuss. Sie roch seinen Atem, sagte: „Hemmungsloser Säufer!“, griff dann nach dem Weinglas auf ihrem Nachttisch. Die Lesebrille rutschte ihr schief aus den Haaren auf die Nase. Sie lachte. Das brachte Harprechts Leben für den Moment ziemlich in Ordnung.

KAPITEL 4

Er saß am Wohnzimmertisch, trank Kaffee, schluckte an den Brocken seines Toasts und sah Eleonore zu, die inmitten einer gleißenden Insel, die das morgendliche Sommerlicht geschaffen hatte, auf dem Kerschan-Teppich ihre schweißtreibenden Gymnastikübungen machte. Sie trug einen hellgelben, enganliegenden Anzug aus irgendeinem glänzenden Kunststoff, in dem sie hinreißend aussah und alles noch heller machte, und brachte ihren Körper in Stellungen, bei denen der Mann gerne an exotische Liebesspiele dachte, aus irgendeiner indischen Tempelwand gelöst, sexuelle Exerzitien, die ihnen ja vielleicht noch bevorstehen könnten. Er freute sich, dass er an so etwas dachte und nicht an die Soko-Besprechung, deren Ergebnisse wenige Stunden später vermutlich in einem allgemeinen Schulterzucken bestehen würden, nachdem sie gemeinsam nach ausgestoßenen Worthäppchen geschnappt hätten, die nach kaum etwas schmeckten.

Der Oberrat hatte ja nur äußerst zögerlich der Bildung dieser Kommission zugestimmt: „Der Fall ist 15 Jahre alt, Herr Harprecht“, hatte er es ihm noch einmal vorgestern Abend auf dem Flur wie die Prellböcke in einem Sackbahnhof hingehalten. „Meinen Sie, das reicht wirklich, dieser Suizid, der Name an der Kirchentür, diese unappetitliche Schlangenangelegenheit?“ Er hatte seinen Kopf zwischen die Schultern gezogen, als wollte er als Schildkröte in seinem Panzer verschwinden, hatte das Haupt aber dann doch nach vorne gestoßen und den Seufzersatz sehr lang ausgedehnt: „Wenn Sie es denn vor sich verantworten können, Herr Hauptkommissar, und vor unserer Verwaltung, will ich ausdrücklich hinzufügen ...“ Danach hatte er seinem Beamten abschiedsfordernd zugewinkt, als würde er alle Verantwortung zu ihm hinüberwerfen.

Der Hauptkommissar steuerte wieder einmal völlig verkrampft den weißen Audi Richtung Präsidium, sah sich Lichthupen ausgesetzt, auch der geräuschvollen Abart dieser Signalgeber. Hinter dem Sophienhof überholte ihn ein kleiner Renault, dessen junger Fahrer völlig entgeistert zu ihm herübersah, als könnte er es nicht fassen, wer heutzutage alles ein Fahrzeug in breitester Öffentlichkeit lenken durfte.

Harprechts dunkelgrünes Polohemd war durchgeschwitzt, als er den Audi auf dem Parkplatz gegenüber dem Präsidium abstellte. Es standen nur wenige Fahrzeuge dort, dass es zu keinen Karambolagen kommen konnte, so sehr es die willkürlich wirkenden Bewegungen des Audi-Betreibers auch darauf abgesehen zu haben schienen. Er hastete über die Blumenstraße, weil die Zeit ihm unterwegs andauernd weit voraus gewesen war, stürmte die Treppen hoch in den obersten Stock und riss die Tür zu seinem Büro und dem Malte Matthiessens auf.

Als er in den Raum schoss, tönte Kriminalmeister Kuhlmann höchst feierlich – er tat es häufig bei ähnlichen Gelegenheiten und imitierte dabei den Rufer des amerikanischen Kongresses, wenn der Präsident in seine Mitte tritt: „Meine Damen und Herren, der Herr Erste Hauptkommissar, Carsten Harprecht!“ Niemand der sieben anwesenden Leute erhob sich allerdings von den Plätzen, anders als im Kongress.

Bengt Kuhlmann trug einmal wieder eines seiner mit irgendwelchen Weisheiten oder Un-Weisheiten bedruckten T-Shirts. Diesmal war auf seiner schmalen Brust zu lesen: „Den frühen Wurm holt der Vogel." Seine Kollegen hatten sich auch schon mit Sprüchen wie: „Ein guter Rat gehört zu den Beleidigungen, die man verzeihen sollte", oder: „Ich bin Polizist geworden, weil ich einen Beruf haben wollte, bei dem der Kunde immer unrecht hat", abfinden müssen. Jemand hatte einen schon etwas welk wirkenden Sommerstrauß auf einen der beiden Schreibtische gestellt, dazu Schälchen mit Keksen und zwei Thermoskannen voller Kaffee. Vielleicht war es Kommissarin Grünberg gewesen oder Obermeisterin Goellner. So etwas taten zumeist nur Frauen. Bedauerlicherweise, dachte Harprecht Kritik an seinen Geschlechtsgenossen. Die Beamten hatten sich Stühle aus den Nachbarbüros geholt und bildeten einen engen Halbkreis um die Schreibtische.

Harprecht ließ sich in seinem Sessel nieder. Ihm gegenüber biss Hauptkommissar Matthiessen gerade von einer schwarzen Zigarre die Spitze ab, wollte sie auf den Fußboden spucken, fing den Blick seines Freundes auf und verstaute die Tabakreste in der Tasche seines schwarzen Oberhemdes, entflammte dann die Zigarre mit einem schlimm in die Jahre gekommenen Benzinfeuerzeug, das erst nach 11 Versuchen – alle zählten geduldig und gebannt mit – eine kurze Feuerzunge ausspie.

Matthiessen war mit seinen 58 Jahren der älteste der anwesenden Ermittler, ein bullig wirkender Kerl, das Gesicht fleischig, die schütteren weißen Haare kreisförmig auf dem Kopf verwickelt, nicht unähnlich dem Muster auf dem Gehäuse einer Urzeitschnecke. Von ihm ging die Ruhe eines erfahrenen Landwirts aus, der problemlos auf wechselnde Jahreszeiten, das Wachsen der Ernte zu warten vermochte, sich mit Hagelschauern und fallenden Fleischpreisen abzufinden bereit war.

Er hatte sich eine quirlige, nahezu kapriziöse, zierliche Architektin zur Frau genommen, die für ihren Malte ein grundsolides

Haus in Klausbrook geschaffen hatte, das ihm entsprach. Wie weit sie sich dabei selbst verleugnet hatte, wussten auch der Freund Harprecht samt Eleonore nicht zu entscheiden, wenn sie auf Eichenmöbel schauten oder blau-weiß gemusterte Küchengardinen neben Trockensträußen und an der Wand befestigten Kupferpfannen. Aber die beiden taten sich gut, hatten eine Tochter namens Sabine in die Welt gesetzt, als sie schon die 40 überschritten hatten, und machten sich ständig Sorgen um das Mädchen, nachdem es einen längeren Magersuchtsanfall mit Hilfe von erfahrenen Ärzten in einer Bad Bramstedter Klinik heil überstanden hatte, die der Patenonkel Carsten aufgetan hatte. Matthiessen hatte es sich angewöhnt, beim Essen die Bissen seiner Tochter zu zählen und anschließend zu notieren, was dem Teenager furchtbar auf die Nerven ging. Aber Sabine verstand die Angst ihres Vaters. Harprecht dachte an die anderen Seiten seines Freundes und Kollegen, an den wachen Verstand, die Großzügigkeit, Fehler der anderen zu tolerieren und über sie so zu reden, dass sie zu Stärken umgemünzt werden konnten, an die immense Übersicht über jeden neuen Fall, an dessen Weitsicht und die Bereitschaft, eigene gefällte Urteile wieder und wieder zu überdenken.

Der leitende Ermittler gab einen kurzgefassten Bericht über seine Recherchen in Hamburg, schilderte den Eindruck, den Lauras Vater auf ihn gemacht hatte und wog dessen Antworten vor den anderen ab, berichtete dann von Guntram Kamen und dessen Liebe zu Laura, die sogar in eine Art Hochzeit eingemündet war. Das Letzte erzählte Harprecht monoton, als wollte er jede Betonung und Wertung vermeiden.

Matthiessen hob kurz die Hand, um eine Frage in den Bericht einzuschieben: „Carsten, hast du den Simon auf die Unschuld seiner Tochter angesprochen? Damals, als Kaminski ihn einvernommen hat, ist er bei dem Thema nahezu ausgeflippt. Im Bericht steht, er habe es jedem bei Strafe verboten zu behaupten, seine Tochter sei keine Jungfrau mehr gewesen. Die forensischen Mediziner seien in dieser Hinsicht alle einer Ignoranz anheim gefallen, die nicht zu fassen sei."

Harprecht schüttelte den Kopf. Er ärgerte sich im Nachhinein, dass er dieses Thema ausgespart hatte. Vergesslichkeit? Falsches Mitleid? Rücksichtnahme? Höflichkeit? Alles Eigenschaften, die ein guter Ermittler schleunigst ablegen sollte, verwünschte sich der Hauptkommissar. Matthiessen streifte mit der Hand beschwichtigend durch die Luft: „Fiel mir nur gerade so ein."

Ein Schweigen schwebte durch den Raum wie eine große Seifenblase, bei der alle auf ihr Platzen warteten. Nur dass es nicht bunt und schillernd war, sondern stumpf und grau. Durch die beiden Gaubenfenster drängte sich Hitze und umklammerte die Beamten.

„Kolberg?", durchstach Harprecht schließlich die dicke Blase der Stille.

Kriminalobermeisterin Karin Goellner, wenig über 30, eine gepflegte Erscheinung, hellblaue Jeans, eine leichte dunkelblaue Bluse, darüber ein zartgeschnittenes Gesicht, das von großen Augen beherrscht wurde, die stets ein wenig zu staunen schienen – sie hätte schon längst eine Brille oder Haftschalen tragen müssen, wusste der Erste Hauptkommissar –, braunrotes Haar, das in leichten Wellen den Kopf umspielte, ein zarter, frischer Kamillenduft ging von ihr aus, die Stimme ein wenig angeraut, leicht heiser, vielleicht aus Angst vor ihm, Harprecht, dachte der Chef. Denn er machte Angst, einer erheblichen Anzahl von Beamten. Das war ihm bekannt. Und er mochte es nicht, sah aber auch keine Möglichkeit, das zu ändern.

„Sven Kolberg", begann die junge Ermittlerin leise vorzutragen, „35 Jahre alt, in Kiel geboren. Abitur an der Hebbelschule. Zwei Semester Jura in Hamburg, Studium abgebrochen. Vater verstorben. Mutter schwer krank, Alzheimer. Zuletzt beschäftigt bei der Immobilienfirma ... Moment, den Namen habe ich gleich ..."

„Ist doch nicht wichtig. Steht alles sowieso später in den Akten", durchschnitt Kriminalhauptmeister Zietz mit einer nahezu blitzenden Messerstimme ebenso beiläufig wie rücksichtslos die Ausführungen seiner Kollegin. Thorvald Zietz gab sich sofort als Scharfmacher der Soko zu erkennen oder als Mephisto und Götz von Berlichingen in Personalunion, ein drahtiger bis muskulöser mittelgroßer Mann mit abrupten Bewegungen, Bodybuilder, das Gesicht wie gemeißelt, schmale Lippen, tief liegende Augen, schlanke Nase, deren Löcher sich ständig ungeduldig blähten, das volle mittelblonde Haar nachlässig nach hinten geworfen, den Duft eines Rasierwassers abgebend, das ein wenig nach Vanille und Zimt roch, viel zu mild und unentschlossen für diese geballte Testosteronanhäufung, eine leichte dunkelrote Nappalederjacke, ein teures Stück, wie den Teil einer Rüstung über die breiten Schultern drapiert. „Sollte ich die werte Kollegin etwa gestört haben?", floh er in Sarkasmus, als Harprechts Augen ihn niedermachen versuchten. Vielleicht braucht eine Soko solch einen Mann, überlegte er dabei, der uns alle beunruhigt, auch verärgert. Das macht wach. Er überlegte es aber sehr unwillig.

„Weiter", bat der Erste Hauptkommissar.

„Er ist von den Mitarbeitern und dem Chef der Firma, Heinemann heißt der, heftig gemobbt worden", wagten sich die Worte der Obermeisterin wieder zaghaft hervor. „Er war wohl der geborene Außenseitertyp ..."

„Was ist das denn?", warf sich Zietz erneut dazwischen, diesmal allerdings etwas gemäßigter in Körperhaltung und Tonfall.

„Klappe!", knurrte Matthiessen.

„Er konnte sich nicht einfügen", straffte sich Karin Goellner, „ein Einzelgänger. Ich habe keine Freunde ausmachen können, noch nicht einmal Kumpane. Die Wohnung pedantisch ordentlich. Keine Alkoholika aufzufinden, noch nicht einmal Bier, nur Säfte und Mineralwasser. Irgendwelche Zeichen, dass er ein Päderast gewesen sei, was man ihm in der Firma und wohl auch sonst nachgesagt hatte, konnten nirgends ausgemacht werden. War in psychiatrischer Behandlung wegen einer exogenen Depression. Galt schließlich als suizidgefährdet. Übrigens, wegen der Schlange wollte ihm seine Vermieterin mehrfach kündigen, kam damit aber nicht durch", schloss die Beamtin mit einem tiefen Atemzug und warf Zietz einen verächtlichen Blick zu. Der zerknüllte, den Arm über den Kopf hebend, seinen Kunststoff-Kaffeebecher. Es knirschte laut in seiner Faust.

Harprecht schlug mit seiner flachen Hand auf den Schreibtisch. „Leute", grollte er den Beginn eines Gewitters, „wir müssen es noch einige Zeit miteinander aushalten. Also darf ich wohl dringend darum bitten, von irgendwelchen uns alle befremdenden Sperenzchen Abstand zu nehmen! Wir haben uns verstanden? Frau Grünberg hat mir bereits über die Ermittlungen hinsichtlich der Ablage der Boa Bericht erstattet und dass es dort keine Erkenntnisse gegeben hat. Herr Kowalski, was sagt die Gerichtsmedizin über das Auseinandertrennen des Tieres?"

Hauptmeister Volker Kowalski, Ende 20, wand seinen langen, schlaksigen Körper aus dem Stuhl in Richtung Decke, versuchte seinem Lausbubengesicht mit den Sommersprossen, der Stupsnase, dem breiten Mund Seriosität zu verleihen, fuhr einmal kurz mit der Hand durch das verwuschelte Haar, das danach vollends einem Staubwedel nach Gebrauch ähnelte, und holte eine grollende Bassstimme aus seinem mageren Leib, die niemand dort vermutet hätte: „Es ist bei dem Auseinanderschneiden eine Säge verwendet worden, vielleicht ein Fuchsschwanz, die keinerlei Besonderheiten aufweist. Also kein Zahn fehlt im Sägeblatt, keine Scharten darin. Die Schnitte sind gezielt ausgeführt worden. Es gab kein Zögern dabei. Der Mensch, der das getan hat, kannte keinen Ekel. Er hat beherrscht gehandelt, sagen unsere Experten. Das hilft uns wohl nicht viel weiter." Er breitete die Arme aus, als wollte er jemanden oder die ganze Kommission tröstend in sie schließen.

Wieder ein Schweigen, nicht ganz still diesmal, das das Büro durchschwebte, aber jetzt eher einem Luftballon ähnelte, der langsam mit einem kaum hörbaren schnaufenden Geräusch seine Luft entließ, um dann erschöpft zu Boden zu sinken.

Harprecht lauschte dem lange nach und setzte währenddessen seine Gedanken in eine Reihe, die ihm als bedenkenswert erschien. Als er sprach, hörte sich alles so verhalten an, als würde das Wort, das gerade aus dem Mund kam, von dem folgenden festgehalten: „Der Name an der Kirchentür, das Schlangenkreuz, der Suizid, der vor einer Kirche seinen Ausgang genommen hat ... Ich würde die Begriffe Kirche und Religion, allerdings weit gefasst, im Hinterkopf behalten. Dazu Außenseitertum, Verzweiflung, ja, eventuell noch Hexenjagd, was den armen Kolberg angeht, um hoch zu greifen, vielleicht Inquisition. Vielleicht zu hoch gegriffen."

Harprecht sah hilfesuchend Matthiessen an. Der nickte wohlwollend. „Der Kolberg als eine Art Ketzer. Warum nicht?"

„Wie weiter?", fragte der Kommissionschef, vor allem sich, aber auch die anderen. „Den Herrn Kamen könnte sich einer von Ihnen noch einmal vornehmen, ein jüngerer als ich, würde ich vorschlagen, wegen der Gesprächsebene. Der Mann könnte uns möglicherweise Laura noch ein wenig mehr entschlüsseln. Was meinen Sie?"

Man nickte unentschlossen oder trank Kaffee, knabberte Kekse, ließ gequält die Sonne auf sich einwirken, die mittlerweile mit ihren heißen Strahlensträngen auf die Beamten nahezu einschlug, schaute sich um, an, weg. Kommissarin Grünberg rekelte sich ein wenig, drückte dabei pralle Weiblichkeit gegen den Blusenstoff, was einige Männer wohlwollend anerkannten, nein, nicht machohaft, höchstens in Ausnahmefällen oder in Ausfällen, sondern als Gabe an sie, die sie sich immer wieder verdienen mussten.

Dann piepte Harprechts Mobiltelefon. Er hörte zu. Auf seinem Gesicht wechselte Ungläubigkeit mit einem unbändigen Zorn. Dann legte er das Handy wie ein Stück Unflat auf den Schreibtisch, wischte sich sogar die Hände an den Hosenbeinen ab, um es dann seinen Leuten entgegenzustammeln, die Worte stolperten, das eine über zwei andere, die der Beamte nicht getrennt hatte, dann über das nächste. Ausrufezeichen tauchten nur ganz winzig auf: „Sven Kolbergs Grab ist verwüstet worden. Geschändet, oder wie man es sonst nennen soll, diese Schweinerei." Sein Mund schnappte nach Luft und fand nur sehr oft benutzte. Das machte seine Sprache verwaschen, dumpf. Ein Seher schien zu reden, der etwas Endzeitliches sehr undeutlich geschaut hatte und damit nichts anfangen konnte. Apokalyptische Pferde stellten sich als Esel vor. Harprecht klebte müde einen Auftrag zusammen, der ein wenig zerschlissen aus seinem Mund flatterte: „Herr Matthiessen und ich fahren zum Nordfriedhof. Ihr schickt uns einen Spurensicherer nach. Ja, so machen wir das. In Ordnung, Malte?"

Die Soko übte sich darin, aus Verstörung Logik zu schaffen. Dafür war sie ja schließlich da, unter anderem jedenfalls.

Das Grab auf dem Nordfriedhof war weiträumig mit einem rot-weißen Plastikband abgesperrt. Seine Erde war auseinander geschleudert worden. Eine maßlose Wut schien daran beteiligt gewesen zu sein. Der wenige Blumenschmuck war zertreten oder auf Nachbargräber geworfen worden. Das provisorische Holzkreuz mit Kolbergs Namen und Daten darauf steckte zerbrochen und umgekehrt im Sand. Daneben war ein Eichenast in den Boden gerammt. Harprecht und Matthiessen registrierten ihn sofort und sortierten ihn gedanklich zu dem Baum, unter dem die tote Laura gefunden worden war.

Zwei uniformierte Polizisten standen neben einem älteren Mann in einer blauen Arbeitskluft, dessen Gesichtszüge sich in dem maßlosen Entsetzen darüber, dass es offensichtlich Menschen gab, die selbst vor dem Tod und seinen Mahnmalen nicht den geringsten Respekt besaßen, zur Mitte seines Antlitzes hin verschoben hatten. Das Gesicht sah darum merkwürdig klein im Vergleich zum gesamten Kopf aus. Augen, Nase und Mund waren sich ganz nahe gekommen, als müssten sie sich über das furchtbare Ereignis erst einig werden. Er trauert um das furchtbar misshandelte Grab wie um einen unschuldig Hingerichteten, dachte der Kommissar, nein, unschuldig Gelynchten, verbesserte er sich im Stillen. Der alte Mann rieb sich mit den verarbeiteten Knotenhänden fahrig über die Augen, um die Tränen daraus zu vertreiben, fand sie aber wegen seiner Zerfahrenheit nicht. Sie flossen durch viele Falten hin zum Kinn und verliefen sich dort. „Das geht doch nicht", bröckelte seine Stimme. Das dumpfe Klopfen von Friedhofserde auf einen Sarg, von Hinterbliebenen zögerlich geworfen, klang ähnlich. „So etwas kann doch kein Mensch tun." Er schnaubte seine Hilflosigkeit in ein weißes Taschentuch.

Matthiessen begab sich in Richtung der Häuser, die mit dem Gesicht zum Gottesacker standen. Das verwüstete Grab lag hinter Zypressenbüschen versteckt.

Eine ältere Frau, etwa sechs Meter entfernt, schöpfte Wasser aus einem Brunnen in ihre Gießkanne. Einer der Uniformierten befragte sie. Der andere stand weiter hinten neben einem Gärtner nahe der backsteinernen Friedehofskapelle, der gerade seinen Rasenmäher abstellte.

Harprecht wandte sich an den alten Mann neben ihm: „Sie sind hier der Friedhofswärter?"

„So etwas hat es bei uns noch nicht gegeben." Er hob seine Hand wie zu einem Schwur.

„Gewiss nicht", versuchte der Kommissar sich an Trost. „Dafür achten Sie viel zu sehr auf Ihren Friedhof. Aber der Mensch muss nun einmal schlafen."

„Jawohl", sagte der alte Mann. „Und das haben diese Verbrecher ausgenützt. Aber sie haben dabei ihre Seelen verloren." Seine Stimme raunte: „Man verliert nämlich seine Seele, wenn man sich an der Ruhestätte eines Toten vergeht."

„Hinterlässt eine Seele dabei manchmal auch etwas?", fragte Harprecht sehr ernsthaft. Er hütete sich tunlichst davor, den Glauben dieses Menschen leichtfertig in den Bereich der Verirrungen zu verschieben.

„Einen Geruch", sagte der Mann. „Riechen Sie es nicht?"

Es stank tatsächlich ein wenig. Und dann hielt der Beamte von der Spurensicherung ein strickähnliches Gebilde hoch. „Eine tote Kreuzotter", sagte er. „Schon ziemlich verwest."

„Gibt es solche Tiere auf Ihrem Friedhof?"

„Ich habe noch keins von der Sorte gesehen. Und ich arbeite schon fast 40 Jahre hier."

Der alte Mann legte seine rechte Hand auf die Jacke, als wollte er sich bekreuzigen, tat es aber nicht, drehte stattdessen unentwegt an einem Knopf. Die Sonne hinter seinem Kopf erzeugte eine Art Gloriole.

„Ich heiße Detlev Reimers", sagte der Friedhofswärter und machte eine knappe Verbeugung.

„Harprecht", stellte sich der Ermittler seinerseits vor. „Ich bin Hauptkommissar bei der Kriminalpolizei."

„Das ist ziemlich weit oben, nicht wahr?“, freute sich der alte Mann. „Das hier“, er wies auf die Verwüstungen, „braucht einen von weit oben. Finden Sie den Täter? Finden Sie ihn?“

„Bestimmt“, log Harprecht Gewissheit über seine Hoffnung hinweg.

Er schaute wütend auf das Grab und wies auf das zerbrochene Kreuz und den Eichenast.

„Schon klar“, meldete sich der von der Spurensicherung. „Die halten keine Abdrücke. Zu ausgedörrt. Was ich sagen kann ist, dass der, der das hier angerichtet hat, es mit den Händen getan hat und dabei aber Handschuhe getragen hat. Es gibt Fasern. Und sehen Sie sich einmal das Kreuz an. Das L im Nachnamen ist weggekratzt, vermutlich mit einem kleinen Messer. Er hat viele Ansätze gebraucht. Ich nehme Kreuz und Ast zur KTU mit.“

„Gut gemacht“, murmelte Harprecht und dachte L wie Laura. Das Unbehagen band einen Knoten in seine Gehirnwindungen, empfand er. Es tat weh.

Die uniformierten Beamten traten zu ihm: „Wenn es Ihnen recht ist, fragen wir auf dem Friedhof weiter herum.“

„Ja, danke, tun Sie das bitte“, sagte er. „Könnten Sie vielleicht noch einige Leute vom Revier zu Ihrer Unterstützung hierher bitten?“

„Wir versuchen es. Aber wir sind total unterbesetzt.“

„Natürlich“, murmelte der Ermittler. „Ich verstehe. Machen Sie, was möglich ist. Ja?“

Die Beamten legten ihre Hände an die weißen Mützen und vollführten eine Kehrtwendung. Glücklicherweise nicht stramm, nahm Harprecht erleichtert zur Kenntnis.

Matthiessen trat schnaufend und schwitzend neben ihn. „Die ich bis jetzt in den Häusern befragt habe, haben nichts gesehen. Die liegen auch viel zu weit weg und die Hecken sind dazwischen.“

„Ich komme mit und helfe dir“, trödelte der Erste Hauptkommissar verdrossen und unentschlossen. Das alles hier machte nur den Sinn, ihn aufzuregen, ihn und seine Beamten. Es stachelte sogar auf. Und das war vermutlich gewollt.

Der gute Sommer sah zu und ließ mit seinem Gutsein alles noch schlimmer erscheinen. Schmetterlinge tanzten, Glockenblumen versuchten zu läuten. Die Rosen dufteten stolz und schauten ein wenig verächtlich auf Wiesenblumen. Die Grabsteine bildeten ein ordentliches Spalier, trugen gelassen Namen, Geburtsdaten, die Angaben von Sterbetagen, sammelten die Wärme in sich und strahlten sie wieder ab, ein bisschen die Tätigkeit eines Lebens. Der Himmel über allem gab sich als riesig weite und helle Domkuppel und verlangte nach Klarheit unter sich, dann und wann, wie auch heute, vergeblich.

In der Nacht brannte das ehemalige Simonsche Haus an der Koesterallee ab. Am frühen Morgen hatten Jogger das Feuer entdeckt und die Löschfahrzeuge per Mobiltelefon gerufen. Als die eintrafen, war das Gebäude schon nahezu völlig zerstört. Nachdem Brandermittler endlich in die verkohlten Hausreste eindringen konnten, entdeckten sie in der Gegend, wo sich die weitschwingende hölzerne Treppe befunden hatte, leere Benzinkanister, von der Hitze zerbeult. Das Urteil lautete schnell und eindeutig: Brandstiftung. Der oder die Täter hatten sich nicht im Geringsten bemüht, ihre Tat zu verheimlichen.

Harprecht wurde alarmiert. Seine Nase nahm mit Ekel den bitteren Nachgeruch des Brandes auf. Die Ruine klaffte vor ihm auseinander, eine riesige schwarze Wunde, von der Urgewalt Feuer verursacht, die sich lästerliche Menschen zueigen gemacht hatten. Solche lästerlichen Menschen missbrauchten mittlerweile alle Urgewalten. Aber er wusste es nicht genau. Die Natur ringsherum hüllte sich in Schweigen. Die Vögel waren geflohen. Die anderen Tiere auch. Dem Sommer gelang es nicht, die Unheimlichkeit zu bannen. Irgendwo, sehr fern, fing er noch Rauch auf und ließ sich angewidert von ihm durchsetzen und schänden.

„Sie erfahren alles später von uns“, sagte ein von Ruß geschwärzter Brandermittler und sah wie ein unwirklicher Mensch aus der Fremde aus.

Der Kommissar dankte ihm mit einem Nicken, das er nicht

meinte. Ihm war allein nach Kopfschütteln. Er mochte noch Stunden später keine Pfeife rauchen. Er sah dem Treiben der vielen Leute zu, von denen die sterblichen Überreste von Lauras ehemaligem Wohnhaus durchforscht wurden, mindestens genauso gründlich wie einst Schliemanns Troja, dachte er. Der Anblick dieser Geschäftigkeit gab ihm etwas Ruhe.

Seine Soko-Kollegen hetzten einer nach dem anderen aus ihren jeweiligen Heimstätten herbei, wer sie auch immer gerufen haben mochte, wahrscheinlich Matthiessen, der sich neben ihm mit nahezu monumentaler Gelassenheit aufbaute und sowohl wortkarg als auch gestenarm zu dirigieren begann.

Die Beamten schwärmten in die Umgebung aus. „Berichte zu mir nach Hause!", rief Harprecht ihnen nach und überließ seinem Freund die weitere Leitung der Untersuchung, weil der das momentan besser zu können schien als er. Harprecht verlor sich zu sehr an die Zerstörung. Sie brannte seine Vernunft fort. Was sollte das alles? Sie waren als Polizisten doch schon wach genug. Warum dieses Fanal? Sollte das tote Mädchen zeichenhaft noch mehr getötet werden? Jemand setzte immer schrecklichere Signale. Seine wunden Magenwände zogen sich zusammen und rieben sich schmerzhaft aneinander. Keine Nahrung lag als Puffer zwischen ihnen. Der Kommissar konnte zur Zeit kaum etwas essen. Es muss anders werden, befahl er sich zornig. Alles muss anders werden. Wir müssen auch Signale setzten, deutlich und übersehbar, und zwar hier vor Ort. Er beschloss, die Kommission wieder nach Düsternbrook zu verlegen. Er sagte es Matthiessen. Der nickte, gab ihm die Hand und brummte: „Nimm dir ein Taxi und fahr heim!"

Zuhause duschte er ausgiebig und roch danach immer noch den Brand an sich. Im Wohnzimmer ließ er Boogie-Woogie Klänge des Hamburger Pianisten und Sängers Vince Weber von einer CD auf sich herabprasseln, machte einige Tanzschritte um den alten Delphintisch herum, den Eleonore einmal als vollkommen bezeichnet hatte. Vollkommenheit war gut. Sie offenbarte Heilsein. Er machte die Albernheit seiner Tanzschritte aus und legte sich auf das Ledersofa. Seine Finger trommelten den rollenden Rhythmus der Musik auf seinen Magen und auf seine Schmerzen. Vielleicht sollte er einmal zu einem Arzt gehen. Aber bei dem Gedanken an eine Magenspiegelung verkrampfte sich sein ganzer Körper.

Vince Weber sang heiser Erregung. Ein wenig Wind duschte sanfte Kühle durch die offene Terrassentür über ihn. Er nahm das Geschenk der Milde an. Vielleicht kannte dieser Wind die Toskana oder die Provence, wo sie sich, Eleonore und er, lange vor Lauras Zeiten auf offenen Feldern geliebt hatten, schamlos – wie denn sonst. Echte Liebe gibt es nur ohne Scham. Anders wäre sie nicht echt. Adam und Eva hatten sich im Paradies auch nicht geschämt, jedenfalls nicht, bevor sie wie Gott werden wollten. Als sie nach Macht, sogar nach Allmacht gierten, da schämten sie sich voreinander, und das Paradies, die Liebe ohne Scham gingen für sie verloren. Machthunger tötet diese Liebe. Ich bin nicht Adam, dachte Harprecht. Mir genügt es, wenn ich mit Eleonore schwach sein darf, je schwächer, desto besser. Und sonst will ich, glaube ich, auch nicht herrschen. Etwas zu sagen haben, ja, wenn es dienlich ist, aber nicht beherrschen und andere kleiner machen. Macht, mehr Macht, noch mehr Macht – fast jedes Verbrechen wird, wenn man genau hinschaut, von dieser Gier gezeugt, fast ... Er drehte sich auf die andere Seite und schaute in den Garten. Eine Drossel hüpfte vergnügt auf der Terrasse. Sie trug einen Wurm im gelben Schnabel, völlig schamlos.

So viel zu meiner Philosophie, dachte Harprecht.

Telefonanrufe von Kollegen kamen gegen Abend rein. Er hörte von keinen Ergebnissen und hatte auch nichts anderes erwartet. Er gab allen bekannt, dass Düsternbrook wieder zum Hauptquartier werden würde, wie einst unter Hauptkommissar Kaminski. Furcht und Unrast quollen aus ihm in Form von Schweiß, der unbestimmt roch.

Der Sonntagabend zog sich hin wie eine auf die Streckbank gelegte Sonnenblume, die das überhaupt nicht verdient hatte. In zwei Stunden würde er Eleonore von der Pauluskirche abholen, wo sie, zusammen mit dem Kirchenvorstand, dem sie seit nunmehr drei Legislaturperioden angehörte, einen neuen Organisten für die Gemeinde zu wählen hatte. Die Heiligengeist-Gemeinde und deren Pastor hatten ihr seit jenem Tag ihre Seele nachhaltig und beinahe zärtlich betupft, als ihre beste Freundin dort in einem Trauergottesdienst verabschiedet worden war. Sie hatte damals von dem Geistlichen Worte gehört, die sie gerne gebetet hätte. Darum hatte sie sich von Molfsee dorthin umgemeinden lassen und verstand jeden Weg zur Pauluskirche als eine Art wohltuende Wallfahrt und glaubte, dass die Räder ihres Audis Choralvorspiele pfiffen.

Zwei Kandidaten hatten ihre Bewerbungsunterlagen auf die Ausschreibung hin eingereicht. Eleonores Tätigkeit machte einen guten Sinn, bewertete Harprecht, anders als seine derzeitige. Er fertigte sich in der Küche ein Brötchen mit Butter, kaute lange daran herum, trank Fachinger dazu, schaffte aber nur eine Hälfte der Semmel.

Später döste er auf dem Sofa seines Arbeitszimmers ein, Aktenordner auf der Brust, die er ziellos durchblättert hatte. Eine Stimme nannte ihm im Traum oder Halbschlaf, er konnte es nicht unterscheiden, den Namen „Franziskus". Er schreckte hoch. Die Aktenblätter rutschten auf den Boden. Einige verschwanden unter dem Schreibtisch. Harprecht schenkte diesem Absturz keine Beachtung. Er schlug sich mit beiden Fäusten abwechselnd gegen die Stirn, um in seinem Kopf Ordnung zu schaffen. Ihn hatte er völlig vergessen, diesen komischen, obdachlosen, malenden Heiligen, der mit Laura häufig und wohl ziemlich eng umgegangen war. Verdammt! Verdammt! Sein Gehirn schien immer mehr einem Schwamm zu ähneln, aus dem mehr ausgedrückt wurde, als er sammelte. Er hangelte aufgeregt nach dem Telefon und rief Matthiessen an, keuchte: „Wir müssen uns um diesen Berber, diesen Franziskus kümmern. So schnell wie möglich. Es gibt ein recht brauchbares Phantombild von ihm, damals, vor 15 Jahren angefertigt. Jagt es durch den Computer. Macht das Gesicht irgendwie älter. Das geht doch?"

„Klar, Carsten", schlurfte Matthiessens Stimme fast behaglich. „Alles geht. Wir müssen es nur zum Gehen bringen. Ich werde das

Nötige veranlassen. Verlass dich darauf. Und vergiss nicht zu essen, zu schlafen und auf Eleonore zu hören, mein Alter.“

Harprecht lehnte sich, etwas gelassener geworden, in seinem Schreibtischsessel zurück, wippte einige Male, sah, dass er noch den Telefonhörer in der Hand hielt, legte ihn auf und bettete seinen Hinterkopf an das weiche Leder. Es wird schon werden, sang eine tiefe Stimme ein Schlaflied in ihm. Malte macht. Dessen Ruhe war ihm stets als eine Art Hafen erschienen, in dem er sein Lebensschiffchen anlegen konnte, auch wenn es manchmal ein Wrack war.

Das Warten war ein Teufel in seinem Beruf.

Eleonore saß in der Pauluskirche und versuchte die Schmerzen in ihrem Rückgrat zu ignorieren. Die Lehne der Bank war zu steil, die Sitzfläche zu schmal. Ihr leichtes Sommerkleid klebte an dem Sitzkissen. Rechts neben ihr ruhte der Bauunternehmer Karl Sievertsen tief in irgendetwas versunken, möglicherweise in einem Nichts, genauso unbeweglich wie einer seiner mächtigen Betonquader, und roch nach Schweinebraten. Dazu Rotkohl, eine pfeffrige Soße, vermutete Eleonore, und zwei, drei Biere. Auf ihrer anderen Seite rutschte der Anwalt Bert Stemmle unruhig hin und her. Stillsitzen war nicht sein Ding, wusste die Studienrätin von vielen Vorstandstreffen her. Sie mochte den Mittdreißiger, Sozius in einer größeren Hamburger Kanzlei, der viel von seiner knapp bemessenen Freizeit in die Kirchenarbeit einbrachte, sie sicher durch alle rechtlichen Untiefen lotste, stets gleichbleibend freundlich. Ein leises, wehmütiges Lächeln war offenbar von seinem Gesicht fest angemietet, das markant gestaltet wirkte, ein festes Kinn, die Stirn hoch, die Augen oft ein wenig zusammengekniffen, dennoch hellwach, graublau, der Mund unter einer leicht gebogenen Nase wie in das Antlitz geschnitten, sehr gerade, auch bei dem wehmütigen, leisen Lächeln. Die dunkelblonden Haare wirkten modisch zerzaust und dufteten nach einem frischen Gel, zu dem man die Farbe Grün assoziieren würde. Bei seinem Aftershave würde ich die Farben Gelb und Blau nehmen, dachte Eleonore.

Es roch irgendwie liberal, bezog in seiner Duftnote keine genaue Position, wie manchmal der ganze Mann. Er trat stets modisch gekleidet auf. Heute trug er einen leichten hellbraunen Anzug, dazu ein offenes dunkelblaues Hemd, in dessen Kragenöffnung ein weinroter Seidenschal gebunden war.

Nach Stemmles Scheidung vor drei Jahren hatten die Harprechts ihn öfter zu sich nach Hause eingeladen und sie hatten einander genossen. Sie feierten gemeinsam Esprit, guten Geschmack, wagten kleine Vertraulichkeiten und lachten über ähnliche Dinge. Die Gegeneinladungen des Anwalts wurden in ein gutes Restaurant verlegt. Er lebte allein in einem großen, teuer aber unwirtlich eingerichteten Haus. Eine Zugehfrau, die fünfmal die Woche kam, versorgte ihn. Als ihn Eleonore jetzt ansah, verzog er sein Gesicht wie ein Schauspieler, der Todesqualen zu mimen hat, legte theatralisch beide Hände über das Herz, wies dann nach oben zu dem ersten der beiden Organistenanwärter. Der entlockte dem Instrument gerade Geräusche, die entfernt an einen Raddampfer auf dem Mississippi mit einer Jazzband auf dem Oberdeck erinnerten. Gleich würden entweder die Kessel platzen oder das Schiff stranden, jedenfalls die Musiker schwer verletzt werden. Man vernahm es bei jedem Ton, den der junge Mann über ihnen drückte. Es klang nach Drohung und baldiger Not. Der Tastenbearbeiter mühte sich um eine Toccata von Johann Ernst Eberlin (1702–1762), wie Eleonore den ihr in die Hand gegebenen Unterlagen entnehmen konnte. In wenigen Minuten würde er vor ihnen noch einer Fanatasie von César Franck Gewalt antun, bangte die Studienrätin. Bauunternehmer Sievertsen spürte weder Not noch Gefahr, verdaute gemächlich, musterte den Innenraum der Kirche und überschlug die Kosten der möglichen Renovierung, die in einigen Jahren wohl anstehen würde.

Die drei Ortspastoren saßen aufgereiht auf einer der Bänke quer zu ihnen. Im überall weich abgerundeten, gutmütigen Gesicht des ältesten und Vorsitzenden des Kirchenvorstandes, Emmerich Baltz, spiegelte sich das, was man Gottergebenheit in Feuersbrunst und Hagelschlag nennen konnte. Er hielt die Augen geschlossen, hörte möglicherweise auf sein wahrscheinlich strenges Gewissen, das ihn sicherlich freisprach, vielleicht auch auf eine Eingebung von ganz oben, die ihm bei der richtigen Entscheidung hinsichtlich der Organistenanwärter behilflich sein wollte, schlief eventuell auch nur den Schlaf der Gerechten, argwöhnte Eleonore, aber wohlwollend. Das zumindest, tat er es denn, vermochte er vollendet lautlos zu verrichten.

Sein um wenige Jahre jüngerer Amtsbruder saß straff, streng aufgerichtet, das etwas karg ausgestattete Gesicht mit wenig Nase, einem winzigen Schlupfloch als Mund, die Augen wie kleine Mottenlöcher in die an hart gespannte weiße Segel der Arche Noah erinnernde Haut gefressen, darüber Wimpern als Insektenbeinchen. Die schwarzen Haare allerdings warfen sich üppig über das schmale Haupt, von einem scharfen Scheitel entschieden voneinander getrennt. Er studierte, von der Lehrerin mit Unbehagen, ja Verdruss beobachtet, weil der Geistliche gerne den Richter gab mit Urteilen, die tiefe Risse in die Kirchenwelt trieben, die Papiere in seinen Händen äußerst aufmerksam, die Stirn gerunzelt. Seine Lektüre musste dem Anschein nach um einiges interessanter sein als die, die den Übrigen zur Verfügung gestellt worden war. Doch vermutlich war das nur wieder einer dieser Einakter, die der Pfarrer Friedhelm Cornelsen aufführte, um seine Wichtigkeit vorzuführen, grollte Eleonore. Und er ist immer der Einzige, der sich hinterher Beifall klatscht. Sie mochte Cornelsen einfach nicht. Wenn sie sich biblische Pharisäer vorstellte, dann oft in dessen Gestalt.

Der Jüngste in der geistlichen Troika, Jonas Ellwein, machte aus seiner Langeweile keinen Hehl, zupfte immer wieder an seinen zu langen Haaren, wie eine Mehrheit der Gemeinde meinte, die schweigende Mehrheit, schlang seine Finger auch manchmal um die nicht sonderlich gepflegten Schuhe, riss sich einen Wollfaden aus dem rotblauen Pullover mit einer Art Strawinskyschem Feuervogel vorne drauf, gähnte sogar unverhohlen, was einige der Kirchenvorsteher für äußerst unangebracht hielten, wo sie doch ihr eigenes Gähnen nur unter Mühen und mit leise vergossenen Tränen unterdrückten. Ellwein hatte ein offenes Gesicht, das irgendwie das Erwachsenwerden verweigert hatte. Die Züge waren nicht ausgeprägt. Jeder Betrachter konnte das in sie hineinlegen, wonach ihm gerade war. Es handelte sich um ein sehr empfängliches Antlitz. Der Pastor, um die 35, lächelte viel, aber stets so, dass man auch sein Weinen erahnte. Er galt als guter Zuhörer. Menschen suchten ihn gerne mit ihren Sorgen auf, weil er sich nicht über ein Problem erhob und vorgab, etwas besser zu wissen. Seine Predigten bestanden niemals auf letzten Gültigkeiten. Er trug sie locker vor, mit einer Stimme, die manche Sätze nahezu sang, wenn er die Liebe erwähnte. Aber er sang es nicht selten in Moll. Und eine kleine Sterbeglocke schien dabei zu läuten. Sie fehlt ihm wohl sehr, die Liebe, bedauerte die Studienrätin. Er lebte allein. Viele der etwas älteren Damen in der Gemeinde gaben unwillkürlich ihren Muttergefühlen freien Lauf, wenn sie mit ihm zusammen waren, auch Eleonore.

Neben Ellwein saß mit durchgedrücktem Rücken der Küster Günther Kallweit, sein Gesicht äußerst kontrolliert, etwas düster, der dunkle Anzug makellos. Er pflegte die Kirche mit Umsicht, nahezu mit Andacht, ließ es im Gottesdienst nie an der nötigen Würde mangeln, die ihm von Natur aus innezuwohnen schien. Man konnte sich keinen tobenden, ausgelassenen Günther vorstellen, der Gefühle jauchzen oder jammern ließ. Gemeindefremde, die zum ersten Mal die Pauluskirche besuchten, pflegten ihn öfter mit „Herr Pastor“ anzureden. Seine Arbeit verrichtete er so gewissenhaft, dass es Eleonore manchmal an Zwanghaftigkeit erinnerte. Aber es war schon ein Glücksfall gewesen, erinnerte sich die Kirchenvorsteherin gerne, als sie ihn vor sechs Jahren eingestellt hatten, diesen gelernten Tischler, der einmal kurz Philosophie studiert hatte.

Der da oben fand in seinem Orgelspiel zu einem unseligen Ende. Wäre ein Erbe César Francks heute in der Kirche dabei gewesen, er hätte den Musikus gnadenlos verklagt, mutmaßte die Studienrätin.

Eleonore musterte den zweiten Kandidaten, ihren ehemaligen Schüler Gabriel Burgdorf. Auf seinen gestapelten Noten ruhte eine Bibel. Er hatte sich eine weiße Fliege vor seinen schwarzen

Hemdkragen gebunden. Es protzte irgendwie aus ihm. Aber Burgdorf war schon damals auf der Hebbelschule so gewesen, erinnerte sich die Studienrätin, immer ein Deut zu viel, ein schwelgerischer Schüler, hatte nach dem Abitur in Wien Musik studiert. Und so einer kommt zu uns, überlegte sie. Aber warum nicht? Organistenstellen waren knapp.

Der 32-jährige lächelte selbstbewusst, verschwand auf der Empore. Ja und dann, dann zauberte, betörte, brillierte er: Franz Liszt, „Prélude und Fuge über den Namen B.A.C.H.“. Die Kirche schien sich zu einer Kathedrale zu weiten, um die Fülle und Herrlichkeit der Töne bergen zu können. Burgdorf riss Eleonore mit, schenke ihr Hingerissenheit. Die Geistlichen schreckten auf wie weiland die Hirten vor Bethlehem, als hätten sich musizierende himmlische Heerscharen über ihnen niedergelassen. Bauunternehmer Sievertsen ließ abrupt vom Kostenvoranschlag für eine eventuelle Renovierung des Gotteshauses ab und wälzte seinen fülligen Körper verblüfft nach vorne. Anwalt Stemmle würgte sich vor Überraschung mit seinem Seidenschal, den er gerade neu binden wollte. Sein Mund stand offen, als wollte er die Flut der Töne nicht nur hören, sondern auch noch trinken. Es brauste, jubilierte, virtuose Zurückgezogenheit, dann vielstimmiger Choralgesang, geschmettert, triumphierend. Danach eine Pause, in der immer noch das gesamte Bethaus zu zittern schien.

Die Pause zog sich hin. Der Bauunternehmer sah sich beunruhigt um. Und dann ließ es Gabriel Burgdorf ganz sanft, ganz sanft, wie eine zärtliche, nahezu erotische Liebeserklärung aufschmelzen: „Amazing Grace“. Er betete auf den Tasten, betete lauter, immer lauter, bis das Gebet zu einem Schrei anwuchs. Eleonore überfuhr ein Schauer. Ein Geist aus der Vergangenheit kratzte mit spitzen Nägeln über ihre Seelenhaut. Stemmle hatte seinen Kopf auf die Lehne der Bank vor sich gelegt. Pastor Jonas Ellwein fuhr sich immer wieder hastig über das Gesicht und schien irgendwelche Gespinste fortwischen zu wollen. Die Töne versanken in einer gerade noch klingenden Ruhe, verhauchten, begruben einen Tod und wollten der Ewigkeit glauben. Der Küster Günther Kallweit hatte sein Haupt ganz weit zurückgelegt und wollte die Decke da oben unbedingt als schützendes Dach begreifen. Das schwarze Jackett war ihm aufgesprungen, damit gleichzeitig seine Würde.

Die nun folgende Stille hielt eine Predigt, die kaum jemand richtig verstand. In der Luft tanzten Staubkörnchen auf den letzten Strahlen der Abendsonne nach einer Choreographie, die keineswegs verspielt wirkte, wie zu erwarten gewesen wäre, sondern majestätisch. Jedenfalls wollten das die Augen vieler Anwesender so sehen.

Dann brach Seniorpastor Emmerich Baltz den Bann. „Meine Damen und Herren", er musste sich räuspern, hustete dreimal weit hallend – man konnte die kirchliche Weiheformel „Vater, Sohn und Heiliger Geist" daraus hören, weil einem danach zumute war –, „meine Damen und Herren, ich denke, ein Gespräch und eine Abstimmung erübrigen sich wohl." Er schaute fragend, auch immer noch erstaunt, in die Runde der Vorsteherinnen und Vorsteher und fuhr fort, als sich kein Widerspruch regte: „Somit dürfen wir also Herrn Gabriel Burgdorf als unseren neuen Organisten in der Heiligengeist-Gemeinde begrüßen." Er lenkte seinen Blick nach oben: „Ich darf Sie beglückwünschen, Herr Burgdorf!"

„Selbstverständlich", schallte es von der Empore zurück.

Der erste Kandidat warf sein Notenmaterial in eine abgeschabte Ledertasche und schwenkte seinen aufgeschossenen Oberkörper den Gang entlang dem Ausgang entgegen.

„Es ist schwer, gegen mich anzutreten, Kollege, und keine Schande, dann zu verlieren", stieß ihm Burgdorfs Stimme in den Rücken.

Eleonore trat sehr nachdenklich in den warmen, noch hellen Abend. Ihr schien ein Geist aus der Kirche zu folgen, der nicht heilig genannt werden konnte, eher heillos. Unsinn, dachte sie. „Amazing Grace" gehört zu den meistgespielten Gospels. Und Burgdorf hat es eben besonders meisterlich interpretiert. Sie beobachtete, wie der frisch gekürte Organist auf einen ältlichen Mann zuging und ihn flüchtig umarmte. „Das ist der Herr Enno Jansen", sagte Pastor Baltz hinter ihr. „Er hat kürzlich den Tabakladen nicht weit von Ihrer Schule übernommen. Unser Burgdorf wohnt bei ihm. Na, bald kann er ja in eine Dienstwohnung umziehen.“ Der Geistliche hakte sich bei Eleonore unter. „Geht es Ihnen gut, meine Liebe? Aber das sieht man ja, blühendes Leben, nichts als blühendes Leben.“ In seinem Gesicht fächerten sich die Lachfältchen ganz dicht nebeneinander.

„Sie Charmeur“, stupste ihn Eleonore an, streichelte ihm dann ganz kurz über das Gesicht. „Sie sind ein Schatz.“

„Da kommt Ihr von mir glühend beneideter Mann“, rollte die Stimme des Pastors gemächlich wie ein Billardball, bevor er sich entschloss, in das richtige Loch zu fallen. „Aber glühend beneidet nur Ihretwegen, nicht wegen der Arbeit, die er jetzt wieder verrichten muss. Unsere arme Laura kann uns wohl nie in Ruhe lassen. Sie darf es auch nicht“, fügte er hinzu, „bis ihr endlich Recht wiederfahren ist. Aber was ist Recht gegen das Leben?“, bedauerte er.

Harprecht streckte dem Geistlichen die Hand entgegen. „Der Burgdorf, dieser Großtöner, hat es also geschafft, habe ich gehört.“

„Er ist mehr als das, viel mehr“, sagte Emmerich Baltz und kehrte sich weg von ihnen. Er sah ein wenig gebeugt aus.

Bert Stemmle trat neben sie. „Habt ihr noch Lust auf einen Schluck in der `Bismarckstube´? Wir müssen doch auf unseren Künstler anstoßen, dem es immerhin seine übermäßige Eitelkeit nicht verwehrt hat, hochzulobende Musik zu produzieren.“

Sie bogen vom Forstweg in die Esmarchstraße ein. Der Abend roch nach Bratkartoffeln, Frikadellen, Rosen, Abgasen und keiner Verheißung. Im kleinen Lokal, dessen dunkle Holzwände, an denen Bilder des Reichskanzlers bei den verschiedensten Verrichtungen hingen, sich um zehn Tische drängten, wurden sie vom Wirt, dessen Gesicht natürlich ein Bismarckbart zierte, namentlich begrüßt, über die voraussichtliche Wetterlage informiert, vom Zustand des vierten und jüngsten Enkelkindes in Kenntnis gesetzt – „Ein richtiger kleiner Kürassier!“ –, dann schließlich nach ihren jeweiligen Wünschen gefragt. Harprecht bat um ein Bier, nicht zu kalt, Eleonore um einen Rotwein, „den aus der Toskana bitte“.

Stemmle verlangte es nach seinem üblichen Mineralwasser, „Pellegrino“ mit einer halben Zitronenscheibe darin.

Als die Getränke gekommen waren, sprachen sie über den neuen Organisten, gaben der Begeisterung, auch dem leisen Unbehagen Ausdruck. „Er hat so etwas verdammt Gönnerhaftes an sich“, sagte der Anwalt. „Schon in der Schule sah er sich als musikalische Gabe Gottes.“

„Ja, er hatte es nie leicht mit sich, der Gabriel“, fügte Eleonore hinzu. „Sein Genie überschattet ziemlich seinen Charakter. Und Genie hat er, das muss ich zugeben. Damit hat er oft seine Mitschüler zugekotzt. Entschuldigt den Ausdruck.“

„Und dein Fall, Carsten?“, fragte der Anwalt. „Geht es da irgendwie weiter?“

„Wir werden von irgendjemandem zum Weitergehen gezwungen, mit Grabschändung und Feuer und einem Menetekel an der Kirchentür. Das Gesetz des Handelns hat sich bis jetzt einer angemaßt, der ein Verwüster ist und die Polizei beinahe verhöhnt. Aber ich lasse mir das nicht länger gefallen!“ Harprechts Stimme vibrierte. Seine Hand krampfte sich um das Bierglas.

„Carsten, bitte“, sagte Eleonore, „geh es gelassen an. Du hast Zeit. Du hast deinen Verstand, deinen Riecher, gute Leute. Fünfzehn Jahre sind nun vergangen. Wir alle werden auch noch weiter warten können. Und wir werden dann einen Erfolg erleben. Es müsste doch mit dem Teufel zugehen, wenn dem toten Kind nicht endlich Gerechtigkeit widerfährt.“ Sie sprach laut, um ihre Angst nicht zu hören. Doch die kannte alle Eingänge in einen Menschen, auch die geheimsten. Eleonore fürchtete sich. Auch wegen Burgdorfs „Amazing Grace“ eben.

„Es geht mit dem Teufel zu“, grollte es aus dem Kommissar. Danach hob er beide Hände und bat so um Verzeihung. „Ich rede Blödsinn“, sagte er.

Der Anwalt stieß sein Mineralwasserglas um. „Ungeschickt lässt grüßen“, lächelte er verzerrt, als wollte sein Gesichtsausdruck eher zu einem tiefen Kummer hin.

KAPITEL 5

Die vier Männer sitzen auf blau-grau gestreiften Matratzen in einem von der Sommersonne des Tages überheizten Raum des Dachbodens, zwei Stockwerke über dem Tabak- und Süßwarenladen, in dem auch Lotto-Scheine angenommen und kleine Schnapsflaschen frühmorgens in manchmal zitternde Hände gedrückt werden. Drei der Männer fühlen sich unbehaglich. Es riecht nach abgestellter Vergangenheit, muffig, angefault. In der Mitte des Bodenraumes ragt eine brennende weiße Altarkerze auf, die ein kunstvoll gegossener Ständer in Form eines nach oben schnappenden Drachens trägt. Die Männer lehnen sich, einander gegenüber sitzend, an die Pfosten, die den Dachstuhl stützen. Vor dem ältesten Mann liegen zwei großformatige Schwarz-Weiß-Fotos. Das eine zeigt eine lebende, lachende Laura, wie sie auf einer Schaukel dem Himmel entgegenfliegt. Auf dem anderen ist der zerschmetterte Leib des Mädchens zu sehen. Die meisten Zeitungen haben dieses Bild wegen seiner zu offensichtlichen Grausamkeit nicht gedruckt. Das flackernde Licht der Altarkerze verleiht den Bildern scheinbare Lebendigkeit.

Die Männer treffen sich zum dritten Mal in vier Monaten, von dem Alten auf den Dachboden zitiert. Es ist weit nach Mitternacht.

„Es hat euch wirklich niemand gesehen?“, begehrt der alte Mann zu wissen.

„Nein, niemand“, bestätigen die drei.

„Gut!“ Der alte Mann, den alle Franziskus genannt haben – die drei tun es noch immer –, heißt mit bürgerlichem Namen Enno Jansen und betreibt das Geschäft im Erdgeschoss. Die drei Männer haben ihm dazu die finanziellen Möglichkeiten gegeben, keineswegs freiwillig. In zwei der Zimmer darüber wohnt er. Das dritte hat er an Gabriel Burgdorf vermietet. Es handelt sich um ein schmalbrüstiges Haus. Fachwerk durchzieht draußen die kalkweißen Wände.

Franziskus nimmt die Bilder vom Boden auf und hebt sie über

seinen Kopf wie ein Priester den Kelch beim Abendmahl. Seine Stimme steigt in ein schrilles Falsett. Das Ritual beginnt. Die drei Männer hassen es, finden es auch lächerlich. Aber die Angst, eine furchtbare Angst um ihre bürgerliche Existenz, um ihr Leben, lässt es sie ertragen.

„Ihr habt schwere Schuld auf euch geladen."

Die drei antworten monoton: „Ja, wir haben schwere Schuld auf uns geladen."

„Die Schuld liegt darin, dass ihr Laura getötet und verstümmelt habt."

„Wir haben Laura getötet und verstümmelt."

„Ihr werdet dafür Sühne leisten."

„Wir leisten dafür Sühne."

„Ich bin gekommen, um euch eure Schuld immer wieder vor Augen zu führen, sie euch schwerer zu machen, sie auf euren Herzen und Seelen brennen zu lassen."

„Dazu bist du gekommen."

„Ihr sühnt?"

„Ja, wir sühnen."

Die drei Männer winden ihre Körper, aus einem immer stärker werdenden Verdruss heraus. Doch sie signalisieren keine Fluchtabsichten. Die Angst bannt sie.

Aus den Augen des alten Mannes glüht purer Machtwillen und unverdünnter Zorn. Er legt die Fotos auf die Erde. Seine Stimme verändert sich. Alles Liturgische ist von ihr abgefallen: „Nur zur erneuten Erinnerung. Die Bilder, die ich von euch, dem Unfall und den Sachen danach gezeichnet habe, sind sehr genau. Eure Gesichter sind gut zu erkennen. Ich war ein recht erfolgreicher Schnell-Porträtist auf dem Montmartre. Das wisst ihr doch? Die Bilder werdet ihr nie finden. Das wisst ihr ebenfalls, nicht wahr? Und ein unnatürlicher Tod meinerseits hätte üble Konsequenzen für euch. Ein natürlicher übrigens auch." Franziskus hustet ein böses Lachen, das sich terrortauglich anhört.

„Natürlich ist uns das klar", sagt der junge Pastor Jonas Ellwein erregt und reißt an seinen langen Haaren.

„Ihr werdet Buße tun, bis ich nicht mehr bin“, droht Franziskus. „Und ich werde die Schraube immer enger anziehen. Verlasst euch darauf. Dass ihr die Miete für das Geschäft und dieses Haus zum größten Teil bezahlt, gehört nicht zu der Buße. Das ist lediglich eure verdammte Pflicht. Menschen haben ihre Richter zu unterhalten, auch Propheten und Henker. Ihr sollt dienen, euch demütigen, euch kleiner machen, der Pastor als Pastor, der Anwalt als Anwalt, der Küster als Küster. Übrigens Stemmle, du könntest viel mehr kostenlose Verteidigungen übernehmen. Und du, Kallweit, solltest noch viel häufiger in den Gärten älterer Leute umsonst arbeiten und dabei möglichst nach Mist stinken. Und der Pastor da“, Franziskus wedelt verächtlich mit der linken Hand in Richtung Ellwein, „der ist ohnehin zu kaum etwas nütze. Meinetwegen kann er sich noch mehr in Pflegeheimen aufhalten und den Sterbenden auf den Geist gehen. Ja, Ellwein, krieche öfter in Tode hinein. Mit Tod kennt ihr alle euch doch prächtig aus, ihr Ratten. Ihr seid mir immer noch zu weit oben“, kreischt der Alte, „viel zu weit. Runter mit euch. Schmeckt endlich Dreck!“

Die drei Männer starren auf den schmutzigen Boden. Die Hasstiraden gleiten mittlerweile an ihnen ab. Sie hassen sich selbst schon genug. Und Buße tun sie jeden Tag, den ein Gott der Sintflut und Sodoms heraufdämmern lässt, wenn sie sich erinnern, anklagen, mit sich zu verzweifeln drohen, in ihre jeweilige Arbeit fliehen, mit ihr Schulden abzahlen wollen, die nicht abzuzahlen sind.

Franziskus verliert sich in einer ganz hohlen Stimme: „Ich habe Laura geliebt. Ihr habt mir das Liebste genommen. Ihr habt es geschändet.“ Er scheint in sich hineinzuhören. „Das Mädchen auf dem Franziskanerplatz in Wien. Wie Laura. Das Gesicht. Die Haare. Ihre Zuwendung. Es hat mich im März zu euch geschickt. Ich musste kommen, weil Laura mir noch einmal erschienen ist. Es war ein Ruf, der aus Lauras Himmel kam. Versteht ihr? Himmel!“

Die drei kennen die Geschichte. Sie nehmen ihre erneute Erzählung hin als zusätzliche Schläge mitten auf ihre Herzbeutel. Sie sind müde, so endlos müde.

Franziskus schweigt. Sein Atem kommt stoßweise. Die Sommerhitze übt sich beiläufig an einem Fegefeuer. Sie war schon recht weit in ihrer Übung gediehen, kommt es den drei Männern vor. Ihre Gesichter glühen. Die Körperhäute sind schweißnass. Der heiße Schweiß scheint nach innen zu dringen, auf ihre Seelen zu tropfen und Löcher zu brennen.

Der alte Mann murmelt: „Der Kolberg war ein Schwächling. Er hat den Sinn der Sühne nicht eingesehen. Ich ahnte, dass er bald brechen würde. Ich habe nachgeholfen. Ihr wisst es. Ich wollte seinen Selbstmord. Mein Wille geschah. Er war so berechenbar, dieser nichtswürdige Idiot. Er hat den Wagen damals gefahren. Seine Schläge auf Laura schienen mir mit besonderer Lust geführt worden zu sein. Ihm ist bestimmt dabei einer abgegangen." Franziskus schnaubt ein weiteres böses Lachen. „Einige Briefe, einige Fotos an seine Firma, einige nächtliche Anrufe. Er gab schnell auf. Dass er Lauras Namen mit seinem Blut an die Kirchentür geschmiert hat, war natürlich ein Glücksfall. Das macht Druck auf den Stadtteil. Düsternbrook ist euer Gefängnis. Ich kenne kein schlimmeres. Die vielen Wächter, diese Tugendwächter. Und ihr drei steht im Licht, Pastor, Anwalt, Küster. Wie ihr euch bewegt, was ihr sagt, man wird es kontrollieren."

Der alte Mann sammelt Staubflocken und wirft sie urplötzlich in die Luft. „Jeder Schmutz kommt auf euch nieder!" Er stülpt seine schmalen Lippen vor und stößt einen leisen Pfiff aus. „Das mit der Schlange war doch ein glänzender Einfall von mir, das Kreuz. Und, Herr Pfarrer, ich habe ihr den Kopf zertreten. Erstes Buch Mose, Kapitel drei, Vers 15. Noch mehr Druck auf die Stadt. Euer Gefängnis wird enger. Und dann der Brand des Simonschen Hauses. Man denkt unwillkürlich an Hölle, nicht wahr? Dabei sollte es ein Flammenbad der Reinigung sein." Franziskus kichert. „Und nun leidet, meine Schäfchen, leidet! Alle meine Spieler stehen auf ihrem Platz, Guntram Kamen neben Georg Simon, diesem Vater, der nie ein Vater war. Er hat das Sühnen noch nicht gelernt. Sühne ist das Schlüsselwort für diese Welt. Ohne Sühne muss sie zugrunde gehen. Sühne verlangt Demut.

Ohne Demut erhebt sich die Erde über den Himmel. Und eines Tages wird die Erde durch den Himmel hindurch stürzen, tief, tiefer, bis das endgültige Verderben sie fängt und zerquetscht."

Der alte Mann speichelt ungezügelten Zorn. Der Geifer spritzt auf die Männer. Das Kerzenlicht lässt seine Augen in tiefe Höhlen versinken, holt sie dann wieder heraus. Ellwein würde gerne beten, wie immer bei diesen Zusammenkünften.

„Alle meine Spieler stehen auf ihrem Platz. Jetzt Gabriel Burgdorf, unser neuer Organist. Er wird euer Racheengel sein. Er wird seine Melodien spielen. Und ihr werdet hören: Von Staub bin ich gekommen. Zum Staub kehre ich zurück. Ihr werdet hören: All mein Tun auf dieser Erde ist vergeblich. Ihr bringt eure Jahre zu wie ein Geschwätz. Ihr seid wie Gras, das am Morgen blüht und des Abends welkt und verdorrt. Psalm 90, Herr Pastor Ellwein! Ihr werdet eure Jammertäler stündlich, sekündlich sehen. Und kein guter Hirte wird auf euch warten."

„Wir wissen das. Verdammt, wir wissen das", schrillt Kallweits Stimme auf. „Wir leben das schon!"

„Ach ja, ihr lebt das schon? Ihr lebt noch ein Leben?" höhnt der alte Mann. „Das gefällt mir aber nicht, Kallweit. Das gefällt mir ganz und gar nicht. Existieren wäre schon zu viel für euch. Vegetieren, ja, vegetieren, das schwebt mir für euch vor. Ein Wurmdasein unter den vielen Tritten der Bürger unserer schönen Stadt."

Oh Gott, stöhnt das auf, was Stemmle noch zu denken vermag. Was willst du denn? Seit 15 Jahren krieche ich doch bereits auf dem Bauch. Wer mich stehen sieht, erblickt nicht mich, sondern winzige Reste von mir. Einmal vergessen zu können, nur einmal richtig vergessen zu können. Habe ich mir nicht wenigstens das verdient? Manchmal war die Erinnerung ein wenig verblasst. Die Wunde in mir setzte etwas Schorf an. Und dann kam dieser verfluchte Franziskus zurück, von irgendeiner Wiener Vision, oder was das war, zu uns gejagt. Gib mir Frieden! Gib mir Frieden. Der Konfirmand in Stemmle sprach es, als auf seine Welt damals ein Segen gelegt wurde.

„Ich habe das Grab geschändet", keift der alte Mann, „das Haus niedergebrannt. Ich habe es auch getan, um die Polizei zu uns zu holen. Sie macht euer Gefängnis ausbruchsicher. Nun ist eure Angst behütet. Angst ist das Salz, der Essig in eurer Buße. Angst gibt euch Peitschenschläge, bindet euch auf das Rad, legt eine Garotte um euren Hals. Die Inquisition war eine köstliche Einrichtung. Sie hat vielen wie euch geholfen. Nun bin ich euer Inquisitor. Nehmt mich auch als Beichtvater! Nur das `Ego te absolvo´ werdet ihr nie von mir hören. Nie!" Er schlägt mit beiden Händen dreimal auf den Boden. Die Turmuhr der St. Heinrichskirche an der Feldstraße schlägt halb zwei. Es hört sich wie eine Antwort auf die dumpfen Schläge des Alten an. Doch das kann nicht sein.

Die Glocke schlägt Unschuld.

Franziskus zieht den Atem lange und geräuschvoll ein. Es zischt. „Die Polizei sucht hinsichtlich des Todes von Laura, der viel Geliebten, immer noch nach einem Mörder. Oh, wie gerne würde ich ein Opfer darbringen, vor den Gesetzeshütern einen Totmacher ausbreiten! Ist die Opferdarbringung nicht eine ungeheuer wichtige Tätigkeit des Menschen, um den willkürlich herrschenden Mächten ein wenig von ihrer Willkür zu nehmen und sie für eine gewisse Zeit milde zu stimmen? Auch unsere Demokratie ist von dieser Willkür besetzt. Glaubt ihr das nicht? Schaut hin! Seht mich an, den Penner, den Berber! Willst du nicht ein Opfer sein, Ellwein? Oder du, Kallweit? Das Opfersein steht doch im christlichen Katalog recht weit oben. Ist es nicht so?"

Die beiden Angesprochenen schauen wie gebannt in das Kerzenlicht. Angst. Ihre Körper erzählen davon, geduckt, fest an die Pfosten gepresst, die Beine verschlungen, die Hände hinter die Rücken geschoben, um ihr Zittern zu verstecken.

„Nachfolge Christi, Pastor!", drischt die Stimme des Alten durch die heiße Luft. „Christe, du Lamm Gottes ..." Wieder dieses Lachen, das die Schmerzensrufe der Männer herbeifordern will.

„Lassen wir das doch", verlangt Ellwein. Er tut es mit einer Stimme, als knie er vor dem alten Mann.

„Wir lassen es", zieht sich Franziskus zurück wie die Kobra vor dem Zustoßen. „War es nicht ergreifend, wie unser neuer Jungorganist `Amazing Grace´ gespielt hat. Ich habe ihn darum gebeten, in der Hoffnung, viele bedrängende Erinnerungen zu wecken. Laura, die köstlich Manipulierende, deren Gesang Lehrer und Schüler gleichermaßen in eine Art Kotauhaltung zwang. Sie besaß Gewalt, mein Mädchen. Schönheit und Kunst, oft eine unheilvolle Verbindung, dazu eine scheinbar unschuldige Kindlichkeit. Das kann schon Katastrophen auslösen. Eine davon war die Liebe unseres Burgdorfs zu der kleinen Sängerin. Er ist darin nahezu untergegangen. Tut er euch Leid? Mir nicht. Eine Liebeserfahrung, gleichgültig, wie sie verläuft, sollte man nie bedauern. Nur die Liebe macht aus euch Amöben Menschen. Nicht wahr, Kallweit? Die Konfirmandin Katharina Stendhal hat dich vor einem Jahr doch mächtig vermenschlicht. War es nicht so?"

Kallweit legt sich die Hand vor den Mund, um das zurückzuhalten, was sein Magen bitter und verwest schmeckend die Speiseröhre hinaufpresst. Über sein Gesicht breitet sich die Not dessen, der gerade auf die Wand der letzten Sackgasse seines Lebens prallt.

„Nur ruhig, mein Freund", salbadert Franziskus. „Katharina wird schweigen. Ich werde es auch tun. Es ist nur noch etwas mehr da, was du sühnen darfst."

Er steht jäh auf. Er wirkt überragend. Sein Befehl schneidet in das Halbdunkel, den Modergeruch, die Schweißausdünstung. Das Ritual tobt seinem Ende zu. Die Männer wissen es. Sie fürchten es.

„Und nun schaut sich jeder das Bild der von euch geschändeten Laura an. Ein jeder eine Minute lang. Und hier blickt gefälligst ganz genau hin, nicht nur mit euren Augen, sondern auch mit euren verrotteten Sinnen, eurem verdreckten Wollen. Und hört mir dabei zu, wenn ich euch dabei Worte des Propheten des Bösen vortrage. Denn Baudelaire war ein Prophet. Stemmle fängt an!"

Der Anwalt starrt auf das Bild. Franziskus wütet die Worte: „Gesegnet seist du Gott, der gibt die Schmerzen / Als Arznei unserer Unreinheit."

Schweigen dann wie beim Absenken eines Sarges.

Würmer warten.

„Und nun du, Ellwein!“ Der greift nach dem Foto. Der Alte rast es erneut: „Gesegnet seist du Gott ...“

Das Schweigen darauf zittert. Der staubige Boden bereitet sich als Fläche für eine Mensur, doch ohne Regeln.

„Kallweit!“ Der Küster möchte sein Weinen zurücknehmen. Es gelingt nicht. Er schaut auf das Bild mit einem Jammern, das Büßer ausstoßen, wenn sie die letzte Treppenstufe zum Heiligtum nicht mehr zu erklimmen vermögen.

„Gut“, lobt Franziskus. „Er braucht keinen Propheten des Bösen. Er hat das Böse in sich gesehen.“

Von irgendwoher tippelt eine Taube in das Licht, als habe sie auf ihren Auftritt gewartet. Franziskus spricht sie an. Sie verharrt während der Dauer seiner Worte bewegungslos.

„So seid ihr“, sagt er und weist auf den starren Vogel.

Die drei verlassen den Boden. Kein Geräusch ist von ihnen zu hören. Sie ähneln Schimären.

Franziskus streckt sich. Er lacht. Es spielt sich gut mit der Macht und auf der Klaviatur der Schuld. Er vermag in allen Harmonien zu musizieren, doch lieber mit den Dissonanzen. Sie schmerzen.

Unten in der Wohnung betrachtet er sich im mannshohen Spiegel an der Schranktür. Kaum jemand würde den ehemaligen Nichtsesshaften erkennen, weil er ausschaut wie viele andere in Kiel, gepflegt, einige Pfunde zu viel auf dem Körper, die Haare von Friseuren geschnitten, wie sie die Mehrheit der Männer aufsucht, das Gesicht mit der Offenheit der Neugierigen, der Mund stets auf ein Lächeln vorbereitet, die Augen immer nur den anderen streifend – seine Stimme im Geschäft ist devot, beflissen. Seine Unrast versteckt er gut, auch den Hass, den Schmerz und alle Trauer, die sich in einem Menschen nur versammeln kann. Er ist auf seiner Lebensreise verloren gegangen. Finden wird er sich nicht mehr, das weiß er. Seine letzte Station ist nun die Stadt an der Förde, für ihn eine Garnisonsstadt unmittelbar hinter der Front, an der ein Krieg wütet und sein Leben einfordert.

Er lacht in den Spiegel, nicht laut, eher wie ein Kind, das ein verbotenes pubertäres Spiel in seinem Versteck genießt, und der gestrenge Vater ist nahe. Rache ist keinesfalls angenehm, denkt er. Sie ist ein bitterer Schrecken. Kein Genuss, sondern Gift. Und Gegenmittel sind schwer zu finden.

„Harprecht", flüstert er, „ich könnte dich mögen. Du hast etwas von mir, ich etwas von dir. Wir beide verfolgen. Sind denn unsere Motive so verschieden? In anderen Zeiten hätten wir uns gerne die Hände gegeben. Nun ist es zu spät. Laura, wir sind spät dran."

Er legt sich schlafen und träumt von wilden Keilern, die sich nicht domestizieren lassen. Ihre Hauer sind scharf.

KAPITEL 6

Die Übersiedlung der Kommission in den Ortsteil Düsternbrook erwies sich als schwierig. Der Oberrat sah es äußerst ungern, dass seine besten Beamten, wie er sich ausdrückte, das Präsidium entblößten. Er meldete erneut finanzielle Bedenken an. Der Staatsanwalt schloss sich dem an und erinnerte an die Erfolglosigkeit der Kaminski-Soko, die das Viertel zudem nahezu aus den Fugen gehoben habe. „Und das muss doch wohl nicht unbedingt schon wieder von uns praktiziert werden. Das stattliche Düsternbrook hat seine Ordnung, die wir gefälligst zu respektieren und nicht zu derangieren haben. Sehen Sie das nicht auch so, Herr Hauptkommissar?" Harprecht tat es nicht und gab das auch zu verstehen. „Wir kennen mittlerweile die Leute dort. Trauen Sie uns ruhig ein wenig Fingerspitzengefühl zu."

„Fingerspitzengefühl bei einer Mordermittlung ..." Der Staatsanwalt lächelte stufenweise, von Verwunderung über Erstaunen bis beinahe zur Verachtung hin. „Da braucht es doch wohl eher viel öfter die Fäuste. Nun gut, ich bin kein Praktiker vor Ort. Tun Sie also, was Sie glauben, tun zu müssen. Doch die Bereitschaft, Herr Erster Hauptkommissar, meinen Segen darüber zu breiten, hält sich in Grenzen. Das werde ich in einer Aktennotiz vermerken. Natürlich anders formuliert. Man hat ja auch so seine eigenen Sicherheitsbedürfnisse. Sie verstehen?" Die Augenbrauen hoben sich kurz zu einem ironischen Bogen und senkten sich dann wieder zur Ernsthaftigkeit herab als korrekt gezogene Striche. Er winkte den Beamten mit einer großen Geste von sich weg und gab ihm einen vorläufigen Abschied.

Man packte. In Düsternbrook wurde ihnen zunächst kein geeigneter Raum angeboten. „Die Hebbelschule bleibt diesmal gesperrt", verfügte kategorisch der Direktor Adelbert Knudsen. Er knurrte dabei wie ein zu allem bereiter Hofhund. „Ich beabsichtige nicht, während meiner Arbeit ständig über Polizisten, mögliche Verdächtige, Denunzianten und sonstige Figuren zu stolpern oder meine Schüler über solches Gelichter stolpern zu lassen. Außerdem darf von einem bürgernahen Gebäude wie einer Schule, einer Stätte der Lehre und des Lernens, kein Polizeistaatfluidum ausgehen." Er warf sein rotes Gesicht in Falten, von denen jede einzelne wie ein unüberbrückbarer Graben aussah.

Man richtete sich schließlich im Gasthof „Klause" an der Esmarchstraße ein, und zwar in dem Saal, in dem der Schafskopfverein seine Treffen abzuhalten pflegte. Ihm war als Ersatzunterkunft ein etwa gleichgroßer Raum im Hotel „Stadt Rendsburg" angeboten worden. Daraufhin wurden die Schafskopfler in fast völliger Spielstärke bei Harprecht vorstellig, klagten, protestierten, empörten sich, forderten. Und erst als einer von „üblen Stasi-Methoden" sprach, griff der Bürgermeister-Stellvertreter, ebenfalls ein Kartenbruder, aber mehr ehrenhalber, energisch ein und erklärte den Saal in der „Klause" offiziell zum zeitweiligen Hauptquartier der Ermittler. Das „zeitweilig" betonte er allerdings nachdrücklich. Es klang nicht sonderlich geduldig.

Die Soko kam zu ihrer ersten Besprechung in ihrem neuen Raum zusammen. Man steckte ziemlich unschlüssig die Marschroute ab, auf der man Lauras Mörder zu verfolgen gedachte. Harprecht kam es eher wie das Suchen nach vermeintlich sicheren Pfaden in einer Moorlandschaft vor. Von den Wänden des Saals stachen Geweihe und Hörner von einstmals erlegten Wildtieren auf die Beamten ein. Aus zwei großen Glasvitrinen grüßten stolz und blankgeputzt die errungenen Pokale der Kartenkünstler. Man hatte sie zusammengeschoben, um Platz für die Akten zu schaffen. Es roch scharf nach Einheitswürze, muffig nach Staub oder vielleicht auch nach dem Trutzgeist der Kartenschläger, säuerlich nach nicht aufgewischten und dann getrockneten Bierlachen und nach den Aftershaves, den Parfums, dem Schweiß der Beamten und Beamtinnen.

Draußen hatte sich ein grauer Wolkenschleier vor die Sonne gehängt. Darunter ballte sich Schwüle zusammen und legte sich wie klebrige Watte vor die Münder und Nasenlöcher der Menschen. Man musste kräftig nach Atem pumpen. Zwei Polizisten des Reviers an der Düppelstraße waren zu der Besprechung gebeten worden. Man würde ihre genaue Ortskenntnis und das Wissen um die menschlichen Abgründe, natürlich auch um die humanitären Höhen, dringend benötigen.

Matthiessen bot sich an, nach Hamburg zu fahren, um noch einmal Lauras Vater zu befragen. Kriminalmeister Kuhlmann und Hauptmeister Kowalski wollten sich ihm anschließen, zwecks erneuter Einvernahme des Guntram Kamen. Thorvald Zietz gab seine Absicht kund, die örtlichen Lokale und Vereinsheime zu durchstreifen, „um die Eingeborenen einmal richtig aufzumischen“. Er blickte dabei arrogant und ließ Wortmuskeln spielen. Die beiden Beamtinnen Grünberg und Goellner dachten laut darüber nach, wie sie den Obdachlosen Franziskus aufzutun vermochten. Sie würden im Präsidium nachfragen, wie weit die Computerfachleute dabei gekommen waren, das Phantombild von einst hochtechnisiert altern zu lassen.

Harprecht nickte zu allem und fühlte sich wie ein Vater, der seine Kinder nicht mehr so recht im Griff zu haben schien, weil sie längst erwachsen geworden waren und bestens eigene Wege begehen konnten. Er beschloss für sich, einfach als eine Art Treibgut durch seine Stadt zu trudeln, das hier und dort einmal anstieß und alte und neue Bekanntschaften mit Ecken, kleinen Schluchten, Untiefen und möglicherweise gefährlichen Riffen machte. Er wollte nicht verärgern, nicht aufregen, auch sich nicht, keineswegs groß auffallen, nur eben Berührungen fühlen. Es entsprach dem diffusen Gewaber seiner Gedanken. Er vermochte nichts und niemanden an etwas richtig festzumachen. Also lass ich mich einfach los, überlegte er und gab mit seinen in die dicke Luft des Saales rührenden Fingern der rechten Hand das Zeichen, dass jeder nach den jeweiligen eigenen Plänen und Vorsätzen von ihm aus gerne tätig werden könnte.

Kriminalkommissarin Grünberg beugte sich über ihn – er roch einen süßen schweren Duft wie den eines neben ihm soeben erblühten Jasmin und empfand ihn als angenehm –, die ihn fragte, ob sie seinen Laptop benutzen dürfte. Er schob ihr das Gerät vor den weichen Bauch, unter schwellende Brüste und fragte sich gleichzeitig verärgert, warum er, verdammt noch einmal, Bauch und Brüste registrierte. Die Beamtin dankte ihm. Er sah ihr finster nach als einer Loreley, die ihn vollends aus dem Gleichgewicht bringen und um jegliche Orientierung betrügen wollte. Dann rief er sich herrisch zur Ordnung und sandte der Kommissarin ein heimlich um Verzeihung heischendes: „Viel Glück!" nach. Sie sagte „Danke" und kümmerte sich nicht weiter um ihren Chef, was sie wohl auch vorher keineswegs beabsichtigt hatte, vermutete der Soko-Leiter. Nun fehlt es nur noch, dass ich das bedauere, knarrte in Harprecht die Stimme eines uralten Gewissens.

Er trollte sich aus dem Raum und begab sich über irgendwelche Querstraßen auf die Schlieffenallee und versuchte zum Treibgut in Kiel zu werden. In der Forstbaumschule bespritzten sich Kinder mit Wasser aus einem Teich und kreischten Lust. Ihre Eltern bildeten Pulks, die der Kommissar als gegen sich ausgerichtet sah. Er entzündete sich eine Pfeife, um Gleichmut zu zeigen, verankerte das Rauchgerät fest im Mund, steckte sich beide Hände in die Taschen und kreuzte die Feldstraße, fand sich in der Wrangelstraße wieder, bummelte den Forstweg entlang, sah uninteressiert einigen Tennisspielern auf einem dafür vorgesehenen Platz zu und stand plötzlich vor den Stufen der Pauluskirche, wo er den Küster Günther Kallweit dabei beobachtete, wie der Unkraut jätete. Als der Mann ihn bemerkte, zuckte er jäh hoch, grüßte dann mit einem ruckartigen Kopfnicken, um sich darauf hastig wieder seiner Arbeit zuzuwenden. Er schlug die Hacke heftig in den Sand, so dass der aufspritzte. Harprecht sah sich das interessiert an und sann über die verschiedenen Ursachen von Nervosität nach, kam auch durchaus auf Schuldgefühle, verwarf sie, holte sie erneut hervor, legte sie dann erst einmal endgültig in eine Ordnerecke seines Gehirns. Der Küster verschwand hinter der Kirche. Er tat es eilig oder auch nicht. Harprecht vermochte es nicht genau auszumachen.

Auf der Reventlouallee begegnete ihm Pastor Baltz, der tief in irgendwelche Gedanken versunken zu sein schien, die nicht von Freundlichkeit eingefärbt waren. Sein Gesicht sah beunruhigt, nahezu erschrocken aus. Er prallte mit dem Ermittler beinahe zusammen, der behände einen Ausfallschritt machte. „Entschuldigung“, sagte der Geistliche und: „Meine Zeit steht mir einmal wieder auf den Hacken.“ Dann machte die eben erst aufgekeimte Freundlichkeit in seinem Gesicht unversehens einem heftig aufwallenden Zorn Platz: „Herr Harprecht, warum, um Gottes willen, mussten Ihre Leute unbedingt wieder hierher kommen?“, torpedierte der Pastor. „Mir liegt die Seelenruhe dieser Gemeinde am Herzen. Das sollte sie bei Ihnen auch tun. Die Leute ängstigen sich. Das hätte sich doch wohl vermeiden lassen. Den Mörder können Sie immerhin auch vom Präsidium aus suchen. Dann bedrängen Sie uns alle nicht so, ja, einschüchternd. Polizei sollte, meine ich, so selten wie möglich als Macht auftreten, die Leute in Ecken schubst und zu beißen droht.“ Der Geistliche wischte sich nervös mit der bloßen Hand Schweißperlen von der Stirn. Seine Stimme war vom Zorn hin zur Beschwörung und wieder zurück geschlingert, hastig und merkwürdig verirrt.

Dem Ermittler fiel keine rechte Antwort auf diese ungebärdige Satzmischung ein, die ihn umschloss und in eine, seiner Meinung nach, falsche Richtung schieben wollte. Und darum sagte er nur so ruhig wie möglich: „Wir sind hier, um allem näher zu sein. Wir wollen allein Nähe, nicht die Menschen verschrecken. Nähe kann doch auch für Ruhe sorgen.“

„Nein“, antwortete Baltz harsch. „Sie tut es keineswegs. Und Sie persönlich machen sich nun nur wieder total fremd bei uns. Sie treten, mit Ihrer Beamten-Phalanx hinter sich, jetzt erneut einzig und allein als Polizist vor uns hin, nicht länger als Mitbürger. Und das tut mir Leid, um Sie und um uns.“

„Mir auch“, flüsterte Harprecht dem davoneilenden Geistlichen nach. Er sah sehr ungern dessen Rücken.

Am späten Nachmittag saß er der Sekretärin der Heiligengeist-Gemeinde auf einem Stuhl gegenüber, der ihn stets nach vorne rutschen ließ. Bei Verhören verwendeten Polizisten manchmal diesen Trick, dass sie die Vorderbeine des Sitzmöbels, auf dem der Delinquent Platz zu nehmen hatte, um wenige Zentimeter kürzten. Das ständige nach vorne Gleiten erzeugte beim zu Verhörenden ein erhebliches Unsicherheitsgefühl, ebenfalls das einer noch stärkeren Unterlegenheit, wenn man andauernd darum kämpfen musste, eine passable Haltung zu bewahren. Aber der Kommissar konnte sich kaum vorstellen, dass auch in einer christlichen Institution mit derartigen Kniffen gearbeitet wurde. Er schob sein Rutschen auf einen Zufall, was die Sache für ihn aber nicht leichter und bequemer machte. Er zog den Stuhl schließlich nahe an den Schreibtisch und stemmte seine Knie gegen dessen Kante.

Das weitläufige Kirchenbüro stellte sich ihm als Topfpflanzenwald vor: drei Kentiapalmen, Betelpalmen, zwei Goldfruchtpalmen, eine recht hohe Erythea, dazu noch einige Ernst-August-Bergpalmen. Harprecht kannte sie alle. In den Fluren des Hamburger Altersheims, in dem sein Vater wohnte, bildeten diese Pflanzen lange Alleen und sollten wohl so eine Art Tahiti-Flair erzeugen. Und jedes dieser Gewächse dort war mit einem Namensschild gekennzeichnet.

Er hatte zunächst irgendwie befürchtet, in diesem dschungelähnlichen Büro würde die dazugehörige Arbeitskraft ein Kostüm mit Tigerfellmuster tragen. Doch die Gemeindesekretärin war in ein blassgelbes Kleid gehüllt, darüber ein breiter hellblauer Kragen, und erwies sich als drahtige Person, auch jetzt, zu dieser verhältnismäßig späten Stunde, noch mit Energie aufgetankt. Dem Alter nach waren sie sich nahe, schätzte Harprecht. Die Frisur der Frau zeigte sich als ein adrett nach links gelegter, kleiner Turm, etwas kess, das Blond von einer Friseurin vermutlich wöchentlich erneuert. Ihr Lächeln lud herzlich dazu ein, ihr ruhig alles zu sagen, was es zu sagen gab, natürlich auch noch Dinge, die darüber hinausgingen. Ihre Hände sortierten ständig Sachen auf ihrem Schreibtisch, der akkurat aufgeräumt war und keineswegs einer Nachbesserung bedurfte. Manchmal berührte sie dabei eine etwa 20 Zentimeter hohe Holztaube auf einem flachen Sockel, die beide Flügel weit ausgebreitet hatte und etwas überfüttert wirkte. Ein Abheben würde nicht leicht werden, erzählte die Statue dem Kommissar. „Das soll der Heilige Geist sein", erklärte die Kirchenfunktionärin, als sie den Blick des Ermittlers auf dem Vogel ruhen sah. „Den hat der Herr Kallweit angefertigt. Hübsch, nicht?"

Harprecht nickte etwas unentschlossen, weil er sich den Heiligen Geist immer erheblich agiler vorgestellt hatte, auch schlanker, damit er überall durchschlüpfen konnte.

„Frau Schauenburg", setzte er an, „erst einmal möchte ich Ihnen sagen, dass alles, was hier besprochen wird, unter uns bleibt. Niemand, ich wiederhole, niemand wird etwas davon erfahren." Es sei denn, ergänzte er ziemlich unverfroren im Stillen, du erzählst mir etwas Sachdienliches, was meinen Kollegen, Vorgesetzten, dem Staatsanwalt und sonstigen Organen der Justiz unbedingt zur Kenntnis gebracht werden muss.

„Alle Personen, die ich nenne und über die Sie mir vielleicht, nein, gewiss etwas erzählen können, werden von uns nicht verdächtigt." Noch nicht, korrigierte er erneut für sich, seiner inneren Ordnung wegen. „Mir wurde von allen Seiten bestätigt", fuhr er fort und sein Gewissen war kriminaltechnisch rein, „dass Sie diejenige sind, die in dieser Gemeinde wirklich Bescheid weiß. Das verlangt ja auch Ihr überaus wichtiger Beruf von Ihnen. Ohne Kenntnisse über die Menschen in Ihrem näheren und weiteren Umfeld könnten Sie ja gar nicht so gemeindefördernd wirken."

Harprecht ölte mächtig ein. Alles um ihn herum schien sich allmählich ein wenig glitschig anzufühlen. Er hob seinen Blick auf das etwas altersgelbe Bild des Reformators Melanchthon, das in einem wurmstichigen Holzrahmen über dem Haupt der Sekretärin an der Rückwand hing. Der Mann schaute gesammelt und streng, als hätte eine Reformation nicht sonderlich viel mit Freiheit zu tun.

„Ich wage es nun einfach einmal, Sie nach einigen Ihrer engsten Mitarbeiter zu fragen. Und ich bin mir gewiss, Sie werden mir wahrheitsgemäß antworten. Ich denke, Sie können gar nicht anders." Jetzt befürchtete er beinahe, die Herrschaft über seine Zunge zu verlieren, weil sie zu glatt geworden war. Er rieb deren Spitze an seiner oberen Zahnreihe. „Beginnen wir doch mit dem Schöpfer dieser Plastik da." Er streichelte der Taube einmal kurz über den Kopf, bis ihm einfiel, dass sie ja den Heiligen Geist darstellen sollte. Er ließ seine Hand schleunigst auf das rechte Knie fallen. „Günther Kallweit ..."

„Der Günther, einfach ein Schatz – wir nennen ihn alle Günther", sprudelte es aus Frau Schauenburg wie weiland aus dem alttestamentlichen Felsen, nachdem Mose mit einem Stab gegen ihn geschlagen hatte, kam dem durchaus bibelfesten Kommissar in den Sinn, wobei er sich keinesfalls mit dem israelitischen Volksführer zu vergleichen gedachte, auch nicht die Sekretärin mit einem Felsen – es war nur dieses Sprudeln nach einem kurzen Anklopfen ... Er sah einmal hilfesuchend zu Melanchthon hoch, um mit dessen Hilfe zu gedanklicher Strenge zurückzufinden, was gelang.

„Ja, unser Günther", Frau Schauenburg seufzte nahezu glücklich auf, als wäre der Kallweit ein ihr überaus liebes Patenkind, das mit stets sauberen Händen der Tante zu allen möglichen niemals vergessenen Festtagen herrliche Blumengebinde darzureichen pflegte. „Er ist so fleißig. Keine Arbeit ist ihm zu viel. Mit der Kirche geht er wie mit seiner Wohnung um. Und die ist immer so etwas von aufgeräumt. Kein Staubkörnchen finden Sie dort. Ich war bei seinem letzten Geburtstag da. Er hat selber gekocht. Stellen Sie sich das einmal vor! Immer freundlich. Immer ein gutes Wort für jeden. Aber eigentlich ist er eher ein stiller Mensch. Er denkt viel nach über so Fragen nach dem Ziel unseres Lebens. Er liest auch viel. Er trinkt nicht. Er raucht nicht. Mit seinem ganzen Dasein, möchte ich einmal sagen, preist er den Herrn." Frau Schauenberg gab Letzteres von sich wie das Ansingen eines Chorals. „Schade, dass er keine Frau findet. Aber die jungen Dinger von heute, die wissen doch innere Werte gar nicht mehr zu schätzen!" Der Choral war verklungen, dafür nun ein Bußpsalmtimbre in der Stimme. „Und der Günther, damit Sie mal sehen, wie der wirklich ist, pflegt, ohne einen Cent dafür zu verlangen, das Grab des kleinen Mädchens, wegen dem Sie hier so einen Rambazamba veranstalten wollen." Frau Schauenburg straffte ihre Gestalt. „Und auf dem Grab, da blüht es immer, dass es eine Freude ist."

Harprecht sah so etwas wie Blaulicht blinken und fügte es dem Bild hinzu, das er noch von vorhin in sich trug, als er die seltsame Hast und Unruhe des Küsters geschaut hatte. Er nahm einen Tannennadelgeruch wahr und wunderte sich darüber inmitten des Palmenwaldes. Die Sekretärin spielte gedankenverloren mit einer Sprühdose, aus der manchmal ein wenig Spray zischte. Es traf auch einmal den hölzernen Heiligen Geist.

„Jonas Ellwein ...", ließ Harprecht den Namen auf den Schreibtisch flattern wie einen leeren Zettel. Frau Schauenburg nahm ihn erst nicht zur Kenntnis. Sie hing vielleicht immer noch Patentantenträumen nach.

„Herr Pastor Ellwein", sagte der Kommissar es etwas nachdrücklicher.

„Der Herr Ellwein, der Herr Ellwein", trällerte die Sekretärin irgendwie voller Vorfreude, empfand es der Ermittler. „Nicht so ein Ordentlicher wie unser Günther. Allein die Haare. Und seine Kleidung. Es tut doch nicht weh, sich einmal einen Schlips umzubinden. Oder? Predigen kann er ja. Da beißt keine Maus den Faden ab. Oder heißt es, da beißt die Maus keinen Faden ab? Ist ja auch egal. Das Kreuz nach dem Segen schlägt er allerdings immer zu schnell, finde ich, ein bisschen wie ein Ringrichter beim Auszählen. Ich mag Boxen", kicherte sie. „Haben Sie den Abschiedskampf von Henry Maske gesehen? Die Tränen sind mir gekommen. Herr Ellwein ... Was gäbe es da noch zu sagen? Das Glaubensbekenntnis klingt bei ihm immer wie der `Erlkönig´. Sie kennen doch den `Erlkönig´ von Goethe? Und er nimmt für meinen Geschmack zu oft Lieder von den Kirchentagen in seinen Gottesdiensten. Einmal hat er sogar dazu getrommelt." Frau Schauenburg schüttelte sich. Es sah aus, als hielte sie dabei Rumbarasseln in den Händen. „Sein Postfach im Büro leert er auch nur jeden zweiten Tag. Und im Altenkreis spielt er manchmal `Wenn die Nordseewellen ...´ auf so einer modernen elektronischen Orgel. Sie kennen doch `Wenn die Nordseewellen ...´? Mit den Konfirmanden macht er andauernd Spiele. Und auswendig lernen müssen die so gut wie nichts. Ich kenne noch heute alle Verse von `Geh aus mein Herz und suche Freud´. Und das sind eine Menge. Sie kennen doch ...? Aber kein böses Wort aus seinem Mund. Und zu Weihnachten hat er mir Christrosen geschenkt. Für die Kranken in der Gemeinde zerreißt er sich ja beinahe. Besuche über Besuche. Auch bei den Alten und Einsamen. Für die hat er alle Zeit der Welt. Nur seine Anträge für die Kirchenvorstandssitzungen, die kriegt er nie rechtzeitig fertig."

Die Stimme der Sekretärin klang immer höher, weil ihr die Luft auszugehen drohte. Melanchthon über ihr schien die Stirn zu runzeln, kam es Harprecht vor. Aber wahrscheinlich entstand dieser Eindruck nur durch das leicht gewellte Papier des Bildes. Er lehnte sich ein wenig zurück und kam einer Yukka-Palme ins Gehege, die ihn deshalb gleich wehrhaft mit einem ihrer Blätter in den Hals stach. Frau Schauenburg hatte ihre Hände gefaltet und sammelte sich. Ihre Augen heftete sie auf den Heiligen Geist vor sich. Dann drang es dumpf aus ihrem Mund: „Er geht ja oft auch in die Lokale hier am Ort. Nein, er trinkt dort keinen Alkohol. Er will nur den Leuten nah sein, sagt er. Aber das mit den Seancen, das muss ja wohl nicht sein ..."

„Seancen?", stürzte Harprechts Kopf verblüfft nach vorne.

„Ja, Seancen", sagte die Sekretärin jetzt beinahe trotzig. „So geheimnisvoller Kram nach Mitternacht. Mein Schwager, der hat es mit der Prostata und muss öfter mal nachts raus, hat ihn gesehen, wie er sich nach 12 Uhr in das Haus schlich. Auch noch ein anderer. Den hat er aber nicht erkannt. Den Ellwein mit seiner Frisur, den erkennt man ja auch viel leichter. Die Frau Kremers hat das nach der Hochzeit ihres Sohnes ebenfalls beobachtet, als sie spät mit dem Taxi gebracht wurde. Das war ein anderes Mal als bei meinem Schwager. Der Herr Pastor Ellwein hat sich umgeguckt, als hätte er was zu verbergen, und ist dann in das Haus gepirscht. Und dann brannte Kerzenlicht auf dem Dachboden. Das hat man genau am Flackern in den kleinen Fenstern erkannt."

„Welches Haus bitte, Frau Schauenburg?" Der Kriminalist wagte kaum zu atmen.

„Wie belieben?"

„In welches Haus ist Herr Pastor Ellwein nach Mitternacht geschlichen oder gepirscht?"

„Habe ich das noch nicht gesagt?"

„Es ist Ihnen wohl entfallen."

„Mir entfällt nie etwas. In das Haus von dem Tabakfritzen."

„Welcher Tabakfritze?"

„Der auch Süßigkeiten an die Kinder verkauft. Ich gebe meinen Lottoschein bei dem ab."

„Und wie heißt der Mann?" Harprecht war sich sicher, dass er innerlich schwitzte, danach eine Gänsehaut bekam. Dabei ging das doch gar nicht, wie er bisher zu wissen geglaubt hatte.

„Jansen", sagte die Sekretärin. „Hat den Laden erst seit kurzem, ein paar Ecken von der Hebbelschule entfernt. Macht einen ganz properen Eindruck. Der sieht überhaupt nicht wie ein Spiritist aus, eher dick. Und er fragt auch immer, wie es einem geht, und hört zu, wenn man ihm von seinen Zipperlein erzählt. Mein Gott, vielleicht braucht er das ja alles, was er erfährt, wenn er seine Geister beschwört." Frau Schauenburgs Hände suchten nach Halt und fanden ihn in ihrem Haartürmchen, das dadurch beidseitig zusammengedrückt wurde und etwas Minaretthaftes bekam.

Der Kommissar hatte den Eindruck, Heuschreckenkohorten in biblischer Plagengröße würden auf seinem Rücken höchst nervös machende Paraden anhalten. Es kitzelte von oben nach unten und von unten nach oben. Seine Muskeln zuckten, besonders die, die er zum Aufspringen benötigte.

„Der Herr Jansen also hält mit Pastor Ellwein und vielleicht noch jemandem Seancen ab, glauben Sie?“, rauchte es aus seinem Mund.

„Was macht man denn sonst nach Mitternacht und bei Kerzenlicht auf einem Dachboden?“, nörgelte die Sekretärin.

„Keine Ahnung. Ist das öfter passiert?“ Es flammte jetzt.

„Ich weiß nur von zweimal.“

„Kerzenlicht auf dem Boden, und Herr Jansen, Pastor Ellwein und eventuell noch eine weitere Person befanden sich im Haus?“

„Wenn ich es doch sage. Meine Zeugen sind höchst vertrauensvolle Leute. Die wohnen schon ein Leben lang in unserer Gemeinde.“

„Ich danke Ihnen, Frau Schauenburg. Sie haben mir sehr geholfen“, loderten die Worte, doch keineswegs als brennender Dornbusch in biblischer Größe, der einst einen Moses zu größten Befreiungstaten ausgeschickt hatte. Aber ein Licht der Erkenntnis deutete sich an.

„Mehr wollen Sie nicht von mir?“, kam es ein wenig enttäuscht von der Sekretärin. „Wir haben noch viele Mitarbeiter, Frau Syring, unsere Reinmachefrau, etwa oder unseren neuen Organisten. Ich könnte uns auch einen Kaffee kochen.“

„Später, Frau Schauenburg, später. Ich komme bestimmt noch einmal wieder. Ist Herr Ellwein in seinem Zimmer?“

„Das sollte mich sehr wundern“, gab sich die Sekretärin als Zurückgewiesene zu erkennen, so spitz klang ihre Stimme.

„Ich habe zu tun!“, brüllte Pastor Ellwein durch die Tür seines Amtszimmers, als die Faustschläge des Kommissars daran verklungen waren. Deren Echos verbanden sich unmittelbar mit den lauten Worten des Geistlichen.

„Ich auch“, brüllte der Ermittler zurück, „und zwar auf der Stelle mit Ihnen!“ Er riss die Tür auf und stürzte auf den Pastor zu wie ein Kampfwagen der Ägypter bei der Verfolgung des Volkes Israel. Jedenfalls musste das Ellwein so sehen, als der Kommissar sich in den Raum rammte, die Faust noch erhoben, von keinem Möbelstück gebremst. Denn es gab kaum welche in dem Zimmer. Nur einen einfachen Tisch aus hellem Holz, dazu drei Stühle, die aus dem Gemeindehausmobiliar ausgesondert schienen, und ein Bücherbord die ganze linke Seitenwand entlang, vollgestopft wie in einem schlampig geführten Literaturantiquariat. Auffällig war allein eine schmale Betbank, die sich unter einem großen Kruzifix neben dem Fenster demütig duckte.

Der junge Pastor blickte erschrocken. Dieser Schrecken ließ sein sonst so unvollkommen gebildetes Gesicht fertig geformt wirken. Er rutschte mit seinem Stuhl in die Ecke. Der Kommissar stemmte sich mit beiden Armen auf den Schreibtisch. Sein langer, muskulöser Körper wölbte sich über den Pastor. Aus dem Mund, um den das Gesicht sich drohend wölbte, prallte es auf den jungen Mann: „Ich will keine Ausflüchte! Ich will keine Lügen! Ich will kein pastörliches Brimborium! Ich will nur eine klare Antwort auf eine klare Frage! Was haben Sie mehrfach bei Kerzenlicht und mit mindestens noch einer anderen Person auf dem Dachboden des Herrn Jansen getrieben?“ Die Stimme war mit jedem Satz angeschwollen. „Ein Schwulentechtelmechtel? Oder irgendwelcher mystischer Bockmist? Oder was? Los! Antworten Sie! Was treibt einen Pastor nachts auf einen Dachboden? Und kein Gequatsche von einem seelsorgerlichen Notfall und Schweigepflicht! Vergessen Sie das alles! Es geht um Mord! Kapiert? Um Mord! Und Sie hängen da vielleicht oder sogar wahrscheinlich irgendwie mittendrin!“

„Ich muss Sie dringend bitten“, quälte es sich aus Ellwein, „ein wenig die Würde meines Amtes zu achten!“

„Bäh!“, schnaubte Harprecht angewidert. „Würde und Sie? Die Würde ist Ihnen doch sonst auch schnurzegal!“

„Verlassen Sie sofort mein Arbeitszimmer!“, blies sich der Pastor auf. Aber es langte noch nicht einmal zu einem Luftballon für ein Kinderfest.

„Mache ich sofort! Mache ich glatt!“, bellte der Kommissar. „Geben Sie mir nur eine Antwort auf meine Frage, die mich überzeugt. Und dann sind Sie mich sofort los. Also? Ich höre.“

„Ich muss Ihnen nicht antworten!“

„Nein, das müssen Sie nicht. Aber dann könnte es mir vielleicht einfallen, Sie vorläufig festzunehmen. Was halten Sie davon, in Handschellen diesen Raum zu verlassen?“

„Sie bluffen doch nur!“

„Probieren Sie es aus!“ Harprecht sah in seinen unbestechlichen inneren Spiegel und mochte sich nicht leiden, überhaupt nicht. Er musste sich anstrengen, seine Stimme wieder zu einem Brüllen hinaufzuschrauben. Jede Windung dabei tat ihm weh: „Also ich gehe erst einmal, sozusagen als Arbeitshypothese, von der Zusammenkunft von Schwulen aus. Sie sind unverheiratet. Das gibt einem in Ihrem Alter doch zu denken! Und als schwuler Pastor muss man sich in einer Gemeinde verstecken. Warum also nicht auf einem Dachboden. Wer war noch dabei?“ Die Frage schlug um den Mann zusammen wie die Bügel eines Tellereisens. „Ich weiß es. Aber wenn *ich* es sagen muss, sieht es zappenduster für Sie aus, was Ihr künftiges Pfarrerdasein in der Heiligengeist-Gemeinde mit ihrer schönen Pauluskirche angeht. Dann haben Sie nämlich alle Glaubwürdigkeit bei mir verspielt. Und zwar endgültig. Und die ganze Sache wird sehr amtlich werden, sehr. Verstehen Sie? Mein Chef, Ihr Chef ... Wenn *Sie* es mir sagen, werde ich es als Bereitschaft Ihrerseits zur Zusammenarbeit sehen. Und Sie geben mir zu verstehen, dass es in Ihnen noch Ehrlichkeit gibt. Und dann kann es persönlich bleiben, vielleicht. Unter uns, sozusagen. Fürs Erste jedenfalls. Also?“ Harprecht hatte das Letzte wie eine Litanei gesprochen, allerdings wie die Litanei eines Bürgers aus Schilda. Er hoffte dennoch auf deren Beschwörungskraft.

„Kallweit”, hauchte der Pastor.

„Gut“, erschrak der Ermittler.

„Ich bin nicht schwul“, wimmerte Ellwein. Er presste seine beiden Fäuste gegen den Mund. Doch er vermochte nichts zurückzuhalten, das Wimmern nicht, auch nicht das Stöhnen. Seine Stimme, sein Verstand, seine Seele, sein Körper brachen. Der Kopf schlug dumpf auf der Tischplatte auf. Ein Weinen wand sich aus der Ruine des Menschen und reichte weit bis hin zur Verzweiflung.

Harprecht legte seine Hand auf die Schulter des zusammengestürzten Mannes und nahm dessen Schluchzen als Beben wahr. Seine Hand wurde von dem Körper kurz abgestoßen und wieder aufgefangen. Es waren keine großen Wege, die sie zurücklegen musste. Nur der Schmerz des Mannes, der war groß. Und der Kommissar würde ihn deuten müssen. Doch nicht jetzt.

Der Küster Kallweit konnte nur eine weit geringere Amtswürde ins Feld führen als der Pastor. Und auf eine Schweigepflicht konnte er sich nicht als Verstummungsargument berufen. Der Kommissar würde also auf einen Menschen treffen, der nur mit den üblichen menschlichen Mitteln aufgerüstet war, um sich ihm zu widersetzen. Aber diese üblichen menschlichen Mittel konnten sich gewaltig auswachsen, wusste der Ermittler, wenn die Angst hoch genug stieg, der Stolz am Boden kroch und der Selbsterhaltungstrieb dann zum Löwen wurde.

Harprecht stieß die schwere Tür zur ehemals neugotischen Pauluskirche auf, der nach der Zerstörung im Krieg und der Restaurierung 1960 die Neugotik weitgehend abgenommen worden war. Nur der unzerstört gebliebene Turm ragte in der ursprünglich gemauerten Denkweise spitz in den Himmel. Gegenwärtig handelte es sich um einen Himmel, an dem schwere graue Regenwolken tief über den Häuserdächern hingen. Kiels Sommer steuerte einer feuchten Pause entgegen.

Der Kommissar stürmte in das Kirchenschiff, rief den Namen des Küsters und war erstaunt darüber, dass die doch verhältnismäßig schlichten Wände seine Stimme mit solcher Wucht zurückschleuderten. Er hatte vermutet, das würde nur prächtiger Gotik in der Mächtigkeit von Kathedralen gelingen. Aber Kirchenbauer wussten halt zu allen Zeiten mit Stimmgewalt umzugehen. Der Küster antwortete von irgendeiner Seite. Der Hall ließ zunächst keine genaue Ortsbestimmung zu. Dann sah der Beamte den Mittdreißiger auf einem Stuhl stehen und Zahlen in vorgefertigte Fächer schieben, die Liednummern für den kommenden Gottesdienst.

„Na, was singen wir denn am nächsten Sonntag?“, plänkelte der Ermittler.

„Lob- und Danklieder, der Jahreszeit angepasst", antwortete ihm der Mann mit ausgesuchter Höflichkeit. Mit 70 wird er wie ein Graf reden, dachte der Kommissar, aus einem Roman natürlich. Die wirklichen Grafen heutzutage menschelten sprachlich wahrscheinlich auch schon in der Internationale des Gemischtvokabulars herum, von der Telekommunikationstechnologie dazu drangsaliert.

„Und alle Lieder sind einmal wieder in so hohen Tonlagen gesetzt, dass unsereiner nicht mitsingen kann", lockerte Harprecht weiter. „Die Kirche stimmt sich gerne auf Kastraten ein."

„Früher waren die Stimmen anders geartet als heute", gesellte sich der Küster mitnichten zu dem leichten Spott des Beamten. Ihm war es bitterernst mit allen religiösen Angelegenheiten. „Man sollte die Melodien wirklich einmal in eine tiefere Tonart transponieren." Er stieg von seinem Stuhl und roch nach Hortensien. Auf dem Altar standen welche.

„Sie haben sicherlich Fragen an mich." Keine Hast. Kein Schrecken. „Sonst wären Sie ja wohl nicht hier. Ich stehe Ihnen sofort zur Verfügung. Nur noch eine Tafel. In Ordnung?"

„Ich sehe mich ein wenig in der Kirche um, wenn es Ihnen recht ist?"

„Natürlich. Gottes Haus steht allen offen."

Er wirkt so verdammt rein, dachte der Kommissar. Und ich muss seinen Gestank auffinden.

Er streunte ein wenig müde durch den großen Raum. Die Ereignisse eben mit dem jungen Pastor hatten ihn Kraft gekostet. Und er hatte bislang kaum etwas so richtig geordnet. Ellwein, Jansen und Kallweit waren bei Kerzenlicht auf dem Dachboden gewesen. Der Küster und der Geistliche kannten den Tabakhändler also ziemlich gut, der erst kürzlich in den Ort gezogen war. Was, in drei Teufels Namen, haben die drei da oben getrieben? Harprecht freute sich an der Kanzel und der Taufe in mehrfarbigem Marmor. Er mochte es bunt in Kirchen, auch wenn es nur Pastell war.

Der Küster trat neben ihn. „Ich muss noch Birkenzweige aus einem Wald auf der anderen Kanalseite holen. Die sind für die große Bodenvase bestimmt. Wenn Sie wollen, können Sie mitfahren und wir reden unterwegs. Der Wald ist sehr schön. Er liegt in Deichnähe. Kennen Sie ihn?"

Harprecht schüttelte den Kopf. „Ich wusste noch nicht einmal, dass die Kirche Holz aus einem Wald beziehen darf."

„Wir haben da ein gewisses Nutzungsrecht. Hätten wir es nicht, könnten wir uns den herrlichen Birkenschmuck überhaupt nicht leisten. Und das wäre immerhin schade. Die Birkenzweige symbolisieren doch so wunderbar das Leben, dieses helle, leuchtende Grün, die saftigen schwarz-weißen Ruten. Finden Sie nicht auch?"

„Aha", sagte der Kommissar und spürte, dass er abgelenkt werden sollte.

Sie stiegen in den roten VW-Golf des Küsters und fuhren Richtung Holtenauer Straße, dann über die Kanalbrücke, danach irgendwo, wo sich Harprecht nicht mehr auskannte. Immerhin machte er in der Ferne einen Leuchtturm aus.

Am Saum der hellblonden Haare Kallweits entdeckte der Kommissar Schweißfeuchte. Er hoffte auf Nervosität seines Nebenmannes. Aber es war auch immer noch recht warm draußen, obwohl die Wolken sich mittlerweile zu schwarzgrauen Haufen zusammengeballt hatten und vermutlich eine Menge Regen entschlossen in sich festhielten, um sie dann, wenn es die meteorologischen Bedingungen zuließen, kräftig auszustreuen.

Harprecht schwieg. Er fühlte ein Widerstreben in sich, diesen Jungen neben sich, der höflich, adrett, fleißig und pflichtbewusst einen ausgewachsenen Mann geben wollte, genauso hart anzugehen wie den Pastor. Er konnte sich Kallweit nicht als Gewalttäter oder als nächtlichen Verschwörer vorstellen, diesen so unbefleckt erscheinenden Mann, vielleicht sogar noch sexuell unberührt. Quatsch, dachte er, nicht mit 35. Oder doch? Wie konnte man sich dieses Cherub-Wesen bei den wilden Stößen in eine Frau vorstellen? Der Kommissar vermochte es nicht. Und er hatte eigentlich eine gut ausgeprägte Phantasie, genährt von den Schrecken vieler seither untersuchter Gewalttaten.

Von draußen schlugen Baumzweige gegen den Wagen. Kallweit

trat sanft auf die Bremse, stieg aus, ging um das Auto herum und öffnete dem Ermittler die Tür.

Sie schritten gemeinsam in einen Birkenhain. Die schlanken Stämme leuchteten unwirklich weiß gegen das düstere Wolkengebräu. Hellgrüne Blätter winkten Hoffnung. Alles erschien Harprecht wie in einem Gedicht des russischen Poeten Jessenin, dessen Verse er mochte. Dann sah er das kleine Beil in der linken Hand Kallweits. Er sah es nicht gerne und verlor alle Lyrik. Seine Dienstpistole ruhte völlig unvorschriftsmäßig in seinem Schreibtisch daheim, immerhin in einer verschlossenen Schublade. Er vergaß die Sig-Sauer oft, weil er in einer Waffe kaum Argumente ausmachen konnte. Der Küster schaute sich suchend um. Sie drangen weiter in die Waldung ein. Das Rot des Autos hatte sich ihren Augen entzogen. Vögel sangen Lieder gegen die aufkommende Dunkelheit. Ein kühler Wind durchfuhr das Birkenlaub.

Harprecht kämpfte alle Unlust nieder und stellte endlich die Frage, wobei seine Hände sich in Höhe des Beils begaben: „Herr Kallweit, was haben Sie zusammen mit Herrn Pastor Ellwein auf dem Dachboden von Herrn Jansen veranstaltet?“

Der Küster trat einen Schritt zurück und rammte mit voller Wucht seine rechte Schulter gegen die Brust des Beamten. Der wurde zurückgeschleudert und stürzte in einen Graben, der nur noch wenig Wasser führte. Seine Füße verfingen sich in Gestrüpp. Der Oberkörper machte eine halbe Drehung, die die Beine wegen der Gefangenschaft ihrer Füße nicht mitzumachen vermochten. So entstand eine Zerrung im linken Fußgelenk des Kommissars. Es war nur wenig Dramatik dabei. Es ruckte einfach und schmerzte dann nicht unerheblich. Harprecht schlug mit einer Kopfhälfte, Hüfte und Schulter auf. Sein Oberkörper lag tiefer als sein Unterleib. Er hatte Zeit, seine Unvorsichtigkeit zu verfluchen. Dann brach die andere schrecklichere Zeit an, sich wegen des Beils zu ängstigen. Beide Zeiten vergingen, ohne dass ihnen etwas noch Gefährlicheres folgte. Harprecht hörte davonhastende Schritte, etwas später das Klappen einer Autotür, das Aufbrummen eines Motors, das in der Ferne verklang.

Die Vögel sangen. Das Laub raschelte heftiger, weil der Wind sich verstärkt hatte. Ein Rauschen erfüllte den lichten Birkenhain. Dann gossen die schwarzen Wolken in Fülle ihren Inhalt aus. Dicke Wasserstrahlen schlugen auf den immer noch liegenden Kommissar ein, der sich auf den Bauch drehte, sich mit beiden Händen in die Höhe stützte und wenig Hilfe von seinem linken gezerrten Fuß bekam. Harprecht sonderte sehr viele aus dem Morast seines Vokabulars stammende Worte ab, einfach, weil die in ihm drin waren. Und wären sie in ihm drin geblieben, sie hätten vermutlich zur Vergiftung der Gefühle und zur Lähmung des Verstandes geführt. Er betrachtete den Dreck an seiner Kleidung, missbilligte ihn zutiefst, nahm die herunterschäumende Nässe als persönlichen Angriff und nannte den eben noch als Cherub verstandenen Kallweit „einen verfluchten Schleimbeutel", dessen Hintern er auf einem Tablett serviert haben wollte. Es klang anatomisch nicht sehr ausgereift, befreite aber. Eleonore hätte tadelnd ihre Stirn gerunzelt. Er suchte nach seinem Mobiltelefon, und als sich Kriminalmeister Waldberg meldete, schmetterte er seine Wut in das Kommunikationsgerät: „Greift mir den Küster Günther Kallweit. Und zwar sofort, auf schnellstem Wege! Schaltet die Holtenauer Kollegen ein!" Er musste die Spucke hinunterschlucken, die der Zorn in seinem Mund vervielfältigt hatte. Seine Sprache zerbrach in einem Krächzen, so dass Waldberg sofort besorgt fragte: „Alles in Ordnung, Chef? Keine Verletzung?"

Harprecht, der den Speichel heruntergeschluckt hatte, antwortete: „Nein. Aber besorgt mir den Kallweit! Er fährt einen roten Golf neuerer Bauart, äußerst gepflegt wie alles an diesem, diesem ...!" Er wollte sich vor dem Untergebenen keine Blöße geben, indem er das Wort „Schleimbeutel" wiederholte. „Und lasst euch nicht von seinem jungenhaften Bravseingetue einwickeln!"

„Wir doch nicht", beruhigte Waldberg seinen offenbar doch sehr in Mitleidenschaft gezogenen Chef.

„Ach ja, hätte ich beinahe vergessen", schnauzte Harprecht. „Den Jansen will ich auch haben. Und holt mich von diesem Birkenwäldchen russischer Machart ab."

„Was?“, staunte der Kriminalmeister, fügte dann aber klugerweise ein sachdienliches: „Wo genau?“ hinzu.

„Irgendwo mit einem Leuchtturm weiter hinten. So viele Birkenwälder vor Leuchtfeuern wird es ja wohl nicht geben. Unsere uniformierten Freunde von der anderen Seite des Kanals werden schon Bescheid wissen. Schickt sie los! Und wenn ich bei euch eintreffe, will ich den Küster mit Handschellen sehen, die Arme auf dem Rücken.“ Er schämte sich. „Ach, vergessen Sie es. Hauptsache, er ist bei meiner Ankunft präsent.“

Er fand, dass es höchste Zeit war, seiner Vernunft wieder einen höheren Stellenwert einzuräumen. Seine Schmerzen im Fußgelenk widersprachen dem jedoch fühlbar, als er einige Schritte machte. Irgendwelche dämlichen Vögel sangen immer noch. Der Birkenwald stellte sich Harprecht jetzt als eine Ansammlung von fleckig bemaltem, schmutzigweißem Krüppelholz vor, an dem giftgrüne Lappen schlappten. Nichts als Prosa, in Schlamm geschmiert. Im Graben gluckerte Dreckwasser. Heckenrosen protzten in den Wolkenbruch, bis ihnen Wasserfluten die Köpfe abrissen. Harprechts Kleidung erinnerte mittlerweile an den Jogginganzug eines Übergewichtigen nach dem Trab, in den der hemmungslos hineingeschwitzt hatte. Oh, Herr Erster Hauptkommissar, watschte er sich gedanklich ab, keine Vorsicht oder Weitsicht, blindes Vertrauen, Gefühlsduselei, null Ergebnisse – wenn man von dem einen absah, dass er Kallweit offensichtlich zu einer Kurzschlusshandlung getrieben hatte. Und die wird ja wohl einen Grund gehabt haben. Ich werde ihn herausfinden, gelobte sich der Beamte und trat in eine Pfütze. Ein Laubfrosch sah ihm dabei äußerst interessiert zu, wenn man von dessen großen Glupschaugen auf Interesse schließen durfte. Was wusste Harprecht schon? Er sagte: „Wusch!“, und das Tier machte einen höchst eleganten Satz in das Gras – was mir nicht vergönnt ist, diese Eleganz, machte der Kommissar alles noch mieser.

Ein Streifenwagen rumpelte heran. Mit Blaulicht und Sirene. Wen wollten die hier denn beiseite scheuchen? Der Laubfrosch war doch schon verschwunden. Und andere Wesen, die gewarnt gehörten, vermochte der Kommissar nicht zu erblicken. Man will halt einmal wieder die Staatsmacht blitzen und tönen lassen, dachte er böse. Die beiden Polizisten, die gemeinsam in den strömenden Regen stiegen – einer hätte es ja auch getan; doch ein höherer Rang ließ manchmal merkwürdig unlogische Verhaltensweisen zeitigen, grummelte es in Harprecht –, hatten weder einen Regenschirm noch ein Cape bei sich, als sie ihn erreichten. Der Kommissar knirschte ein „Danke", als er von beiden Seiten gestützt wurde. Dann besudelten alle drei mit ihrer Nässe die Polsterung des Dienstfahrzeuges. „Licht und Horn aus", bat der Kommissar. „Ich muss nachdenken." Er ließ sich nach Hause fahren.

Ausgestreckt lag er in der großen Badewanne mit den Klauenfüßen und ließ sich von Eleonore waschen. Dabei berichtete er ihr von den Ereignissen der vergangenen Stunden.

„Der Kallweit ist kein Gewalttäter", behauptete Eleonore.

„Wahrscheinlich nicht", brummelte Harprecht versöhnlich. Er war immer versöhnlich, wenn Eleonores Hände über seinen Körper strichen. „Vermutlich hat ihn die schiere Hilflosigkeit dazu getrieben."

„Für die Treffen auf dem Jansenschen Dachboden gibt es sicherlich auch eine harmlose Erklärung."

„Dessen bin ich mir allerdings nicht sicher", brummelte der Kommissar.

Eleonore trug vorsichtig essigsaure Tonerde auf den verletzten Fuß ihres Mannes auf und wickelte dann eine Bandage darum. Es tat gar nicht mehr so weh, fand Harprecht. Er schlüpfte in Jeans und ein hellgelbes Sweatshirt, warf sich seine leichte, abgeschabte Lederjacke über und ließ sich von seiner Frau zur „Klause" fahren.

Im Gastraum roch es nach Hammelragout und feuchten Mänteln. Harprecht orderte einen Korn und stürzte ihn hinunter. Dann trollte er sich nach nebenan in das provisorische Hauptquartier der Soko.

„Da sitzt er, Ihr Herr Kallweit", präsentierte Kriminalmeister Bodo Waldberg den Küster wie einen Tombolahauptgewinn beim Weihnachtsball des Polizeisportvereins.

Man hatte Kallweit die Hände mit Handschellen auf den Rücken gefesselt. Das passte überhaupt nicht zu dem ausgesägten Herzen in der Lehne des Eichenholzstuhles.

„Macht ihm die Dinger ab!", sagte Harprecht. „Wo habt ihr ihn aufgetrieben?"

„Bei Jansen auf dem Boden. Kein sehr einfallsreiches Versteck, würde ich einmal behaupten", grinste Waldberg.

„Und hat er Widerstand geleistet?"

„Nur ein wenig", gab Waldberg, immer noch vergnügt, bekannt. „Ich habe endlich einmal wieder einen Judo-Griff ausprobieren können. Hatte ich beinahe schon verlernt. Aber eben nur beinahe."

„Das scheint der Dienstvorschrift angemessen gewesen zu sein", gestand der Kommissar zu.

„Ich sage kein Wort", verkündete der Küster. Er sah in seiner Furcht merkwürdig ausgerenkt aus, als hätte er seinen Körper zu stark gewunden. Und er hatte zu der Unschuld seines Jungengesichtes zurückgefunden.

Das machte Harprecht wütend.

„Das müssen Sie auch nicht", schnauzte er. „Aber Sie verbessern damit Ihre Lage nicht gerade. Angriff auf einen Beamten, Widerstand bei der Festnahme. Junger Mann, da summiert sich so einiges, was Sie von einer Menge Festlichkeiten in Ihrer Kirche fernhalten könnte."

„Wo sind die anderen?", fragte er Waldberg.

„Die sind um das Haus von dem Jansen herum ausgeschwärmt."

„Gut", sagte der Kommissar.

„Der Jansen sitzt übrigens nebenan auf dem Toilettenflur und schreit Zeter und Mordio von wegen Freiheitsberaubung und so. Wissen Sie, was wir bei seiner Abholung in seinem Wohnzimmer haben hängen sehen? Ein wunderschönes Bild von Laura, von dem Künstler höchstpersönlich gemalt. Und nicht schlecht, kann ich Ihnen sagen. Einige Qualitätsklassen höher als die Zigeunerin über dem Sofa meiner Oma."

„Oh ja", murmelte der Kommissar und: „Ob Sie uns noch zwei Korn besorgen könnten?"

„Im Dienst?“, gab Waldberg zu bedenken.

„Wir machen eine kurze Dienstpause“, bestimmte der Chef.

Dann blickte er auf Kallweit wie ein Panzerkanonier auf sein künftiges Ziel. Er richtete sich auf den Küster aus.

„Und Sie werden mir jetzt endlich etwas über die Treffen auf dem Dachboden von Jansen erzählen“, knallte seine Stimme. „Was haben Sie da getrieben?“

Der Küster schaute seiner Hand zu, die an einem Flecken auf seinem Hemd kratzte. „Nicht ganz erlaubte Bücher gelesen. Teufelskult und so. Über Hexenkram“, spulte der Mann wie auswendig gelernt ab, die Stimme leise, nur schwer auffindbar. „Uns interessieren nun einmal die tiefsten und dunkelsten Abgründe in den religiösen Machenschaften von Menschen.“ Er hatte mit seinem Kratzen den Fleck auf dem Hemd vergrößert. Seine Hand ließ hastig von dem Reinigungsversuch ab.

Der Kommissar blickte ihn verächtlich an: „Und das soll ich Ihnen glauben? Wer hat Ihnen diesen haarsträubenden Unsinn eingeblasen? Jansen? Der Ellwein?“

„Mehr als die Wahrheit kann ich Ihnen nicht sagen“, muckte der Küster schwächlich auf. Er ließ nun seine Fingergelenke knacken.

„Hören Sie sofort damit auf!“, brüllte Harprecht.

Kallweit ließ erschrocken seine Hände fallen. Sie baumelten schlaff auf beiden Seiten des Stuhlsitzes.

Waldberg kam mit dem Korn. Harprecht stürzte ihn hinunter. In seinem Magen flammte Schmerz auf. In seinem linken Fuß pochte es. Er schob sein Gesicht ganz nah vor das des Küsters: „Warum lügt ein doch im tiefsten Innern grundehrlicher Mensch so einen Bockmist zusammen, den jemand anders zusammengerührt hat? Ihnen muss es verdammt schlecht gehen, Herr Kallweit. Verdammt schlecht. Und ich kriege heraus, warum. Verlassen Sie sich darauf. Und jetzt verschwinden Sie. Aber ich will Sie jederzeit wiederfinden können. Verstanden?“

Der Küster taumelte aus dem Raum wie ein Mensch, der ziemlich viele Richtungen verloren hatte, dazu noch einige feste Standpunkte.

Waldberg schaute verdattert.

„Zurück!“, brüllte Harprecht plötzlich. Kallweit blieb ruckartig stehen, als hätte jemand an einer unsichtbaren Leine gezogen, an die er wie ein Schoßhündchen gebunden war. Zutiefst erschrocken drehte er ein bleiches Gesicht dem Kommissar zu. „Los, sofort noch einmal hierher zu mir!“, kommandierte der schroff. Der Küster wankte auf den Beamten zu. Der legte ihm beide Hände auf die Schultern und drückte ihn unsanft auf den Stuhl, den er gerade hatte verlassen dürfen. Er krachte auf die Sitzfläche. Harprecht ließ die Schultern nicht aus seinen Händen. Er presste sie. Er kniff in sie hinein. Dann flüsterte er es in einer Art, dass es lauter als ein Schrei wirkte: „Wer, glauben Sie, hat uns auf Sie gebracht? Ein Pastor wohl kaum. Der ist der Schweigepflicht unterworfen. Und Geistliche sind kaum Verrätertypen. Sie sind Bewahrer, Versorger. Denken Sie einmal darüber nach!“

Er schminkte die Wahrheit zur Hure. Das ließ ihn sich billig fühlen. Doch eine richtige Antwort würde das sofort wieder ändern.

„Ist ein solcher Typ, der Sie ans Messer liefert, es wirklich wert, dass Sie ihn schützen? Sie sind ein guter Mann, Kallweit. Das haben mir nahezu alle einhellig erzählt. Sie müssen reden, reden, damit Ihr Gutsein wieder zum Vorschein kommen kann. Befreien Sie Ihren Glauben, Ihr Vertrauen. Sie dienen doch so gerne in Ihrer Kirche. Da ist Liebe dabei. Die kann aber nur wieder stark werden, wenn Sie sich selbst von all Ihrer Schuld lossprechen und sich vergeben können. Verstehen Sie?“

Kallweit schaute verirrt auf den Kommissar, wie ein Mönch, dem Armut, Keuschheit und Gehorsam zur gleichen Zeit abhanden gekommen waren. Das Schweigen strich durch den Raum als ein Kind, das „Blinde Kuh“ spielte. Es wollte finden.

„Der Anwalt“, wisperte Kallweit. „Ich hätte nie gedacht, dass der Herr Stemmle reden würde.“

Harprecht wurde schlecht. Er stürzte in Richtung Toilette, stolperte beinahe über Jansen, der im Flur auf einem Stuhl saß und etwas schrie, das den neben ihm stehenden uniformierten Polizisten nicht beeindruckte.

„Zu Ihnen komme ich später", würgte der Kommissar.

Er schloss sich in einer der Kabinen ein. Er konnte sich nicht übergeben. Seine Übelkeit war keine des Körpers, sondern eine der Gefühle. Er setzte sich auf den Toilettendeckel, legte sein Gesicht in die Handflächen und keuchte seinen Atem in sie hinein. Was hatte Bert Stemmle mit all dem zu tun, der Beinahe-Freund, der Gast im Harprechtschen Haus, der engagierte Kirchenvorsteher, einer mit Esprit, der sich dem Recht und der Gerechtigkeit verschrieben hatte? Die Welt ist ein riesengroßer Seeigel, dachte er, mit Milliarden und Abermilliarden von Stacheln. Und andauernd tritt man in einen hinein. Und der ist dann auch noch vergiftet.

Er blieb lange in seinem Versteck.

Die Ermittler saßen abends in der „Klause" zusammen. Sie hatten gefüllte Wein- oder Biergläser vor sich stehen, Harprecht eines mit Fachinger. Der Küster war auf Widerruf entlassen worden. Ebenso Jansen. Er hatte die nächtlichen Zusammenkünfte auf seinem Dachboden ebenfalls als die Treffen von Menschen beschrieben, die sich für Hexenglauben, Teufelskult und schwarze Magie interessierten und das natürlich in aller Heimlichkeit tun mussten, bei den Berufen der Teilnehmer. Niemand hatte ihm geglaubt. Das hatte der Tabakverkäufer ungerührt hingenommen und gesagt: „Es ist nun einmal eines der traurigsten Dinge in diesem Leben, dass die Wahrheit viel zu oft als Lüge begriffen wird. Es ist nahezu pervers." Er hatte es jedoch ohne sonderlichen Nachdruck gesagt. Stemmle würde man einvernehmen müssen. Harprecht hatte Matthiessen darum gebeten. Er wollte bei diesem Gespräch nicht dabei sein. Um Pastor Ellwein würde sich Hauptmeister Kowalski noch einmal kümmern.

Die Hamburg-Fahrer berichteten von ihren Eindrücken. „Den Vater von Laura können wir, bin ich mir ziemlich sicher, aus unseren Ermittlungen erst einmal ausblenden. Mehr als ein schlechtes Gewissen darüber, dass er eventuell kein besonders guter Vater gewesen war, habe ich nicht eruieren können."

Kowalski und Kuhlmann, die sich mit Guntram Kamen beschäftigt hatten, sprachen von einem Menschen, „den seine verlorene Liebe zu Laura nahezu zerrissen hat. Er ist noch lange nicht wieder zusammengewachsen. Wir sollten ihn im Auge behalten. Er ist durchaus zu aberwitzigen Handlungen fähig, auch zu Brandstiftung und zur Tötung und Zerschneidung einer Schlange. Ebenfalls zu einer Grabschändung. Zu allen Tatzeiten hat er uns kein überzeugendes Alibi liefern können. Angeblich hat er gearbeitet. Doch das FORUM gleicht einem Bienenstock. Da weiß keiner genau, wo der andere gerade steckt. Er könnte auch auf einer Außenrecherche gewesen sein. Oder er will zu Hause geschlafen haben, allein."

„Konzentrieren wir uns auf Jansen", sagte Harprecht. Er sah müde und enttäuscht aus.

„Die Computer-Bilder von Franziskus werden spätestens morgen früh fertig", meldete sich Kommissarin Grünberg. Auch sie sah blass aus. Ihr sonst so straffer Frauenkörper wirkte irgendwie seiner Blüte beraubt.

Hauptmeister Thorvald Zietz fasste seine Düsternbrooker Eindrücke nur in einem Satz zusammen: „Besorgte Duckmäuser, verschreckte Aufmüpfer, die fast alle irgendetwas zu verbergen haben, was ich herausräumen werde." Er kommandierte diesen Satz und schob sein Kinn wie weiland der unselige „Duce" Mussolini vor, was ebenso lächerlich wirkte wie bei dem einstigen italienischen Faschistenführer.

Harprecht sagte: „Danke. Gute Nacht", und humpelte in den Spätabend. Der Regen hatte schon lange aufgehört. Über Kiel hatte sich wieder ein warmer Dunst gelegt und vernebelte.

„Was hat er denn?", fragte Zietz.

„Etwas, was du nie haben wirst", antwortete Matthiessen. „Geduld und ein Gewissen, das sich noch befragen lässt."

„Das muss ich mir nicht gefallen lassen", murrte der smarte Beamte in seiner dunkelroten Nappalederjacke, die um seine Muskeln schwang.

„Nein, das musst du nicht", gab Matthiessen zu.

KAPITEL 7

Als Harprecht gegen 23.00 Uhr heimgekehrt war, salbte Eleonore die blauen Flecken auf seiner Hüfte ein. Sie zelebrierte es nahezu, gab dabei immer wieder tröstende, schnurrende Geräusche von sich, die sich in die Musik von Bruckners Siebenter Symphonie mischten und sie sogar bereicherten, fand der Ehemann. Er lag bäuchlings auf dem Wohnzimmersofa und seufzte. Eleonore schmeckte hin und wieder einem Schluck Rotwein nach. Harprecht labte sich an einem dunklen, süffigen „Guinness"-Bier, beinahe lauwarm.

Später lackierte er Eleonores Zehennägel blasslila. Die Brucknerschen Violinen fanden sich zu immer neuen Verheißungen zusammen. Der Spätabend roch nach Frische, die der Regen verschenkt hatte, und nach dem Parfum der Frau, deren schmalen rechten Fuß Harprecht gerade in seinen Händen hielt. Das Parfum duftete nach Meer und Strandhafer, dazu ein wenig nach Gardenien, blauen Irisblüten.

Die beiden hatten sich auf dem Wohnzimmerteppich ausgebreitet, mit den Gesichtern zur offenen Terrassentür.

„Ich hätte von diesem Kallweit ernsthaft verletzt werden können", verlangte es Harprecht nach Mitgefühl.

„Aber du doch nicht, Bulle", lächelte Eleonore. Sie sah in den Garten hinaus, in dem die aufkommende Nacht sanft den Tag wegschob. Ein stiller, lauer Wind hauchte durch die Pflanzen und ließ die Blätter der Bäume aneinander tupfen, dass es kaum ein Geräusch gab.

„Wie oft hat mir der Kallweit da draußen geholfen", erinnerte sich die Frau. Sie tat es offenhörig gerne. „Wir haben miteinander gesprochen. Und in seiner Stimme lag nie etwas Böses, vielleicht ein wenig Traurigkeit, aber nichts Böses. Die Pflanzen mögen seine Hände."

„Was willst du also, dass ich mit Kallweit mache?"

„Wiegle alles einfach ab. Er braucht seine Arbeit in der Kirche. Zaubere aus dem Angriff auf dich, aus dem Widerstand einfach

Unbedachtheiten. Du kannst das doch. Mit dem Kirchenvorstand komme ich schon klar."

„Aber will ich das denn auch?"

„Natürlich", summte Eleonore und fuhr ihm mit den Fingerkuppen sanft über die Innenfläche seines rechten Ohres.

„Du Hexe", lächelte er und schnaufte dabei ein wenig. „Nur müsste der Mann endlich auspacken."

„Das wird er schon", versprach die Frau und bettete seine Hände unter ihr grünes T-Shirt auf den flachen Bauch.

Harprecht überprüfte mit den Fingern die Seide ihrer Haut.

„Mit diesen nächtlichen Treffen", sprach der Kommissar, „komme ich einfach nicht zurecht. Euer Pastor, der Anwalt, mit dem wir oft gegessen und gefeiert haben, dieser merkwürdige alte Mann, von dem meine Beamten nicht genau wissen, woher er kommt, wer er eigentlich ist ... Das alles hat mit unserem Fall zu tun. Ich spüre es. Was haben die da gekungelt? Was verbindet die überhaupt?"

Eleonore schwieg. Sie wollte zur Zeit nichts mehr von diesem Fall hören. Sie trank einen großen Schluck Wein. Ihr war nach ein wenig Betäubung. Sie dachte an die furchtbare Schülerschlägerei am Vormittag auf dem Pausenhof des Gymnasiums. Mehr als 20 Tertianer hatten blindwütig aufeinander eingedroschen. Fünf Lehrer und der Hausmeister hatten sich dazwischenstürzen müssen, um die Kämpfenden voneinander zu trennen. Es war sogar Blut geflossen. Niemand von den Schülern wusste später einen Grund für die Schlägerei anzugeben. „Einfach so", sagte einer aus der Untertertia. In den Tagen zuvor hatte es schon ähnliche Zusammenstöße gegeben, wenn auch nicht in diesem Ausmaß. Die Kollegen von der Realschule und der Hauptschule in der Wik berichteten, dass auch bei ihnen die Gewaltausbrüche unter den Schülern zugenommen hätten. Und auch sie hatten nie einen triftigen Grund ausmachen können.

Sie erzählte ihrem Mann davon. Der stützte sich auf den Ellbogen, sah ihr ins Gesicht und hörte aufmerksam zu.

„Eines allerdings wissen wir, Carsten", sagte Eleonore. „Die

Schlägereien haben zugenommen, nachdem die Soko nach Düsternbrook gekommen ist."

„Haben wir etwa die Gewalt mitgebracht?", erregte sich Harprecht. „Die war doch wohl schon vorher vor Ort."

„Aber sie ist durch die Neuaufnahme der Untersuchung aufgeheizt worden", tropfte es schwer von der Frau her. „Dafür könnt ihr nichts. Ihr müsst eure Arbeit tun. Aber bedenkt dabei, je näher ihr an die Menschen herankommt, desto mehr fühlen sie sich in ihren Ängsten und in ihrer Hilflosigkeit bedrängt. Und das erzeugt eben auch manchmal Wut. Vor 15 Jahren war das doch ähnlich." Aus dem Tropfen war eine Flut geworden. Sie drohte, den Frieden zu ertränken.

„Das stimmt", bedauerte Harprecht. Aber auch ein leichter Zorn deutete sich an. „Ich weiß, die Soko hier repräsentiert den Mord an Laura. Wer uns sieht, wird daran erinnert, an etwas Unheimliches und Bedrohliches, das bis heute nicht durchschaut worden ist. Ich verstehe die Angst der Leute, ihre Hilflosigkeit, sogar die manchmal gewalttätige Reaktion darauf. Doch wir können uns deswegen nicht zurücknehmen."

„Nein, natürlich nicht." Eleonore hielt die Hand des Mannes auf ihrem Bauch fest. Von draußen kam ein leichter Rosenduft. Die Bässe im Autoradio eines vorbeifahrenden Wagens erzeugten ein dumpfes Wummern, so laut, dass der Zimmerboden rhythmisch erzitterte.

„Die hiesigen Kollegen beklagen sich auch schon", grollte es in Harprechts Stimme. „Sie behaupten, sie müssten mehr Einsätze fahren, seitdem wir da sind. Heute haben ältere Jugendliche Automaten in der Spielhalle an der Yorckstraße zerschlagen. Danach kam ein Notruf von der Tankstelle an der Gneisenaustraße. Betrunkene Skinheads haben mit Baseballschlägern auf Autos eingedroschen, die nicht in Deutschland hergestellt worden sind. Vorgestern haben im Seebad Düsternbrook Mädchen, Teenager noch, sich gegenseitig mit Haarbürsten und Kämmen wüst die Körper zerkratzt. Es ist sogar ein Notarztwagen ausgerückt. Der Grund: Angeblich hat eines der Mädchen dem Freund eines anderen die Badehose heruntergezogen. Es mag alles kindisch klingen. Aber die Gewalt ist es nie. Sie ist immer erwachsen, erwachsener als die, die sie ausüben." Harprecht murmelte es nur noch. „Es ist schlimm, dass wir vielleicht so etwas provozieren. Aber es geht nicht anders. Wir müssen es aushalten."

Er dachte an die beiden 11-jährigen Jungen, die im Diederichsenpark eine Ente gequält hatten. Drei ältere Männer, einer von ihnen weit über 80, hatten das beobachtet und die Kinder heftig geohrfeigt, so heftig, dass eines von ihnen eine leichte Gehirnerschütterung davongetragen hatte. Mein Gott, wohin führt das? Wohin führen unsere Ermittlungen andere Menschen, wenn sie sich vor diesen Ermittlungen fürchten?, betete in ihm ein zur Zeit ungläubiger Glaube.

„Im türkischen Gemüseladen an der Beselerallee kaufen kaum mehr Deutsche", sagte Eleonore mit einer Stimme, die sich am liebsten ergeben wollte. „Nein, die Düsternbrooker sind nicht ausländerfeindlich, jedenfalls in ihrer großen Mehrheit nicht. Nur sie meiden jetzt einfach alles Fremde. Sie grenzen sich aus einem diffusen Sicherheitsbedürfnis ab. Eine Kollegin hat mir erzählt, dass der Gesangverein ihres Mannes derzeit stets in voller Besetzung zusammenkommt. Früher haben immer einige gefehlt. Nun nicht mehr. Beim Bowlingverein ist es genauso. Man verbündet sich. Und die, die in keinem Verein sind, bleiben in diesen Tagen lieber zu Hause. Das eigene Heim als Burg. Verstehst du? Deine Soko muss hier arbeiten. Selbstverständlich. Aber sie wird es schwer haben. Etwas bedroht den Stadtteil. Wir fühlen es alle. Wir wollen es nicht. Aber es ist da. Und ihr personifiziert diese Bedrohung."

Sie schwieg ein banges Schweigen. Die Dunkelheit der Nacht kam schneller näher. Die ersten Tentakel ihrer Kühle griffen durch die offene Terrassentür nach den beiden Menschen im Zimmer. Sie drängten sich näher zusammen. Sie wollten gerne vor der Gegenwart fliehen, nur für jetzt und nur für einige Stunden. Sie taten es. Sie spielten ihr altes Fluchtspiel, das Weißt-du-noch-Spiel. Es musste jetzt einfach sein. Sie wollten heil werden und heil bleiben.

„Weißt du noch", begann Eleonore versonnen, „damals, als wir das erste Mal in Aix-en-Provence waren? Das Moustaki-Konzert auf dem Campus der Universität. Mehrere Tausend Studenten auf dem Rasen vor der Bühne. Und wir mitten unter ihnen. Es war schon ein wenig dunkel. Es roch nach Lavendel und Haschisch. Und er sang `Ma Liberté´. Wir alle haben mitgesungen, auch du mit deinem komischen Französisch." Harprecht spürte, wie sie in seine Achselhaare lächelte. „Moustaki mit seinem Vollbart und seinen langen Haaren, ganz in Weiß gekleidet, sah damals aus, wie ich mir immer einen Propheten vorgestellt habe. Diese Stimme, die sich zur Freiheit bekannte. Viele haben Wunderkerzen entzündet. Unser aller Begeisterung hat mit ihrem Licht gesprüht." Der schlanke Frauenkörper entspannte sich.

„Weißt du noch", summte Harprecht, „das kleine Hotel an der Rue du Bon Pasteur? Unser Zimmer ganz oben unter dem Dach. Es war drückend heiß. Wir hätten uns am liebsten überhaupt nicht bewegt. Aber wir haben es trotzdem gemacht."

„Wir haben es oft gemacht", echote Eleonore aus seiner Armbeuge hervor. Sie gluckste. „Weißt du noch ...?"

Sie kehrten in ihren Erinnerungen noch an manchen schönen Ort und in manches herrliche Ereignis ihrer gemeinsamen Vergangenheit zurück und vergaßen Furcht und Gewalt.

„Weißt du noch ...?"

Sie gingen ins Bett und liebten sich, sanft und entschlossen wie „Ma Liberté". Dann schliefen sie mitten in der Provence ein.

Am darauf folgenden Tag, am Dienstag, dem 3. August, gegen 17.00 Uhr, stürzte der Küster Günther Kallweit in der Pauluskirche zu Tode. Er hatte die Decke der Empore links neben der Kanzel reparieren wollen, war dafür die sieben Meter lange Leiter emporgestiegen. Als ihn die Reinmachefrau Luise Katschmarek fand, lag er in einer Blutlache, die sich in Höhe seines Kopfes ausbreitete, zwischen dem graugrünen Gestühl, die Augen weit geöffnet, keineswegs ein Schrecken darin. Die Reinigungskraft, übrigens als Urlaubsvertretung angestellt, schrie erst einmal ausgiebig. Ihre Schreie prallten nahezu gewalttätig von den Wänden des Kirchenschiffes zurück. Dann gelangte sie zu einem entsetzten Schweigen, das eine geraume Zeit andauerte. Wie lange, konnte sie später beim besten Willen nicht angeben. Schließlich rüttelte sie mehrfach an dem Körper des Küsters. „Es war ziemlich eklig", gab sie zu Protokoll. „Ich wusste sofort, dass er tot war. Ich habe meinen Mann, den Eberhard, gesehen, wie sie ihn tot aus dem Autowrack gezogen haben", schob sie erklärend nach.

Harprecht, von dem völlig erschütterten Pastor Baltz gegen 17.30 Uhr benachrichtigt, beorderte sofort seine ganze Truppe in die Kirche. Die Soko-Leute registrierten misstrauisch die in den Kirchenraum geschlagene Leiter. An ihrem oberen Ende waren zwei Stahlbügel festgeschraubt, die über die Balustrade der Empore gehakt werden konnten. An den beiden unteren Enden waren Gummipfropfen über das Aluminium gestülpt, die ein Abrutschen zumindest erheblich erschwerten. Nach menschlichem Ermessen konnte die Leiter nicht von alleine oder infolge einer selbstmörderischen Absicht des Küsters in den Raum gefallen sein, darüber waren sich die Beamten schnell einig. Harprecht telefonierte eilig Spurensicherer herbei.

Die Reinmachefrau war erst einmal dem Notarzt übergeben worden. Pastor Baltz stammelte immer wieder Bestürzung, Trauer und Fassungslosigkeit. Dazu die hilflose Frage nach dem Sinn eines solchen entsetzlichen Geschehens. Seine ausgestoßenen Worte gemahnten an eines der großen Klagelieder aus dem Alten Testament. Danach sank er, vom Ersten Hauptkommissar behutsam dorthin geleitet, auf die hinterste Bank des Gotteshauses. Der Geistliche faltete die Hände und suchte bei seinem Gott Zuflucht, die ihm gewiss gewährt würde, wenn denn der Pastor wirklich bei seinem Herrn ankäme. Der Weg war durch all den gegenwärtigen Schrecken hindurch nicht leicht.

Die Soko-Beamten sammelten Eindrücke, ohne dem Tatort zu nahe zu kommen. Sie versuchten das Fluidum dieses Todes zu erspüren. Pastor Baltz rief etwas von hinten. Seine beiden Hände deuteten rudernd nach vorne. „Die Bibel", ächzte er, „die Bibel auf dem Altar. Sie ist völlig falsch aufgeschlagen."

Harprecht versuchte den Geistlichen zu beruhigen, dessen Gesicht hektische rote Flecken zeigte. Er beäugte von Ferne das in brüchiges braunes Leder eingebundene Buch, aus dem breite bunte Bänder als Lesezeichen ragten. Er vermochte keine Besonderheit auszumachen. Die Bibel sah für ihn aus wie in jedem Gottesdienst, den er besucht hatte. „Schauen Sie genau hin", flehte Baltz nahezu. „Wir schlagen das Buch immer genau in der Mitte auf. Das wirkt für die Gemeinde einfach besser. Jetzt", er hatte die Hände weit wie ein Unheilsprophet ausgestreckt, der einen drohenden Fluch ausgemacht zu haben schien, „jetzt ist sie viel weiter vorne aufgeschlagen. Das ist nicht normal. Nein, das ist es nicht." Er keuchte Protest.

„Wir werden das später genau überprüfen", drückte Harprecht den aufgeregten Geistlichen auf die Bank zurück, „wenn die Beamten der Spurensicherung alles in Augenschein genommen haben."

Karin Goellner und Thorvald Zietz gingen nach draußen, um eventuelle Zeugen aufzutun.

Die Beamten des Erkennungsdienstes trafen ein, hüllten sich in ihre weißen Overalls, schleppten blanke Metallkoffer in die Kirche und begannen mit ihren akribischen Untersuchungen. Sie schritten äußerst behutsam um den Toten herum, erweiterten ständig den Kreis. Drei Beamte überprüften millimetergenau die Leiter. Es wurde dunkler im Kirchenschiff. Scheinwerfer wurden aufgestellt und eingeschaltet. Die Szenerie wirkte unwirklich wie der Schauplatz eines Theaterstückes, das, furchtbar wie es war, niemals hätte zur Aufführung kommen dürfen. Die Polizisten sprachen kaum miteinander. Ihr langsamer Tanz sah oft geprobt aus. Niemand machte einen falschen Schritt. Ein Arzt nahm die Totenschau vor, zunächst, ohne den Leichnam anzufassen. Es wurden Aufnahmen gemacht. Die Blitze zuckten durch den von einem hellen Grau durchwehten Raum. Man wartete unwillkürlich auf den Donner. Erst etwa eine halbe Stunde später wurden die sterblichen Überreste des Küsters Günther Kallweit vom Tatort entfernt. Denn es war ein Tatort, der Tatort eines kaltblütig und wohlüberlegt begangenen Mordes. Die Abwesenheit von verwertbaren Spuren belegte diese Wohlüberlegtheit und Kaltblütigkeit. Keine Fingerabdrücke. Die schwarz-goldene Balustrade der Empore, die Leiter waren sorgfältig abgewischt worden. Keine Faserreste, nichts war von dem Täter hinterlassen worden. Den Beamten bot sich eine höchst unnatürliche Reinheit.

Harprecht wies auf die Bibel. Einer im weißen Overall schüttelte den Kopf. „Sauber, als wäre das Buch noch nie angefasst worden." Der Kommissar erinnerte sich an die Aufgeregtheit des Pastors hinsichtlich der, seiner Meinung nach, falsch aufgeschlagenen Bibel. Die Spurensicherer signalisierten ihm auf seine Frage hin, dass er ruhig an den Altar herantreten könne. Er las, ohne die Heilige Schrift zu berühren. Das 1. Buch Mose war aufgeblättert, die Kapitel 13, 14 und 15. Von Abraham war dort die Rede. Im 18. Vers des 13. Kapitels waren die Worte „Hain Mamre" mit einem tiefschwarzen Stift unterstrichen worden. Die Unterstreichung wirkte harsch hingezogen. Man konnte nahezu Wut dabei vermuten.

Er ging zu dem Pastor nach hinten. Dessen Schmerz schien nicht milder geworden zu sein. Die Hände waren fest gefaltet, so dass sie weiß aussahen. Die Dringlichkeit des Gebetes hatte das Blut aus den Fingern vertrieben.

„Hain Mamre?", fragte der Ermittler leise.

Der Pastor legte seinen Kopf in den Nacken. Er sprach zu einem sehr fernen Himmel: „Dabei soll es sich um einen Eichenhain gehandelt haben. Wir reden gemeinhin von den Eichen zu Mamre, wenn wir den Ort beschreiben, an dem sich der Urvater Abraham niedergelassen hat."

„Eichen", echote Harprecht erschrocken. Das Wort schien in seinem Mund zu gefrieren. Er konnte es dort nur noch schwer bewegen. „Eichen!"

Sie waren immer noch bei Laura. Kallweits Sterben war offenbar eine entsetzliche Folge aus ihrem Tod. Und der Mörder kannte sich in der Bibel aus.

„Sie unterstreichen doch nichts da vorne in ihrem Buch?", zagte er es Baltz entgegen.

„Aber nein“, zuckte der zusammen. „Niemals!“

„Wir müssen der Mutter die Nachricht überbringen“, sagte der Kommissar. „Könnten Sie mich begleiten?“

Der Geistliche nickte und erhob sich langsam von seinem Platz, als hätte er an diesem Tod über alle Maßen schwer zu tragen, so schwer wie an seinem Glauben an einen Gott, der solche Tode nicht verhinderte, weil er seinen Menschen Freiheit zubilligte als Bestandteil einer großen Würde. Und die gingen damit viel zu oft grauenvoll lästerlich um, viel, viel zu oft. Der Pastor strich dem Kommissar leicht über die Schulter, als verlangte es ihn unbedingt danach, so etwas wie Gerechtigkeit zu berühren oder wenigstens einen Sucher danach als seinen Gefährten.

Stunden später setzte sich die Kommission in der „Klause“ zusammen. Der Mord war natürlich zum Thema Nr. 1 im Stadtteil gediehen, und das rasend schnell. Die Buschtrommeln waren verängstigt und erschrocken geschlagen worden. Die Polizisten galten plötzlich als höchst begehrte Gäste im Lokal, konnte man in ihnen doch auch Bürgen für die eigene Sicherheit sehen. Thermoskannen mit heißem Kaffee – die Tage zuvor war er stets lauwarm gewesen – wurden eilfertig auf den Tisch zwischen die Beamten gestellt. Der Wirt persönlich erkundigte sich nach weiteren Wünschen, gewiss auch in der Hoffnung, Mitwisser einiger mörderischer Geheimnisse zu werden. Die Hoffnung wurde nicht erfüllt. Der Herr der „Klause“ entfernte sich mit Verbeugungen rückwärts auf die Tür zuschreitend, wie es einst die Untergebenen nach einer Audienz bei ihrem Potentaten zu tun hatten, der Macht über Leben und Tod besaß.

„Wie haben wir uns den Tatverlauf vorzustellen?“, eröffnete der Chefermittler das Sondierungsgespräch.

Matthiessen lehnte sich nach vorne, sog noch einmal an seiner Zigarre, beachtete die Asche nicht, die den Tisch und seine Hose bestäubte, und sagte es dann nachdrücklich, als wäre jeder Widerspruch von vornherein auszuschließen: „Es ist von oben her geschehen, von der Empore aus. Der Täter hat die Leiter gezogen.

Er hatte dabei eine Sprosse als sicheren Haltegriff. Und von oben her konnte er beurteilen, wann die Stahlbügel weit genug über den Emporenrand reichten, um nicht mehr zu haken. Dann musste er sich nur noch ein wenig vorbeugen und die Leiter von sich wegstoßen. Aluminium wiegt nicht viel. Der Küster war ein Leichtgewicht. Dazu muss man kein Athlet sein."

„Gut", nickte Harprecht. „Spielen wir einmal die Version von unten durch. Der Täter hebt die Leiter an. Heben ist schwerer als Ziehen. Er muss sogar stemmen. Er hat keine genaue Kontrolle darüber, wann sich die Stahlbügel nicht mehr sichernd um den Emporenrand schließen. Ich stimme Malte zu. Der Täter befand sich auf der Empore. Und noch eines spricht dafür. Er brauchte sich nur zu ducken, wenn jemand anders unerwartet die Kirche betrat. Die Balustrade gibt ein sicheres Versteck ab. Alles erscheint gut geplant. Keine spontane Tat, würde ich behaupten. Aber Sie dürfen widersprechen."

Die Runde prüfte schweigend die Aussagen der beiden Hauptkommissare und klopfte sie auf mögliche Schwachstellen ab.

„Einverstanden", sagte schließlich Bengt Kuhlmann. „Wir haben es mit einem wohlüberlegt handelnden Täter zu tun."

„Und nun zur Tatzeit", fuhr Harprecht fort. „Um 16.50 Uhr befand sich Kallweit noch im Kirchenbüro. Zeugin: die Gemeindesekretärin. Um circa 17.15 Uhr entdeckte die Reinmachefrau den Toten. Wir müssen von plus/minus 5 Minuten ausgehen, mindestens. Der Küster brauchte vom Büro bis zur Kirche etwa 7 Minuten. Das haben wir überprüft. Die Aluminiumleiter hatte er schon am Nachmittag aufgestellt. Das wissen wir von dem Organisten Burgdorf, der in der Kirche geübt hat, und zwar um 15.00 Uhr herum. Als Tatzeit dürfen wir also die Spanne zwischen etwa 16.57 Uhr und 17.20 Uhr annehmen. Ist jemand gesehen worden, der in diesem Zeitraum die Kirche betreten hat?"

Kriminalhauptmeister Zietz zückte mit einer gewissen Eleganz seinen Block, schlug Seiten um, räusperte sich und gab süffisant bekannt: „Ein Mann, zwischen 40 und 60 Jahre alt, gut gekleidet, hellgraues oder hellbraunes oder hellblaues Hemd, dunkelblaue oder schwarze oder dunkelgraue Hose, braunes, grau meliertes oder dunkelblondes Haar, schütter, vielleicht auch Halbglatze, Brillenträger, aber keineswegs sicher, keine Krawatte oder doch eine, kann auch ein Tuch gewesen sein, das dann in allen denkbaren Farben, wenn eine Krawatte, dann dito, was die Farben angeht. Diese präzise Beschreibung habe ich von einem Herrn namens Claus, mit C, Biedermann, ja, richtig gehört, Biedermann, Adresse in Kiel bekannt, pensionierter Bundeswehrmajor. Seine Stimme klang danach. Dann haben wir da noch eine Frau, die beobachtet wurde, etwa 50 Jahre alt, eher jünger, möglicherweise aber auch älter, mit einer Bluse und einem Rock bekleidet, beides in hellen Farben, aber nicht Weiß, eher Beige oder Hellgrün, Haarfarbe braun bis dunkelblond, mittelgroß bis groß, keine Brillenträgerin. Ach ja, die Frisur war affig, viel zu viele Locken. Wörtlich von mir nach der Zeugin zitiert. Die Zeugin wohnt schräg gegenüber von der Kirche in der Waitzstraße, eine Frau Alma Kubens, 33. Mehr Kirchenbesucher sind in der fraglichen Zeit offenbar nicht gesichtet worden."

„Danke", sagte Harprecht trocken. „Ich gehe natürlich davon aus, dass die beiden Kirchenbesucher den Zeugen völlig unbekannt waren."

„Natürlich", beeilte sich Zietz.

„Haben die Umfragen in den Häusern rund um die Kirche etwas ergeben?"

Karin Goellner hob in einer hilflosen Geste beide Hände und ließ sie wieder fallen. „Wir sind noch nicht durch. Eine Auswertung steht auch noch aus. Aber nach den bisherigen Eindrücken werden wir vermutlich nichts erfahren, was uns weiterhilft."

„Nun ja ..." Die Stimme des Chefermittlers klang flach, als wäre sie im Laufe der vergangenen Minuten von einem heftigen Unwillen abgeschmirgelt worden. „Das oder die Motive? Schiere Mordlust? Die Tat sieht anders aus. Habgier entfällt. Ebenso höchstwahrscheinlich ein sexueller Grund. Eifersucht? Rache? Mir gehen die Eichen aus der Bibel nicht aus dem Kopf. Ich sehe immer wieder Lauras Eiche vor mir und einen Zusammenhang zu ihrem Tod. Den kann und will ich einfach nicht ausschließen. Aber warum erst jetzt nach 15 Jahren?"

„Oder jemand will uns genau das suggerieren", gab Kommissarin Grünberg zu bedenken, „um das eigentliche Motiv zu verschleiern."

„Das glaube ich nicht", murmelte Harprecht. „Wir müssen Kallweits Vergangenheit ohnehin genau ausforschen. Vielleicht stoßen wir dabei auf einen Berührungspunkt."

„Wir sollten uns, denke ich, nicht sofort nur auf eine Richtung einschießen", warf Matthiessen ein. „Aber eine Verbindung zwischen Lauras Tod und dem Mord an Kallweit deutet sich immerhin an, wenn mir auch der große Zeitabstand ebenfalls erheblich zu schaffen macht. Eine Rache wäre hier sehr kalt geschmeckt worden. Aber möglicherweise ist gerade jetzt ein auslösendes Moment aufgetaucht."

„Dieser Laura-Fall scheint sich hier in Düsternbrook zu einem Trauma entwickelt zu haben", scharrte Zietz mit einem Bockshuf.

Matthiessen schaute giftig, Silvia Grünberg verwundert.

„Und ein Trauma gehört endlich geheilt", verlangte Bengt Kuhlmann.

„Gehen wir schlafen", befand Harprecht. „Der Tag morgen wird uns allerhand abverlangen. Und er beginnt um Punkt 8.00 Uhr hier an diesem gastlichen Ort."

„Wer spielt mit mir noch einen Skat?", fragte Hauptmeister Kowalski. Der Tod sollte ausgestochen werden. Man wollte ihn nicht mit ins Bett nehmen. Aber dennoch würden es alle tun. Die Leiche des Küsters würde wahrscheinlich ihre Kissen teilen, vermutlich auch einige Träume. Niemand der Beamten gewöhnte sich an Mord. Manche vermochten ihn nur ein wenig gründlicher für einige Stunden in einer Abseite ihrer Seele zu verstauen. Doch er würde wieder hervorkriechen und fordern, treiben, hetzen.

Harprecht trottete gedankenschwer durch die Sommernacht und hatte Angst. Der leichte Schmerz in seinem linken Fuß erinnerte ihn an einen noch lebenden Günther Kallweit. Er trat mit diesem Fuß besonders kräftig auf. Dann nahm er doch lieber den Nachtbus.

Zu Hause tauchte er nach einem kurzen Gruß in sein Arbeitszimmer. Eleonore stellte ihm schweigend ein „Guinness"-Bier hin und verschwand. Er legte eine CD des Bluessängers Howlin' Wolf auf. „Moanin' At Midnigt". Die Gitarre klang verstimmt. Die Mundharmonika, die „Harp", kreischte misstönend. Der Sänger wand seine Stimme in tiefem Leid. Der Rhythmus pochte dumpfe Herzschläge eines Einsamen. Harprecht verstand alles.

Eleonore focht mit ihrem Schmerz um Günther Kallweit im Wohnzimmer. Sie schaute in den Garten. Der Küster pflanzte gerade in ihrer Erinnerung eine japanische Kirsche. Als er sie am Fenster entdeckte, nickte er ihr ernst zu, wie es seine Art gewesen war. Jeder seiner Handgriffe kannte den nächsten. Das Leben besteht aus Pflicht und Dienst, schien in sein Gesicht geschrieben zu sein, ein akkurat geordnetes Knabengesicht, fand sie, in dem alles zueinander passte, so genau, dass man dieses Gesicht schnell vergaß. Eleonore erinnerte sich und bedauerte jedes Wort, das sie mit diesem Mann nicht gesprochen hatte. Er hätte Worte verdient gehabt, auch solche, die von ihrer Persönlichkeit getränkt waren und sie ihm näher gemacht hätten. Menschen mussten auf Begegnungen aus sein, trauerte sie. Sonst wuchsen die Feindschaften zu leicht.

Die Dunkelheit des Gartens klaffte ihr wie ein Stollen entgegen, der in ihren heimatlichen Bereich gegraben worden war und an dessen anderem Ende der Geist und die Seele Günther Kallweits vielleicht Eingang und einen Weg zu ihr suchten. Sie drehte sich in den Raum und weinte wie das Kind, das zum ersten Mal dem Tod begegnen musste, als die Mutter starb. Die Hilflosigkeit hatte sich seitdem nicht verändert. Sie setzte sich auf den Teppich, zog die Knie an ihr Gesicht und umschlang sie mit den Armen. Von ewig weit her und doch so nah, von einem bekannten, immer fremd gebliebenen Ort in ihrer Erinnerung sang eine klare Stimme „Amazing Grace". Eleonore hörte Schrecken.

Der Kommissar im Arbeitszimmer schrie in die Telefonmuschel. Georg Simons Stimme gellte aus dem Hörer zurück: „Ich war um 17.00 Uhr in der Redaktion. Zeugen habe ich genug. Und Ihre

Belästigungen haben mittlerweile etwas Absurdes, ja, Zwanghaftes an sich." Es klang grell, scharf, von keiner Müdigkeit erschlafft, trotz der späten Stunde.

Guntram Kamen kreischte fast: „Fragen Sie alle meine Kollegen. Ich war im FORUM, von 9.00 Uhr morgens bis etwa 23.00 Uhr. Wir machen nämlich den Titel der nächsten Ausgabe. Was unterstellen Sie mir eigentlich? Wissen Sie das überhaupt? Das ist doch alles ungeheuerlich! Sie sind besessen! Das sind Gestapomethoden! Einen im Morgengrauen aus dem Schlaf zu reißen!" Die Stimme kreischte und kreischte, immer höher, bis sie sich überschlug und brach. Sie schmerzte Harprecht. Er hätte nie ein Nazi sein können. Dazu glaubte er viel zu sehr an Menschen und deren Einzigartigkeit. Von seinem Kopf senkte sich der geistige Schmerz in seinen Magen und wurde körperlich.

Er schaute auf das Foto seines Vaters in dem Bücherbord gegenüber seinem Schreibtisch. Es war an dessen 78. Geburtstag aufgenommen worden. Er lachte verschmitzt in die Kamera. Übermorgen würde der pensionierte Kriminalrat Clemens Harprecht 80 Jahre alt werden. Sie würden ihn besuchen, um jeden Preis, vermutlich am späten Nachmittag. Der Kommissar liebte seinen Vater und verehrte ihn. Vielleicht war die Reihenfolge dieser Gefühle auch umgekehrt. Es handelte sich jedenfalls um tiefe Gefühle. Der alte Herr war geistig immer noch hellwach, ein gutmütiger Spötter, ein Charmeur, dem Leben wie einem überaus treuen Kumpel zugewandt, mit dem es sich Pferde stehlen ließ, auch Rosen aus benachbarten Gärten und Träume, Illusionen aus fernen Gefilden, die neugierig machten und die Jugend feierten, die im Alter immer da war, wenn man sie bei sich duldete.

Durch seinen Vater, war sich Harprecht ziemlich sicher, war er zum Polizisten geworden, durch dessen Vorbild. Der Vater hatte ihn nie dazu gedrängt, nur als Polizist immer so gehandelt, dass es dem Jungen und Heranwachsenden als höchst nachahmenswert erschienen war. Dem alten Harprecht war es nicht vordergründig um Bestrafung gegangen, wohl auch nicht um bloße Gerechtigkeit, eher um das Herstellen eines Schutzraumes für Menschen, in den die sich bergen konnten. Es waren Friedensstiftungen gewesen, empfand es der Kommissar, die kampfeslustige Suche nach Versöhnungen, damit Gut und Böse nicht endgültig zerstörerisch aufeinander krachten und zu viele Gäste einer jeweilig kleinen Welt mit in das Verderben rissen.

Er holte die Kalabasch aus der Schreibtischschublade, die der Vater ihm anlässlich seiner Ernennung zum Kommissar geschenkt hatte. Die einst weiße Pfeife hatte mittlerweile eine satte goldbraune Farbe angenommen. Harprecht füllte den Kopf mit dem kostbaren Tabak, den er nur einmal am Tag rauchte, entzündete ihn und zog den vollen, würzigen Geschmack auf seine Zunge.

Er schrieb die Namen „Kallweit“, „Ellwein“, „Stemmle“ auf einen Block vor sich, fügte „Jansen“ hinzu, zog einen Kreis um die Namen, betrachtete sie lange, durchkreuzte „Kallweit“ so, dass das Kreuz einen senkrechten und einen waagerechten Balken hatte wie auf Friedhöfen und in Kirchen, schrieb „Laura“ über den Kreis, zeichnete eine Blume darum, vielleicht ein Vergissmeinicht, er erkannte es nicht, setzte „Kamen“ daneben, dann ein Herz. In die untere Ecke des Blattes schrieb er flüchtig „Kolberg“. Seine Hand mit dem Bleistift fuhr ein Stück hinauf, zog schroff, eigentlich gar nicht von ihm gewollt, zwei dicke Striche unter den Namen „Jansen“. Seine Gedanken lösten sich übermüdet von seinem Verstand, wurden zu so etwas wie Blasen, die ein beunruhigtes Meer erzeugte, die sehr leicht wieder zerplatzten, also keineswegs langlebig waren, und warfen sich hastig durch die Zeit von 15 Jahren. Irgendwann, es war die linke Hand, mit der er sonst nie schrieb und die nun einfach den Bleistift an sich nahm, bildete diese Hand die Buchstaben des Namens „Franziskus“, merkwürdig altertümlich geformt, nahe an „Jansen“ herangeschoben, an ihn beinahe angelehnt.

Er schlief im Sessel ein und träumte von einer Taube, die, einem Soldaten ähnlich, strammstand, den Schnabel achtungsvoll erhoben, die Flügel an den Leib gepresst, als hätten sie dem Wegschieben der Luft abgeschworen.

Er schreckte hoch. Sein Körper schmerzte. Er sah kurz das Gekritzel vor sich auf dem Block und machte keinen Sinn aus. Es roch unbestimmt nach kaltem Tabakrauch, nach von Blumenduft geschwängerter Sommernacht, die durch das aufgeklappte Fenster kroch, und nach schweißdurchfeuchteter Kleidung. Harprecht streckte sich auf dem Sofa aus. Diesmal nahm ihn ein gütiger Schlaf auf.

Eleonore fand ihn, deckte ihn mit einer flauschigen Decke zu und sah ihn dabei an wie einen Menschen, den sie immer gewollt hatte und bis zum Ende wollen würde. Sie betrachtete lange den beschriebenen und bemalten Block auf dem Schreibtisch, ließ Intuitionen zu, auch Einflüsterungen ihres Zorns und ihrer Trauer, setzte schließlich mit einer sie überraschenden Schnelligkeit ein Pluszeichen zwischen „Jansen" und „Franziskus", strich es dann durch und malte stattdessen ein Gleichheitszeichen, nickte als eine Gläubige. Sie erkannte keine Vernunft noch Beweisbares bei sich. Ihre Sicherheit war anders begründet. Sie wusste nicht, wodurch. Sie wusste. Das Gleichheitszeichen bestand aus sehr geraden Strichen, die genau parallel zueinander lagen. Ihr Mann atmete Züge, die von Ruhe kündeten. Das freute sie. Sie küsste ihn leise auf die Stirn und verließ den Raum auf Zehenspitzen. Die Tür ließ sie offen stehen. Im Wohnzimmer legte sie sich auf den Teppich und machte ihre Gymnastikübungen. Sie war wild dabei.

Am Morgen kroch Harprecht von seinem Schlaflager und ließ sich in den Schreibtischsessel fallen. Dessen sanftes Wiegen behagte ihm. Seine Augen fanden den Schreibblock, suchten hinter den Namen und Bildern her, saugten Erinnerungen auf. Sie fanden auch das Gleichheitszeichen zwischen „Jansen" und „Franziskus" und bestaunten dessen Nachdrücklichkeit und seine Ordnung. Der Ermittler wusste nicht mehr, ob er es gemalt hatte, traute es sich eigentlich nicht zu, dann doch. Danach fand sich ein Schrecken darüber bei ihm ein. Und dann, jäh, urplötzlich, verstand er. Dieses Verstehen glich nahezu dem, was religiöse Menschen mit „höherer Eingebung" umschreiben. Man mochte es auch „Offenbarung" nennen. Doch das war der Nüchternheit des Polizisten ein wenig zu hoch gegriffen.

Aufgeregtheit zuckte durch seine Glieder. Er hastete unter die Dusche, dann zum Schrank mit den Kleidern, füllte seinen mageren, harten Körper in Jeans und einen leichten, hellblauen Pullover, rieb sich ungeduldig geruchloses Gel in sein widerborstiges, graues Haar, verlangte nach dessen Bändigung, rasierte sich nahezu stürmisch um die vielen Gesichtsfalten herum, die er wieder einmal als ehrlich verdient betrachtete, schlich sich zur schlafenden Eleonore, fuhr ihr einmal leise über den bloßen Schenkel, bedauerte seine Eile dabei und stieg dann auf sein Fahrrad. Er würde damit schneller in der „Klause" ankommen als mit dem Audi, schätzte er sich als Autofahrer richtig ein.

Der Morgen hatte sich kaum auf sein Sommersein besonnen. Die Farben waren noch blass. Die Wärme fühlte sich unentschlossen an. Der leichte Wind gab erst nach und nach die nächtliche Kühle ab. Nur wenige Bürger belebten die Straßen. Und die, die es taten, taten es zumeist unwillig und harrten auf Energie. Der gestrige Mord ließ ihre Frische verwelken. Man war nur noch mit Zweifeln auf Frieden gefasst. Die Glocken der verschiedenen Kirchen klangen nach einer Melodie, die man singt, wenn man einsam in dunklen Wäldern ist. Die Häuser duckten sich, als wäre ein Urteil über sie gefällt worden, das nicht gerecht war. Am Himmel hingen zerfaserte, schwarze Wolkenbällchen wie Kugeln eines Geschützes, das eine unbekannte Macht noch versteckt hielt.

In der Gaststube traf Harprecht auf Hauptkommissar Malte Matthiessen, der sich wohlgefällig um einen dampfenden Becher Kaffee und ein üppig belegtes Schinkenbrot, mit Gurken, Tomaten und Petersilie garniert, kümmerte. „Wie ich dich kenne, hast du noch nicht gefrühstückt", mümmelte der und krümelte. „Bestell dir was. Wir haben Zeit. Von den anderen ist noch keiner da."

„Jansen ist Franziskus", rief der Chefermittler.

„Wenn du das sagst, dann wird das wohl so sein", entgegnete ihm der massige Hauptkommissar und kaute ungerührt weiter.

„Was macht er hier?", fragte Harprecht.

„Vielleicht morden", entgegnete der andere gemütlich. „Vielleicht dazu anstiften. Möglicherweise tut er das indirekt. Möglicherweise verlangt es ihn nach der Bestrafung des Mörders von Laura, die er wohl sehr gemocht, vielleicht sogar auf seine Art geliebt hat. Wissen wir´s?“ Matthiessen schob angewidert ein Sellerieblatt vom Schinken. „Vielleicht ist er aber auch nur der Betreiber eines kleinen Geschäftes hier am Ort. Wir werden es herausfinden.“ Er wischte sich Krümel von seinem Hemd und fischte nach einer Zigarre. „Und du willst wirklich nichts essen?“

Der Rest der Truppe trudelte nach und nach ein. Es war noch weit vor 8.00 Uhr.

„Frau Grünberg hat die Sommergrippe erwischt“, meldete Karin Goellner.

„Hoffentlich ist sie bald damit durch“, sagte Harprecht. „Wir brauchen sie hier.“ Dann war ihm sein Desinteresse am Gesundheitszustand der Kollegin peinlich und er jagte, auf Versöhnung mit sich und den anderen aus, die Fragen hinterher: „Ist es schlimm? Hat sie jemanden, der sich um sie kümmert?“

„Am Telefon klang sie so, als ob sie bald in Ordnung käme“, sagte Obermeisterin Goellner.

Ich werde blind für die anderen, tadelte sich Harprecht im Stillen. Ich sehe nur noch Beamte und nicht mehr die Menschen dahinter. Sein unbestechlicher Spiegel in seinem Innern zeigte ihn in voller Uniform, die ihn nahezu unkenntlich machte. Sein Wesen bestand aus drei Schultersternen, aus gebügeltem Dunkelgrün und Hellbraun, gestärkt, versteift, stramm, starr. Er schüttelte sich. Der Mord zeitigte charakterverändernde Folgen. Nicht mit mir, drohte Harprecht sich. Nicht mit mir!

Er versammelte seine Leute um sich: „Suchen Sie alles über Kallweit zusammen. Schulzeit, Lehrzeit, seine Arbeit in der Kirche. Freunde, Elternhaus. Na, Sie wissen schon. Die Mutter ist noch im Krankenhaus. Aber ich habe einen Schlüssel zur Wohnung. Gucken Sie sich dort noch einmal gründlich um. Die vom Erkennungsdienst haben sie freigegeben. Die Kollegen aus dem Revier in der Düppelstraße unterstützen uns bei der Befragung in den Häusern um die Kirche. Teilen Sie die Arbeiten bitte selber unter sich auf! Danke.“

Die Soko-Beamten verabredeten sich. Der Wirt der „Klause" brachte frischen Kaffee, dazu belegte Brötchen. Er blickte ein wenig wie einer, der eine Vertreibung aus der Heimat befürchtete. Und man hatte sich doch alles so gut eingerichtet.

Harprecht und Matthiessen beugten sich über das 15 Jahre alte Phantombild von Franziskus. Dann holten sie die Bilder aus einer grünen Mappe, die einen Franziskus zeigten, wie er vielleicht gegenwärtig aussehen könnte, vom Computer künstlich älter gemacht, mit verschiedenen Frisuren, Bärten versehen, auch glattrasiert oder mit einer Glatze, eine Brille tragend, ohne Augengläser. Die Beamten benutzten Lupen, legten sie wieder fort, machten Schritte von den Bildern weg, musterten sie von ferne, traten wieder an sie heran, kniffen die Augen zusammen, suchten Ähnlichkeiten, trachteten danach, die Abweichungen richtig einzuordnen, vom Phantombild verursacht oder von der Seelenlosigkeit des Computers.

„Entschuldigung", sagte die Stimme des Wirtes hinter ihnen. Die beiden Beamten fuhren herum. Der Mann hielt eine Zeitung in der Hand, eine alte offensichtlich, wie die leicht gelbliche Färbung verriet. „Ich habe vorhin rein zufällig, wirklich rein zufällig, das müssen Sie mir glauben", stammelte der Herr der \`Klause´, „dieses Bild von unserem Franziskus gesehen. Und da ist mir eingefallen, dass es da mal ein Foto von ihm in den *Kieler Nachrichten* gegeben hat, bei einem Umzug des Kieler Karnevalvereins aufgenommen. Er ist darauf gut zu erkennen." Er hielt die Zeitung hoch und deutete aufgeregt auf ein Bild. „Da, sehen Sie!"

Es handelte sich um eine prächtige Ablichtung von Franziskus, in voller Größe und ziemlich scharf. „Und warum sind wir Deppen nicht darauf gekommen?", knurrte Matthiessen.

„Danke", lächelte Harprecht dem Wirt zu. „Das war wirklich sehr aufmerksam von Ihnen. Und es ist uns eine große Hilfe, ganz bestimmt." Der Wirt verbeugte sich und warf dabei einige Schweißtropfen auf das Parkett. Er befürchtete nun etwas weniger eine Vertreibung aus der ehrlich zusammengearbeiteten Heimat. Jedenfalls nicht in nächster Zukunft. Und später kann ohnehin alles zu spät sein. Aber er war kein Defätist und fauchte einen der Kellner an, der vorgab, einem Serviermädchen beim Tragen eines Tabletts zu helfen, aber nur auf eine wie auch immer geartete unsittliche Berührung aus war. Die allerdings stand allein dem Chef zu, fand er, wenn sie denn in der „Klause" geschah.

Die beiden Beamten legten das Zeitungsfoto auf den Tisch zu den anderen Abbildungen. Sie musterten es genau, zogen die Computerbilder direkt daneben, eines nach dem anderen. Sie versuchten objektiv zu sein, verordneten sich strengste Maßregeln. Schließlich ruckte Harprecht den Kopf hoch und murmelte: „Er könnte es sein."

„Oder auch nicht", brummte Matthiessen.

„Die Augen", sagte der Chefermittler. „Es liegt Härte in ihnen, damals wie heute. Augen ändern sich nicht. Jedenfalls nicht ihr Blick."

„Vielleicht willst du das auch nur."

„Nein, Franziskus hat mit Jansen im Aussehen etwas gemeinsam. Es ist möglicherweise nur so ein Gefühl bei mir. Aber das glaube ich nicht."

„Ich spüre auch diese Gemeinsamkeit", gestand Matthiessen. „Aber ich wage dem nicht so recht zu trauen."

Er blickte noch einmal auf die Bilder, beugte sich tief über sie, nahm das Zeitungsfoto hoch, dann ein Computerbild, hielt sie sich beide dicht vor die Augen.

„In Ordnung", sagte er dann. „Machen wir einen Besuch bei Herrn Jansen alias Franziskus. Überrumpeln wir ihn. Mal sehen, was dabei herauskommt."

„Also los!", trichterte Harprecht sich Überzeugung ein. Er blickte aus dem Fenster. Düsternbrook schaute auf ihn zurück wie eine Mutter, die kein Kind mehr verlieren wollte, traurig und trotzig.

Der Laden war voll von lärmenden Kindern, die alle ihre Hände nach den verschiedensten Süßigkeiten ausstreckten. Jansen füllte diese Hände mit großer Geduld, nahm das Geld dafür nur beiläufig an, lächelte undeutlich, lachte manchmal auch, jedoch ungeübt wie einer, der es selten tat, nannte Vornamen und Spitznamen der Kleinen, entließ sie schließlich mit Grüßen, denen er stets etwas Persönliches beifügte wie etwa: „Stefan, aber heute bist du nicht albern, wenn Frau Sievers sich aus Versehen wieder mit der Kreide die Stirn anmalt!"

Als der Laden sich geleert hatte, wandte er sich freundlich an die beiden Beamten: „Wie kann ich den Herren Kommissaren behilflich sein?"

„Hauptkommissare!", blaffte Matthiessen. „So viel Zeit muss sein, Franziskus."

„Was haben Sie damals vor 15 Jahren gesehen, Franziskus?", rumorte Harprecht.

„Sie haben Laura gut gekannt, nicht wahr, Franziskus?", polterte Matthiessen.

„Wo haben Sie sich so lange versteckt gehalten, Franziskus?", dröhnte der Chefermittler.

Jansen hatte nach jeder Frage den Mund aufgemacht und ihn wieder geschlossen, als er nicht zu Wort kam. Sein Gesicht hatte er hurtig, doch nicht hastig, vom einen Sprecher zum anderen hin gedreht.

Nach der letzten Frage hob er beide Hände, trat einen Schritt zurück und sagte gelassen: „Schon gut. Sie haben mich also erkannt, den alten Franziskus." Er legte wie eine Eule den Kopf schief. „Und nun zur Beantwortung Ihrer Fragen. Erstens: Ich habe damals nichts gesehen. Zweitens: Ich habe Laura nicht nur gekannt. Wir waren sogar gute Freunde, wie das bei einem so großen Altersunterschied möglich sein kann. Und drittens: Ich habe mich nicht versteckt gehalten. Nichtsesshafte ziehen nun einmal von Ort zu Ort. Dass uns die guten Bürger nicht wahrnehmen, liegt nicht an uns, sondern an ihnen, beziehungsweise an ihrer sorgfältig versteckten Angst, einmal wie wir enden zu können. Dass dazu nicht viel gehört, wissen Sie, meine Herren, eine Scheidung etwa, Schulden, Arbeitslosigkeit, Alkohol und keine Kontrolle mehr darüber, und hopp, ab geht es in die Gosse."

„Und was war es bei Ihnen?“, schnarrte Matthiessen.

„Von allem etwas, außer Alkohol.“ Jansen lächelte Lasur über seine Wut. Seine Fäuste öffneten und schlossen sich. Er sah die Beamten an, sehr starr, die Pupillen wie Kiesel, mit denen man Schleudern munitioniert, den Körper empor gestreckt, die Halssehnen zeichneten sich deutlich ab, nicht auf Verteidigung bedacht, allein auf Angriff. Er biss die Zähne aufeinander. Die Kinnmuskeln arbeiteten.

Die Maske des biederen Kaufmanns sitzt locker, dachte Harprecht. Er roch sie nahezu, die Drohung, die von diesem Mann ausging. Der zwang sich schnell in die Rolle des devoten Ladenbetreibers zurück. Es geschah mit wenigen Gesten, nur einer kleinen Veränderung dei Mimik. Dic Hände wurden locker auf den Tresen gelegt, der Körper ein wenig nach vorne gebeugt, die Augen halb niedergeschlagen, dass man nicht mehr deutlich in sie hineinsehen konnte, der Mund leicht geöffnet. Er beherrscht sie perfekt, diese schnelle Verwandlung, sorgte sich der Erste Hauptkommissar. Ein Mime von recht hohen Graden.

„Woher haben Sie das Geld für Ihren Laden?“, knurrte Harprecht.

„Einige Herren der Stadt haben mir am Anfang geholfen. Sie haben nichts anderes gewollt, als einen, der auf der Straße lag, wieder auf die Beine zu bringen. Möglicherweise haben sie erkannt, dass ich es wert war.“ Nun wurde er zum Schmierenkomödianten. Und es schien ihn überhaupt nicht zu stören, dass die Beamten es bemerkten.

„Und wer waren diese Herren? Die Namen!“ Matthiessen schob seinen bulligen Kopf an den Jansens heran. Der wich um keinen Millimeter zurück.

„Aber die kennen Sie doch gewiss schon. Habe ich nicht Recht? Zuerst der Herr Rechtsanwalt Stemmle, dann der Herr Pastor Ellwein, schließlich, allerdings nur mit kleineren Summen helfen könnend, der jüngst bedauerlicherweise zu Tode gekommene Herr Küster Kallweit. Alles wahre Mitmenschen, die es mit dem christlichen Auftrag ernst nehmen. Gelebter Glaube sozusagen.

Ich habe ihnen viel zu verdanken." Er sonderte jetzt unverhohlen unverdünnten Hohn ab.

„Wo waren Sie, als Kallweit starb?" Harprecht, angewidert, jedoch auch seltsam fasziniert. Er ahnte einen starken Gegner.

„Wann denn genau starb Herr Kallweit? Ich bin sehr in diesen Laden eingebunden. Die Außenwelt hält sich recht fern von mir."

Jansen streifte sich nun jede Larve ab. Er offerierte Verachtung und Wut. Die wie Kiesel wirkenden Pupillen seiner Augen schienen aus ihren Höhlen schnellen zu wollen, um die Beamten an ihren empfindlichsten Stellen zu treffen, an denen ihres Nichtwissens.

„Um 17.00 Uhr herum", spuckte es Matthiessen verdrossen zu dem Mann hin, der sich selbst inszenierte, wie es ihm gerade gefiel.

„Um diese Zeit habe ich mich in meinem Laden aufgehalten. Einige Rentner waren bei mir, um mit mir ein wenig zu plaudern. Das tun sie übrigens nahezu an jedem Spätnachmittag. Selbstverständlich kann ich Ihnen deren Namen aufschreiben. Aber Sie wollen mich doch wohl nicht ernsthaft eines Mordes verdächtigen, zumal an einem Mitmenschen, der nur Gutes an mir getan hat?"

„Die nächtlichen Zusammenkünfte mit Stemmle, Ellwein und Kallweit", brandete Harprechts Stimme. „Wir wissen davon. Kerzenlicht auf Ihrem Dachboden. Angeblich Gespräche über Hexenkult und schwarze Magie, auch über Satanismus. Reichlich merkwürdig. Finden Sie nicht?"

Jansen zögerte keinen Augenblick mit seiner Antwort. Er kleidete sie in bunte Munterkeit, in ein Harlekinsgewand. „Eine Marotte von vier Männern, die dann und wann ein wenig Abstand von der Alltäglichkeit benötigen, kleine kribbelnde Geheimnisse, etwas Spannung, um den Puls höher schlagen zu lassen ..."

„Sie faseln!", raunzte Matthiessen.

Jansen lehnte sich an die Borde hinter ihm, verschränkte die Arme, zuckte einmal, zweimal leicht mit den Schultern, als läge nichts sonderlich Gewichtiges in der Luft, und grinste.

„Also gut. Keine Beschäftigung mit Satanismus, Hexenkult und solchem Zeug. Wir sind alle unverheiratet.“ Die letzte Feststellung ähnlich einer Beichte, abgelegt, um sich an Sünden zu berauschen.

„Sie sind schwul?“, fragte Harprecht. Er glaubte seiner Frage nicht.

„Nein, nicht homosexuell. Nicht so direkt. Eher ein wenig bisexuell angelegt, möchte ich es nennen. Aber das ist doch völlig unwichtig. Mir ist das eingeschlechtliche oder zweigeschlechtliche Zusammendrängen mittlerweile total gleichgültig.“ Jansen hob die Hände, spielte mit ihnen in der Luft herum, als wären sie Puppen. „Ich habe die drei gezeichnet. Sie wissen es sicherlich, dass ich darin nicht ganz unbegabt bin. Und meine drei Modelle, sie waren, nun ja, dabei unbekleidet und haben ein wenig Lust aneinander erzeugt, wenn Sie verstehen. Nichts sonderlich Anstößiges. Die Herren haben nur die Hände mit großer Behutsamkeit benutzt. Es waren eigentlich überhaupt keine richtigen sexuellen Handlungen, sondern bloß klitzekleine Annäherungsversuche, der menschlichen Wärme wegen, die fast jeder von uns braucht. Zuerst und vor allem ging es bei den Begegnungen um die Kunst.“

„Zeigen Sie uns die Bilder!“, verlangte Harprecht. Er erblickte sich in seinem inneren unbestechlichen Spiegel als jemand, der über sein Staunen staunte, aber dieses Staunen nicht als solches zu begreifen vermochte, eher als einen Irrtum, der verblüffte. Der Spiegel schien urplötzlich aus dem Kabinett eines Jahrmarktes zu stammen, der immer sehr schnell weiterzog.

„Aber meine Herren Hauptkommissare! Es handelt sich um angesehene Männer dieser Stadt. Da versteht es sich doch wohl von selbst, dass jedes Bild nach seiner Fertigstellung und nach einer gewissen Zeit der Betrachtung, die manchmal, zugegebenermaßen, sehr lange dauern konnte, verbrannt wurde, und zwar noch in Anwesenheit der Herren. Ich benutzte dazu einen Kessel aus meiner Küche und ließ bei der Verbrennung allergrößte Vorsicht walten. Und ich bitte Sie inständig, über all diese Geschehnisse, wenn es denn irgend möglich ist, Stillschweigen zu bewahren. Lassen Sie doch die Gnade walten, dass ansonsten völlig unschuldige Menschen sich ihr Ansehen und ihre Würde in dieser Stadt erhalten können."

„Sie reden reichlich geschwollen daher!", belferte Matthiessen.

„Das mag daran liegen, dass ich die Literatur des 19. Jahrhunderts bevorzuge, vornehmlich die Österreicher, Stifter vor allem, auch Grillparzer. Ich durfte einige Jahre in Wien verbringen." Jansen lächelte das Gesicht eines Weißclowns.

„Schreiben Sie uns die Namen der Rentner auf", hatte es Harprecht satt.

„Ich kenne allerdings nur die Vornamen. Wir gehen hier sehr vertraut miteinander um. Und mit den jeweiligen Anschriften kann ich auch nicht dienen. Mein Interesse an Menschen hält sich nämlich ziemlich in Grenzen." Jansen sagte das nun wie ein Heiliger, der des Heilseins völlig überdrüssig und auf alle möglichen Abwege aus war, je lästerlicher, desto besser. Und irgendeine Lust sollte passieren. Er hielt seine Hände in Höhe der Genitalien gefaltet. Sein Lächeln war eines mit einem zubeißenden Mund.

Jansen schloss das Geschäft ab. Dann stieg er die Treppe empor, setzte sich im Wohnzimmer in einen breiten Sessel und hielt Hof mit sich. Er war Kaiser und Narr zugleich, beides gleichermaßen vollkommen, empfand er, ein Imperator, Caligula, der die unbestrittene Macht besaß, ein Pferd zum Senator zu machen. Nero, der Rom brennen ließ, um eine neue Stadt nach seinen Phantasien zu erschaffen. Keiner konnte dem etwas entgegensetzen. Macht war eine Droge, aus Menschen zusammengemischt, deren Schwächen man genau kannte und sie sich zunutze machte. Und sie alle waren irgendwo schwach, auch die beiden Polizisten von eben. Jansen blickte Franziskus an und dachte an ein kleines Mädchen. Dann packte ihn der Zorn der Kaiser. Und er schrie die Namen. Seine Stimme schleuderte sie an die Wand. Er wollte Vernichtung. Und jemand pfuschte in sein imperatoriales Handwerk. Verflucht sollte derjenige sein! Für alle Zeit und die Ewigkeit dazu verflucht! Er stieß seinen Thronsessel um und ging zum Telefon. „Du kommst!", brüllte er in die Muschel.

Dann wählte er eine weitere Nummer. „Du kommst!“, brüllte er noch ein zweites Mal. Dann schaute er auf die Straße unter sich. Und ein blutbesudeltes Bündel lag dort.

„Meine Laura!“, weinte er.

Nach Minuten wie eine Seelenmesse schlug er seinen Baudelaire-Band auf und las es dem Licht und dem Schatten vor, vor allem dem Schatten: „Gern lass ich eine Welt, wo folgerecht / Die Taten nicht als Traumgeschwister kommen. / Ich will das Schwert, um darin umzukommen! / Petrus verriet den Herrn ... nun, er tat recht!“

Harprecht stocherte missmutig in einem Salat herum. In seinem Magen, mutmaßte er, brannte ein kleiner Scheiterhaufen, auf dem irgendwelche Illusionen über die Logik im menschlichen Denken und Handeln verglühten.

Im Saal der „Klause“ roch es nach gebratenem Fleisch und überhitzten Polizisten.

„Ich habe der Kollegin Grünberg die bisherigen Ermittlungsergebnisse zugefaxt. Sie hat darum gebeten“, nuschelte Karin Goellner um ein Stück Rindsroulade in ihrem Mund herum und schämte sich wegen ihres Heißhungers.

„Da wird ja eine halbe Seite oder weniger ausgereicht haben“, feixte Zietz.

„Solche Bemerkungen sind nicht gerade hilfreich“, tadelte Harprecht. „So einiges haben wir doch schon. Zwei Verdächtige, Jansen und Kamen. Beide Alibis halten nicht. Das FORUM, wissen wir, ist unübersichtlich in seiner Geschäftigkeit. Kamen ist Dokumentarist und arbeitet in einem Großraumbüro. Und Jansen behauptet, Zeugen zu haben, die ihn entlasten, kann sie aber nicht benennen ...“

„Der Vater?“, fragte Bodo Waldberg.

„Georg Simon hat als Redakteur ein eigenes Zimmer und eine Sekretärin. Die hat uns bestätigt, dass er zur fraglichen Zeit da war. Als mögliches Motiv können wir Rache annehmen, wenn wir davon ausgehen, dass Kallweit Lauras Mörder war. Ich finde, das hört sich doch nicht allzu mager an.“

Harprecht kaute auf einer Tomatenscheibe herum und blickte auf das Geweih eines Zwölfenders an der Wand. „Franziskus gleicht einem Platzhirsch“, mäkelte er, „der sein Revier genauestens kennt. Und er besitzt eine feine Nase für alle möglichen Gefahren. Vielleicht ist er auch ein weißer Hirsch, der allen Waidmännern einen höllischen Schrecken einjagt.“

„Das soll also wohl bedeuten“, ließ sich Kowalski vernehmen, „dass Sie nichts über Jansen herausgefunden haben, mit dem wir ihn einkreisen können.“

„Homoerotik, Bisexualität, aber noch nicht entschieden“, stolperte Matthiessens Zunge über ein Holzstäbchen in seinem Mund, das er vergessen hatte, aus dem Rouladenfleischstück zu ziehen.

„Was?“, wunderte sich Kuhlmann und fingerte nach seinen Zigaretten, besann sich dann aber auf seine gute Erziehung und ließ sie stecken.

„Ach nichts“, kam Matthiessens Stimme samt dem Holzstäbchen aus seinem Munde. „Die Treffen hat er als eine Art Schwulenbegegnung charakterisiert, aber mit hochkünstlerischen Ansprüchen. Alles Mumpitz.“

„Was ist mit Stemmle, Ellwein und Kallweit?“, fragte Harprecht.

„Sie waren in der Schulzeit auf der Hebbelschule so etwas wie die Drei Musketiere, einer für alle und so ein Quatsch“, berichtete Kuhlmann. „Hingen ständig aneinander. Der Kolberg diente ihnen als Laufbursche und Prügelknabe. Unsere Musketiere waren die Stars der Schule, frech, intelligent, bestens ausgeklügelte Streiche, zu klug, um jemals ernsthaft anzuecken, von allen Mitschülern zutiefst bewundert. Dann kam die kleine Laura an die Schule, offenbar eine Art Schneewittchen oder so, aber mit ständig mehr als sieben Zwergen um sich herum. Sie wollte wohl überhaupt keinen Rummel. Aber der Rummel war einfach da, wenn sie nur auftrat. Und dann ihre Musikalität, ihr Gesang. Das Gospelkonzert mit ihrem `Amazing Grace´ muss einfach umwerfend gewesen sein. Jedenfalls, nach Lauras Erscheinen sank der Stern unserer Musketiere zusehends. Und noch mehr: Die Musketiere stellten sich wohl, wie viele andere auch, in den Dienst Lauras. Da war ein Kind, das einen Hofstaat um sich versammelte, ohne jemals dieses ganze Pipapo anzustreben. Sie zeigte nur ernsthaftes Interesse an einem einzigen Menschen, an Guntram Kamen, unserem jetzigen FORUM-Mitarbeiter. Und dieses Interesse muss ziemlich heftig gewesen sein, von beiden Seiten. Aber wir kamen da einfach nicht weiter. Die beiden müssen Meister in der Kunst der Tarnung gewesen sein. Nur Gerüchte. Die aber zuhauf. Stemmle, Ellwein und Kallweit haben die Kleine auch gewaltig angebaggert. Aber ohne Erfolg. Das tat jedoch ihrer Verehrung für Laura, oder wie man das sonst nennen soll, überhaupt keinen Abbruch. Das Mädchen wurde anscheinend fast als eine Heilige in der Schule behandelt, so merkwürdig das klingen mag, auch von den Lehrern. Und dann starb sie. Und unsere Musketiere, inzwischen Abiturienten, wurden schlagartig zahm. Keine Witze, keine Streiche mehr. Sie versanken schlicht und ergreifend in einer stillen Mittelmäßigkeit und hatten sich offenbar völlig der Ordnung und dem Anstand verschrieben. Keine Weibergeschichten, nichts. Gemeinsamer Studienbeginn in Hamburg. Am Wochenende immer brav bei Papa und Mama zu Hause. Eine solche Unauffälligkeit ist schon auffällig."

„Und das fing mit Lauras Tod an?", fragte Harprecht nach.

„Ziemlich genau dann. Unsere drei Lebemänner wurden zu Langweilern."

„Merkwürdig", sinnierte Kowalski.

„Seltsam", kommentierte Waldberg.

„Das kann kein Zufall sein", randalierte Zietz.

„Das ist kein Zufall", setzte Harprecht fest.

„Die Wohnung Kallweits", meldete sich Karin Goellner. „So proper sieht es bei mir nie aus. Und ich bilde mir ein, ordentlich zu sein. Die Hemden in den Schränken nach Farben geordnet, von Hell zu Dunkel. Die Anzüge, übrigens nur zwei und beide schwarz, in Plastikfolien aufgehängt. Nur Grünpflanzen, keine Blumen, die Pflanzen bestens gepflegt. Ein Kruzifix an der Wand.

Sonst überhaupt kein Schmuck, kein Bild, kein Schnickschnack. Verhältnismäßig viele Bücher, meistens religiösen oder philosophischen Inhalts. Kein Wunder. Er hat ja angefangen, Philosophie zu studieren. Keine Briefe. Nur amtlicher Schriftverkehr. Als Musik allein die Kirchenkomponisten, Bach, Buxtehude, Telemann und so, allein Barock, keine Moderne. Sparsame Möblierung. Nur das Notwendigste. Das aber von ausgezeichneter Qualität. Ich nehme einmal an, die Sachen hat sich alle Kallweit selbst getischlert. Er besaß immerhin einen Gesellenbrief. Und der Mann war begabt. Das Einzige, was ihn mir menschlich ein wenig wärmer gemacht hat, war eine Getränkequittung vom `Kit-Kat´. Dabei handelt es sich um ein besseres Bordell in Hamburg, haben mir die Kollegen von der Sitte dort erzählt. Die Quittung lag in einem Spinoza-Buch und wirkte wie ein Lesezeichen, der Länge nach gefaltet, die unbedruckte Seite nach außen. Sehr unauffällig. Datum: Neun Tage vor seinem Tod."

„So viel zu der Homosexualität von Kallweit", grummelte Matthiessen.

„Er könnte doch bisexuell sein. Ihr Franziskus hat ja so etwas angedeutet", lächelte Zietz.

„Dazu habe ich keine Erkenntnisse", sagte die Obermeisterin. „Die Wohnung ist mir weder markant männlich vorgekommen noch irgendwie homoerotisch. Allein sachlich und zweckgebunden, neutral, würde ich sagen."

„Weiß irgendjemand etwas, was Kallweit und Jansen verbindet, außer diesen ominösen Treffen?", fragte Harprecht.

Die Runde schwieg. Unbeantwortete Fragen drohten einmal wieder vorlaut zu werden. Darum vertagte man sich lieber.

Kiel erging sich in der Hitze des Sommers, bedächtig und bedacht darauf, unauffällig zu wirken, nahezu naiv, damit das Böse nicht aufmerkte.

KAPITEL 8

Am Nachmittag des nächsten Tages fuhren Eleonore und Harprecht nach Hamburg, um den 80. Geburtstags des Schwiegervaters und Vaters gebührend zu feiern. Sie hatten einen Kasten guten Portweins als Geschenk bei sich, dazu eine erlesene Tabakmischung, die Matthiessen bei seinem letzten Besuch in der Hansestadt hatte besorgen müssen. Der Himmel über ihnen hatte ein Blau angelegt, das unecht wie die Modefarbe eines Mailänder Couturiers wirkte und der Kaufmannstadt an der Elbe nicht so recht zu Gesicht stehen wollte. Die Wärme drängte sich durch die Autofenster und schmierte an Eleonores Make up herum.

Sie fanden einen Parkplatz in der Nähe des Südrings. Und da sie noch etwas Zeit hatten, bevor das Fest im Altersheim des Jubilars anbrechen sollte, spazierten sie Hand in Hand durch den Stadtpark. Harprecht schaute unauffällig, wie er meinte, nach den jungen Damen, die sich in den engen, straffen Anzügen ihrer Häute rund um den Stadtparksee sonnten. Eleonore sagte ihm äußerst gönnerhaft: „Du darfst ruhig gucken", machte ihn sogar noch auf eine Blondine aufmerksam, die auf dem Rasen einen Mambo tanzte. Die Musik dazu erzeugten einige jugendliche Gitarristen und ein Bongo-Spieler. Dann erhob sich ein äußerst ansehnlicher Mann, dessen primäre Geschlechtsmerkmale nahezu strotzten, aus dem Gras, um seine sich über auffällige Muskeln spannende Haut mit Sonnenöl einzureiben. Und Eleonore jauchzte ein begeistertes „Wow!", woraufhin Harprecht nicht mehr guckte. Das heißt, er guckte schon, aber nur zu seiner Frau und auf den Weg, manchmal auch zu einem besonders hübsch angelegten Blumenbeet.

Der pensionierte Polizeirat, in einen leichten, cremefarbenen Einreiher gehüllt, begrüßte seine Schwiegertochter mit einem dezent gerufenen: „Einfach wundervoll, wie du wieder ausschaust!" und schloss sie in die Arme. Auch seinem Sohn ließ er die gleiche Zärtlichkeit angedeihen, allerdings ohne einen voraufgehenden bewundernden Ausruf. Der alte Herr hielt sich ausnehmend gerade. Die Jahre hatten ihn etwas zusammengedrückt, so dass er um wenige Zentimeter kleiner wirkte als sein 24 Jahre jüngerer Sprössling. Den hatte er seit dessen 13. Lebensjahr alleine aufziehen müssen, weil die Frau und Mutter bei einem Sturz von einer Treppe in ihrem Haus getötet worden war. Der stolze Blick, den er über seinen Sohn streifen ließ, bezeugte, dass er mit dem Ergebnis seiner pädagogischen Arbeit durchaus zufrieden war.

Er hatte sich nie wieder in eine eheähnliche Beziehung mit einer Frau begeben. Er hatte es einfach nicht gekonnt Und die späteren weiblichen Bekanntschaften, bei denen es durchaus intim zugegangen war, hatte er stets mit einer solchen Diskretion gepflegt, dass sein Filius sie nur nebenbei wahrgenommen und niemals Eifersucht empfunden hatte. Der alte Harprecht war stets ein „Homme des femmes“ gewesen, doch unbedingt einer mit „Grandesse“. Sein Geist erreichte immer noch beachtliche Höhen, wie ein Falke im Flug und auf der Jagd. Nur war dieser Geist nicht auf Mäuse oder anderes Kleingetier aus, sondern an diesem Nachmittag auch und besonders auf die kriminalistischen Neuigkeiten, die er in seinem Sohn ruhend vermutete und sie in den nächsten Stunden an das Tageslicht zu ziehen gedachte.

Sie nahmen an einem geschmackvoll gedeckten Tisch im Freien Platz. Eine gewaltige Linde fächerte schattenspendend ihr breites Laubdach über sie aus. Das Altersheim hinter ihnen erhob sich weiß und hochherrschaftlich. Das Personal trat gemessen auf. Man hätte sich gut an ihm Lakaienuniformen, weiße Rüschenschürzen und Häubchen vorstellen können.

Den Harprechts war sehr daran gelegen, dass der alte Herr in aller Würde seine letzten, hoffentlich noch recht zahlreichen Jahre verbringen konnte. Und so hatten sie äußerst diskret das Vermögen aus dem Verkauf der Antiquitätengeschäfte, die Eleonores Erzeuger in üppig blühende Unternehmen verwandelt hatte, auch in das Wohlergehen des Kriminalrats a.D. investiert.

Nach zwei vertilgten Stücken Käsesahnetorte und vier Tassen Kaffee, die der Jubilar sich vorzüglich schmecken ließ, wobei er großzügig die besorgten Blicke der ebenfalls an der Tafel sitzenden Heimleiterin, hier „Direktorin“ genannt, übersah, lehnte er sich genüsslich zurück, blinzelte vergnügt in das Laubdach über sich, nahm den Spannungszustand seines Magens unter der Weste nicht zur Kenntnis – er würde sie sich keinesfalls in Gegenwart von Damen aufknöpfen –, wandte sich an seinen Sohn und fragte aufgeräumt: „Nun, was liegt denn an, ich meine, in deiner Arbeit als Leiter einer Sonderkommission? Du brauchst in deinen Schilderungen durchaus kein Blatt vor den Mund zu nehmen. Die gnädige Frau Bartels" – er verbeugte sich leicht in Richtung der Heimvorsteherin – „ist allerlei, wenn nicht sogar alles von mir gewöhnt, wenn ich vor ihr in meinen kriminalistischen Erinnerungen schwelge. Und unsere Eleonore, das weiß ich, wird dir das ebenfalls nicht verübeln, nimmt sie doch, wenn auch mit dem gebotenen Widerwillen, an den abgründigen Taten deiner Klienten durchaus interessiert und engagiert Anteil, wie es nun einmal eine gute Ehefrau tut, die das Leben ihres Mannes in allen Belangen kennen möchte." Er zwinkerte seiner Schwiegertochter zu. Die zwinkerte zurück.

Die gnädige Frau Bartels erhob sich gemessen von ihren Stuhl und bat darum, sich zurückziehen zu dürfen. „Andere Pflichten. Sie verstehen. Und Ihnen allen noch einen angenehmen Nachmittag." Ihrer Bitte wurde entsprochen, ein leichtes höfliches Bedauern eingeflochten, der Wunsch dankend entgegengenommen.

Harprecht legte den anstehenden Fall in genau gesetzten Worten und breit ausgeführt seinen Zuhörern vor. Er tat es nicht allein deswegen, um seinem Vater eine Freude zu machen, sondern vor allem in der Hoffnung auf Hilfe. Er wusste von dem Scharfsinn seines Erzeugers, von dessen analytischem Verstand und seiner unbestechlichen Wertung aller Fakten – 80 Jahre hin oder her.

Der Polizeirat sog, als der Sohn geendet hatte, tief versunken an seiner Pfeife, die wundervoll ebenmäßig gemasert war, blies Rauchringe in den Sommernachmittag, schaute ihnen nach, hob dann seine linke Hand, reckte den Daumen empor und sagte:

„Erstens: Jansen, von euch als der einstige Nichtsesshafte Franziskus identifiziert, hat vor 15 Jahren etwas im Zusammenhang mit der Tötung Lauras gesehen. Er hat aus Panik oder aus der verständlichen Angst heraus, niemand würde ihm, dem Obdachlosen, glauben, die Flucht ergriffen. Er wollte schlicht in nichts hineingezogen werden. Verständlich, wenn man bedenkt, wie einige unserer Ordnungsorgane mit Menschen, die auf der Straße leben müssen, umspringen.

Zweitens:" Der Zeigefinger des Rates richtete sich auf. „Jansen hatte eine enge Beziehung zu Laura, empfand Freundschaft, Liebe, spürte so etwas wie Vatergefühle dem Kind gegenüber, das ihm als vom leiblichen Vater vernachlässigt erschien, zumeist einer Kinderpflegerin anvertraut. Dazu gesellte sich Dankbarkeit, weil Laura ihn mit dem versorgte, was ihn besonders machte, unter anderem auch mit Malutensilien. Und das Kind sprach mit ihm als mit einem Menschen, der Worte und Vertrauen verdient.

Drittens:" Der Mittelfinger streckte sich. „Und nun wird es ein wenig spekulativ. Was hat Jansen gesehen? Und wen? Einen Mord und Kallweit als Mörder, stelle ich einmal als Hypothese auf. Möglicherweise ist es mehr als das. Sind Stemmle und Ellwein auch irgendwie darin verwickelt? Die Zusammenkünfte auf dem Dachboden sprechen dafür. Kolberg? Noch ein Beteiligter, der dem Druck nicht mehr gewachsen ist und Selbstmord begeht, vom Mobbing der Kollegen noch zusätzlich in diese Richtung getrieben?

Viertens:" Der Ringfinger stieg. „Jansen kehrt zurück. Den Grund dafür wissen wir nicht, noch nicht. Er will wieder in eine bürgerliche Existenz, benutzt dazu Kallweit, Stemmle und Ellwein. Er hat ein Erpressungsmittel und setzt es ein, sein Wissen um das, was die Männer vor 15 Jahren angerichtet haben. Er zitiert sie auf seinen Dachboden, um den Druck auf sie frischzuhalten und die Schrauben immer wieder fest nachzuziehen. Dann entgleist Jansen aus irgendeinem Grund und tötet Kallweit. Vielleicht eine jähe Gefühlsexplosion, möglicherweise durch unbedachte Worte und Handlungen des Küsters ausgelöst. Er hinterlässt ein Zeichen, das auf den Tod Lauras zurückweist, die aufgeschlagene Bibel, in der etwas von Eichen zu lesen ist. Das Mädchen starb unter einer Eiche. Das Motiv der Rache taucht auf.

Diese Hinrichtung – so darf ich die Tötung wohl charakterisieren –, diese Hinrichtung Kallweits, dem von uns angenommen Mörder Lauras, setzt Allmachtsgefühle in dem ehemaligen Obdachlosen frei. Er verhöhnt die Polizei. Er kommt sich unverwundbar vor, klüger als alle anderen. Er genießt sein Omnipotenz-Spiel. Noch nie zuvor war er so mächtig gewesen. Das gibt uns eine Chance. Denn das Gefühl von Allmacht ist immer ein Wahn. Und ein Wahn, weil eine Einbildung, trennt von der Realität. Da tun sich Lücken für die Polizei auf, in die sie stoßen kann.

Fünftens:" Der kleine Finger zuckte. „Stemmle und Ellwein befinden sich in Gefahr. Passt auf sie auf, Carsten!"

Der Polizeirat legte seine erloschene Pfeife in einen Aschenbecher und schaute seinen Sohn an. „Und? Wie weit stimmst du mit mir überein?"

„In allem, fürchte ich, Vater, in allem", seufzte Harprecht. „Das, was du gesagt hast, habe ich irgendwie auch schon gedacht. Danke für die hilfreiche Zusammenfassung. Aber uns bleiben noch eine Menge Fragezeichen."

„Stehen sie hinter etwas Wesentlichem, hinter etwas, was den Mord ausschließlich aufklären kann?"

„Ich weiß es nicht so genau." Der Hauptkommissar klopfte mit seiner Kuchengabel gegen den Teller. Die Ping-Geräusche klangen wie in einem U-Boot-Film, wenn die Feinde in der Nähe lauern und die Sonargeräte arbeiten. Eine aufdringliche Möwe sammelte Kuchenkrümel ein. Spatzen tschilpten ihretwegen böse.

„Guntram Kamen", sagte der Kommissar.

„Kamen, ja, Kamen", besann sich der Polizeirat. „Ein höchst merkwürdiger junger Mann. Ein Sucher. Als einen solchen würde ich ihn erst einmal bezeichnen. Ein Sucher nach Liebe und Geborgenheit, die ihm in seiner Kindheit vorenthalten worden sind. Laura hat ihm wohl beides gegeben. Er war überaus dankbar dafür. Und er zehrt noch heute von dieser Liebe und Geborgenheit. Er benötigt diesen Vorrat unversehrt. Er würde ihn mit allen Mitteln bewahren wollen. Darin liegt sein vordringliches Interesse und in der Pflege der Ikone Laura. Wie passt ein mörderischer

Racheakt dazu? Befleckt er die Ikone? Verträgt er sich mit der Bewahrung des Vorrats an Liebe und Geborgenheit? Was meinst du, Carsten?"

„Bei der Charakterisierung von Kamen gehe ich mit dir konform. Aber mir, und dir auch, ist bewusst, wie schnell Charaktere sich wandeln und brechen können." Er zögerte lange. „Wenn ich mir Kamen vorstelle, sehe ich auch zunächst keinen Mörder. Und wer könnte ihm den Namen des Küsters zugespielt haben? Jansen? Nein, das wäre für den eine Figur zu viel. Er braucht sie nicht."

Harprecht schlug sich mit beiden Fäusten leicht gegen die Stirn. „Ich weiß nicht. Die Logik ist wohl nicht immer die erste Waffe im Kampf gegen einen Mörder – das ist dir sicherlich schon lange klar, und ich kapiere es auch so langsam –, manchmal auch nicht die beste. Der alte Kaminski hat oft von `Bauch-Fahndung´ gesprochen, im Gegensatz zur `Kopf-Fahndung´, und erstere keineswegs belächelt."

„Lassen wir es gut sein", besänftigte der Rat. „Das alles muss erst einmal richtig lüften." Er stand auf, um etwas im Haus zu regeln, wie er sagte. Die beiden Harprechts sahen ihm beinahe gerührt nach, wie er sich um die Leichtigkeit seiner Schritte bemühte. Eleonore legte ihre Hand auf die des Ehemannes, streichelte sie und lächelte es dann in sein konzentriertes Gesicht. „Denk an die Blondine von vorhin. Dein toller Vater wäre sicherlich bei ihrem Anblick stehen geblieben und hätte genossen und sich nicht so leicht von mir ins Bockshorn jagen lassen wie du." Sie zog an seiner Krawatte. „Hallo, Carsten, das Leben hat Vorfahrt vor allen deinen Toden."

Er grinste. „Fandest du den Kerl am See wirklich so toll?"

„Ja", sagte sie und stupste ihre Nase gegen die seine.

„Ich werde mit euch nach Kiel kommen", gab der Polizeirat munter nach seiner Rückkehr bekannt. „Eine Absenz meinerseits von diesem Haus wäre zur Zeit vielleicht ganz gut. Mein Klavierabend gestern war zwar vorzüglich besucht. Doch Schwester Angela hat heute Morgen so etwas davon angedeutet, dass sie danach mehr Magentabletten ausgeben musste als sonst. Vielleicht habe ich den Schumann doch etwas zu aufwühlend angelegt. Nun also, die Leutchen hier werden erst einmal ihre Mägen beruhigen können." Der alte Herr schmunzelte. „Vielleicht werde ich in Kiel undercover arbeiten und mich bei dem Herrn Jansen unter die Rentner mischen. Wie überhaupt wollen die ihrem Franziskus ein Alibi geben, selbst wenn ihr deren Namen wüsstet. Frage mich einmal, was es gestern zu Mittag gab. Ich weiß es schlechterdings nicht mehr. Dabei nimmt das Mittagessen in einem Altersheim eine herausragende Stellung ein. Doch wenn ich dir erzählen sollte, was ich mit deiner Mutter vor 50 Jahren getrieben habe, da würden mir alle Details einfallen, die ich allerdings nicht nennen dürfte, um unsere Eleonore hier nicht zu einem schamhaften Erröten zu bringen."

Der Polizeirat summte eine kleine Melodie aus „Don Giovanni" und hauchte seiner Schwiegertochter auf der Fläche seiner rechten Hand einen Kuss zu.

„Du zauberhafter Zausel", sagte die. „Wie geht es eigentlich deiner verwitweten Bankiersgattin Ortrud, dieser knackigen Frucht, gereift in den hängenden Gärten der Semiramis, um dich zu zitieren."

„Oh, oh", trällerte der Jubilar und begab sich zum Packen seines Koffers.

Am Abend besuchte Harprecht die erkrankte Kollegin Silvia Grünberg in Strande. Als sie ihm die Tür zu ihrem Appartement öffnete, schaute sie überrascht. Sie trug einen rosafarbenen Jogginganzug mit einem riesigen, seltsamen Tierkopf auf der Brust, der lachte oder fressen wollte, was vom Hauptkommissar nicht genau auszumachen war. Nach einem kurzen Blick zurück auf ihre Wohnstatt, um sich möglicherweise von deren Ordnung zu überzeugen, bat sie ihren Chef herein.

„Mir geht es schon erheblich besser", behauptete sie sofort hastig und fegte eine blonde Haarsträhne fahrig in ihre Frisur zurück.

„Wie schön!", erwiderte Harprecht und schaute sich gemächlich in dem geräumigen Wohnzimmer um, helle Holzmöbel, ein Rattanschaukelstuhl mit einem hellblauen Kissen darauf, ein Bücherregal quer in den Raum gestellt, gut gefüllt, ein gelbes Sofa an der Wand, darüber einige von Kindern gemalte Bilder, mit deren Namen krakelig signiert. Manche Buchstaben waren verkehrt herum gesetzt.

„Noch aus meiner Kinderpflegerinnenzeit", kommentierte die Beamtin.

„Die Bilder passen zu Ihnen", sagte der Hauptkommissar. „Nicht, dass Sie irgendwie an ein Kind erinnern. Es ist die Bestimmtheit dieser Bilder. Jedes wirkt eindeutig. Und wie wurde aus der Kinderpflegerin eine Polizistin?", fragte er.

„Vielleicht um die Kinder und ihre Zukunft besser zu schützen", erwiderte Silvia Grünberg.

„Eine gute Antwort", lobte Harprecht, „nur sind wir leider oft so unbeholfen und erfolglos dabei."

„Ich mache uns einen Kaffee", erbot sich die Beamtin und verschwand in der Küche.

„Die Blumen, die ich Ihnen mitgebracht habe", rief ihr der Ermittler nach, „sind eigentlich die Geburtstagsblumen meines Vaters. Er wird heute 80. Ich habe keine mehr auftreiben können. Und er macht sich ohnehin nicht viel aus Blumen."

„Ich mag Ihren Vater", rief Silvia Grünberg von nebenan durch die offene Tür, „auch wenn ich ihn nur einmal vor zwei Monaten bei Ihrem Dienstjubiläum gesehen habe."

„Jeder mag ihn", antwortete Harprecht. „Das macht den Umgang mit ihm so fatal. Man kann ihm kaum etwas abschlagen oder ihm böse sein. Seine Mitbewohner im Altenheim besuchen in Scharen seine Klavierabende, obwohl er einfach fürchterlich spielt, nur weil sie ihn halt so mögen. Sie nehmen dafür sogar Magenschmerzen in Kauf, weil seine falschen Töne einem ziemlich zusetzen können. Ich glaube, selbst die von ihm festgenommenen Täter haben ihn letztlich gemocht und sich möglicherweise bei ihm für die Mühen entschuldigt, die sie ihm bei der Fahndung nach ihnen bereitet haben."

Die Kommissarin lachte durch die Tür. Es klang hell und direkt wie die Kinderbilder, fand Harprecht. Sie trat mit einem beladenen Tablett in den Wohnraum, verteilte das Geschirr, goss Kaffee ein und bat schließlich: „Erzählen Sie mir von dem Fall."

„Kann ich Ihnen nicht lieber etwas über den Blues oder von der Musik Mahlers oder Bruckners erzählen? Das würde besser klingen, und ich würde vielleicht gelehrt vor Ihnen wirken."

„Aber mich würde es langweilen. Musikalisch bin ich über Kinderlieder nicht hinausgelangt", sagte die Beamtin und sah ihn herausfordernd an.

Harprecht sprach kurz angebunden über die bisherigen Ermittlungen, aber sehr präzise, ließ auch Stimmungen nicht aus, umschrieb Vermutungen, setzte die Beamtin auf angenommene Spuren.

Die hörte ihm genau zu. Sie sah dabei aus, als machte sie sich im Geiste Notizen. Als Harprecht endete, sagte sie: „Es wird schwer sein."

„Das wird es wohl", seufzte der Kommissar. „Wir werden übrigens versuchen, einen Beamten in das Zimmer bei Jansen einziehen zu lassen, das der Organist Burgdorf mittlerweile verlassen hat. Uns ist ein junger Rauschgiftfahnder als Verstärkung zugewiesen worden, einer, der sich offenbar in vielen Rollen zurechtfinden kann. Vielleicht klappt es ja."

Silvia Grünberg nickte. Ein Schweigen breitete sich zwischen ihnen aus, das Unbehagen aufkommen ließ. Harprecht brach es und war ungeschickt dabei, als er fragte: „Gibt es eigentlich keinen Mann in Ihrem Leben?"

Über das Gesicht der Beamtin kroch etwas, das an Zorn erinnerte. „Ich war zwei Jahre verheiratet. Dann haben wir uns getrennt. Er wollte Kinder. Ich nicht. Das war's." Sie zog mit der flachen rechten Hand einen kräftigen Strich durch die Luft, um das Thema endgültig abzuschließen.

„Entschuldigung", sagte der Kommissar. „Ich wollte mich nicht in Ihr Privatleben drängen."

„Entschuldigung angenommen", lächelte die Beamtin. „Aber

nun sollten Sie Ihren Vater weiter feiern. Und ich werde mich streng um meine Gesundung kümmern. Das verspreche ich Ihnen."

Sie versteht etwas von dezenten Rauswürfen, dachte der Kommissar vor der Tür. Und sie ist außerordentlich auf einen Sicherheitsabstand bedacht.

Als er heimkam, sangen der alte Kriminalrat und Eleonore gerade: „Ich weiß nicht, was soll es bedeuten, dass ich so traurig bin." Sie schnaubten die Melodie in mühsam unterdrücktem Gelächter. In ihren Händen hielten sie Champagnerkelche.

„Mein Sohn", prustete der Pensionär, „du kommst viel zu früh. Ich war gerade dabei, deine entzückende Frau unter diesen komischen Delphintisch zu trinken. Und dann wäre sie mir zu Willen gewesen."

„Und ob", flötete Eleonore.

„Das klingt wie in einem schlechten Schäferspiel", störte Harprecht die Leichtigkeit. Ihm war nicht danach. Er dachte an den Mund von Silvia Grünberg.

„Er ist ein Gärtner, der Bock werden möchte", bemerkte der Jubilar.

„Oder ein Bock, zum Gärtner degradiert", legte die Ehefrau nach.

Am nächsten Tag kam der Anwalt Bert Stemmle durch seinen eigenen Wagen, einen schweren, dunkelblauen Volvo-Kombi, Baujahr 1988, zu Tode, und zwar gegen 22.00 Uhr, wie die Gerichtsmedizin später feststellte. Gefunden wurde der Tote von seiner 54 Jahre alten Haushälterin Reinhild Schärpe, „Schärpe mit A-Umlaut", die noch einmal zurückgekehrt war, um ihr tragbares Kassettenabspielgerät, das sie in der Stemmleschen Küche vergessen hatte, zu holen. Sie pflegte, gab sie den Beamten nur zu gerne bekannt, der ihr jäh eine Mittelpunktrolle zugefallen war, bei ihren vielseitigen Tätigkeiten stets die Hörpfropfen in den Ohren zu tragen, um vornehmlich den 'Wildecker Herzbuben', auch 'Marianne und Michael' zu lauschen, ebenfalls dem 'Heino': „Das aber nur beim Staubsaugen, weil der immer so zackig klingt und mich in Schwung bringt." Darum hatte sie den ganzen Tag lang natürlich auch nichts Ungewöhnliches gehört, gesehen erst recht nichts, „weil ich mich nun einmal ganz auf meine Arbeit konzentriere", wie sie den Ermittlern, nun etwas pikiert, mitteilte. Der Leichenfund hatte sie nur unwesentlich aus dem seelischen Gleichgewicht gebracht. „Ich habe neun Jahre lang als Totenwäscherin bei der Firma Kuhnke am Schrevenpark gearbeitet, dem wohl besten Bestattungsunternehmer in Kiel, glaube ich wenigstens. Wenn ich da an den jungen Erntehelfer denke, der in einen Mähdrescher geraten ist. Dagegen sieht unser Herr Stemmle hier noch richtig adrett aus, würde ich einmal sagen."

Frau Schärpe hatte ihren Arbeitgeber so gegen 22.20 Uhr gefunden und sogleich einen Notarztwagen angefordert, der sieben Minuten später eingetroffen war. „Ich habe auf die Uhr geguckt", bemerkte die Haushälterin grimmig, „weil die bei meinem Schorsch, das ist mein Lebensgefährte, als der einen Herzinfarkt hatte, ganz schön gebummelt haben. Der Schorsch hätte wegen derer Bummelei sterben können, ist er aber nicht, Gott sei Dank", schnaufte sie, weil sie ihre Sprache vor lauter Eifer nicht mit ihrem Atemrhythmus in Übereinklang zu bringen vermochte. Sie habe sich dem Körper des Anwalts nicht weiter genähert, versicherte sie. Der schaute nahezu grotesk aus, empfand Harprecht, wie er da zwischen Garagentor und Autokühler eingeklemmt stand, die Hände zu beiden Seiten gestreckt, den Körper gewunden, der Kopf auf der rechten Schulter ruhend, die Augen unnatürlich weit aufgerissen. Gekreuzigt von Blech und Eisen, dachte der Ermittler. Und die Woge der Trauer, die ihn bei diesem Anblick überrollte, ließ ihn nahezu ertrinken. Er sah in den Abendhimmel, den letztes Sonnenlicht vergoldete, und bat dieses Licht und vor allem den, der die Ewigkeit dahinter, davor, darüber und darunter beanspruchte, um Hilfe. In seiner Kehle würgte das Weinen, dem er es nicht erlaubte, höher zu steigen.

Die Beamten der Soko nahmen den derartig Gekreuzigten gleichermaßen erschrocken wie professionell zur Kenntnis. Der

Hauptmeister Bengt Kuhlmann war zu dessen Bewachung abgestellt gewesen. Der junge Beamte sah schmutzig blass aus, Flecken auf seinem Gesicht, von seinem grenzenlosen Versagergefühl gebrandmarkt, die Arme vor seinem T-Shirt gekreuzt, auf dem heute geschrieben stand: „In einen hohlen Kopf geht viel Wissen." Er brachte keine Entschuldigung vor, weil er wusste, dass ihm keiner seiner Kollegen Schuld gab. Aber er glaubte ganz sicher, schuldig zu sein, versuchte das aufzuspüren, was er falsch gemacht hatte, spürte es nicht auf und kroch stehend in sich zusammen. Er schaute aus wie ein verkrüppelter, verkrümmter Baum, an dessen Stamm bereits die Säge angesetzt war.

Die Beamten rekonstruierten den Tod des Anwalts: Er musste seinen Wagen an der äußerst steilen Abfahrt zur Kellergarage abgestellt haben, den Weg, der von Steinmauern gesäumt und kaum breiter als das Auto war, hinabgestiegen sein, um das Garagentor zu öffnen. Das schwere Gefährt, dieser „Panzer unter den Automobilen", wie es Matthiessen nannte, hatte sich in Bewegung gesetzt, war den Hang hinabgerollt, auf den Leib Stemmles geprallt und hatte ihm das Becken eingeschlagen, die Milz zerrissen, die Leber zerquetscht und die Körperschlagader aufgerissen.

Was die Kriminalbeamten nicht begreifen konnten und wollten war, wie ein vernünftiger Mensch ein schweres Auto mit dem Kühler in die Richtung eines steilen Hanges stellt, und zwar ganz nahe an den Ort, wo der Hang abzustürzen beginnt, und weder die Handbremse anzieht noch einen Gang einlegt, um sich dann vor dem Gefährt ein Gefälle hinab zu begeben, das so ausgeprägt ist, dass es einem Menschen den sicheren Schritt verwehrt und ihn unwillkürlich zum Laufen zwingt.

Die Erkennungsdienstler stellten bei den ersten Untersuchungen keine Fingerspuren im Innern des Volvo sicher, auch nicht die des Anwaltes. Alles war sorgfältig abgewischt worden. Dem Leichenbeschauer fiel ein schmaler Pappstreifen auf, der aus der linken oberen Außentasche am Anzug des Toten kaum einen Zentimeter ragte. Er wies einen der Erkennungsdienstbeamten darauf hin, der mit einer Pinzette an dem Pappstreifen zog und eine alte, deutsche Spielkarte zutage förderte, die Eichel. Als die Harprecht gezeigt wurde, konnte der gerade noch ein lauteres Stöhnen unterdrücken. Es blieb bei einem Aufseufzen.

Das weitläufige Anwesen des Anwalts war von Bäumen und einer hohen Hecke dicht umstellt. Ein Einblick von draußen war kaum möglich. Die Häuser in dieser Villengegend an der Bismarckallee hatten einen durchschnittlichen Abstand von etwa 100 bis 200 Metern zueinander. Man würde kaum Zeugen auftreiben können. Die Beamten, die sich von Haus zu Haus durchfragten, fanden auch keine. Man sagte an sie Bestürzung, Entsetzen, auch Fassungslosigkeit weiter, aber nichts, was auf einen Mörder hinwies. Denn ein Mörder war hier am Werk gewesen. Darüber war sich die ganze Kommission einig, spätestens nach dem Spielkartenfund.

„Da hat einer mit an Sicherheit grenzender Wahrscheinlichkeit den Wagen angeschoben", wies einer der Beamten auf eine Scharrrinne im Kiesbett des Hofes hin. „Am Auto befinden sich allerdings keine Spuren, die das bestätigen würden", bedauerte er sehr sachlich. Die hatte auch niemand der Polizisten erwartet. Schon das aufgewühlte Kiesbett war mehr, als sie gewagt hatten zu hoffen. Sie schauten es sich nahezu andächtig an, doch mit der zornigen Andacht von solchen, die ein Sakrileg betrachteten.

Leuchtmasten wurden aufgestellt, der Hof, seine Umgebung millimetergenau abgesucht. Harprecht und seine Soko-Leute, unterstützt von mehreren Spurensicherungsbeamten, die sich stets den Vortritt ausbaten, durchkämmten das Haus. Sie fanden eine nahezu ergreifende Ordnung vor, die von großer Einsamkeit berichtete. Persönliche Dinge entdeckte man kaum. Hier hatte einer gelebt, der sich seiner Persönlichkeit weitgehend entleert hatte. Möglicherweise war er auch vor ihr geflohen. Das Haus erinnerte ein wenig an eine ausgediente Gedenkhalle, in der ein Lebender seinen Tod gelebt hatte. Die Hausbar bot allein Mineralwasser der verschiedensten Sorten an. Die Bilder an den Wänden sagten etwas darüber aus, dass der Hausbewohner emotional nicht von ihnen bewegt werden wollte, lauter Stillleben in unaufdringlichen Farben, wohl mehr als bloße Ergänzung zum etwas müden, geradlinigen Tapetenmuster gedacht, einmal gekauft, um der Fadenscheinigkeit der eigenen Welt rechteckige Deckel aufzusetzen, dachte Harprecht einen Moment. Alles wahrscheinlich teuer. Alles nichts, was einem irgendwie einmal teuer werden würde.

Die einzige Ausnahme bildete ein Gemälde im Flur, auf das man direkt zuschritt, wenn man die Treppe hinaufstieg, eine Seelandschaft, das Wasser stürmisch bewegt, die Wolken darüber schwarz, zerrissen, ein Schiff, man ahnte noch dessen Schönheit, bevor Fels und Wellen sie zerschlagen hatten; blendend weiße Segel als majestätische Flügel, königliche Unschuld, nun vom Sturm zerfetzt. Das Bild wirkte auf die Leinwand gewütet, die Farben nahezu hineingepresst, in ihren Tönen jeweils übertrieben, keine Nuancen, nur Kontraste. Es grellte, dunkelte, schwärzte. Das Grün der Wellen schrie. In den düsteren Himmel waren blaue Flecken gerissen, die den Betrachter anfunkelten. Der Bug des Schiffes stach nahezu in den Raum vor dem Bild. Darauf war in gelber Farbe der Name „Laurie Bell" geschrieben. Harprecht überlief es kalt. Matthiessen neben ihm schüttelte seinen Kopf, als wollte er den Namen durch das heftige Hin- und Herbewegen seiner Augen einfach nicht zur Kenntnis nehmen. „Kannst du die Signatur des Malers erkennen?", fragte er schließlich seinen Freund.

„Sie steht oben links am Bild und dann auch noch auf dem Kopf, JEF, daneben ein Datum: 7.7.85."

„Das Datum ist das von Lauras Tod", erschrak Matthiessen. „Aber JEF?"

„J wie Jansen, E wie Enno und F wie Franziskus", buchstabierte es der Chefermittler, nicht unähnlich dem internationalen Hilferuf SOS. „Und guck dir einmal die Fahne des Schiffes genau an!"

„Sie ist schwarz und in drei Teile gerissen."

„Drei Teile", quälte sich Harprechts Stimme. „Und Schwarz ist die Farbe der Anarchie."

„Du meinst, die drei Teile stehen für Kallweit, Stemmle und ..."

„Und Ellwein."

„Deutest du vielleicht da nicht ein bisschen zu viel hinein?"

„Mag sein. Hoffentlich."

Harprecht nahm das Bild von der Wand und schaute auf dessen Rückseite.

Eine Zeitungsseite klebte dort. Und sie war rot übermalt. Man konnte gerade eben noch den Titel der *Kieler Nachrichten* erkennen und das Datum, 9.7.1985. Alles andere war dick überkleistert. Rot. Rot.

„Die Botschaften nehmen überhand“, versuchte Matthiessen zu frotzeln.

„Mir ist kotzübel“, stöhnte Harprecht.

„Nicht“, sagte der Freund und fuhr ihm mit einer Hand über die Schulter.

„Machst du einen Augenblick alleine weiter?“, bat der Erste Hauptkommissar. „Wahrscheinlich stehen wir denen von der Spurensicherung ohnehin viel zu oft im Weg herum.“

Er trat vor das Haus. Die Hitze der Nacht dörrte. Die Rosen am Haus dufteten nicht. Im gleißenden Licht der Scheinwerfer tobten unzählig viele Insekten. Die meisten verbrannten. Der Kommissar rieb sich die Augen rot. Einer der Beamten meldete ihm: „Fertig, Chef! Den Volvo schaffen wir zur KTU.“ Harprecht winkte müde sein Einverständnis, eher ein Eingeständnis aller Vergeblichkeit ihres Tuns. Ein Transporter schob sich vorsichtig durch die Einfahrt in den Hof, um später das Auto, das jemand in eine mörderische Waffe verwandelt hatte, zum Präsidium zu tragen. Die Beamten packten zusammen. Die Scheinwerfer erloschen. Sie zischten dabei. Die Dunkelheit machte Stemmles Ermordung irgendwie wirklicher. Kuhlmann trat zu seinem Chef. „Wie konnte ich nur niemanden sehen?“, fragte er.

„Wir alle sehen öfter niemanden als jemanden“, murmelte der 56-jährige und fügte dann, als ihn der Jüngere verständnislos anschaute, hinzu: „Wie konnten Sie einen sehen, dessen Bösartigkeit ihn einfach unsichtbar macht? Das Böse schafft es immer wieder, dass wir es nicht erblicken können. Auch darum gewinnt es so oft. Sie, Kuhlmann, haben mit Ihren Augen geschaut, die waren aufmerksam, aber doch immer noch arglos. Und das ist auch gut so. Unsere Arglosigkeit ist der List des Bösen einfach nicht gewachsen. Aber ein wenig unserer Arglosigkeit müssen wir uns als Polizisten bewahren. Sonst werden wir zu einem Machtapparat von Faschisten. Ich rede ein wenig verdreht. Hören Sie bitte nur das eine daraus: Sie hatten keine Schuld! In Ordnung?"

„In Ordnung." Es klang sehr leise.

Der Erste Hauptkommissar ging zu Fuß nach Hause. Die Nacht sprach in vielen Geräuschen zu ihm. Es war keine Melodie eines Chorals dabei.

Daheim unterrichtete er Eleonore von den Einzelheiten des neuen Mordes. Er tat es auch, um sich freizusprechen, was natürlich nicht gelang. Seine Frau setzte sich auf das Wohnzimmersofa und weinte leise und lange, so lange, dass Harprechts Tröstungen übermüdeten. Er zog sich in sein Arbeitszimmer zurück und lauschte seinem Lieblingsblues von John Lee Hooker. Das war sein Wiegenlied in solchen Nächten wie heute: „I Cover The Waterfront". Die Akustikgitarre, der Bass, eine Orgel, das Schlagzeug nur mit dem Besen geschlagen, die Stimme zurückgenommen, nur manchmal brach sie aus, Trauer, Sehnsucht, eine Melodie, die sich ergab und hoffte. Die Worte waren unwichtig. Harprecht wollte die Stimmung dieses Liedes als Kuschelhöhle, wie das Kind die Kissenburg. Er spielte den Blues dreimal, viermal, immer wieder, bis Eleonore zu ihm kam und sich ihm als Kuschelhöhle anbot. Dann durfte das Lied schweigen. Die Nacht blieb immer noch eine Feindin, aber draußen. In seiner Frau bewegte er Frieden, nur für Minuten. Aber was wäre die Zeit ohne diese Minuten? Man würde in ihr noch öfter Kriege anzetteln, weil man das Einssein nicht gelernt hatte und die einzigartige Lust dabei. Aber man vergaß es auch oft. Dann war alles wieder beim Alten. Mörder und Diktatoren waren am vergesslichsten. Oder sie hatten nie eine dieser Minuten erlebt.

Am nächsten Tag glaubten viele Kieler, besonders die Düsternbrooker, sterblicher zu sein als noch 24 Stunden zuvor. Sie blickten auf ihre Häuser und vermochten die Sicherheit der Wände nicht mehr genau auszumachen. Hausfrauen putzten ihre Fenster blitzblank, um besser durch sie hindurchsehen und das Böse schneller ausmachen zu können. Die Büsche wurden vielerorts kurz geschnitten, damit sie keine Deckung mehr böten. Männer schraubten Riegel an die Türen. Lampen wurden in den Vorgärten installiert. Die Kinder spielten zumeist innerhalb der Zäune. Die Pforten blieben geschlossen. Nachbarschaftliche Gespräche gerieten zu Sicherheitskonferenzen. Das Bürgertelefon im Rathaus stand nicht mehr still. Die Vereinsabende wurden nur noch besucht, wenn sie nicht gar so spät endeten. Und dann ging man in Pulks nach Hause. Die Kreise der Heiligengeist-Gemeinde wurden nahezu gemieden, obwohl die Pastoren einen Fahrdienst anboten. Doch die Kirche galt in den Köpfen der Menschen nicht mehr als Schutz und Trutz gegen das Böse, war doch auch in sie das Böse eingekehrt. Der Küster und ein Kirchenvorsteher waren ihm anheim gefallen. Der jüngste Pastor stand unter ständiger Polizeibeobachtung. Den Sonntagsgottesdienst würde man im Gemeindehaus an der Reventlouallee abhalten.

Seniorpastor Emmerich Baltz dachte darüber nach, ob wegen der Bluttat im Kirchenschiff das Gotteshaus eventuell neu geweiht werden müsste, und fragte bei einer ihm dafür als zuständig erscheinenden Behörde nach, die allerdings nur sehr gespreizt antwortete und sich nicht festlegte. Man hielt kirchenamtlicherseits mit seiner Meinung gerne hinter dem Berg, wahlweise hinter dem der Gebote oder hinter dem der Seligpreisungen. Doch Pastor Baltz blieb hartnäckig, keine sonderlich gern gesehene Tugend bei einem Geistlichen. Das ließ man ihn spüren und beschied ihm ein wenig streng, ohne dabei allerdings die brüderlichen Umgangsformen zu vernachlässigen, man würde über das Problem weiterhin intensiv nachsinnen. Das bedeutete, wusste der Seniorpastor aus vorher gemachten Erfahrungen, dass die Antwort zwar recht bald, also in Vierteljahresfrist eintreffen würde, aber man dann schon einen sehr guten Exegeten bräuchte, um sie richtig zu deuten. Guter kirchlicher Rat war ebenso beredt wie nach allen Seiten offen und zudem oft verschlüsselt. Und den Schlüssel dazu hat der biblische Hahn im Zuge der Verleugnung des Herrn durch den Jünger Petrus während des Krähens verschluckt, dachte der Pfarrer hin und wieder ein wenig böse und erinnerte sich an die Worte des Heilands davon, dass eine Rede am besten nur aus Ja, Ja oder Nein, Nein bestehen solle. Alles darüber sei von Übel.

Der Staatsanwalt hatte um 14.00 Uhr eine Pressekonferenz im Rathaus angesetzt, das ihm als wesentlicher repräsentativer erschien als der Saal in der „Klause" mit seinen Hörnern und Geweihen an der Wand. Und um Repräsentation ging es schließlich doch auch. Die Staatsmacht musste etwas hermachen in diesen dunklen und ungeordneten Zeiten. Er sortierte nahezu die gesamte Sonderkommission um sich herum, Harprecht zu seiner rechten Seite. Die Fahnen von Deutschland und Schleswig-Holstein wusste er hinter sich, einen Kronleuchter über sich. Er überprüfte diskret mit der rechten Hand den korrekten Sitz seiner schwarz-grau gemusterten Krawatte, fuhr kurz über seine Haare, um sich davon zu überzeugen, ob genug Strähnen die lichte Stelle auf seinem Haupt überdeckten, delektierte sich für einen Sekundenbruchteil mit der Fingerkuppe an der Michael-Douglas-Kerbe in seinem Kinn und war vorbereitet. Seiner sich selbst sehr bewusst schaute er auf die Reporterschar unter sich, die aus 36 Journalisten bestand. Einige aus Hamburg waren auch dabei, davon einer ein Vertreter jener Zeitung mit den Riesenbuchstaben und den vielen Bildern, von denen dann und wann der liberale Geist der Presse zugestellt wurde.

Harprecht nebelte mit seiner Pfeife ein. Der Staatsanwalt wedelte sich von dem Rauch frei, auch der Fotos wegen, und gab Statements ab, die alle zunächst nicht mehr besagten, als dass es vielversprechende Spuren gebe. Von einem Serienmörder dürfe wohl nicht gesprochen werden. Er hätte beinahe ein „leider" von sich gegeben, besann sich aber noch rechtzeitig. Er habe volles Vertrauen in seine Ermittler. Das „seine" betonte er. Nein, die Zahl der Beamten werde nicht erhöht. Die Kriminalisten vor Ort seien in ihrer derzeitigen Besetzung vollauf in der Lage, den oder die Täter in sehr absehbarer Zeit ausfindig zu machen. Dann ließ er sich von dem Gefühl der eigenen Wichtigkeit mitreißen und überschwemmte die Berichterstatter mit Details. Harprecht blies den Rauch kräftiger. Er fühlte sich müder als jemals zuvor in seiner Laufbahn, dachte er, wusste es aber besser. Denn er fühlte sich stets müde, wenn sich alles in einem scheinbaren Stillstand befand. Über die Scheinbarkeit des Stillstands war er sich durchaus klar. Der Mörder musste sich bewegen. Er und seine Leute taten es auch. Irgendwann würden sie sich begegnen. Er hoffte es mit der Inbrunst eines Gläubigen auf einer Wallfahrt unter besonders verschärften Bedingungen, damit die Gebetserhörung wirklich gewährleistet war.

In der letzten Reihe erblickte er plötzlich Guntram Kamen, der sich duckte und der Unsichtbarkeit zuzustreben beabsichtigte. Was machte der hier? Ein Dokumentationsjournalist im Kulturressort hatte nichts mit Kriminalberichterstattung zu tun. Harprecht fand dessen Anwesenheit bemerkenswert.

Ihm wurde das Wort erteilt. Er erhob sich von seinem Stuhl. Er wollte so groß wie möglich erscheinen: „Meine Damen und Herren von der Presse“, dröhnte er. „Mörder sind die ärmsten Geschöpfe unter den Kriminellen. Sie haben sich außerhalb der menschlichen Gemeinschaft gestellt und sind schrecklich einsam. Sie sind heimatlos. Sie sind nur noch mit einem Fluchtinstinkt begabt. Sie wollen einzig noch weg, niemals eigentlich irgendwo hin. Ein jämmerliches Dasein, wirklich. Und sie besitzen keinerlei Mumm. Ihre Morde begehen sie allein aus der Angst heraus, zu kurz zu kommen, was Liebe, Ansehen, Wertschätzung angeht. Manche bilden sich ein, Recht zu schaffen. Aber das ist eine Säuglingshaltung in der menschlichen Entwicklung. Recht erlaubt keine Alleingänge, zuerst und vor allem nicht mörderische.“

Er reckte sich noch um einiges höher auf und legte in seine Stimme das Feuer von Scheiterhaufen. „Mörder sind, was ihre seelische und moralische Reife angeht, noch so etwas wie Windelträger. Sie können ihre Ausscheidungen nicht an sich halten. Ein Mörder ist niemals erwachsen, noch nicht einmal ein Teenager, ein Kindergartenwinzling. Er ist ein Baby, emotional und rational. Doch Babys sind gemeinhin niedlich. Er ist hässlich. Vielleicht nicht äußerlich. Aber alles an seiner Seele ist es. Und das spiegelt sich irgendwann deutlich in seinem Gesicht wieder. Er wird sich in einem Moment der Wahrheit widerlich finden, wenn er in den Spiegel schaut. Und das wird grauenhaft für ihn sein. Er wird sich kaum oder gar nicht aushalten. Nichts als Erbärmlichkeit!" Harprecht donnerte es, um dann mit seiner Stimme bis kurz vor das Schweigen hinabzusteigen. „Aber auf Erbarmen darf er nicht hoffen, auf meines jedenfalls nicht. Wir werden ihn kriegen. Denn ich fühle ein großes Erbarmen für die Opfer, für deren Angehörige und Freunde und für alle, die heute Angst haben. Wir fassen den oder die Täter. Verlassen Sie sich darauf! Sie dürfen mich gerne zitieren. Danke!"

Die Reporter klatschten Beifall, vor allem, weil ihnen Gefühle geboten worden waren. Und die waren das Salz in einer Story. Der Staatsanwalt sah seinen Chefermittler fast bewundernd an. Er bewunderte ungern andere. Wäre er nicht so jung gewesen, hätte er gewusst, dass Harprecht bei ähnlichen Gelegenheiten oft ähnliche Reden gehalten hatte. Der zweifelte insgeheim heftig an der Weisheit seiner Worte. Aber schließlich sollten sie nur dem einen Zweck dienen, zu beleidigen, den Täter in seinem Stolz verletzen. Das konnte zu Unvorsichtigkeiten führen. Auch Mörder waren eitel. Sie vielleicht ganz besonders, weil sie mit einem faserigen, löchrigen, sich selbst angelogenen Hochmut um den aufrechten Gang kämpfen mussten und kaum jemanden hatten, der ihnen dabei half. Harprecht hatte solche Unvorsichtigkeiten schon erlebt. Sie waren sehr hilfreich gewesen. Matthiessen sah ihn von der anderen Seite des Tisches an und hielt einen dicken Daumen in die Höhe.

Während die Pressekonferenz noch lief, plauderte sich Kriminalrat a.D. Harprecht von Vorgarten zu Vorgarten die Caprivistraße, dann die Bartelsallee hinauf, Gerüchte, Vermutungen und Tatsachen sammelnd, die ihm reichlich zuteil wurden, diesem korrekt gekleideten Mann mit den vorzüglichen Manieren, immer höflich, für alles ein offenes Ohr, ein ausnehmend guter Zuhörer, der mit Komplimenten nicht sparte, Kiel und besonders das herrliche Düsternbrook pries und Lob über jeden Vorgarten wie besten

Kunstdünger streute. Bei einem solch liebeswerten Herrn – sogar einen Handkuss ließ er mancher verdutzten Kleingärtnerin angedeihen, die sich danach die derartig ausgezeichnete Hand verlegen am Rock abwischte –, bei einem solchen dem Leben so völlig zugewandten Herrn, der sich „unbedingt dem Wesen Kiels nähern" wollte, wie er sich ausdrückte, musste man doch einfach die Geschichten aus den symbolischen Kellern holen. Und war manchmal auch eine Leiche dabei, dann würde der Herr dafür auch Verständnis aufbringen, zumal es sich nie um eine eigene handelte.

Und so erfuhr der alte Harprecht hinter Staketenzäunen, Hecken, Jägerzäunen, dass der Geschäftsinhaber des Kleidersalons „Hortense" in seinem Haus Swingerparties veranstalte. Und Videokameras filmten alles. „Das müssen Sie sich einmal vorstellen!" Die Entrüstung blühte wie eine Sumpfdotterblume. Der Hausmeister einer Schule im Norden der Stadt sollte sich angeblich eine Sichtluke in die Mädchendusche eingebaut haben. „Ist das nicht eine einzige Schweinerei?" Der Vorsitzende des Sportvereins schnupfte Kokain, wurde genießerisch vermutet. „Nein!", seufzte Harprecht senior schwer. Die jüngeren Frauen in der Firma Müllerjohann an der Wrangelstraße bekamen, erzählen Damen, die es wissen mussten, nur eine Gehaltserhöhung, wenn sie sich zuvor auf das Sofa legten. „Sie verstehen?" Ein Lokalpolitiker, ein verheirateter Mann, hatte, wussten einige von einigen, die es wiederum von einigen wussten, eine schwarze Geliebte in Hamburg, mit der zusammen er Voodoo machte. Er würde auch schon manchmal so gucken, als wäre er völlig außer sich. Und bestimmt steckte er eine Nadel in eine Puppe, die seine Frau darstellen sollte, damit die starb. „Unvorstellbar", stöhnte der Polizeirat. Ja, und einer von der Hafenverwaltung, oder war es einer vom Kanal?, war ein Spanner, schwammen Gerüchte durch dunkle Kieler Straßen, der die Liebespaare in ihren abgestellten Autos am Projensdorfer Gehölz beinahe zu Tode erschreckte, wenn er urplötzlich aus dem Gebüsch sprang, eine Maske des aktuellen Kanzlers vor dem Gesicht. Und der Pastor Ellwein sei bestimmt anders herum. Wer mit 35 Jahren noch nicht verheiratet sei, der müsse es einfach sein, zumal, wenn er auch noch lange Haare trage. „Das ist gut möglich“, gab sich der Polizeirat betroffen und begeistert zugleich. „Und der Küster?“

„Dito“, wurde ihm unumwunden bekannt gemacht. „Natürlich haben wir nichts gegen Schwule. Der Freund meines Schwagers, der hat einen Bruder, der ist auch schwul. Jedem Tierchen sein Plaisirchen.“

„Finde ich auch“, lächelte der alte Herr. „Und die Morde?“

„Vielleicht die Scientologen“, mutmaßte ein gedrungener Briefträger über seinem fallenden Doppelkinn, das ihn halslos erscheinen ließ, das Gesicht stark gerötet. „Die haben doch was gegen unsere Kirche. Ich kenne zwei Kieler in meinem Zustellungsbezirk, die Post von denen aus Hamburg bekommen. – Oder welche von der ehemaligen Stasi. Einer aus der Lindenallee ist vor zwei Monaten aus Dresden hierher gezogen“, gab sich der Postmitarbeiter verschwörerisch, „und hat immer noch keine Arbeit und spricht wie der Honecker und ist bestimmt nicht in der Kirche und hat nie ein gutes Wort, für keinen. Der hat bestimmt einen mächtigen Pick auf uns Wessis.“ Er schnaufte aus.

„Gut, gut“, sagte der alte Kriminalrat und bedankte sich bei dem Postzusteller. Er sah ihm nach, wie der Richtung Geigerstraße davonwatschelte. Unwillkürlich fasste er sich an den Kopf. Darin balgten sich Mutmaßungen und Verdächtigungen, skurrile, schrille, auch aggressive.

„Auf den Prokuristen der Zischke-AG müsste die Polizei ein besonderes Augenmerk werfen“, hatte ihm der Besitzer der Videothek an der Bülowstraße gesagt. „Der sammelt Waffen wie unsereiner Briefmarken oder Münzen. Und alle sollen sie noch funktionieren. Der hat sogar eine Kalaschnikow und eine Uzi, habe ich mir erzählen lassen. Alles in seinem Keller. Dort soll es auch einen Schießstand geben. Und er fährt einen Volvo wie der Stemmle und wohnt nur zwei Häuser von dem weg. Und die Kirche hat sich dieses Jahr geweigert, seinen Sohn zu konfirmieren. Warum, weiß ich nicht.“

„Ich werde alles an die zuständigen Behörden weitergeben“, lächelte der Polizeirat sehr zurückgenommen. Er sah dabei auf die

Plakate, die über der Kasse hingen und grellbunt abgefilmte Gewalttaten priesen, bei denen Blut wahrlich kein besonderer Saft mehr war. Er schüttelte sich. Und das tat er offen.

„Was sind Sie mir denn für einer?", wurde er daraufhin von dem Verleiher dieser Massaker-Videos sehr von oben herab gefragt.

„Kennen Sie das Bild von der Hand mit dem ausgestreckten Zeigefinger, der auf andere deutet?", fühlte sich der alte Harprecht von der ihm sonst im Übermaß zur Verfügung stehenden Toleranz verlassen. „Und wo die anderen Finger dieser Hand hinzeigen?"

„Ach Sie, Sie ...!", bellte der Videothekseigner, „Sie komischer Heiliger, Sie!"

Zwanzig Minuten später betrat der Kriminalrat das Geschäft jenes Mannes, den alle einmal Franziskus genannt hatten. Er mischte sich unter die Rentner, die den Laden wortsüchtig bevölkerten, kaufte sich Pfeifentabak, den er nie rauchen würde, und ließ sich viel Zeit. Das verstanden die Rentner und betrachteten ihn bald als einen der ihren. So erfuhr er auch, dass der gute Enno einen neuen Untermieter hatte, einen reizenden jungen Mann übrigens, der heimatkundliche Studien in der Stadt betreiben wollte. „Und da hat unser Kiel ja nun wirklich viel zu bieten." Also war der Rauschgiftfahnder bereits eingetroffen. Das hättest du mir sagen müssen, Carsten, dachte der Rat ein wenig verstimmt.

Er betrachtete, von einem hohen Illustriertenständer nur unvollkommen versteckt, genauer diesen Enno Jansen. Er war vierschrötig gebaut, leicht bullig wirkend, ein bleiches Gesicht, in dem die Augen besonders auffielen. Sie waren groß, beinahe schwarz und schienen sich kaum zu bewegen, die Lider immer ein wenig gesenkt. Von dem Mann ging Kraft aus, empfand der alte Harprecht. Und er schien Geheimnisse zu hüten. Das erzählten dem Kriminalrat die vorsichtigen, verhaltenen Bewegungen seines Körpers, die Gesten, die nur das Notwendigste taten, die Mimik, die niemals unkontrolliert verrutschte. Seine stets höflichen Worte gingen kaum einmal über Belanglosigkeiten hinaus. Er bewegte sich immer mit dem Rücken zur Wand, dass er alle vor sich sah. Wenn er einen Kunden bediente, fragte er nach dessen Befinden, ließ aber kaum jemals eine Frage zu, die ihn selber betraf. Er arbeitete, ohne einen Fehler zu machen. Seine Stimme täuschte Gefühlsäußerungen nur vor. Er gab sich gesellig in der Gegenwart der Rentner, doch er verweigerte jede größere Nähe. Die Erfahrung des alten Kriminalrates schätzte den Mann als einen Machtverköstiger ein. Er würde keinen Alkohol trinken, überhaupt nie einer Sucht verfallen, um die Kontrolle zu behalten. Er schlemmte als einziges Genussmittel Oberhoheit. Und um die würde er kämpfen, auch mit Mitteln, die andere Menschen in die Tiefe traten. Einmal trafen sich die Blicke Jansens mit denen des alten Harprecht. Und es kam beiden vor, als würden scharfe Klingen gekreuzt. Der Kriminalist genoss es eine Weile. Dann entdeckte er ein Lächeln im Gesicht Jansens, das nichts als Sieg prophezeite. Es beschlich ihn eine leise Furcht. Er bestellte sich einen Johannisbeerlikör, orderte auch welchen für die gesamte Rentnerrunde. Jansen nahm das Angebot nicht an. Harprecht würgte das süßliche Zeug hinunter. Franziskus lachte über das angewiderte Gesicht des Rates. „Wir sind hier unter einfachen und grundsoliden Menschen“, sagte er. „Und so sind auch unsere Ansprüche. Wir wollen nicht mehr. Wir sind zufrieden, mein Herr.“ Er predigte es als ein Prediger in der Wüste, die er als seine eigentliche und einzige Heimat ansah, während er mit imaginären giftigen Skorpionen jonglierte.

Der Mann ist eine Offenbarung, dachte der Rat draußen, aber immer eine solche, die ganz hinten in den geheimnisvollen Büchern droht, kurz bevor der letzte Sturm losbricht, die Wolken aufreißen und eine grausliche Wahrheit auf die Erde tobt.

Als ihn draußen der Sommer mit seiner Brandhitze empfing, glaubte er nahezu, Kühle zu berühren. Er beschloss, Eleonore von der Schule abzuholen. Sie stand auf der anderen Straßenseite, nicht weit ab vom weitläufigen Bau der Hebbelschule. An Eleonores Seite befanden sich zwei Oberstufenschüler, mit denen sie in eine heftige Diskussion verwickelt zu sein schien, vielleicht über ein Komma in Georg Trakls Gedicht „Kindheit“, dachte der alte Kriminalrat ein wenig boshaft. Die Studienrätin verstand es gut, Debatten über Satzzeichen in lyrischen Werken anzuzetteln.

Auch er hatte schon über jenes Komma mit ihr einen heftigen Diskurs führen müssen. Und er erinnerte sich noch leidvoll daran, wie er mit ihr über einen Doppelpunkt in Fontanes „Die Stuarts" gestritten hatte. Eleonore neigte zur Abschaffung einiger bestimmter Satzzeichen in einigen bestimmten Gedichten, um eine ganz neue Bedeutung aufzuspüren.

Ein Motor röhrte hinter dem alten Harprecht auf. Er wirbelte herum. Ein schwarzer Porsche schoss auf ihn zu, zielte auf ihn, bangte er, bis der Fahrer urplötzlich das Steuerrad herumriss, über den Fahrdamm schlingerte und den Lieferwagen eines türkischen Gemüsehändlers streifte. Tomaten, Kiwis, Äpfel, Bananen, Orangen, Melonen ergossen sich auf den Gehweg, Der Ladenbesitzer stürzte vom Fahrersitz und stieß nahezu herrlich klingende Flüche in seiner Landessprache aus, mächtige Volkslyrik, kam es dem Kriminalrat in den Sinn, als er sich wieder gefangen hatte, bei der jedes Satzzeichen seinen allzeit gesicherten Platz besaß, vor allen anderen die Ausrufezeichen. Der schwarze Porsche schien sich mittlerweile auf Eleonore und ihre Schüler auszurichten, die auseinander stoben. Der Sportwagen kurvte aufjaulend, Kies um sich werfend, über den Schulhof, durchbrach eine Hecke und verschwand die Feldstraße hinab.

Harprecht senior tippte aufgeregt auf die Tastatur seines Mobiltelefons und schrie nach seinem Sohn, der noch die Pressekonferenz abdiente. Als er sich meldete, verlangte der Rat eine sofortige Halterfeststellung und gab das Hamburger Kennzeichen des Sportwagens durch. Eleonore kam auf ihn zugestürzt: „Ist dir auch nichts passiert, Vater?" Der Kriminalrat hasste es, von einer bezaubernden Frau „Vater" genannt zu werden, gab dennoch ein charmantes „Nein, mein Schatz" von sich.

„Gott sei Dank", seufzte Eleonore auf. „Der Kamen ist aber auch wie ein Verrückter gefahren."

„Wie bitte?", hauchte der Rat.

„Na, Guntram Kamen vom FORUM", erinnerte die Schwiegertochter.

„Der Kamen war also in Kiel. Er könnte es gut schon gewesen sein, als Stemmle ermordet wurde", sagte Malte Matthiessen im Wohnzimmer der Harprechts. Er stand grüblerisch vor einem kalten Buffet, das Eleonore beim – nach vielen Hausfrauenmeinungen – besten Schlachter der Gegend bestellt hatte, bei „Zieglers Feinste Fleisch- und Wurstwaren" am Kronshagener Weg. Harprecht hatte sein Team zu sich nach Hause eingeladen, um sich fester zusammenzufinden, wie er sagte, ebenfalls, um das Klima untereinander noch ein wenig zu verbessern. Man könnte sich auch gut zwanglos über die vergangenen Untaten austauschen. Das müsste aber nicht unbedingt sein. Im Vordergrund sollten die Begegnungen stehen, hatte er vollmundig gesagt, und war sehr schnell von Eleonore in die Küche beordert worden, um Weinflaschen zu entkorken.

Den ganzen Nachmittag über hatten Beamte weiterhin das Gelände um das Stemmlesche Haus durchkämmt. Das Wohngebäude war noch einmal gründlich untersucht worden. Die Ergebnisse gaben keinerlei Diskussionsstoff ab, noch nicht einmal den für eine kurze Pantomime. Zudem hatte die KTU gemeldet, dass der Volvo tatsächlich völlig sauber sei, was die Spuren von möglichen Tätern anging. Vom Reserverad sei allerdings der Buchstabe L bei Dunlop mit einem dolchartigen Messer herausgeschnitten worden. Der Reifen sei jetzt nicht mehr zu gebrauchen. „Recht spinnerig", sagte der KTU-Beamte, ohne es so recht zu glauben. Ihm waren noch viel schlimmere Spinnereien untergekommen.

„Wieder einmal ein L für Laura", grummelte Matthiessen und kaute dann konzentriert ein kaltes Schnitzel. Karin Goellner verschluckte sich an einer Frikadelle und hustete äußerst dezent Fleischreste auf den teuren Teppich. Waldberg schaufelte unbeirrt Fleischsalat. Zietz, wiederum in seine dunkelrote Nappalederjacke gehüllt, darunter ein dunkelblaues T-Shirt, auf dessen linke Brusttasche in auffallendem Gelb die Buchstaben FBI geprägt waren, klotzte, prächtig bei Laune: „Die amerikanischen G-men sind ein anderes Kaliber als wir. Nicht solche Luschen-Bullen. Mit unserer ständigen Leisetreterei – wo kommen wir denn da hin? Bei einer Ermittlung muss es auch einmal krachen!" Der Beamte spannte seinen Körper, als sollte er ihm als Waffe dienen. Er hielt eine Hähnchenkeule wie den Griff eines Säbels. Keiner der Anwesenden fuhr Zietz in die Parade. Dafür war er ihnen einfach zu gleichgültig oder ging ihnen schlicht nur auf die Nerven.

Alle waren sie gekommen, bis auf die immer noch kranke Silvia Grünberg und Hauptmeister Kowalski, dem die Bewachung von Pastor Ellwein oblag. Der alte Kriminalrat verteilte an die jungen Kollegen sowohl Wein und Bier als auch Weisheiten aus seinem langen Fahnderleben, von denen eine lautete: „Das Opfer ist jeweils der beste Wegweiser und der Tatort die Landkarte, auf der der Täter seinen Wohnort nahezu eingezeichnet hat. Guckt nur ganz genau hin, hört, riecht, tastet. Ihr benötigt natürlich alle eure Sinne, um darauf zu kommen, und dazu das Allerwichtigste, eure Intuition.“ Eine andere klang bei ihm wie: „Erst wenn du dich wie der Täter fühlst, wirst du ihn auch finden.“ Sohn Harprecht teilte diese letzte Weisheit nur sehr bedingt. Und auch bei der ersteren hatte er manche Einwände. Doch seine Kollegen hingen an dem Mund des Rats wie an dem eines Gurus, der ihnen den Weg in das letzte Geheimnis des Lebens wies.

Der Hauptkommissar hatte einen Teil des Nachmittags im Archiv der *Kieler Nachrichten* zugebracht und jene Ausgabe der Zeitung sorgfältig studiert, auf deren Datum sie im Stemmleschen Haus gestoßen waren. Den mit Farbe rot besudelten Artikel hatte er sehr schnell gefunden und beinahe ergriffen gelesen, eine Geschichte voller Spekulationen, aber in packender Dramatik dargeboten, dazu die Schilderungen der Karrieren von Georg Simon und seiner verstorbenen Gattin, der erfolgreichen Konzertsängerin Margitta Brockheim. Lauras Charakter, wie ihn Harprecht mittlerweile ein wenig zu kennen glaubte, war erstaunlich genau beschrieben worden. Einige Sätze waren ihm ins Auge gefallen, ein Zitat des Vaters: „Sie band sich stets sehr fest an Menschen, wenn sie sich einmal für sie entschieden hatte, so auch zuletzt an ihre Kinderpflegerin Siw, in der sie eine Freundin, eine Schwester und einen Mutterersatz zugleich sah. Unsere Tochter war ungemein treu. Siw hat ihr diese Treue mit großer Einfühlungsgabe besonders nach dem Tod meiner Frau entgolten." Und noch einige Sätze hatten sich ihm eingeprägt.

Die *Kieler Nachrichten* hatten auf einen Artikel aus der Schülerzeitung „Klecks" der Hebbelschule zurückgegriffen und den Obersekundaner Gabriel Burgdorf reden lassen: „Laura war die nahezu vollkommene Verkörperung von Musik in Reinheit und Unschuld. Sie glich einem Gnadengeschenk, bei dem nur ganz wenige Menschen dazu bereit waren, es anzunehmen. Man musste diese Gnadengabe erkennen und erfassen können."

Matthiessen sprach ihn an: „Unser Jansen hat, was den Tod von Stemmle angeht, wieder nur so ein Wischiwaschi-Alibi. Er habe auf dem Dachboden vor Tauben Baudelaire zitiert. Der Mann will uns doch hochgradig verar..., in die Irre führen."

Eleonore lächelte dem Sprecher wohlgefällig zu.

Dann setzte sich der Kriminalrat an das Klavier und vergriff sich an Scarlattis „Sonata in D minor". Karin Goellner fragte nach dem 10. Ton die Gastgeberin, wo sie sich denn ihr Make-up auffrischen könne. Zietz trat versonnen weit in den Garten hinaus und gab vor, die Pflanzen zu begutachten. Er konnte keinen Ginster von einem efeuberankten Betonklotz unterscheiden. Waldberg suchte dringend nach einer Toilette. Harprecht verwies ihn nach oben. Kuhlmann hatte ein nicht aufzuschiebendes Telefongespräch zu führen. Sein Handy, sagte er, würde vor der Tür einen besseren Empfang haben. Eleonore räumte die Spülmaschine ein. Der Chefermittler stieg in den Keller, um die Weinvorräte zu überprüfen. Nur Matthiessen stützte seinen massigen Oberkörper auf den Flügel, sein Gesicht glänzte selig. Wie die Feuerwehrkapelle aus meiner Kindheit, träumte er, wenn sie „Die Post im Walde" spielte. Oder war es „Die letzte Rose" gewesen? Er unterdrückte, die Muse der Musik achtend, einen aufkeimenden Rülpser. Und sein Geist schwebte auf den fürchterlich vom Kriminalrat gewebten Klangteppichen davon, weg von zwei Morden, von Kamen, der wieder da war und unter Verdacht stand, von Jansen und Burgdorf, dem man auch nicht traute. Der Hauptkommissar hätte so gerne den Schellenbaum bei dieser Musik getragen. In seinem Innern griff er danach.

Von draußen beobachtete heimlich eine Gestalt dieses scheinbar so festliche Getriebe. Und ein mächtiger Zorn schüttelte diese Gestalt. Der Mond goss sein Licht in den Garten. Die Gestalt stellte sich mitten in diesen kalten Glanz und forderte: „Los, nehmt mich endlich weg!“

Aber niemand tat es, weil der Kriminalrat mit seiner Musik den großen Wohnraum entleert hatte, bis eben auf Matthiessen, dem ein Schellenbaum, in seiner verträumten Erinnerung klingend, alle Sicht verstellte.

Die Flamme der Kerze auf dem Ständer mit dem Drachenkopf leckt gierig nach dem Sauerstoff im Bodenraum. Ellwein hockt auf seinen Fersen vor Simon Jansen. Dessen Stimme schlägt auf den Pastor ein wie es die Geißelhiebe bei Büßerprozessionen tun. Die Stimme peitscht Zorn vor sich her: „Kallweit und Stemmle haben nicht genug gesühnt! Sie haben nicht genug sühnen können! Jemand hat ihnen die Zeit dafür geraubt. Jemand hat sie mir weggenommen! Der Tod ist keine Sühne, sondern Befreiung! Sie haben keine Freiheit verdient!“ Speichel sprüht. Atem zischt. Die Stimme hebt sich zu einem schrillen Diskant: „Oh, gäbe es die Hölle im Jenseits noch! Warum haben wir sie ins Diesseits verlegt? Warum will Gott nur noch den Himmel? Warum? Warum? Sag es mir, Pastor!“

Ellwein schweigt. Er fürchtet sich nicht mehr vor diesem Franziskus. Er hat sich auch nicht gefürchtet, als er den Polizeibeamten Kowalski mit einem einzigen Schlag niedergestreckt hat. Ellwein weiß seine Schläge zu führen und deren Kraft abzuschätzen. Wöchentlich trainiert er die körperlichen Abwehrmethoden des Zen-Buddhismus in einem Hamburger Studio an der Langen Reihe in St. Georg. Er wird sich wehren, wenn der Mörder zu ihm kommt. Aber er wird es auch verstehen zu unterliegen. Eine Gleichgültigkeit macht sich in ihm breit, die er „Abgeklärtheit“ zu nennen wagt. Ich kann mich ergeben. Ich kann mich hingeben. Ich kann, wenn es sein muss, mich zum Opfer darbringen, nicht sinnlos, allein dienend. Er schaut darin eine Tiefe seines Glaubens.

Jansens Stimme schlägt jetzt nur noch allein die Nacht, den jungen Pastor vermag er nicht mehr zu treffen. Kein Baudelaire-Vers, von Franziskus ausgestoßen, wird ihn jemals mehr schrecken, auch der nicht, zu dem Jansen gerade anhebt: „Durchkriecht meinen Zerfall, vergnügte Schinder. / Und sagt, ob diesem Leib, seelenlos und tot / Bei Toten noch etwas wie Marter droht."

Nein, denkt der Pastor, bei den Toten droht mir keine Marter, nur bei den Lebenden und allein in meinen Erinnerungen. Er steht auf und geht. Franziskus schreit ihm nach. Der Schrei verhallt in den Abwässern seines eigenen Denkens.

Etwa zur gleichen Zeit sitzt Gabriel Burgdorf an der Orgel in der dunklen Pauluskirche. Er benötigt für sein Spiel kein Licht. Jede Note seines Requiems trägt er in seinem Kopf und lässt sie nun vermittels seiner Finger auf die Elfenbeintasten tropfen. Die Orgel haucht. Dann schreit sie einmal jäh auf, um sofort danach zu flüstern, zu weinen, zu klagen. Ein Jammer mischt sich in die Dunkelheit des Gotteshauses. Burgdorfs Seele fliegt durch die langen und kurzen Pfeifen, jagt ihnen Töne ab, für Laura, für Laura. Seine Liebe vermag der junge und schon so alte Mann, weil maßlos enttäuscht und unter einem Verlust zerbrochen, nicht in Musik zu fassen. Er leidet schrecklich unter der Unvollkommenheit. Er kann Unvollkommenheit nicht ertragen. Er hat nur ein einziges Mal Vollkommenheit erleben dürfen. Seine Finger spielen auf dem oberen Manual, es klingt nach Flöten und Oboen, verhalten, und es ist Scham dabei, die ersten Töne von „Amazing Grace", nur die ersten Töne. Er will nicht noch einmal so vermessen sein wie vor Tagen, als er dem Kirchenvorstand das ganze Lied dargeboten hatte. Und er will dieses Lied nicht noch einmal fortwerfen, wie er es in jenen Minuten getan hat. Der Organist empfindet keine abwehrenden Gefühle, weil wenige Meter hinter ihm der Küster Kallweit zu Tode gestürzt ist. Das kann ihn nicht schrecken. Der einzige Schrecken, den er kennt, ist jener, die Vollkommenheit dieser Stimme nie wieder hören zu können, und dass sie in seiner Erinnerung immer leiser klingt.

Gegen Mittag des nächsten Tages saßen sich Pastor Emmerich Baltz und sein Kollege Friedhelm Cornelsen im Sitzungszimmer des Gemeindehauses gegenüber. In dem durch schwere Vorhänge abgedunkelten Raum roch es unentschlossen nach feuchtem Schweiß und trockenen Staub. Die Luft stand wie das warme Brackwasser in einem toten Flussarm, der als letzter Hafen für sterbende Schiffe dient. Ein Sonnenstrahl fiel durch die Vorhangspalte und stach in die kleinen Augen Cornelsens. Sie funkelten ähnlich Diamanten, die viel mehr als Glas schneiden wollen.

„Wir müssen endlich darüber nachdenken, wie wir einen deutlichen Abstand zu unserem Bruder Ellwein markieren", kommandierte Cornelsen und schlug mit der rechten Handkante auf den Sitzungstisch, einem Beil nicht unähnlich, das auf Kleinholz aus ist. „Es geht nicht länger an, dass wir als Geistliche der Evangelisch-lutherischen Kirche in einem Atemzug mit einem des Mordes Verdächtigen genannt werden. Es muss hier eine Trennung geben. Die Gemeinde verlangt das einfach. Der Kirchenvorsteher Buschesrieder ist schon deswegen bei mir vorstellig geworden."

„Der Buschesrieder ist nichts als ein Pharisäer, der die Kreuzigtihn-Schreie mehr liebt als das Wort `Vergebung´ und die christliche Arbeit als Kriegszug gegen alle möglichen Ungläubigen begreift. Mein Gott, der wollte doch auch, dass Pastor Bornheim aus Hamburg gefeuert werden sollte, weil der einen ungetauften Säugling beerdigt hat, der mit zwei Monaten den plötzlichen Kindstod gestorben ist. Obwohl beide Eltern in der Kirche waren", gab Emmerich Baltz schwer atmend zu bedenken. Er fuhr sich mit beiden Zeigefingern in den Kragen seines schwarzen Hemdes. „Aber ..."

„Das Kind hätte ich auch nicht zu einem christlichen Begräbnis zugelassen", schoss sein Gegenüber dazwischen. „Wir unterliegen nun einmal einer Ordnung des kirchlichen Lebens. Sie ist ein fester, gleichsam feierlicher Rahmen unser aller Handeln. Willkür ist das Tor zum Heidentum."

Baltz warf unwillig seinen fülligen Körper im Stuhl herum. Seine dicken Finger falteten sich. „Aber die Liebe muss doch vor der Ordnung einhergehen."

„Liebe ist nicht klar zu definieren. Unsere Ordnung schon." Cornelsen sprach es in hohen Tönen, wie er es bei den Psalmen im Gottesdienst tat. „Und wie stehen Sie also zu Bruder Ellwein?"

„Ich denke da immer an das schöne Gleichnis vom verlorenen Schaf und dem guten Hirten." Baltz flüsterte es nahezu. Er wollte keine lauten Töne. „Ein Schaf von Hundert geht verloren. Und der Hirte lässt die 99, seine Sicherheit, seine Macht, sein Guthaben zurück, um sich um das eine zu kümmern. Und als er es findet, feiert er ein Fest."

„Mein lieber Bruder Baltz", erhob sich Cornelsen erneut auf den Sinai, den Berg aller Gesetzte. „Auch ich schätze überaus diese wunderbaren Beispiele der Bibel. Doch sie stammen aus der frohen, verheißungsvollen Kinderzeit unseres Glaubens. Nun sind wir erwachsen geworden. Wir tragen Verantwortung für den Bestand einer Kirche. Jesus hatte diese Sorgen nicht. Auch ich, mein Freund, würde die Herde für einen Augenblick verlassen, um einem Verlorenen nachzugehen. Aber ich würde die Herde zunächst in eine sichere Umzäunung treiben und den Hunden höchste Wachsamkeit einschärfen. Vielleicht hat es der Hirte in unserem Beispiel ja auch getan. Wissen wir`s? Die Bibel erzählt gerne verkürzt. Man darf keine Mehrheit ungeschützt für eine Minderheit im Stich lassen. Das würde der christlichen Historie von zwei Jahrtausenden Hohn sprechen."

„Nein, Herr Cornelsen." Baltz entfaltete seine Hände und legte sie flach auf seine Oberschenkel, weil er sie sonst zu Fäusten geballt hätte. Und das wollte er um keinen Preis. „Für mich lautet einer der wichtigsten Sätze des christlichen Glaubens: Der Schwache kommt vor dem Starken und kann unser aller Liebe und Obhut gewiss sein, und zwar ohne jede Rückversicherung. Darum werde ich mich in keinen Abstand zu Bruder Ellwein begeben. Sollte er wirklich schuldig sein, was es abzuwarten gilt, dann werde ich ihm noch näher sein. Aber ich weigere mich einfach, einen Schuldspruch in irgendeiner Form zu sprechen. Das ist nicht meines Amtes. Mit Gottes Hilfe möchte ich ein Freisprecher sein."

„Das ist blauäugig. Wird die Anarchie nicht meistens von Blauäugigen angezettelt?! Anarchie, lieber Bruder, ist meiner Meinung nach der Grund, warum so viele unsere Kirche verlassen. Die Menschen sehnen sich nach klar gesetzten Ordnung." Cornelsen stieß einen langen, dürren Zeigefinger in die dicke Sommerluft. Seine Stimme hallte, als wollte sie den Riesenraum einer Kathedrale füllen oder eine Wüste überqueren. „Wir als Pastoren haben Ecksteine dieser Ordnung zu sein."

„Nein!", stöhnte es Baltz nahezu. „Ich möchte einfach kein irgendwie gearteter Stein sein. Ganz im Gegenteil."

Plötzlich krachte es furchtbar nebenan im Kirchenbüro. Dem Krachen folgte ein Klirren, ein Scheppern, dann ein Schrei. Pastor Emmerich Baltz durchbrach irgendwie die Gesetzmäßigkeiten seiner Körperfülle, schnellte von seinem Stuhl empor und flog aus dem Raum. Als er das Kirchenbüro erreichte, sah er zuerst den Stein. Er lag inmitten von Scherben auf dem blankgewienerten Parkett. Neben ihm lappten zwei zerrupfte Palmenblätter. Eine Zimmerpflanze war umgestürzt.

An die Rückwand gepresst stand die Gemeindesekretärin Beate Schauenburg. Sie hielt die hölzerne Taubenfigur, einst von dem Küster Kallweit als Sinnbild des Heiligen Geistes gefertigt, fest an ihre Brust gedrückt. Vielleicht wollte sie damit wehrhaft werfen oder sich damit auch nur schützen. Das war nicht auszumachen. Mit ihrem Kopf hatte sie das Bild Melanchthons über sich in eine Schieflage gebracht. Der Reformator darauf sah nun merkwürdig skeptisch aus, als überdächte er sein Lebenswerk noch einmal kritisch. Die Sekretärin hatte ihren Schrei in ein Wimmern übergehen lassen. Emmerich Baltz nahm sie in die Arme. „Da, da, da", wehklagte es aus dem Mund der Frau. Ihre bebende Hand wies auf den Stein. „Ein Anschlag auf uns", kam sie ein wenig zur Besinnung. „Ein Anschlag auf uns, die Kirche", wunderte sie sich gottserbärmlich. „Da hat einer einfach diesen Brocken in unser Fenster geworfen." Sie ließ das Staunen über diesen Frevel in einem Tränenfluss aus sich herausströmen.

„Ja", sagte Emmerich Baltz. „Jemand hat einen Stein geworfen." Er dachte an den Stein, der er nie sein wollte. Dann dachte er an die biblische Geschichte von der Steinigung der Ehebrecherin. Er wusste nicht genau, warum, konnte auch nicht korrekt den Zusammenhang zu dem gegenwärtigen Geschehen herstellen, sann einfach konturlos darüber nach, dass jemand seine Kirche vielleicht für eine Ehebrecherin gehalten hätte, die er steinigen wollte, und fragte sich ohne rechte Richtung: Haben wir denn die Treue gebrochen oder die Liebe missachtet?

Beate Schauenburg genoss weiter die pastörliche Umarmung und versuchte, den hölzernen Heiligen Geist in ihren Händen nicht gar zu stark gegen die massige Brust ihres Seelenhirten drücken zu lassen.

Von der Tür dröhnte es: „So weit ist es mit der Anarchie schon gekommen!“ Cornelsen betrat den Raum als Richter und Prophet der Endzeit gleichermaßen. „Das also zeitigt Ihre allumfassende Bereitschaft zur Vergebung, Bruder Baltz.“ Er wies in einer großen Geste – man sah nahezu die Richterrobe als Prophetenmantel flattern – auf die zerschmetterte Scheibe, den Stein, die verletzte Palme, die Scherben, zuletzt auf die Gemeindesekretärin im Schutz seines Amtsbruders. Melanchthon auf seinem Bild sah mittlerweile so schräg aus, als wollte er gleich seine Reformation zurücknehmen.

„Ich habe den miesen Hund erwischt“, triumphierte es urplötzlich durch das große Fensterloch. Dort stand der Friedhofsgärtner Uwe Sandholz, ein riesenhafter Endzwanziger, der sich mit der Reinigung des Gemeindehausgartens ein kleines Zubrot verdiente, und hielt in seinen von sauberer dunkler Muttererde verzierten Pranken die Schultern eines kleineren Mannes mittleren Alters. Aber im Vergleich zu Sandholz sahen alle kleiner aus.

„Sie, Herr Bassermann!“, wand es sich aus dem Mund von Pastor Baltz, der sanft die Gemeindesekretärin von sich schob. Es klang unendlich bestürzt. „Aber warum denn? Mein Gott, warum werfen Sie mit Steinen auf uns, Sie, ein regelmäßiger Besucher unserer Gottesdienste?“

„Ein Zeichen“, giftete es zwischen den Pranken des Friedhofgärtners hervor. „Alles Otterngezücht! Sie, alle! Sodom und Gomorrha!“ Kai Bassermann wand sich erregt im festen Griff seines

Häschers. „Heuchler, Verblendete, die ihr Mücken aussiebt, aber Kamele verschluckt, die ihr seid wie übertünchte Gräber, die von außen hübsch aussehen, aber innen sind sie voller Totengebeine und lauter Unrat, wie der heilige Evangelist Matthäus in seinem 23. Kapitel schreibt.“ Seine Stimme schraubte sich hoch und höher, bis sie in einem wilden Aufschluchzen brach.

„Soll ich ihm das Maul zuhalten?“, fragte der Friedhofsgärtner in der Empörung dessen, der sich auf der Seite der allseits Gerechten weiß. „Ich kann ihm auch eins auf die Nuss geben, dass er für länger die Klappe hält“, bot er großzügig an.

„Nein“, schnaufte Baltz. „Ich will ihn verstehen.“

„Den können sie nicht verstehen“, behauptete Sandholz. „Der hat sie nämlich nicht mehr alle. Das weiß jeder hier. Der hält immer Gebetsversammlungen vor der Friedhofskapelle ab und belästigt die alten Weiber an ihren Gräbern. Die alten Damen, meine ich, die werten Hinterbliebenen. Er kriegt aber nie eine Versammlung hin, weil keiner von den werten Hinterbliebenen mit ihm beten will.“

„Sie halten zu einem Mörder. Ihre Kirche ist ein Leichenhaus geworden“, würgte Bassermann, weil er sich in seinem Übereifer am eigenen Speichel verschluckt hatte. „Das muss ein Ende haben. Die Schuld wird der Herr euch anrechnen, tausendfach, millionenfach, milliardenfach, ewig.“

„Ist ja gut, Herr Bassermann“, dröhnte Pastor Cornelsen und blickte gnädig auf den Übeltäter. „Ich muss jetzt leider die Polizei rufen. Das verstehen Sie doch, nicht wahr? Sie haben hier nämlich einen ganz schönen Sachschaden angerichtet. Und während wir warten, können Sie mir ja noch einige Ihrer Gedanken anvertrauen.“ Er schritt mit ausgestreckten Armen auf den Steinewerfer zu, pflückte etwas angeekelt die Pranken des Friedhofsgärtners von dessen Schultern, was aber erst nach einem beruhigenden Nicken des Geistlichen Baltz gelang. Dann gingen beide, in ein lebhaftes Gespräch vertieft, Seite an Seite in das Sitzungszimmer. Die Stimmen schrillten.

Etwa 20 Minuten später kamen Hauptkommissar Matthiessen

und Hauptmeister Wolter vom örtlichen Revier in einem Streifenwagen zum Tatort. Matthiessen starrte von außen durch das Fensterloch in das Gemeindebüro und brummelte in Richtung des Polizisten: „Machen Sie mal ein paar Fotos von diesem Scherbengericht!“ Dann wandte er sich an die Gemeindesekretärin, winkte sie durch die Terrassentür in den Sommer, nahm ihr die hölzerne Taube aus der Hand und verlangte gemütlich: „Erzählen Sie mir bitte alles der Reihe nach. Lassen Sie sich Zeit! Ich habe Zeit.“ Er setzte sich auf eine Gartenbank und klopfte mit der Hand auf den freien Platz neben sich. Eine Amsel sang. Rote, blaue, gelbe Blumen dufteten. Matthiessen zündete sich eine Zigarre an und machte den Blumenduft nieder. Die Gemeindesekretärin fand das typisch männlich, aber im sympathischen Sinne, und hob an zu berichten. Irgendwann, nach Minuten, überraschte sie sich dabei, dass sie in ihre Stimme ein Gurren legte.

Der Hauptkommissar starrte in die Sonne, dachte an Hackbraten und wunderte sich dann und wann ganz erheblich. Gegen 14.00 Uhr rief er Harprecht in der Blumenstraße an und berichtete ihm von dem Kirchensturm, wie er es spöttisch nannte. Der Erste Hauptkommissar, der im Präsidium saß, um den Aktenberg auf seinem Schreibtisch abzuarbeiten, horchte auf den tiefen Bass seines Freundes und vermochte sich nicht so recht aufzuregen. „Ob dieser Bassermann irre ist, das mögen die Psychologen entscheiden“, trödelte er. „Die Religion ist schon ein ziemlich bunter Blumengarten. Und es sind nicht nur Rosen dabei, sondern manchmal auch recht exotische Pflanzen aus Glaubensregionen, die wir absolut nicht kennen – und die ich auch nicht näher kennen lernen möchte“, fügte er hinzu.

Matthiessen klang das alles etwas zu blumig. Das sagte er auch, um dann seinen Freund an den Polizisten in sich zu erinnern: „Ich nehme den Herrn also vorläufig fest?“

„Tu das, Malte!“, klang es aus dem Präsidium wie ein Ruf, dass die kirchlichen Regionen gefälligst nicht verletzt gehörten, obwohl Harprecht sich durch die andauernde Ruhe und das ständige Ausgewogenseinwollen manchmal in seinem Glauben verletzt fühlte. Vielleicht ist eine Ruhestörung dann und wann gar nicht schlecht, so ein kleiner Kirchensturm, schmunzelte er. Aber nicht durch diese rechtslastigen Rechtgläubigen, schmunzelte er nicht länger, mit diesem verdammten Anspruch darauf, immer Recht zu haben und Ordnung in den Glauben zu betonieren, an dem sich andere nur ihre Köpfe blutig stoßen können. Dann schlug er zehn Aktenseiten um, las eine, schlug wieder zehn um, las noch eine. Er hörte auf die Stille in den Büros der Mordkommission. Nein, dachte er, Fenster dürfen im Zusammenhang mit Religion nie wieder klirren. Er schlug weitere zehn Seiten um. Arme Frau Schauenburg, armer Pastor Baltz, bedauerte er. Sie sind Menschen voll guten Mutes, von so guter Hoffnung und wirklich und wahrhaftig vertrauensselig. Die können, Gott sei Dank, die Sprache der Steine nie verstehen. Sie leiden nur unsäglich darunter. Er schlug noch einige Aktenseiten um, machte dann sein Namenszeichen, legte seine Füße auf den Schreibtisch und summte diesmal keinen Blues, sondern einen alten Spiritual: „Give Me That Old Time Religion".

KAPITEL 9

Pastor Jonas Ellwein fuhr mit seinem Renault schnell durch die Nacht, die er überall wusste, in seiner Vergangenheit, in seiner Gegenwart, in seiner Zukunft, in Herz, Seele und Gedanken. Man würde ihn suchen, dachte er. Immerhin hatte er einen Polizeibeamten niedergeschlagen, wenn auch nahezu sanft. Ein Amtszuchtverfahren würde gegen ihn angestrengt werden. In dessen Folge könnte er seinen Beruf verlieren. Und gerade sein Pastorenamt war es doch gewesen, was ihn die vergangenen Jahre hatte ertragen lassen, nicht die schweren Rüstungen der Würde und Autorität, sondern gerade das andere, dass er sich seinem Gott immer wieder ergeben wollte, dienen, dass er in der Hilflosigkeit, die viele Gemeindemitglieder zu ihm geschleppt hatten, seine eigene Hilflosigkeit wiederzufinden vermochte und so eine Geschwisterlichkeit der Schwachen entstanden war, die ihn hielt. Er war keinem Leid, das von anderen her auf ihn zukam, aus dem Wege gegangen und hatte auf diese Weise Leid in vielen Tiefen kennen gelernt, es ausgelotet und sein eigenes zum Vergleich herangezogen. Und manchmal war es Trost gewesen.

Er hatte aller Macht, die es in seinem Beruf noch im Übermaß gab, abgeschworen, um sich selber noch leichter zu machen. Denn sie wog schwer, die Schuld von vor 15 Jahren. Hätte er seinen Glauben, der von Wehrlosigkeit, Umfangensein und einer unerhört göttlichen Treue kündete, nicht mit einer solchen Inbrunst, ja, Inbrunst – ein anderes Wort fand er dafür nicht – weitersagen wollen, und im Wollen hatte er auch stets ein Müssen verspürt, dann hätte er sich schon lange den Behörden gestellt, um das zu bekennen, was von ihm und drei anderen einst angerichtet worden war.

Die Bäume flogen als Schatten an ihm vorbei. Am Himmel flohen graue Wolkenfäden in die entgegengesetzte Richtung. Der Nachtwind sang ihm Choräle von Begräbnissen.

Ein letztes Mal war er dem Ruf Franziskus´ gefolgt. Und der hatte ihn loslassen müssen. Seine grausamen Spiele von Buße und Sühne waren ausgespielt. Jansen war wieder dabei, wusste Ellwein, in seine alte Nichtsesshaftigkeit zurückzustürzen. Er hatte sich so etwas wie Heimatgefühle von ihnen erpressen wollen. Nun befand er sich erneut auf seinem Weg in ein Sonstwo, irgendwo zwischen verlorener Liebe, Besessenheit und Hass. Und dieses Sonstwo konnte auf einem Lavastrom platziert sein, der ihn letztlich als Asche zu Tal riss.

Doch noch einmal würde Ellwein als Pastor handeln. Die Stimme in seinem Mobiltelefon hatte heiser, gehetzt geklungen: „Meine Frau stirbt. Und sie wünscht sich so sehr ein Abendmahl. Bitte, Herr Pfarrer, Sie müssen kommen. Wir haben früher in Ihrer Gemeinde gewohnt. Nun mussten wir nach Westensee umziehen. Aber meine Frau hängt doch immer noch so sehr an Ihnen. Jetzt stirbt sie und wünscht sich nichts sehnlicher, als dass Sie ihr noch einmal das Abendmahl reichen. Das ist ihr letzter Wunsch. Aber beeilen Sie sich! Sie hält sicher nicht mehr lange durch. Sie darf doch nicht ohne die Gnadengabe von uns gehen." Durch die Stimme brach ein Schluchzen. „Machen Sie bitte ganz schnell." Dem Schluchzen war ein Keuchen gewichen.. „Wir wohnen von Kiel aus im ersten Haus rechts hinter dem Ortsschild. Bitte, bitte, Sie kommen doch?"

Ellwein drückte noch mehr auf das Gaspedal. Der Motor des Renault heulte auf. Mit einer Hand griff er nach hinten, um sich zu überzeugen, ob der Abendmahlskoffer auch wirklich da war. Plötzlich erfassten seine Scheinwerfer ein Reh auf der Fahrbahn ... Laura ... ein Reh. Es stand geblendet still. Ellwein stieß seinen Fuß auf das Bremspedal. Es glitt einfach unter seinen Füßen fort. Es griff nicht. Er trat und trat. Der dahinrasende Wagen schleuderte. Der Geistliche schlug nun beinahe mit dem Fuß auf das Pedal. Dann riss er das Steuer herum, um das Reh ... Laura ... das Reh nicht zu treffen.

Die Straße stürzte bergab. Das Auto hob seinen Kühler in den Nachthimmel. Beim Sterben fliegt man immer nach oben, dachte Ellwein. Ein Stern blinzelte ihm zu, als wollte er ihn begrüßen. Alles fühlte sich irgendwie schön an wie Osterwünsche, die in Erfüllung gingen. Dass der Renault auf einer Wiese aufprallte, sich mehrfach überschlug und dann mit dem Dach nach unten, und die Räder drehten sich noch lange, liegen blieb, nahm er nicht mehr zur Kenntnis.

Er ging durch einen Tunnel auf Licht zu. Es war vollkommen. Er hörte Klänge, die nach seiner Lieblingsmusik, nach Verdis Requiem klangen, dazu die Musik seiner Kindheit, als Harry Belafonte eine Insel in der Sonne besang. Das Licht erlosch, aber nicht bis hin zu einer völligen Dunkelheit. Es blieb eine Dämmerung, die des Abends oder des Morgens. Eine Stimme sprach zu ihm, eine gute Stimme, wie er sie gerne als Prediger gehabt hätte. Er verstand ihre Worte nicht und hätte sie doch so gerne verstanden, weil sie gewiss Worte der Vergebung sagte. Anders konnte es doch gar nicht sein. Die Nacht breitete ein Tuch gleich der Decke, die eine Mutter legt, auch Ellweins Mutter, strich sie zärtlich glatt und ließ dann allein. Einer sollte schlafen dürfen. Der Frieden fühlte sich nach Nichts an. Das Nichts war schön, ohne Eifer. Ellweins Dasein war in einer Balance, wie sie vollkommener nicht sein konnte. Die Ewigkeit lächelte von fern wie ein zahnloser Säugling. Sie würde wachsen, wachsen, wachsen. In Gottes Hand ruhte ihre Nahrung.

Der Landwirt Arnold Bleichen fand den Verunglückten am nächsten Morgen. Er benachrichtigte unverzüglich einen Notarztwagen, der den Schwerverletzten in die Kieler Universitätskliniken brachte. Dort wurde an ihm gerichtet, was zu richten war. Dann musste man ihn einem tiefen Koma überlassen. Die Ärzte gönnten es ihm, wurden ihm doch dadurch entsetzliche Schmerzen erspart.

Beamte der Spurensicherung untersuchten den verunglückten Wagen. Zietz hatte sie geschickt. Sie fanden das völlig zerschmetterte Handy. Aber es war noch jene Nummer festzustellen, von der zuletzt der Apparat angewählt worden war. Es handelte sich um die Nummer einer Tankstelle vor den Toren Kiels in Richtung Preetz. „Hier telefonieren andauernd Leute. Die kann ich mir unmöglich merken", muffelte der Pächter auf die Frage eines Beamten hin.

Harprecht wurde von Hauptmeister Volker Kowalski benachrichtigt, der immer noch nicht verstanden hatte, wie einer, den er doch nur schützen wollte, ihm hatte Gewalt antun können. „Wir können wohl nur warten", stotterte der junge Kriminalist.

Dennoch rief der Erste Hauptkommissar sein Team in der „Klause" zusammen, um das letzte Geschehen irgendwie zu bilanzieren. Seine Leute sandten ihm Müdigkeit und Ratlosigkeit entgegen, die schlagartig in frischen Tatendrang umschlugen, als ein Kriminaltechniker fernmündlich meldete, der Bremsschlauch am Renault des Geistlichen sei nahezu völlig durchschnitten gewesen, und zwar mit einem äußerst scharfen Messer. „Es muss nur Sekunden gedauert haben, wenn man denn weiß, wo sich der Bremsschlauch bei einem Auto befindet", dröhnte der von der Technik. „Aber wer weiß das nicht?"

Ich, dachte Harprecht. Eleonore gewiss. Die sah Formel-1-Rennen im Fernsehen und blätterte stets ADAC-Zeitschriften durch. Ihm fiel immer in irgendeinem Zusammenhang seine Frau ein, wenn ein Mordanschlag wieder seine Welt so durcheinandergeschüttelte, dass er zunächst nicht wusste, wo oben und unten war. Eleonore war immer oben.

„Moment noch“, rief der Techniker, „einer vom Erkennungsdienst will noch etwas von euch.“ Dann eine andere Stimme, heller als die eben, fast jungenhaft: „Ich habe gehört, ihr habt es in eurem Fall mit Buchstaben. Bei dem Firmennamen Renault ...“

„... fehlt das L“, ergänzte Harprecht dumpf.

„Genau“, krähte der Jung-Erkennungsdienstler, „aber auch das A und das U und das R. Hilft euch das weiter?“

Harprecht sah lauter Warninschriften an allen möglichen Wänden, sogar an denen mit den Geweihen und den Hörnern. Und alle schrieben sie LAUR-a.

„Die Buchstaben“, moserte Zietz, „können bei dieser alten Rostlaube doch von selber runtergefallen sein.“

„Das glaube ich nicht“, wandte sich Karin Goellner dagegen. „Dann wäre vermutlich gleich der ganze Schriftzug abgegangen. Ich meine, der Täter hat die Buchstaben abgelöst, als er den Bremsschlauch durchschnitten hat. Wie hätte er das auch später tun können? Er wusste doch gar nicht, wo genau der Ellwein verunglücken würde.“

„Warum hat er bloß diesmal eine so indirekte Methode gewählt“, sinnierte Matthiessen, „zudem ohne Garantie, den Pastor wirklich zu töten? Und er hat ja auch überlebt.“

„Ich denke mir einmal, das ist etwas Psychologisches“, sagte Harprecht. „Pastoren stehen im Ansehen der Leute immer noch ganz oben, gleich hinter den Ärzten. Und sie haben das Image, ja, von heiligen Menschen. Da spielt so eine Art Tabu noch eine Rolle. Alles, was mit Gott, Kirche und Glauben zu tun hat, verlangt irgendwie nach Respekt. Meine Oma hat zum Beispiel nie ein Buch weggeworfen, auf dem ein Kreuz drauf war, und wenn es noch so ein zerfleddertes Gesangbuch war. Es wurde aufgehoben. Unser Täter wollte mit dem Heiligen nicht unmittelbar in Berührung kommen.“

„Na, wenn Sie das so meinen“, mokierte sich Zietz.

„Da kann was dran sein“, meldete sich Kriminalmeister Waldberg. „Ich könnte so einen Priester oder Pfarrer noch nicht einmal mit dem kleinen Finger antippen, auch wenn der mir noch so unverschämt käme. Kommen die einem eigentlich jemals unverschämt? Und unser Täter wollte bei den Leuten vielleicht nicht als gänzlich verflucht dastehen, dieser Rächer Lauras. Ihm war an seinem Nimbus gelegen, oder wie man das Ding nennt.“

„Also gut“, dachte Harprecht laut. „Es ist vielleicht sogar denkbar, dass er unseren Ellwein am Leben lassen wollte. Nur ein heftiger Denkzettel, das reichte ihm möglicherweise. Aber dennoch sitzt ein Polizist vor der Intensivstation. Vielleicht überschätzen wir ja die Pietät unseres Mörders.“

„Malte“, wandte er sich an Matthiessen, der gerade an einem mit Leberwurst belegten Brötchen kaute, danach heißen Kaffee nachgoss und ein Gurkenscheibchen aus der Tasse fingerte, „kümmerst du dich gleich bitte nachdrücklich und auffällig um den Herrn Jansen. Nimm dir Herrn Zietz mit. Unser Heiliger muss erkennen, dass die Polizeimacht gewillt ist, ihm geballt und rücksichtslos entgegenzutreten. Ich will wenigstens eine kleine Erschütterung bei ihm.“

Thorvald Zietz erhob sich von seinem Platz, fuhr sich prüfend über seine braune Lederweste und das blassblaue Hemd, ob ihn denn alles zu seiner Zufriedenheit schmückte, und gab dann jene Sätze von sich, die den Hauptkommissar Carsten Harprecht für Minuten danach in einen Berserker verwandeln sollten, was ja ursprünglich einen in Bärenfell gekleideten Krieger bedeutete – aber nichts wirkte in den Momenten, die den Zietzschen Auswürfen folgten, weich an ihm, alles kriegerisch und niederstrecken wollend.

„Wenn wir es denn einmal genau nehmen“, so der von seinen Überzeugungen trunkene Hauptmeister, „und der Jansen wirklich der Mörder sein sollte, dann könnte man bei ihm doch durchaus von, na, ich möchte es einmal nennen, ehrenhaften Morden sprechen. Er dient, wenn auch nicht staatlich abgesegnet, der ausgleichenden Gerechtigkeit, der wir uns alle ebenfalls verschrieben haben, nur dass wir natürlich die Todesstrafe ablehnen müssen.“ Er schaute sich stolz um, wie vielleicht einst Alexandre Dumas seinen

Graf von Monte Christo hatte blicken lassen. Und Millionen Leser mochten und verstanden diesen auf seine Gerechtigkeit versessenen Grafen. Zietz stemmte beim Sitzen seine Hände in die Hüften.

„Ehrenhafter Mord“, brüllte Harprecht und schoss aus seinem Stuhl empor. „Und Sie, Sie wagen es, uns, die Polizei, mit einem möglichen Mörder in einem Atemzug zu nennen. Mann, wer sind Sie denn überhaupt? Besser, was sind Sie überhaupt? Nach dem, was Sie da eben ausgekotzt haben, wohl doch kein Polizist. Das ist Mafia. Das ist Feme-Mord-Denken! Mensch, ist Ihnen überhaupt klar, was Sie da für einen gefährlichen Blödsinn verzapfen?“ Harprecht ging mit rotem Kopf auf Zietz los, nun nicht länger als Berserker, sondern als ein Stier auf den ausgerutschten Arenenclown, so dass der Clown den Stier nicht abzulenken vermochte. „Das ist Dreck!“, keuchte er. „Herr, Herr Zietz, tun Sie sich und mir den Gefallen und verschwinden Sie sofort! Sofort!“, brüllte er. „Melden Sie sich beim Polizeioberrat. Ich werde ihn informieren. Und nun machen Sie, dass Sie rauskommen!“

„Aber ...“, stammelte Zietz.

„Chef ...“, knisperte Hilflosigkeit in der Gruppe.

Jeder wusste, wie es im Dezernat bewertet werden würde, wenn jemand aus dem Harprecht-Team gefeuert wurde. Das war bislang nur einmal geschehen. Und der damals davon Betroffene arbeitete heute in einem privaten Wachdienst.

Harprecht krachte auf den Stuhl zurück. Da die „Klause“, angesichts der mächtigen Trinkgelage, die sich in ihren Mauern auszutoben pflegten, auf äußerst solides Material Wert legte, brach der Stuhl unter dem Hauptkommissar nicht zusammen.

„Carsten“, versuchte es der alte Freund und Kampfgefährte Matthiessen, „kann ich dich einmal kurz unter vier Augen sprechen?“

„Nein“, belferte der Chefermittler. Und als er sah, dass und wie sehr er den alten Hauptkommissar mit dem Ausbruch ihm gegenüber gedemütigt hatte, fügte er schnell in dessen Richtung besänftigend hinzu: „Bitte, versteh mich doch!“

Plötzlich ließ sich Karin Goellner hören. Ihre Stimme zitterte und drohte demnächst abzustürzen. Doch sie brachte ihren Einwand heil über die Runden: „Wir können doch schließlich nicht immer unsere Worte auf die Goldwaage legen. Immerhin sind auch unsere Nerven reichlich strapaziert."

„Die Goldwaage erwarte ich von Ihnen auch nicht", gab Harprecht zurück, und immer noch toste der Zorn durch seine Antwort: „Lediglich jene Waage, die die uns allen bekannte Göttin Justitia in ihrer Hand hält. Können wir uns darauf einigen, Frau Kriminalobermeisterin?"

Die nickte. Aber das Nicken wirkte nur höchst unvollkommen ausgeführt.

„Herr Kuhlmann, Sie begleiten statt Zietz den Hauptkommissar Matthiessen zu Jansen!", ordnete Harprecht an. „Der Rest vertieft sich in das Leben von Ellwein und durchforscht genau das Innenleben der Heiligengeist-Gemeinde. Die Spurensicherer befinden sich noch in der Wohnung und in den Amtsräumen des Pastors. Kommt ihnen nicht in die Quere, aber lasst euch auch nicht von denen verdrängen!" Harprecht bemühte sich, ruhig und sachlich zu klingen. Doch er hätte am liebsten das nächstbeste Hirschgeweih von der Wand gebrochen und es durch die Akten gerammt, die sich vor ihm auf dem Tisch stapelten.

Die „Klause" gab den nahrhaften Geruch von Wildragout ab. Von draußen turtelte die Sonne durch die Butzenscheiben. In der Küche sang einer den diesjährigen Sommerhit. Er klang schrill. Er benutzte dabei Töpfe und Pfannen als Rhythmusinstrumente. Der Hauptkommissar fühlte sich von alledem beleidigt. Sein Mobiltelefon piepte. Der in das Jansensche Haus eingeschleuste Fahnder Jörn Buttgereit meldete, dass sich etwa 50 Bürger vor dem Laden versammelt hätten.

„Wollen die etwa das Haus stürmen?", fragte Harprecht bestürzt.

„Eher nicht", antwortete der junge Polizist munter. „Es ähnelt mehr einem beginnenden Jahrmarkt. Es fehlen nur noch die Wurstbuden und das eine oder andere Fahrgeschäft. Einige von denen singen auch etwas, ich glaube `Fuchs, du hast die Gans gestohlen´. Können Sie damit etwas anfangen?"

„Man wird sehen. Halten Sie die Stellung. Zwei von unseren

Leuten werden gleich zu Ihnen stoßen." Der Chefermittler schüttelte sich. Er hatte noch nie von sich behauptet, die Welt zu verstehen. Aber von den Düsternbrookern meinte er einiges zu wissen. Er schien sich geirrt zu haben. Entweder feierten die einen mutmaßlichen Mörder und brachten ihm ein Ständchen oder sie wollten ihm eine gehörige Portion Angst einjagen. Was denn nun? Er nahm sich ein Mettwurstbrötchen, weil ihn das an seine Mitbürger in besseren Zeiten erinnerte und keine Zweifel ließ.

Thorvald Zietz ging aus dem Raum, sehr bleich im Gesicht. Die adrette Kleidung schien an ihm plötzlich viele Falten zu werfen. Als er die Tür öffnete, drehte er sich noch einmal um und sah seinen Chef mit einer Hilflosigkeit an, wie sie Harprecht, glaubte dieser sich vage zu erinnern, einmal bei einem festgenommenen amerikanischen Amokläufer in der Tagesschau gesehen hatte. Aber das war sicherlich Unsinn. Die Erinnerung ist oft ein Närrin für die Pausen im Leben. „Wer mich erreichen will, kann es auf meinem Handy tun", sagte er zu seinen Leuten und brach nach draußen auf die Esmarchstraße aus.

„Es ist nicht gerecht, was Sie getan haben", warf ihm dort Kriminalhauptmeister Zietz vor, der auf ihn gewartet hatte. Er schaute aus der Sonne auf den Ersten Hauptkommissar. Der konnte das Gesicht des Sprechers nicht ausmachen, legte sich eine Hand über die Augen und erwiderte nun sehr müde: „Warum nur reden Sie, gerade Sie von Gerechtigkeit?"

„Weil ich, auch wenn es sich eben nicht so angehört haben sollte, immer noch ganz genau weiß, was sie bedeutet."

„Ich hoffe es für Sie", sagte Harprecht. „Weiß Gott, ich hoffe es für Sie. Dem Oberrat werde ich übrigens keine Meldung über den Vorfall machen. Von mir aus können Sie eine Versetzung auf eigenen Wunsch angeben. Ich segne das ab." Dann drehte er sich abrupt von dem Beamten weg wie von einem, den er nur sehr ungern gekannt hatte. Er ging die Holtenauer Straße entlang in Richtung auf das ferne Rathaus, das in seiner Burgenhaftigkeit alle Nachbarhäuser ausstach. Er wollte nichts vom Rathaus. Nur das Treiben in diesem Gebäude entsprach seinem gegenwärtigen Gefühl, ein unverbesserlicher Rechthaber zu sein. Er mochte dieses Gefühl nicht, dann doch wieder.

Vielleicht bin ich ein Fossil, überlegte er, das eigentlich schon längst vergraben gehört. Und dann werden mich eventuell Jahrhunderte später Leute ausbuddeln und bei meinem Anblick denken: So hat damals also einer ausgesehen, der sich immer auf der Seite des Rechts gewusst hat. Ein komischer Vogel eigentlich, mit so schrecklich geraden Knochen. Der ist bestimmt überall angeeckt und durch kein Schlupfloch gekommen.

Er spürte ein Alleinsein. Er schaute einen Augenblick den Kindern beim Planschen im Kleinen Kiel zu. Die Mütter oder Väter standen jeweils kaum einen Meter von ihren Sprösslingen entfernt und hielten genau das Umfeld im Auge. Man hatte dabei kaum mehr Zeit, mit anderen zu plaudern. Wenn man es dennoch tat, hörte es sich an, als tauschte man Lageberichte aus. Der Himmel wirkte bleiern und schwer. Tauben kreisten träge. Niemand warf ihnen Krumen hin. Ein roter Luftballon stieg in die Luft. Ein kleines Mädchen weinte ihm mit ausgestreckten Ärmchen nach. Der Trost der Mutter klang langatmig, aber nicht herzlich.

Harprecht rief den Fahnder Buttgereit im Haus Jansens an. Der meldete: „Die Leute singen nicht länger. Es sind auch weniger geworden. Aber niemand betritt mehr den Laden. Es scheint ein Boykott ausgerufen worden zu sein."

„Das kommt uns nicht ungelegen", sagte Harprecht und beendete das Gespräch. Er wählte Eleonores Nummer, einfach, um ihre Stimme zu hören. Stattdessen antwortete sein Vater und gab bekannt, dass die Ehegattin sich noch in der Schule befinde. Er selber wolle sich gleich zu Jansen aufmachen.

„Nein, Vater", bat ihn Harprecht. „Das lass mal lieber. An dem sind schon genug Leute dran. Mir wäre es erheblich wichtiger, wenn du dich um den Organisten Burgdorf kümmern würdest. Jemand, der ein Gefühl für Musik und Musiktreibende hat, holt bestimmt Sachen aus dem raus, die wir normal Sterblichen niemals hören würden. Machst du das? Und denk daran, der Mann gehört durchaus zum Kreis der Verdächtigen, wenn auch nicht zum ersten."

„Sag nicht immer Vater zu mir“, muffelte der Oberrat. „Ich nenne dich schließlich auch nicht Sohn. Ich werde mich also dann gleich um den Musikus kümmern. Vielleicht hat der ja einige Tipps für mich, was meinen Tastenanschlag angeht.“

„Danke, Clemens“, sagte Harprecht und lächelte, zum ersten Mal an diesem Tag, wie er vermutete. Sein Vater war halt zu vielem gut. Er kaufte sich ein Eis mit viel Sahne und schlenderte gemächlich, wie er jedenfalls hoffte, es zu tun, dem nächsten Taxistand entgegen. Er würde einfach einen freien Nachmittag einlegen, vielleicht mit Eleonore einigen Unfug treiben, wenn sie denn nicht mehr so furchtbar traurig war, und sich darauf verlassen, dass alles auch ohne ihn seinen geordneten Gang ginge. Es würde es ganz gewiss tun, fürchtete er beinahe. Beamte würden die Leute ausforschen, die um den Gemeindehausparkplatz herum wohnten, auf dem der Renault von Ellwein gewöhnlich abgestellt war. Der Polizist, der vor dessen Krankenzimmer Wache hielt, würde sofort Nachricht geben, wenn der Pastor aus dem Koma erwachte. Das könnte allerdings dauern, hatten die Ärzte vermeldet. Überleben würde der Geistliche jedenfalls.

Harprecht lächelte schon wieder. Er fing herablaufendes Eis mit seinen Fingern auf. Und als er es nicht mehr aufzufangen vermochte, versenkte er die Tüte in einen Papierkorb. Das brachte ihm einen höchst vorwurfsvollen Blick von Seiten eines kleinen Jungen ein, der mit seinen Händchen fest in die rechte Hand der Mutter verhakt war. Der Polizist blinzelte dem Bengelchen zu. Die Mutter schaute misstrauisch und beschleunigte ihre Schritte. Der Sommer lehnte sich an Harprecht und flüsterte ihm zu: „Nimm es nicht so schwer!“

Zu Hause rief er nach Eleonore. Und als er keine Antwort empfing, legte er sich auf das Wohnzimmersofa, kraulte ein wenig den kostbaren Delphintisch, um ihn lächerlich zu machen, und trachtete dann danach, an alles Mögliche zu denken, wenn es nur nicht kriminalistisch war, am besten an jene Balgerei mit seiner Frau auf einer Hollywoodschaukel während ihres letzten Urlaubs in Siena, die umgekippt war, sie aber dennoch an unsittlichem Tun nicht gehindert hatte. Doch sein Gehirn machte nur einen winzigen Augenblick Platz für diese Erinnerung. Dann drängte sich alles darin erneut um den Fall zusammen. Was hatte er übersehen? Wo dachte er auf einer völlig falschen Bahn? Jansen ein Mörder? Kamen vielleicht, den er irgendwie mochte? Der Organist, der einem Kirchenvorstand bei der Bewerbung „Amazing Grace" vorspielte. Warum nicht eines der herkömmlichen Lieder, „Lasset uns mit Jesu ziehen" oder „Befiehl du deine Wege"? Warum diesen Gospel, den Laura im Stadtteil nahezu berühmt gemacht hatte? Die Sonne blendete ihn, obwohl sie es gar nicht konnte. Die Sofalehne ragte zwischen ihr und ihm auf. Sie blendete ihn trotzdem. Er verstand es nicht. Vielleicht war alles an ihm und in ihm völlig überempfindlich.

Eleonore kam in den Raum und roch betörend nach dem Bewuchs einer Paradieswiese, nach verbotenen Früchten, vielleicht auch dem Apfel des Paris und der Rose von Scharon, gab ihm einen Kuss auf die tief zerfurchte Stirn und sagte: „Ich werde nicht von dir verlangen, dass du deine Gedanken abschaltest. Wie könntest du es tun, wenn die Heillosigkeit über uns alle hereingestürzt ist?" Sie legte sich neben ihn, übermittelte Sommerwärme an ihn, auch ein wenig von dem blauen Himmel über Siena, und fragte: „Willst du reden?"

„Ich weiß keine Anfänge, die mich überzeugen", murmelte er. „Und ich fürchte mich davor, zu viel zu wissen. Es ist unheimlich. Wenn von einer Kirche so viel Segen fortgeht, ist es irgendwie teuflisch."

„Nein", sagte Eleonore. „Es bleibt immer menschlich."

Am späten Nachmittag besuchte Harprecht erneut Kommissarin Silvia Grünberg in ihrer Strander Wohnung, nicht fern der See. Sie öffnete ihm in Jeans, über die locker ein grellrotes T-Shirt hing. Ihre blonden Haare hatte sie zu einem Pferdeschwanz zusammengebunden. Sie sah jünger als 36 aus und fast so, als beabsichtige sie Spiele. Alle ihre Sicherheitsschranken schien sie hochgestellt zu haben.

„Jetzt kann ich Sie mir beinahe als Kinderpflegerin vorstellen", sagte der Hauptkommissar.

„Warum nur beinahe?"

„Ihr Gesicht hat Härte bekommen. Verstehen Sie mich nicht falsch. Es ist eine Härte, die Ihnen steht. Wenn es so etwas gäbe, würde ich sie als weiche Härte beschreiben."

Sie lächelte, warf sich in einen mit hellem Leder bespannten Regie-Sessel, wies ihm den neben sich zu: „Sie können ja flirten, Herr Hauptkommissar." Ihre Hände fuhren über ihre Hüften. Das T-Shirt spannte sich über den vollen Brüsten, die von keinem BH gebändigt wurden. Sie gab sich deutlich als Frau zu erkennen.

„Und Sie sind nicht schlecht als lockende Venus", schmunzelte Harprecht.

Sie zog sich und ihre Fraulichkeit einige Zentimeter zurück: „Die Kollegen haben mich auf dem Laufenden gehalten. Ellwein liegt immer noch im Koma. Vor Jansens Haus sind singende Bürger aufgezogen. Und er wird boykottiert. Es gibt keine Erkenntnisse, wer wann das pastörliche Auto manipuliert hat. Und Sie haben Zietz gefeuert. Musste das wirklich sein?"

„Ja, das musste sein", gab Harprecht einen Eiszapfen zurück.

„Sie sind der Boss!"

„Eben, ich bin der Boss. Und Sie sind in der Tat ausnehmend gut informiert."

„Kollegen lassen einen Kollegen nicht hängen."

„Sollte das etwa eine Spitze gegen mich sein?"

„Aber woher denn? Wir sind doch immer gut miteinander ausgekommen." Sie legte die Beine auf den Rattantisch vor sich. Ihre Füße waren nackt, die Zehennägel mattrosa lackiert. Das ganze Zimmer war in Sonnenlicht getaucht. Die Frau, der Raum und die Sonne passten gut zueinander. Die Kinderbilder über dem Sofa leuchteten dem Sommer entgegen. Die Farben grüßten ihn nahezu.

„Das da ganz rechts scheint von einem älteren Kind gemalt zu sein", bemerkte der Ermittler. „Der Baum, das Haus erinnern mich an etwas, was ich schon gesehen habe."

„Es ist alles nur aus der Phantasie der Kleinen gewachsen. Was möchten Sie trinken? Ist es für einen Weißwein zu früh? Immer noch im Dienst?"

„Weißwein wäre mir recht, wenn er kalt ist."

„Er wird Sie innerlich gefrieren lassen", kokettierte Silvia Grünberg nicht mehr mit der Leichtigkeit, die sie noch wenige Minuten zuvor an den Tag gelegt hatte. Sie war wieder zur Fahnderin geworden, auch mit ihren schwingenden Brüsten, als sie der Küche zuschritt. Nichts an ihnen lockte mehr, weil ihre Trägerin es nicht länger wollte.

Harprecht trat an das Bild heran, das ihm als reifer gemalt vorgekommen war. Er betrachtete es genau. Er erkannte und vergaß sofort wieder. Er konnte das Bild nicht in sich festmachen.

Die Kommissarin goss ihm ein, dann sich. Sie prosteten sich sehr beiläufig zu. Jede Intimität war geschwunden. Der Wein war in der Tat eiskalt.

„Gut", lobte der Ermittler über seine jäh aufsteigenden Magenschmerzen hinweg.

Die Beamtin beugte sich ihm entgegen. Er sah die tiefen Kerben um ihren Mund, die Falten über ihrer Nase. Das Blau ihrer Augen besaß den Ton von Stahl, kam es ihm vor. Er roch ihren Atem, Wein und noch etwas, das ihn an Kindertage erinnerte, vielleicht der Duft zerdrückter Blumen. Sie fragte: „Glauben Sie, dass der Stadtteil es erlaubt, den Täter zu fassen?"

„Der hat uns nichts zu verbieten. Er kann es nicht."

„Sind Sie sich da so sicher? Und die Kirche? Drei der Opfer, der Küster, ein Kirchenvorsteher und ein Pastor kommen aus ihrem Dunstkreis. Wird sie sich nicht mit allen Mitteln schützen wollen?"

„Die Kirche will nichts als Befreiung von diesem, wenn ich es einmal großspurig ausdrücken darf, Fluch."

„Und das glauben Sie? Das glauben Sie wirklich?" Kommissarin Grünberg lachte. „Die Kirche will nichts als ihr Image bewahren. Und dafür würde sie sogar den Täter in ihren Katakomben einmauern, wenn die Pauluskirche solche besäße."

„Frau Grünberg, das Mittelalter ist vorbei. In Mordermittlungen hat sich die Kirche der Polizei zu unterstellen, wie in anderen

Ermittlungen auch." Es klang, als wollte da einer unbedingt die Rechtsmittel vor die Gnadengaben stellen.

„Wann ist schon einmal bei Mord das Mittelalter vorbei?", fragte die Kommissarin. Sie fragte wohl vor allem sich selbst. Denn sie sah Harprecht überhaupt nicht an, nur das Kinderbild ganz rechts an der Wand. „Ich bin bald wieder dabei", versprach sie.

Pünktlich um 19.30 Uhr an diesem Abend eröffnete Emmerich Baltz die außerordentliche Sitzung des Kirchenvorstandes. Er tat es mit einem kurzen, innig formulierten Gebet, in dem er die Seelen der verstorbenen Günther Kallweit und Bert Stemmle dem allmächtigen Gott und seiner allumfassenden Güte anempfahl und zugleich die baldige Genesung seines Amtsbruders Jonas Ellwein erflehte. Die gewählten Vertreter der Gemeinde, denen die Verantwortung für das gesamte kirchliche Leben in Düsternbrook anvertraut war, fühlten sich von diesem Gebet angerührt und fanden sich in ihm wieder. Danach hielt der Geistliche Friedhelm Cornelsen – und sein Gesicht wies dabei keinerlei Strenge auf, es war nahezu in eine barmherzige Weichheit abgeglitten, nicht unähnlich einem Puttenantlitz eines bislang noch nicht bekannten Barockmalers – eine ebenfalls sehr kurz gefasste, aber von tiefen Gedanken erfüllte Andacht über das Psalmwort: „Wirf dein Anliegen auf den Herrn; der wird dich versorgen und wird den Gerechten in Ewigkeit nicht wanken lassen." Er fand mit seinen von Vertrauen durchwebten Worten durchweg aufmerksame und auch betroffene Zuhörer. Gemeinhin glaubte man zu spüren, dass die Sommersonne nun wieder auch auf ihre Gemeinde gerichtet wäre, wenn sie vielleicht auch noch einen Schwarzfilter trug. Eleonore sah mit Beklommenheit auf den leeren Stuhl neben sich, auf dem sonst immer der quirlige Anwalt gesessen hatte. Sie hatte eine rote Rose auf dessen Platz gelegt. Es hatten sich schon mehrere andere dort befunden.

Etwa eine Stunde zuvor hatten die beiden Geistlichen mit dem stellvertretenden Vorsitzenden des Kirchenvorstandes, Gisbert Klingspor, zusammengesessen, dem Art-Director einer Hamburger Werbefirma, der aber in Düsternbrook gebürtig und immer noch hier wohnhaft war. Man wollte gemeinsam die gewiss nicht leichte Sitzung ein wenig vorplanen, um eventuellen Fallgruben ausweichen zu können, die dann und wann gerne ausgehoben wurden, auch, um nicht in offene Messer zu laufen, die mancher des Gremiums durchaus zuvor schon hin und wieder ausgeklappt hatte. Jesus hatte zwar das Schwertwegstecken verordnet. Aber wer konnte schon so vollkommen sein wie der? Der musste ja auch keine Gemeinde verwalten und um das eigene Profil besorgt sein.

„Mit zweierlei dürfen wir heute Abend auf keinen Fall kommen“, hatte der Mittvierziger Klingspor, immer auf Zeitersparnis bedacht, darum stets bündig, manchmal salopp formulierend, gesagt: „Mit diesem `Ist die Not am größten, ist Gott am nächsten´, was ja stimmen mag, aber heute nur das Problem übertüncht, und nicht mit dieser Hiob-Masche, von wegen, der Herr hat uns eine Last auferlegt, er wird sie auch wieder fortnehmen. Das ist diese Verantwortungsdelegierung, die unsere Kirche manchmal faul erscheinen lässt. Sie müssen schon entschuldigen, aber so wirkt das auf die Gläubigen. Und bitte kein geistliches Wortgeklingel nachher! Ich möchte heute kein `darob´, `sintemal´, `desselbigengleichen´, `allzumal´ oder `trübe Sinnen´ und `Tränensaat´ hören. Es wird Tacheles geredet und sich vor allem auf die eine Frage konzentriert: Was ist zu tun? Denn, meine Herren, wir wissen es alle, unsere Heiligengeist-Gemeinde besitzt zur Zeit etwa die Attraktivität eines ausgeschachteten Grabes.“

„Aber müssen Sie denn gleich zynisch werden?“, hatte Pastor Baltz gezagt.

„Zynisch?“, hatte Klingspor gewettert. „Zynisch? Soll ich Ihnen einmal sagen, wie die Bevölkerung, nicht nur hier in Kiel, die Kirche sieht? Einer Umfrage zufolge“, er hatte aus einer schwarzen Ledermappe einen bedruckten Papierbogen gezückt, „einer neuesten Umfrage zufolge fühlen sich nur noch 23,9 Prozent der Schleswig-Holsteiner mit der Kirche stark verbunden. 23,9 Prozent! Das ist noch nicht einmal ein Viertel der Bürger im Land.

Und hier eine andere Umfrage", ein weiterer Papierbogen war schwunghaft wie ein plötzlich materialisierter und allzu berechtigter Vorwurf aus der Ledermappe gezupft worden, „bei den Werten der Deutschen liegt der christliche Glaube auf dem letzten Platz. Auf dem LETZTEN Platz! Das hat Infratest in diesem Jahr ermittelt. Wir sind Verlierer, meine Herren Pastoren. Und da kommen Sie mir mit Zynismus! Ach ja, das können Sie ruhig auch noch zur Kenntnis nehmen, um das Ausmaß unseres Desasters vollauf zu begreifen, dieses Ergebnis einer Allensbach-Umfrage: Nur noch 13 Prozent der unter 30-jährigen sind der Auffassung, dass die Kirche gut in unsere Zeit passe." Klingspor hatte den letzten Papierbogen diesmal wie eine Trumpfkarte auf den Tisch geknallt, eine Trumpfkarte allerdings, die alles Positive ausstechen sollte. „Es ist Matthäi am Letzten, würde ich es einmal in Ihrer Sprache ausdrücken. Leider klingt Realismus oft wie Zynismus. Oder anders gesagt: Manchmal kann Realismus nur durch Zynismus verdeutlicht werden. Sonst bleiben wir heute Abend einmal wieder im allseitigen Wohlgefallen hängen."

Der Geistliche Cornelsen hatte seine Augen ergeben zum Himmel geschlagen. Sie erreichten nur die Decke des Sitzungszimmers. Die muss auch einmal wieder gestrichen werden, dachte er, rief sich aber sogleich wieder zur geistlichen Ordnung und wusste nicht weiter.

Die Sitzung des Kirchenvorstandes nahm ihren Fortgang. Das heißt, sie tat es eigentlich nicht, weil die meisten in ihrer Betroffenheit, Trauer oder Hilflosigkeit feststeckten.

So ergriff also Gisbert Klingspor forsch das Wort. Die beiden Pastoren zuckten schon im Voraus zusammen: „Kirche muss in den Markt zurück, zu einem Artikel werden, der, fest in der Gegenwart verhaftet, Zukunft beinhaltet. Wir wirken, verzeihen Sie mir, meine Damen und Herren, wieder einmal wie jemand, der auf einen fahrenden Zug aufspringen will, der schon längst abgefahren ist. Und dann stehen wir auf dem leeren Bahnsteig und wundern uns, warum der Bahnsteig so leer ist. Unsere Großkirche hat uns das in der Vergangenheit leider mehrfach vorgemacht. Ich verweise Sie nur so nebenbei auf die leidigen Aktionen im Zusammenhang mit der Abschaffung des Buß- und Bettages. Doch wir, meine Freunde, werden diesmal vor dem einfahrenden Zug da sein, wenn ich bei diesem Bild bleiben darf.“ Klingspor legte ein Gesicht wie der amerikanische Weißkopfadler auf, der auszusterben drohte und deswegen sehr gepflegt wurde. „Wir bieten erstens von vornherein uneingeschränkt unsere Zusammenarbeit mit der Polizei an. Wir antworten, bevor die überhaupt fragen. Wir machen keine Ausflüchte, sind auch bereit dazu, einen Verdächtigen aus unserer Mitte, ich denke da besonders an den frisch gewählten Organisten Gabriel Burgdorf, an dem die Kriminalisten höchst interessiert zu sein scheinen, unsererseits zwar nicht zu opfern, ihn aber auch nicht um jeden Preis reinwaschen zu wollen. Verdacht ist nun einmal Verdacht. Wir werden uns höchster Präzision bei der Beantwortung aller Fragen befleißigen. Wir werden – wo bin ich? Bei drittens oder viertens? Ist ja auch egal –, wir werden uns zur Schuld offen bekennen, wenn wir sie denn auf uns geladen haben. Ich erinnere in diesem Zusammenhang an die doch recht überstürzte Wahl damals des Küsters Kallweit. Und wir werden in allen Dingen vorwärtsstrebend auftreten. Trauern, bedauern, ja, selbstverständlich, tief und ehrlich, aber dann nach vorne schauen, Zukunft bauen. Das Leben geht weiter. Das ist, denke ich, eine österliche Botschaft. Dynamik im Schmerz. Hoffnung an Gruften. Kirche überwindet Friedhöfe. Gottesdienst führt aus Mausoleen. Die Kreuze blühen. Das ist leider nicht von mir. Lasst die Toten ihre Toten begraben. Das stammt, glaube ich, auch nicht von mir. Wir rollen die Steine von den Totenhöhlen. Ähnlich wird es morgen in der Zeitung stehen. Ich habe mir erlaubt, dem zuständigen Redakteur schon einen vorformulierten Text zukommen zu lassen, Ihr Einverständnis selbstverständlich vorausgesetzt.“ Klingspor schloss, von sich selbst völlig überwältigt, die Augen und legte, von Albrecht Dürer schon einmal so abgebildet, die flachen Hände gegeneinander.

Eleonore blickte ihn angewidert an und sagte: „Nein!“

Die Pastoren schauten verschreckt. Der Werbefachmann ließ die Hände auseinander klappen und hob nur um ein Weniges seine Augenlider.

„Ich will das so nicht." Die Stimme der Studienrätin klang scharf, wie bei der Zurückgabe eines besonders schlechten Aufsatzes. „Wir haben zwei Tote zu beklagen. Wir sorgen uns um einen Schwerverletzten. Ich will nichts, als dass wir das tun und unseren Gott um seinen Beistand bitten. Wir sollten unsere Gemeinde dazu auffordern, es ebenfalls zu tun. Vielleicht werden wir dadurch wieder zu einer echten Gemeinde. Wir haben Angst vor einem Mörder. Lassen Sie uns zu dem Mut finden, der uns aus vielen Seiten der Bibel entgegenschlägt. Ich will als Christin nicht modern sein. Der Glaube, wenn es ein echter Glaube war, hat niemals so recht in irgendeine Zeit gepasst, sondern versucht, diese Zeit zu verwandeln. Wir müssen doch nicht den Menschen nachlaufen. Gehen wir ihnen einfach entgegen. Posieren wir nicht, sondern breiten unsere Arme aus. Wozu ist das Kreuz unser Symbol? Geben wir keine Slogans aus, sondern hören wir zu. Und wenn wir etwas sagen wollen, hören wir zunächst noch einmal zu. Und wenn wir dann immer noch etwas sagen wollen, sagen wir `Danke, dass ihr zu uns sprecht´." Eleonore flüsterte: „Ich möchte mich in diesen Tagen am liebsten andauernd an Menschen anlehnen. Ich habe meinen Mann, meinen Schwiegervater und Freundinnen. Aber ich brauche mehr Menschen, die eine Schulter für mich haben und die meine haben können. Vielleicht kann auch so eine christliche Gemeinde aussehen. Sie wirkt zwar krumm, aber eng." Sie stand auf und ging aus dem Raum. Es folgte ihr niemand.

Harprecht saß auf seinem Schreibtischstuhl, der ihn wieder einmal wie eine erstklassige Amme wiegte, und lauschte den Klängen des „Rooster Blues" von Lightin´Slim, einem sehr rhythmisch angelegten Stück, das flott in seine beiden Ohren hinein stampfte. Er hatte seine Füße auf den Schreibtisch gelegt und schlug mit ihnen den Takt. Er tat es sehr heftig und beobachtete dabei den Aktenstapel, der bei jedem Schlag seiner Füße näher an den Rand des

Tisches rutschte. Er würde den Papierkram nicht aufsammeln, sollte er stürzen, beschloss er gerade etwas kindisch. Lightin´Slim schien das zu gefallen, denn er legte einiges an Swing zu. Harprecht hatte die Musik recht laut gestellt, um die Töne zu überbieten, die aus dem Wohnzimmer zu ihm drangen. Dort verging sich gerade sein Vater an Rachmaninow und dessen 4. Konzert, wenn denn die Klänge, die er produzierte, überhaupt noch Rachmaninow und sein 4. Konzert waren. Harprecht glaubte, durch den „Rooster Blues" dann und wann eher einen Boogie-Woogie, auch der keineswegs vollkommen, zu vernehmen. Das mochte aber daran liegen, dass sein Gehör sehr auf Jazz gepolt war. In dem Musikgemenge hörte er gerade noch so eben das Piepen seines Mobiltelefons. Er brachte Lightin´Slim mitten in einem Pianostakkato zum Schweigen und meldete sich. Matthiessen antwortete ihm und berichtete, er habe dem Jansen Prügel angedroht, wenn der nicht endlich reden wolle. Er habe aber nicht reden wollen, brummelte der Hauptkommissar. Und die Prügel seien ebenfalls ausgeblieben.

„Gut so", sagte Harprecht. „Der Jansen ist über Drohungen längst hinaus. Der hat viel zu viel hinter sich, um sich noch sonderlich zu fürchten."

„Und wie sollen wir ihn sonst knacken?", fragte Matthiessen.

„Er muss wieder zu Franziskus werden", dachte der Chefermittler laut nach. „Einsamkeit, Machtlosigkeit, Heimatlosigkeit und so. Und er befindet sich doch schon auf dem Weg dahin. Die Leute lassen ihn ja bereits links liegen."

„Ist das wieder deine kriminalistische Psycholgie?", kam es misstrauisch vom anderen Ende. „Du weißt, ich habe bei dem Lehrgang damals, wenn dieses Thema dran war, immer Sodbrennen bekommen. Und das bei meinem soliden Magen."

„Es ist nur so eine Idee", beruhigte Harprecht.

„Als Idee kann ich das aushalten", schnaufte der Freund. „Sollen wir den Jansen noch weiter bearbeiten?"

„Entscheide du das. Wenn du glaubst, dass du ihn wenigstens ein bisschen in die Knie zwingst und er dabei einen Lufthauch von sich gibt, der uns weiterhelfen könnte, dann bleibt vielleicht noch etwas dran. Aber wie gesagt, deine Beurteilung gilt."

„Da gibt es noch so ein Quäntchen Hoffnung bei mir", murmelte Matthiessen nicht sehr entschlossen. „Hoffnung, weißt du, ist das Seil, auf dem viele Narren tanzen. Das ist ein Sprichwort aus Russland", fügte er hinzu. „Und die Russen sind nicht dumm."

„Und du bist ganz schön klug, dass du solch ein Sprichwort kennst."

„Habe ich gerade auf dem T-Shirt von Kuhlmann gelesen", gab der alte Ermittler zu.

„Na dann", lächelte Harprecht. „Gute Nacht!"

Der Kriminalrat a.D. ließ sich etwa 15 Minuten später laut aufstöhnend in dem englischen, lederbespannten Schaukelstuhl gegenüber dem Schreibtisch seines Sohnes nieder.

„Mein Gott", jammerte er, der sonst immer auf Haltung bedacht war, „mein Rückgrat werde ich wohl nie wieder in die ihm angemessene Richtung und Ordnung bekommen. Die Konstruktionszeichnungen, nach denen das Gestühl der Pauluskirche angefertigt worden ist, müssen noch aus den Zeiten der spanischen Inquisition stammen. Man hat damals, stelle ich mir vor, solche Bänke gebaut, vermeintliche Hexen für vielleicht vier Stunden darauf gesetzt. Und dann haben die mit Sicherheit alles gestanden, was man mit dem Teufel veranstalten kann." Er legte sich beide Hände in den Rücken. „Selbst den Rachmaninow habe ich eben nur stark gekrümmt spielen können."

„So habe ich ihn auch gehört", sagte Harprecht.

Der Rat sah ihn skeptisch an. „Nun gut. Also auf einer solchen Bank habe ich vorhin für etwa 70 Minuten mit dem Organisten Gabriel Burgdorf geplaudert. Nein, nicht geplaudert. Das kann man mit dem gar nicht. Ernsthaft debattiert, tiefschürfende Gedanken über Musik ausgetauscht haben wir, nur über Musik, genauer gesagt, über einen Komponisten namens Nicolas de Grigny aus dem 17. Jahrhundert, dessen Hymne `Pange lingua´ Burgdorf zuvor exzellent auf der Orgel dargeboten hatte, einfach superb, kann ich dir sagen." Der alte Harprecht wand sich in eine bequemere Sitzhaltung, schob einige Male zur Entlastung seines Rückens den Bauch vor, um dann fortzufahren: „Den Mann interessiert nur Musik. Ich würde ihn beinahe als besessen davon bezeichnen. Er isst, er schläft, er atmet nur, um Musik machen oder hören zu können. Er schwelgt, er tollt, er tobt in Tönen, er berauscht sich an ihnen. Möglicherweise ertrinkt er auch öfter in irgendwelchen Klängen, um dann sozusagen wieder aus ihnen aufzuerstehen. Das klingt merkwürdig für dich? Du hättest ihn reden hören sollen."

„Und Laura?", fragte der Hauptkommissar.

„Ja, Laura. Über die musste ich gar nicht so richtig mit ihm reden. Ich konnte mir auch aus den wenigen Andeutungen, die Burgdorf nur so nebenbei hingeworfen hat, ein Bild von seinem Verhältnis zu ihr machen. Er hat sie nahezu ausschließlich als Musik erlebt, als für ihn vollkommene Musik. Den Menschen, das Mädchen, die werdende Frau hat er wohl nur recht beiläufig wahrgenommen, wenn überhaupt, und dann als Störung, die es zu überwinden galt. Und ich denke mir, wenn sie einmal seiner Vorstellung von Vollkommenheit nicht entsprochen haben sollte, ja, dann wäre sie wohl auf so etwas wie Gottes Gnade dringend angewiesen gewesen. Er wäre, glaube ich, auf sie niedergekommen wie eine personifizierte Höllenstrafe."

„Hätte er sie töten können?"

Der Polizeirat griff nach der Tabakdose seines Sohnes, suchte sich eine dunkelbraune Pfeife mit einem Elfenbeinband, das das Mundstück von dem Kopfteil trennte, aus seiner Tasche, füllte sie sorgfältig, entzündete den Tabak mit einem langen Streichholz, saugte prüfend, ob der Zug stimmte, wollte Zeit zum Nachdenken, suchte die nächsten Worte sehr bedacht zusammen: „Ja, er könnte töten. Er könnte auch denjenigen töten, der ihm die vollkommene Musik namens Laura weggenommen hat. Doch er würde es wie ein Künstler tun, verstehst du, auch weil es der Kunst Lauras entsprechen müsste. Es hätte Stil gehabt, wie etwa ein eleganter Bogenschuss, der genau gesetzte Stoß mit einem Florett, das Niederreiten mit einem edlen Pferd nach längerer und genau den Regeln entsprechender Jagd, so etwas in der Art. Ich will dir damit nur beispielhaft den Stil verdeutlichen, der ihm entspricht. Und er hätte seine Tat nie verborgen. Auch zu dieser, ja, Kunstaktion hätte er sich bekennen müssen und dazu, welchen Sinn sie gehabt hätte. Künstler brauchen die Öffentlichkeit und letztlich das Wissen, dass man sie versteht. Und unsere Morde hier, lieber Carsten, die besaßen nun wirklich keinen Stil."

Der Polizeirat rieb sich den Rücken. Harprecht sah seinen Vater nachdenklich an: „Du würdest ihn also als Täter ausschließen?"

„Nein, das kann ich nicht. So genau vermag ich Burgdorfs Charakter auch nicht zu berechnen. Es gibt immer die Brüche, die Schläge, die Abstürze, die zu rasanten Verkehrungen führen."

Der Kommissar füllte sich ebenfalls eine Pfeife, entzündete sie und blies den Rauch in die Wolke, die sein Vater gerade kunstvoll hatte entstehen lassen und die fatal an ein großes, schwebendes Henkersseil gemahnte, fand Harprecht. Sie rochen gemeinsam den Duft, der an Länder erinnerte, nach denen sie sich vielleicht gerade sehnten, weit weg von Kiel gelegen, fernab von Morden, die kunstlos begangen worden waren.

Eleonore tobte in das Zimmer, mit flammenden Augen, die Hände gerade vor sich gestreckt, um alles wegzurammen, was sich ihr eventuell in den Weg stellen könnte, und keuchte: „Der Kirchenvorstand ist gerade zu einer Werbeagentur umfunktioniert worden!"

„Und für was soll er werben?", fragten die beiden Herren unisono.

„Für zukunftsweisenden Lifestyle, dabei über Leichen gehend", schnappte sie. „Oder um es so auszudrücken, wie ich es verstanden habe: Wir werden künftig nicht mehr auf abgefahrene Züge aufspringen, sondern auf solche, die noch gar nicht in den Bahnhof eingelaufen sind, auch wieder über Leichen gehend."

„Über die von Kallweit und Stemmle, vermute ich einmal", sagte der Kommissar.

„Verehrte Eleonore", schaltete sich der Polizeirat dazu, „warum springt die Kirche nicht auf einen Zug auf, der auch vorhanden ist? Und benutzt keine Leichen dabei."

„Weil die Werbung so nicht arbeitet! Ihr ist der Zeitgeist heilig. Und der hüpft nun einmal auf sogenannte virtuelle Züge."

„Aha", grunzte Harprecht.

„Tatsächlich?", fragte der Schwiegervater, um dann laut zu überlegen, auch ein wenig bissig: „Hat der Heilige Geist, der doch die Kirche bewegen und ihr vordringlichster Werbeträger sein sollte, nicht eigentlich herzlich wenig mit dem Zeitgeist zu tun? Jedenfalls meine ich, so manche Stelle der Bibel in diesem Sinne verstanden zu haben. Und hat er doch mit dem Zeitgeist zu tun, also mit dem gegenwärtigen, den wir alle spüren, dann wäre er doch wohl kaum mehr heilig zu nennen."

„Das trifft die Kreuzesnägel ziemlich genau auf ihre Köpfe", blaffte Eleonore, um dann die Tür laut hinter sich zuzuschlagen.

„Das eben klang aber gar nicht nach meiner `Grande Dame´", bedauerte der Polizeirat.

KAPITEL 10

Enno Jansen erwachte auf dem Dachboden seines Hauses. Die frühe Morgensonne, die sich durch eine offen stehende Luke Einlass zu ihm verschafft hatte, wischte über sein Gesicht als eine Aufwartefrau, die es endlich wieder sauber haben wollte. Die Luft von draußen prallte angewidert mit der Binnenluft zusammen. Tauben tippelten über die staubigen Bretter. Enno Jansen wagte nicht, sie anzusprechen, aus Angst davor, sie würden nicht stehen bleiben, um seinen Worten zu lauschen. Er hatte die Nacht in seinen Kleidern auf einem alten Schlafsack aus seiner Nichtsesshaften-Zeit zugebracht. Diese Nacht war ihm wie eine herrische Matrone vorgekommen, die ihn aus seiner Heimat werfen wollte. Er lauschte in die Stille. Die Stille schlug auf seinen Trommelfellen Wirbel, die oft zu Beginn von Kriegsnachrichten geschlagen wurden. Alle waren sie gegangen. Niemand mehr kam, nicht die Rentner, nicht die Kinder. Nur die Tauben eben, denen er nicht länger traute, was seine Macht über sie anging. Der Drachenkopf des Kerzenständers neben ihm war vom Wachs der nächtlichen Treffen überschwemmt und glich nun eher dem klobigen Gesicht jenes Obdachlosen, der vor Jahren einmal lautlos neben ihm in einer eisigen Winternacht gestorben war.

Jansen nahm das Baudelaire-Buch in die Hand, schlug es auf, las einige Zeilen. Er verstand sie. Doch sie beschworen nicht mehr. Sie klangen einfach nur so durch seinen Kopf, als hätten sie nie etwas Prophetisches für ihn gewollt. Er ließ das Buch achtlos auf den Boden fallen. Die Tauben flatterten auf. Kallweit, Stemmle, Ellwein, ich brauche euch, jammerte es weit unterhalb seines Verstandes.

Enno stieg in seine Wohnung hinab. Alles darin wirkte unaufgeräumt wie nach einem Picknick von Veteranen, denen allesamt die Ordnungshände abgeschossen worden waren. Brot, Käse, Wurst schimmelten auf dem Tisch. Er hatte lange nichts mehr gegessen. Er hatte sich auch länger nicht mehr gewaschen. Doch Enno roch nichts. Er nahm kaum mehr etwas an sich wahr. Seine Haut schien sich schlaff um irgendeine Leere zu hängen. In den letzten Tagen war er von der Einsamkeit ausgeräumt worden. Er bedeutete allein noch das Hinwelken seiner Zukunft. Caligula und Nero schliefen wieder in ihren Gräbern. Könnte er nur bei ihnen liegen, er wäre wenigstens noch im Tod unter den Mächtigen.

Franziskus trat in den Laden. Er würde ihn noch ein einziges Mal zum Hinausgehen aufschließen, um ihn dann unverschlossen hinter sich zu lassen. Das Finale lud ihn, ein Endkampf, den er als sein persönliches Armageddon betrachtete – und das Heer der Dämonen, sein Heer, würde siegen. Eine letzte Rolle würde er spielen, ein letztes Mal Macht ausströmen, sie alle letztlich auch über ihre Tode oder über ihr Sterben hinaus sühnen lassen, Kallweit, Stemmle, Ellwein. Eine Strafe hatte er noch für sie, schmutzig wie der Eiter der auf ewig Besiegten.

Franziskus verließ das Haus. Er griff in eine der Plastiktüten, die er bei sich trug, und schleuderte Bonbons, Schokolade, Kaugummis über die Straße. Er tat es so lange, bis alle seine Beutel entleert waren. Es sah vor seinem Laden aus wie nach einem Karneval, wenn Narren Kamellen unter die Leute bringen wollten und es überreichlich taten, eben weil sie närrisch waren. Dann begann Franziskus den Weg zu gehen, den sich sein entseelter Verstand wieder und wieder ausgemalt hatte, seinen finalen Triumphmarsch auf die Untergänge zu. Viele Blicke folgten ihm verstohlen. Es waren zumeist keine bösen Blicke, eher solche, in denen eine große Hilflosigkeit geschrieben stand. Er schritt die Blücherstraße hinunter auf die Esmarchstraße zu. Dort lag sein apokalyptischer Schlachtenort, noch einmal eine Mitte in seinem Leben, vielleicht das letzte Zuhause für ihn, den Nichtsesshaften, bevor er in das Nichts geschleudert wurde.

Er betrat die „Klause", ließ sich vom wilden Gestikulieren des Wirtes nicht vom Weg abbringen, drang in das provisorische Hauptquartier der Sonderkommission vor. Kommissarin Grünberg trank gerade ihren ersten Kaffee als Wiedergenesene und in den Dienst Zurückgekehrte, als sie Franziskus ansichtig wurde, seinen Geruch nicht wollte, scharf, moderig und süßlich zugleich, auch nicht sein heruntergekommenes Aussehen, den flackernden Blick, das seltsam Herrische in seinem Auftreten, hinter dem sie einen Zwang vermutete. Keiner der Kollegen befand sich bei ihr. Sie musste alleine – und war im Nachhinein sehr dankbar dafür – diesem Mann standhalten und seinen Worten: „Ich war es! Ich habe das alles dem Kallweit, dem Stemmle und dem Ellwein angetan!"

Durch den Körper der Beamtin schossen Angst, dann Zweifel, dann Hoffnung, dann ein Hurra. Sie hörte es wie durch das Tanzen von vielen Millionen Papierschnitzeln, die bei einer Konfettiparade ausgestreut wurden, hindurch: „Sie haben es verdient. Sie waren nichts als verkommene Mörder eines unschuldigen Kindes, das ich sehr gemocht habe und das mich immer als Menschen anerkannt hat. Sie haben Laura erschlagen wie einen Hund, nur weil sie die drei nicht wollte. Sie haben das Mädchen begehrt. Und es hat sie abgewiesen. Sie wollten sie als Frau missbrauchen, mein kleines, geliebtes Kind. Dreck, Dreck, diese Männer, nichts als Dreck!"

Kommissarin Grünberg war nahezu übel bei diesem Geständnis und wegen der Begeisterung, dass es gerade ihr, ihr gemacht wurde. Schicksal, ich nenne dich Glück, lachte es in ihr, wie es vielleicht eine nicht sonderlich sittenstrenge Moritatensängerin auf der Suche nach neuem Stoff tat, Zufall, dich meinen besten Freund. Vorsichtig warf sie einen Blick auf die Tür, ob einer der anderen Beamten sie aufstoßen würde. Doch nichts dergleichen geschah. Sie war ja auch eine Stunde vor dem offiziellen Dienstbeginn in der „Klause" erschienen, um noch einmal alle Akten zu überprüfen, die von den Beamten in die Schränke eingeschlossen worden waren. Wie alle im Team besaß sie einen Schlüssel. Harprecht hatte für jeden einen anfertigen lassen.

„Darf ich Ihre Aussage auf Band aufnehmen?", fragte sie Franziskus. Der nickte eifrig, würden doch seine Stimme und sein Armageddon ihn auf den Tonkassetten überleben und für viele hörbar bleiben, die sich in Schaudern winden würden. Die Kommissarin holte einen kleinen Recorder aus ihrer Tasche, schaltete ihn ein und sagte es in einem möglichst sachlichen Tonfall: „Es ist 7.08 Uhr. Anwesend sind der Kaufmann Enno Jansen und die Kriminalkommissarin Silvia Grünberg. Und nun, Herr Jansen, wiederholen Sie bitte noch einmal, was Sie mir eben anvertraut haben!"

Franziskus sprach und sprach. Seine Worte rasten, besprangen sich brünstig, schienen zu glühen, aus dem Vulkan seines Mundes in einen Himmel zu schießen, der diese Worte angeekelt auf eine plötzlich sehr hässlich gewordene Erde zurückschleuderte: „Ich war Zeuge der schrecklichen Tat. Kolberg, Kallweit, Stemmle und Ellwein haben immer wieder mit einem Spaten auf das Kind eingeschlagen. Ja, richtig, auf Laura Simon. Doch, der Herr Kolberg war auch dabei. Wie besessen waren die. Wahre Teufel. Dabei hatte Laura sie nur nicht gewollt, dieser unschuldige Engel. Dafür schlägt man doch keinen Menschen tot. Ich habe mich, als ich das alles beobachten musste, etwa 20 Meter vom Tatort entfernt befunden, versteckt hinter Büschen an der Koesterallee. Ich wollte ja Laura zur Hilfe kommen. Aber die hätten mich auch tot gemacht. Die waren ja wie in einem Rausch. Ich habe gezittert, auch geweint habe ich, furchtbar geweint. Ich habe mir dabei die Hände blutig gebissen, weil ich doch mein Weinen ersticken musste. Ja, ich habe jeden der vier Männer genau erkennen können. Das werde ich vor jedem Gericht beschwören, auch vor dem himmlischen Gericht, wenn es dereinst dazu kommen wird. Es waren Bestien. Sie haben den Tod mehr als verdient!"

„Und warum haben Sie erst jetzt getötet, nach so vielen Jahren?"

„Ich bin geflohen. Ich war lange auf der Flucht, auch im Ausland. Wie von Sinnen war ich die ganze Zeit. Nie so richtig bei mir. Eine solch entsetzliche Tat kann man nicht so einfach verarbeiten, Frau Beamtin. Ich bin nur noch herumgeirrt und habe kaum gewusst, wo ich mich gerade befunden habe. Und dann kam so langsam ein wenig Vergessen. Der Mensch hat ja so einen Schutzmechanismus in sich, der ihn auch das Schlimmste vergessen lässt. Aber irgendwie war es immer tief in mir. Und an manchen Tagen brach es aus mir heraus. Dann habe ich geschrieen. Plötzlich war ich wieder in dieser Stadt. Das war vor wenigen Monaten. Eine innere Stimme, oder die Stimme eines viel Höheren als ich, hat mich wohl hierher geführt. Anders kann ich mir das nicht erklären. Und alles war wieder da, wie vor 15 Jahren. Alles! Mir ist dann irgendwann Stemmle auf der Straße begegnet, auch Kallweit und Ellwein und vielleicht auch Kolberg. Ehrenwerte Herren waren sie geworden, diese verfluchten Killer, Anwalt und Küster, sogar Pastor. Da ist eine Wut in mir aufgestiegen, wie ich sie so groß noch nie erlebt habe und wohl auch nie wieder erleben werde. Ich hätte mich am liebsten auf sie gestürzt und sie mit bloßen Händen erwürgt. Aber die Stimme hat zu mir gesagt: `Das ist nicht Strafe genug. Sie müssen länger leiden.´ Und dann habe ich sie erpresst. Ich bin keinesfalls stolz darauf, Frau Kommissarin. Aber auch unsereins muss leben. Und sie, sie würden sich fürchten und fürchten. Die Angst würde sie nicht mehr schlafen lassen. Die Angst würde sie würgen, sie niederknüppeln, ihnen die Beine wegschlagen, sie blind machen."

Franziskus lief der Schweiß über die Stirn. Mit beiden Händen riss er an seiner Kleidung.

„Ja, ich habe sie erpresst“, flatterte seine Stimme wie das Banner der Geschlagenen bei der Übergabe. „Ich habe ihnen vorgemacht, ich hätte Bilder von der Tat angefertigt und sie versteckt. Dass ich gut zeichnen kann, wussten die ja.“ Ein nahezu schmerzhaftes Aufbäumen letzter Würde, dachte Silvia Grünberg kommentierend. „Sie würden diese Bilder nie finden, habe ich ihnen weisgemacht. Bezahlen sollten sie für ihre Tat, mir von ihrem Geld so viel geben, dass es sie schmerzte. Sie haben mir geglaubt und geblecht. Nachts mussten sie mir immer das Geld bringen. Und ich habe sie dabei jedes Mal beschimpft, lange und ausgiebig, sie mit allen Flüchen belegt, die ich nur kannte. Und mit Flüchen habe ich oft Bekanntschaft gemacht. Das können Sie mir glauben, Frau Kommissarin.

Aber dann haben sie sich eines Tages geweigert zu zahlen. Sie haben sich geweigert, für ihren Mord bestraft zu werden. Sie wollten mir einfach kein Geld mehr geben, wohl das Schäbigste, was auf unserer Welt existiert, dieses Geld. Sie wollten nicht länger dieses Schäbigste für das Kostbarste, das Leben, bei mir eintauschen. Können Sie sich das vorstellen, Frau Polizistin? Und ich habe immer an die arme kleine Laura denken müssen, wie sie mir ihr Schulbrot brachte, auch Sachen, damit ich malen konnte. Und da habe ich eben die endgültige Bestrafung in die eigene Hand genommen. Ich musste es einfach tun. Beweisen konnte ich ja nichts. Und wer hätte einem Obdachlosen schon geglaubt? Die Leute hätten doch glatt mir die Tat damals in die Schuhe geschoben.“

Franziskus röchelte. Er presste sich theatralisch die Hand an die Kehle. Silvia Grünberg übersah den Stolz, der kurz in seinen Augen aufblitzte, auch dass sich sein Kinn ein wenig hob.

„Ich muss Ihnen jetzt Handschellen anlegen“, sagte die Beamtin.

„Natürlich“, nickte Franziskus. „Ich bin ein Mörder. Aber die da waren Untiere. Wenn Sie gesehen hätten, wie die immer wieder auf das Mädchen eingeschlagen haben, immer wieder und immer wieder, nur weil es ihnen gesagt hatte: `Ich kann euch nicht ausstehen! Ich finde euch widerlich!´ Das hat Laura mir erzählt, diese unschuldige Orchidee. Diese Viecher wollten mit einem

Kind rummachen. Verstehen Sie das? Ich konnte einfach nicht anders, ich musste sie schließlich richten. Wer sonst hätte es denn getan?"

Er streckte seine Hand mit einer nahezu großen Geste der Kommissarin entgegen. Die schloss sie vor dessen Bauch zusammen und achtete darauf, dass die Handschellen nicht zu fest saßen. Dieser vom Schicksal geprügelte Hund, pladderten ihre Gedanken als ein sanfter Sommerregen über Wüsteneien, sollte nicht noch zusätzlich leiden. Ihr war ein wenig schwindelig zumute, wie manchmal damals als Kind, wenn sie mit der Schaukel zu hoch in den Himmel geflogen war. Und dann klotzte dieses Gefühl des Stolzes in ihrer Brust, ähnlich dem, das sie gespürt hatte, als ihr Körper zum ersten Mal Macht über einen Mann ausgeübt hatte.

„Und nun erzählen Sie mir bitte einmal ganz genau, wie Sie die Morde begangen haben", bat sie.

Franziskus war sehr korrekt dabei. Seine Worte hatten ihr Feuer und die Brunst verloren. Sie klangen nun ähnlich Bastelanleitungen. Den Tötungsdelikten hatte ja auch kaum irgendeine Sensation innegewohnt, irgendetwas, was Pulse rasen ließ. Die *Kieler Nachrichten* hatten die simplen Taten ausführlich geschildert, wobei deutlich herauszulesen war, dass da nicht originell oder spektakulär vorgegangen wurde. Der Staatsanwalt hatte während der Pressekonferenz weder die an jener Stelle aufgeschlagene Bibel vergessen, wo von Eichen die Rede war, noch das Spielblatt in Stemmles Tasche. Harprecht hatte ihn deswegen hinterher zur Rede gestellt: „Solche Sachen gehören zurückgehalten, einmal, um die bei jedem Mord auftretenden falschen Bekenner schnell überführen zu können, zum anderen, um gegen den echten Täter Munition in der Rückhand zu haben."

„Sie denken wohl, ich mache meinen Beruf erst seit gestern", hatte ihn der Anwalt des deutschen Staates abfahren lassen. „Alles von mir Erwähnte unterlag einem genau überlegten Plan."

„Und welchem bitte?", hatte der Hauptkommissar gegrummelt.

„Ich bin Ihnen doch keine Rechenschaft schuldig, eher wohl doch Sie mir", hatte der Rechtsrepräsentant seine Stimme sehr hoch erhoben und war davongerauscht. Auch sein Rücken hatte dabei ausgesehen, als suchte der nach unumstößlicher Autorität.

Du wolltest doch nur mit deinem Wissen blenden, hatte es in dem Ermittler gekläfft. Sein unbestechlicher innerer Spiegel hatte ihm dabei einen Rottweiler mit entblößten Beißzähnen gezeigt. Die waren gelb. Er hatte das Bild schnell ausgewischt.

Gegen 8.00 Uhr schlenderten die Kollegen in die „Klause", wieder auf einen Tag gefasst, der sich dahinstrecken würde wie ein alter Kater in der Sonne, dem kein Fang beschieden sein würde. Sie trafen auf eine Kommissarin Grünberg, die auf ihrem Stuhl mehr lag als saß, die Hände hinter dem Kopf verschränkt. Vor ihr hockte in scheinbar ergebener Haltung Enno Jansen, seine Fesselung vor sich auf den Tisch gelagert wie ein Ausstellungsstück, das dringend nach einem repräsentativen Museum sucht.

„Er ist der Mörder", sagte die Kommissarin mit der Stimme eines hell klingenden Gongs, der bei Boxkämpfen die jeweiligen Enden einer Runde anzeigt. Bei ihr klang es wie nach der letzten Runde. Der Kampf war aus. „Ich habe sein Geständnis auf Tonband. Alles!"

„Du hättest ihn nicht ohne einen Kollegen verhören dürfen", sagte Bengt Kuhlmann.

„Er ist freiwillig gekommen und wollte gestehen. Hätte ich erst einen von euch gerufen", gab sich Silvia Grünberg gelassen, „dann hätte er vielleicht dicht gemacht und möglicherweise für alle Zeiten geschwiegen. Außerdem wollte er unbedingt mit einer Frau reden. Stimmt doch, Herr Jansen?"

Der schaute zunächst ein wenig erstaunt, nickte dann aber heftig: „Jawohl! Frauen, die können viel aufmerksamer zuhören. Außerdem begreifen sie Morde aus Leidenschaft viel besser als Männer. Und meine Taten waren welche aus Leidenschaft und mit Leidenschaft. Darauf lege ich großen Wert."

„Da hört ihr es", tönte die Kommissarin als Potentatin. „Und Frau Goellner hat heute im Präsidium zu tun."

„Trotzdem", nörgelte Kuhlmann.

„Wo ist eigentlich der Chef?", fragte Hauptmeister Kowalski.

„Nach Hamburg unterwegs“, gab Matthiessen bekannt.
„Und was will er da?“
„Das hat er mir nicht unter die Nase gerieben. Ihr kennt ihn doch“, erwiderte der alte Hauptkommissar. „Jedenfalls sollten wir ihn schleunigst zurücktelefonieren. Und den Jansen bringen wir ins Präsidium zwecks weiterer ausführlicher Vernehmungen, diesmal nach allen Regeln des Rechts, mit Haftrichter, Staatsanwalt und Verteidiger. Das hier muss ein tragfähiges Fundament bekommen.“
„Ich erreiche Harprecht nicht“, meldete Kowalski.
„Versuch es weiter! Und wir brechen jetzt hier unsere Zelte ab!“ Matthiessen behagte die Kommandogewalt überhaupt nicht, die ihm zugefallen war, weil der Chefermittler unbedingt nach Hamburg wollte, „um einige lose Fäden vielleicht zu einem Knoten zu binden“, wie er sich ziemlich sibyllinisch seinem Freund gegenüber geäußert hatte. Die ganze Situation gefiel ihm nicht, die sich klammheimlich feiernde Grünberg, die Kollegen, die bereits innerlich mit allen Ermittlungen abgeschlossen hatten und die alte Routine gemütlich in ihre Gesichter steigen ließen, und der Mordverdächtige Enno Jansen, der ihn anblickte wie ein christlicher Märtyrer, der die Löwen in der Arena durchaus zu mögen schien.
Vor der „Klause“ wartete ein Fotograf der *Kieler Nachrichten,* vom Wirt eilig herbeitelefoniert. Er machte ein Bild von Jansen, als der gerade in den Himmel blickte, seine gefesselten Hände vor der Brust haltend. „Ein Gebet um Gnade?“ untertitelte die Zeitung am nächsten Tag dieses Foto. Einer ihrer Volontäre liebte diesen Stil. Kommissarin Grünberg im Bildhintergrund sah ein wenig wie eine Jeanne d`Arc aus, befand eine Anzahl von humanistisch gebildeten Lesern, weit weg von dem späteren Scheiterhaufen, allerdings weniger einem göttlichen Ruf folgend, als nur der Pflicht und abermals der Pflicht gehorchend, doch durchaus mit dem Nimbus einer Heldin. Helden brauchte man. Man war selber so selten einer. Und wenn man durch einen glücklichen Zufall in deren Dunstkreis geriet, konnte man sich wenigstens auf die unterste Stufe von deren Podest stellen. Das machte erhaben. Und

man legte wenigstens etwas Widerspruchsgeist in seine Stimme, wenn es die Chefs einmal wieder nach servilen Banalitäten verlangte.

„Gut gemacht, Mädchen", sagte Matthiessen zu der Kommissarin und wollte das überhaupt nicht meinen. Seine Instinkte kehrten sich dagegen. Ach was, dachte er dann und roch das Bauernfrühstück aus der Küche.

„Den Chef habe ich immer noch nicht erreicht", beklagte sich Kowalski lautstark und freute sich still. Der hätte doch nur wieder ein Haar in der Suppe gefunden, die dem jungen Ermittler so klar wie Kloßbrühe erschien.

Harprecht ruhte indessen in einem Waggon der Deutschen Bahn und ließ sich dem Hauptbahnhof entgegentragen. Sein Handy in der neben ihm liegenden Schultertasche aus schwarzem Rindsleder hatte er ausgeschaltet. Er konnte Kiel und Düsternbrook zur Zeit nicht gebrauchen, auch seine Kollegen nicht, von deren Gedanken er sich zunehmend mehr gefangen nehmen ließ, hatte er das Gefühl. Er musste sich einmal wieder freischütteln, der alte Spürhund, von allen vermeintlichen Flöhen, die ihm ins Ohr gesetzt worden waren.

In der Nacht zuvor hatte er sich wieder und wieder durch den ganzen Fall gegrübelt. Er hatte viele Aktenseiten auf seinem Schreibtisch wie eine Patience ausgelegt, die einfach nicht aufgehen wollte, mehrere Flaschen „Fachinger" getrunken, weil sein Magen eine Rebellion nach der anderen gegen ihn angezettelt hatte, seine Kalabasch viel zu heiß geraucht, dass sie ihm die Finger verbrannte, Eleonore durch laut geführte Selbstgespräche aus dem Schlaf geschreckt, sie mit dem Versprechen eingelullt, dass er gleich zu ihr kommen würde, dieses Versprechen nicht gehalten, Fragezeichen hinter Namen gesetzt. Das hinter dem des Guntram Kamen war ihm schließlich plötzlich als viel zu groß erschienen. Und er wollte es einfach kleiner machen, es vielleicht sogar gerade ziehen, so dass daraus ein Ausrufezeichen würde, ihm vielleicht sogar das Oberteil wegnehmen, um es bei einem einfachen Punkt belassen zu können. Kamen war an Laura wohl am nächsten herangekommen. Liebe hatte sie verbunden. Möglicherweise hatte sie irgendwann zwischen ihnen gestanden als Risiko oder Gefahr oder als ein fürchterliches Unglück. Liebe konnte dazu werden, das hatte der Ermittler bei einigen Fällen erfahren müssen.

Harprecht wollte es wissen. Mit Jansen oder Burgdorf mochten sich erst einmal die anderen beschäftigen. Er wollte sich dem Dokumentaristen aus dem FORUM zuwenden. Er hoffte, er würde dabei ausreichend den Fahnder herauskehren können. Denn der junge Mann war dem Menschen Harprecht gefühlsmäßig in den ersten Zirkel geraten, dorthin, wo man einen anderen sehr zu mögen begann. „Ich bin eben ein unverbesserlicher Romantiker", hatte er so leise gesagt, dass er es möglicherweise überhören könnte. „Er ist verdächtig", hatte er danach energisch den Polizeimann herausgekehrt. „Seine Alibis halten nicht! Er hat ein Motiv. Nur, wie ist er an die Namen von Kallweit und den anderen als die der mutmaßlichen Mörder Lauras gekommen?" Er würde morgen nach Hamburg fahren, hatte er sehr beunruhigt beschlossen, und versuchen, Guntram Kamen zu pellen wie eine Zwiebel, Schale um Schale. Nur dass er leider keine Zwiebel war und das Pellen darum sehr mühselig ausfallen würde. Er roch auch so sehr nach Kind bei allem, was er während des ersten Gesprächs zu Haprecht gesagt hatte.

So stand der Kommissar nun auf dem Weg zum FORUM vor der sich mächtig hochtürmenden St. Jacobi-Kirche, einer Patrizierin des Glaubens. Die Sonne übergoss das Gotteshaus schwelgerisch mit ihrem Licht, damit ihm keine Einzelheit entging. Manchmal wurde er von Vorbeistürmenden angerempelt. Das kam ihm so wenig hanseatisch vor, dass es ihn ärgerte. Es verlangte ihn nach Würde im Angesicht dieser Würde.

Nachdem er genügend sakrale Größe in sich gesammelt hatte, um der profanen des FORUM gewachsen zu sein, kreuzte er auf allerlei Umwegen dem Glas- und Betonpalast entgegen. Er freute sich an der Großstadt, die nicht zuerst in ihren Details schön wirkte, sondern durch das Ensemble dieser Details. Hamburg lebte mit sich wie eine Adlige, die großmütig auch über Hässlichkeiten hinwegblicken konnte, in dem sicheren Wissen darum, dass vielerorts ein überreicher Ausgleich dafür vorhanden war. Er roch das Öl, den getrockneten Tang, das Salz, das von der Hitze ausgetrocknete Holz der Dalben, als er dem FORUM nahe kam.

Die Pförtner in der Marmorhalle begrüßten ihn mit dem imposanten Gehabe, das er bereits schon einmal hatte genießen dürfen. Und einer fragte ihn erneut mit der wohltönenden Bühnenstimme eines „Prinz Friedrich von Homburg“ vielleicht – „In den Staub mit den Feinden Brandenburgs!“ – nach seinem Begehren. Er tat es kund. Nein, er sagte es nicht nur, er tat es wirklich kund, von der Bühnestimme des FORUM-Hüters dazu gebracht: „Ich möchte Herrn Guntram Kamen sprechen, und zwar an seinem Arbeitsplatz, wenn das möglich sein sollte.“ Er zeigte diesmal seinen Dienstausweis vor, beeindruckte niemanden damit und wurde nur wiederum für eine kleine Wartezeit in einen der Ledersessel an der Marmorwand gebeten.

Eine junge Frau eilte bald darauf auf ihn zu, stellte sich als die Assistentin von Herrn Kamen vor, schritt ihm dann voraus, eine äußerst geschmackssicher gekleidete Dame, schlank, sich ihrer Schritte und ihres Aussehens bewusst, führte ihn durch eine dicke Metalltür, die sie kaum aufzustoßen vermochte, in einen großen, hellen Raum, in dem etwa 30 Schreibtische standen, und zwar immer in Dreiergruppen, zwei sich gegenüber, der Dritte quer zwischen die beiden geschoben, der Arbeitsplatz der jeweiligen Assistentin. Halbhohe Stellwände trennten die Schreibtischgruppen voneinander Die Farben des Raumes waren in dezentem Grau und Blau gehalten. Große Strahlenaralien, einige erhabene Drachenbäume, Palmfarne, alle hervorragend gepflegt, bildeten grüne Oasen in diesem von Sachlichkeit geprägten Raum. An vier Säulen standen Fernseher, die auf Nachrichtenkanäle eingestellt waren. Neben den Schreibtischen warteten Computer auf ihren Stellagen. Stimmen schwirrten durch den Raum. Doch keine überschrie die andere. Man wollte hören und verstehen. Überall auf Tischen stapelten sich Zeitungen aus der ganzen Welt.

Die junge Assistentin geleitete Harprecht zum Arbeitsplatz Kamens, der gerade den Hörer auf einer modernen Telefonanlage ablegte.

„Ach Sie schon wieder", sagte er nahezu munter. „Aber mit einem weiteren Besuch von Ihnen hätte ich ja wohl rechnen müssen. Ingrid", wandte er sich dann an seine Assistentin, „ich ziehe mich mal für etwa eine Stunde zurück. Die Story steht ohnehin. Wenn die Redaktion noch Nachfragen haben sollte, findest du alles im Rechner."

„Kommen Sie", drehte er sich mit einem eleganten Schwung Harprecht zu – die Umgebung des FORUM machte ihn nahezu übermütig, seine Stimme vibrierte vor Energie. „In der Speicherstadt gibt es ein Lokal, das Ihnen gefallen wird. Hier können wir doch nicht in Ruhe reden. Wie verdächtig bin ich denn noch?" Ein Sancho Pansa, der Don Quijote die Lanze reichte. Er wollte die Antwort gar nicht hören, fragte: „Aber der Herr Simon ist doch wohl mittlerweile aus dem Schneider?"

Sie spazierten inmitten der Wärme, die sich um sie legte wie ein genau angepasster Senatorenrock, eben mit hanseatischer Noblesse, durch die schmalen Straßen zwischen den alten Lagerhäusern hindurch. Es duftete nach Kaffee, Gewürzen und vielem, was der Kommissar nicht definieren konnte, ihm aber gefiel. Es roch reich und weit und nahrhaft und nach der Zusicherung, dass die Exotik noch lebte.

„Was macht eigentlich ein Dokumentarist genau?", wollte der Beamte wissen, um seinen Nachbarn dichter zu sich zu holen.

„Wir werten Zeitungen aus allen Kontinenten aus, entscheiden darüber, was davon ins Archiv wandert oder nicht, übrigens in das größte Pressearchiv der Welt." Stolz, das Bestreben, an den Kommissar heranzureichen. „Wir stellen Material für die jeweiligen Redakteure zusammen, recherchieren, überprüfen die gefertigten Geschichten auf ihre sachliche Richtigkeit, sind also letztlich dafür verantwortlich, dass alles, was im FORUM steht, auch stimmt. Und in den allermeisten Fällen stimmt es." Diesmal schon beinahe Hochmut.

„Ein interessanter Beruf", bestätigte Harprecht, „wohl auch wichtig. Und vermutlich nicht leicht, einen solchen zu ergattern."

„Ein wenig Glück gehört schon dazu", bekannte Kamen freimütig. „Auch Beziehungen. Ich hatte den Herrn Simon, der, wie Sie ja wissen, mich in das Haus geholt hat. Aber letztlich müssen Sie im Journalismus schon einiges drauf haben, um beim FORUM anzukommen. Ich habe ein abgeschlossenes Geschichtsstudium, war danach bei verschiedenen Hamburger Zeitungen tätig, bis ich dann zum Magazin kam, auch eben dank Herrn Simon."

„Der Sie als einen Ersatzsohn betrachtet hat."

„Wenn Sie es so sehen wollen."

„Und der es wohl gar nicht gemocht hätte, wie Sie mit seiner Laura rumgemacht haben. Aber zu Ihrem Glück wusste er ja nichts davon."

„Sie können wohl nicht anders, als alles zu beschmutzen!", fuhr Kamen aus seiner Haut, in der er noch vor Minuten so wohlgefällig geruht hatte. Sein Jungengesicht fältelte sich plötzlich zusammen, als besäße es nicht mehr die Substanz der Jugend.

„Haben Sie es nach Ihrer sogenannten Hochzeit mit Laura wirklich getrieben?" Harprecht fühlte, wie diese Worte in seine Stimmbänder bissen, dass sie schmerzten.

Kamen blickte ihn angewidert an. Dann warf er jäh seinen Körper herum in Richtung auf die Speicherwand neben sich, riss beide Arme nach vorne und ließ seinen Körper der Mauer entgegenprallen, stieß sich ab, fiel erneut nach vorne, wieder und wieder, ein Hin und Her. Dann schrie er es den Ziegeln entgegen: „Verdammt noch mal! Wenn Sie es genau wissen wollen, nein!"

„Und warum nicht?"

„Ich konnte es nicht tun."

„Das muss einen jungen Mann aber ganz schön wütend machen, wenn er es tun könnte, es aber nicht bringt. Mordswütend, würde ich sagen."

Kamen schwang seinen Leib herum. In seinen Augen lag beinahe ein Entsetzen, als er die Fäuste hob. Dann fielen sie wieder herab. Sie schlenkerten lose an den Armenden. Das Entsetzen in den Augen war geblieben. Nur es entsetzte sich jetzt über etwas anderes, nicht über eine kaum versteckte Anschuldigung, auch nicht über die Schläge, die gerade eben beinahe ausgeteilt worden wären, sondern darüber, dass es bei dem da gegenüber wohl kein Verstehen geben würde. Die Welt glich einem Zellentrakt. Und man saß in verschiedenen Verliesen.

„Laura hat es gar nicht gewollt, hat sie gesagt", atmete aus Kamen die Not.

„Sie wollte Sie doch nur trösten", schoss der Ermittler dagegen. Sein innerer Spiegel bekam einen Riss. „Fakt bleibt, dass sie keinen Koitus zustande gebracht haben, für einen Mann wohl eine der größten Demütigungen, die es gibt. Da rastet man dann schon leicht mal aus."

„Sie wollte es wirklich nicht, glaube ich. Es war ihr vielleicht nicht zärtlich genug. Und sie war doch so zart." Der junge Mann hätte sich jetzt gerne irgendwo ganz fest gehalten, sogar an dem Polizeibeamten, wenn sich der nicht so weit entfernt von ihm gegeben hätte, hinter dieser fremden Zellenwand.

„Warum haben Sie mir dann erzählt, dass Sie mit ihr geschlafen hätten?"

„Es passte so schön zu meinem Traum", wisperte Kamen. „Mit einem anderen Menschen ganz eins zu sein, davon träume ich noch heute." Er fiel in sich zusammen. Sein Rückgrat schien keine Säule mehr zu sein, sondern ein bloßer langer Strohhalm. Er krümmte sich. Dann weinte er einfach los. Er machte keine Anstalten dazu, sein Gesicht mit den Händen zu bedecken oder in eine der Nischen zwischen den Speichern zu flüchten. Er stand auf dem Gehweg, offen und ungeschützt, und weinte. Die Leute, die an den beiden vorbeigingen, sahen diskret in andere Richtungen. Die Richtung der Trauer schlug niemand gerne mit seinen Augen ein.

Harprecht streckte schon seine Arme aus, um den Jungen mit ihnen zu umfangen. Doch der Kommissar in ihm pfiff ihn scharf zurück. Und so stand er einfach da als ein Konfrontationsmensch und konnte sich nicht ausstehen. Er hörte Eleonore auffordernd „Carsten, bitte!" sagen. Der Ermittler überhörte es.

„Wo ist denn nun das Lokal, das mir angeblich so gut gefallen soll?", fragte er schließlich. Kamen wies mit einer Hand nach vorne. Mit der anderen wischte er sich über das Gesicht. Manchmal ließ noch ein Schluchzer seinen Körper aufschrecken.

„Sie müssen doch Ihren Beruf hassen, wenn Sie noch ein wenig Anstand im Leib haben!", bebte die Stimme des Journalisten.

„Ich hasse Mörder", sagte Harprecht. „Manchmal", fügte er hinzu, um sich glauben zu können.

„Ich bin keiner!", trotzte schwächlich eine mürbe Stimme.

„Kommen Sie!", forderte der Ermittler. „Reden wir in dem Lokal weiter."

Sie betraten ein kleines Restaurant, beinahe leer. Nur ein junges Touristenpärchen drängte sich auf einer der Lederbänke eng aneinander und sprach nicht. Es musste es wohl auch nicht tun, weil die Sprachlosigkeit bei ihnen noch eine Sprache war. In dem Raum roch es nach dem Rauch guter Zigarren, nach alten Weinen, dem Moder des Fleet-Wassers draußen und einem Holz, das den Duft vieler Menschen in sich aufgenommen, ihn gefiltert hatte und jetzt als herbe Würze wieder ausströmte.

Die beiden suchten sich einen Platz fernab von dem Pärchen. Harprecht fischte eine goldbraune Brebbia-Pfeife aus seiner Tasche, stopfte sie, setzte den Tabak bedächtig in Brand und blies dichte Wolken, damit Kamen sich darin für eine Weile verbergen konnte.

Ein dürrer Wirt – Wirte sollten nie dürr aussehen, dachte der Kommissar – fragte nach ihren Wünschen. Beide bestellten sie Kaffee, Harprecht eine Flasche „Fachinger" dazu. Dann redeten sie nicht. Die Sonne malte lustige Flecken durch die bunten Mosaikscheiben auf den blankgescheuerten Holztisch. Von gegenüber, jenseits des Fleets, lehnte sich ein alter Speicher zu ihnen hin, als wollte er sie belauschen oder bald sterben.

Dann zerstörte Harprecht das Schweigen, das doch inzwischen die beiden sich gegenseitig so annehmbar gemacht hatte: „Sie waren an jenem Tag in Kiel, als der Anwalt Bert Stemmle ermordet wurde?"

„Ich bin öfter dort", wehrte sich Kamen. „Meine Mutter lebt da.

Und ich besuche zudem dann und wann Lauras Grab, wenn Sie nichts dagegen haben!“

„Was sollte ich gegen Sohnestreue und Pietät samt Trauer haben? Sie legen auf das Grab des Mädchens sogar Blumen nieder, hat mir der Friedhofswärter erzählt, recht teure Gebinde.“

„Was stört Sie daran? Laura ist mir das allemal wert. Ich verdiene gut.“ Der Journalist widerstand, aber immer noch verzagt. Zu einem Füßeaufstampfen würde es noch lange nicht reichen.

„Man hat Sie ziemlich wüst mit Ihrem Sportwagen durch die Kieler Feldstraße rasen sehen. Und dabei haben Sie durchaus andere gefährdet. Was hat Sie denn eigentlich so wütend gemacht, dass es zu dieser nahezu mörderischen Fahrweise geführt hat?“

Kamen ließ sich nach hinten gegen die Rücklehne des Sofas fallen: „Das verstehen Sie ja doch nicht.“

„Vielleicht doch. Erklären Sie es mir einfach.“

„Nichts ist dabei einfach“, schwamm Kamens Stimme als ein Treibholz irgendeine schmutzige Gosse hinunter. „Da hat jemand Lilien auf Lauras Grab gelegt, sie aber zerbrochen, die Blütenblätter abgerissen und daraus einen Haufen geformt wie einen Kothaufen.“ Die Treibholzstimme prallte gegen ein größeres Hindernis. „Lilien waren Lauras Lieblingsblumen.“

„Und wer sollte so etwas tun? Laura war doch allgemein beliebt, höre ich von allen Seiten.“ Harprecht focht gegen sein Mitleid und fürchtete, diesen Kampf zu verlieren. Seine Magenschmerzen stiegen die Speiseröhre hoch und würden vermutlich gleich seine Stimmbänder in Mitleidenschaft ziehen.

„Liebe wird schnell zu Hass, wenn sie nicht erwidert wird“, klagte der Journalist leise an.

„Das ist wohl wahr. Doch wessen Liebe wurde, Ihrer Meinung nach, nicht erwidert?“

„Da gibt es so einige.“

„Namen“, blaffte Harprecht gegen sein Mitleid und seine Schmerzen an.

„Burgdorf“, flüsterte der Journalist. „Der käme wohl als Erster in Frage.“

„Der ist ein Künstler. Der ist völlig in seiner Musik verschwunden. Der produziert keine kothaufenähnliche Blumenberge."

„Wenn Sie sich da so sicher sind."

„Ich bin mir keineswegs sicher. Aber Laura war ein Kind. Und der Burgdorf wohl schon recht erwachsen. Chorleiter. Ein erhaben auftretender junger Mann, habe ich mir erzählen lassen."

„Laura war mit ihren 13 Jahren ebenfalls schon erwachsen, nicht vielleicht zuerst körperlich, aber geistig und seelisch bestimmt", begann sich Kamen erneut an seinen Traum zu verlieren.

„Gut, Laura war also erwachsen", versuchte sich Harprecht in den Traum seines Gegenübers einzuschleusen. „Sie war reif in ihren Gefühlen und Gedanken. Aber warum hat dann ihr Vater immer noch eine Kinderfrau für sie verpflichtet?"

„Weil er sie immer noch als Kind gesehen hat. Das wissen Sie doch alles schon."

„Die letzte Kinderfrau hieß Siw, nicht wahr?"

„Sie hatte in Wirklichkeit einen anderen Vornamen. Laura hat sie so genannt, weil sie angeblich ein wenig schwedisch ausgesehen hat. Ich selbst habe sie nie kennen gelernt."

„Und was hat Laura Ihnen über diese Siw erzählt?"

„Die beiden waren nicht wie Kind und Erzieherin. Das ging auch bei Lauras Reife gar nicht." Kamen rührte mit einem Zeigefinger im heißen Kaffee. Er schien dabei keinen Schmerz zu verspüren. Der Kommissar sah das mit Sorge. „Sie waren mehr enge, sehr enge Freundinnen, Vertraute. Siw hat Laura sehr über den Tod der Mutter hinweggeholfen. Sie hat immer mehr getan, glaube ich, als sie eigentlich musste. Sie konnte wundervoll zuhören. Stets hatte sie Zeit. Und die beiden konnten miteinander schweigen, ohne dass das irgendwie unangenehm war. Wenn das zwei miteinander können, dann ist das wohl echte Freundschaft oder Liebe. Ich habe das mit Laura auch gekonnt."

Der Journalist holte in tiefen Zügen Atem. Harprecht nahm beinahe sanft dessen Hand und schob sie von der Kaffeetasse weg. Kamen schaute verwundert auf seinen Finger. „So hat mir Laura Siw beschrieben, auch als sehr willensstark." Er legte seine Hand in einen roten Fleck, den sie Sonne auf den Tisch gemalt hatte. Sie sah dadurch aus, als würde sie bluten. Kamen schien das zu gefallen. „Als Simon Laura in ein Internat schicken wollte, hat Siw sich mit aller Kraft dagegen gewehrt und sich durchgesetzt."

Harprecht merkte, dass seine Pfeife ausgegangen war. Sie war noch bis zu mehr als der Hälfte mit nicht abgebranntem Tabak gefüllt. Er wollte sie aber nicht wieder anzünden. Er wollte überhaupt nicht mehr sehr viel, vielleicht nachdenken oder schlafen. Selbst an Eleonores Zeh knabbern wollte er zur Zeit nicht. Er hing zwischen sich und sich einfach herum. Nichts war richtig ausgependelt. Nur um als Ermittler vollständig zu handeln, klopften seine Worte noch einmal bei Kamen an, dessen Welt sich in irgendein All, das Harprecht wohl nie kennen lernen würde, verflüchtigt hatte.

„Franziskus?", fragte er.

Der Journalist holte seine Welt ungern und müde aus dem All zurück: „Was könnte ich Ihnen noch über den erzählen, was Sie nicht schon wüssten? Ein etwas seltsamer Mensch, aber auf eine einladende Art seltsam. Sehr milde, eben wie sein Namensgeber, dieser Heilige aus Assisi. Als ihn einmal ein anderer Obdachloser aus dem Bauwagen vertreiben wollte, ein übrigens viel kleinerer und schmächtigerer Mann als Franziskus – der hätte ihn mit einem Fingerschnippen umstoßen können –, da ist er einfach gegangen, ohne jede Gegenwehr, und erst wieder zurückgekehrt, als der andere den Bauwagen wieder verlassen hatte. Offenbar mochte er keine körperliche Gewalt. Er hat auch einmal erklärt, warum nicht, obwohl er nicht gerne private Dinge von sich erzählte. In seinem Elternhaus ist wohl viel Gewalt passiert. Mutter und Vater haben sich ständig geschlagen. Und wenn der Junge dazwischen ging, haben die beiden gemeinsam auf ihn eingeprügelt. Bei einer Schlägerei ist seine Mutter so unglücklich gestolpert und mit dem Kopf auf ein Möbelstück geprallt, dass sie sich eine tödliche Gehirnblutung zugezogen hat. Der Vater hat daraufhin seinen Sohn in ein Heim gegeben, in dem es nicht viel besser zugegangen ist. Schläge beim kleinsten Ungehorsam. Seelische Demütigungen. Das Einsperren in einen dunklen Keller. Vielleicht ist er auch von älteren Heiminsassen sexuell missbraucht worden. Das habe ich aber nur aus leisen Andeutungen von ihm herausgehört. Es handelt sich also mehr um eine Vermutung von mir. Franziskus ist in seine eigene Welt geflüchtet, um das alles ertragen zu können. Er hat viel gelesen und zu malen begonnen. Und da er darin begabt war, wurde es für ihn ein wenig besser. Er wurde zu so einer Art Vorzeigekind, wenn die Heimaufsicht einmal vorbeischaute. Das hat er kultiviert. Es hat ihm Überlegenheit gegeben, Macht, wenn Sie es so nennen wollen, aber keinen Halt. Mit 17 ist er einfach abgehauen und hat seitdem auf der Straße gelebt. Das ist so ziemlich alles, was ich weiß."

Sein Mobiltelefon piepte. Er hielt es sich an das Ohr, hörte einen Augenblick zu, nickte und sagte: „Ist gut, in etwa 20 Minuten bin ich im Haus." Er zeigte auf das Handy und erklärte unnötigerweise: „Ich muss gehen." Er wälzte sich schwerfällig aus dem Sofa, stellte sich auf, beugte sich zum Kommissar hinunter und flüsterte es mit der Angst eines Kindes, das sein Geburtstagsfest in Gefahr sieht: „Verdächtigen Sie mich noch?"

Harprecht sah zu ihm auf und sagte: „Sie dürfen in nächster Zeit nicht verreisen! Das wissen Sie doch?"

Kamen nickte in einer Art Verbeugung vor einer Macht, an der er keinen Anteil hatte und sie darum am liebsten weit aus seiner Welt wüsste. „Übrigens", sagte er zu dem Tisch, auch zu den Händen des Ermittlers: „Es ist sonst nicht meine Art, in der Öffentlichkeit zu weinen."

„Würde öfter in der Öffentlichkeit geweint", erwiderte Harprecht nur einen Atemzug später, „hätte ich weniger Angst."

Dann ging Kamen. Er tat es mit bemerkenswerter Geradlinigkeit, fand der Kommissar. Dann dachte er daran, dass Laura keine Jungfrau mehr gewesen war, wie die Gerichtsmediziner behaupteten. Konnten die das überhaupt noch feststellen, fragte er sich, so, wie das Kind zugerichtet war? Die forensischen Ärzte meinten, sie könnten das mit einer an Sicherheit grenzenden Wahrscheinlichkeit. Vielleicht war es auch eine Sicherheit, die an Wahrscheinlichkeit grenzte. Sei`s drum. Kamen hatte nicht mit ihr geschlafen. Hatte es ein anderer getan? Aber man konnte das Jungfernhäutchen auch beim Fahrradfahren zerstören, wenn man unglücklich auf den Sattel aufkam, oder beim Schulsport. Es gab vermutlich noch etliche andere Möglichkeiten, trachtete der Kommissar nach Ruhe. Aber keine Ruhe trachtete nach ihm.

Er bestellte sich bei dem dürren Wirt ein „Guiness", um dem Kommissar im Dienst ein Schnippchen zu schlagen. Es war albern, fand er. Aber durfte er nicht auch einmal albern sein im Sinne von: Wirklichkeit, du kannst mich mal!? Jedenfalls für einige Minuten? Vor allem, wenn diese Wirklichkeit vorne und hinten nicht so recht zusammenpasste. Als ihm das dunkle Bier gebracht worden war, prostete er versteckt dem alten Speicher gegenüber zu, der sie belauscht hatte oder immer noch sterben wollte.

Das junge Touristenpärchen trank gemeinsam Cola aus einem Glas, obwohl der Wirt zwei Gläser gebracht hatte. Das gefiel Harprecht. Eleonore griff auch immer nach seinem Bierseidel, stand einer auf dem Schreibtisch, wenn sie abends in sein Zimmer kam. Hinter ihr befand sich ein zweiter auf dem Bücherbord, den sie sich aus der Flasche hätte füllen können. Aber den beachtete sie nie. Die kleinen Rituale der Liebe banden Menschen aus aller Welt und allen Altersschichten zusammen, schwärmte sich der Ermittler in eine bessere Stimmung.

Er bezahlte. Der Wirt roch nach „Old Spice", einem Rasierwasser, dessen Duft an den von Vanille und Zimt erinnerte. Zietz benutzte es auch, fiel Haprecht ein. Die Wirklichkeit hatte ihn wieder, Recht und Rechthaberei, Verbeugung vor dem Recht und seine Beugung. Er schob sich durch Sonnenlicht und Wärme, die ihm zuwider handelten, durchquerte Straßen, die „Kehrwieder", „Brook" oder „Wandrahm" hießen, fand sich schließlich „Bei St. Annen" wieder und stieg in die U-Bahn zum Hauptbahnhof. Dort wählte er auf seinem Handy Matthiessen an, während er junge und alte Leute, die gleichermaßen bedürftig und von jedem Stolz abgetakelt aussahen, auf deren Fragen: „Hast mal ′n paar Cent?" mit Goldmünzen versorgte. Der Freund teilte ihm nach einer Reihe von heftigen Vorwürfen, was die völlig unprofessionelle Art der Entfernung des Chefermittlers vom Tatort Düsternbrook anging, die vorläufige Festnahme Enno Jansens mit. „Carsten, er hat der Grünberg alles gestanden, jedes Detail.“ Der Hauptkommissar gab einem Jugendlichen auf dessen Cent-Frage völlig verwirrt einen 10-Euro-Schein, was ihn sofort zum Mittelpunkt einer von allen Seiten gegen ihn anbrandenden Geldsammlerschar machte. Kollegen vom Bundesgrenzschutz befreiten ihn, schätzten zwar seine Großzügigkeit, baten ihn aber dennoch, hier künftig davon Abstand zu nehmen. Sie hätten schließlich auch noch etwas anderes zu tun.

Harprecht stand unten auf dem Bahnsteig und fühlte, dass, welche Bahn er jetzt auch nehmen würde, sie ihn nicht zu dem Ziel tragen würde, an dem er gerne angekommen wäre.

Nach Kiel zurückgekehrt, schlich er sich ins Haus, weil er nicht antworten wollte, stieg die Treppe zum Badezimmer hoch, ließ Wasser in die große Wanne ein, pellte sich aus seiner Kleidung wie aus einer von zu langem Wachehalten schweißstarren Soldatenuniform und glitt mit einem Aufstöhnen in die Wanne, um an Kamen zu denken und an Franziskus und wie der eine den anderen dargestellt hatte, wie der andere sich selbst in seinem Geständnis dargestellt hatte. Von unten stolperte das Klavierspiel seines Vaters die Stufen hinauf und quetschte sich durch die Türritzen. Die Sonne kippte einen Kübel Abendrot durch das Fenster. Harprecht schloss die Augen und wollte am liebsten von diesem Tag weggucken, vielleicht in sein Inneres, um dort Heilsames aufzuspüren. Er fand eine kaputte Marionette mit seinem Gesicht. Die Fäden, an die ihre Gliedmaßen gebunden waren, hatten sich verknotet. Wer mit dieser Marionette ein Schauerstück aufführen wollte, konnte er nicht ausmachen. So öffnete er die Augen lieber wieder.

Eleonore schritt elegant durch den Raum auf die Wanne zu. Sie schritt immer besonders elegant, wenn sie nur mit ihrem Lächeln bekleidet war. Sie setzte die Schritte weit nach vorne, wiegte sich in den Hüften, schleifte mit den Füßen kurz über die Fliesen, wie es Balletteusen bei den langsamen Teilen der Musik taten. Sie hockte sich anmutig auf den Rand der Wanne, hob das eine Bein über Harprechts Kopf hinweg und tauchte ihren Körper, wie immer in den besten Jahren, Zentimeter für Zentimeter in das Wasser. Der Ehemann sah ihr beunruhigt zu. „Keine Sorge“, gurrte sie, was ihm Sorgen bereitete, „ich will nur baden und dir zuhören, weil du sicherlich viel zu sagen hast. Die Verhaftung und das alles muss dir doch ziemlich zusetzen. Du bist ja völlig verspannt“, fügte sie dann mit ihren Gurrlauten hinzu.

„Das bin ich nur, weil du das mit deinen Füßen machst“, atmete Harprecht den Atem dessen, der sich zu gut behandelt fühlte in einer Zeit fast nur übler Handlungen. „Was mache ich nur aus diesem Tag?“

Sein Vater stimmte unten die Ouvertüre zu Franz von Suppés Oper „Leichte Kavellerie“ an. Es klang eher nach dem Gang eines Pferdegespanns, bestehend aus dicken Hannoveranern, beim Pflügen.

„Hörst du es? Leichte Kavellerie“, hauchte Eleonore und hob sich ein wenig aus dem Wasser.

„Nicht“, ächzte Harprecht.

„Doch! Doch!“, schmetterte Eleonore leise den vom Rat aus dem Piano herausgeschlagenen Trompetenteil der Einleitungsmusik mit und fand einen Takt.

Später sagte sie: „Jetzt darfst du das Badezimmer aufwischen, weil du überhaupt nicht mehr verspannt bist und mir die Knie ein bisschen weh tun.“

Der Polizeirat rief von unten: „Ich wusste gar nicht, dass meine Musik derartig animierend wirkt. Schade, dass wir im Altersheim nicht so große Wannen haben.“

„Vater“, stöhnte Harprecht, „bitte!“

„Deine Kollegen haben übrigens ständig angerufen“, tönte es, keineswegs beschämt, von unten. „Ich habe ihnen mit meiner sprichwörtlichen Geduld zugehört, sie, wenn es mir taktisch angebracht erschien, gelobt und im Übrigen darauf verwiesen, dass auch ein leitender Ermittlungsbeamter, weil ständig auf das

Höchste gefordert, es einmal vergessen kann, sein Mobiltelefon einzuschalten. Dass der Jansen gestanden hat, muss dich doch zufrieden stimmen, Sohn. Er war ohnehin deine erste Wahl. Und du hast dir das immerhin ausgeklügelt, ihn durch Isolierung und Einschüchterung in sein Nichtsesshaftendasein zurückzubefördern, damit er seine Larve der Macht ablegt, also sich selber entlarvt. Chapeau, Sohn, Chapeau!"

„Ich bin zufrieden, Clemens, und ich bin es nicht", lehnte sich Harprecht müde aus der Badezimmertür. „Ich muss das alles erst einmal so richtig abklopfen."

„Mach das, Carsten", schickte der Polizeirat Mut. „Klopfe ab! Und alles, was nicht haltbar ist, wird abfallen." Dann begann er auf den Tasten des Flügels Wagners `Walkürenritt´ zu dreschen.

„Ob er eine musikalische Anspielung auf das macht, was ich eben mit dir getrieben habe?", prustete Eleonore und verschwand dann mit ihrem Kopf unter Wasser.

Harprecht wickelte sich fest in seinen Bademantel, freute sich darüber, dass der eine Kapuze besaß, die er sich über die Ohren ziehen konnte, und tauchte seinerseits in die Hitze des Arbeitszimmers. Er stellte sich an das Fenster und blickte auf die Straße. Die Häuser schienen sich wieder aufgeplustert zu haben, als hätten sie tief Atem geholt. Menschen, die unten vorbeigingen und ihn sahen, grüßten ausnehmend freundlich. Einige reckten dabei auch einen Daumen in die Luft oder machten das Victory-Zeichen. Der Leiter der Stadtbücherei, der schräg gegenüber wohnte, schlug sogar pantomimisch beide Hände zusammen, als klatsche er Beifall.

Harprecht wollte mit allen Sinnen nach Frieden schnappen. Er war Eleonore dankbar, dass sie vorhin zu ihm gekommen war und ihre Liebe über ihn gestülpt hatte, damit er es spürte, wie sehr ihr der Ehemann vor dem Polizisten ging.

Er merkte das Lächeln auf seinem Gesicht und hätte es gerne viel länger behalten.

Um 3.43 Uhr teilte ihm telefonisch der leitende Beamte aus dem Untersuchungsgefängnis in Kiel mit, dass sich Enno Jansen mit seinem Bettlaken am Heizkörper erhängt habe. Jede Hilfe sei leider zu spät gekommen.

In Harprechts Magen boxten Fäuste von Schlägern aus üblen Spelunken, die sich an keine Regeln hielten. „Aber wie kann man sich an einem Heizkörper aufhängen?“, stöhnte er Hilflosigkeit.

„Man kann“, bedauerte der Beamte. „Es ist nicht das erste Mal. Und man kann es kaum verhindern.“

„Aber ich will Ihnen doch keine Schuld daran zuschieben“, wand sich der Kommissar unter seinen Schmerzen.

„Das können Sie auch gar nicht“, trauerte der andere.

Er ging zu Eleonore ins Schlafzimmer und berichtete ihr, was geschehen war. Sie streichelte immer und immer wieder über sein Gesicht. Die Tiffany-Lampe, die sie angeschaltet hatte, ließ die Dunkelheit erst richtig dunkel erscheinen, weil die Lampe so fröhlich bunt leuchtend aussah, als wollte sie die Nacht verhöhnen. Das ließ sich keine Finsternis gefallen.

KAPITEL 11

Harprecht saß in seinem Kieler Dienstzimmer oben unter dem Dach am Schreibtisch, die Füße auf eine herausgezogene Schublade gelegt, horchte auf die Stimme Enno Jansens, die aus Kopfhörern auf ihn einschlug, und erschrak das eine über das andere Mal. Es war ein Erschrecken, das aus einer Ferne zu ihm kam als ein Sturm, der über ein Grab brauste, es mitzunehmen und ihm zu bringen versuchte. Er zog seine Schultern schaudernd hoch. Matthiessen sah ihm von gegenüber besorgt zu. Die Worte Jansens quälten den Chefermittler zusehends, nicht weil er vor etwa zwei Stunden ihren Urheber als leblose Hülle, die Füllung verächtlich weggeworfen, so war es ihm vorgekommen, in einer von zu vielen Menschen verstellten Zelle gesehen hatte, sondern weil diese Worte ihn nur so schwer erreichten, als wären sie gar nicht gesprochen worden, mehr die Vertonung eines hässlich klingenden Liedes mit einer Melodie, die für einen anderen gesungen wurde, den er nicht kannte, und zu einem Zweck, den er ebenfalls nicht wusste. Da gestand einer Morde mit einer von Wut und Hass gejagten Stimme, schreiend, flüsternd, wimmernd, sogar auf Knien flehend, empfand es der Kommissar, Dämonen in Freiheit setzend, die in den Zuhörer einzudringen trachteten. Aber es handelte sich dabei um so alte Dämonen, dass sie kaum mehr als solche zu erkennen waren.

Harprecht sah in ihnen keine Gefahr. Er machte keine Not aus, die sie zu verursachen vermochten. Es wirkte alles so unverbindlich auf ihn, ja, unverbindlich, aufgesagt als ein schauriges Gedicht, das ihn existenziell nicht mehr betraf, wie etwa Goethes „Totentanz". Er glaubte Töne zu hören, die schwindelig machen sollten. Doch es lag in ihnen nicht die grausige Höhe oder Tiefe, in der sich ein Mörder sonst befand. Er ließ das Band bereits zum dritten Mal durchlaufen. Er wollte dem Menschen da ja glauben, der posthum zu ihm sprach. Doch der sprach an ihm als möglichem Gläubigen vorbei. Der Kommissar fühlte sich nicht als Todesermittler gemeint. Und er vermochte sich das alles nicht zu erklären. Mein Gott, schließlich war der Rest seines Teams doch der einhelligen Meinung, dass Jansen der Täter wäre. Sein Suizid schien noch ein ebenso furchtbares wie überzeugendes Ausrufezeichen dahinter zu setzten. Niemand spielte schließlich mit seinem eigenen Sterben einen Schlussakkord, der zu einem ganz anderen Stück, einer Farce gehörte.

Er nahm sich die Kopfhörer ab. Matthiessen paffte Zigarrenrauch wie Wolken über eine leider nicht vollkommene Welt und sagte es dem Freund in einem Bass, der die Zweifel Harprechts erzittern und dann zusammenstürzen lassen sollte: „Carsten, er war es. Er wollte mit seinem Geständnis zweifellos ein Drama hinlegen. Aber in seinem Kern empfinde ich es als überzeugend."

Matthiessen lehnte sich zurück, verschränkte die Hände hinter seinem Kopf, um mit dieser Ruhestellung seinem Gegenüber vielleicht zu signalisieren, es ebenfalls gut sein zu lassen: „Ich weiß, der Suizid war nicht nur an sich schon schlimm, sondern auch darum, weil wir nun keine Rückfragen mehr stellen können. Aber ich finde, alles ist von Jansen gesagt worden. Und so lange ich auch nachdenke, mir fällt keine Frage mehr an ihn ein, außer vielleicht der einen, warum es bei dem Mordversuch an Ellwein kein Zeichen gegeben hat, wie bei Kallweit die aufgeschlagene Bibel und bei Stemmle die Spielkarte. Aber möglicherweise war keine Zeit dafür. Oder er hat es vergessen. Oder es war ihm einfach nicht mehr wichtig. Was weiß ich?"

„Wo ist eigentlich Frau Grünberg?", fragte Harprecht.

„In ihrem Zimmer, denke ich."

„Kannst du sie darum bitten, in 15 Minuten zu mir zu kommen. Ich habe noch ein dringendes Telefonat zu erledigen."

„Klar", sagte Matthiessen. „Aber fass sie wegen ihres Alleinganges nicht allzu hart an. Ich denke, sie hat ihre Sache letztlich doch ganz gut gemacht."

Harprecht runzelte nur unwillig die Stirn, griff nach dem Telefonhörer und wählte die Nummer des Erkennungsdienstes. Und als sich am anderen Ende jemand meldete, hasteten seine Worte in die Muschel: „Gunnar, habt ihr in dem Renault von dem Ellwein, ja, dem Pastor von der Pauluskirche, irgendetwas gefunden, was auch nur im Entferntesten an eine Eiche erinnern könnte? Genau, Eiche, wie der Baum. Gut, ich warte."

Er stieß mit dem Fuß die Schublade zu und setzte sich so gespannt und aufrecht auf seinen Stuhl wie vielleicht ein Richter, der um jeden Preis die Wahrheit will, selbst wenn sie schielen, hinken, lispeln und einer Spesenritterin gleichen sollte. In seinem Gesicht veränderten andauernd die Falten ihre Stellung zueinander. Den Telefonhörer rückte er keinen Millimeter von seinem Ohr ab, auch als es dauerte und dauerte, bis sich endlich der vom Erkennungsdienst wieder meldete: „Unsere Spurensicherer haben mir gerade bestätigt, dass sich nichts Eichenähnliches in seinem Wagen befunden hat, nur das Übliche, eine Sonnenbrille, ein Straßenatlas von Deutschland, viel Müll, zusammengeknautschte Coladosen und eine Packung Studentenfutter, angebrochen, ein Terminkalender, aber darin auch nichts, was mit Eiche zusammengebracht werden könnte, als Besonderheit allerdings ein schwarzer Koffer mit einem Kelch und sonstigem religiösen Kram darin, ein Buch, noch in die Folie eingeschweißt, aber das Preisschild mit dem Namen der Buchhandlung herausgerissen, ein kleiner Stoffesel am Rückspiegel. Das wär´s."

„Und um was für ein Buch handelt es sich?", fragte Harprecht, nun nicht mehr übermäßig interessiert, zusammengesunken, nicht länger der Richter, eher ein Pflichtverteidiger, dem sein Mandant ziemlich gleichgültig war.

„Ich schau mal nach. Augenblick. Ja hier steht´s: Joseph von Eichendorff, `Aus dem Leben eines Taugenichts´. Ziemlich dünnes Buch. Mensch!", schnaufte der Spurensicherer plötzlich, „EICHENdorff. Meinst du, das wäre der Hinweis?" Dann wich das Schnaufen dem einfachen Atem: „Das wäre aber über einige Ecken gedacht. Findest du nicht?"

„Ich bin mir da nicht so sicher", tastete Harprecht die Nachricht vorsichtig ab. „Der Dichter wird heute so gut wie nicht mehr gelesen. Das weiß ich von meiner Frau. Und die ist Deutschlehrerin. Zumindest ein komischer Zufall."

„Mach was draus!", verabschiedete sich der Erkennungsdienstler, um dann seine Verabschiedung schnell und aufgeregt wieder rückgängig zu machen: „Augenblick, Carsten! Leg nicht auf! Das wird dich interessieren. Ich entdecke hier gerade den Hinweis, auf dem Buch befand sich kein einziger Fingerabdruck. Kein einziger! Merkwürdig, nicht?"

„In der Tat", bestätigte jetzt ein Jäger, der gerade eine frische Schweißspur seines Wildes ausmachte.

Kommissarin Grünberg betrat das Zimmer, klug, schön, nach frischer Zitrone duftend und auf nichts Gutes gefasst.

„Eichendorff?", warf ihr Harprecht entgegen.

„Ja und?", gab sie verwundert zurück. „Ein romantischer Dichter aus Schlesien, auch noch Freiherr und vor rund 150 Jahren gestorben. War es das, was Sie von mir wissen wollten?"

„Warum hat Jansen den nicht erwähnt?"

„Warum sollte er?"

„Eichendorff – Eiche – `Aus dem Leben eines Taugenichts´. Das Buch lag in Ellweins Wagen. Noch brandneu. Die Visitenkarte, verstehen Sie? Bei Stemmle die Spielkarte, bei Kallweit ..."

„Ich verstehe schon", sagte Silvia Grünberg. „Aber wäre dieser Hinweis nicht reichlich indirekt? Und könnte das Buch nicht einfach nur im Wagen gelegen haben, weil Ellwein die Romantiker mag. Er ist doch irgendwie der Typ dafür."

„Das mag ja alles sein", sann Harprecht laut nach. „Ich überlege mir gerade, ob der Täter nicht noch auf etwas anderes als die Eiche hinweisen wollte, nämlich darauf, dass in seinen Augen unser Pastor ein Taugenichts ist. Und", er pausierte des Effektes wegen, „und die Spurensicherung hat keine Fingerabdrücke auf dem Buch finden können."

„Carsten", grummelte Matthiessen. „Das ist zwar höchst bemerkenswert. Trotzdem, verrenn dich da mal bloß nicht! Warten wir doch schlicht ab, bis der Ellwein wieder aufgewacht ist, dann fragen wir ihn einfach. Und die lieben Seelen von uns allen haben ihre Ruhe."

„In Ordnung", gestand der Erste Hauptkommissar, für alle unerwartet, großzügig zu. „Übrigens, gute Arbeit, Frau Kollegin, Ihr Verhör von Jansen."

„Danke", lächelte Silvia Grünberg. Sie tat es so, wie sich Harprecht das Lächeln von einstigen Jungfrauen vorstellte, die gerade eben die Sünde zunächst mit Abscheu, dann mit unbändiger Freude kennen gelernt hatten. Die Kommissarin sah ihm in die Augen. Er schlug sie nieder. Sie schloss die Tür hinter sich. Zitronenduft turtelte im Raum mit dem des Sommers. Und der schwüle Hauch einer genusssüchtigen Lebedame wehte darüber, empfand der Chefermittler, um es sofort als Unsinn abzutun.

Dann zündete sich Matthiessen eine neue Zigarre an. Harprecht griff zu einer Pfeife, die bereits gestopft im Aschenbecher lag, und entflammte den Tabak. Es roch nun nur noch männlich. Er beugte seinen Kopf zurück, bis er es in seinem Nacken knacken hörte. Dann steuerte er seine Gedanken auf einen schönen und rechten Pfad in Richtung Molfsee zu Eleonore. Er würde ihr heute Abend von Eichendorff erzählen. Und sie würde ihm vielleicht ein Gedicht des Romantikers aufsagen: „Es war, als hätt der Himmel die Erde still geküsst ..."

Vier Beamte von der Spurensicherung begaben sich Stunden später zu dem schmalbrüstigen Haus von Enno Jansen. Sie betrachteten verwundert, aber auch gründlich, die auf der Straße vor dem Laden ausgestreuten Süßigkeiten. Einer der Polizisten schritt gemächlich über die Fahrbahn zu einem Rentner, der vor seinem Hauseingang auf einer Bank ausgebreitet saß und seine alten Gliedmaßen der Sonne darbot, um einige Wohltaten von ihr einzufordern.

„Ich war auch einmal einer von euch", nuschelte der Sonnenbestrahlte, besah sich den vom Beamten dargebotenen Ausweis genau auf beiden Seiten, bot alle Zeit seiner Welt an, bemerkte: „Das Foto habt ihr wohl auf dem Revier gemacht. Fehlt nur noch diese komische Nummer darunter. Ja, junger Mann, ich habe bei der Wach- und Schließgesellschaft gedient, bis 1985. Und keinen Tag dem Dienst ferngeblieben. Das haben wir alten Deutschen noch im Blut, Pflichtbewusstsein. Dann hat mich dieser verdammte Ischias erwischt." Er vollführte im Sitzen eine Pantomime, die seine Qualen verdeutlichen sollte.

„Muss schlimm sein", sagte der Beamte und: „Kollege, du weißt doch bestimmt, wer diesen ganzen Kram auf die Straße geworfen hat."

„Na, der Herr Jansen, gestern, als er gegangen ist." Der Rentner zog röchelnd den Atem ein und spuckte dann kräftig aus.

„Und warum, glaubst du, hat er das gemacht?"

„Natürlich, um die Kinder zu vergiften", erwiderte der alte Mann. „Warum denn sonst?" Er gab diese Ungeheuerlichkeit von sich wie einen vergnügten Juchzer im Sterbechoral seines Lebens. „Aber die Kinder waren natürlich so schlau, nichts davon zu essen. Kinder sind nämlich viel schlauer, als man denkt. Mein Sohn konnte schon mit 11 Jahren Briefkästen öffnen, ohne dass es einer gemerkt hat. So haben wir erfahren, dass der damalige Parteiboss Bestellungen bei Beate Uhse aufgegeben hat. Und der Rechtsverdreher Multhaupt, der war ein verkappter Rechtsradikaler. Sogar `Mein Kampf' hat der sich schicken lassen. Und unser alter Sangesbruder Klabunde von diesem Bergheil-Trio, der hatte gleich zwei uneheliche Kinder in Pinneberg, Zwillinge. Für die hat der ordentlich blechen müssen." Der Rentner zwinkerte, der männlichen Komplizenschaft wegen, verschwörerisch mit dem rechten Auge und kicherte den Erinnerungen hinterher. Es klang ein wenig neidisch.

„Nein, so was aber auch!", staunte der Beamte und bat dann einen Kollegen, die Überreste jenes Karnevalumzuges, den einer nur für sich selber veranstaltet hatte, zu fotografieren. Danach wurden die Süßigkeiten in durchsichtige Folientüten verpackt, um einige davon sicherheitshalber im Labor untersuchen zu lassen.

Niemand der Beamten verzog angewidert die Nase, als sie in den Müllgeruch des Jansenschen Hauses eintauchten. Man war bei weitem Schlimmeres gewöhnt. Das Gebäude wurde systematisch von unten nach oben durchsucht, vieles auf Lichtbilder gebannt, einiges auch verpackt, wie der seltsame Leuchter auf dem Dachboden, die Bücher, die sich recht zahlreich anfanden, der Baudelaire, Gedichtbände von Trakl, Benn, Rilke und Lenau, dazu einige Romane von Stifter und Dramen von Grillparzer. Eine Ausgabe von Eichendorffs „Aus dem Leben eines Taugenichts" wurde nicht entdeckt. Harprecht hatte sie gebeten, darauf zu achten.

In der Schublade des Küchentisches lag unter schlampig geführten Rechnungsbüchern eine recht saubere, vornehm wirkende Visitenkarte mit der Aufschrift: „Kurt Harloff, Rechtsanwalt & Notar", dazu eine Anschrift in der Waitzstraße und die Telefonnummer.

Man rief im Präsidium an, um zu erkunden, wie bei diesem Fund weiter vorgegangen werden sollte. Im Dunstkreis von Anwälten war immerhin höchste Vorsicht geboten. Harprecht war nicht zu erreichen. Er befand sich auf der Beerdigung von Günther Kallweit. Matthiessen knurrte: „Zwei von euch fahren hin!"

„Das gehört aber nicht zu unserem eigentlichen Aufgabenbereich", wehrte sich der Spurensicherer.

„Wir haben sonst keine Leute frei", wurde nun aus dem Hörer gebellt. „Und ihr sollt ja auch keine höchst komplizierten Ermittlungen anstellen, sondern dem Anwalt, falls ihr ihn antrefft, lediglich eine einzige Frage stellen. Und die sage ich euch sogar noch vor: Wie kommt Ihre Visitenkarte zu einem Mann namens Enno Jansen? Schafft ihr das?"

„Jawohl, Herr Hauptkommissar! Wir sind zwar nicht so brillant wie die Herren aus der 3. Etage. Aber wir sind zuversichtlich", randalierte der Beamte, „dass wir die von Ihnen uns aufgegebene Frage flüssig stellen werden und wohlmöglich auch noch die Antwort verstehen."

„Na, seht ihr, es geht doch", besänftigte Matthiessen und hauchte sogar noch ein: „Ich habe das nicht so gemeint, Kollege." hinterher.

In der Waitzstraße öffnete den beiden Beamten auch nach längerem Klingeln niemand. Sie standen vor einem großen Haus, zu dessen Eingang eine lange Treppe führte. Einstmals hatte der Bau möglicherweise etwas von einer ehrlich erworbenen Grandezza ausgestrahlt. Doch dann hatte man vor die einstige Würde viele helle Kacheln geklebt, so dass ein gewisser Schwimmhallenstil sich ein wenig vage durchgesetzt hatte. Nicht sonderlich große Fenster schauten verkniffen, als trauerten sie um das dem Gebäude aufgezwungene Badehausimage. Die Polizisten drückten, ihre Ausweise gezückt, auf den Klingelknopf neben dem des Anwaltsbüros. Ein automatischer Türöffner summte. Und ehe die Beamten noch nach der Klinke des schweren Portals greifen konnten, wurde es schon von innen aufgerissen. Eine rundliche Frau stand vor ihnen, in ein Kleid gehüllt, dessen Muster offenbar von einem naiven Maler entworfen worden war, der die Fülle des Sommers bannen wollte. Blumen über Blumen, in allen nur denkbaren Farben, warfen sich üppig von einem giftgrünen Grund aus den beiden Männern entgegen. Der schwellende Hals der Dame wurde von einem hellblauen Band gesäumt, das offenbar den Himmel anbieten sollte. Darüber leuchtete das Gesicht, wie sollte es auch anders sein, der großen Mutter Sonne ähnlich. Die Beamten hatten das Gefühl, ihnen würde bei diesem Anblick noch erheblich wärmer. Und dann zwitscherte die Frau als Amsel, Drossel, Fink und Star: „Von der Polizei sind Sie! Sie sehen aber viel besser aus als der Brockmöller oder der Stöver aus dem Fernsehen. Sie wollen zu Herrn Harloff? Da muss eigentlich einer da sein. Ich höre es schon die ganze Zeit rumpeln." Sie jubilierte diese Auskunft, von der Neugier in die höchsten Tonlagen getrieben. „Klingeln Sie ruhig noch mal!"

Die Beamten bedankten sich so lange, bis die Frau, ein wenig pikiert, zurücktrat und dann schließlich im Nest ihrer Wohnung verschwand. Nach einem erneuten Schellen im Anwaltsbüro stand plötzlich Kommissarin Silvia Grünberg vor ihnen. „Entschuldigung, Kollegen", lächelte sie, „dass ich euch nicht gleich aufgemacht habe. Aber ich musste mal wohin. Ihr versteht?"

Die Kollegen verstanden das, allerdings nicht die Tatsache, dass schon eine Beamtin vor Ort war. Und das grollten sie dann auch mit dem Zusatz: „Wir hätten durchaus wichtigere Aufgaben, als bloß die zweite Besetzung abzugeben."

„Da hat wohl einmal wieder die eine Hand nicht gewusst", erweiterte die Kommissarin ihr Lächeln erheblich, „was die andere tut. Es geht bei uns zur Zeit etwas drunter und drüber. Tut mir Leid!" Sie lehnte ihren Körper an einen Türpfosten und ließ dessen Vorzüge großzügig von der Sonne ausleuchten. Dann pustete sie eine blonde Haarsträhne aus ihrem weichen Gesicht, was einfach entzückend kindlich aussah, aber gleichzeitig erstklassig fraulich, befanden die beiden Beamten gleichermaßen und spürten den Beschützer und Mann in sich.

„Sind Sie allein hier?", fühlte der eine der Kollegen sich bemüßigt zu fragen, um nicht das Gefühl zu haben, sich der auferlegten Pflichten allzu leicht zu entledigen. „Und alles hat seine Ordnung, von wegen Durchsuchungsbeschluss und so?"

„Alles in Ordnung", beruhigte die Beamtin. Die blauen Augen strahlten.

„Na, dann können wir ja wohl wieder gehen", summten die Polizisten ungewollte Flirttöne.

„Nichts für ungut, Jungs“, spielte die Zunge der Frau mit ihren Lippen. Sie zog sich das T-Shirt fest über die Jeans, so dass die Blicke der Männer dort hingelenkt wurden, wo die Ermittlerin sie haben wollte. „Schönen Tag noch“, wünschte sie.

„Ja, dann“, ließen die Männer ungern von dieser Rundum-Frau ab. Sie fühlten sich ganz in den heißen und hellen Sommer eingepasst, atmeten gierig so etwas Ähnliches wie schwülstige Wärme zwischen zwei prallen Hügeln und vergaßen weitere Nachfragen, auch später und bei anderen, als sie sich schon lange wieder in ihren Büroräumen aufhielten. Hauptkommissar Matthiessen befand sich bei irgendwelchen Recherchen außer Haus.

Silvia Grünberg, geborene Harloff – sie hatte den Namen ihres geschiedenen Mannes beibehalten –, schloss behutsam die Tür und lehnte sich dann aufatmend gegen die Wand. Ihre Pulse trommelten den Rhythmus eines völlig überdrehten Swing-Schlagzeugers. In ihrem Magen wanden sich Übelkeitsschlieren. Dabei hielt sie sich tatsächlich völlig rechtmäßig in diesen Büroräumen auf.

Ihr Vater hatte sie gegen Mittag in der Dienststelle angerufen und den Besuch in seiner Kanzlei legitimiert. Der Anruf war aus dem Odenwald gekommen, wo sich der 64-jährige Anwalt zur Zeit in einer Rehabilitationsklinik aufhielt, um die Folgen eines schweren Herzinfarkts auszukurieren. „Silvie“, hatte seine tiefe Stimme gesagt, die sie immer wieder an Wiegenlieder und Märchen gemahnte, „du kannst dich sicherlich nicht mehr daran erinnern, wie dieser Enno Jansen, mit dem ihr es ja in letzter Zeit zu tun hattet, habe ich in der Zeitung gelesen, wie dieser Mann vor 15 Jahren, damals noch ein Obdachloser, zu mir gekommen ist, kurz nach dem Tod deiner Mutter“ – die Stimme brach für einen kleinen Moment entzwei –, „und mir diesen großen Pappumschlag anvertraut hat. Oder weißt du das doch noch?“

„Nein, Papa“, hatte sie wahrheitsgemäß geantwortet.

„Na, jedenfalls hat er mir diesen Umschlag mit der Weisung gegeben, ihn der Polizei auszuhändigen, wenn ihm etwas zustoßen sollte. Und nun hat er diesen Suizid begangen. Ich möchte dich bitten, dich dieser Angelegenheit anzunehmen. Wozu habe ich eine Polizistin als Tochter, eine Kommissarin dazu?“ Die Stimme hatte eine immense Verbundenheit durch die Leitung gesandt und Stolz, Zärtlichkeit, das Wiederaufleben vieler Abende, an denen sie sich mit Worten, Schweigen und kleinen Gesten voller Vertrauen und Liebe ausgetauscht hatten. Sie hatten gemeinsam um die Frau und Mutter getrauert und auch zusammen geweint. Der Zusammenhalt von Vater und Tochter war nahezu zu einer Symbiose geworden, doch eben nur nahezu, weil dann viel später dieser andere Mann da war, nicht der Ehemann, der andere Mann. Silvia Grünberg wehrte sich gegen ihre Haut und ihren Körper, wenn sie an diesen anderen Mann dachte.

Der Vater hatte ihr die Codenummer des Bürosafes durchgegeben und dann versprochen: „Noch sechs Wochen ungefähr, dann bin ich wieder bei dir, Silvie.“ Und dann hatte sie gemeint, das Geräusch eines angedeuteten Kusses zu hören, bevor es in der Leitung klickte. Das Geräusch hatte sie für Sekunden zu dem Kind gemacht, in dessen Leib sie so gerne wieder eingekehrt wäre.

Sie hatte den Safe geöffnet und den großen Umschlag hervorgezogen. Ihre Hände waren dabei wie kleine bebende Tiere gewesen, die allen Schutzes bedürfen. Sie hatte den Umschlag auf den etwas abgeschabten Khorasan-Teppich in den matten Goldfarben gelegt und ihn lange angeschaut, als stünde es ihr nicht zu, ihn zu öffnen. Sie hatte das Siegel, die Unterschrift ihres Vaters, das Datum gesehen und wollte das alles eigentlich nicht verändern. Sie war in das kleine Bad gegangen, hatte sich das Gesicht kalt gewaschen, ein wenig Wasser aus der hohlen Hand getrunken, sich im Spiegel gemustert, die Augen als Grubeneingänge in eine mit kratzendem Nesselstoff schwarz verhangene Seele, und sich nur ganz wenig als Polizistin erkannt.

Ins Büro zurückgekehrt, kniete sie sich vor den Umschlag, wog ihn vorsichtig in beiden Händen, als wäre er die Umhüllung einer Reliquie oder eines Sprengsatzes, kerbte schließlich ganz langsam mit dem Nagel des rechten Daumens das Siegel ein, öffnete die Lasche und zog sechs Blätter heraus.

Alle sechs Blätter zeigten sorgfältig, detailgetreu, sogar Nuancen nicht vergessend, von Enno Jansen ausgeführte Bleistiftzeichnungen. Der Verstand und die Gefühle der Frau gaben sich als mitleidlose Guerilleros, die sich gegen die Beamtin wandten. Die Blätter waren durchnummeriert. Sie legte sie der Reihe nach nebeneinander auf den Teppich. Ihre Augen füllten sich mit Tränen. Sie warf sie mit dem Handrücken fort, weg von diesen Blättern. Das Muster des Teppichs bildete einen unangemessenen Rahmen für die Bilder, weil es viel zu friedlich war.

Die erste Zeichnung zeigte, wie ein Mädchen von einem großen Auto, einem Volvo, emporgeschleudert wurde. Man erkannte den Schrecken und den Tod im Gesicht. Die Autonummer, die genaue Ausführung des Fahrzeuges wirkten furchtbar sachlich dagegen.

Auf dem zweiten Bild waren vier Männer auszumachen, die um den Leichnam herum standen. Wieder war jedes Gesicht so gestaltet, dass man alles in ihnen abzulesen vermochte, die Trunkenheit, die völlige Verwirrung, die Angst, die Panik. Silvia Grünberg kannte jedes der Gesichter.

Das dritte Bild fetzte ihr den entsetzlichen Anblick entgegen, wie die vier Männer den kleinen Leichnam, ihn an den Gliedmaßen haltend, wie ein Stück Müll abtransportierten. Jetzt lag in den Gesichtern der Männer auch Trotz, Verachtung und Hass. Wem gegenüber?

Das vierte und das fünfte Bild waren die Schlimmsten. Sie barsten nahezu von all der Schlechtigkeit, empfand Silvia Grünberg, die sich innerhalb kürzester Zeit in Menschen ansammeln konnte, weil sie nur noch und ausschließlich an sich selber dachten, nichts, niemanden, weder die Welt um sie herum noch den Glauben, den Himmel, Gott, die Liebe achtend, entleert von aller Hoffnung, die Würde verkommen, von ihren vergangenen Leben ausgekotzt. Die Männer trampelten, schlugen, vernichteten, verstümmelten, zerfledderten.

Jansens Bilder wirkten, als hätten ihm alle Höllenmaler des Mittelalters die Hand geführt und dabei selber geschaudert. Silvia Grünberg warf ihren Kopf hin und her. Sie hörte sich stöhnen. Ihr

Magen verengte sich schmerzhaft. Das Herz, das Herz raste und wollte aus ihr fliehen. Speichel floss aus ihrem Mund und hing in Fäden dem Boden entgegen. Die Fäden rissen lange nicht.

Und dann das sechste Bild. Das Auto fuhr davon. Hinter ihm rannte, floh eine weibliche Gestalt von der Eiche weg, von Laura weg, die in nichts mehr wie Laura aussah, dem nahen Wald entgegen. Die Furcht in dem Gesicht der jungen Frau wirkte weit über alle menschliche Kraft hinausgewachsen. Enno Jansen hatte das Antlitz der Kinderpflegerin Siw in jedem Zug der verstörten, der vertierten Mimik getroffen und traf damit mitten in die dunkel verhangene Seele der Betrachterin hinein.

Dann hatten die beiden Kollegen geklingelt. Sie hatten es wenig später noch einmal getan. Silvia Grünberg hatte versucht, all ihre Not, die Angst, den Schrecken aus ihrem Antlitz zu vertreiben. Sie hatte sich hergerichtet, sich wieder zur Frau gemacht und den Beamten ihre Posse vorgeführt. Ihre weiblichen Instinkte, nur sie allein, nicht der Verstand, die Gefühle, hatten ihr die Dramaturgie vorgegeben. Sie hatte überzeugend posiert, die Possenreißerin, von ganz tief unten. Doch das hatten die Männer nicht gemerkt. Sie hatten geschaut, was sie ihnen zum Schauen zur Verfügung gestellt hatte, ein Weibchen voll praller Versprechungen, von denen ja keine nach dem Reglement auch dieses Theaters erfüllt werden musste. Danach war sie in das Büro zurückgekehrt, hatte die Bilder eingesammelt, in den großen Pappumschlag zurückgeschoben, in den Safe gelegt, ihn verriegelt und die Kanzlei verlassen.

„Sie sehen heute aber ein wenig blass aus, Kindchen“, sagte ihr die Nachbarin im Blumenkleid. „Sie müssen sich Ihre Arbeit nicht so zu Herzen nehmen.“

Die Beisetzung des Küsters Günther Kallweit in dessen Heimatdorf begriff der Hauptkommissar Carsten Harprecht eher als eine vorschriftsmäßig vollzogene Ordnungsmaßnahme denn als eine trauerdurchwobene Abschiedszeremonie. Ihm kam es vor, als sollte Düsternbrook mit der Feier wieder in den Alltag einsortiert werden, aus dem Kallweit so unselig herausgefallen war wie auch der Anwalt Stemmle, der übermorgen im Hamburger Familiengrab auf dem Ohlsdorfer Friedhof zu seinen Ahnen gebettet werden würde. Harprecht zog Eleonore dichter an sich heran, um ein wenig mehr von ihrer echten Trauer berührt zu werden. Der Kriminalrat a.D. schritt gemessen neben ihnen, das Haupt respektvoll gesenkt, dabei jedoch jeden genau musternd, der an Kallweits letzter Feier auf Erden teilnahm. Er hatte viel zu mustern, denn die Düsternbrooker waren natürlich zahlreich die wenigen Kilometer in den kleinen Ort gefahren. Man wusste doch, was man einem seiner Bürger und der eigenen Neugier schuldig war. Nichts war ja am Schluss mehr so recht adrett an Günther gewesen, wölkte es in vielen Gehirnen, sein Leben zuletzt nicht so ordentlich geharkt, wie sich das gehörte. Allerlei Unkraut, ja, allerlei Unkraut. Wenn es einen in der Kirche erschlug, das schrie vielleicht nicht zum Himmel, aber immerhin doch aus den Schlagzeilen jener reich bebilderten Boulevardzeitung den Kielern in ihre Gerüchteküchen. Der Ermordete sollte selbst mit einem Mord zu tun gehabt haben, hatte man es drei Zentimeter hoch lesen müssen, auch der Anwalt und der junge Pastor. Gott gebe ihm wenigstens seine Gesundheit wieder, beteten einige, die ihren Glauben nicht vom Boulevard bezogen, sondern immer noch sehr ehrlich von den staubigen Straßen, die ihr Heiland einst gegangen war.

Es waren einige Pressefotografen erschienen, die auf einen Zusammenbruch der Mutter am Grab hofften und enttäuscht wurden. Frau Kallweit zeigte, dass ein großer Schmerz aufrecht zu tragen war, vielleicht auch darum, weil sie Gott etwas von ihrer Last abgab, der sie gerne für sie und mit ihr schulterte. Polizeibeamte befanden sich, außer Harprecht, nicht auf dem ländlichen Gottesacker. Der Fall galt offiziell als abgeschlossen. Der Oberrat hatte das, trotz der von Harprecht angemeldeten Bedenken, auf einer Pressekonferenz bekannt gegeben, weil der Staatsanwalt nicht abkömmlich gewesen war. Mit der Selbsttötung Jansens sah der die Lorbeeren, von denen er kein einziges Blatt selber gepflückt hatte, sie dennoch als die seinen betrachtete, als ein wenig, nun ja, befleckt an.

Der alte Friedhofsverwalter, der dem Trauerzug voranschritt, beobachtete mit Entsetzen, wie Presseleute und auch einige Kieler rücksichtslos über die Gräber links und rechts des Weges hasteten, um an der Gruft Kallweits möglichst einen Logenplatz oder wenigstens einen im 1. Rang zu erhaschen. Ihr trampelt über eure eigenen Seelen, dachte er betrübt und hoffte, dass die sechs Rentner hinter ihm in ihren schwarzen Überwürfen und den Dreispitzen auf den Häuptern, die neben dem Sargwagen einhergingen und in wenigen Minuten den Totenschrein an Seilen in die Tiefe lassen würden, nicht zu viel Doppelkorn zu sich genommen hätten, den sie zwecks Mutmachung und als Fluchtversuch vor der eigenen Sterblichkeit zu Anbeginn eines jeden Grabganges zu trinken pflegten. Immerhin sollte die Absenkung mit allem Respekt vor sich gehen, wünschte sich der alte Herr.

Mit Grauen erinnerte er sich noch an die Schilderung jener Beerdigung vor Jahresfrist, als er sich im Urlaub, einem sehr verdienten, befunden und einer von den Sechsen hinter ihm die Trauerzugführung übernommen hatte. Auf Grund übermäßigen Alkoholgenusses hatte der Spitzenmann des Kondukts die Grabstelle nicht finden können, und man war nahezu 30 Minuten über den Gottesacker geirrt, den man unter normalen Umständen in weniger Zeit zu überqueren vermochte, bis man die Gruft endlich erreicht hatte. Und das alles war zudem bei einem furchtbaren Regenwetter geschehen und hatte mit dem Ausruf eines der Träger geendet: „Die Kuhle ist voll Wasser! Wir können die Leiche doch nicht ersäufen!“ Den alten Friedhofsverwalter schüttelte es bei dieser Erinnerung. Er sah sich vorsichtig zu seinen Gehilfen um. Alle schienen sie ihre Schritte gerade voreinander zu setzen, die Gesichter routiniert gesammelt, die falsche Trauer korrekt portioniert.

Er selbst empfand echten Schmerz um den Tod Günther Kallweits, der ihm manchmal beim Bepflanzen der Gräber geholfen und ein Gefühl für die Blumen und Achtung vor den Verstorbenen besessen hatte. „Sie waren wir. Und wir werden sie sein“, hatte er hin und wieder gesagt. Und die Erde hatte dem Friedhofsverwalter schwerer in den Händen gelegen, wenn er diese Worte hörte.

Günther hatte eine merkwürdige Nähe zu den Toten, dachte er und blickte in den Himmel, den der Sommer ganz hoch gemacht hatte. Die Seelen hatten heute einen langen Weg, wenn sie denn in diesen Himmel flögen. Aber der alte Mann sorgte sich nicht darum. Er sah den Himmel um sich herum, wenn er sich dem Tod nahe fühlte und dennoch voller Freude leben konnte, als gäbe es diesen Tod gar nicht. Ihm war nicht bang um seine Ewigkeit. Die war ohnehin für ihn nicht zu begreifen. Da musste ein Größerer als er ran.

Pastor Baltz sagte am Grab: „Der Herr hat´s gegeben. Der Herr hat´s genommen. Gelobt sei der Name des Herrn!“ Seine Stimme klang brüchig dabei. Und er dachte, wenn ich heute den Herrn wirklich loben könnte, wäre ich gewiss zu den Seligen zu zählen, auch wenn ich es fest zu glauben vermöchte, dass alles dem Willen des Herrn untersteht. Aber hier hatte ein Mörder genommen. Und der Glaube, dem der Geistliche anhing, erzählte ihm wieder einmal von der Freiheit der Menschen, in die der Herr sie entlassen hat, wie es ein guter Vater bei seinen Kindern tut, wenn auch sicherlich schweren Herzens, oder die er ihnen wie ein Joch auferlegt. Denn die Entscheidung zwischen dem Guten und dem Bösen ist wahrlich ein Joch, klagte Baltz still. Und wir brechen so oft unter ihm zusammen, werden hilflos und schlagen wütend um uns. Ist es Günther so ergangen? Oder war da die Logik eines am Werke gewesen, der sich bewusst dem Bösen zugewandt hatte? Und Gott weint? Emmerich Baltz sah nicht selten einen weinenden Gott. Das ließ ihn jenen leichter verstehen.

Nach der Zeremonie nahm Eleonore die Mutter Kallweits in die Arme und holte sie mit dieser Geste ein Stück in die Gemeinschaft zurück. Harprecht hielt ihre Hand lange in der seinen. „Herr Hauptkommissar“, schickte sie ihm eine Stimme voller Überzeugungskraft entgegen, „mein Günther war kein Mörder! Alle könnten mir das Gegenteil erzählen, es möchte meinetwegen sogar in der Bibel stehen: Aber mein Günther war kein Mörder!“ Sie fuhr dem Beamten mit der linken Hand über den schwarzen Anzugärmel, wie man es bei einem Vertrauten tut, der stets das Beste anzunehmen bereit ist.

Harprecht kam es in den Sinn, was die Kriminalpsychologie manchmal verbreitete: Bei einem Mörder ist in der Liebe irgendetwas oder alles schief gelaufen. Hier liebte eine Mutter ihren Sohn über den Tod hinaus und würde es bis zum letzten eigenen Atemzug tun. Und da gab es auch noch diese andere kriminologische Auffassung: Nahezu jeder Mörder ist vorher irgendwie selber ein Opfer gewesen. Aber das war so schwer zu überprüfen. Opfer bleiben zumeist leise. Würden sie ihre Not hinausschreien, man könnte es wohl in der Welt nicht mehr aushalten, weil es von überall her gellen würde. Der Beamte sah hoch zur Sonne und begriff sie gerne als eine Hebamme, die immer wieder Leben auf die Welt holt.

Der Kriminalrat a.D. trat würdevoll an das Grab, nestelte sich eine weiße Gardenie vom Revers seines Jacketts und warf sie in die Grube. Viele hielten ihn wegen dieser Geste für den bisher unbekannten Großvater des Verstorbenen und sprachen ihm besonders innig ihr Beileid aus. Der alte Herr nahm die Bekundungen keineswegs befremdet entgegen. Menschliche Bekundungen jeglicher Art befremdeten ihn schon lange nicht mehr. Im Gegenteil, er suchte nach ihnen. Auch eine flüchtige Nähe war Nähe. Und die wollte er.

Während der Feier in der backsteinroten Friedhofskapelle hatte der Organist Gabriel Burgdorf eine Bearbeitung des Chorals „Wer nur den lieben Gott lässt walten“ von Georg Böhm vollkommen auf der kleinen Orgel dargeboten und hatte dabei gewirkt, als wären weder Sarg noch Trauer vorhanden, allein er und ein Publikum, das nur der von ihm herbeigeschwärmten Klänge wegen diesen Raum aufgesucht hätte. Der ein wenig hilflos und darum vielleicht umso herzlicher ausgefallenen Rede von Pastor Baltz, den Gebeten, die sich allesamt so klein anhörten, als hätten sie Mühe damit, wenigstens in Herzhöhe zu gelangen, was ja allemal reichte, hatte der Musiker das „Mitten im Leben sind wir vom Tod umgeben“ von Hermann Grabner entgegengestellt als eine pompöse Präsentation seiner Virtuosität, die mit dem Tod nichts zu tun haben wollte. Burgdorf diente der Musik, nicht den Menschen noch Gott, einem Anfang oder einem Ende. Die Klänge besaßen für ihn keine Zeit. Sie hatten ihren Taktschlag, aber keine Zeit, wie sie die Menschen sonst verstanden. Burgdorf verlor sich.

Am Ende dieses Tages, gegen 23.30 Uhr, kauerte Silvia „Siw" Grünberg in der Duschkabine ihres Appartements und weinte. Sie presste die Hände gegen ihren brennenden Unterleib, spürte die Schmerzen ihrer Brüste. Aber sie weinte nicht wegen dieser körperlichen Pein. Sie weinte aus Scham. Vor etwa 20 Minuten hatte sie noch gekeucht, sogar geschrieen. Wollust hatte ihren Körper gepackt und ihn sich zum Eigentum gemacht. Sie gehörte gern der Wollust, zu gern, viel zu gern, und diesem Mann, der sie bei ihr erzeugte. Sie liebte ihn nicht. Sie machten auch keine Liebe miteinander. Sie kämpften gegeneinander um Lust. Nichts anderes. Er war nicht zärtlich zu ihr. Das musste er nicht sein. Sie war es auch nicht zu ihm. Sie sahen sich, rissen sich die Kleider vom Leib, ein jeder bei sich selber, packten sich an Brüsten, Schamlippen, dem Scheidenmuskel, Gesäßen, dem Phallus, sonst nirgends, streichelten sich nicht, bissen sich die Lippen manchmal blutig und kämpften ihren Kampf. Und dann war es vorbei. Und sie schämte sich erbärmlich und weinte, immer als Einsame. Doch die Scham und das Weinen waren niemals groß genug, um sie vom nächsten Mal abzuhalten. Es gab seit vier Monaten immer ein nächstes Mal. Und alle Schwüre, heimlich und verzweifelt sich selber geschworen, verkamen schnell zu Meineiden.

Der Mann lag auf dem Bett. Sein muskulöser, harter Körper war schweißnass. Er drehte sich auf den Bauch und bewegte unruhig das Becken. Er war schon wieder angeschwollen. Er schrie nach der Frau, warf sich auf den Rücken. Seine Magendecke zitterte. Auch die Hände taten es. Wenn er es nicht von ihr bekam, würde ihm übel werden. Er würde Schmerzen haben, nicht nur in seinem Glied, sondern überall. Sein Denken würde sich zusammenballen zur Dunkelheit ihrer Vagina. Anders würde er nicht mehr denken können. Er brauchte es. Er brauchte sie, nein, nicht ihre Gedanken, ihre Wünsche, Pläne, Träume, sondern ihren Körper, die bloßen Konturen, seine Konsistenz, seine Kelche, die er füllen musste. Er war klug genug, um zu wissen, dass er möglicherweise ähnlich süchtig wie ein Alkoholiker oder Junkie war, krank wie sie. Nur sein Schnaps, sein Heroin war ihr Geschlecht. Er hatte es mit anderen Frauen versucht. Doch was war Haschisch gegen einen echten Schuss, Kaffee gegen einen Scotch Whisky? Es hatte nicht dieses Aufbäumen in den Himmel gegeben, auch wenn der Sturz danach tief war, höllisch tief. Aber das nächste Aufbäumen und der Himmel warteten. Er schrie erneut nach ihr, wälzte sich auf dem Bett. Er fühlte seine Hoden wie Feuerkugeln, die in seinen Körper dringen und ihn in Asche verwandeln könnten. Nur sie konnte das Feuer in die richtige Richtung lenken. Er hatte schon lange aufgehört, es verstehen zu wollen. Süchtige dachten nicht. Sie gierten. Sie geiferten. Befreiung, Gefangenschaft, Befreiung, Haft, Fesselung, Ketten, Erlösung. Alle Regenbögen warfen nach der Sintflut ihre Farben herab. Dann kam eine neue. Und die Frau war seine verdammte Arche. Sie soffen ab oder schwammen oben, ganz oben. Er glaubte, dass er immer kleiner und kleiner schrumpfte, sein Phallus ihn überragte und gleich erschlagen würde. Er brüllte. Sie kam. Sie kämpften.

Dann war es tiefe Nacht. Sie schliefen den Schlaf von Süchtigen, immer auf dem Sprung, zerrissen von allen Unruhen, die sich die Stürme der Welt ausdenken konnten, die Tornados, Taifune, Hurrikans, die Fallwinde im Felsengebirge, die in den Tod zu reißen vermochten, der Schirokko der Wüste, der mit heißem Staub erblinden ließ. Die beiden lagen voneinander getrennt und berührten sich nicht. Manchmal schreckten sie hoch. Dann sahen sie die Nacktheit des anderen, dass sie noch da war. Das beruhigte sie.

Silvia Grünberg hatte ihr Gesicht von ihm abgewandt, wie er das seine von ihr. Sie weinte ihre Scham zum dritten Mal heute. Oder war es das vierte Mal? Wer zählte schon die Flaschen, die Nadeln, die körperlichen Explosionen? Und wer vor allem zählte die Höllen danach? Sie brauchte ihn, seinen Körper. Aber Silvia Grünberg brauchte, im Gegensatz zu ihm, noch etwas anderes als die aus ihm erkämpfte Lust, nämlich seine Kraft und seine Gewalt, die auch ohne ihre Nacktheiten wüteten. Sie benutzte ihn mehr als er sie. Es gab die Scham. Es gab die furchtbaren Schuldgefühle. Aber sie konnte nicht anders. Sie bot ihm ihren Körper und verlangte vielleicht dafür seine Existenz. Er zahlte den Preis. Sie war nicht nur schön. Sie kannte den einzigen Kampf, in dem er siegen konnte. Nicht lange. Aber es reichte für die verzweifelte Suche nach dem nächsten Sieg.

Sie ging auf die Toilette und übergab sich, so still, als würde sie nur das Gespinst ihrer Seele herauswürgen. Dann spülte sie sich den Mund aus. Dann kleidete sie sich in einen Hauch von Parfum. Dann streifte sie mit der Hand über ihren nackten Körper, als zöge sie ein besonders schönes Kleid glatt. Dann ging sie zu ihm zurück. Er wartete bereits auf sie. Sie gebrauchten sich, die Kriegerin und der Krieger, Gewinner, Unterlegene, beide, oben, unten, jeder. Und allein. Aber er tat es. Er hatte es bereits getan, nicht für sie, einzig für die Kelche ihres Leibes, die sie ihm dann darreichte. Der Tod ist eine Frau, wussten schon die alten Sumerer. Sie hieß Ereschkigal. Was ist ein Name? Warum nicht Silvia? Sie schrie ihre Wollust laut, dann die Angst leise. Die Scham flüsterte einen Fluch.

KAPITEL 12

In dieser Nacht ging ein gewaltiges Gewitter über Kiel nieder. Pastor Emmerich Baltz stand am Fenster des Schlafzimmers in dem großen Pastorat, das ihn immer mehr an eine viel zu geräumige Gruft erinnerte, in der alle seine Tode ausreichend Platz fanden. Er schaute auf die grellen Blitze, die über der Stadt zuckten und über seine Kirche sekundenlang Feuer warfen. Er hörte auf den krachenden Donner, der das alte Pfarrhaus in seinen Fugen erbeben ließ. Sodom, dachte er, und Gomorrha. So musste es in den alttestamentlichen Städten am Toten Meer ausgesehen haben, bevor Gott sie, um der Bosheit ihrer Bewohner willen, in Schutt und

Asche legte. Doch seine Düsternbrooker, rief sich der Geistliche zur Ordnung, waren im Großen und Ganzen gute Menschen. Wir sind allzumal Sünder, wusste er. Er war seiner Gemeinde ein milder Hirte. Ihn brachte kaum jemals eines ihrer Vergehen sonderlich aus der Fassung. Die Menschen waren neugierig, neidisch, triebhaft. Mein Gott, er war es manchmal auch. Ein Kugelblitz tobte über den tiefschwarzen Himmel und blendete ihn. Der Donner danach brüllte nahezu. Doch was jetzt auf dem Feld seiner Kirche geschehen war, erschreckte ihn. Drei Menschen waren aus ihrem Schaffen gerissen worden. Ein Kain, ein Brudermörder war am Werk gewesen. Gebe Gott, dass dieser Enno Jansen – der Herr sei seiner Seele gnädig – es wirklich gewesen ist. Noch ein gewaltsamer Tod würde seinen Glauben und ihn in die Knie zwingen, fürchtete sich der Geistliche. Er wollte seinen Gott ja gar nicht mehr begreifen – davon hatte er sich gänzlich nach dem schweren Sterben seiner Frau vor elf Jahren abgewandt. Doch nach ihm greifen wollte er können, um Halt zu finden und in einer aufrechten Haltung zu bleiben.

Das Gewitter zog langsam nach Norden ab. Ein weiteres kündigte sich im Süden an. Etwas schwang durch die Luft, was nicht zu den Unwettern gehörte, Klänge wie Musik aus den Sphären der Gräber, schwer, düster. Schrille Klagelaute gellten dann und wann durch die schwüle Luft. Danach sammelten sich die Laute zu Melodien, die kein Mensch singen konnte. Zu fühlen vermochte er sie, sich vor ihnen zu ängstigen. Mit solchen Melodien starben vielleicht Schwäne oder lebten Gefolterte. Der alte Geistliche öffnete das Fenster und hörte genauer hin. Der Donner, der aufbrandete, machte es ihm nicht leicht. Dann verstand er den Klang der Orgel in seiner Pauluskirche. Er machte ein Flackern hinter ihren großen Fenstern aus. Er zauderte. Er griff nach seinem Gott als der festen Burg und einer guten Gegenwehr. Er straffte seinen Körper, hob sein Kinn beinahe trotzig und machte sich auf den Weg als der Hüter seines Hauses. Als er die Kirche betrat, schrie ihm die Musik entgegen, ein Chor aller Klagepsalmen der Bibel mit ihrer immer wiederkehrenden Frage, der ersten, der letzten

Frage: Warum? Pastor Baltz wollte sich unwillkürlich mit emporgerissenen Händen vor diesen von der Orgel ausgestoßenen Schreien schützen. Dann faltete er sie lieber, weil er es glaubte, dass seine Hände ihn so am besten schützten. Die Töne flehten um Erlösung. Sie jammerten die Nöte jemandes, der sich zu nahe an viele Sterbeorte auf dieser Welt herangewagt hatte.

Der Geistliche stieg die Treppe zur Orgelempore hinauf und schaute um eine Säule herum hin zu Gabriel Burgdorf, der auf den Manualen wütete. Die Finger tanzten Märsche, Polkas, Walzer, doch immer die, die man tanzt, wenn es Abschied zu nehmen gilt und alle Schritte schmerzen. Das neue Gewitter hing über der Kirche. Die Blitze drohten mit Brand. Die Wolken krachten zusammen. Burgdorfs Gesicht wurde von den beiden Kerzen erhellt, die er links und rechts von sich aufgesteckt hatte. Man konnte sein Gesicht nur als einen ständigen Wechsel von Licht und Schatten ausmachen. Doch die Haltung seines Körpers verriet Zorn, dann Ergebung, Protest, dann Niederlage, Trauer, danach Resignation, eine sich ständig wiederholende Ja-Nein-Bewegung. Der Leib warf sich nach vorne, wurde zurückgeschleudert, stemmte sich wieder dem Instrument entgegen, um darauf nahezu gefällt zu werden. Und dann wurde der Leib urplötzlich hochgerissen. Die Arme schlugen auf und nieder. Der Organist drosch Laute, die den Geistlichen an Wagners „Götterdämmerung“ erinnerten, wenn sie auf den Brettern der Opernbühnen ihre orgiastischen Höhepunkte beging. Aber diese Musik, die der Pastor zwischen den Donnerschlägen vom Himmel vernahm, stammte weder von Wagner noch von einem anderen bekannten Komponisten. Sie wucherte allein in dem Kopf des Organisten Gabriel Burgdorf und wurde mit Händen und Füßen der Welt entgegengehämmert als Schläge auf die Nägel, die ihn am eigenen Kreuz zu befestigen schienen, an dem eines Schächers.

Und dann, dann kam dieser Schrei aus dem Mund des Musikers. Er brach sich vielfach an den Wänden des Gotteshauses. Er prallte von der Decke in die Tiefe, von Steinsäulen gegen Glas: „Laura!“ Noch einmal: „Laura!“ Der Schmerz eines ganzen Lebens gab diesen Schreien seine furchtbare Kraft, hörte der Geistliche. Den dritten Schrei erstickte der Organist, indem er die Faust auf seinen Mund presste und fest in sie hineinbiss. Der Pastor sah das Blut, das auf die weißen Tasten tropfte, als Burgdorf eine leise Melodie zu spielen begann. Baltz überlief es kalt. Er umarmte den Stein vor sich und presste sein Gesicht daran. Er war jetzt auch mit der Geborgenheit, die Steine gaben, zufrieden. Er erkannte die Melodie. Es war die „Habanera" aus Bizets „Carmen": „Ja die Liebe hat bunte Flügel, solch einen Vogel zähmt man schwer ..." Der Organist sang diese Worte in einem hellen Tenor. Er ließ jede Silbe in seinem Mund zerschmelzen. Am Ende des Gesanges legte er beinahe sanft seinen Kopf auf die Tasten. Die Orgel schrie noch einmal misstönend auf, um dann zu schweigen. Carmen war ermordet worden, der Liebe wegen.

Pastor Emmerich Baltz fürchtete sich sehr bei dieser Erinnerung. Ins Pfarrhaus zurückgekehrt, schlug er die Bibel auf und las einen Vers aus dem 1. Korintherbrief: „Es bleiben Glaube, Hoffnung, Liebe. Doch die Liebe ist die größte unter ihnen." Sie hat unendlich viel Macht, dachte der Pastor, und kann mit der gleichen Unendlichkeit ohnmächtig machen, so ohnmächtig, dass daraus ein Tod wird. Dann schlug es in der Nachbarschaft ein. Es krachte so laut, dass Baltz vor Schreck seine Bibel vom Tisch fegte. Sie lag aufgeschlagen auf dem Boden, den dunkelgrünen Rücken ihm zugekehrt. Er hob sie auf, las aber nicht die Stelle, die durch den Fall aufgeblättert worden war. Er wollte keinen Fingerzeig. Seine Zweifel waren auch so schon groß genug.

Baltz zögerte, ob er noch zu dieser späten Stunde Hauptkommissar Harprecht anrufen könnte. Dann besiegte seine Sorge um das, was er eben gehört und gesehen hatte, sein Zaudern. Er nahm den Hörer ab und wählte die Nummer.

Nach nur wenigen Rufzeichen wurde am anderen Ende abgenommen. Die Stimme des Kommissars klang nicht so, als wäre sie von Schlaf umfangen.

Der Pastor vergaß eine Entschuldigung. Erregt rief er in die Sprechmuschel, dass er an der geistigen Gesundheit seines Organisten zu zweifeln beginne, vielleicht auch an dessen völliger Unschuld, was die vergangenen schrecklichen Ereignisse beträfe. „Ich sage so etwas nicht leichtfertig, Herr Harprecht. Das müssen Sie mir glauben."

„Aber natürlich", klang es beruhigend aus dem Hörer. „Erzählen Sie mir doch einfach, womit Sie Ihre Zweifel begründen."

Der Geistliche schilderte mit einer Stimme, die sich manchmal überholen wollte, die sich hin und wieder überschlug, die dann und wann sich verhaspelte, zwischen den Tonhöhen hin und her sprang, bebte, freigeräuspert werden musste, was er mit Burgdorf in der Pauluskirche erlebt hatte. Die Martinshörner der Feuerwehr warnten inmitten seiner Worte. Der Geistliche beschrieb die Musik, die Schreie, den Gesang. Dann hätte er sich am liebsten in die tröstende Umarmung irgendeiner Frau, auch wenn sie dafür bezahlt werden wollte, geworfen. „Können Sie nicht mit Burgdorf sprechen?", bat er.

„Ich hätte es ohnehin noch getan", antwortete der Ermittler.

„Das ist gut. Nein", verbesserte sich Baltz hastig. „Nichts ist gut."

„Doch", sagte Harprecht. „Das Gewitter ist fortgezogen. Unsere Wohnhäuser sind verschont geblieben. Wir können miteinander reden. Und Gabriel Burgdorf ist nichts als ein Mensch. Ein Mensch, Herr Baltz, der niemanden hat, dem er seine Not sagen kann. Darum macht er es auf seine Art. Sie erscheint uns merkwürdig. Ich bin es auch, wenn ich mit meinen Pfeifen einen Fall diskutiere. Und mein Vater spielt Beethoven wie Louis Armstrong."

Der Pastor wagte ein verhaltenes Lachen, sehr vorläufig und nicht als schlüssige Antwort gedacht, mehr als ein Eingeständnis, dass es vielleicht doch, gegen alle Erwartungen, irgendwo, irgendwie und auf irgendeine Art, mochte sie in ihren Partikeln noch so abstrus zusammengesetzt sein, eine Helligkeit gab.

„Ich rede morgen mit Ihrem Organisten", versprach der Kommissar. „Und ich denke, ich werde es herausfinden, wie seine Merkwürdigkeit geartet ist. Vielleicht ist sie gefährlich. Möglicherweise nur das, was ich eben beschrieben habe, der Ausdruck einer großen Einsamkeit. Wir werden es bald wissen."

„Danke", sagte Baltz.

Hoffentlich werde ich es wissen, schwieg Harprecht. Die Martinshörner waren schon längst verklungen. Eleonore trat in sein Arbeitszimmer, nur mit einem alten Polizei-Hemd von ihm bekleidet, die Lesebrille in das dunkle Haar geschoben.

„Wer wollte denn jetzt noch etwas von dir", gähnte sie und setzte sich auf seinen Schoß. Die als sein Schreibtischstuhl getarnte Amme kippelte gefährlich. Eleonore genoss es, dass sie ganz nahe an ihren Mann herangeschüttelt wurde. Er fuhr ihr kurz über den Bauch. „Pastor Baltz macht sich Sorgen um seinen Organisten."

„Das kann er auch. Der Burgdorf war schon in der Schule ein Egozentriker nach Art von: Ich bin die Musik. Und wo gute Musik ist, bin ich und sonst keiner." Eleonore pulte an einem Pickel oben auf ihrem rechten Oberschenkel.

„Mach das bitte nicht", sagte ihr Gatte. „Sonst muss ich da immer hingucken und sehe etwas, was ich jetzt nicht vertrage zu sehen, weil ich einfach hundemüde und fertig bin."

„Ist gut", erwiderte Eleonore und ließ von sich ab. „Weißt du, der Gabriel Burgdorf, der hat, glaube ich, in der Schule nie eine Freundin gehabt. Die Mädchen waren hinter ihm her. Er sieht ja auf seine etwas sinistere Art ganz gut aus. Aber er hielt sich die jungen Damen nur als Anbeterinnen."

„Was bedeutet sinister?", fragte Harprecht.

„Unheilvoll", antwortete seine Frau, „auch unglücklich."

„Aha! Du kennst ganz schön viele Worte", sagte Harprecht und legte seine rechte Hand auf den Schreibtisch. Die Linke war unter Eleonores Po eingeklemmt. „Und Laura?"

„Mit der war er ganz anders. Da lag *er* auf den Knien. Wie geht es deinem Magen heute?", fragte sie dann.

„Er zwackt wieder nach dem Anruf von Baltz."

„Wenn der ganze Laura-Kram vorbei ist, gehst du zum Arzt!", bestimmte die Ehefrau.

„Ich fürchte mich vor dem Schlauch, den der mir durch meine

Speiseröhre steckt", murmelte Harprecht. „Außerdem ist es doch nur die Seele, die mit meinem derzeitigen Lebenswandel nicht einverstanden ist. Und das teilt sie mir mit, indem sie meinen Magen piesackt."

„Du gehst zum Arzt!", wiederholte Eleonore. „Ich mag es nicht, wie sich dein Magen missbrauchen lässt." Sie gab ihm einen Kuss auf die Stirn und kämpfte sich aus dem Ammen-Stuhl frei. „Komm, wir trinken noch eine warme Milch mit Honig. Clemens hat offenbar das ganze Gewitter verschlafen."

„Glaube ich nicht. Er hat es für Haydns `Symphonie mit dem Paukenschlag´ gehalten und dazu dirigiert."

„Dein Vater ist reizend", setzte Eleonore fest. „Und er liebt eben Musik. Er kann das halt nur nicht immer so richtig ausdrücken. Übrigens, was mir gerade noch zu dem Burgdorf eingefallen ist. Es soll da mal etwas mit einer viel jüngeren Kollegin von mir gegeben haben, eine ziemlich üble Geschichte, hat man sich damals erzählt. Nicht die Verführung eines Minderjährigen, sondern eher umgekehrt und viel schlimmer, eine Vergewaltigung der Frau durch Gabriel. Doch das hat man schnell im Sand verlaufen lassen, weil die Lehrerin allgemein für sehr flatterhaft gehalten wurde, wie so etwas von dummen Männern in einem von ihnen dominierten Kollegium oft behauptet wird. Sie hat dann nach Argentinien geheiratet, jemanden, der dort in deutscher Kultur macht. Aber frag mich bloß nicht, wie sie jetzt heißt."

„Schau an", sortierte Harprecht diese Information ein.

Kiel badete in einer vom Gewitter gereinigten Luft. Der Kommissar saß noch eine Zeit lang an seinem Schreibtisch, nippte an der Honigmilch und hörte über seine Kopfhörer ein Blues-Konzert von Muddy Waters. Dann fühlte auch er sich wenigstens etwas gereinigt und wagte sich an den Schlaf heran. Eleonore neben ihm sah aus, wie er sich ein phantasievoll und mit echten Gefühlen gespieltes Gitarrensolo als Bild vorstellte, in einem Boogie gespielt, nicht in einem Blues.

Am nächsten Morgen klingelte bei Pastor Baltz sehr früh – es war noch keine 6.00 Uhr – das Telefon. Er nahm den Hörer von der Gabel, lauschte einen Moment den Worten, die daraus zu ihm drangen. Seine linke Hand öffnete und schloss sich krampfartig. Sein Gesicht wechselte die Farben von Angstweiß über Alarmgelb bis schließlich hin zum Burgunderweinrot eines herrlichen Jahrgangs. Dann schrie er: „Natürlich komme ich sofort!"

Seine Gefühle sangen Weihnachtslieder, dann eine Hymne des Erntedankfestes, endlich die Psalmen aller Befreiten aus der großen Gefangenschaft in Babylon. In seinen Gedanken turnten Engel auf Himmelsleitern. Baltz war glücklich. Er stürzte auf den Niemannsweg und vergaß, vergaß andere Termine, Verabredungen, Pflicht und Ordnung, auch, es dem Hauptkommissar Harprecht mitzuteilen, dass der Amtsbruder Jonas Ellwein am Abend zuvor aus dem Koma erwacht, verlegt worden war und dringend darum gebeten hatte, ihn, Emmerich Baltz, möglichst schnell zu sprechen. Er habe viel zu sagen, sehr viel.

Der alte Geistliche hastete über das Pflaster. Ihm schienen Sprinterbeine gewachsen zu sein. Er nahm nicht den Sommer um sich herum wahr, der nach dem Gewitter wieder zu schwelgen begonnen hatte, nicht seine Gemeindeglieder, die ihm bei ihren Vorbeifahrten zuwinkten, ebenfalls nicht ihr erstauntes Kopfschütteln, als der Pastor keinen Gruß erwiderte. Er glühte vor Freude. Jeden kleinen Anstieg nahm er beschwingt als Auffahrt zu einer Kathedrale oder einem verwunschenen Schloss, jeden leichten Abstieg wie in das Tal des guten Hirten, von dem der 23. Psalm so herrlich zu singen wusste. Doch dann, nach vielen Metern, nach der Vollstreckung einer größeren Entfernung von seinem Pastorat und der dort empfangenen Verheißung, verlangsamte er die Gangart nach und nach und spürte sich wie auf Stummelbeinen dahinkriechen. Er dachte daran, was Ellwein ihm wohl berichten könnte. Er sah den Sommer glühen und ahnte plötzlich die Brandgefahr, die in seiner Hitze lauerte. Die Lieder seiner Gefühle wandelten sich jäh zu Gesängen von Moorsoldaten, denen immer eine schwere Fron bevorstand. Er sah die ersten Häuser der

Klinik, entdeckte später das Wasser der Förde in der Ferne, das auf Weite eines Meeres gefasst sein durfte. Er ahnte, dass ihm vielleicht eine Gefangennahme bevorstand. Babylon drohte. Die letzten Schritte erschien ihm als kaum zu überwindender Pass hinauf in die Zwingburg. Was, bitte, bitte, was würde Ellwein ihm anvertrauen, der beinahe einem Mordanschlag zum Opfer gefallen war? Er bog in das Krankenhausgelände ein. Sein Herz schlug den Takt des Chorals „Aus tiefer Not schrei ich zu dir". Er ging in Richtung der beiden sechs Stockwerke hohen Türme der Chirurgie. Sein Gang wog so schwer wie unbestimmte Kinderängste, die von Liebesentzug erzeugt werden.

In der Empfangshalle bewegten sich nur wenige Menschen auf Schmerzen zu oder von ihnen weg. Es roch nach Kaffee und frischen Brötchen, Desinfektionslösungen und dem Nachtschweiß von Kranken, Schwestern und Ärzten. Geräte wurden an ihm vorbeigerollt, immer weiß, immer so aussehend, als dienten sie nicht der Heilung, sondern dem Stolz derer, die sie geschaffen hatten oder besaßen, um mit ihnen schließlich Macht auszuüben.

Der Pförtner war nicht interessiert, aber sagte ihm dennoch das Stockwerk und die Nummer des Zimmers, in dem er Herrn Ellwein finden würde. Wozu? Ihm wurde sogar noch der Weg zu den Fahrstühlen gewiesen mit einer Bewegung hinter der Morgenzeitung hervor, deren Schlagzeile lautete: „Neue Blutopfer in Israel". Ein Fahrstuhl stand für ihn bereit. Gegenüber noch einer. Die Öffnungen gähnten sich gegenseitig gelangweilt an. Baltz trat zu der hin, die weiter von ihm entfernt lag, schritt in sie hinein, drückte auf die 6. Die Tür schloss sich. Es geschah leise. Nur ein leichter Schlag war zu vernehmen. Dann summte es und der Pastor wurde nach oben gehoben. Auf dem Boden lag eine rote Nelke. Er sah ihrer Vergessenheit und Verlorenheit zu. Die Nelke wurde ihm nahe. Die Tür öffnete sich. Er blickte in Neonlicht vor der Sonne, die durch ein großes Fenster fiel. Ein breiter Gang tat sich auf. Bilder hingen an den Wänden, Naturfotos, alles aus größter Nähe aufgenommen. Blätter sahen aus wie schlecht gebügelte grüne Operationstücher. Die Nummern auf den Zimmern waren groß und gut lesbar. Eine Schwester ging an ihm vorbei, ohne ihn zu beachten. Sie trug ein Tablett mit Medikamenten. Er klopfte an die Tür mit der Nummer 7. Jemand sagte „Herein". Es war ein Arzt. Er blickte ihn an, als erkenne er sofort eine sich eben zur Verdickung anschickende Prostata. „Sie sind Pastor Baltz aus der Heiligengeist-Gemeinde?", fragte er, um dann sofort zu einem Bett zu weisen, es dem Geistlichen anzuweisen. „Dort liegt es, unser Sorgenkind. Aber jetzt geht es uns doch schon viel besser, nicht wahr, Herr Ellwein?"

Der flüsterte: „Danke, dass Sie so schnell gekommen sind." Er blickte ihn mit Augen an, die das Sterben mindestens zweimal gesehen zu haben schienen.

„Dann lasse ich Sie mal allein", beschäftigte sich der Arzt mit seiner Autorität. „Auf den da im anderen Bett brauchen Sie keine Rücksicht zu nehmen. Der kriegt nichts mehr mit." Er lächelte, als wäre es ein wesentlicher medizinischer Erfolg, nichts mehr mitzukriegen.

„Setzten Sie sich auf mein Bett", wisperte Ellwein. „Ich kann nicht so laut sprechen. Und es ist so furchtbar viel, was ich Ihnen sagen muss."

Baltz blickte kurz aus dem Fenster. Die Aussicht war herrlich: auf die Stadt, die Förde, den Hafen, die Werft. Und darüber nur Sommergold und Himmelsblau.

Dann tauchte er zu Jonas Ellwein hinunter.

Harprecht radelte, die Morgenpfeife noch im Mund, auch die Geschmäcker des hastig hinuntergestürzten Kaffees, der eilig zerkauten Quarktoasts, in Richtung Pauluskirche. Den langen Anfahrtsweg versuchte er zu Strategieplanungen zu nutzen. Doch ihm fiel keine Vorgehensweise ein, mit der diesem merkwürdigen Organisten beizukommen wäre. Einzig zornige Gedanken trommelten von innen gegen seine Gehirnknochen. Er trug blaue Jeans, ein mattrotes Polohemd, darüber einen leichten grauen Blouson, weil er seine Dienstwaffe am Gürtel verstecken wollte. Er hatte sie sehr bewusst mitgenommen, um vor Burgdorf als Polizist zu erscheinen und nur als solcher. Er würde nicht Publikum für eine Burleske sein noch Zeuge von Arroganz oder gar Claqueur für Brillanz. Er war Ermittler, der andere der Auszuforschende. Damit hatte es sich. Er trat beinahe wütend in die Pedale und raubte sich sehr viel Atem.

Burgdorf öffnete ihm sofort nach dem ersten Klingeln. Er war in ein langes schwarzes Hemd über einer schwarzen Hose gehüllt. Hinter ihm erstreckte sich die kühle Weiße seines Wohnzimmers. Keine Farben. Nur dieses Schwarz-Weiß, die Kleidung und das Gesicht, der Flügel und die Wände, die Notenbücher und das sie tragende Regal, weiße Rattansessel, ein schwarzer Lacktisch. An den Wänden hingen zwei große Tuschzeichnungen, von denen Harprecht nicht wusste, was sie zeigten. Sie erinnerten an abgeschlagene Bäume, aus denen tote Äste ragten, nur sehr karg ausgeführt, darüber vielleicht Wolkenfäden, die sich zum Hintergrund hin verdünnten. Der Raum lud zum Frösteln ein und schloss den Sommer aus.

Burgdorf wirkte keineswegs überrascht vom Besuch des Kommissars. Er wies kurz auf einen der Sessel, setzte sich in den anderen, die Beine übergeschlagen, die Hände auf den Knien gefaltet. Er wartete. Der Ermittler tat es ebenfalls. Er zog sich den Blouson aus, legte ihn gemächlich zusammen und platzierte ihn neben sich auf den Boden. Dann blickte er den Organisten an, unter dessen Augen Schatten lagen. Die Wimpern waren lang, die Stirn hoch und leicht gewölbt. Darüber wellten sich die dunklen Haare, von einem Mittelscheitel geteilt, und fielen bis auf die Schultern. Die Nase war schmal und etwas zu lang, der Mund von Lippen gesäumt, die in ihrer Fülle besser zu einer Frau gepasst hätten. Das Kinn fiel zum Hals hin ab. Es wirkte weichlich. Der Körper war schlank, nahezu mager.

Burgdorf ließ sich die Musterung durch den Kommissar gefallen, aber nicht ungerührt. Seine langen, wohlgeformten Finger begannen sich aus der Faltung zu lösen und mit den Spitzen auf das Knie zu trommeln. Draußen lachten Kinder. Der Organist runzelte die Stirn. Seine Wangenmuskeln bewegten sich.

„Es ist laut hier“, sagte er. Seine Stimme klang hoch, mehr ein Alt als ein Tenor.

„Finden Sie?" Harprecht beugte sich nach vorne. Er legte seinen Dienstausweis auf den Tisch.

„Ich weiß, wer Sie sind."

„Gut", sagte der Kommissar.

„Und was wollen Sie von mir?"

„Reden. Sie einvernehmen. Sie verhören. Suchen Sie es sich aus."

„Worüber reden?"

„Auch jetzt haben Sie die Wahl. Über Grabschändung? Über Brandstiftung? Über Vergewaltigung? Über Mord? Womit wollen Sie anfangen?"

„Was bitte soll diese Aufzählung?" Der Organist war nicht geschockt, nur verärgert. „Sie wissen genau, dass Sie mich mit nichts von dem ernsthaft beschuldigen können."

„Wenn ich das wüsste, wäre ich nicht hier." Harprecht zog seine Stimmbänder stramm. „Vergewaltigung", kerbte er es in das immer noch anhaltende Kinderlachen von draußen. „Sie Schüler. Eine junge, attraktive Lehrerin, die Ihnen nicht das zukommen lässt, von dem Sie fest glauben, einen Anspruch darauf zu haben, Bewunderung."

„Jemand, der überaus begabt ist, hat immer Neider. Und die kippen dann ihren Unrat über den Begabten aus. Nicht mehr und nicht weniger gibt es über die sogenannte Vergewaltigung zu sagen. Außerdem", erhob der Stolz des Organisten ein wenig sein Fürstenhaupt, „hätte ich so etwas nicht nötig gehabt."

„Vergewaltigung ist nicht Sex", schlug Harprecht die Kerbe tiefer, „sondern Gewalt, wie es das Wort schon besagt. Machtausübung. Macht, die mögen Sie doch, Herr Burgdorf. Ich habe die Akten gelesen und die Aussagen Ihrer ehemaligen Mitschüler. Nun gut, wenden wir uns der Grabschändung und der Brandstiftung zu."

„Meine Hände sind mir viel zu wertvoll, um so etwas zu tun. Denken Sie nur an die Verletzungsgefahr. Ich lebe von meinen Händen."

„Man kann sehr vorsichtig dabei sein."

„Unsinn. Ich bin Künstler. Ich schände nicht, ich erbaue. Ich zerstöre nicht. Ich vollende." Er sagte es als Gläubiger. In seine dunklen Augen zog ein Glitzern ein, als sähen sie Heiligtümer.

Harprecht schaute sein Gegenüber beunruhigt an. Der emigrierte allmählich in eine eigene Welt, deren Längen- und Breitengrade nur er kannte. Der Ermittler wollte ihn zurückhalten. Er sagte sehr laut: „Laura!"

Burgdorf schreckte hoch. Er sah verwirrt auf den Beamten. Seine Finger schlugen schnelle Läufe seine Schenkel hinab und herauf. Die Lippen zogen sich auseinander, entweder zu einem Lächeln oder einem Weinen. Es schien, als wüssten sie es noch nicht. Der Organist sah seine Finger laufen. Er schob beide Hände unter sein Gesäß. Die Lippen entschieden sich für die Jämmerlichkeit. Sie grinsten.

„Laura", schleifte die Altstimme, „war ein überaus begabtes Mädchen, nahezu begnadet, was die Musik anging. Auf sie wartete Größe. Doch sie hätte sich für diese Größe bedingungslos entscheiden müssen, arbeiten müssen, verzichten müssen. Sie konnte es nicht. Sie vertändelte die Gnade, weil sie so viel anderes wollte, ich weiß nicht, was, Liebe vor allem, denke ich." Er schwieg. Das Grinsen war von den Lippen gerutscht und in Schmerz abgestürzt. „Liebe ist ein Hindernis auf dem Weg zur Größe, ich meine, die Liebe zu anderen Menschen, zu einem wie Guntram Kamen etwa. Nicht die Liebe zur Musik. Sie kann nur rein bleiben, wenn keine andere Liebe sie beschmutzt. Es tat mir entsetzlich weh, miterleben zu müssen, wie Laura mit ihrem Gnadengeschenk umging. Ich wollte sie führen. Doch sie ließ es nicht zu. Sie ließ es nicht zu ..."

Gabriel Burgdorfs Wortflut verebbte vor dem Strand einer Lepröseninsel, die er nie betreten würde. Die Leprösen, die Ausgestoßenen waren für ihn die, denen die menschliche Liebe, bei der sich Körper an Körper rieben und Speichel, Schweiß, Sekrete, Samen austauschten, vor jene reine ging, die Liebe zur Kunst, zur Musik, der Schweiß allein den Instrumenten geweiht, der Speichel einzig dem Gesang. Der Samen, die Sekrete hatten nur dazu zu dienen, aufgestaut zu werden, um in Gnade verkehrt zu explodieren, als Sterne am Himmel eines Gottes, den es nach Opfern verlangt, um Gott zu bleiben.

Er ist ein Fanatiker, dachte Harprecht. Fanatiker sind Gefangene und gefährlich. Sie sehen in den Mauern ihrer Ideologien – und auch die Kunst kann eine sein – nur das Ziel ihrer Begeisterung, keine Menschen, Freunde, Geschwister. Sie spüren eine schmerzhafte Sehnsucht nach etwas Vollkommenem. Das Vollkommene gibt es nicht auf der Welt. Sie sehnen sich dennoch in ihrem Schmerz und in ihrem Kerker danach und zeugen irgendwann Führer und Kriege.

Der Kommissar sah mit Betroffenheit auf seinen Gegner.

„Ich musste Laura verloren geben. Und wie gerne hätte ich sie dort oben gesehen, neben mir. Sie wollte nicht. Sie konnte nicht. Und dann starb sie. Sie wurde getötet. Wollen Sie mir nun unterstellen, Herr Hauptkommissar, dass ich eventuell ihr Mörder bin oder ihre Mörder zur Verantwortung gezogen habe? Wollen Sie mir das wirklich unterstellen? Dann verstehen Sie nichts." Burgdorf schrie es. Er schwenkte seinen Körper verächtlich von Harprecht weg. Er schaute in die Sonne. Die konnte ihn wohl nicht blenden. Jedenfalls hielt er ihr Licht aus. „Sie haben doch den Jansen. Sie hatten ihn jedenfalls." Er zog seine Oberlippe über die Zähne. Es wirkte wölfisch. „Und ich, ich kann kein Mörder sein."

Burgdorf nahm seinen Schrei von eben vollständig zurück und ersetzte ihn durch ein akzentuiertes Sprechen. Er nahm auch seine Verachtung zurück und bot dem Beamten dafür den ehrlichen Versuch zu überzeugen. „Ein von mir begangener Mord hätte auch mein Talent ermordet. Und das ist mir wertvoller als alles andere. Glauben Sie es mir! Begabung braucht ein Zuhause, ein paradiesisches Zuhause im Selbst eines Menschen, sonst kann sie sich nicht entfalten. Sie geht ein. Sie stirbt. Mörder verlieren dieses Paradies in ihrem Innern. Siehe Kain. Er lebte seit dem Mord jenseits von Eden. Ein Kain kann kein ausübender Künstler sein, jedenfalls kein Musiker, allenfalls ein Dilettant. Bei den Malern und Dichtern mag es ja anders sein. Ich weiß es nicht. Vielleicht können sie in Ruinen schaffen. Ein praktizierender Musiker, wenn er ausgezeichnet sein will, kann das jedenfalls nicht. Er braucht die unangetastete Natur in sich. Ich habe mein großes Talent noch, wie vielleicht sogar Sie zugeben werden. Also bin ich kein Mörder. Überzeugen Sie sich. Ich werde Ihnen, wenn Sie es wünschen, ein Stück Ihrer Wahl aus meiner Notensammlung vortragen. Und mache ich einen Fehler, dann, ja, dann können Sie mich in Ihr Verlies werfen. Wie wär´s? Aber ich werde keinen Fehler machen." Er breitete die Arme aus und wies auf die Fülle des musikalischen Materials hinter sich.

„Und ich würde den Fehler nicht hören", sagte Harprecht. „Außerdem will ich jetzt kein Konzert. Mich interessiert viel mehr das der letzten Nacht in der Pauluskirche. Und noch mehr Ihre Laura-Schreie dabei. Und dann die `Habanera´. Nein, unterbrechen Sie mich jetzt nicht! Das klang überhaupt nicht nach der von Ihnen beschworenen reinen Liebe zur Kunst, sondern doch wohl eher nach der, die Sie mir als beschmutzend beschrieben haben."

Burgdorf starrte den Beamten an. Aus seinen Augen war jedes Glitzern gewichen. Seine Arme baumelten schlaff über die Sessellehnen in Richtung Bodentiefe. „Woher wissen Sie das?"

„Ich weiß! Das genügt!"

„Es hatte nichts zu bedeuten."

„Das sehe ich ganz anders." Der Kommissar schob seinen Körper auf Burgdorf als einen Rammbock zu. „Sie haben Laura geliebt, nicht ihre Kunst, sondern die werdende Frau."

„Nein, nein", speichelte der Organist.

„Laura war keine Jungfrau mehr. Kamen, der ihr engster Freund war, hat nicht mit ihr geschlafen. Ich glaube ihm. Haben Sie es getan? Haben Sie ihr vielleicht sogar Gewalt angetan?"

„Ich bin kein Kinderschänder!", warf sich Burgdorf zurück. Sein Kopf schlug gegen das Notenregal hinter ihm. Er schien diesen Schmerz zu mögen, denn er stieß sein Haupt noch einmal gegen das Holz, dann noch einmal, immer wieder.

Harprecht schaute auf dieses masochistische Treiben und wollte weiterhin als Waffe und Drohung wirken. Darum nahm er den

Schmerz, den der andere sich zufügte, als angemessen hin. „Laura war kein Kind mehr“, sagte er, „für niemanden, der sie gekannt hat und mit dem ich gesprochen habe. Auch für Sie nicht.“

„Ich habe ihr nie etwas getan“, betete Burgdorf blubbernd um seine Unschuld.

„Ich glaube Ihnen nicht. Ich glaube Ihrem ganzen Gerede von vorhin nicht. Sie geben sich als Philosoph. Für mich sind Sie ein verkappter Pornograph, dem irgendwann das Schauen nicht mehr genügt hat.“

„Nein!“ Der Organist brüllte es. Er sprang auf und trat den Sessel nach hinten. Er krümmte sich über den Polizisten. Der tippte ihm ganz leicht auf die Stirn. Burgdorf prallte zurück.

„Ich werde jetzt gehen“, sagte Harprecht. „Aber ich werde wiederkommen. Darauf können Sie sich verlassen. Und meine Fragen dann werden sich von den heutigen kaum unterscheiden. Ich werde Ihnen nur weniger durchgehen lassen.“

Gabriel Burgdorf stand hinter dem Lacktisch. Er blickte auf seine Hände. Er bewegte deren Finger. Sie spreizten sich, zogen sich wieder zusammen. Sie griffen Oktaven, Primen, Terzen. Er suchte nach dem Musiker in sich. Die Finger berührten die Tischfläche, trommelten darauf. Dann verhielten sie. Die Anschläge wurden leichter. Die Finger tanzten. Sie spielten eine unhörbare Melodie. Sie schien schön zu sein. In Burgdorfs Gesicht zog Ruhe ein. Die Andeutung eines Lächelns zuckte in den Mundwinkeln. Er wisperte etwas. Harprecht verstand es nicht. Es wurde ein Flüstern daraus: „Ja, so ist es gut. Gut!“

Der Kommissar glaubte, einem Masturbanten zuzusehen. Er ging hinaus in die Sonne. Die Wärme roch, wie sie damals in der Duschkabine seines Knabengymnasiums gerochen hatte.

Er trat zu seinem Fahrrad. Aus dem offenen Fenster der Organistenwohnung folgten ihm Töne. Sie klangen vollkommen. Sie zauberten wunderbare Farben. Sie boten sich als Rauschmittel an. Sie besaßen die Kraft, aus einem Frosch einen Prinzen und aus dem gefallenen Luzifer wieder einen Engel zu machen. Kain hörte die Töne jenseits von Eden und bekam Heimweh. Harprecht vernahm sie und dachte, dass Burgdorf wieder Asyl in seinem Paradies gefunden hatte. Oder ein Exil. Oder den Kerker.

„... Wie konnten wir es tun?", ächzte Jonas Ellwein. „Wie konnten meine Hände es tun, schlagen, zerstören, verwüsten? Den Leichnam dieses Mädchens?"

Pastor Baltz sah zutiefst erschüttert auf das schweißige Angesicht seines jungen Amtsbruders herab, auf dessen Mund, den die gnadenlosen Geständnisse von eben eingerissen zu haben schienen und aus dem es wohl nie wieder getrost tönen würde: „Ich glaube an Gott, den Vater ...", auf die Augen, die sich keinem Himmel mehr zuzuwenden vermochten, allein der Erde, wie sie in Gräbern war. Die Hände hatten sich in die Bettdecke gekrallt und wollten nicht loslassen, als sollten sie für immer im Haus der Kranken bleiben, in dem auch oft gestorben wurde. Um den Kopf war ein dicker Verband geschlungen, der das Gesicht darunter ganz klein aussehen ließ. Ellwein stöhnte vor Schmerz. Er schnappte nach Luft. „Jahre später kam dann Franziskus. Er hatte alles gesehen. Bilder habe er davon gezeichnet, hat er uns gesagt, und sie sicher irgendwo hinterlegt. Er hat uns damit erpresst. Wir mussten zahlen. Und er hat uns zu merkwürdigen Sühnefeiern auf seinem Dachboden gezwungen. Es war grässlich. Franziskus war schrecklich wütend, als Kallweit ermordet wurde. Und als Stemmle starb, geriet er völlig außer sich. Er verlor total die Fassung. Und mir war plötzlich alles egal. Ich war bereit, den Beruf, die Zukunft, auch das Leben zu opfern für das, was ich angerichtet hatte. Ich wollte mich nicht länger demütigen lassen. Es sollte einfach zu Ende sein. Ich hielt es nicht länger aus. Franziskus besaß keine Macht mehr über mich. Er hat es gemerkt, dass er verloren hatte."

Ellwein bäumte sich jäh auf. Seine Augenlider flatterten ähnlich den Flügeln von Insekten, die sich einem nächtlichen Licht genähert hatten, das den Tod bringen konnte. Er kaute Worte in seinem Mund. Seine Zunge formte sie mühsam, bis sie hart genug waren, um als Geschosse gegen ihn selber durchgehen zu können:

„Schuld! Nichts als Schuld! Und wo ist eine Vergebung?" Er schrie es. Eine Schwester, dann ein Arzt kamen in das Zimmer gestürzt. Ellwein fiel als Gefallener auf das Bett zurück.

„Sie gehen jetzt besser", befahl der Mediziner und beugte sich über seinen Patienten. Die Schwester sah zu Tode erschrocken aus, aber mehr noch vor dem Leben, eine junge Frau kurz hinter dem Mädchensein. Sie wollte helfen und verstand die eigene Hilflosigkeit nicht.

Baltz erhob sich schwer vom Rand des Bettes, kehrte sich der Tür zu, zögerte, blickte noch einmal auf den Kranken, der vor sich in die Bewusstlosigkeit geflohen war, wandte sich zu ihm zurück, streckte die rechte Hand aus und machte dann mit dem Daumen das Zeichen des Kreuzes auf dessen Stirn über dem dicken Verband. Der Pastor verließ das Zimmer. Er hatte es verstanden: Laura war nicht das Opfer eines Mordes. Enno Jansen, der tote Franziskus, war kein Mörder. Er trat auf den Krankenhausflur und wusste nicht, auf welcher Seite ein Ausgang lag und ob es denn überhaupt noch einen gab.

Er setzte sich auf einen Stuhl im Flur, der wie ein Gartenmöbel aussah und wohl auch eines war. Eine Lataniapalme verbarg ihn ein wenig vor den Blicken anderer. Er betete still, aber hörte jedes Wort ganz genau. Er dachte dabei wieder einmal an einen Gott, der weint. Darum verzweifelte er auch jetzt nicht. Dann rief er Hauptkommissar Carsten Harprecht an und berichtete alles, was er gehört hatte.

Pastor Jonas Ellwein starb etwa 210 Minuten später. Niemand nahm in dem hektischen Getriebe auf der Station bewusst die weißgekleidete Gestalt zur Kenntnis, die zu dieser Zeit sein Zimmer betrat. Wegen des häufigen Wechsels im Personal wäre eine unbekannte Person auch nicht als sonderlich bemerkenswert eingestuft worden. Die Gestalt trug dünne Latexhandschuhe. Sie holte eine Spritze aus der Kitteltasche und setzte dem Patienten eine Luftinjektion, dicht neben die Einstiche, die bereits vorhanden waren. Dann verharrte sie noch einen Augenblick neben dem

Bett, verließ anschließend ohne Hast das Zimmer, versenkte die Spritzte samt Handschuhen in einem der dafür vorgesehenen Kübel, die überall herumstanden, schlenderte nahezu gelassen über den Flur, grüßte auch mehrere Schwestern, die an ihr vorbeihetzten, trat in den überfüllten Fahrstuhl und ließ sich in die Tiefe tragen. Sie lächelte dabei, ohne es zu merken, weil sie an Silvias Lohn dachte, an Kelche der Lust, erkämpft während raketenartiger Himmelfahrten. Man würde glühen. Danach in der Erdatmosphäre verglühen. Die Erde rieb sich an ihnen. Na und? Es würde, ihr zum Trotz, einen neuen Feuerschweif der Wollust geben. Und sie würden sich wieder und wieder über alles und alle erheben.

Ein Notfallalarm wurde ausgelöst. Ärzte, Schwestern versuchten zu retten, was nicht mehr zu retten war, nämlich das Leben Jonas Ellweins. Man attestierte schließlich Herzversagen, hatte es zwar nicht erwartet, weil der Patient mittlerweile ziemlich stabil erschienen war. Aber es konnte halt dennoch passieren, bei den schweren inneren Verletzungen, die der junge Geistliche erlitten hatte. Der Tod geschah an diesem Ort oft unerwartet. Man musste sich darein fügen und konnte es kaum jemals richtig. Sterben war immer eine Niederlage. Die hinzunehmen, darauf hatte sie niemand vorbereitet. Einige schafften es, sie gegen die weit zahlreicheren Siege aufzurechnen Aber der Tod passt sich so schwer in die menschliche Logik ein.

Harprecht nahm die Todesnachricht unkommentiert zur Kenntnis. Er saß an seinem Schreibtisch im Präsidium und blickte auf das vollgestellte Aktenregal neben sich an der Wand, alles gelöste Fälle, als könnte Trost von ihm kommen. Dann griff er zum Telefonhörer und rief die zu sich, die von der Kommission zur Zeit verfügbar waren, Matthiessen, Bengt Kuhlmann, Silvia Grünberg und Volker Kowalski. Die Übrigen würde man zu erreichen versuchen, versprach die Telefonzentrale. Als jeder irgendwo einen Sitzplatz gefunden hatte, bat er Pastor Baltz in den Raum. Der berichtete, was ihm sein verstorbener Kollege erzählt hatte. Immer, wenn er in Tränen auszubrechen drohte, entfaltete er umständlich ein großes weißes Taschentuch und versteckte Augen, Nase und Mund dahinter. Dann klangen seine Worte gedämpft. Aber die Beamten vernahmen sie dennoch so deutlich, als würde sie ihnen jemand ins Ohr brüllen. Die Überraschung, auch der Schrecken hatten sie übersensibilisiert. Es tat ihnen beinahe körperlich weh, was sie da zu hören bekamen. Der Pastor kam ihnen wie eine alttestamentliche Gestalt vor, wie einer, der die Wüste Sinai durchquert hatte, um dann kein Gelobtes Land zu finden, sondern nur eine neue Wüste, schlimmer noch als die vorherige.

Harprecht dankte Baltz und führte ihn aus dem Zimmer. „Ich komme jederzeit wieder, wenn Sie mich brauchen", stammelte der Geistliche und breitete hilflos seine Arme aus. Es war so schrecklich leer zwischen ihnen. Ein uniformierter Beamte geleitete ihn nach unten.

Der Erste Hauptkommissar gab sich betont sachlich. Es galt, die Gefühle der Resignation unbedingt zu überbieten. „Wir werden uns jetzt vor allem auf Kamen und Burgdorf konzentrieren, dabei aber offen für einen Täter X bleiben. Die Alibis der beiden sind nicht wasserdicht. Das Motiv könnte sowohl bei dem Journalisten als auch bei dem Organisten das der Rache zu sein. Beide hatten sie eine überaus enge Beziehung zu Laura. Wie ist der Täter auf Kallweit, Stemmle und Ellwein gestoßen? Den Kolberg nehme ich jetzt mal aus. Wusste er, dass die drei keine Mörder waren? Wenn ja, woher? Aber ich neige dazu, dass er davon keine Kenntnis hatte. Bei allen Einvernahmen haben beide ganz selbstverständlich eine Ermordung Lauras vorausgesetzt, wie wir auch. Machen wir es uns also nicht unnötig schwer." Harprecht fuhr sich mit einem Finger über die spröden Lippen. „Weiter: Für mich steht fest, dass das Eichendorff-Buch die dritte Visitenkarte des Mörders ist. Es wird aber wenig Sinn machen, nach dessen Käufer zu fahnden. Der Täter kann es überall erstanden haben, auch über das Internet. Wir werden alle Spuren in den Umfeldern der Opfer abarbeiten, so weit es noch nicht geschehen ist. Richten wir unser Augenmerk auf Personen, die uns bislang nicht als vordergründig wichtig erschienen sind, die sich vielleicht aber in irgendeiner Hinsicht für uns nicht schlüssig geäußert haben. Hören wir bei allem auch auf unseren Bauch, vornehmer ausgedrückt, auf unsere Intuition. Ich weiß, es wartet eine Menge Arbeit auf uns. Aber wir müssen ja nicht wieder bei Null anfangen. Wenn wir uns eine Zehner-Skala vorstellen, befinden wir uns doch mindestens bei der Sieben. Finden Sie nicht?“

„Du bist ein Optimist“, brummte Matthiessen. „Das war keineswegs kritisch gemeint, sondern als sachdienlicher Hinweis für uns alle.“

„Bekommen wir Verstärkung?“, zwängte Kowalski die Frage an einem Kaugummi vorbei.

„Das weiß ich nicht“, antwortete Harprecht. „Der Oberrat beratschlagt noch mit sich und anderen. Es hat einen Bankraub mit Geiselnahme am Stadtrand in Suchsdorf gegeben. Und der ist noch in vollem Gange.“

„Die Arbeitseinteilung sollen wir wieder unter uns ausmachen?“, bangte Bengt Kuhlmann. Auf seinem heutigen T-Shirt stand: „Bewegung sollte nie als Aktivität missverstanden werden.“

„Das kriegen Sie schon hin“, huldigte der Chef die Initiative seiner Kommission.

Als sich das Büro bis auf Matthiessen geleert hatte, sagte er: „Mir kommt es jetzt vor, als sei Laura noch einmal gestorben.“

„Ich bin damals dabei gewesen“, schmerzte es jäh vom anderen Schreibtisch her, „als sie das Mädchen gefunden haben.“ Der Freund lehnte sich nach vorne, um besser leise sein zu können. Er wollte seinen Kummer auf keinen Fall erneut als Aufschrei. „Kaminski hatte Rufbereitschaft und er hat mich dazu geholt. Den Anblick habe ich bis heute nicht vergessen, 15 Jahre lang nicht. Er war einfach grauenvoll. Ich konnte nicht begreifen, wie Menschen so etwas anrichten können. Wir wissen jetzt, dass Laura schon tot war, als man sie derartig verstümmelte. Aber trotzdem!“ Matthiessen lag nahezu auf der Schreibtischplatte, als hätten ihn die Erinnerungen niedergestreckt. „Wir mussten Psychologen anfordern, die mit alten erfahrenen Sanitätern und Feuerwehrleuten sprachen, die wie Vierjährige schluchzten. Die Kinderfrau des

Mädchens haben wir erst nach Stunden im Wald gefunden. Es war ja, wie du weißt, ein Unwetter niedergegangen. Sie lag in einem mit Wasser gefüllten Dreckloch mitten im Forst. Ein totaler Nervenzusammenbruch, obwohl sie die tote Laura gar nicht gesehen hatte, auch den Tathergang nicht, wie sie später berichten konnte. Sie ist sofort in die Psychiatrische Klinik eingewiesen worden. Schwerste Depressionen. Über ein halbes Jahr musste sie dort bleiben. Die Ärzte hatten sie völlig abgeschottet. Nur nächste Verwandte durften zu ihr. Ich habe sie nie gesehen. Kaminski hat sie einmal besuchen dürfen. Danach wurde sie aus allen Ermittlungsvorgängen völlig herausgehalten. Es sei nicht notwendig, hatte Kaminski gesagt, ihr weiteres Leid zuzufügen. Zur Arbeit der Soko könne sie absolut nichts Hilfreiches beitragen. Laura, verstehst du, Carsten, die sah aus wie nach dem Krieg manche Bombenopfer, die es unmittelbar getroffen hatte. Da sind Menschen als eine Art Bombe über ihr explodiert, Menschen, die wir nun kennen, die wir zum Teil gemocht haben, die zum Leben der Stadt beigetragen haben." Matthiessens Stimme hinkte, stolperte, strauchelte, als hätte auch sie ein Schrapnell getroffen.

„Darum also habe ich später, als ich zur Soko dazustieß, nichts von dieser Siw in den Akten gelesen. Kaminski hat nichts von seinem Besuch bei ihr schriftlich niedergelegt."

„Warum sollte er? Ich sagte dir doch, er war der Meinung, dass die Frau nichts wüsste, was uns irgendwie weitergebracht hätte." Matthiessen ließ sich schwer in seinen Sessel zurückfallen. „Es gibt Dr. Jekyll und Mr. Hyde wirklich. Wir haben sie oft gesehen, Stemmle, Ellwein, Kolberg, Kallweit. Stevensons Phantasie war nicht so ausufernd, wie man beim Lesen seiner Geschichte denken könnte. Du hast Zietz rausgeschmissen, weil er für den oder die Mörder deiner Meinung nach zu viel Verständnis gezeigt hatte. Manchmal denke ich, du müsstest mich auch feuern. Nein, ich will deine Entscheidung nicht kritisieren. Wir sind dem Recht verpflichtet. Aber tun wir immer recht damit? Ich weiß, es ist gefährlich, so zu denken. Doch das Bild der toten Laura verführt dazu. Das ist meine Entschuldigung. Zietz hatte sie nicht."

Matthiessens rundes Gesicht ähnelte plötzlich dem eines Menschen, der zu viel Hunger gelitten hat, nicht einen Hunger nach Nahrung, sondern den nach Trost, nach Heilsein und dem Gefühl, endlich wieder in eine sicheres Zuhause einkehren zu dürfen.

„Ich höre dir zu", sagte Harprecht, „und bin plötzlich ein entsetzlich müder Fahnder. Wie kann ich mich, dich, die anderen motivieren, mit vollem Einsatz zu arbeiten?"

Matthiessen fischte eine Zigarre aus seiner schwarzen Hemdtasche. Er lächelte verzerrt: „Wir können auch erstklassig funktionierende Automaten sein. Und das ist manchmal gut so. Nein", verbesserte er sich, „ist es nicht. Aber so ein Metallgehäuse von Automaten, das das Getriebe schützt, wäre dann und wann ganz brauchbar für uns."

Abends hatte bei den Harprechts der alte Kriminalrat „gekocht", das heißt, er hatte Fertiggerichte aus der Tiefkühltruhe geholt und sie in die Mikrowelle geschoben. Sie aßen auf der Terrasse Hühnerfrikassee auf Reis mit Spargelspitzen, inmitten der späten Wärme, dem harzigen Duft der Tannen, gegen den die Blumen nicht ankamen, und des vergnügten Tschilpens von Spatzen, die voller Erwartung in einiger Entfernung um den Tisch hüpften. Der Pensionär trank aus einem Kristallglas einen gut gekühlten „Bianco Vergine Valdichiana" aus der Toskana, den er im Keller aufgetrieben hatte. Und er war gar nicht böse, als Eleonore wie auch Harprecht Mineralwasser vorzogen, die eine, weil sie noch Aufsätze korrigieren wollte, der andere, weil sich sein Magen gegen den Weingenuss von vornherein mit Schmerzen wehrte, wenn sie auch nur leicht waren.

„Ich hätte die Spur mit dem Eichendorff-Buch nicht gleich beiseite gelassen", gab der alte Kriminalist bekannt. „Man kann doch mit Computern heute so vieles leichter verfolgen. Meine Ortrud hat mir da wahre Wunderdinge berichtet." Er schmunzelte ein wenig zweideutig, als er die von ihm überaus geschätzte „knackige Frucht aus den Gärten der Semiramis" erwähnte.

„Und wenn, Clemens", gab sein Sohn zu bedenken. „Dann stoßen wir auf einen Großraumbuchhandlung, in der sich lange

Schlangen vor den Kassen bilden. Und niemand schaut auf den anderen, allein auf das Buch und den Preis. Ich bin mir ziemlich sicher, unser Täter hat sich keinen kleinen Laden an irgendeiner Ecke ausgesucht."

„Ich wollte halt nur gründlich sein", sagte der Rat keineswegs ungehalten und goutierte mit den Augen die strohgelbe Farbe des Weines, um es dann mit sämtlichen Geschmacksknospen zu tun. „Der Bankräuber hat übrigens aufgegeben", berichtete er, während er die Flüssigkeit in seinem Mund kaute. „Es kam vorhin im Fernsehen. Er ist einfach auf dem Fußboden eingeschlafen. Ein 56-jähriger arbeitsloser Buchhalter, der in den Nächten vor seiner Tat offenbar nicht zur Ruhe gekommen ist. Die Pistole hatte er sich von seinem Enkel besorgt, ein Spielzeug."

„Armer Kerl", kommentierte Harprecht. „Und vor allem, die armen Geiseln, auch die armen Beamten. Nichts als Armseligkeit, die ganze Geschichte. Armut an allen Enden, von Anfang bis Ende."

Eleonore verabschiedete sich bald und zog sich in ihr Arbeitszimmer zurück. Harprecht blieb noch einige Zeit und rauchte seine Kalabasch. Der Vater wollte von seinem Sohn unbedingt den Blues erklärt haben. Der erwiderte, ohne eine Denkpause einzufordern: „Das kann ich nicht. Ich mag ihn einfach. Ich fühle ihn mehr, als dass ich seine Strukturen erkenne. Er kommt irgendwie aus der Erde, auf der die Musiker leben."

„Nun ja", räusperte sich der alte Herr. „Da kann natürlich ein Gustav Mahler nicht mithalten, auch wenn er ein `Lied von der Erde´ geschrieben hat."

„Vater, du weißt", protestierte der Sohn, „dass ich ebenfalls Mahler schätze, eigentlich jeden, der gute Musik geschaffen hat und schafft. Nur der Blues, das ist die Spontanität, die mir oft fehlt, eine Absolutheit der Gefühle, die aus dem Augenblick heraus dargeboten wird. Nein, ich kann das nicht erklären. Reine Theorie passt irgendwie nicht zum Blues, wie eben auch die Instrumente nicht immer absolut korrekt gestimmt sein müssen und ein Belcanto überhaupt nicht gefragt ist."

„Sohn", versuchte der Kriminalrat den Blues ausklingen zu lassen, „ich denke, ich bin einfach zu alt für diese Musik. Damit will ich sie keineswegs abwerten, sie nur für meine Person abwägen."

„John Lee Hooker war älter als du", sagte Harprecht, „ein vollendeter Bluesmusiker, vielleicht, weil er immer wieder Kindliches in sich entdeckt hat."

„Das tue ich auch", freute sich der Senior.

„Ich weiß", lächelte Harprecht, „darum klingen ja manche der von dir gespielten Sonaten wie ein Blues."

„Tatsächlich?", staunte der Kriminalrat, um dann einen großen Schluck Weißwein lange in seinem Mund kreisen zu lassen. Er sah dabei pausbäckig wie ein von Raffael gemalter Engel aus.

Harprecht legte sich, nur mit Boxershorts bekleidet, auf das Bett im Schlafzimmer. Die Abendsonne begab sich langsam in Gefilde, wo sie als Morgensonne gefragt war. Es ließ sich gut in ihrem Licht baden. Es war milde und behutsam. Er hörte, wie sein Vater Lieder auf dem Flügel spielte, zu denen Eichendorff die Texte geliefert hatte: „O Täler weit, o Höhen", „Wem Gott will rechte Gunst erweisen", dann „In einem kühlen Grunde".

Das Letzte klang wirklich wie ein Blues, empfand er. Er dachte an die Besprechung im Präsidium, an die neuen Umstände, an Laura, die kein Mordopfer war, an die Männer, die nicht vorsätzlich getötet, dafür nachträglich das tote Mädchen entsetzlich geschändet hatten, um einen Mord vorzutäuschen, der ein Unfall war, verursacht von sinnlos Betrunkenen. Sinnlos. Angst und Panik machen nie einen Sinn, nur immer fürchterlich kaputt. Ihm fiel Matthiessen ein, der nicht vergessen konnte und litt, manchmal so sehr, dass er dem Recht am liebsten ein Unrecht antun wollte, dieser so redliche Mann. Wir brauchen die metallene Schutzhaut einer Maschine, hatte er gesagt, um diesen Fall ertragen zu können. Und die Weichteile menschlicher Seelen, fügte Harprecht im Stillen hinzu.

Eleonore legte sich zu ihm. Sie roch nach Iris und Weißwein.

„Ich habe mit Vater noch einen Gute-Nacht-Schluck genommen", nuschelte sie, als er an ihrem Mund knabberte. „Wie geht es dir und der Ermittlung?", fragte sie, als seine Zunge ihre linke Achselhöhle durchsuchte.

„Ich habe viel zu viele Gefühle dabei", schnaufte er etwas undeutlich, „gute und schlechte. Ich mochte Stemmle sehr, ich schätzte Kallweit und Ellwein. Mir ist der eine Verdächtige, der Kamen, äußerst sympathisch und der andere, der Burgdorf, einfach zuwider. Ich verachte Jansen. Dann bemitleide ich ihn. Gefühle, Gefühle. Die türmen sich hoch und verstellen mir die klare Sicht."

„Wie gut, dass unsere Polizisten noch gefühlvoll sind."

„Du hast ja Recht", ließ sich Harprecht aus der Höhe ihres Bauchnabels vernehmen. „Aber die Gefühle dürfen nicht den Verstand überwiegen. Es muss vernünftig austariert sein. Dann braucht mir nur Laura einzufallen und bums, die Waagschale der Gefühle saust nach unten."

Dann streichelten sie sich. Danach füllte Eleonore sich mit einem Stück von ihm auf, genau mit dem Gewicht, das sie zu einer Geliebten machte. Er brauchte die Zuflucht in ihr. Sie benötigte seine Einkehr als Heimkehr, als ihre Heimkehr dorthin, wo sie ihre rundum gesunden Ursprünge fühlte. Die Welt ist heil, und die Liebe Heimat. Die Lust macht zufrieden, die Wollust Frieden, eine Zeit lang.

Harprecht dachte an das Kind Laura. Er wäre gerne der Vater eines ähnlichen Kindes gewesen. Aber nicht Lauras Vater. Oder hatte dessen 13 Jahre dauerndes Glück an der Tochter ausgereicht, um das Leid danach auszugleichen oder es wenigstens erträglich zu machen? Harprecht glaubte es nicht. Eleonore war auf ihm eingeschlafen. Ihr Atem pustete in sein rechtes Ohr. Er schnaufte keinen Blues-Rhythmus, eher den von „Wem Gott will rechte Gunst erweisen".

KAPITEL 13

Gegen 7.30 Uhr am nächsten Morgen führte Harprecht einen Autokorso, bestehend aus 21 Wagen – sein weißer Audi mit eingerechnet –, die Hamburger Chaussee entlang in Richtung Innenstadt. Es handelte sich dabei eigentlich um keinen Korso, der sich freiwillig, vielleicht wegen irgendeines Festes zusammengefunden hatte, sondern mehr um einen Konvoi, bar nahezu jeder menschlichen Beliebigkeit. Da wegen des starken Gegenverkehrs auf der Hamburger Chaussee ein Überholen schlechterdings unmöglich war, kam keines der folgenden Fahrzeuge an dem zwischen 40 und 45 Stundenkilometer fahrenden Auto des Kommissars vorbei. Der saß verstört hinter dem Lenkrad und fürchtete die Enge der Straße, auch die Unberechenbarkeit der Fußgänger auf den Gehsteigen zu beiden Seiten. Dass sich hinter ihm eine längere Schlange gebildet hatte, nahm er gar nicht wahr. Es wäre ihm möglicherweise auch schwer gefallen, weil das ihm folgende Fahrzeug, ein Lieferwagen der Schlachterei Ziegler, einen Sicherheitsabstand von etwa 60 Metern hielt. Der Chef persönlich saß hinter dem Steuer. Von den Überraschungen, die Harprecht während der jeweiligen Auseinandersetzungen mit seinem PKW bereithielt, hatte er nämlich schon gehört. Sein rechter Fuß tanzte nervös zwischen Bremse und Gaspedal hin und her.

Der Hauptkommissar befand sich auf dem Weg zur Wohnung Silvia Grünbergs in Strande. Die hatte ihn frühmorgens angerufen und darum gebeten, in seinem Auto zum Präsidium mitfahren zu dürfen. Ihren eigenen Wagen habe sie einer Freundin geliehen. Selbstverständlich würde sie sich für den Rest der Tour an das Steuer setzen. Warum sie ausgerechnet den im fernen Molfsee wohnenden Hauptkommissar nach einer Mitfahrgelegenheit gefragt hatte, hatte den leitenden Beamten zwar gewundert, aber irgendwie auch gefreut.

Als Harprecht vor der Wohnung der Kollegin ankam, waren es noch 18 Minuten bis zur verabredeten Zeit. Und da die Hitze seine leichte schilfgrüne Sommerhose am Sitz festkleben ließ, beschloss er, bei der Beamtin zu klingeln. Während er wartete, blickte er gemächlich über sein schräg geparktes Auto hinweg auf die weite Wiesenlandschaft, die sich von der unbebauten anderen Straßenseite bis zum Horizont hinzog, immer wieder durchsetzt von hohen, dichten Bauminseln, in deren Mitte sich burgähnliche

Gehöfte empor wuchteten. Es roch nach fruchtbarer Erde und dem herben Duftgemisch von Wildblumen. Auf dem braunen durchwärmten Wasser der Gräben dümpelten träge dicke Enten. Der Himmel spannte über alles seine lichtdurchflutete Unendlichkeit. Harprecht verschränkte die Arme vor der Brust, summte den „How Long Blues" und geduldete sich. Er fühlte sich, trotz der Autofahrt, gelassen an diesem Morgen, als hätte die vergangene Nacht ihn gut durchsortiert. Alles befand sich an seinem Ort. Als der automatische Öffner summte, schob er mit der rechten Schulter die Tür auf und machte sich gemächlich an den Aufstieg in den ersten Stock. Silvia Grünberg wartete im Eingang zu ihrer Wohnung auf ihn. Sie war in ein langes weißes Badehandtuch gehüllt, das bis auf den Boden reichte. Auf ihrem Gesicht und in ihren blonden Haaren lag noch letzte Feuchtigkeit.

„Ich weiß, ich bin zu früh", sagte Harprecht.

„Das ist schon in Ordnung", strahlte die Beamtin und schritt ihm voraus in das Wohnzimmer. Sie stolperte, fing sich vor dem Sturz, trat mit einem Fuß auf den Saum des Handtuches und riss es sich vom Leib. Es ringelte sich auf dem moosgrünen Teppich wie eine gleißende Paradiesschlange. Das Stolpern, das Auffangen des Körpers, der Tritt auf den Handtuchrand erschienen Harprecht wie eine zuvor erdachte Choreographie. Er wusste auch nicht, warum, vielleicht, weil er keine Überraschung in der Körperhaltung der Frau entdeckte. Sie stand für einen Augenblick still, für den Augenblick, der genügte, damit der Mann den Anblick des schönen Leibes in sich speichern konnte, das Bild eines schlanken Rückens, der beiden Grübchen über dem Ansatz der Gesäßspalte, der zwei anmutig geschwungenen Hinterbacken. Darunter schwollen muskulöse Schenkel gefällig zu den Waden hin ab. Die Füße waren wie bei einer Ballerina gesetzt, der eine schräg vor den anderen. Der Kommissar sah das alles, freute sich, bewunderte auch, um sich schließlich darüber zu wundern, keineswegs misstrauisch, nur mit dem Erstaunen dessen, dem es nicht gelang, der Wandlung der Kollegin zwischen seinen drei Besuchen zu folgen, von einer Abstand gebietenden Frau hin zu einer, die ihm Blicke auf viel bloße Haut anbot. Er vernahm ihr unterdrücktes Gelächter. Dann breitete sie die Arme weit von sich und drehte sich einmal schnell um die eigene Achse, unbeschwert wie ein Kind, das Hochzeit spielt und das Brautkleid vorführen will. „Na, alles in Ordnung bei Ihnen?“, fragte sie anschließend über ihre linke Schulter hinweg. Er sah, dass so etwas wie ein Rumpelstilzchen dabei in ihren Augen tanzte, eine schwindelerregende Pirouette nach der anderen, allein aus einem reinen Vergnügen am Spaß, so schien es jedenfalls. Die Frau verschwand ohne sonderliche Eile im Schlafzimmer, das Handtuch hinter sich herschleifend wie die Schleppe am Hochzeitsgewand ihres Leibes.

Nun ja, dachte Harprecht und suchte den Ermittler in sich. Er fand nur den Mann. Das also hat Silvia immerhin erreicht – er nannte sie in seinen Gedanken bereits beim Vornamen, fiel ihm auf –, sie hat mir mit ihrer Nacktheit den Polizisten ausgezogen, sich selber übrigens auch. Es hatte sich nicht um den Versuch einer Verführung gehandelt, dessen war er sich völlig sicher, einzig um eine Vorführung. Er wusste nun, sie besaß einen reizvollen, köstlichen Körper. Das wollte sie ihm zeigen – warum auch immer. Er spürte durchaus und gerne die Gewichtigkeit seiner Genitalien. Die Strander Sonne gab sich indisch und schäkerte über Kama-Sutra-Land. Vielleicht würde das Wissen um die Mondsichel-Schönheit ihrer bloßen Gesäßspalte ihn etwas unkritischer ihr gegenüber machen. Ach was, schüttelte er diesen Gedanken ab.

Sein Vater würde, wenn er ihm heute Abend davon erzählte, vermutlich nach genauen Details fragen und wehmütig feststellen, dass ihm zu seiner aktiven Zeit solche entzückenden Enthüllungen von Beamtinnenseite leider nicht passiert wären. „Du, Carsten, bist mir ein rechter Felix“, würde er möglicherweise sagen. Das hatte er immer getan, wenn seinem Sohn ein unerwartetes Glück zugestoßen war, etwa als er sich beim Sturz von der Rotbuche vor dem Elternhaus nur ein paar Schrammen geholt hatte oder als die Klassenschönheit, Annegret hieß sie, eingewilligt hatte, ihn zum Abtanzball zu begleiten und sie sich beim ersten Kuss nicht gegenseitig die Zähne ausgeschlagen hatten, nur beinahe.

Harprecht grinste. Er schlenderte ziellos durch das Zimmer, geriet auf den Flur, sah am Garderobenhaken dort, vom Sommermantel der Frau fast verborgen, eine dunkelrote Nappalederjacke hängen, die er kannte. Sein Grinsen wandelte sich zu einem scharfen Schnitt im Gesicht. Er öffnete die Tür, an der ein ovales gelbes Keramikschild mit der wellenförmigen blauen Aufschrift „Bad" hing. Es roch versteckt nach Vanille und ausgelaugtem Zimt, darüber ein frischer Zitronenduft. Auf der Ablage unter dem Spiegel stand eine weiße Flasche wie ein kleiner Kegel, darauf ein altes Segelschiff und der Schriftzug „Old Spice". Gewiss würde im kleinen Schränkchen der Rasierapparat liegen. Er wusste es. Er brauchte gar nicht erst nachzusehen. Er tat es doch. Es handelte sich um das teure Gerät einer Renommiermarke.

Der Kommissar kehrte in das Wohnzimmer zurück. Es sah irgendwie nicht mehr so aus, als hätte dort vor kurzem noch dieses kleine, hübsche Offenbarungsspiel weiblicher Reize stattgefunden. Das Spiel war nicht länger ein Spiel.

Harprecht betrachtete sehr sorgfältig, nahezu misstrauisch das gut gefüllte Bücherregal. Es standen nur wenige Romane darin, dafür eine Reihe von Abhandlungen über Pädagogik, Psychologie, auch Kriminologie, Kunstbildbände, Reisebeschreibungen, ein wenig Philosophie. Eine in schwarzes Leder gebundene Bibel mit Goldschnitt lag aufgeschlagen auf einem der Borde. Der Ermittler schaute nach, wo sie aufgeblättert worden war. Es blickte auf Psalmen des Alten Testaments. Keine Stelle war angestrichen oder auf eine andere Art gekennzeichnet. Er überflog die Texte, las Überschriften wie „Der Herr ist um sein Volk her", „Der Herr erlöst seine Gefangenen", „An Gottes Segen ist alles gelegen", „Aus tiefer Not" und „Kindliche Ergebung". Es kam ihm beliebig vor. Nichts davon sprang ihn an. Er legte die Bibel wieder auf das Bord, wandte sich in das Zimmer zurück, durchquerte den Raum und stellte sich vor die Reihe der Kinderbilder über dem gelben Sofa. Das rechts außen betrachtete er besonders genau, das viel reifer gemalt und nicht signiert war, der große Baum, eine Trauerweide, wie er jetzt erkannte, das Haus, in dessen Tür eine Frau mit hellen Haaren stand und winkte. Darüber war kunstvoll ein Himmel in verschiedenen hellen Blautönen gestaltet, an dem gleich eine Sonne aufgehen würde. Man ahnte schon das Rot und das Gold. Am Stamm der Weide lehnte ein grünes Fahrrad.

Silvia Grünberg kam aus dem Schlafzimmer. Sie sah aus, als wäre sie nie nackt gewesen. Die Bluse, die Jeans umgaben ihren Körper in den dezenten Farben einer vollkommenen Verpackung, die für sich schön sein und keinen Hinweis auf den Inhalt liefern will. Sie hatte ein Make-up aufgelegt, das den Mund und die Augen nicht betonte, sondern zurücknahm. Ihr Antlitz wirkte dadurch glatt und seltsam ausdruckslos. Die Haare waren straff aus der Stirn nach hinten gebürstet und dort mit Spangen hochgesteckt.

Sie sah das ernste Gesicht des Ermittlers.

„Mein Gott“, sagte sie, „das da vorhin war doch nur so ein Quatsch von mir gewesen. Ich bin halt manchmal ein bisschen überdreht. Sie nehmen mir das doch nicht übel? Ich weiß, es muss ziemlich kindisch auf Sie gewirkt haben. Vielleicht war es auch bloß geschmacklos. Oder ...?“ Ihre Stimme versickerte, als sie merkte, dass Harprecht nichts von dem aufnahm, was sie sagte. „Also gut“, grollte sie, „ich entschuldige mich bei Ihnen in aller Form.“

Er wischte mit der Hand durch die Luft und jedes Wort von ihr aus, damit er den ganzen Raum für seine Fragen hatte: „Besaß Laura nicht ein grünes Fahrrad? Und stand es nicht meistens an der Weide vor ihrem Haus?“

„Ja“, antwortete Silvia Grünberg gedankenlos und bedenkenlos.

„Das kommt übrigens in keinem Bericht vor“, sagte Harprecht. „Es wurde wohl als nicht wichtig für die Ermittlungen eingestuft.“ Er fühlte sich traurig und betrogen.

Die Frau starrte erschrocken auf den Kommissar. Ihr Mund mahlte, als befände sich in ihm der Sand einer Grube, in die sie gestürzt war. Die Wimpern flatterten als Zweiglein an einem Baum, der in einem Sturm nicht länger Baum sein wollte. Und sie war plötzlich wieder nackt. Es war eine Nacktheit über den Kleidern, die von dem Gefühl erzeugt wird, nicht mehr aus noch ein zu wissen. Sie ließ sich auf das Sofa fallen, ohne sich vorher davon zu überzeugen, wie weit das Sofa von ihr entfernt war. Sie nahm den Sturz auf den Boden einfach in Kauf.

„Sie sind Siw!“, stellte der Hauptkommissar fest.

„Ja“, sagte Silvia Grünberg wieder, doch diesmal voller Gedanken, die 15 Jahre zurückreichten und schrecklich waren. Sie würden wohl niemals zu Ende gedacht werden können. Lauras Tod würde für sie nicht sterben. Er war jetzt noch genauso hinter ihr her wie damals.

„Ich werde Ihnen etwas zeigen“, sagte die Frau nach einem Schweigen, das man an einem Grab zu schweigen hatte, wenn man den Tod, und sei es auch mit Hass, achtet und nach der Liebe der Ewigkeit hinter ihm sucht. „Ich werde Ihnen etwas zeigen, das vieles erklären wird. Aber nicht hier“, fügte sie hinzu. „Und es wird Zeit kosten.“ Sie beugte sich nach vorne über den Tisch wie jemand, der auf den nächsten Nackenschlag wartet.

„In Ordnung“, knarrte Harprecht. „Ich rufe nur noch eben Hauptkommissar Matthiessen an.“ Er überraschte sich bei dem Wunsch, der Frau da unten mit der Hand über den Kopf zu fahren. Sie hatte den ganzen Morgen kein Spiel gespielt, wusste er jetzt. Sie hatte sich entblößt, weil sie sich entblößt und schutzlos fühlte. Sie hatte das mit Leichtigkeit und Lachen getarnt. Aber sie war ihr bitterernst gewesen, ihre Nacktheit. Sie wollte aus ihrer Mimikry heraus und hatte es ihm symbolisch gezeigt. Doch was kam dann?

Der Polizist sah die Sonne und fror. Er blickte auf Silvia Grünberg. Und es war ihm nicht mehr ganz so kalt. Mädchen, dachte er, du bist nun wirklich keine biblische Salome, die im Tanz die Schleier fallen lässt, um den Tod eines Unschuldigen zu bewirken. Du hast von allen Toden einfach die Schnauze voll. Er wollte grob denken, um nicht sentimental zu werden und in Selbstmitleid zu verfallen. Er lächelte jene Müdigkeit, der nie ein guter Schlaf zu folgen pflegte, weil es die Müdigkeit von Erfolglosen war. Nun bedauerte er sich doch. „Bulle“, hörte er Eleonore sagen, „solange du dir selber Leid tust, bist du wie ein Adler, der einem kleinen Federchen aus seinen riesigen Schwingen nachtrauert und glaubt, nicht mehr fliegen zu können."

„Ich bin gleich wieder da", sagte er zu Silvia Grünberg. Die schaute zu ihm auf und nickte.

Er zog sich in den Flur zurück, straffte die Schultern eines Ersten Hauptkommissars und tippte Matthiessens Nummer auf den Tasten seines Handys. Als er die Stimme des anderen hörte, gab er bemüht sachlich seinen Standort an und bat den Freund, darauf zu achten, dass die Kollegen sich die richtigen Arbeitsaufgaben zuteilten. Er schlug vor, dass sich Bengt Kuhlmann und Bodo Waldberg in die Hebbelschule begeben sollten, um dort das Umfeld der Tatopfer noch einmal abzuchecken, sich aber besonders auf Gabriel Burgdorfs Verhalten in der Schule zu konzentrieren. Zwei Leute müssten zu Kamen nach Hamburg. Aber die sollten sich mit den Kollegen dort absprechen und den Journalisten zu einem Verhör auf das Präsidium oder in eines der Revierwachen bringen. „Kein Gespräch mehr", betonte er, „sondern eine Vernehmung mit allen Schikanen. Und jemand muss zusammenstellen", fuhr er fort, „was wir über Enno Jansen wissen und einen Schlussbericht schreiben. Die Akte gehört endlich ins Archiv", befand Harprecht, „damit wir mehr Luft haben. Und an dich hätte ich die Bitte, häng dich an Burgdorf wie eine Klette. Sei ihm so lästig wie möglich. Dich kann er mit seinen Faseleien über Kunst und Paradiese nicht beeindrucken. Dazu bist du glücklicherweise zu bodenständig."

„Wenn du meinst", brummelte Matthiessen und: „Ich werde hier alles in Bewegung setzen."

Harprecht genoss die Gelassenheit, die von diesem Mann ausging. Wenn vor ihm eine Frau das Handtuch fallen lassen würde, käme vermutlich von ihm nur ein „Ich finde, Sie sollten mehr essen". Bums. Aus. Und das Handtuch würde hurtig wieder steigen.

„Noch etwas." Harprecht senkte die Stimme, wölbte sogar seine Hand um den Mund: „Silvia Grünberg war damals die Kinderfrau von Laura, diese Siw."

„Verdammt!“, brandete es vom anderen Ende. „Und du bist dir ganz sicher?“

„Sie hat es zugegeben. Und sie will mir gleich etwas zeigen. Ich weiß nicht, was.“

„Bitte sei vorsichtig, Carsten. Ich habe kein sonderlich gutes Gefühl dabei.“

„Und da ist noch eine andere Sache. Es mag nicht wichtig, nur menschlich sein. Aber ich möchte trotzdem, dass du es erfährst. Die Grünberg hat etwas mit dem Zietz laufen.“

„Möge das bitte wirklich nur etwas mit den Hormonen zu tun haben“, wünschte sich Matthiessen und versuchte ein Lachen, das misslang und in ein Krächzen bröckelte. Dann schnaufte er: „Der Name Zietz schmeckt mir nicht. Der ganze Kerl stößt mir sauer auf.“

„Ich melde mich“, versprach Harprecht.

„Aber bestimmt“, verlangte der Freund energisch. „Sonst rufe ich dich an. Bitte lass dein Handy ausnahmsweise einmal eingeschaltet!“

Der Ermittler kehrte in das Wohnzimmer zurück. Silvia Grünberg saß immer noch auf dem Sofa. Aber sie hatte sich zurückgelehnt und die Augen geschlossen. Die Sonne streute Licht über sie. Harprecht sah die Frau an. Sie war immer noch schön. Aber die Schönheit kleidete sie nicht mehr. Sie wirkte wie das Modellkleid an einer Nichtsesshaften.

„Ich hätte das Bild schon lange abnehmen sollen“, klagte sie plötzlich leise. „Aber ich konnte mich einfach nicht davon trennen. Es war das letzte Bild, das Laura für mich gemalt hat. Zu meinem 20. Geburtstag.“

„Können wir gehen?“, fragte der Hauptkommissar.

„Wir müssen zum Büro meines Vaters. Er ist zur Zeit nicht da“, sagte Silvia Grünberg unten in Harprechts Auto. „Das Anwaltsbüro Harloff in der Waitzstraße“, fügte sie hinzu, als der Ermittler sie fragend anschaute.

„Daran hätte ich mich erinnern müssen“, sagte der Beamte,

„dass Sie die Tochter von Harloff sind. Ich kenne Ihren Vater zwar nicht persönlich, aber umso mehr seinen Ruf. Und der ist höchst respektabel. Ich habe auch so einen Vater", lächelte er völlig ungewollt. „Es kann sehr gut sein, wenn man einen solchen hat. Aber manchmal auch recht belastend, weil man ihm immer gerecht werden will."

„Oder ihn übertreffen", wisperte die Kommissarin.

„Ja, oder ihn übertreffen. Und dabei greift man hin und wieder zu hoch und verliert den Halt unter den Füßen. Ist Ihnen das schon einmal passiert?"

Die Frau neben ihm schwieg und drehte den Zündschlüssel. Sie fuhren weg von der Weite der Wiese nach Südosten, überquerten den Kanal und schlüpften in die Straßenschluchten der Stadt. Harprecht schaute auf die würdevoll blickenden Häuser zu beiden Seiten der Prinz-Heinrich-Straße, dann der Feldstraße. Sie waren selten höher als drei oder vier Stockwerke. Doch die Massivität ihrer Bauweise, die vielen Steine, die aufeinandergestapelt worden waren und nach oben strebten, die großen Fenster mit ihren Bögen ließen sie höher erscheinen. Die Sonne warf behutsam ihr Licht gegen die blanken Scheiben, die es auffingen, etwas davon behielten, aber eine große Menge davon gegen die ebenso blanken Scheiben von gegenüber lupften, die wiederum etwas einbehielten, weitergaben und so fort, bis nichts mehr von dem Licht übrig war – das Spiel eines Sonnentages, damit es den alten Häusern nicht langweilig wurde. Die Sonne schickte neues Licht. Und langweilig war es den alten Häusern eigentlich auch ohne ihr Fangspiel nicht. Sie hatten sich an viel zu erinnern und viel zu erzählen, die Geschichten von Liebe und Tod, aber immer zuerst die von der Liebe. Dann schien das Gebälk lustvoll zu seufzen, und aus den Winkeln der Fenster und Türen tränte es manchmal, wenn man an die vielen Küsse und das andere dachte. Auch das andere erzählten die Häuser gerne. Sie schämten sich nicht. Dafür hatten sie zu viel gesehen und waren davon sogar klug geworden. Und der Tod – er kam nun einmal. Aber er war nicht ganz so schlimm, wenn man zuvor oft genug geküsst und das andere gemacht hatte. Dann war nicht so viel da, was man noch vermisste. Und es starb sich leichter.

In der Mitte zwischen den Häusern, auf einem Streifen dann und wann, der früher als Reitweg für die Husaren und Kürassiere gedient hatte, wiegten sich an manchen Stellen Rosen. Sie waren schöner als die Kürassiere und Husaren. Manchmal pflückten Kinder sie heimlich und lachten dabei, weil sie für jemanden bestimmt waren, an die sie ihr kleines Herz gehängt hatten, das sich plötzlich ganz groß anfühlte. Ein winziger Wind fuhr über die Blumen. Er machte sich für die Blumen gerne winzig, damit er ihren Duft nicht auseinander brach. Aber es gab auch die Stürme. Sie kamen von der See. Andere, die Menschen entfacht hatten, waren von Süden herangetobt als Soldaten eines Kaisers und eines Führers. Aber das, sagten die alten Häuser, wüssten sie nicht mehr so genau. Sie hatten sich tot gestellt, sich die Läden vor die Fensteraugen geschlagen und nicht hingeschaut. Das hatte sie beinahe wirklich tot gemacht.

„Wir sind da“, flüsterte die Beamtin.

Harprecht schreckte aus seinen Träumereien.

Im Vorraum roch es altmodisch nach Bohnerwachs. Der Staub tanzte auf den weißen Strahlen der Sonne. Er tanzte fröhlich und unordentlich, gar nicht so wie später in jenem Büro, das die beiden Menschen betraten. Ein dunkler, alter Eichenschreibtisch thronte vor der Fensterfront, darauf eine Bankierslampe mit einem grünen Schirm, hinter ihm ein breiter, hoher lederner Sessel, wie man ihn manchmal in amerikanischen Filmen als Richterstuhl sah, davor zwei bequem wirkende, kleinere Sessel, ebenfalls ledern. Viele Hände hatten die Lehnen abgescheuert, aber das solide Leder nicht durchdringen können. An zwei Wänden standen bis oben hin gefüllte Bücherregale. In die Vorderseite der Borde waren Rosetten, Blätter und Ranken geschnitzt. An der dritten Wand hing das gekonnt gemalte Porträt einer jungen Frau. Harprecht dachte beim ersten Hinsehen, es würde sich bei dem Bild um eines von Silvia Grünberg handeln. Aber der Mund lächelte ganz anders. Er tat es ohne jede Mühe oder dass er damit eine Absicht zu verfolgen schien.

„Meine Mutter“, sagte die Kommissarin. „Sie war eine Frau, die sehr viel wusste, immer lernte, stets neugierig war und in vielen wohltätigen Vereinigungen mitgearbeitet hat. Sie hat auch Gedichte geschrieben. Hier irgendwo müssen noch welche von ihr stehen. Mein Vater hat sie auf eigene Kosten drucken lassen. Aber ich denke, wenn meine Mutter sie hergegeben hätte, wären sie auch so gedruckt worden. Aber sie hat sie nur für sich und uns geschrieben. Was sie jedoch am besten konnte, war, meinen Vater und mich so lieb zu haben, dass wir uns als die wichtigsten Menschen auf der Welt fühlen durften. Dann ist sie gestorben. Und meine Wichtigkeit wohl mit ihr. Mein Vater kann Wichtigkeit in sich selbst finden. Aber ich ...?“

„Frau Grünberg“, fiel ihr Harprecht unwillig ins Wort. „Ihre Selbsteinschätzung, davon bin ich überzeugt, ist falsch. Sie haben Laura geliebt. Sie lieben vielleicht zur Zeit auch einen Mann“, er zögerte einen Augenblick. „Das weiß ich natürlich nicht. Aber bei Laura bin ich, was Ihre Liebe angeht, sicher. Und lieben kann nur jemand, der sich wichtig fühlt, weil Liebe nur aus einem Menschen zu kommen vermag, der sich etwas, sogar viel bedeutet. Sonst wäre seine Liebe ja ohne Bedeutung. Glauben Sie mir, auf diesem Gebiet bin ich ein Fachmann.“ Er lachte leise ein wenig Schwerelosigkeit.

Die Beamtin blickte ihn merkwürdig überrascht an. „Ich habe Laura nicht richtig geliebt. Das werden Sie gleich sehen.“

Sie kniete sich vor den großen Safe seitwärts vom Schreibtisch, öffnete ihn, holte die große Pappmappe heraus und breitete alle Bilder auf dem Teppich wie übergroße Spielkarten aus, die sie als Verliererin ausweisen sollten. Ihre Bewegungen berichteten das, die nur wenig anhoben, aber gerne ablegten.

Harprecht erschrak, nicht zuerst über die Bilder, sondern vor allem über die hasserfüllte Akribie, mit der sie gezeichnet worden waren. Wie konnte ein Mensch mit solch einem Hass so genau darstellen, sorgsam Licht und Schatten mischen, Angst und Panik Strich um Strich auf Gesichter auftragen, bei den Verstümmelungen Grautöne hinhauchen, die seelischen Verstümmelungen der von aller Menschlichkeit amputierten Wesen in ihrer Gestik und

Mimik mit beinahe medizinischer Akkuratesse wiedergeben? Die Bilder waren Zeugnisse von einer nahezu ungeheuerlich gesteuerten Wut. Hier war so etwas wie ein fanatischer Kanzleischreiber am Werk gewesen, der mit gestochen scharfer Schönschrift Dokumente fertigt, die einen Krieg auslösen wollen, und das in einem höheren Auftrag. Der hier hatte seinen Auftrag von der Liebe zu Laura bekommen, glaubte er jedenfalls.

„Die Bilder stammen von Franziskus, nicht wahr?“, fragte Harprecht.

Silvia Grünberg nickte. Sie starrte wie gebannt auf das sechste Bild. Dann schoss ihr rechter Arm vor. Ihr Finger stach wie ein Giftstachel auf eine Frau, die in panischer Flucht vom Ort des Geschehens weghetzte. „Das bin ich“, ächzte sie. „Dieses Tier da!“

„Ich sehe nur einen Menschen, der sehr viel Angst hat“, wies Harprecht seine Begleiterin scharf zurecht, „und das aus höchst verständlichen Gründen.“ Die Beamtin drohte, so kam es ihm vor, in die Vergangenheit abzugleiten. Oder viel schlimmer noch, sie glaubte, sich auf der letzten Zeichnung wirklich gefunden zu haben, so, wie sie sich in Wahrheit bis heute wähnte.

Er hämmerte die Frage, um sie zu sich zu holen: „Sie haben alles damals genau gesehen?“

Die Frau neben ihm blieb still. Sie wiegte ihren Oberkörper kaum merklich hin und her. Dann wimmerte sie ganz leise, nur so eben über die obere Grenze des Schweigens hinweg. Jäh stürzte sie sich auf die Bilder, breitete die Arme aus und raffte sie zusammen, schob sie unter ihren Körper, wölbte ihn über sie, als sollte ihr Leib die Bilder schützen oder sie in sich aufnehmen, von ihnen auf ewig schwanger sein.

Harprecht verstand es nicht. Er nahm die Frau fest bei den Schultern und versuchte sie hochzuziehen. Sie stemmte all ihr Gewicht dagegen. Das Wimmern wich einem Stöhnen, das Stöhnen einem Schrei: „Ich habe sie nicht wirklich geliebt, ich Tier! Ich habe sie nicht beschützt!“

Silvia Grünberg richtete sich auf. Sie ließ die zerknüllten Bilder nun achtlos beiseite. Ihre Augen waren trocken, viel zu trocken. Die feinen Häute begannen ein wundes Rot zu reiben. Die Farbe der Pupillen hatte das Blau von Inseln in der Ferne, auf die früher Verbannte gebracht wurden. Manchmal folgte ihnen ein mutiger Arzt.

Harprecht ging den Gedanken Siws nach: „Sie denken, Sie hätten Lauras Tod vermeiden können?“ Er sprach einen harten Beamtenton, legte gehörig viel Befehl und Autorität hinein und die Forderung mindestens nach einer Verbeugung.

Silvia Grünberg, die Kommissarin, verstand die Macht und sagte: „Ja!“

„Es war ein Unfall. Vier erwachsene Männer standen Ihnen gegenüber. Wie hätten Sie da etwas ausrichten können.“

„Ich habe es noch nicht einmal versucht.“

„Was versucht?“

„Ich weiß nicht.“

„Es gab nichts, was Sie hätten tun können.“

„Doch!“

„Was denn?“

„Mit ihr sterben.“

„Das hätte Laura nicht geholfen.“

„Sie wäre nicht allein gewesen. Sie wäre nicht allein gewesen!“

Sie kreischte es. Sie kratzte mit allen Fingern der rechten Hand über ihren linken Arm. Fünf Striemen bluteten. Sie hob die Finger erneut.

Der Hauptkommissar ohrfeigte seine Untergebene.

Dann nahm er sie in die Arme. Silvia Grünberg weinte.

Es war draußen immer noch Sommer.

Hier drinnen vertropften die Minuten wie tauendes Eis. Es dauerte. Der Eisblock war groß und schwer. Er war schmutzig.

Die Frau rührte sich. Sie befreite sich aus den Armen des Mannes. „Sie haben mich geschlagen!“, wunderte sie sich.

Die Frau strich sich mit beiden Händen über die Haare, ordnete ihre Kleidung, schaute befremdet auf die blutigen Striemen, die sich über ihren linken Unterarm zogen, holte ein sauberes hellblaues Taschentuch aus einer ihrer Jeanstaschen, befeuchtete es mit Speichel und wischte über die Wunden.

„Sind Sie im Augenblick noch Siw oder schon wieder eine polizeiliche Ermittlerin?", fragte Harprecht.

„Siw ist gestorben", sprach sie dumpf als Hinterbliebene, auf kein Beileid gefasst, auf ein herzliches erst recht nicht, und sah sich das sickernde Blut an. „Ich gehe eben mal in das Bad nebenan und verpflastere das hier", sagte sie dann.

„Machen Sie das", nickte der Hauptkommissar. „Ich warte."

Als sie zurückgekehrte, saß er auf einem der Besucherstühle. Sie nahm auf dem anderen Platz.

„Nun lassen Sie uns einmal ein wenig kriminalistisch oder meinetwegen auch juristisch reden", schlug der Beamte vor. „Sie waren eine Zeugin der Tat. Sie haben geschwiegen. Warum?"

„Ich war lange Zeit, sehr lange Zeit psychisch krank. Die Ärzte hatten viel Mühe damit, das Geschehen aus mir zu vertreiben. Sollte ich es später wieder in mich zurückholen, um erneut krank zu werden?"

„Das überzeugt mich nicht. Sie haben gewusst, dass die vier jungen Männer keine Mörder waren, es uns jedoch nicht gesagt. Ich möchte den wirklichen Grund dafür erfahren."

Über das Gesicht der Frau fiel der Zorn als ein großes eisernes Visier: „Aber den Grund kennen Sie doch, Herr Hauptkommissar, denke ich, Sie als Diener des Rechts. Unsere vier Männer haben vor 15 Jahren gegen dieses Recht verstoßen. Sie haben einen Menschen totgefahren. Wie furchtbar, sagen wir. Dann haben sie diese Tat vertuscht und einen Mord vorgetäuscht. Wie schrecklich, sagen wir. Einfach grauenhaft! Kaum zu verstehen, außer von dem Recht, dem Recht, das uns reguliert. Sie waren betrunken bei beiden Taten. Das Recht sagt, dann sind die Taten nicht ganz so schlimm. Ein wunderbares Recht!"

Sie spuckte diesen Satz wie einen Eiterpfropfen aus, als ob sie sich inwendig eine nur mühsam heilende Verletzung zugezogen hätte.

„Ein wahrlich hilfreiches Recht. Ich will einen, den ich hasse oder der meinem Glück, meinem Erfolg, meinem Sonstwas im Wege steht, loswerden. Ich trinke mir ordentlich einen an und erschlage ihn dann. Das schaffe ich auch im besoffenen Zustand noch allemal. Und unser Recht stellt fest: Nun, da du nicht nüchtern warst, vielleicht gelallt, gesabbert, gekotzt hast, gelten selbstverständlich mildernde Umstände für dich. Dein Mord war doch eigentlich gar kein richtiger. Und dafür kriegst du natürlich auch keine Mordsrechnung präsentiert. Das hast du dir ehrlich verdient mit deiner Sauferei. Hättest du bei klarem Verstand, vielleicht sogar mit einer gewissen Würde gehandelt, ja, dann ist das viel böser. Dann kann das Recht kein Auge zudrücken."

Die Beamtin lachte ein Lachen, das eigentlich ein „Pfui Teufel!" sein wollte.

„Jetzt aber zurück zu unseren vier Männern. Ein Jahr nach Lauras Tod vergeht, dann noch eines und noch eines. Viele Jahre vergehen. Und dann sagt unser Recht: Stopp! Nun sind genug Jahre vergangen. Und eure Taten zählen nicht mehr. Es müssen nur ausreichend viele Jahre über das Leben von gewissen Tätern streichen, dann sind eines schönen Tages ihre bösen Taten gestrichen."

Silvia Grünberg war aufgestanden und sprach mit dem Rücken zu Harprecht gegen das Fenster und das Licht der Sonne. Jetzt drehte sie sich um.

„Die bösen Taten sind einfach gestrichen."

Sie schlug mit dem ausgestreckten rechten Arm ein X durch die Luft wie ein pervertiertes Kreuzeszeichen, mit dem in Kirchen der göttliche Segen bestätigt wird.

„Das nennen wir Recht. Es lächelt dabei kumpelhaft, stelle ich mir vor, unsere vier Männer an, vielleicht auch stolz wegen dieser Großzügigkeit. Die Studenten studieren dieses Recht auf unseren Universitäten, Recht wohlgemerkt, nicht Gerechtigkeit."

Sie setzte sich auf den Sessel ihres Vaters.

„Und nun bin ich bei dem, was mir wirklich wichtig ist, der eben schon genannten Gerechtigkeit. Gerechtigkeit, hat der Philosoph Nietzsche gesagt, sei Liebe mit sehendem Auge. Schön, nicht? Und Gerechtigkeit, diese hellsichtige Liebe, siedeln wir doch, zumindest in unserer Gefühlswelt, vielleicht sogar manchmal in unserem Bewusstsein höher an als das Recht. Oder sollte ich mich da irren, Herr Hauptkommissar? Ich weiß, es gibt keine allgemeine Gerechtigkeit, nur eine von Fall zu Fall und von Mensch zu Mensch. Aber ist es denn bei dem Recht so sehr viel anders? Da hat sich nur eine Mehrheit auf etwas geeinigt, mit dem man vielleicht Ordnung in irgendeiner Gemeinschaft halten könnte, auch in einer Räuberbande. Das funktioniert sogar dann und wann. Aber eben nur dann und wann. Bei Laura hat das nicht geklappt. Unseren Männern wäre nach dem geltenden Recht, das wir hüten sollen, wir Polizisten, nicht mehr viel passiert, nachdem 15 Jahre vergangen waren. Nun gut, der Küster Kallweit hätte vielleicht seinen Posten verloren. Aber er hätte als Gärtner weiterarbeiten können, auch bei Ihnen."

Sie sagte das ohne Spott.

„Pastor Ellwein, weil nicht so schwach in seiner Position wie ein Küster, hätte der Kirche wesentlich mehr Schwierigkeiten bereitet. Aber die hätte sie auch gelöst, wie ich sie kenne. Einfach erst einmal Abstand von den Missetaten und dem Gerede der Leute suchen, den Pastor abschieben nach Südindien in die Mission vielleicht oder in den Archivkeller eines Amtes. Er hätte jedenfalls höchstwahrscheinlich weitermachen können. Nicht so komfortabel wie vorher. Aber immerhin. Stemmle hätte es am einfachsten gehabt. Der wäre eventuell nach München gegangen und hätte sich dort eine neue Kanzlei aufgebaut. Was weiß München schon von Kiel? Was will Kiel von München wissen?"

Ihre eine Hand streichelte beinahe versonnen über einen Brief, der auf dem Schreibtisch ihres Vaters lag.

„Kolberg ist der Einzige, bei dem es mit der Gerechtigkeit geklappt zu haben scheint, dieser Liebe mit sehendem Auge."

Von nebenan sickerte leise Schlagermusik durch die dicken Wände, mit der man gerne Scheinverbände um die kaputten Stellen kleiner Welten windet.

„Nein, Herr Hauptkommissar! Das mit dem Recht ist mir zu billig. Es wirkt für mich zu oft wie eine Prostituierte, die viel zu viele bezahlen können, mit Geld, Einfluss, Macht, auch mit glänzendem Aussehen oder einer überragenden Redegewandtheit. Manchmal braucht es dazu einfach nur zu viel Schnaps, wie bei unseren Männern. Darum ist mir die Gerechtigkeit angemessener. Denn Gerechtigkeit gehört nur dem, der sie ausübt, wie eben auch die Liebe. Willkür, würden Sie sagen? In Ordnung. Die Liebe zu Ihrer Frau ist es auch, wie vielleicht meine zu Laura, wenn es bei mir wirklich Liebe war, wie Sie meinen. Rache? Sie bedeutete früher einmal nur Vergeltung, nichts als Vergeltung für eine begangene Untat. Wir, als wir unsere überdicken Rechtsbücher schrieben, haben ihr einfach diesen üblen Beigeschmack gegeben. Nein, süß schmeckt sie wirklich nicht, diese Rache. Man genießt sie nicht. Man gewöhnt sich auch nicht an sie. Und oft tränen einem die Augen wegen ihrer Schärfe. Aber man braucht sie manchmal, diese Vergeltung, diese Gerechtigkeit mit dem ganz persönlichen Vorzeichen. Und das kann auch wie eine ungeheure Zuneigung aussehen. Ohne Recht, würden Sie nun vielleicht noch einwenden, bliebe nur Anarchie. Liebe ist es übrigens auch, Anarchie. Und was wäre ohne Gerechtigkeit? Nichts als Eiszeit, Herr Harprecht, eine Eiszeit, in der sich Menschen als Einsame zu Tode frieren."

Silvia Grünberg hatte das Visier ihres Zorns schon lange wieder hochgeschoben. Sie schaute ihren Chef wie jemanden an, auf dessen Antwort es jetzt gar nicht mehr ankäme. Der Sommer erblickte plötzlich den Herbst und den Winter und traute seiner Wärme nicht länger.

„Was soll ich dazu sagen?", klammerte sich Harprechts Stimme irgendwo in seiner Herzgegend fest. „Manchmal, nur manchmal möchte ich Ihnen zustimmen. Ich kann auch hin und wieder Sie, die Siw, verstehen. Aber die Polizeibeamtin, die verstehe ich nicht. Niemand behauptet, dass unser Recht vollkommen sei. Aber solange wir kein besseres haben, ist es unsere Aufgabe, dafür einzutreten, sonst fällt unsere Gemeinschaft endgültig auseinander. Recht besteht aus mehr als nur aus festgeschriebenen Regeln. Es will den Geist einer Gesellschaft spiegeln, wie sie sein soll. Schutz von Leben, Schutz der Schwachen vor den Stärkeren, Bewahrung des Gleichgewichts von allem, was uns bewegt und treibt. Es setzt die Grenzen der Freiheit fest, die Grenze, wo meine Freiheit enden muss, weil sie die Freiheit eines anderen zu verletzen beginnt.

Vielleicht ist es wirklich manchmal eine Prostituierte, wie Sie sagen. Doch wir sind dazu da, den Zuhältern und den möglichen Kunden das Wasser abzugraben. Und dann kann sich das Recht nicht mehr prostituieren. Es klingt schön, was Sie über Gerechtigkeit und Liebe gesagt haben. Ich wünschte mir auch mehr davon in unserem System. Aber Systeme sind auf Sachlichkeit begründet. Da findet die Liebe nur sehr schwer einen Raum. Es mag zu bedauern sein. Und ich bedaure es auch."

Er zögerte. Er sah aus wie einer, der gerade einen Pfeil in seine Achillesferse eindringen spürt. Er würde sich lange Zeit nur noch hinkend bewegen können. Sein Gesicht zog sich schmerzvoll zusammen: „Sie hätten mir das alles nicht sagen dürfen, Frau Kommissarin. Das wissen Sie!"

Seine Worte klangen, als sollten sie mehr gefühlt als gesprochen werden. Man war immer zu laut, bangte er. In der jetzt harschen Würde dieses Rechtsanwaltsbüros schien die Sonne einem schnellen Untergang entgegenzugehen, obwohl sie draußen im Zenit stand. Stimmen, Schritte vor den Türen im Flur wirkten exotisch und markierten die beiden hier an diesem Ort als Einwanderer, die versehentlich in einem völlig falschen Land angekommen waren.

„Oh ja, ich weiß", antwortete Silvia Grünberg. Harprecht nahm völlig überrascht ihre Behändigkeit, auch ihre Schnelligkeit zur Kenntnis, als sie aufsprang, nach seinen Autoschlüsseln auf dem Schreibtisch griff, die sie zuvor dort achtlos abgelegt hatte, mit wenigen langen Schritten die schwere Tür erreichte, sie hinter sich schloss, abschloss, den Schlüssel abzog, das Gleiche bei der Tür zum Flur tat. Das hörte er nur noch leise. Er stöhnte auf. Dann schlug er wütend mit der flachen Hand auf den Schreibtisch. Seine Stimme warf einen Fluch gegen die Bücherregale, vollgestopft mit Weisheiten über das Recht. Er schonte seine Stimme nicht. Er schonte sich nicht. Er verfluchte sich, seine Naivität, die er sehr schnell „Dummheit" nannte. Er würde wohl nie dazulernen. Der Küster Kallweit hatte ihn doch schon einmal ähnlich im Regen stehen lassen, vor kurzem erst und im wahrsten Sinne dieser Worte, ihn, einen Trottel, einen blauäugigen Idioten. Er sollte zu seinen Beamten vielleicht nicht so oft von der Arglosigkeit sprechen, die man sich wenigstens in Bruchteilen erhalten sollte, um nicht in ein faschistisch eingefärbtes Verhalten zu verfallen. Er verfluchte Silvia Grünberg und ihren Gerechtigkeitswahn, diesen Tag, den Sommer, seinen Beruf. Er tobte sich in der Fäkalsprache aus, weil er alles, was er jetzt sah, als stinkend begriff. Sein Körper krachte auf den Richterstuhl des Anwalts. Er griff nach seinem Mobiltelefon, wählte, bellte hinein: „Ich will jetzt keine Fragen hören. Geben Sie sofort eine Fahndung heraus, und zwar nach Kommissarin Silvia Grünberg, die Ihnen vielleicht bekannt sein dürfte. Fordern Sie ein Foto von ihr an. Ja, im Präsidium an der Blumenstraße. Wer hier spricht? Harprecht, Hauptkommissar Carsten Harprecht. Nein, ich will keine Einwände hören! Verstanden? Die Frau fährt vermutlich einen weißen Audi mit folgender Nummer ..." Er gab sie durch.

„Aber ist das nicht Ihr Wagen?", stammelte der Beamte am anderen Ende im Revier an der Düppelstraße.

„Ja!", donnerte Harprecht. „Und bitte die Fahndung diskret. Kein großes Besteck. Klar?"

Der Beamte schluckte eine Bestätigung.

„Und noch etwas. Holen Sie mich aus dem Anwaltsbüro Harloff in der Waitzstraße raus! Und bringen Sie einen Schlosser mit. Das alles ist hier äußerst solide gebaut."

Der Kollege auf der Wache stammelte ein „Ja".

Harprecht begann, nur um diese schreckliche Wartezeit zu überbrücken, den Brief zu lesen, der vor ihm auf dem Schreibtisch lag, von Silvia Grünberg an ihren Vater gerichtet. Als er merkte, dass es sich dabei nahezu um einen Liebesbrief handelte, schob er ihn in den Umschlag zurück.

Sein Handy gab quäkende Geräusche von sich. Bengt Kuhlmann meldete sich. „Der Burgdorf, der war ein Diktator", sprudelte er. „Der ließ in der Schule nur sich und seine Auffassungen gelten. Darüber hinaus gab es für ihn nur Menschen, die Unrecht hatten."

„Das ist mir bekannt", biss Harprecht dazwischen.

„Ja, Chef. Die Laura hat er zum Singen in diesem Gospelchor gezwungen, hat sie angeschrieen, ihr vorgeworfen, sie hätte den Musikgeschmack einer Mücke. Er hat ihr gedroht, wenn sie nicht singen würde, dann könnte sie jede Musik künftig vergessen und mit ihrem Mund etwas machen, was ich jetzt lieber nicht sagen möchte, Herr Harprecht. Mir ist dabei fast schlecht geworden. Er würde das Mädchen unmöglich machen. Und danach würde sie aussehen wie das, was sie in Wirklichkeit wäre, nämlich ein kleines Nüttchen. Das hat er tatsächlich so gesagt. Sie sollte dann besser gleich die Schule wechseln. Und auch in der neuen Schule würde er sie fertig machen. Darauf könnte sie sich verlassen. Das alles haben mehrere Schüler, auch viele ehemalige, unabhängig voneinander ausgesagt. Sogar einige Lehrer haben sich über ihn ähnlich geäußert. Die hatten hier alle, glaube ich, ein wenig Angst vor diesem Burgdorf."

„Also ein echtes Herzchen, unser Organist", sagte Harprecht.

„Der ist nicht ganz richtig im Kopf!", tobte Kuhlmann.

„Ganz so weit würde ich vielleicht nicht gehen", dachte der Hauptkommissar laut, oder doch?, dachte er stumm, verabschiedete seinen Beamten und fühlte sich immer mehr wie ein Insekt, das gleich in Bernstein eingeschlossen werden sollte. Man mochte ja später wertvoll sein. Aber jetzt war das eine höchst erstickende Angelegenheit. Er verschränkte die Arme hinter dem Kopf und suchte nach angenehmen Gedanken, nach dem etwa, später im Altersheim Flamenco auf einer uralten spanischen Gitarre zu spielen, aber einen bluesigen Flamenco, während Eleonore dazu in ihren besten Jahren tanzte, Kastagnetten in beiden Händen. Anschließend würden sie eine Runde „Alka Seltzer" für alle schmeißen.

Dann piepte erneut sein Mobiltelefon. Hauptmeister Volker Kowalski meldete sich aus Hamburg. „Keine Fortschritte bei Kamen", sagte er hastig wie ein Schüler, der die 6 in Mathematik möglichst schnell beim Vater loswerden will. „Wir haben ihn mit in das Präsidium genommen. Ein Reporter vom FORUM, ein Fotograf und ein Anwalt sind ihm sofort gefolgt. Alle waren sie höflich, liebenswürdig, hilfsbereit. Es wimmelte nur so von guten Gesten. Dann hat allerdings der Fotograf Bilder von uns gemacht, vom Flur aus in das Verhörzimmer hinein, dessen Tür er einmal kurz aufgerissen hat. Wir haben ihm den Film abgenommen. Der Reporter hat sich unsere Namen und Dienstränge notiert. Kamen hat geredet und geredet. Seine Alibis sind dünn, das wussten wir schon vorher. Aber beweisen Sie mal einem, dass er nicht in seinem Bett war oder unter 120 Kollegen im Zeitungshochhaus. Sein inniges Verhältnis zu dem Mädchen hat er sofort zugegeben, stolz wie ein 14-jähriger die erste Liebe. Er ist ja so verdammt nett. Man möchte sich am liebsten andauernd bei ihm entschuldigen. Meine Mutter würde ihn sofort als Schwiegersohn nehmen."

Kowalski seufzte schwer.

„Machen Sie sich nichts daraus. Aber vernehmen Sie ihn weiter. Vielleicht lässt er im Laufe einer längeren Zeit doch etwas heraus, was uns weiterhelfen könnte. Und, Herr Kowalski, geben Sie bitte dem Fotografen den Film wieder. Das FORUM hat Millionen gläubige Leser und entsprechenden Einfluss. Es lohnt den Ärger einfach nicht."

„Ist gut, Herr Hauptkommissar", verabschiedete sich der Beamte. „Wir bleiben dran. Aber ob da was für uns drin ist ...? Ich weiß nicht."

Harprecht schlenderte durch das Büro, betrachtete das Bild von Silvia Grünbergs Mutter eingehend, schaute aus dem Fenster auf die Straße hinunter, wo sich das Leben angenehm beschäftigt gab. Menschen unterhielten sich miteinander und lachten sogar dabei, Kinder spielten miteinander, nicht gegeneinander, zwei Tauben schnäbelten, eine jüngere Frau auf der Bank gegenüber bemalte sich ihren Mund festlich und hatte dabei die Knie aneinandergedrückt, während sie die Beine darunter spreizte. Ein fetter dunkelbrauner Hund beschnupperte die Duftmarken anderer Hunde an den verschiedenen Bäumen. Sie schienen ihm nicht zu gefallen. Er blieb nur jeweils kurz dabei. Dann setzte er eine eigene.

Der Kommissar wandte sich in das Büro zurück und musterte die vielen Bücher auf den Borden, alle in gedeckten Farben. Das Recht gab sich gerne so. Dann sah er ein Buch, das überhaupt nicht zu den anderen passte. Es war viel dünner, beinahe zierlich gegenüber der Dickleibigkeit der übrigen Wälzer, der Rücken himmelblau, dieses Blau, das der Himmel hat, wenn er mit dem Sommer besonders zufrieden ist. Der Kommissar kannte dieses Himmelblau. Er nahm das Buch in die Hand. Er sah das Bild auf dem Umschlag, Bäume in verschiedenen Grüntönen, ein Häuschen, das sich in einem Teich spiegelte. Er kannte dieses Bild, den Titel, den Autor. Er zuckte davor zurück. Es schmerzte. Nun wusste er es also. Sein Gefühl versuchte, dieses Wissen wegzuschieben. Der Verstand holte es wieder herbei. Das Gefühl stieß das Wissen vor den Kopf, in der Hoffnung, es würde umkippen. Es blieb standhaft. Dieses Buch hier war im Gegensatz zu dem, was er beim Ermittlungsdienst gesehen hatte, gelesen worden. Es ließ sich leicht aufschlagen: Joseph von Eichendorff, „Aus dem Leben eines Taugenichts".

Harprecht setzte sich einfach auf den Teppich. Zur Standhaftigkeit war er nicht mehr fähig. Wir Polizisten fummeln einfach, verdammt noch einmal, viel zu oft an der Büchse der Pandora herum, fluchte ein verelendeter Ordnungshüter in ihm. Und dann stürzen alle Übel heraus. Die griechische Mythologie hatte zumindest noch die Hoffnung in dem Gefäß belassen. Seine Gegenwart tat das nicht.

Der Beamte auf dem Boden versuchte sich mit seinem gesamten Innenleben an die Kälte der Tiefe zu akklimatisieren. Das Außenleben rieb sich an dem Sommer, der vielleicht schon in Monatsfrist tot sein würde.

Harprecht blieb die Zeit, die eine Seele braucht, um kein leerer Blasebalg mehr zu sein, sitzen. Danach stemmte er sich in die Rechtschaffenheit zurück, Richtung oben, wo seine Macht, Verurteilungen zu erschaffen, wohnte. Sie wohnte immer oben. In Nähe des tragenden Bodens durften nur die klein bleiben, denen es vergönnt war zu vergeben.

Und dann rief der Hauptkommissar Malte Matthiessen an, und zwar mit einer Stimme, die eigentlich nicht seine eigene sein konnte. Denn sie klang im höchsten Maße aufgeregt. „Carsten", japste er, „der Kriminalhauptmeister Zietz hat eben den Organisten Burgdorf vorläufig festgenommen, unter Mordverdacht. Das habe ich von diesem etwas fülligen Pastor, ja, Baltz. Der hat eine Trauerfeier abgehalten. Und danach sei der Zietz durch einen Nebeneingang in die Kirche gekommen und habe die Verhaftung vorgenommen. Der Pastor sieht schrecklich rot im Gesicht aus. Der kippt mir gleich um."

„Was?", schwamm Harprechts Stimme jäh auf eine Stromschnelle zu. Dahinter ging es steil hinab auf schroffe Felsen zu. „Warst du denn bei der Trauerfeier nicht dabei?"

„Nee", schnaufte Matthiessen. „Ich bin doch aus der Kirche ausgetreten."

„Ach so", bangte Harprecht. Die Stromschnelle zerrte. „Und wo sind die beiden jetzt?"

„Auf dem Weg ins Präsidium, denke ich einmal." Der Freund aus vielen Kampftagen klang nach einer möglichen Niederlage.

„Auf dem Weg ins Präsidium", echote besorgt der Chefermittler.

„Das hoffe ich jedenfalls."

„Das hoffst du?"

„Jawohl."

„Und wenn nicht?"

„Keine Ahnung."

„Weiß der Zietz möglicherweise etwas, was wir nicht wissen?"

„Das glaube ich nicht. Er war doch bei unseren Ermittlungen gar nicht mehr dabei."

„Aber unsere Kollegen haben ihn keineswegs geschnitten, wie ich mehrfach im Präsidium feststellen musste. Die könnten so einiges ausgeplaudert haben", trudelte Harprecht gedanklich auf den Rand der Stromschnelle zu.

„Das kann ich mir nicht vorstellen."

„Aber ich", wütete der Erste Hauptkommissar plötzlich und sprang die Stromschnelle hinunter: „Fahr bitte sofort in die Blumenstraße! Ich komme nach, sobald ich aus diesem Büro hier raus bin. Ach, das weißt du ja noch gar nicht. Silvia Grünberg hat mich hier in der Kanzlei ihres Vaters eingesperrt. Und jetzt ist sie vermutlich mit etwas beschäftigt, bei dem ich dazu neige, es eine

Flucht zu nennen. Sie ist irgendwie in die Sache verwickelt, Malte. Die Ausmaße dieser Verwicklung kenne ich noch nicht genau. Aber mir schwant, dass sie nicht klein sind. Ich lasse bereits nach ihr suchen."

„Nee, Mensch", stolperten Matthiessens Worte wie Zwerge, die partout ihr Schneewittchen nicht finden konnten, das doch den Haushalt in Ordnung bringen sollte. Und alles lag herum. „Unsere Silvia Grünberg?"

„Eben die", gurgelte Harprecht.

„Warum?", schickte der Freund Hilflosigkeit, dazu eine immense Bestürzung.

„Liebe, Rache, `Aus dem Leben eines Taugenichts´, so etwas in dieser Richtung."

„Ich mag es überhaupt nicht, wie das jetzt alles läuft. Überhaupt nicht!", spuckte Matthiessen alle sieben Zwerge aus. Jedes Märchen war erst einmal ungültig.

„Zietz braucht ins Präsidium etwa 20 Minuten", schwammen die Gedanken des Chefermittlers nun im Schmetterlingsstil durch Eiswasser. „Geben wir ihm noch 15 Minuten mehr wegen eventueller Staus oder anderer Unwägbarkeiten. Danach werden wir es genau wissen, was diese Festnahme von Burgdorf bedeutet."

„Das fürchte ich auch", ächzte der Hauptkommissar vor der Kirche, einen rotgesichtigen Pastor neben sich, der murmelte: „Ist denn der Herr Burgdorf wirklich ein Mörder?"

„Der sieht nur so aus", beruhigte Matthiessen und schlug dem Geistlichen etwas zu fest auf die Schulter, weil er seine Kraft gegenwärtig nicht genau zu regulieren vermochte. „Mit einem Kriminalhauptmeister Zietz dabei und in Handschellen sieht man leicht so aus."

Harprecht hörte indes die Schlosser heftig an der Tür zum Büro arbeiten. Er warf das Eichendorff-Buch angewidert auf den Teppich, nicht wegen des romantischen Dichters, sondern wegen des unromantischen Missbrauchs seines Werkes. Oder doch eine romantische Verwendung, wenigstens im Ansatz? In einem Trauerfall griff man nach jeder tröstenden Hand, und mochte sie noch so schlaff sein. Der Ermittler zweifelte. Er zweifelte. Warum, Silvia, konntest du nicht Recht vor Gerechtigkeit ergehen lassen, jedenfalls vor dieser Gerechtigkeit, wie du sie verstanden hast? Es war zum Verzweifeln.

Er sammelte das Buch wieder ein und klemmte es sich unter den Arm.

Die Schlosser stießen die Tür auf. „Keine Schramme, nirgends", meldete einer von den beiden stolz und schob dezent eine Handfläche vor, um auf ihr ein angemessenes Trinkgeld zu fühlen.

„Na, toll!", sagte Harprecht, der alles, was dezent war, jetzt nicht wahrnehmen konnte, und stürmte an den Handwerkern vorbei.

KAPITEL 14

Die Polizeibeamten Ewald Sager und Thomas Albrecht fuhren gemächlich in ihrem Streifenwagen die Holtenauer Straße hinauf in Richtung Wik. Vor ihnen flimmerte der Asphalt in der Hitze. Die Bäume am Straßenrand sahen staubgrau aus. Die Menschen auf den Gehsteigen trugen schwer an der Glut des Sommers. Die Luft, die sie beim Atmen einholten, brannte nahezu in den Mündern. Man sehnte sich nach dicken grauen Wolkenschiffen am weißen Himmel, die viel Regen an Bord hatten. Auf den Feldern vor der Stadt begann die Ernte zu vertrocknen. Vögel hingen in den Bäumen wie angehendes Fallobst.

„Das Deo deiner Schwester funktioniert tatsächlich", freute sich Albrecht. Er hatte die Arme gehoben und schaute wohlgefällig in seine Achselhöhlen. „Schon zwei Stunden in diesem Brutkasten. Und noch keine Schweißflecken. Aber riecht das Zeugs nicht ein bisschen süßlich, eben nach Frau?", fragte er besorgt.

„Meine Schwester ist mehr Kerl als du und ich zusammen", stellte Sager am Steuer fest. „Du kennst sie doch. Viermal wöchentlich im Fitness-Studio. Die würde niemals süßlich riechen wollen."

„Natürlich nicht", bestätigte Albrecht, als er an den Muskelkoloss dachte, den die Schwester seines Freundes darstellte. „Halt mal!", sagte er plötzlich. „Ich glaube, da drüben steht der Wagen von dem Harprecht, mit dem die Grünberg in die Prärie abgerauscht ist."

Albrecht sah alle alten Western im Fernsehen, nahm sie sogar auf Videorecorder auf, um die Welt eines Wyatt Earp, Sundance Kid oder der Comancheros immer wieder vor seinen Augen vorbeigaloppieren zu sehen. Das hatte irgendwann einmal auf sein ganzes Verhalten abgefärbt. Er sprach von „absitzen", wenn sie den Streifenwagen verließen, bewegte betont seine Schultern, ließ die Hände locker an den Seiten seines Körpers herabfallen, wobei die Finger der Schusshand ständig zuckten, nannte seine Kollegen oft „Deputies", den Chef „Marshal" und hörte alles von Hank Williams, Johnny Cash und dem Rest der Country-Barden aus Nashville.

Er nahm das Klemmbrett von der Ablage, las die aktuellen Fahndungsersuchen, um es dann lässig zwischen den zusammengebissen Zähnen hindurchzuschieben: „Er ist es. Sag es der Zentrale durch, Buddy!" Er kniff die Augen zu Schlitzen zusammen – das hatte er sich von dem amerikanischen Schauspieler Gegory Peck in dem Film „Bravados" abgeguckt – und suchte prüfend die Gegend ab. Schließlich blieb sein Blick zwar nicht an einer umgestürzten Postkutsche hängen, dafür an vier Taxis, die vor der Christus-Kirche der Methodisten an der Gneisenaustraße warteten. „Vielleicht hat sie ja die Pferde gewechselt", quetschte er seine Stimme. „Ich überprüfe das mal." Er stieß die Tür des Polizeifahrzeuges auf, machte einen Satz hinaus, landete gleichzeitig auf beiden Füßen, überquerte breitbeinig die Straße, nachdem er sich das Bild der Kommissarin in seine Brusttasche gesteckt hatte, und freute sich dabei, dass seine Uniformhose mittlerweile in Jeansform geschnitten war. Jetzt noch Stiefel, dachte er und beugte sich dann in das geöffnete Fenster des ersten Taxis. „Haben Sie diese Lady kürzlich gefahren?", schnauzte er in John-Wayne-Manier und hielt dem Inder hinter dem Steuer das Foto vor die Augen.

„Eine wirklich hübsche Dame", sagte der unbeeindruckt. „Ich habe sie vor etwa 40 Minuten zum Bahnhof gebracht."

„Bahnhof", wiederholte Albrecht nun nicht mehr in westerngemäßer Härte, sondern ein wenig kläglich, als wäre er in ein Kakteendickicht geraten. „Das wär's dann wohl."

„Warten Sie", sagte der Inder. „Sie ist dort nur ausgestiegen und hat sich den Bahnhof länger angeguckt, ziemlich viel nachgedacht, glaube ich, und dann ihren Kopf geschüttelt. Sie mochte den kaputten Bahnhof wohl nicht leiden. Der in Bombay ist viel schöner. Den müssten Sie einmal sehen."

„Später vielleicht", atmete Albrecht schwer. „Und was ist dann passiert?"

„Sie ist wieder eingestiegen."

„Und dann?"

„Sie hat weiter überlegt. Viele, viele Gedanken. Sind nicht gut für einen so hübschen Kopf." Der Inder sah betrübt aus.

Albrecht wünschte sich in diesem Augenblick, er dürfte mit seinen Fäusten genauso locker umgehen wie der Sheriff von Tombstone einst, seinetwegen auch der von Dodge City, egal. Hauptsache, eine hilfreiche Antwort rausschlagen. Er befahl sich energisch Ruhe, schrie auch nicht auf, als seine linke Hand an das glühend heiße Blech des Taxis kam.

„Hat sie irgendwann mal zu Ende überlegt?", raunte er nahezu und rieb sich die schmerzende Hand heimlich an seiner Hose.

„Ja", sagte der Mietwagenlenker. „Das hat sie. Es hat aber wirklich lange gedauert. Doch es hat mich nicht gestört. Die Uhr lief ja schließlich."

„Und das Ergebnis der Überlegungen?", forderte der Polizist, sachlich klingend, Freund, Helfer, Retter aller Bürger, auch der aus Indien.

„Wir sind weitergefahren."

„Gut", sagte Albrecht. „Und wohin?"

„Immer in der Stadt herum. Es ist eine saubere Stadt. In Bombay fahren morgens nicht so viele große Autos mit Bürsten dran, um die Straßen zu fegen."

„Tatsächlich nicht?", atmete der Beamte tief aus, dann wieder ein. Die Luft schmeckte für ihn nach Pulverdampf.

„Nein“, sagte der Inder. „Wir sind wohl ärmer als ihr. Oder wir brauchen unsere Straßen vielleicht gar nicht so sauber. Aber unser Wetter ist genauso schön wie eures in diesem Jahr.“

„Aber irgendwann ist diese Dame doch ausgestiegen.“

„Natürlich“, erwiderte der Taxifahrer. „Sonst würde sie doch noch hinter mir sitzen.“

„Wissen Sie auch noch wo?“ Albrecht machte innerlich eine Art Autogenes Training, das er einmal in der Volkshochschule beigebracht bekommen hatte, weil er, nach Meinung seiner Freundin, immer so „hippelig“ war.

„Ja“, lächelte der Inder. „Vor einem prachtvollen Haus. In Bombay ...“

„Die Adresse!“, brüllte der Polizist plötzlich. Er hatte einfach nicht anders gekonnt und das Autogene Training in seinem Innern kurzerhand abgebrochen.

„Moltkestraße ...“, erschrak sich der Taximann.

„Danke!“, keuchte der Beamte, bevor er, beide Arme in die Höhe gerissen, um nicht unter ein Auto zu kommen, über die Fahrbahn zum Streifenwagen sprintete.

„Die Kommissarin Grünberg hält sich vermutlich in einer Villa an der Moltkestraße auf“, keuchte er. „Los, fahren wir hin!“

„Sollten wir nicht besser Verstärkung anfordern?“, gab Sager zu bedenken, als er den Motor anließ.

„Dazu ist später auch noch Zeit“, befand Albrecht. „Spähen wir erst einmal die Lage aus.“ Er fühlte ein Fieber, wie es die Earp-Brüder und Doc Holliday auch gespürt haben mochten, bevor sie zum entscheidenden Showdown im „OK-Corral“ aufbrachen.

Slilvia Grünberg saß auf dem Fußboden ihres alten Kinderzimmers in dem großen hellbraunen Backsteinhaus mit den Birken und Zypressen davor, das früher immer so viel Frieden in sie hineingetan hatte. Doch jetzt schien es zu wanken, als bebte die Erde unter ihm und würde sich bald in einem großen Riss als alles verzehrender Schlund auftun. Sie spürte die Sommerhitze nur als heiße Schale, die sie umschloss aber nicht in sie eindrang. Um sie herum lagen viele, viele Bilder, in Schwarzweiß und in Farbe. Die bunten zeigten alle Laura. Auf den schwarzweißen war sie als Kind zu sehen. In ihrem Schoß lag ein zerrissenes Foto. Man konnte noch das Lachen von Thorvald Zietz erkennen. Diesen Mann hatte sie mit ihrem Leib betäubt, dachte sie, um ihn dann zu benutzen. Er war ihr verfallen gewesen, und sie hatte ihn, den ihr Hörigen – das war so schrecklich, so entsetzlich, viel mehr als das Hören auf jemanden oder das Gehören zu einem anderen – auf die Jagd geschickt, auf Menschenjagd. Die Scham krallte sich an ihre Magenhäute. Schuldgefühle durchrasten den ganzen Körper. Aber am schlimmsten wüteten sie im Kopf. Sie umfasste ihn mit den Händen, um die Gedanken zu bändigen. Aber nichts war mehr zu zähmen. Das Gift tobte ein Eigenleben.

„Was habe ich nur aus Thorvald gemacht?", weinte eine Stimme, nicht die einer Tochter, einer Geliebten, einer Polizistin, einer Frau. Es war eine Stimme, die zu niemandem mehr passte. Niemand wollte sie hören, diese Stimme inmitten eines sich verwüstet fühlenden Menschen. Er hatte ihr so viel Lust geschenkt, Wollust, die sie über alles hinausgehoben hatte, was sie bedrängte und fürchtete. Er hatte sie vergessen lassen. Das war ein Segen gewesen. Aber das Wort „Segen" durfte sie wohl nicht mehr benutzen. In der Hölle sagte man es nicht. Sie hatte nach der Lust und nach dem Vergessen gegiert, immer wieder, immer wieder, immer wieder. Sie brauchte das Aufbäumen ihres Körpers in fast eine Bewusstlosigkeit hinein. Es war herrlich gewesen, ihrer selbst nicht mehr bewusst sein zu müssen, wenn es auch nur Minuten dauerte. Er kämpfte alles mit seinem Körper in ihr nieder, was sie sich schlecht fühlen ließ, die Wut, den unbändigen Hass, den Wunsch, drei Menschen tot zu sehen. Dann tauchte sie wieder aus ihrer Bewusstlosigkeit auf. Die Bombe tickte erneut. Und irgendwann bot er sich erneut an, sie zu entschärfen. Er wollte nichts dafür als ihren Leib mit seinen Öffnungen, die er gerne „Kelche" nannte. „Ich liebe dich nicht", hatte er gesagt. „Eine Droge liebt man nicht. Man bezahlt für sie. Ich werde es tun. Den Preis kenne ich." Nein, er war nicht dumm, der Kriminalhauptmeister Thorvald Zietz.

Dann waren sie tot, die drei Menschen. Und die Bombe schwieg nicht. Sie zählte weiter die Zeit ab bis hin zur Vernichtung. Sie sah nur anders aus, die Bombe. Sie hatte nicht mehr die grellrote Farbe der Wut, die tiefschwarze Farbe des Hasses. Jetzt war sie bleicher, nur noch mattrot wie die Scham, nur noch richterrobenschwarz wie die Schuld. Aber sie drohte genauso gefährlich.

Silvia Grünberg entdeckte, dass die Angst ein Zünder sein könnte. Wieder schlugen ihre Körper aufeinander, um ihres Vergessens willen, wegen seiner unstillbaren Gier nach ihrem Fleisch, nach Schleimhäuten und den Warzenverdickungen, dem Fettgewebe ihrer Rundungen, den Muskeln, die ihn umkrampften, einzig danach. Was darunter war, wollte er nicht wissen. An einer Seele oder Träumen konnte er keine Wollust herbeireiben. Der Süchtige suchte nach Betäubung, die sich fürchterlich Fürchtende nach dem Verlieren von sich selbst. Sie drückte seinen harten Leib in sich hinein, damit er alles aus ihr herausrammte. Er schaffte es. Sie wurde leer. Er wurde ruhig. Eine schwer atmende Zeit legte Stille über sie. Die kleine keuchende Welt zog eine Bahn um die Sonne, die dann nicht einer Bombe ähnelte. Doch es dauerte nie lange genug. Das war für sie die Verdammnis in ihrer Lust. Sie vermochte die Zeit nie endgültig anzuhalten. Und die Angst begann wieder zu zündeln. Neue Gier verursachte ihm Zittern und trieb ihn, trieb ihn zu ihr hin, hastig, nur als Rute existierend, auch als Rute eines Geißlers, der um seine Erlösung bangt. Oh ja, er hatte den Preis gezahlt. Er war ihm nicht zu hoch erschienen. Drei Morde waren nicht viel, wenn bei einem selbst der Himmel auf dem Spiel stand, auch wenn der stets wieder herabstürzte. Doch es gab ja so viele Himmel. Und irgendwann glaubte man, er würde Bestand haben, weil man es unbedingt glauben wollte, ja, musste. Anders wäre nur die Hölle geblieben. Ein Dazwischen gab es nicht mehr. Und sie war geblieben, die Hölle.

Silvia Grünberg schauderte. Sie kroch in sich zusammen als ein Bunkermensch, der auf den großen Knall wartete. Mittlerweile wünschte sie ihn sich. Sie hatte nun keine Angst mehr. Stattdessen presste die Scham auf sie – sie war so schwer, dass die Erde unter ihr sie kaum mehr aushielt. Und es brach die Schuld über sie herein wie Eruptivgestein, das aus ihrem Berg der Verheißung herausgebrochen war, mehr und mehr und mehr, bis es diesen Berg nicht mehr gab. Es war nun Wüste dort.

Sie streifte beinahe gleichgültig die Fetzen des Bildes von ihrem Schoß. Sie glitten auf den Boden. Das Lächeln von Thorvald Zietz lag inmitten von irgendwelchen papiernen Körperfragmenten. Sie griff nach einem Bild Lauras. Sie sah ihr Lächeln. Sie lächelte zurück. Sie malte mit der Kuppe ihres rechten Zeigefingers die Konturen des zarten Gesichts nach. Sie hielt sich das Bild zu einem Kuss vor den Mund. Dann drückte sie es an die Stirn. Vielleicht würde der gute Geist Lauras sie auch küssen und ihr vergeben. Sonst konnte sie von niemandem Vergebung erwarten, auch nicht von ihrem Vater. Ein Schluchzen wollte ihr von der Kehle aus in den Mund steigen. Sie presste es zurück. Es kostete sie Kraft. Sie besaß nicht mehr sehr viel davon. Würde Gott ihr vergeben? Pastor Baltz hatte ihnen, den Konfirmanden, vor 22 Jahren gesagt – sie erinnerte sich noch daran –, Gott würde es tun, immer. Sie würden es schon merken, wenn ihnen das ehrlich Leid täte, was sie an Bösem getan hatten. Das Böse würde sie dann nicht mehr belasten. Es würde ganz klein werden. Sie sollten es nur ruhig sagen: „Lieber Gott, vergib mir bitte!" Der Pastor hatte mit dem Kopf genickt und sie angelächelt, als könnten sie alle gar nichts Böses tun. Ob das wirklich immer noch galt? Oder hatte Gott inzwischen seine Meinung geändert, weil mittlerweile zu viel Böses geschehen war und er sie einfach satt hatte, diese Menschen, sie, Silvia Grünberg, die sich selbst ein Fegefeuer nach dem anderen anzündete, weil sie ohne Feuer und Verbrennungen offenbar nicht mehr leben konnte.

Ihr fiel ein, dass Pastor Ellwein vor kaum mehr als einem Jahr in einem Gottesdienst auch etwas über Vergebung gesagt hatte, wie man spüre, dass Gott einem wirklich vergeben habe. „Wir merken es daran", hörte sie seine Worte noch – und er wirkte so kindlich dabei, aber in einem guten Sinne kindlich, unbefangen eben und begeisterungsfähig –, „wir merken es daran, dass wir wieder lieben können, uns selbst und dann unsere Mitmenschen." Es war am Geburtstag ihres Vaters gewesen. Sie war aus Hamburg zu Besuch gekommen. Seit Jahren waren sie zum ersten Mal wieder zusammen in einen Gottesdienst gegangen. Und der Vater hatte hinterher geschmunzelt, als sie eingehakt nach Hause gegangen waren: „Silvie, mir hat der liebe Gott mächtig verziehen. Ich finde mich prima. Und dich, mein Kind ..." Er hatte sie fest an sich gezogen, sie dann hochgehoben und einmal im Kreis geschwenkt. Es war nicht mehr so leicht und schnell vor sich gegangen wie die vielen Male früher, als sie noch ein Kind gewesen war. Darum hatte es so viel Gewicht gehabt, dieses bewegte Eingeständnis seiner Liebe.

Jetzt konnte sie sich gegen das Schluchzen nicht mehr wehren. Ihre Kraft war aufgebraucht. Sie hatte Laura unzählige Male ebenso im Kreis herumgeschwenkt. Und den jungen Pastor hatte sie töten lassen, von jemandem, der nicht liebte, der damit nur seinen Schnaps, sein Koks, sein Crack, Kelche voller Gift, sie bezahlte. Würde Gott ihr das vergeben? Sie liebte sich nicht. Aber ihren Vater, den liebte sie, und Laura. Aber das konnte man doch nur, wenn man sich selber etwas bedeutete. Harprecht hatte das gesagt. Vergebung für sie, sexbesessen, um zu vergessen? Und mit der Schönheit ihres Leibes hatte sie einen anderen versklavt ... Vergebung? ... Sie schüttelte ihren Kopf. Sie schmeckte die Tränen in ihren Mundwinkeln. Laura, hast du das alles gewollt? Laura schwieg vom Bild her. Sie lächelte. Aber sie hatte den süßen Hyazinthenduft nicht mehr.

Silvia Grünberg konnte sich plötzlich nicht länger an die Stimme des Mädchens erinnern. War Laura nun doch nach dem Tod gestorben? Und genau das hatte sie verhindern wollen. Sie wollte sie von diesem Sterben nach dem Tod befreien, indem sie die zum Opfer brachte, die den Tod verschuldet hatten. Alles umsonst? Alles umsonst ...

Sie sah durch den Tränenschleier aus dem Gaubenfenster in die Sonne. Die sah bunt aus wie ein Regenbogen. Die Sintflut war wohl vorbei und hatte sie nicht ertränkt. Sie zog aus der Handtasche neben sich ihre Dienstwaffe. Die Sig-Sauer wog leicht in ihrer Hand. Sie lag gut darin. Sie strich mit der Linken über den kantigen Lauf. Sie ließ das Magazin aus dem Schaft schnellen, schob es wieder zurück, ließ es erneut hervorschnellen, vor, zurück, vor ... Ein Spiel, ein Spiel ... Die Patronen ähnelten ein wenig den kleinen runden Holzpflöcken bei einem dieser Geduldsspiele, mit denen sie sich die Zeit beim Warten auf einen Einsatz vertrieben hatte. Die Zeit war damit gut zu vertreiben. Mit den Patronen auch. Sie hob die Waffe. Von unten drang das Knallen von Türen zu ihr herauf, Wohnzimmer, Küche, Vaters Arbeitszimmer, Esszimmer, Kellertür. Sie zählte mit. Dann knarrten die Treppenstufen. Wieder das Aufschlagen von Türen, Schlafzimmer, Gästezimmer, Bad. Ihre Tür war die Letzte ganz hinten im Flur. Sie sah in die runde Mündung der Waffe. Es krachte. Die Tür splitterte gegen die Wand. Wo war das andere Krachen? Eine Stimme schrie: „Die Waffe weg! Sofort!“ Sie sah erschrocken auf die Sig-Sauer in ihrer Hand. „Runter mit der Waffe! Auf den Boden damit!“, gellte die Stimme. Sie kam von der Tür her. Ein Polizist stand dort, beugte sich nur eben in den Raum hinein, beide Hände ausgestreckt, eine Pistole darin. Ein anderer Beamter kniete auf der anderen Seite. Auch seine Arme ragten in das Zimmer, die Waffe an deren Ende. Sie schaute zu Boden. Dort lag ihr Magazin. Sie hatte das Spiel verloren, vor, zurück, vor ... Sie ließ sich einfach nach vorne fallen, die Sig-Sauer immer noch in der Hand. Thomas Albrecht schoss. Ewald Sager brüllte: „Du Idiot!“

Hauptkommissar Harprecht saß in seinem Kieler Dienstzimmer am Schreibtisch und wartete. Er tat es mit Schmerzen in seinem Magen und mit dem dringenden Bedürfnis, die Gedankenflut in seinem Kopf auszutrocknen. Diese Flut hatte einen Wildwassercharakter. Es gab auch immer wieder schroffe Felsen, die die Flut noch wilder machten. Vor ihm lag eine gefüllte Pfeife. Er rauchte sie nicht. Er schaute aus dem Fenster. Es gab nicht viel zu sehen, nur einen hellen Himmel, der die Stadt Kiel dazu brachte, mit dem Sommer zu protzen. Auf dem Flur bemühten sich die Schritte der Kollegen, Routine zu klopfen. Doch nichts war zur Zeit hier oben im 3. Stock Routine.

„Dieser verfluchte Albrecht mit seinem blöden Western-Tick!", tobte er plötzlich los. „Die hätten nie alleine handeln dürfen."

„Das wissen die inzwischen auch", trachtete Matthiessen vom anderen Schreibtisch aus nach der Beruhigung seines Freundes. „Und was glaubst du, wer den Albrecht zur Zeit am meisten verflucht? Es ist ein gewisser Albrecht."

„Ich weiß", erschlaffte Harprechts Zorn. „Sind die beiden mittlerweile hier?"

„Sager schreibt einen Bericht. Und Albrecht ist beim Psychologen", berichtete der Freund.

„Helden wollten sie sein. Nun sind sie bloß noch arme Hunde."

„Ich weiß nicht genau, ob sie Helden sein wollten", brummte Matthiessen. „Es hat sie wohl einfach nur gejuckt. Raus aus der Monotonie der Streifenfahrten, hinein in ein Abenteuer. Und die großen Herren von der Soko würden blöd aus der Wäsche gucken. Wir müssten die Polizisten aus den einzelnen Revieren viel ernsthafter in unsere Arbeit mit einbeziehen und sie nicht nur als bessere Botenjungen benutzen. Das degradiert sie und motiviert sie gleichzeitig zu solch übereifrigen Alleingängen wie der von Sager und Albrecht."

„Mir ist jetzt wirklich nicht nach einer Taktikanalyse", wehrte sich Harprecht, verdrossen gemacht von Angst und Selbstvorwürfen. „Mir geht es schon mies genug."

„Man sieht es dir an", sagte Matthiessen leise.

Die Großfahndung nach Zietz lief seit über einer Stunde. Man hatte darauf hingewiesen, dass er eine Geisel bei sich habe. Also bitte äußerste Vorsicht bei einem eventuellen Aufspüren! Keine Festnahme auf eigene Faust! Ein Spezialkommando sei anzufordern. Pastor Baltz hatte von einem großen, dunkelblauen Wagen gesprochen, in den Zietz und Burgdorf eingestiegen waren. Die Marke hatte er nicht benennen können. Man stellte sehr schnell fest, dass es sich bei dem Auto um einen BMW handeln musste, um einen Dienstwagen.

„Ich hätte die Fahndung viel früher anleiern müssen", war sich Harprecht sehr laut böse gewesen, „auch wenn ich möglicherweise wie ein Schwachkopf dagestanden hätte." Aber nein, das wollte er natürlich nicht, der Herr Erste Hauptkommissar, hatte er schweigend für sich hinzugefügt. Und nun konnte es zu spät sein. Er hatte auf die Landkarte Schleswig-Holsteins geschaut, die hinter Matthiessen an der Wand hing, auf die dänische Grenze, auf viele Fährhäfen, überall hingestreut, in Ost und West, von Norden nach Süden. Und unten lag Hamburg, das „Tor zur Welt", ein Riesenhafen, viele Bahnhöfe, ein Flugplatz. Die Karte war ihm entgegengekommen als ein sehr hoher und sehr breiter Ausweis seiner Unfähigkeit und polizeilicher Unmöglichkeit. Und die Insel Sylt hatte ihm dazu noch eine lange Nase gemacht. Die Kieler Förde hatte „Ätsch" gesagt, die Schlei breit gegrinst, von Schleswig bis zur Ostsee, und die Lübecker Bucht gegähnt. Harprecht hätte die Karte gerne zerrissen. Aber er wusste, sie bestand aus einem festen Plastikmaterial. So hatte er nur seinen eigenen Stolz zerknüllt.

Das Telefon schnarrte. Er griff hastig zum Hörer und schrammte dabei mit dem Arm über den Monitor des Computers. Der Schmerz tat ihm gut.

Bengt Kuhlmann meldete sich. „Wie geht es Frau Grünberg?", druckste er, weil er sich vor der Antwort fürchtete.

„Die Ärzte operieren sie noch." Die Worte des Chefermittlers klangen wie ein Schluckauf. „Sie hat einen Bauchschuss abbekommen. Mehrere Organe sind verletzt. Ihr Zustand ist kritisch."

„Lebensbedrohlich?", bangte der Kriminalmeister.

„Das wohl auch", zernagte die Sorge Harprechts Stimme, bis diese Stimme an mehreren Stellen zu reißen schien. Es lag kein Fluss mehr in ihr. Matthiessen schaute erschrocken auf.

Kuhlmann hätte am liebsten sein Handy ausgestellt. Er sagte: „Ich weiß überhaupt nicht, ob ich Ihnen jetzt damit kommen soll. Sie haben doch mit anderen Sachen den Kopf schon so voll. Es geht nämlich noch einmal um Gabriel Burgdorf."

„Erzählen Sie", forderte Harprecht den Kriminalmeister auf und seine vielfältigen Ängste neu heraus.

„Ich war bei der Großmutter von Burgdorf", begann Kuhlmann. „Die wohnt noch in ihrer alten Wohnung an der Steinstraße, ist 86 Jahre alt, jedoch geistig hellwach. Sie ist die Oma mütterlicherseits, so weit man bei Burgdorf von einer Mutter und einem Vater sprechen kann. Die beiden haben sich nämlich, als der Junge 11 Jahre alt war, scheiden lassen. Und jeder von ihnen hat sich geweigert, das Kind bei sich aufzunehmen. Das zur Glorie der Elternschaft." Kuhlmann schnaufte Verachtung. „So ist er also bei der Großmutter aufgewachsen. Und die hat den Jungen von vorne bis hinten verwöhnt. Sie wollte halt etwas davon gut machen, was die Tochter so schlecht gemacht hatte. Den Opa hat Gabriel gar nicht kennen gelernt. Der war schon seit Jahren tot. Als sich die Musikbegabung des Jungen zeigte, hat die alte Dame alles unternommen, um sie zu fördern. Sie hat sogar einen Professor aus Hamburg als Klavierlehrer engagiert. Das allein muss sie ein Vermögen gekostet haben. Aber für den Jungen war ihr nichts teuer genug. Der suhlte sich nur so in dem Bewusstsein, ein Wunderkind zu sein. Er musste nur Spitze in Musik sein, dann riefen alle Hosianna. Und er war Spitze", klang es nahezu bedauernd. „Die Oma hat mir nur zu gerne von ihrem Gabriel erzählt, obwohl sie wusste, dass ich Polizist bin. Sie hat richtig rote Wangen bekommen. Sie hat mir das Zimmer von Burgdorf gezeigt, nichts darin verändert seit seinem Auszug. Alles vom Feinsten. Und dann durfte ich sogar in den Keller runter, um in die `Erinnerungskiste´, wie sie das Ding nannte, zu gucken. Es ist eine Truhe, ich glaube aus Mahagoniholz, in der Burgdorf sein gesamtes Schrifttum aufbewahrt hat, eigene Kompositionen, Gedichte, Aufsätze, ein ziemlicher Papierhaufen. Darunter befand sich auch eine Art Tagebuch, in festes Leder eingebunden und verschlossen. Hören Sie noch zu, Herr Harprecht?"

Der wiederholte: „Verschlossen."

„Ja. Und ich habe es aufgebrochen. Ich war allein im Keller. Wer weiß, ob die alte Dame mir den Schlüssel gegeben hätte?"

„Wer weiß?", bestätigte der Hauptkommissar ein wenig grimmig. „Ich hoffe, in dem Tagebuch stand nichts, was für uns von irgendeiner Relevanz wäre. Dann könnten wir nämlich Schwierigkeiten damit haben, es als Beweisstück geltend zu machen."

„Wie relevant das noch für unseren Fall ist, kann ich jetzt nicht einschätzen", gab sich Kuhlmann aufgeregt. „Aber mich hat es doch ziemlich von den Beinen gehauen, als ich das gelesen habe, was der Wunderknabe am Tag nach Lauras Tod notiert hat. Warum, glauben Sie, ist das Mädchen so blindlings in das Auto gelaufen? Es war noch hell. Sie kam von einem Schulkonzert, in dem sie erfolgreich aufgetreten ist. Sie macht sich mit zwei Freundinnen auf den Heimweg. Die letzten rund 100 Meter muss sie alleine gehen, die Koesterallee hinunter an einem Mischwald entlang. Es ist vermutlich einige Minuten nach 22 Uhr. Noch sommerhell, wie gesagt. Auf der Straße fahren kaum Autos. Warum ist sie blindlings in den Volvo gelaufen? Die Strecke ist dort gerade und übersichtlich ..."

„Sie werden es mir sagen!", verlangte Harprecht kurzerhand. Er wollte jetzt absolut nicht diese Spielchen, mit denen Menschen ihre kleinen Triumphe dramatisieren.

„Ich lese Ihnen die Tagebucheintragung einfach einmal vor", beugte sich der Kriminalmeister hastig dem Verlangen seines Chefs. „Aber ich warne Sie. Das klingt alles ein bisschen merkwürdig für einen 17-jährigen, ich meine die Formulierungen und manche Ausdrücke. Also: *Aus dem Wald bin ich getreten, um Polyhymnia mit mir zu beschenken. Sie setzt an, vor mir zu fliehen. Vor mir flieht man nicht. Ich hole sie ein und nehme sie mit mir unter das Dach eines großen Baumes, unter das leuchtende Himmeldach, das sich für mich spannt. P. will nicht das Geschenk, das ich für sie sein kann. Sie ist nicht bereit dazu, mir ihre kleine Gegengabe, das Kränzchen auszuliefern. Sie kämpft darum. Doch sie ist verloren und muss gefunden werden. Sie ist blind und muss sehen können. Ich besiege sie mit meiner Kraft. Ich gebe mich ihr. Doch sie dankt es mir nicht. Sie springt auf. Sie läuft davon. Sie prallt gegen die Macht der Gegenwart. Hätte sie mich als ihre Gabe gewürdigt, dann hätte sie Zukunft gehabt. Polyhymnia ist nicht mehr.* Darunter steht in Großbuchstaben *A. G.* Es ist die letzte Eintragung im Tagebuch.

Und ich habe genau verstanden, dass dieser verdammte Burgdorf hier die Vergewaltigung von Laura beschreibt. Sie war davon derartig geschockt, dass sie genau vor den Volvo gelaufen ist. So ein Dreckskerl! Nur, was bedeutet dieser Name Polyhymnia, den er dem Mädchen gegeben hat?"

„Das ist der Name für eine der neun Musen der alten Griechen. Polyhymnia bedeutet: die Liederreiche", klang Harprecht heiser, erschöpft und betroffen. „Das mit dem Verlieren, dem Finden, dem Blindsein und so hat der Burgdorf etwas frei aus dem Gospel `Amazing Grace´ zitiert. Vielleicht stehen die Großbuchstaben A und G auch dafür, für den Titel dieses Gospels. Aber ich könnte mir bei dem Größenwahn von Burgdorf ebenfalls vorstellen, dass er sich seines Vornamens als dem eines Erzengels sehr bewusst war. Und Erzengel heißt auf Englisch `Archangel´. Archangel Gabriel, A – G. Möglicherweise will er auch beides sagen, Titel des Liedes als seiner Hymne, in der er sich vermutlich als den Erlöser sieht, und das mit dem Erzengel. Ich spekuliere hier so wild vor mich hin. Vielleicht ist das alles auch nur Quatsch. Die Unterschrift bedeutet ohnehin nicht viel, nur eventuell, dass der Kerl schon mit 17 nicht mehr ganz von dieser Welt war. Das entschuldigt aber keineswegs eine Vergewaltigung. Es entschuldigt auch nicht sein 15 Jahre dauerndes Schweigen darüber, dass der Tod von Laura kein Mord, sondern ein Unfall war. Es kann sein, er wollte sich als Vergewaltiger schützen. Es kann aber ebenfalls sein, dass er sich erhaben über unser Rechtssystem fühlt. Aber was soll´s?"

Harprecht seufzte ein mächtiges Fragezeichen. Es krümmte sich hinter seiner Hilflosigkeit und hinter seinem Zorn, der keine Genugtuung finden würde. Die arme Laura war in Panik von ihrer Vergewaltigung weg hin zu ihrem Tod gelaufen. Der Schrecken kotzte schwarze Galle. Anderes hatte er nicht mehr zu bieten.

„Wir werden dem Burgdorf rechtlich kaum etwas anhaben können", bedauerte er in das Telefon. „Aber schreiben Sie bitte einen Bericht über alles. Ich werde ein Protokoll über mein Gespräch mit dem Musiker anfertigen. Die beiden Sachen kommen erst zum Staatsanwalt und dann vermutlich als Fußnoten in unsere Akten. Aber wir werden eine Kopie an die Heiligengeist-Gemeinde zum dortigen Kirchenvorstand schicken. Die Leute müssen sich ein Bild von ihrem Organisten machen können, über seine bombastischen Tonkunststücke hinaus. Wie sie dann weiter verfahren, ist ihre Sache. Und, Herr Kuhlmann, Sie haben gut gearbeitet, trotz des Aufbruchs oder Rechtsbruchs. Es ist schon schlimm ..."

„Danke, Herr Harprecht", klang es leise zurück. Dann noch leiser: „Ja, es ist schlimm." Es hörte sich an, als fielen gerade viele erste Blätter des Herbstes zu Boden. Der Winter probte Frost.

Harprecht berichtete Matthiessen vom Inhalt des Gespräches. Der rieb sich mit beiden Händen die Augen, legte dann sein Gesicht in diese Hände und sagte unterdrückt: „Nun musste dieses Kind noch so schrecklich viel mehr durchmachen, als bloß zu sterben. Und das war doch schon schrecklich genug."

Harprecht wählte die Nummer der Universitätskliniken. Sie operierten Silvia Grünberg nun schon länger als drei Stunden.

„Sie lebt", hörte er eine freundliche Stimme. „Mehr kann ich Ihnen nicht sagen. Sie lebt noch."

Volker Kowalski telefonierte aus Hamburg: „Wie geht es der Kommissarin?"

„Sie lebt noch", sagte Harprecht. „Aber keiner kann mir sagen, wie lange sie über dieses `noch´ hinaus leben wird oder ob überhaupt."

„Oh mein Gott!", hörte er Karin Goellner im Hintergrund klagen.

„Lassen Sie Guntram Kamen laufen", zog sich Harprecht wieder den Soko-Chef an. Dieser Anzug sah zur Zeit nach der Größe XXL aus. Vorher war es L gewesen. „Dem Mann können wir nichts vorwerfen, ihn nur bemitleiden. Es war in vieler Hinsicht kein leichtes Los, Laura lieben zu müssen. Aber es war wohl auch oft schön", hoffte der Hauptkommissar.

„Kamen sitzt bereits wieder in seinem FORUM-Büro", meldete Kowalski. „Er hat sich von uns freundlich verabschiedet. Der hat uns nichts übel genommen. Kein Wort davon, dass wir von seinem Anwalt oder seiner Zeitung hören werden. Er hat uns sogar die Hand gegeben und gesagt: `Schade, dass Sie mich mit Laura nie zusammen gesehen haben. Sie hätten das nur zwei Minuten tun müssen und mich dann nie hierher gebracht.′ Es freut mich, dass er kein Mörder ist. Meine Instinkte hätten mich sonst gewaltig im Stich gelassen. Hoffentlich schafft es Frau Grünberg."

„Lassen Sie sich Zeit bei der Rückfahrt", sagte Harprecht. „Hier ist sowieso nur Warten angesagt."

Zietz raste in dem dunkelblauen BMW über die Autobahn in Richtung Süden. Auf dem Dach zuckte das Blaulicht. Das Martinshorn schrie seine Warnungen. Er hörte sie gerne, diese Aufschreie der Macht. Er genoss es, wenn die anderen Wagen ehrfürchtig eine Gasse für ihn bildeten. Das war beinahe so, als nähme er als Potentat eine Parade ab. Es fühlte sich gut an, wie sich die Dienstwaffe gegen seine rechte Hüfte drückte. Er betrachtete die Sig-Sauer nahezu als einen Teil seines Körpers. Nein, nicht wie in diesem Psycholgen-Quatsch als Ersatzpenis, sondern als einen gefährlichen Muskel mehr, als ein zusätzliches Quantum von Gehirnzellen, die ihm das Wie des Überlebens signalisierten. Und er betrachtete sie auch als Schmuck seines Leibes. Sie sah einfach gut auf seinem harten Bauch aus, wie sie im Gürtel seiner hautengen Jeans steckte. Das dunkle Rot der offenen Nappalederjacke kontrastierte aufreizend zu dem matten Schwarz der Waffe. Das Spiegelglas warf ihn jedes Mal voller Wohlgefallen als kraftstrotzendes Kriegermonument zurück.

Neben ihm hockte Burgdorf, die Arme mit Handschellen am Haltegriff rechts oben von ihm befestigt.

Zietz schickte ihm einen kurzen, hohntriefenden Blick zu. Was für eine jämmerliche Witzfigur, dachte er. Der lebte doch in einer Welt, die erst erfunden gehörte. Als er sich ihn gegriffen hatte, war der nahezu aus seinen schwarzen Klamotten gefallen und hatte etwas von einem Paradies gefaselt, das ihn als Künstler bewahren würde. So ein wirres Zeugs eben. Nie würde er darum ein Mörder sein können, als den ihn der Polizist wohl betrachte. Er hatte dabei geguckt, als wäre er etwas Besseres als jeder andere auf der Welt und viel zu schade für sie. Harprecht guckte manchmal auch so, dieser großkotzige Herr Allwissend. Wenn er nur an dessen Rede bei der Pressekonferenz dachte! Er hatte viele Zitate aus ihr in der Zeitung gelesen. Was für ein hirnrissiger Blödsinn! Doch er hatte sich auch erschrocken, weil er an das Bild von sich denken musste, das er manchmal nach schwach machenden Grübeleien in der Nacht sah. Zietz hatte dem Musiker einen Schlag in die Nieren versetzt, als der dicke Pastor abgelenkt war. Er hatte die Handschellen ganz eng eingestellt.

„Sie dürfen mir das Blut nicht abschnüren", hatte Burgdorf daraufhin nahezu befohlen. „Meine Hände sind die Werkzeuge meiner Seele."

Was für ein Spinner!

Unter ihm sangen die Autoreifen. Sie taten es wie die Rockgruppe „Status Quo", hart, unerbittlich zuschlagend, einen dazu zwingend, den knallenden Rhythmus mitzuschlagen, zu schlagen. Schlagen war schön. Es reinigte einen von dem Ballast der Gedanken, dass man schwach sein könnte. Eine neue Welt war immer nur mit Gewalt zu schaffen. Anders würde das Geschaffene nur lächerlich wie ein Marionettentheater wirken. Und man selber würde an Fäden hängen.

Er hing nur an denen von Silvie. Und das war kein Theater. Das war Kampf. Die Schlacht um Erlösung, jede Invasion in ihren Körper eine neue. Dann der Sieg. Er konnte dauern. Doch nie lange genug. Dann zog wieder der Faden schmerzhaft an ihm, und er musste neu in sie einfallen. Silvie mochte seine Gewalt. Sie wollte hart rangenommen werden. Kein langes Gesabber von Küssen vorher, nicht dieses flatterhafte Gefummel mit den Händen. Ein Fauchen. Alles drängte entsetzlich. Der Einbruch. Das gewaltsame Ausräumen. Der Invasor nahm keine Rücksicht. Er krachte in das herrliche Haus ihres Leibes und weidete es aus, verbrannte ihn, sich. Der Himmel schlug auf seinen Rücken. Die gefallenen Engel, die in diesen Himmel zurückgekehrt waren, machten das. Betäubung, Befreiung. Der Rausch glich einem Koma. Er war einfach nicht mehr da. Sie auch nicht. Dann aber holte ihn das Leben eines Süchtigen zurück in einen grauenhaften Katzenjammer. Er war klein. Die Entzugserscheinungen setzten bald ein. Sein Magen wälzte sich in ihm als stacheliger Kugelkaktus, hart gebrannt in den Wüsten. Die Augen hielten keine Richtung. Der Verstand quäkte wie ein hungriger Säugling. Er gellte schließlich, der Hunger. Er wurde furchtbar schnell wieder erwachsen. Dann erneut der Urzeitdrache, der im Kampf mit einem anderen die Welt schuf. Anders ging das nicht. Silvie, ich brauche dich! Hilf mir! Gib mir deine Kelche voll von diesem herrlichen Gift, gemischt aus allen Drogen, die auf dieser Erde von Menschen missbraucht werden können, von Flüchtigen und Süchtigen. Wer will schon allein sich. Da muss es mehr geben. Da gibt es mehr. Silvie ...

In seinen Lenden pochte es. Sie hatte ihm von Laura erzählt und von Mördern, die bestraft gehörten. Er hatte es zunächst gar nicht richtig verstanden. Dann doch, und zwar sehr genau. Die Soko war hinter denselben Leuten her. Man wollte Recht schaffen. Silvie wollte Gerechtigkeit, dieses höhere Recht, nicht als Soko-Beamtin, sondern als Gesetzlose. Aber eine Gesetzlose ist doch nicht gleichzeitig auch eine Rechtlose. Er wusste, was sie von ihm wollte. Bezahlung. Er besaß die nötige Währung der Gewalt. Er würde sie für seine Sucht in Umlauf bringen müssen. Zum Teufel, es ging eben nicht anders. Und dann war alles auch noch so einfach, beinahe enttäuschend gewesen. Lämmer umzubringen war für einen Panther nahezu würdelos. Aber Silvie hatte es ihm gedankt und ihm wild in die Brustmuskulatur gebissen. Seine Arme ließen Rippen knacken. Sie hatten sich aneinander wund gerieben und es als Wunder empfunden, weil die Explosion danach voller Schmerzen war und darum besonders nachhaltig befreite. Die Schmerzen in der Wollust ließen den Himmel durch sie hindurchkrachen. Sie waren von Himmelssplittern übersät. Die Hölle musste warten. Sie tat es nur nicht lange. Aber Silvie bot die Kelche frisch gefüllt an. Sie hatte noch Hass zu dem Gift dazugetan.

Hass war ein besonderes Aphrodisiakum. Jetzt war er endgültig krank. Er wusste es. Der Polizist wollte nur noch nackt sein.

Er trat das Gaspedal noch ein wenig mehr durch. 190 Stundenkilometer, „Status Quo" rockte Irrsinn. Die Sonne schmetterte Glut gegen die Scheiben. Insekten zerschellten. Die Welt verlor sich rasend schnell in den Hintergrund. Steine krachten gegen das Chassis. Die Fahrbahnmarkierungen schossen unter dem Wagen hindurch.

„Und wie gedenken Sie das alles hier zu einem vernünftigen Ende zu bringen?", fragte der Organist neben ihm, immer noch diese grässliche Überheblichkeit in der Stimme. Zietz schlug ihm einmal in den Magen. Der BMW schleuderte kurz auf die rechte Fahrbahn hinüber. Die Bremsen eines Citroen-Fahrers schrieen. Der Organist schnaufte bei dem Hieb, doch er stöhnte nicht. Er hob die Knie an, wölbte den Rücken, soweit es die gefesselten Arme zuließen, und floh in eine „Partita" von Herrmann Schroeder, „Veni creator spiritus". Seine Gedanken, seine Gefühle, die Seele umgaben sich völlig mit Musik. Er hatte einen Panzer. Darum mochte der andere ruhig auf ihn einschlagen. Der Panzer würde nachgeben, aber nicht reißen.

Silvia Grünberg wurde seit über vier Stunden operiert. Matthiessen hatte es mittlerweile übernommen, die Klinik anzurufen, nachdem die Schwester beim dritten Telefonat Harprechts einfach aufgelegt hatte, als sie seine Stimme erkannte. Es gab nichts Neues. Die Kommissarin lebte noch.

Kuhlmann und Kowalski fragten von unterwegs an. „Nichts", sagte Matthiessen, „nichts."

Der Oberrat steckte ein besorgtes Gesicht durch den Türspalt: „Eine Kommissarin in einen Mordfall verwickelt, wohlmöglich als Anstifterin, ein Hauptmeister als mutmaßlicher Täter flüchtig, dazu noch als Geiselnehmer ... Wo sind wir denn hier?"

„Bei Menschen, die vielleicht zu viele Gefühle haben", sagte Matthiessen. „Gewiss sind sie nicht immer gut. Aber es sind Gefühle. Und ich habe Angst."

„Ich auch", murmelte Harprecht.

„Schon gut, meine Herren", zog sich der Oberrat zurück. Er versuchte es mit Würde: „Möge Frau Grünberg bald wieder gesund unter uns weilen." Die Würde bröckelte. „Nein, natürlich nicht unter uns, unter uns Polizeibeamten, meine ich, sondern ... Irgendwo eben." Er schlug die Tür zu.

„Irgendwo eben", wiederholte Harprecht. Er schlug mit der Faust auf die Pfeife vor sich. Die krachte nur gegen das Strafgesetzbuch und verlor etwas Tabak. Bruyèreholz war hart, besonders dann, wenn es gut abgelagert war. Und das war es bei den teuren Pfeifen. Harprechts Pfeifen waren teuer. Er rieb sich den Handballen und dachte daran, wie Silvia Grünbergs schöner Körper gerade zerschnitten wurde. Würde sie ihn noch für Lockungen gebrauchen können, wenn sie überlebte?

„Der Chef ist eben durcheinander", sagte Matthiessen und ließ viel Wundsalbe in diese Worte tropfen. „Wir sind es doch auch. Und mit der Lagebeurteilung hat er schließlich Recht. Er hat sie nur zu präzise gebracht. Wir brauchen jetzt die Schönfärbereien. Sonst halten wir das hier nicht aus."

„Aber er hätte nicht `irgendwo eben´ sagen dürfen", wand sich der Erste Hauptkommissar unter seinem Zorn hervor. „Lüg mir etwas Schönes vor!", bat er seinen Freund.

Dann erfuhren sie von der Zentrale, dass der blaue BMW vielleicht in der Nähe von Leck in Nordfriesland gesichtet worden sei.

„Will er nach Dänemark?", fragte Kuhlmann, der gerade das Büro betrat.

„Nein, nach Sylt", sagte Matthiessen. „FKK an Buhne 16. Zietz hat einen tollen Körper."

„Das war schön genug gelogen", lächelte Harprecht mit seinem Mund. Die Augen lagen in jenem Nebel, in dem man die Hand nicht sieht, auch wenn man sie sich ganz nah vor das Gesicht hält. Es war der Hilflos-Nebel. Alle Polizisten hassten ihn. Sie schauten darin so wenig nach Gesetzeshütern aus, eher wie Schafhirten in der Lüneburger Heide bei dichtem Regen. Und die Hunde streikten.

Der Stau zog sich kilometerlang hin. Zietz ließ das Martinshorn schreien und schreien. Das Blaulicht fetzte über die dicht zusammengedrängten Autoleiber. Eine schmale Gasse tat sich zwischen ihnen für den BMW auf. Aber er kam nur langsam vorwärts. Zietz brüllte Flüche, trommelte auf das Lenkrad, stammelte verzweifelt, als sie beinahe zum Stehen kamen. Der Organist lachte laut. Der ehemalige Beamte, zum bloßen Kerl entkleidet, schlug ihm mit dem rechten Handrücken über den Mund. Burgdorfs Kopf prallte gegen die Nackenstütze und wurde von ihr wieder zurückgeworfen. Aus dem Mund sickerte Blut. Der Organist ließ mit dem Blut erste Töne einer Bachschen Fuge perlen. Der Kerl schlug noch einmal zu. Burgdorf sang nach innen seine kranke Seele an. Vielleicht würde Bach sie heil machen. Er glaubte es nicht. Er hatte es schon zu oft versucht. Er spuckte Blut gegen die Scheibe neben sich. Der Mann in einem Polo, der das sah, erschrak furchtbar.

Zietz ließ das linke Seitenfenster vollständig herunterfahren, wedelte mit seinem Dienstausweis. Es nützte nichts. Es blieb bei der Schleichfahrt. Er zog die Waffe aus dem Gürtel, hielt sie nach draußen und schoss in die Luft. Die Gasse wurde urplötzlich weiter. Der im Polo nahm sein Mobiltelefon vom Nebensitz und sprach mit der Polizei.

Vielleicht 15 Minuten später kreiste ein Hubschrauber über dem Stau. Die Beamten entdeckten aus ihrer Höhe den dunklen Wagen mit dem zuckenden Blaulicht auf dem Dach. Sie behielten ihn in ihren Augen. Einer der Beamten benutzte einen Feldstecher. Der andere sprach in ein Mikrophon, das an seinem Helm befestigt war.

Zietz raste jetzt nach Hamburg, durch Garstedt, Schnelsen dem Flughafen Fuhlsbüttel entgegen. Fahrzeuge wichen ihm, dem Martinshorn, dem Blaulicht, der Macht wieder ehrerbietig aus. So ist es richtig, keuchten seine Gedanken. Macht, Gewalt, Invasion, Einbruch, die stürzenden Himmelssplitter ... Der Tod ist nur für die anderen. Unsterblichkeit stand ihm zu. Und wenn seine Unsterblichkeit starb? Na und! Er würde wie ein Unsterblicher gelebt haben. Silvie würde auf ihn warten. Silvie würde ihn gleich vor dem Iberia-

Flugschalter umarmen, dankbar, voller Sehnsucht, erregt, das Geld, viel Geld ihres Alten in der großen Umhängetasche, die er ihr einmal geschenkt hatte, aus Alligatorenhaut. Er raste aus einer Seitenstraße auf den Terminal zu. Die Reifen radierten über den Asphalt. Er fuhr ein Stück weiter, parkte den Wagen weit entfernt von den Eingängen. Burgdorf musste ja nicht gleich gefunden werden.

Zu etwa der gleichen Zeit sprangen 16 MEK-Beamte in ihre Einsatzwagen. Die Zentrale alarmierte die Beamten auf dem Flughafen. Die versuchten, möglichst schnell möglichst viele Leute an den Eingängen zu postieren. Doch man durfte nicht rennen. Niemand wollte eine Panik. Und niemand wollte den Tatverdächtigen warnen.

Zur gleichen Zeit erhielt Harprecht die Nachricht, dass Silvia Grünbergs Zustand sich bedenklich verschlechtert habe. Ein Arzt sprach mit ihm. „Hat sie denn keine Angehörigen?"

„Doch, einen Vater", antwortete der Hauptkommissar. „Aber ich weiß nicht, wo er steckt."

„Finden Sie es bitte schnell heraus", bat ihn der Arzt.

Der Ermittler jagte Beamte von der Spurensicherung in das Büro und in die Villa Harloffs. Die Anweisungen lauteten – Harprecht schrie sie: „Ich will wissen, wo der Anwalt derzeit steckt! Sucht die Anschrift! Und schnell. Schnell bitte! Im Büro muss es eine Adresse der Sekretärin geben. Der Mann muss doch eine haben. Fragt die! Sekretärinnen wissen immer alles. Silvia Grünberg stirbt", fügte er ganz leise hinzu. Doch das hörten die Beamten nicht mehr. Nur Matthiessen hörte es. Er kam um seinen Schreibtisch herum und stellte sich unbeholfen neben den Freund. Er stand. Doch seine Arme bewegten sich, als marschierte er. Harprecht knuffte ihm in die Seite. „Malte", fragte er, „warum verirrt sich ein Mensch so sehr, dass ihn sogar der Tod völlig überrascht viel zu früh findet?"

„Weil er lebt", sagte Matthiessen. „Und der Tod ist nie überrascht und zu früh. Das sehen wir nur so."

Dann schlug das Telefon wieder an: „Zietz ist in Fuhlsbüttel", sagte triumphierend eine Stimme.

„Habt ihr ihn?“, fragte Matthiessen.

„Nein, noch nicht. Aber bald“, verkündete die Stimme immer noch Sieg.

„Warum rufst du dann jetzt an und nicht bald?“, knurrte der alte Hauptkommissar.

„Sie sind kein richtiger Mensch, denke ich einmal“, sagte Burgdorf. Sein Gesicht war kreidebleich. Die schwarzen Augen glühten. Der Mund war von Blut unregelmäßig umrandet. Er sah wie eine völlige Fehlbesetzung von Mephisto aus, der aber trotzdem spielen durfte, weil er glaubwürdig behauptet hatte, einige Höllen zu kennen, manche ganz in der Nähe. „Sie, Herr, Herr Verbrecher, hat nur ein großer Spinner im Himmel kurzfristig an die Welt ausgeliehen, weil ihm die zu ordentlich war.“ Er lachte. Man hörte es nicht, weil immer noch das Martinshorn gellte. Zietz rammte ihm die Faust in den Mund. Dann stellte er das Martinshorn ab. Er hatte eine Erektion. Burgdorf schluckte erbärmlich schwer an dem Schmerz, den beiden ausgeschlagenen Vorderzähnen und dem Blut. Doch er kehrte sich vollständig zur Musik von Karl Höller hin und zu seinen Choralvariationen über „O wie selig seid ihr doch, ihr Frommen“. Dass seine Hände in den Handschellen mittlerweile völlig abgestorben waren, spürte er nicht. Die Hände hatten die Verbindung zur Seele verloren. Sie konnten ihr zur Zeit nicht als Werkzeuge dienen. Der ganze Burgdorf konnte es plötzlich nicht mehr. Die Seele hatte dem Körper „Adieu, Gott befohlen“ gesagt. Doch Gott konnte mit Körpern allein wenig anfangen, auch nicht mit einer Seele allein. Er wünschte sich das vollständige Sein eines Menschen. Burgdorf war nicht länger vollständig. Er war sehr einsam mit seiner Musik als bloßem Klang. Der Körper schmerzte entsetzlich. Die Seele hielt sich von ihm fern und machte sich zu einer neuen Schändung Lauras auf. Sie mochte das, die Seele. Sie pfiff einen Gassenhauer auf ihrem Weg. Dann merkte sie, dass ihr der Körper fehlte. Ohne ihn konnte sie nicht schänden. Sie floh auf viele weiße Himmel zu, die auf der Erde wie Verbandsmaterial lagen. Burgdorf wollte gern der Seele folgen. Das andere tat so weh. Er lächelte siebzehnjährig, doch ohne die Hoffnung eines Siebzehnjährigen, überhaupt ohne Hoffnung. Ich bin ein Geschenk, plapperte die Seele. Aber sie brauchte wieder einen Körper, um als Geschenk funktionieren zu können. Den hatte sie nicht mehr. Darum glaubte ihr der Verstand kein Wort. Als die Seele sagte, ich bin der Erzengel Gabriel, ich bin Amazing Grace, die erstaunliche Gnade, das glaubte der Verstand und lachte sich halb tot.

Zwei MEK-Beamte näherten sich dem Wagen. Zwei andere sicherten. Alle vier warteten. Sie sahen einen zuckenden Menschen, der lachte. Sie stürmten auf das Fahrzeug zu, rissen alle Türen gleichzeitig auf. Vier Gewehrläufe bewegten sich schnell über alle Gegebenheiten im Auto hinweg. Dann meldete einer über das Mikrophon dicht vor seinem Mund: „Sauber!" Ein anderer schloss die Handschellen auf. Burgdorf lachte immer noch. „Der hat einen ganz schönen Knacks abbekommen", sagte einer der Beamten unter seinem Visier. „Der Rettungswagen ist gleich da", versuchte er zu trösten.

„Und Laura?", fragte der Organist und bekam keine Luft, weil das Lachen und die Frage zugleich waren.

„Achtung! Zweite Verdächtige!", brüllten die vier Beamten fast gleichzeitig und stoben auseinander. Gabriel war wieder allein.

Zietz beobachtete von außen die Halle. Er ließ sich zunächst Zeit dabei. Silvia Grünberg würde sicher auf ihn so lange warten, wie er wollte. Aber er konnte es kaum mehr ertragen, auf sie zu warten. Die Gier brannte Löcher in seinen Verstand. Sein Unterleib drängte. Die Gehirnhälften schrumpften zu Hodensäcken, nur Samen als Botenstoff, die Rute der Ausgangspunkt aller Nervenstränge. Da ließ er sich die Zeit nicht mehr. Alles schien normal zu sein. Nicht mehr Beamte als sonst, fand er. Er war nicht oft auf Flughäfen, zuletzt vor fünf Jahren, als er mit seiner geschiedenen Frau, dieser ausgetrockneten Schaufensterpuppe aus zwanzig Boutiquen, fand er, sie sahen alle gleich aus, auf die Malediven geflogen war. Der Urlaub damals war, erinnerte er sich, wie ihre Ehe gewesen, fad, langweilig, eine Fassade aus bunten Ansichtskarten, dahinter Sprachlosigkeit, öde Missionarsstellungen, er dachte dabei an den nächsten Drink, woran sie dachte, war ihm egal. Sie stieß ihn zurück, wenn er mit seinem Körper schlagen wollte, mochte es nicht, wollte ihre Schönheit von seinen Händen gelobt haben, redete, gurrte, er wollte knurren, beißen, die Sonne über allem wie das Kunstlicht in einem Solarium, kein Schweiß, Blut erst recht nicht, die Liebe nicht mehr als ein unpersönlich eingerichteter Hotelbungalow, kostspielig, jedoch nicht wertvoll, stets gut gelüftet, die Luft schmeckte nie nach dem anderen, weißer Sand, Puderzucker, das Meer ohne jede Drohung, die Monotonie tötete, als man sich gerade wieder einmal nicht zuhörte, die Palmen winkten nur Abschiede von etwas, das nie richtig angefangen hatte, die Lust ein weiches Croissant, das auseinander bröckelte, wenn man es zu hart anfasste, der Himmel brach nie herab und knallte auf ihre Leiber, er war nur lauwarme Soße. Vergiss es!

Er trat vor die Tür. Sie öffnete sich automatisch. Sie tat es sehr schnell. Zietz fühlte sich von ihrer Schnelligkeit überrascht. Er machte einen Satz nach vorne.

„Ich hab ihn", sagte ein Beamter in sein Funksprechgerät.

„Ich auch", meldete eine zweite Stimme.

„Ziel anvisiert", knarrte eine Dritte.

„Ist er allein?"

„Moment. Warten wir. Warten wir. Ja, er ist allein."

„Lasst ihn nicht in die Mitte der Halle. Da sind zu viele Leute."

Zietz schlich als Panther in den Riesenraum. Seine Instinkte waren hellwach. Er konnte den Iberia-Schalter nicht sehen. Es roch nicht so, wie es riechen sollte. Es fühlte sich auch nicht an, wie es sich anfühlen sollte. Silvia war nicht in der Nähe, wusste er plötzlich ganz genau. Seine Erektion fiel in sich zusammen. Da wusste er es noch genauer. Ein Kribbeln lief von seinem Nacken den ganzen Rücken hinab. Er spürte seine Dienstwaffe. Verdammt, unter dem kurzen Blouson konnte sie jeder sehen. Warum hatte er nicht seine Nappalederjacke an. Silvia hatte sie zur Reinigung bringen wollen. Aber es war doch nur Schmutz von ihr dran gewesen. Das war doch kein echter Schmutz. Den trug er doch gerne bei sich. Die Waffe. Er musste sie loswerden. Er würde mit ihr ohnehin nicht fliegen können. Nach Brasilien war es ein langer Flug. Silvia würde beim Karneval nackt im Hotelzimmer für ihn tanzen, um die Sucht anzuheizen und die Kelche wirklich ganz zu füllen. Süchtige konnten nicht lange warten. Aber das würde sie ihm auch nicht zumuten. Sie brauchte nie lange, um das gute Gift in sich hineinzutun, das gute, gute Gift ...

Er schob sich vorsichtig zu einem Papierkorb hin, griff nach der Sig-Sauer. Drei Personen warfen sich gleichzeitig auf ihn. Sie schrieen laut immer dasselbe: „ Polizei! Hände von der Waffe! Sofort!" Dann schlug er auf dem Boden auf. Es war ein dreckiger Boden. Es stank auch nach Urin. Oder war er das? Er sah auf blank geputzte Stiefel, die auf seinen Armen standen.

Saubere Polizisten stoßen mich in den Dreck, dachte er und wunderte sich.

EPILOG

Sechs Tage später sagte der Anwalt Kurt Harloff: „Sie sieht so schrecklich winzig aus."

Er – ein mittelgroßer, schlanker Mann, äußerst korrekt in einen dreiteiligen beigefarbenen Sommeranzug gekleidet, vor einem blütenweißen Hemd eine akkurat gebundene, dunkelblaue Seidenkrawatte, das silbergraue Haar über der hohen Stirn straff zurückgebürstet, als bräuchte er jede Gediegenheit, um sich nicht aus dem Rahmen zu lösen – stand vor einer Glasscheibe und starrte erschrocken auf seine Tochter. Die lag in einem hohen Klinikbett auf der Intensivstation der Chirurgischen Universitätsklinik in Kiel. In ihren Körper, bedeckt bis hin zum Kopf von einer grünen Decke, führten mehrere Schläuche. Eine Maschine pumpte für sie Atemluft. Auf Monitoren blinkten Zahlen, Kurven und Zacken dem Betrachter zu, in welchem Maße sie noch lebte. Man sah nicht ihr Gesicht, nur zerwühlte blonde Haare.

„Sie wird es gewiss schaffen, hat mir der Arzt vorhin erzählt." Harprecht flüsterte es. Er fühlte sich von dem Raum eingeschüchtert, in dem das Leben einer Frau maschinell gesteuert wurde. Auch er war erschrocken. Dieses Bündel Mensch dort hinter der Glasscheibe, etwa vier Meter von ihm entfernt, kam ihm völlig fremd vor.

„Warum hat sie das getan?" Der Anwalt, jetzt einzig Vater, legte beide Hände flach gegen das Glas vor sich. Sie rutschten ab und hinterließen Flecken.

„Sie hat Laura geliebt. Sie hat geglaubt, sie damals nicht beschützt zu haben", stocherte Harprecht mit seinen Worten in einem für ihn sehr kalten Nebel herum. „Jetzt hat sie möglicherweise ihren Schutz sozusagen nachreichen wollen. Sie wollte sich vielleicht von ihren Schuldgefühlen befreien." Der Kommissar ermittelte an einem Ort, an dem er nie wohnen wollte. „Die Liebe ist ihr vermutlich zuletzt über den Kopf gewachsen. Sie war nicht länger ihre Herrin. Und dann kann die Liebe eben furchtbar ausrutschen." Der Fahnder flüsterte immer noch. Vielleicht war es nicht nur der Raum, der ihn einschüchterte, sondern auch das, was ihm durch den Kopf ging: Sie hat sich vor mir in ihrer Hilf- und Schutzlosigkeit offenbart. Und ich habe es nicht begriffen. Ich hätte sie noch in ihrer Wohnung sofort festhalten müssen. Das sagte er dem Vater nicht. Stattdessen fügte er hinzu: „Ihre Tochter hat mir doch alles gestanden. Sie hätte es nicht tun müssen. Niemand hatte sie in Verdacht. Das wird später zählen."

„Wobei?", bangte Harloff.

„Bei dem Prozess", verletzte Harprecht den Mann neben sich. Mit Worten sollte man, verdammt noch einmal, viel vorsichtiger umgehen, dachte er bekümmert. Sonst werden sie unversehens zu Steinen in Schleudern.

„Ja, natürlich", wisperte der Vater. Er legte sich beide Arme vor die Brust. Er benötigte dringend Barrieren. „Sie hat ja zu drei Morden angestiftet. Das Protokoll, das mir Ihr Kriminaloberrat als dem Anwalt meiner Tochter zu lesen erlaubt hat, war hässlich." Harloff schüttelte schaudernd seinen Oberkörper. Die Haare, die Krawatte, die Ordnung, der Rahmen verrutschten.

„Darin standen nur die Aussagen von dem Zietz. Und der dreht das natürlich alles so hin, dass es sich möglichst vorteilhaft für ihn auswirkt. Er war nicht das verführte Opfer ihrer Tochter, nicht bloß deren verlängerter Arm, der alles ausgeführt hat, was ihm aufgetragen wurde. Er musste nicht zur Gewalt angestiftet werden." Harprecht verlor das Flüstern an seinen Zorn. „Die Gewalt wohnte schon immer in ihm, denke ich. Und das hier war eine gute Gelegenheit, sie einmal richtig freizulassen. Sonst hätte sie sich vielleicht gegen ihn gewandt." Der Kommissar merkte, dass er mit der rechten Faust gegen die Scheibe trommelte. Er schlug mit seinen Gefühlen auf seinen Verstand ein.

„Er war ihr hörig, behauptet er. Wie kann mein Kind einen Menschen derartig von sich abhängig machen?" Die Stimme des Vaters schwankte, weil sie nicht wusste, in welcher Tonlage sie Zweifel, Angst und Selbstvorwürfe ausdrücken sollte.

„Sie hat doch nicht bewusst einen ihr Hörigen erschaffen. Das ist einfach passiert. Wer weiß schon genau, wie ein Mensch süchtig wird? Ich würde nie von Schuld in diesem Zusammenhang sprechen."

Von den Wandkacheln strömte Kälte. Die Worte der beiden Besucher, die gegen sie fielen, wurden von ihnen hart zurückgestoßen. Der Sommer war weit weg im Fantasia-Land, wo die Spiele geschehen.

„Sie meinen, der Schnaps, das Kokain, das Heroin sind niemals schuld?" Harloff verspottete seinen Schmerz.

Der Kommissar schwieg. Er begann, das Gespräch ein wenig zu fürchten. Es glitt zu oft in Regionen, wo die Missverständnisse warteten, um sich dann als Unschuldsräuber auf die Menschen zu stürzen. Das schroffe, weiße Neonlicht, das auf die Männer fiel, wirkte wie Eisregen. Harprecht empfand es plötzlich als schrecklich, dass er das Gesicht Silvia Grünbergs nicht sehen konnte. Sie wirkte so entpersonalisiert, ja, beinahe entseelt. Die Seele eines Menschen hatte doch als Bild nach außen zuerst das Gesicht.

„Ich hätte ihr nie erlauben dürfen, Erzieherin zu werden", klagte der Vater plötzlich. Er sprach lauter als zuvor. „Ich hätte darauf bestehen sollen, dass sie gleich studiert. Aber sie wollte ja unbedingt zuerst mit Kindern arbeiten, bevor sie sich theoretisch mit Pädagogik beschäftigt. Wäre ich standhaft geblieben, dann wäre das alles nicht passiert."

Harprecht schwieg immer noch. Er musste nicht widersprechen. Der Anwalt wusste ohnehin von den Irrungen in seinen Worten. Er wollte sich doch bloß schuldig sprechen, um seine Tochter ein wenig zu entlasten. Die Zeit verging, einen Pulsschlag der Verwundeten nach dem anderen, die eine künstlich erzeugte Atmung möglich machte.

„Ich werde mich nicht dagegen wehren, Ihre Tochter weiter zu mögen", sagte Harprecht. Er sprach ähnlich den Menschen, die einen Glauben an etwas Unbegreifliches bekennen. Er drehte sich voll dem anwaltlichen Vater zu. In dessen Augen stieg die Feuchtigkeit einer dahintauenden Selbstbeherrschung. Er räusperte und hustete sein aufkommendes Weinen in den Körper zurück. Er hielt eine Zeit lang die rechte Hand vor seinen Mund. Dann ließ er sie fallen.

„Sie sind ein seltsamer Polizist", lächelte Harloff. Er tat es sehr mühevoll. Aber er wollte es jetzt tun. „Darf man in Ihrem Beruf überhaupt solche Gefühle gegenüber einer Schuldigen haben?"

„Man muss es sogar", antwortete der Hauptkommissar. „Jedenfalls dann, wenn es angebracht ist. Die Gerechtigkeit will es so."

Auf dem Flur ertönten laute, gebieterische Stimmen. Dann öffnete sich die Tür, und zwei Ärzte, begleitet von einer Schwester, betraten den Raum.

„Wir kriegen Ihre Tochter schon wieder hin", sagte der eine Arzt zu Harloff.

„Wir kriegen sie schon wieder hin", wiederholte der ganz leise. Harprecht hörte es dennoch. Er nickte kaum merklich mit dem Kopf. Er tat es wie ein kleiner Junge, der daran glaubt, die von ihm zerbrochene Scheibe würde schon wieder von selbst zusammenwachsen.

Etwa zur selben Zeit schritt Pastor Emmerich Baltz mit schwerem Herzen und ebenso schwerfüßig in Richtung eines anderen Kieler Krankenhauses, der Universitätsnervenklinik. Er lenkte seine Gehwerkzeuge sehr langsam durch den Sommervormittag. Einmal hatte er Angst vor dem Besuch in einer Psychiatrie – er hatte noch nie eine solche betreten –, zum anderen verfügte er über sehr viel Zeit. Die Arbeit in seiner Gemeinde war nahezu zum Erliegen gekommen. Manche sprachen hinter vorgehaltener Hand von einer Friedhofsruhe. Menschen, die heiraten oder ihre Kinder taufen lassen wollten, fuhren zumeist zu benachbarten Gotteshäusern. Man traute der Pauluskirche keine Fröhlichkeit mehr zu. Auch die Aura der Hoffnung, so schien es vielen, war von dem Sakralbau abgefallen. Nur die Beisetzung der Toten beließ man in der Heiligengeist-Gemeinde. Manche, die nicht von der Trauer unmittelbar betroffen waren, sagten hämisch, dass die Pastoren vom Tod ja sicherlich etwas verstünden, nachdem er in letzter Zeit so oft mörderisch in ihrer Nähe zugeschlagen habe. Gemeindekreise hatten sich erst einmal vertagt. Nur der Kirchenvorstand traf sich zu ebenso rastlosen wie ratlosen Zusammenkünften, wohl mehr aus eigentherapeutischen Gründen. Man wollte sich tätig fühlen. Schließlich war man ja zur Leitung der Gemeinde gewählt worden. Und man beschloss sogar einige Dinge, etwa die Anschaffung von neuem Geschirr für den Altenklub, auch dass man die Toiletten neu streichen und irgendwann im September einen Gedenkgottesdienst für die drei Verstorbenen, den Pastor, den Küster und das Vorstandsmitglied abhalten wollte. Manch einer hoffte, aus dem „Irgendwann" würde ein „Nirgendwann" werden, war man doch eher auf das Vergessen als das Gedenken aus. Die gewaltsamen Lebensvernichtungen in der jüngsten Vergangenheit erinnerten zu sehr an die Verletzlichkeit der eigenen dünnen Haut.

Eleonore Harprecht war nach der ersten Zusammenkunft den weiteren fern geblieben. Allerdings ging sie jeden Sonntag in den Gottesdienst, der vorläufig noch im Gemeindehaus abgehalten wurde, um die alten Damen, die das Gros der wenigen Besucher ausmachten, nicht durch den Anblick eines kirchlichen Mordschauplatzes zu erschrecken. Die Kommissarsfrau gehörte mit ihren 57 Jahren zu den Junioren unter den Andächtigen. Vom Kirchenamt war bislang keine Antwort auf die Frage nach der Notwendigkeit, die Kirche neu zu weihen, gekommen. Man schrieb mehr allgemein gehaltene Briefe in einem leicht predigthaften Stil, mahnend und tröstend, gebietend und allumarmend, und zitierte gerne aus den Psalmen des Alten Testaments, einmal auch aus der Apokalypse des Johannes, dass Gott alle Tränen abwischen und der Tod nicht mehr sein werde. Die Kirchenvorsteher, denen diese kirchenamtlichen Schriften von Pastor Baltz vorgelesen wurden, blieben zumeist unbewegt dabei. Nur als das mit den Tränen, die der Herr gewiss trocknen werde, kam, und dass dem Tod für immer ein Ende gesetzt werden solle, da gaben fast alle ihrem Glauben einen aufmunternden Schubs.

Der Propst, der Leiter des Kirchenkreises, hatte sich zu einem Besuch eingefunden, um sich vor Ort zu informieren. Er schüttelte alle ihm dargebotenen Hände mit seinen beiden, lächelte ein wenig schmerzlich Frieden, da der Frieden, wie jedes neue Leben, immer unter Schmerzen geboren wird, hörte immens lange zu, für einen Geistlichen nahezu unerträglich lange, und sprach überzeugt und überzeugend davon, dass Gott den Menschen zwar manchmal eine Last auflege, aber stets auch die ausreichende Kraft dazu liefere, sie auszuhalten. Darauf wollte man gemeinhin nur allzu gerne vertrauen.

Die Älteste im Kreis des Kirchenvorstandes, Almuth Troeltsch, 82 Jahre, schlug zum Abschluss des Propstbesuches das Singen des Liedes „Ein feste Burg ist unser Gott" vor. Und das tat man dann auch. Die dritte Strophe trugen dann allerdings die beiden Pastoren, Almuth Troeltsch und der Propst alleine vor, da keine Gesangbücher vorhanden waren. Das „Und wenn die Welt voll Teufel wär und wollt uns gar verschlingen, so fürchten wir uns nicht so sehr, es soll uns doch gelingen" klang darum nicht allzu protestantisch. Auf Vers 4 verzichtete man. Der kleine Scherz des Propstes, dass auch der beste Architekt das Bauen einer Burg, zumal einer festen, ebenfalls nicht so ohne weiteres auf die Schnelle zustande brächte, fand kaum eine Reaktion. Nur die beiden Pastoren ließen es in ihren Mundwinkeln ein wenig zucken. Der Propst hätte den Scherz als solchen ankündigen müssen, dann hätten vielleicht einige gelächelt. So etwas ging in der Kirche zumeist nur mit Ankündigung. Man erwartete von Geistlichen gemeinhin keine Scherze, wie man von einem Eisbrecherkapitän ja auch nicht erwartet, dass er mit seinem Schiff eine Kreuzfahrt in die Karibik unternimmt.

Pastor Baltz schob seinen müden Körper durch den Niemannsweg. Schöne Villen räkelten sich selbstzufrieden zu beiden Seiten in der Morgensonne. Dann grünte rechts das Düsternbrooker Gehölz. Der Geistliche las ein Hinweisschild, das ihn nach links auf eine kurze Serpentinenstraße verwies. Im Magen des Geistlichen kribbelte es, nicht weil er scharfe Kurven umschreiten musste, sondern weil er nicht wusste, in welchem Zustand er seinen Organisten Gabriel Burgdorf vorfinden würde. Die Nachrichten, die er gehört hatte, waren alarmierend gewesen. Oben auf dem Hügel angekommen, betrachtete er das alte Gebäude, daneben ein neueres, die nicht so recht zueinander passten. Vielleicht wäre ein harmonisches Ensemble bei einer Nervenklinik auch nicht angebracht, dachte der Geistliche etwas abwegig. Das machte seine Nervosität. Er fragte einen ausgesprochen gelassen aussehenden Pförtner, der in einem kleinen Glashaus am Eingang saß, nach der Psychiatriestation 2 und schritt dann leicht zusammengesunken, weil er das schwarz-glänzende Fischbeinkorsett seiner Amtswürde abgelegt hatte, in Richtung der ihm gezeigten Treppe. Menschen, vermutlich Patienten, kamen ihm entgegen, die miteinander redeten, dabei weder lallten noch stammelten, überhaupt nicht exaltiert wirkten, sogar lachten. Und kein Pfleger in weißen Hosen und T-Shirt, das sich über einer muskelbepackten Brust wölbte, eine Zwangsjacke über dem Arm, weit und breit. Alles sah freundlich aus, helle, warme Farben, viele Bilder, dunkles Holz, der Geruch eher wie in einer alten Bibliothek als in einer Klinik, keine Stahltüren, keine Gitter, kein Schlüsselgeklapper. Automaten für Zigaretten und Süßigkeiten, eine Telefonzelle, Ausstellungsvitrinen, in denen viel Selbstgebasteltes stand, durchaus gekonnt gebastelt, und eben Leute, die ebenso gut die Holtenauer Straße entlang flanieren könnten.

Im ersten Stock las der Pastor an einer großen Glastür, dass er vor der Psychatriestation 2 angekommen war. Die Tür ließ sich ohne weiteres aufstoßen. Er fragte eine junge Frau in der Küche, die eine buntkarierte Bluse über ihren weißen Jeans trug – nur das Namensschild „Schwester Gudrun" wies sie als eine Krankenbetreuerin aus –, nach dem Zimmer von Herrn Burgdorf. Als die Schwester ihn fragend anblickte, stellte er sich hastig vor, was im Gesicht der jungen Frau ein munteres Lächeln erzeugte: „Da wird sich der Herr Burgdorf aber freuen. Bitte nehmen Sie doch erst einmal dort hinten an dem Tisch Platz, ja, da, wo der Blumenstrauß steht. Ich werde Herrn Dr. Helmers holen, der sicherlich vorher gerne mit Ihnen reden möchte."

Pastor Baltz ging den langen Flur zum Fenster hin, passierte einen Küchenwagen, auf dem Saft- und Mineralwasserflaschen standen, dann eine Reihe von Türen mit Namenschildern daran – den Namen Burgdorf fand er nicht, hatte ihn wahrscheinlich übersehen, dachte er, weil es immer noch heftig in ihm kribbelte, auch hinter den Augen. Er sank auf einen der sechs Stühle, die halbkreisförmig um den Tisch standen, sah über den mächtigen und bunten Sommerstrauß darauf durch das große Fenster auf den hellblauen Himmel und hoffte das Beste, für sich, seinen Organisten und überhaupt. Die Welt jedenfalls zog noch den ihr vorgeschriebenen Kreis in der vorgeschriebenen Zeit um das Zentralgestirn, das gegenwärtig die Menschen in diesem Landstrich mit Wärme überflutete, auch die in der Nervenklinik.

Ein Arzt – Mitte 30, mit offenem Kittel, darunter ein dunkelrotes Oberhemd, keine Krawatte, die blonden Haare locker frisiert – stürmte auf den Geistlichen zu, schüttelte ihm die Hand, ließ sich auf einem Stuhl ihm gegenüber nieder, schlug die Beine übereinander, verströmte Gelassenheit, Kompetenz und Siegeswillen, sprach mit einer jungen Stimme, was ihn frisch erscheinen ließ, als verabscheue er jede Müdigkeit: „Herr Pastor, Sie wollen sicherlich wissen, was es mit dem seelischen Befinden Ihres Organisten auf sich hat. Er hat mich übrigens von der Schweigepflicht Ihnen gegenüber entbunden. Daran sehen Sie, Ihr Mitarbeiter erlebt während seiner psychischen Erkrankung durchaus Phasen, in denen er vernünftig denken kann." Der Therapeut beugte sich nach vorne und stellte Nähe her. „Nun, was ich nach der Kürze der Zeit sagen kann, ist dies: Herr Burgdorf leidet mit großer Wahrscheinlichkeit unter gewissen Wahnvorstellungen. Wissen Sie, er ist für sich davon überzeugt, allen anderen Menschen überlegen zu sein. Zum anderen fühlt er sich dazu berufen, mit seiner Person eine Mission erfüllen zu müssen. Das war nach einigen von ihm gemachten Äußerungen deutlich festzustellen." Der Arzt zog einen gelben Kugelschreiber aus seiner Kittelbrusttasche und schlug mit ihm durch die Luft munter den Takt zu seinen Worten. „Zudem nimmt er, glauben wir, zeitweilig Stimmen oder Signale wahr, die für uns nicht zu hören sind, sogenannte akustische Halluzinationen. Oft wirkt er desorientiert, haben wir beobachtet, und kann sich in unsere Welt nicht so recht einordnen. Auch neigt er hin und wieder zu plötzlichen Wutausbrüchen, denen dann ein Angstanfall folgen kann. Und, ja, er erscheint uns beinahe durchgehend als ungeheuer misstrauisch, was den Umgang mit ihm nicht gerade einfach macht." Dr. Helmers stocherte mit dem Kugelschreiber in seinem Haar und frisierte es unwillkürlich um. Seine Tolle sah jetzt beinahe aufmüpfig aus. „Wir Psychiater nennen diese Ansammlung von Symptomen, weil das Kind nun einmal einen Namen haben muss ...", er lächelte so etwas wie Entschuldigung, „... eine paranoide Schizophrenie. Das klingt fremd, ich weiß, ist es aber in Wirklichkeit gar nicht so sehr. Wir alle haben manchmal ein kleines Stück von dieser Krankheit ins uns. Und das wirkt dann gar nicht krankhaft. Es gehört einfach zu uns. Niemand regt sich darüber auf." Der Arzt legte den Kugelschreiber sanft auf den Tisch und lehnte sich noch ein Stück weiter nach vorne. Er wollte auf keinen Fall aus einem Abstand heraus reden. „Es handelt sich bei dieser schizophrenen Störung übrigens um die am häufigsten auftretende. Sie sehen, so besonders ist Herrn Burgdorfs Leiden gar nicht. Das gibt es millionenfach." Sein Lächeln bat nun um Hoffnung. „Gegen seine Erkrankung können wir etwas tun. Nur, das wird eine gewisse Zeit dauern. Wie lange Ihr Organist bei uns bleiben muss, kann ich Ihnen beim besten Willen noch nicht sagen. Und noch eins, wenn Sie ihn gleich sehen, erschrecken Sie bitte nicht. Wir haben ihn mit Medikamenten ruhig gestellt. Das ist einfach notwendig, damit der Patient Kraft für seine Behandlung sammeln kann und für sich und andere keine Gefahr ist. Doch bei seiner Ruhigstellung handelt es sich nur um eine Maßnahme für einen verhältnismäßig kurzen Zeitraum. Wir brauchen ihn völlig ansprechbar und zu klaren Reaktionen fähig. Hier wird keiner auf Dauer ruhig gespritzt. Das überlassen wir den Psychiatern in den Filmen und der schlecht informierten Presse." Das Lächeln wurde nun fast das eines Enkels, der seine gute, alte, manchmal etwas vergessliche und verwirrte Großmutter gerne besucht. Man konnte sich beinahe eine Zahnlücke vorstellen. Dem Arzt war offensichtlich um sein Ansehen und seine Autorität nicht bange. „So, und jetzt bringe ich Sie zu Ihrem Organisten. Wenn Sie nachher noch Fragen an mich haben sollten, mein Zimmer liegt gleich gegenüber der Küche. Okay?"

Er sprang von seinem Stuhl, wartete auf den Geistlichen, legte ihm eine Hand leicht auf die Schulter und fragte: „Ich hoffe, ich habe Sie mit meinem Psychiatergerede nicht allzu heftig beeindruckt? Ihr Mitarbeiter ist krank, sonst nichts."

Der Arzt klopfte an eine Tür. Als er keine Antwort hörte, öffnete er sie und schaute vorsichtig hinein. „Ach gut, Herr Burgdorf, Sie schlafen nicht. Hier ist Besuch für Sie." Er schob den Pastor in das Zimmer, schloss die Tür und ließ die beiden allein, den Pastor und seinen Organisten, dessen Seele die Balance verloren hatte. Der Absturz drohte. Der Aufschlag fand in einer eigenen Welt statt, in der Schmerzen nicht greifbar waren.

Gabriel Burgdorf saß auf dem Rand seines Bettes, vollständig angezogen, in das vertraute Schwarz gehüllt, rasiert, die langen Haare gekämmt, den Körper gestrafft, die Beine streng parallel gestellt, nicht länger auf eine Flucht oder eine schwelgerische Reise in das Reich der Klänge aus. In den Augen loderte kein Feuer mehr, kein Funken, matt, gelöscht. Die bleiche Gesichtshaut ähnelte altem Pergament, dünn, rissig, die Äderchen wie mittelalterliche Neumen.

„Herr Pastor", sagte er monoton, keine Melodie in der Stimme, noch nicht einmal das Echo irgendeines Schlussakkordes von einer Klagelitanei: „Ich werde jetzt nicht Orgel spielen können. Ich bin wohl bei Kain zu Gast." Seine Augen weiteten sich für einen kurzen Moment zu einem ungläubigen Staunen. Er hob die Hände von seinen Knien und bewegte langsam die Finger. Sie fanden keine Orgeltasten, sondern nur Luft. Er schob den Kopf in den Nacken. Der Atem fauchte nahezu aus seinem Mund.

Pastor Baltz setzte sich langsam auf einen Stuhl. Er fühlte sich nicht auf Besuch, eher wie bei einem Sterbeabendmahl, wo man sich auf vorgeschriebene Worte zurückzieht, weil das andere übermächtig ist und einem die eigenen Worte nahezu entzieht.

„Gott ist auch jetzt bei Ihnen", flüsterte er.

„Denken Sie?", fragte Burgdorf. Er keuchte es: „Ist jenseits von Eden für ihn nicht Ausland?" Er hustete gegen Hilflosigkeit an. Seine Hand, die er vor diesen Husten halten wollte, erreichte den Mund erst, als es schon lange vorbei war.

Sie schwiegen. Die Sonne malte Streifen auf den Boden. Es geschahen alltägliche Geräusche in diesem Haus. Baltz hatte Schreie befürchtet. Eine Bohnermaschine summte. Geschirr klapperte leise. Schritte tappten auf dem Flur, nicht getaumelt, sondern fließend gesetzt.

„Ich singe jetzt gerade ein Lied in mir“, sagte Burgdorf, „`Nun aufwärts froh den Blick gewandt´. Ich singe einen ganz einfachen Satz, einen für Kinder. Ein anderer wäre im Augenblick zu schwer für mich.“ Er blickte auf den Pastor und sah ihn nur wenig. Er fürchtete sich.

Baltz liebte den Choral „Nun aufwärts froh den Blick gewandt“. Er hätte ihn gerne angestimmt, weil ihm etwas Besseres ohnehin nicht einfallen würde. Aber Burgdorf wollte dieses Lied nur in seinem Innern. Der Geistliche wollte es nicht verletzen. So sang er es auch in seinem Innern: „... Wir gehn an unsers Meisters Hand und unser Herr geht mit.“ Ihm wurde leichter um das Herz. Ruhe kehrte in ihn ein. Er mochte Gabriel Burgdorf jetzt. Wie es nachher sein würde, wusste er nicht.

Der sagte – und alle Furcht schien geschwunden. Die Stimme klang schrill, als wollte sie unbedingt zu einer Macht zurück, die Burgdorf jetzt nicht genau kannte: „Ich tue den Leuten hier gut. Sie brauchen mich, nicht meine Musik, mich, mich.“ Dann verklang er.

Der Pastor blieb noch lange. Das Schweigen störte ihn nicht. Es tröstete ihn sogar. Der Organist war ein Vergewaltiger. Hauptkommissar Harprecht hatte es ihm geschrieben. Das Schweigen legte sich darüber wie das Kleid des Lazarus, der aus dem Tod zurückkehren durfte.

Er ging erst, als die Sonne das Zimmer verlassen hatte. Er drückte einmal ganz kurz Burgdorfs Schulter. Auch so konnte sich ein Segen anfühlen. Draußen sprach der Arzt mit Schwester Gudrun. Die Kollegin in der Küche verteilte Butterkuchen auf Teller. Dr. Helmers sah ihn fragend an. Pastor Baltz schüttelte den Kopf und winkte freundlich. Es roch nach gebratenen Frikadellen. Dahinter lag der Duft von Kaffee. Der Stationsausgang stand offen.

„Das ist ein einziger Schlamassel", grollte Kriminalmeister Bengt Kuhlmann auf der Terrasse der Harprechts. „Und zwei unserer Kollegen haben ihn mit angerichtet." Er trug an diesem Abend keines seiner beschrifteten T-Shirts, sondern ein schlichtes dunkelbraunes Hemd. In der Hand hielt er einen gefüllten Bierkrug, aus dem er noch nicht getrunken hatte. Der Rest des Teams saß auf Gartenstühlen um ihn herum. Jeder hatte irgendein Glas in Händen, in dem sich „Guinness" oder Rotwein befand. Doch es herrschte bei weitem keine Partystimmung, sondern eher die eines Tribunals, frostig, forschend, besorgt um eine gefährdete Gerechtigkeit.

„Zietz war nie ein richtiger Kollege", behauptete Krimimalmeister Bodo Waldberg schroff. „Der ist nur zur Polizei gegangen, um seine Gewalt auszutoben. Aber da war er bei uns falsch. Das hat er schnell gemerkt. Und dann ..." Er streckte seine Arme in einer müden Bewegung nach vorne und drehte die Handflächen nach oben. Er wirkte ein wenig wie ein Bettler, an dem schon zu viele Leute achtlos vorbeigegangen sind.

„Und Frau Grünberg?", fragte Harprecht. Auch er hatte sein Bier noch nicht angerührt. Seine dunkelbraune Redford-Pfeife brannte zu heiß. Zudem war sie verstopft. Es röchelte bei jedem Zug.

„Silvia Grünberg war eine echte Polizistin", wagte sich Kriminalobermeisterin Karin Goellner vor. „Sie wollte schützen. Nur zum Schluss ist eben alles bei ihr schief gelaufen. Sie hat das Mädchen einfach zu sehr geliebt."

„Und es gerächt, wenn auch nicht eigenhändig", kam es dumpf von Hauptmeister Volker Kowalski. „Dafür hat sie sich einen Helfershelfer geangelt. So, wie die aussieht, wird sie bei Zietz leichtes Spiel gehabt haben. Das war schlichtweg feige." Er fegte sich angewidert einen Käfer vom Ärmel. „So verhält sich keiner von uns." Er schwieg Traurigkeit. Sein längliches Gesicht wirkte durch die nach unten gezogenen Falten um den Mund noch länger. Gleich würde es ihm vielleicht vom Kopf gleiten und er würde es verlieren. Er warf eine erst halb gerauchte Zigarette auf den Boden und zermalmte sie mit dem Schuh.

Die Sonne war hinter den Häusern gegenüber abgetaucht. Sie hinterließ ein sattes Rot am Himmel. Über den Rasen strich, erschöpft vom Tagesgeschäft, ein lascher Wind.

„Keiner von uns hat sie bis jetzt selber gehört“, brummte Matthiessen. „Wir kennen nur die Zietz-Fassung. Also sollten wir doch wohl besser erst einmal abwarten, bis wir unsere Urteile fällen. Und wir Polizisten sollten es außerdem endlich einmal lernen, uns auch ernsthaft auf menschliche Schwächen von uns einzulassen. Aber nein! Man könnte ja sein hartes Image verlieren. Lieber eine dicke Hornhaut über die Seele und den Verstand ziehen.“ Er starrte missmutig in die Runde. Er knurrte es jetzt: „Frau Grünberg war schwach. Sie hat furchtbar falsche Entscheidungen in ihrer Schwachheit getroffen. Das zumindest wissen wir, ohne sie zuvor gehört zu haben. Aber das von der bewussten Verführung des Herrn Zietz zum Mord muss doch wohl erst noch geklärt werden.“ Der alte Hauptkommissar kauerte sich auf seinem Stuhl zu einer Bulldoggen-Haltung zusammen, aber eher zum Ausruhen nach der Hatz, schien es, als zum Beißen. Sein massiger Kopf sank immer tiefer zwischen die Schultern.

Harprecht hatte die Kollegen eingeladen, damit sie gemeinsam ihre Enttäuschung, auch ihren Zorn herausließen. Er wollte keine innerlich zerfressenen Beamten.

„Ich gebe es zu“, sagte er. „Als ich heute Morgen mit ihrem Vater bei ihr im Krankenhaus war, hat sie mir nur Leid getan. Und noch ein anderes Gefühl hatte ich, sie war mir immer noch sympathisch. Nun gut, ich verstehe sie nicht, wie sie als Polizistin so handeln konnte. Ach was, nicht nur als Polizistin. Überhaupt! Dafür will und kann ich ihr kein Pardon geben, wenn das, was nach den Ermittlungen angenommen wird, tatsächlich der Wahrheit entspricht. Aber ich mag sie auch jetzt noch irgendwie. Warum? Ich weiß es nicht so genau. Möglicherweise ist es die Solidarität mit einer Schwäche, die es eventuell auch bei mir geben könnte. Sie hat offenbar seelisch furchtbar gelitten. Jetzt ist ihr Körper verwundet. Wie wird sie sein, wenn sie ihre Verletzungen übersteht? Was wird sie sein? Vielleicht hätte ich, vielleicht hätten wir alle etwas von dem verhindern können, was passiert ist, wenn wir bei ihr genauer hingeschaut und hingehört hätten. Aber wir haben uns alle nur als Ermittler gesehen und gehört, einzig auf die Spuren, die Aussagen anderer gepolt. Das hat mich taub und blind dafür gemacht, ebenfalls dafür, was Sie alle gefühlt haben, was uns bewegte, wenn wir allein Männer und Frauen waren und nicht Fahnder. Auch wir sagen etwas aus und hinterlassen Spuren in einer Ermittlung, unsere ganz persönlichen. Die klammern wir einfach aus." Er war von seinem Stuhl aufgestanden und verdeckte den anderen die Sicht auf die schöne Hinterlassenschaft der Sonne. „Ich weiß, eine Fahndung muss vor allem sachlich ablaufen. Aber es sind Menschen, die sie ablaufen lassen. Wir sind es." Er schwieg. Er sah in die Runde. Er erblickte Angeklagte. Das hatte nicht in seiner Absicht gelegen. Ein Schmerz durchstach seine Magenhäute. Er krümmte sich unwillkürlich ein wenig. Das machte ihn kleiner. „Entschuldigen Sie", fügte er leise an und sah zu jedem Einzelnen der Reihe nach hin. „Ich wollte Ihnen keine Standpauke halten. Vielleicht nur mir. Sie haben gut gearbeitet. Dafür möchte ich Ihnen ausdrücklich danken."

„Aber nicht doch, Herr Harprecht", wehrte sich Volker Kowalski.

„Das müssen Sie aber nun wirklich nicht", hob Bengt Kuhlmann beide Hände, nachdem er sein Bierglas auf den Boden gestellt hatte. „Vielleicht haben Sie ja Recht, was unser Verhalten angeht. Möglicherweise gucken wir uns bei einer Ermittlung wirklich gegenseitig zu wenig an oder zu oder so." Er hob sein Bierglas wieder auf und versteckte seinen Mund darin.

„Wir haben Ihnen auch zu danken", sagte Karin Goellner mit einer ganz ungewohnt hohen Stimme. „Manchmal ist mir bei meiner Arbeit richtig elend. Und ich bin froh, wenn das keiner merkt. Doch jetzt denke ich, dass ich es möchte, wenn Sie es merken." Dann weinte sie und verbarg es nicht. Matthiessen sagte: „Lass es raus, Deern", und fuhr ihr einmal ganz kurz und scheu über die Wangen.

Bodo Waldberg tauchte unter den Tisch, um sich seine Schnürsenkel fester zu binden, bis er merkte, dass er Slipper trug. Da tauchte er wieder auf, nahm einen großen Schluck Bier und mümmelte dann verlegen: „Chef, Ihre Standpauken kann ich gerade noch ab. Aber Lob und Dank? Nee. Und ich will in Zukunft schön Mensch bleiben, auch wenn ich möglichst bald Kriminalobermeister werden möchte.“ Der Scherz klang zu mühsam herbeigeholt, als dass er bei den anderen ankam. „Aber im Ernst, Herr Harprecht. Uns allen setzt die Sache arg zu, vielleicht auch darum, weil eine Kommissarin sich zuletzt als bloßer, elendig verlorener Mensch herausgestellt hat, nachdem sie die Polizistin einfach weggeworfen hatte. Und wegen des Kindes, wegen Laura. Ich habe eine Tochter, Kowalski einen 3-jährigen Sohn. Jeder versteht von uns, wie sehr Kinder geschützt gehören. Frau Grünberg wollte das bei Laura nur immer noch tun, als es schon zu spät und alles vergebens war. Das hat sie dann wohl gespürt. Und so ist es eben passiert ...“ Er wollte so gerne erklären. Sie alle wollten es. Das für sie Unbegreifliche sollte sie nicht länger angreifen können. Waldberg beugte sich in seinem Stuhl nach vorne und sah auf die Steine. Vielleicht beneidete er sie darum, dass sie so festgefügt wirkten. Man konnte sie treten, und sie rührten sich nicht.

Eine Taube auf dem Dachsims schlug jäh wild mit den Flügeln. Etwas hatte sie aus dem Gleichgewicht gebracht. Die Dunkelheit wob langsam einen grauen Schleier über den Farben.

Matthiessen lächelte plötzlich: „Stellen Sie sich vor, meine Tochter hat in den Sommerferien mehr als zwei Pfund zugenommen. Sie wissen doch, Sabine ist immer zu mager.“

„Das ist sie schon lange nicht mehr, Malte“, freute sich Harprecht, weil diese Bemerkung des Freundes den bisherigen Abend der Richter, der Ankläger, der Verteidiger ein wenig väterlich machte. Die Traurigkeit, die Sorgen, die Ängste, auch der Zorn duckten sich hinter einem 16-jährigen Mädchen, einer Tochter, und waren nur noch als Ränder zu sehen. „Aber jedes Pfund ist gut für sie“, fügte Eleonores Ehemann und verhinderter Vater hinzu. Er hob sein Glas. Es sollte kein Toast sein. Etwas sollte nur hoch aussehen.

„Nicht wahr?“, strahlte Matthiessen.

Der Kriminalrat a.D. erschien in der offenen Terrassentür. „Ich wollte mich von Ihnen allen verabschieden. Morgen geht es zurück nach Hamburg. Einige Aufgaben warten dort auf mich, auch Freuden, wie ich hoffe.“ Er lächelte verschmitzt. In seinen Augen spielte ein guter, alter Schalk. „Und Sie, meine Dame, meine Herren, machen es heute Abend richtig. Es ist von einer gewissen Wichtigkeit, besonders in menschlicher Hinsicht, einen abgeschlossenen Fall in trauter Runde zu besprechen und ihn dann unter volle Gläser zu schieben. Wenn Sie erlauben, werde ich mir auch etwa Rotwein gönnen, ihn aber dort am Flügel trinken. Denn ich würde Ihnen als Lebewohl gerne ein Stück aus jenem Musikgebiet vorspielen, das mein Sohn so sehr schätzt.“ Er verbeugte sich leicht, als brause ihm schon jetzt der Beifall entgegen, nahm sich die Flasche Rotwein vom Tisch, sagte: „Ach, mein Glas habe ich ja drinnen“, verschwand mit der Flasche im Wohnzimmer, goss sich ein, trank, kaute den Wein, ließ ihn im Mund kreisen, schluckte ihn herunter, nickte einmal, zweimal, setzte sich an den Flügel, massierte ein wenig seine Finger, rückte das Notenblatt vor sich zurecht und schlug in die Tasten. Harprecht hörte genau hin. Nach einigen ersten, auch zweiten und dritten Irritationen glaubte er, den „Bye Bye Baby Blues“ zu erkennen, sonst unnachahmlich kraftvoll dargeboten von Big Joe Williams. Sein Vater gab einer mehr verspielten Interpretation den Vorzug. Als er geendet hatte, rief ihm Karin Goellner begeistert durch die Tür zu: „Sie spielen Chopin einfach wunderbar, Herr Kriminalrat!“

Woher sollte sie auch wissen, dass ihr Chef den Blues liebte, wo der so selten über Privates mit ihnen sprach?

Harprecht senior stand weit über solchen künstlerischen Missverständnissen. Er dankte mit einem Winken der linken Hand. Die Rechte griff erneut nach dem Rotweinglas. Morgen, dachte er, werde ich den Blues Ortrud, dieser Frucht aus den Gärten der Semiramis, vorspielen. Und sie wird mich für unglaublich jung halten.

„Ich habe mich heute bei der Musik gar nicht erschrocken“, flüsterte Bodo Waldberg seinem Nachbarn Kuhlmann zu.

Matthiessen hatte es gehört und warf ihm einen strafenden Blick zu. Er hatte insgeheim wieder den Schellenbaum getragen.

Nachts lagen die Harprechts lange wach. Eleonore hatte ihren Kopf auf Harprechts Brust gebettet, ihr Gesicht dem seinen zugewandt. Die Dunkelheit um sie herum wirkte nicht vollständig. Ein runder Mond und Sterne schütteten Licht, wie es Diamanten reflektieren, kaltes Licht, das von ewigen Werten berichtet.

Irgendwann sagte die Frau: „Es ist furchtbar traurig, dass Laura uns das vererbt hat, fünf Tode, Hass, verirrte Liebe, Gier nach Macht, Gewalt und eine Menge Angst. Dabei hat sie nichts anderes gewollt, als bei uns zu leben, mit allem, was dazugehört, vor allem geborgen und unendlich gewünscht. Und dann das." Sie richtete sich auf. „Wer nun, Carsten, hat eigentlich allein nur Schuld und keinen Anspruch auf mildernde Umstände? Wer ist bloß Täter und nicht auch gleichzeitig Opfer? Weißt du das? Kann man das überhaupt noch trennen?"

Sie legte ihren Kopf wieder auf seine Brust und horchte auf den Herzschlag ihres Mannes. Der schluckte einmal und sagte dann ganz leise in die von wertvollem Licht durchschnittene Dunkelheit der Nacht hinein: „Nein, man kann es nicht trennen und man darf es in diesem Fall wohl auch nicht. Täter werden zu Opfern und Opfer zu Tätern. Das ist so eine furchtbare Folgerichtigkeit, die ich entsetzlich falsch finde. Als Polizist möchte ich die Täter von den Opfern trennen können. Aber ich muss wohl dankbar dafür sein", flüsterte er es nur noch, „dass ich kein Richter sein muss. Ich könnte es nicht sein."

Eleonore scheuerte sanft ihr Gesicht an seiner Brust. „Du bist zum Bullen viel besser geeignet", wisperte sie. „In einem sehr umfassenden Sinne, vor allem für mich." Der Mann spürte ihr Lächeln, dann ihr Lachen, dann seine ganze Frau.

»Wer einmal brennt«

Der »Hexenkrimi« von Christian Uecker

ISBN 3-8048-4433-2

Nach dem großen Erfolg von *»Wenn der Tod tanzt« (ISBN 3-8048-4432-4)* ist „Klein Hasenberg“ wohl das bekannteste Dorf Schleswig-Holsteins. Seine Bewohner werden im 2. Buch von *»Krimipastor«* Christian Uecker abermals von ihrer Geschichte eingeholt und in noch tiefere Abgründe geführt als beim ersten Mal. Die Ereignisse verlaufen so dramatisch, dass im Ort schließlich – wie zur Zeit der Hexenverbrennungen – wieder Menschen brennen ...

Der Verfasser hat sich für dieses Werk eingehend mit Hexenakten im Landesarchiv Schleswig sowie mit den Familienstammbüchern im Archiv seiner eigenen Kirchengemeinde Klein Wesenberg beschäftigt. Und so sind die Übergänge zwischen Realität und Fiktion ebenso fließend wie diejenigen zwischen Geschichte und Gegenwart. Eine Symbiose, die den Leser fasziniert.

»Treibsand«

Der neue Krimi von Christian Uecker

ISBN 3-8048-4466-9

Christian Uecker, Pastor und renommierter Krimi-Autor, bietet in diesem Buch erneut *»Spannung auch für Atheisten« (Kieler Nachrichten).* Ort der Handlung – die sich wieder um Ueckers literarisches Ego, Pastor Frank Falke dreht – ist die Nordseeinsel Amrum: Hier wird vom „Club der Poeten" die „Woche der Poesie" veranstaltet. Doch die Hobby-Dichter schmieden mehr Intrigen als Reime: bis einer von ihnen an der Amrumer Odde ganz prosaisch erschlagen wird. Die Leiche findet ausgerechnet Falke, *»der Nachfahre von Chestertons unsterblichem Pater Brown« (Der Spiegel).*